P9-CEC-097

PLYMOUTH PUBLIC LIBRARY
PLYMOUTH IN 46563

PLYMOUTH PUBLIC LIBRARY
PLYMOUTH IN 46563

EL NIX

Nathan Hill

EL NIX

Traducción del inglés de
Carles Andreu

PLYMOUTH PUBLIC LIBRARY
PLYMOUTH IN 46563

narrativa
salamandra

Título original: *The Nix*

Ilustración de la cubierta: *Parade and Rally for Freedom*, Grant Park, Chicago, Illinois,
April 27, 1968. Chicago History Museum

Copyright © Nathan Hill, 2016
Copyright de la edición en castellano © Ediciones Salamandra, 2018

Publicaciones y Ediciones Salamandra, S.A.
Almogàvers, 56, 7º 2ª - 08018 Barcelona - Tel. 93 215 11 99
www.salamandra.info

Reservados todos los derechos. Queda rigurosamente prohibida, sin la
autorización escrita de los titulares del "Copyright", bajo las sanciones
establecidas en las leyes, la reproducción parcial o total de esta obra por
cualquier medio o procedimiento, incluidos la reprografía y el tratamiento
informático, así como la distribución de ejemplares mediante alquiler
o préstamo públicos.

ISBN: 978-84-9838-869-5
Depósito legal: B-7.935-2018

1ª edición, mayo de 2018
Printed in Spain

Impresión: Romanyà-Valls, Pl. Verdaguer, 1
Capellades, Barcelona

A Jenni

#54 02-28-2019 05:20PM
Item(s) checked out to p12391190.

TITLE: Texas blues
BARCODE: 3 2064 00552 7427
DUE DATE: 03-21-19

TITLE: El nix
BARCODE: 3 2064 00553 0551
DUE DATE: 03-21-19

Plymouth Public Library

Item(s) checked out to p:012391100

TITLE: Texas blue
BARCODE: 3 2049 0302 1421
DUE DATE: 03-21-1

TITLE: El mix
BARCODE: 3 7084 0355 0581
DUE DATE: 03-21-1

Plymouth Public Library

Había una vez un rey en Sāvatthi que llamó a uno de sus hombres y le pidió que reuniera a todos los ciegos de nacimiento de la ciudad. Cuando los tuvo reunidos, el rey le pidió que les mostrara un elefante. A algunos les presentó la cabeza del animal, a otros una oreja, a otros un colmillo, la trompa, el cuerpo, una pata, los cuartos traseros, la cola o las cerdas del extremo de la cola. A cada uno de ellos le dijo: «Esto es un elefante.»

Cuando informó al rey de lo que había hecho, éste se dirigió a los ciegos y les preguntó: «Decidme, ciegos, ¿cómo es un elefante?»

Los que habían palpado la cabeza del animal respondieron: «Un elefante, majestad, es como una jarra de agua.» Los que habían palpado la oreja respondieron: «Un elefante es como un cesto para aventar el grano.» Los que habían palpado el colmillo respondieron: «Un elefante es como el mango de un arado.» Los que habían podido palpar el cuerpo respondieron: «Un elefante es como una despensa.» Del mismo modo, todos los demás describieron el elefante en función de la parte que se les había mostrado.

Acto seguido, se enzarzaron a puñetazos mientras exclamaban: «¡Los elefantes son así, los elefantes no son asá!» y «¡Los elefantes no son asá, los elefantes son así!».

Y el rey quedó encantado.

Udāna. La palabra de Buda

Prólogo

Finales del verano de 1988

De haber sabido que su madre se marchaba, tal vez Samuel habría prestado más atención. Habría podido escucharla con más interés, observarla con más detenimiento, anotar algunos detalles cruciales. Quizá habría sido capaz de comportarse y hablar de una manera distinta, de ser una persona distinta.

A lo mejor podría haber sido un hijo por el que valiera la pena quedarse.

Pero Samuel no sabía que su madre se marchaba. No sabía que ya llevaba muchos meses marchándose: en secreto, por partes. Se había ido llevando objetos de casa, uno a uno. Un único vestido de su armario. Luego una foto suelta del álbum. Un tenedor del cajón de los cubiertos. Un edredón de debajo de la cama. Cada semana se llevaba algo. Un jersey. Unos zapatos. Un adorno navideño. Un libro. Poco a poco, su presencia en la casa se fue minimizando.

Llevaba ya casi un año así cuando Samuel y su padre empezaron a notar algo, una especie de inestabilidad, una sensación de merma desconcertante, inquietante y a veces incluso siniestra, que los asaltaba cuando menos lo esperaban. Echaban un vistazo a la estantería y pensaban: «¿No teníamos más libros?» Al pasar por delante de la vitrina donde se guardaba la vajilla tenían la certeza de que faltaba algo. Pero ¿qué? No lograban ponerle nombre a aquella impresión de que los detalles de sus vidas se estaban reorganizando. No comprendían que si ya nunca comían guisos preparados en la olla de cocción lenta era porque esa olla ya no estaba en la casa. Si la librería parecía desnuda era porque ella había expurgado los libros de poesía. Si la vitrina parecía algo vacía era porque habían desaparecido dos platos, dos cuencos y una tetera de la colección.

Les estaban desvalijando la casa a un ritmo lentísimo.

—¿No había más fotografías en esa pared? —preguntaba el padre de Samuel desde el pie de la escalera, entornando los ojos—. ¿No teníamos una foto del Gran Cañón del Colorado ahí arriba?

—No —respondía la madre de Samuel—. La retiramos.

—¿En serio? No me acuerdo.

—Pues lo decidiste tú.

—¿De verdad? —decía él, desconcertado.

Creía que estaba perdiendo la cordura.

Años más tarde, en una clase de biología del instituto, Samuel oyó una historia sobre una especie de tortuga africana que cruzaba todo el océano para desovar en América del Sur. Los científicos no daban con el motivo de aquel viaje tan desmesurado. ¿Por qué lo harían? La teoría dominante era que habían empezado hacía eones, cuando América del Sur y África todavía estaban unidas. Quizá por entonces sólo un río separaba los dos continentes y las tortugas preferían poner los huevos en la otra orilla. Pero luego los continentes empezaron a distanciarse y el río se ensanchó a razón de unos dos centímetros por año, una deriva imperceptible para las tortugas. Así pues, continuaron acudiendo al mismo lugar, en la orilla opuesta del río, y cada generación nadaba un poco más lejos que la anterior. Al cabo de cien millones de años, el río se había convertido en un océano, y sin embargo las tortugas no se habían dado cuenta.

Así, decidió Samuel, se había marchado su madre. Así se había ido alejando: de forma imperceptible, muy lentamente, poco a poco. Fue expurgando su vida hasta que sólo le faltó retirarse ella misma.

El día que desapareció, salió de casa con una sola maleta.

PRIMERA PARTE

Packer Attacker

Finales del verano de 2011

1

El titular aparece una tarde en varias páginas web de noticias, de forma casi simultánea: «¡EL GOBERNADOR PACKER, AGREDIDO!»

Las televisiones se hacen eco de lo sucedido unos minutos más tarde, cuando interrumpen sus emisiones para ofrecer una «Última hora» con un locutor que mira a la cámara con expresión muy seria y anuncia: «Nuestros corresponsales en Chicago nos informan de que el gobernador Sheldon Packer acaba de sufrir una agresión.» Y durante un rato sólo se sabe eso, que lo han agredido. Durante unos minutos vertiginosos, todo el mundo se hace las mismas dos preguntas: ¿está muerto? ¿Hay imágenes?

Los primeros detalles los ofrecen los reporteros que se encontraban en el lugar de los hechos, que llaman para informar en directo desde sus teléfonos móviles. Cuentan que Packer estaba en un almuerzo en el Hilton de Chicago, en el que ha pronunciado un discurso. Más tarde, paseaba con su séquito por Grant Park, estrechando manos y besando a bebés, las maniobras típicas de cualquier campaña populista, cuando de repente una persona o un grupo de personas de entre la multitud han empezado a agredirlo.

—¿A qué te refieres con «agredirlo»? —pregunta el locutor.

Está en un estudio iluminado en tonos rojos, blancos y azules, con el suelo de un negro brillante. Tiene una tez lisa como la cobertura de una tarta. Parece que los que salen detrás de él, sentados a sus escritorios, están trabajando.

—¿Podrías describir la agresión?

—Lo único que sé ahora mismo es que le han lanzado algo —dice el reportero.

—¿Algo como qué?

—Eso todavía no está claro.

—¿Y eso que le han lanzado al gobernador ha llegado a golpearlo? ¿Está herido?

—Creo que le han dado, sí.

—¿Has visto a los agresores? ¿Cuántos eran los que tiraban cosas?

—Había mucha confusión. Y gritos.

—Eso que le han lanzado... ¿era grande o pequeño?

—Imagino que lo bastante pequeño como para que alguien pudiera lanzarlo.

—¿Era más grande que una pelota de béisbol?

—No, más pequeño.

—¿Del tamaño de una pelota de golf?

—Sí, tal vez eso sea más preciso.

—¿Y era algo afilado? ¿Pesaba?

—Todo ha sucedido muy deprisa.

—¿Ha sido un acto premeditado? ¿O una conspiración?

—Ahora mismo todo el mundo se hace ese tipo de preguntas.

Diseñan un rótulo: «TERROR EN CHICAGO.» Aparece con un zumbido junto a la oreja del presentador y ondea como una bandera al viento. Proyectan un mapa de Grant Park en una enorme pantalla táctil, en lo que se ha convertido ya en una práctica habitual en los informativos modernos: alguien de la televisión se dedica a comunicar algo sirviéndose de otra televisión, de pie delante de ésta mientras controla la pantalla y va ampliando y reduciendo con las manos una imagen de superalta definición. Queda todo la mar de chulo.

Mientras esperan a que aparezca más información, debaten sobre si el incidente beneficiará o perjudicará al gobernador en su carrera a la presidencia. Lo beneficiará, deciden, ya que ahora mismo su nombre es bastante poco conocido fuera de un círculo de evangélicos conservadores a ultranza que lo idolatran por su labor como gobernador de Wyoming, donde prohibió por completo el aborto, decretó que alumnos y profesores debían recitar públicamente los diez mandamientos todas las mañanas antes de pronunciar el juramento de fidelidad, declaró el inglés como única lengua oficial y legal de Wyoming y vetó el acceso a la propiedad a cualquiera que no lo hablara con fluidez. También legalizó la tenencia de armas de fuego en todos los refugios estatales en plena naturaleza. Y emitió una orden ejecutiva que otorgaba a las leyes estatales un rango superior a las federales en todos los ámbitos, una decisión que, según los expertos en derecho constitucional, equivalía a la secesión por decreto de Wyoming. Calzaba botas de vaquero y ofrecía conferencias de prensa desde su rancho. Llevaba siempre encima un arma de verdad, cargada, un revólver enfundado en una cartuchera de piel que le colgaba de la cadera.

Al final de su único mandato como gobernador había anunciado que no iba a optar a la reelección para poder concentrarse en prioridades nacionales, y los medios, naturalmente, habían concluido que se presentaría a la presidencia. Había perfeccionado una retórica que aunaba al predicador y al vaquero, combinada con un populismo antielitista que encontraba a un público receptivo, sobre todo entre los blancos conservadores de clase trabajadora, tan maltratados por la crisis. El gobernador comparaba a los inmigrantes que les quitan el trabajo a los estadounidenses con los coyotes que matan cabezas de ganado y, cuando lo hacía, pronunciaba «coyotes» de la forma más americana posible. Añadía una erre a Washington, que se convertía en «Warshington». Decía siempre «molido» en lugar de «cansado» y «jornal» en lugar de «salario».

Según sus seguidores, hablaba igual que la gente normal de Wyoming que no pertenecía a la élite.

A sus detractores les gustaba señalar que, como los tribunales habían anulado todas sus iniciativas estatales, a efectos prácticos su administración había tenido una nula repercusión legislativa. Pero nada de eso parecía importar a quienes seguían pagando quinientos dólares por un plato en sus actos para recaudar fondos (a los que, por cierto, el gobernador se refería como «comilonas»), los diez mil que pedía por impartir una conferencia o los treinta que costaba la edición de tapa dura de su libro, *El corazón de un americano auténtico*, y engrosaban así sus «fondos de guerra», como solían llamarlo los periodistas, para financiar tal vez una «futura candidatura presidencial».

Y ahora el gobernador ha sufrido una agresión y parece que nadie sabe cómo ni con qué lo han agredido, ni quién ha sido el agresor, ni si ha resultado herido. Los presentadores especulan sobre el daño que una bolita de metal o una canica lanzadas a gran velocidad pueden producir en el ojo. Pasan más de diez minutos hablando de ello, con gráficos que muestran cómo una pequeña masa que se desplaza a casi cien kilómetros por hora podría penetrar en la membrana líquida del ojo. Agotado el tema, dan paso a la publicidad. Anuncian el estreno de un documental propio sobre el décimo aniversario del 11 de septiembre: *Un día de terror, una década de guerra.* Esperan.

Entonces sucede algo que rescata el programa de noticias del estancamiento al que se ha visto arrastrado: el presentador vuelve a aparecer y anuncia que un transeúnte ha captado los espectaculares hechos en vídeo y los ha colgado en internet.

Y así es como aparece el vídeo que durante la semana siguiente se reproducirá varios miles de veces en la televisión, que recibirá millones de visitas y se convertirá en el tercer clip más visto en internet este mes, sólo por detrás del nuevo vídeo musical de la cantante de pop adolescente Molly Miller con su sencillo «You Have Got to Represent», y de un vídeo casero de un niño riéndose hasta caerse al suelo. Se ve lo siguiente:

El vídeo empieza con la imagen en blanco y se oye el viento, una racha de viento que silba en torno al micrófono, hasta que unos dedos lo cubren y producen un efecto acústico como de caracola, mientras la cámara ajusta el diafragma a la claridad del día y la pantalla en blanco da paso a un cielo azul, una mancha verde desenfocada que seguramente es hierba y por último a una voz, una voz masculina que suena muy fuerte, demasiado cerca del micrófono: «¿Está grabando? No sé si está grabando.»

La imagen se enfoca justo cuando el hombre encuadra sus pies. Entonces, en tono molesto, exasperado, la voz añade: «Es que no sé ni si está encendida. ¿Cómo se sabe?» Y entonces una voz de mujer, más tranquila, melodiosa, calmada, dice: «Mira en la parte de atrás. ¿Qué pone en la parte de atrás?» Y su marido, o su novio, o quien sea, un tipo incapaz de mantener la imagen estable, replica: «¿Quieres hacer el favor de ayudarme?», en un tono agresivo y acusador que quiere dar a entender que, sea cual sea el problema que tiene con la cámara, la culpa es de ella. Las imágenes, mientras tanto, muestran un inestable y mareante plano corto del calzado del hombre. Unas enormes zapatillas deportivas de caña alta, blancas. Extraordinariamente blancas y nuevas. Parece que está subido a una mesa de pícnic.

—¿Qué pone en la parte de atrás? —repite la mujer.

—¿Dónde? ¿En qué parte de atrás?

—En la pantalla.

—Eso ya lo sé —dice él—. Pero ¿dónde de la pantalla?

—En la esquina inferior derecha —responde ella con absoluta compostura—. ¿Qué pone?

—Pone «R».

—Eso quiere decir que la máquina está en marcha.

—Pues vaya estupidez —señala él—. ¿Y por qué no dice «Registrando»?

La imagen oscila entre sus zapatos y lo que parece un grupo de gente a media distancia.

—¡Ahí está! ¡Mira, es él! ¡Ahí está! —exclama el hombre.

Entonces apunta con la cámara hacia delante y, cuando finalmente logra que deje de temblar, aparece Sheldon Packer en la imagen, a unos treinta metros y rodeado de colaboradores de campaña y guardias de seguridad. Se ha formado un pequeño corro. Varias personas en primer plano se dan cuenta de pronto de que pasa algo, de que hay un famoso cerca. «¡Gobernador! ¡Gobernador! ¡Gobernador! ¡Gobernador! ¡Gobernador! ¡Gobernador! ¡Gobernador!», grita el hombre de la cámara. La imagen empieza a temblar otra vez, seguramente porque el tipo que graba está saludando, o saltando, o las dos cosas a la vez.

—¿Cómo funciona el zoom? —pregunta entonces.

—Dándole al botón del zoom —responde la mujer.

En ese momento empieza a cerrarse el foco, hecho que provoca todavía más problemas de enfoque y exposición. De hecho, si las televisiones pueden aprovechar la grabación es sólo porque al final el hombre le pasa la cámara a la mujer y le dice: «Toma, cógela tú», y corre a estrecharle la mano al gobernador.

Más tarde cortarán toda esta cháchara, de modo que el vídeo que se emitirá cientos de veces por la televisión empezará aquí, con una imagen pausada mientras va apareciendo un círculo rojo alrededor de una mujer sentada en un banco del parque, a la derecha de la pantalla.

—Parece que esta mujer es la agresora —dice el locutor.

Se trata de mujer de pelo blanco y unos sesenta años que lee un libro allí sentada, sin nada extraño que llame la atención, una figura que completa el plano como un extra en una película. Lleva una camisa azul claro encima de una camiseta sin mangas y unas mallas negras que parecen elásticas y diseñadas para hacer yoga. Lleva el pelo corto y despeinado, con algunos mechones sueltos que caen sobre la frente. La mujer parece ser de constitución atlética y compacta, delgada pero musculosa. De repente se da cuenta de lo que sucede a su alrededor. Al ver que se acerca el gobernador, cierra el libro, se levanta y observa. Se encuentra en el límite del encuadre, al parecer intentando decidir qué hacer. Tiene las manos en las caderas. Se muerde la mejilla por dentro. Se diría que está sopesando sus opciones. Su pose parece evocar una pregunta: «¿Lo hago?»

Entonces echa a andar rápidamente hacia el gobernador. Ha dejado el libro encima del banco y camina con las zancadas de los habitantes de los barrios periféricos que dan vueltas por un centro comercial, sólo que tiene los brazos pegados a los lados y los puños cerrados. Se aproxima al gobernador hasta que se encuentra a la distancia idónea para tirarle algo y, en ese preciso instante, por casualidad, la gente se aparta y brinda a la cámara una perspectiva clara de la mujer y el gobernador. Ella, en medio de un camino de gravilla, baja la mirada, se agacha y coge un puñado de piedras. Así armada, la mujer grita —y se la oye con total claridad, pues el viento amaina justo en ese instante y la multitud parece guardar silencio, como si todos supieran lo que está a punto de suceder y contribuyeran en la medida de sus posibilidades a que quedara bien grabado—, grita: «¡Cerdo!» Y acto seguido arroja las piedras.

Hay un primer momento de confusión mientras los presentes se vuelven para ver de dónde provienen los gritos o, al notar que les llueven piedras, dan un respingo y se apartan. Entonces la mujer agarra otro puñado de piedras y lo tira, agarra y tira, agarra y tira, como una niña en una guerra de bolas de nieve sin cuartel. El grupito corre a ponerse a cubierto y las madres tapan las caras de sus pequeños; entretanto, el gobernador dobla la cintura y se lleva una mano al ojo derecho. La mujer sigue tirando piedras hasta que los guardias de seguridad del gobernador la derriban con un placaje. En realidad, más que placarla la abrazan y se desploman como luchadores exhaustos.

Y eso es todo. El vídeo entero no dura ni un minuto. Tras su emisión, aparecen diversos datos en un breve lapso de tiempo. Sale a la luz el nombre de la mujer: Faye Andresen-Anderson, que todos los tertulianos pronuncian erróneamente como «Anderson-Anderson» antes de dedicarse a trazar paralelismos con otros apellidos duplicados de infausto recuerdo, especialmente el de Sirhan Sirhan. Enseguida se descubre que ejerce de maestra ayudante en una escuela de primaria, lo que brinda munición a determinados comentaristas para asegurar que los hechos demuestran hasta qué punto el argumentario progre radical se ha apoderado de la educación pública. El titular se actualiza a «¡UNA MAESTRA AGREDE AL GOB. PACKER!» durante una hora, hasta que alguien encuentra una imagen en la que supuestamente aparece la misma mujer participando en una manifestación en 1968. En la foto se la ve sentada en un campo junto con miles de personas más, una masa borrosa de manifestantes, muchos de ellos con pancartas y carteles caseros, y uno que enarbola una bandera estadounidense. La mujer mira al fotógrafo con expresión soñolienta tras unas grandes gafas redondas. Está inclinada hacia la derecha, como si se apoyara en alguien que queda fuera del encuadre: sólo se ve un hombro. A su izquierda, una mujer de pelo largo y ataviada con una chaqueta militar dirige una mirada amenazante a la cámara por encima de unas gafas de aviador plateadas.

El titular se convierte en «¡RADICAL DE LOS SESENTA AGREDE AL GOB. PACKER!».

Y por si la historia no fuera ya lo bastante suculenta, hacia el final de la jornada pasan dos cosas que la proyectan a la estratosfera de los cotilleos en torno a la máquina del café. En primer lugar, se anuncia que el gobernador Packer ha requerido una intervención quirúrgica en el globo ocular. A continuación, alguien desentierra una fotografía de la ficha policial de la mujer, tomada cuando la arrestaron (aunque nunca fue acusada ni condenada formalmente) por prostitución en 1968.

Es demasiado. ¿Cómo incluir tantos detalles increíbles en un solo titular? «¡MAESTRA PROSTITUTA HIPPIE RADICAL DEJA CIEGO AL GOB. PACKER TRAS UNA BRUTAL AGRESIÓN!»

Los telediarios pasan una y otra vez la parte del vídeo en la que el gobernador recibe el impacto. Amplían las imágenes hasta que quedan pixeladas y borrosas en un loable esfuerzo por mostrar a los telespectadores el momento exacto en el que un fragmento puntiagudo de gravilla le impacta en la córnea derecha. Los tertulianos elucubran sobre el porqué de la agresión y si ésta representa una amenaza para la democracia. Algunos tildan a la mujer de terrorista, otros aseguran que lo sucedido demuestra lo bajo que ha caído nuestro discurso político, y otros afirman que el gobernador se lo ha buscado por defender las armas de fuego con tanta vehemencia. Se establecen comparaciones con Weather Underground y Panteras Negras. La Asociación Nacional del Rifle publica un comunicado afirmando que la agresión no se habría producido si el gobernador Packer hubiera llevado su revólver encima. Entretanto, no parece que quienes ocupan los escritorios de detrás del locutor estén trabajando con mayor o menor ahínco que hace unas horas.

Han de pasar unos cuarenta y cinco minutos para que a un redactor ingenioso se le ocurra la fórmula «Packer Attacker», que las otras cadenas adoptan de inmediato e incorporan a los rótulos creados a propósito para cubrir la noticia.

La mujer está detenida en una cárcel del centro de Chicago a la espera de que le lean los cargos, y no hay manera de ponerse en contacto con ella. A falta de su explicación, el relato del día se va asentando a medida que las opiniones y las conjeturas se combinan con unos pocos hechos para crear una protohistoria que cuaja en la mente de los espectadores: la mujer, una antigua hippie, es ahora una progre radical que odia tanto al gobernador que lo estaba esperando con premeditación para agredirlo vilmente.

Excepto que la lógica de esa teoría tiene un punto débil flagrante: el paseo del gobernador por el parque ha sido una decisión improvisada que ha pillado por sorpresa incluso a su equipo de seguridad. Por lo tanto, es imposible que la mujer supiera que Packer iba a pasar por allí y, en consecuencia, que le tendiera una emboscada. Sin embargo, esta incongruencia se pierde entre el resto de las noticias sensacionales y nadie la investiga a fondo.

2

El profesor Samuel Anderson está sentado a oscuras en su pequeño despacho de la universidad, con el rostro iluminado por el resplandor grisáceo de una pantalla de ordenador. Las persianas están bajadas. Una toalla bloquea la rendija inferior de la puerta. Ha sacado la papelera al pasillo para que el conserje nocturno no lo interrumpa. Lleva auriculares para que nadie oiga lo que hace.

Inicia la sesión. Accede a la pantalla de inicio del juego, con su imagen familiar de orcos y elfos en plena batalla. Oye la música, con su potente sección de metal, triunfal, intensa y belicosa. Introduce una contraseña incluso más larga y compleja que la de su cuenta bancaria. Cuando accede a *World of Elfscape*, no lo hace como Samuel Anderson, profesor ayudante de Lengua y Literatura, sino como Dodger, el Ladrón Élfico, y lo embarga una sensación muy similar a la de volver a casa. Esa sensación de volver a casa después de una larga jornada y encontrar a alguien que se alegra de verte es precisamente la que lo impele a seguir conectándose y a jugar hasta cuarenta horas por semana, preparándose para misiones como ésta, cuando se reúne con sus colegas anónimos en la red y salen juntos a matar algo grande y letal.

Esta noche se trata de un dragón.

Se conectan desde sótanos, oficinas, madrigueras mal iluminadas, cubículos y despachos, desde bibliotecas públicas, habitaciones de residencias estudiantiles y cuartos de invitados, desde portátiles colocados encima de mesas de cocina, ordenadores que emiten zumbidos calientes mientras crujen y crepitan como si en el interior de sus torres de plástico se estuviera friendo algo comestible. Se ponen sus auriculares, acceden a sus cuentas y se materializan en el mundo del juego y vuelven a estar juntos, como cada noche de miércoles, viernes y sábado de los últimos años. Casi todos viven en Chicago o muy cerca de allí. El servidor al que se conectan (uno entre miles repartidos por todo el mundo) está ubicado en un antiguo almacén cárnico del South Side de la ciudad, y para evitar problemas de sincronía y de latencia, *Elfscape* manda siempre a cada jugador al servidor más cercano a su ubicación. Así pues, todos ellos son prácticamente vecinos, aunque nunca se han conocido en la vida real.

—¡Qué pasa, Dodger! —dice alguien al ver aparecer a Samuel.

«Qué pasa», escribe él. Samuel nunca habla en el juego. Todos creen que no habla porque no tiene micrófono. En realidad sí tiene, pero teme que si habla durante estas misiones algún colega que pase por el pasillo lo oiga decir algo sobre dragones. O sea que la hermandad no sabe nada de él, excepto que nunca se pierde una misión y que tiende a escribir las palabras enteras en lugar de usar las abreviaciones comunes en internet. Así, escribe «ahora vuelvo» en lugar del más habitual «AV», o «no estoy» en lugar de «NE». Los otros no acaban de entender por qué insiste en este anacronismo. Creen que el nombre Dodger tiene que ver con el equipo de béisbol, cuando en realidad es una referencia a Dickens. Como nadie pilla el guiño, Samuel se siente inteligente y superior, una sensación necesaria para compensar la vergüenza que le produce pasar tantas horas enfrascado en un juego en el que también participan chavales de doce años.

Samuel intenta recordarse que millones de personas hacen lo mismo. En los cinco continentes. Veinticuatro horas al día. El número de personas que juegan a *World of Elfscape* en cualquier momento del día equivale más o menos a la población de París, piensa a veces Samuel, cuando se desgarra por dentro al constatar dónde ha desembocado su vida.

Uno de los motivos por los que nunca le cuenta a nadie del mundo real que juega a *Elfscape* es que podrían preguntarle cuál es el objetivo del juego. ¿Y qué iba a responderles? «Destrozar dragones y matar orcos.»

Aunque en realidad también puedes jugar como orco, en cuyo caso el objetivo del juego es destrozar dragones y matar elfos.

Pero eso es todo, ése es el resumen, la premisa fundamental, el yin y el yang elemental.

Samuel empezó como elfo de nivel uno y, con esfuerzo, fue ascendiendo hasta convertirse en un elfo de nivel noventa, un proceso que le llevó unos diez meses. Por el camino, vivió aventuras. Viajó por varios continentes. Conoció a gente. Encontró tesoros. Completó misiones. Al alcanzar el nivel noventa encontró una hermandad y se asoció con sus nuevos aliados para matar dragones, demonios y, sobre todo, orcos. ¡Ha matado tantos orcos! Cada vez que apuñala a un orco en uno de sus puntos vitales, en el cuello, la cabeza o el corazón, aparece un mensaje parpadeante en la pantalla, «¡ATAQUE CRÍTICO!», y se oye un sonido que se apaga, un grito órquico de terror. Le encanta ese sonido. Babea cuando lo oye. Como su personaje pertenece a la clase de los ladrones, sus habilidades especiales incluyen robar carteras, fabricar bombas y hacerse invisible, y una de sus actividades preferidas consiste en adentrarse en un territorio densamente poblado por orcos y plantar dinamita en un camino para cargarse a los que pasen por ahí. Luego saquea los cadáveres de sus enemigos, se lleva todas las armas, el dinero y la ropa, y los deja desnudos, derrotados y muertos.

Ni él sabría explicar por qué se ha convertido en algo tan absorbente.

Esta noche van veinte elfos con todas sus armas y armaduras contra un solo dragón, porque es un dragón muy grande. Con unos dientes como cuchillos. Y encima echa fuego por la boca. Y encima está cubierto de escamas gruesas como una plancha metálica, aunque para distinguirlo se necesita una buena tarjeta gráfica. El dragón parece dormido. Está enroscado como un gato en el suelo de su guarida, que está llena de magma y se encuentra dentro de un volcán hueco, como debe ser. La guarida tiene un techo lo bastante alto para que el dragón pueda volar de forma sostenida, porque durante la segunda fase del combate éste se elevará en el aire y volará en círculos mientras les va lanzando bolas de fuego a las cabezas. Será la cuarta vez que traten de matar a este dragón: nunca han logrado pasar de la fase dos. Quieren matarlo porque al fondo de la guarida, protegido por el dragón, hay un tesoro, con armas y armaduras, y saquear ese botín les iría francamente bien para su guerra contra los orcos. Justo debajo de la superficie rocosa del suelo relumbran vetas de magma rojo que se abrirán durante la tercera y última fase de la batalla, una fase que todavía no han visto porque no han conseguido pillarle el truco a lo de esquivar las bolas de fuego.

—¿Habéis visto los vídeos que os envié? —pregunta el líder de la misión, un guerrero elfo llamado Pwnage.

Los avatares de varios jugadores asienten con la cabeza. Pwnage les ha mandado un correo electrónico con un tutorial sobre cómo derrotar al dragón. Lo que quería era que prestaran especial atención a la forma de superar la fase dos, cuyo secreto parece consistir en moverse sin parar y evitar aglomeraciones.

«VAMOS!», escribe Axman, cuyo avatar se está restregando la entrepierna contra una pared de roca. Varios elfos bailan sin desplazarse mientras Pwnage les explica una vez más cómo será la batalla.

Samuel juega a *Elfscape* desde el ordenador de su despacho porque la conexión a internet es más rápida, un factor que puede incrementar casi en un dos por ciento el daño que causa su avatar en una misión como ésta, a menos que haya problemas de ancho de banda, como durante el proceso de matriculación. Samuel enseña literatura en una pequeña universidad del noroeste de Chicago, situada en un barrio residencial donde todas las autopistas se bifurcan y terminan en grandes almacenes gigantescos, aparcamientos de grandes empresas y carreteras de tres carriles congestionadas por los vehículos de los padres que mandan a sus hijos a la universidad donde trabaja Samuel.

Hijos como Laura Pottsdam: rubia, ligeramente pecosa, vestida de forma descuidada con camisetas con logotipos y pantalones de chándal con varias palabras escritas en el culo, que estudiaba Marketing y Comunicación y que ese mismo día se ha presentado en la clase de Introducción a la Literatura que imparte Samuel, le ha entregado un trabajo plagiado y acto seguido ha preguntado si podía marcharse.

—Si va a haber un examen, me quedo —ha dicho—. Pero si no, me tengo que ir.

—¿Alguna emergencia? —le ha preguntado Samuel.

—No, pero es que no quiero perder puntos. ¿Hoy vamos a hacer algo que dé puntos?

—Vamos a hablar del texto. Es una información que seguramente te interesará tener.

—Pero... ¿da puntos?

—No, supongo que no.

—Vale, pues me tengo que ir.

Estaban leyendo *Hamlet*, y Samuel sabía por experiencia que le esperaba una sesión difícil. Los estudiantes estarían agotados, fatigados de tanto lenguaje. El trabajo que les había encargado consistía en identificar falacias lógicas en el pensamiento de Hamlet. Incluso Samuel debía admitir que era una mierda de ejercicio. Iban a preguntarle por qué tenían que leer una antigualla como ésa. «¿En qué momento de la vida real nos va a hacer falta saber esto?», le preguntarían.

No era una clase que le hiciera especial ilusión.

Lo que Samuel piensa en momentos como éste es que en su día fue un tipo importante. Cuando tenía veinticuatro años, una revista le publicó un relato. Y no cualquier revista, sino «la revista». Sacaron un número especial sobre escritores jóvenes. *Cinco de Menos de Veinticinco*, se titulaba. «La próxima generación de grandes autores estadounidenses.» Y él era uno de ellos. Era lo primero que publicaba. Lo único que publicó, según se vería más adelante. Ahí estaba su foto, su nota biográfica y su gran literatura. Al día siguiente recibió unas cincuenta llamadas de varios peces gordos del mundo editorial. Querían más textos. Pero él no tenía nada más. No les importó. Firmó un contrato y le pagaron un montón de dinero por un libro que ni siquiera había escrito todavía. Eso fue hace diez años, antes de que Estados Unidos se instalara en el actual clima de depresión económica y de que la crisis financiera e inmobiliaria dejara la economía mundial poco menos que por los suelos. A veces Samuel piensa que su carrera ha seguido más o menos la misma trayectoria que la economía global: vistos con perspectiva, los buenos tiempos del verano de 2001 parecen hoy una fantasía placentera y extravagante.

«VAMOOOSSS!!!», vuelve a escribir Axman. Ha dejado de restregarse contra la pared de la galería y ahora da saltitos sin moverse de sitio. Samuel piensa: un alumno de noveno curso, con unas espinillas horribles y problemas de hiperactividad, que probablemente algún día terminará en mi clase de Introducción a la Literatura.

—¿Qué os ha parecido *Hamlet*? —ha preguntado Samuel a sus alumnos después de marcharse Laura.

Quejidos. Malas caras. Un tipo de la última fila ha levantado las manos con los pulgares rechonchos apuntando hacia abajo.

—Una chorrada —ha dicho.

—No se entiende nada —ha protestado otro.

—Es demasiado largo.

—Larguísimo.

Samuel les ha hecho unas cuantas preguntas con la esperanza de provocar algún tipo de debate: ¿creéis que el fantasma es real o que Hamlet está alucinando? ¿Por qué pensáis que Gertrude vuelve a casarse tan rápido? ¿Creéis que Claudio es un villano o simplemente que Hamlet está amargado? Etcétera. Nada. Ni una reacción. Se han quedado con la mirada vacía, clavada en el regazo o en los ordenadores. Siempre miran los ordenadores. Samuel no tiene poder sobre los ordenadores, no puede apagarlos. Todas las aulas cuentan con ordenadores instalados en cada pupitre, algo de lo que la universidad alardea en todo el material promocional que manda a los padres: «¡Campus interconectado! ¡Preparamos a los alumnos para el siglo XXI!» Pero Samuel tiene la impresión de que sólo los preparan para pasar las clases sin decir nada mientras fingen que trabajan. Para simular concentración cuando en realidad están consultando el resultado del partido, o el correo electrónico, o viendo vídeos, o en Babia. Aunque, pensándolo bien, tal vez sea la lección más importante que pueden aprender en la universidad sobre la realidad del mercado laboral: cómo pasar el rato sentados en su despacho tan tranquilos, navegando por internet sin volverse locos.

—¿Cuántos habéis leído la obra entera? —ha preguntado Samuel, y de las veinticinco personas del aula, sólo cuatro han levantado la mano.

Encima, lo han hecho despacio, tímidamente, avergonzados por haber completado la tarea encargada. Le parecía que los demás se lo reprochaban a él: el desdén en las miradas, los cuerpos despatarrados para proclamar un cansancio absoluto. Era como si lo culparan a él de su propia apatía. Si les hubiera puesto unos deberes menos estúpidos, no se habrían visto obligados a no hacerlos.

—A por él —dice Pwnage, y echa a correr hacia el dragón con un hacha gigante en la mano.

Los demás participantes en la misión lo siguen, bramando en una imitación aproximada de las películas de guerras medievales que han visto.

Hay que decir que Pwnage es un genio del *Elfscape* y un erudito de los videojuegos. De los veinte elfos presentes esta noche, seis los controla él. Dispone de un poblado entero de personajes y los puede elegir y combinar en función de cada pelea, estableciendo entre ellos una microeconomía autosuficiente. Juega con muchos a la vez gracias a una técnica increíblemente avanzada llamada *multiboxing*, que requiere varios ordenadores interconectados en red a un procesador central que controla usando una serie de maniobras preprogramadas con el teclado y un ratón de quince botones especial para videojuegos. Pwnage sabe todo lo que se puede saber sobre el juego. Ha interiorizado los secretos de *Elfscape* como el árbol que acaba por fundirse con la verja junto a la que crece. Cuando aniquila a un orco, a menudo acompaña el golpe mortal con una frase marca de la casa: «¡Muerde el p01v0, pa1urd0!»

Durante la primera fase de la misión sólo tienen que estar atentos a la cola del dragón, que suelta latigazos y golpea contra el suelo. Así pues, todos se dedican a atizar con el hacha a la bestia mientras evitan la cola durante los escasos minutos necesarios para que la barra de vida del dragón baje hasta el sesenta por ciento, momento en el que éste echa a volar.

—Fase dos —anuncia Pwnage, con una voz calmada que suena un poco robótica debido a la transmisión por internet—. Ojo con el fuego. No os quedéis donde quema.

Empiezan a llover bolas de fuego sobre el grupo, y así como a muchos jugadores les cuesta esquivarlas sin abandonar sus responsabilidades en la lucha contra el dragón, los seis personajes de Pwnage lo logran sin esfuerzo, desplazándose un par de pasos a la izquierda o la derecha para eludir el fuego por unos pocos píxeles.

Samuel intenta esquivar los ataques del dragón, aunque en realidad está pensando en el examen sorpresa que ha puesto a sus alumnos. Después de marcharse Laura, cuando ha quedado claro que el resto de la clase no había leído el texto que les había mandado, le han entrado ganas de castigarlos. Les ha pedido que escribieran un resumen de doscientas cincuenta palabras del primer acto de *Hamlet*. Los alumnos han protestado. Samuel no tenía planeado poner un examen sorpresa, pero la actitud de Laura le ha provocado una reacción pasivo-agresiva. Era una clase de Introducción a la Literatura, pero a ella no le importaba tanto la literatura como «los puntos». No era el tema de la clase lo que le interesaba, sino el premio. Su actitud le recordaba a la de un inversor de Wall Street que compra títulos de café un día y valores con respaldo hipotecario al siguiente. Lo que compra es lo de menos, lo importante es la rentabilidad que ofrece. Laura pensaba igual, sólo se preocupaba por el balance de cuentas, su nota, lo único importante.

Antes, Samuel les corregía los trabajos e incluso les anotaba comentarios con bolígrafo rojo. Les enseñaba la diferencia entre «explotar» y «explosionar», cuándo era preferible «lo cual» a «lo que», cómo distinguir entre «eficacia» y «eficiencia», todas esas cosas. Pero un día, cuando estaba llenando el depósito en una gasolinera de las afueras del campus (se llamaba EZ-Kum-In-'n-Go),* se quedó mirando el cartel y pensó: «¿Para qué?»

Sinceramente, la verdad, ¿qué necesidad tenían de conocer *Hamlet*?

Les ha puesto un examen y ha terminado la clase treinta minutos antes de la hora. Estaba cansado. Tenía delante un grupo que no mostraba ningún interés y empezaba a sentirse como Hamlet en el primer soliloquio: insustancial. Quería desaparecer, que se le fundiera la carne hasta convertirse en rocío. Últimamente le pasaba mucho: se sentía más pequeño que su cuerpo, como si se le hubiera encogido el alma, siempre era él quien renunciaba al reposabrazos en los aviones, quien cedía el paso en la acera.

La coincidencia de esa sensación con su reciente empeño en buscar fotos de Bethany en internet... En fin, es demasiado obvio para ignorarla. Siempre que se siente culpable por algo, como le ocurre últimamente a todas horas, le da por pensar en ella: es como si su vida estuviera atrapada bajo varias capas de culpabilidad impenetrable. Hasta donde él sabe, Bethany (su gran amor, su gran cagada) sigue viviendo en Nueva York. Es violinista y toca en los mejores escenarios, graba discos en solitario, hace giras mundiales. Para Samuel buscarla en Google es como abrir una espita enorme en su interior. No sabe por qué se castiga así, pero una vez cada varios meses se queda hasta altas horas de la noche a mirar fotografías de Bethany, preciosa con sus vestidos de noche, sosteniendo el violín y unos ramos enormes de rosas y rodeada de admiradores en París, Melbourne, Moscú o Londres.

¿Qué opinaría ella? Se llevaría una decepción, desde luego. Pensaría que Samuel no ha madurado ni lo más mínimo: sigue siendo un niño que juega a videojuegos en la oscuridad. El mismo chaval que cuando se conocieron. Samuel piensa en Bethany igual que otra gente

---

* EZ-Kum-In-'n-Go: degeneración por mera proximidad fonética de *Easy come in and go*, que literalmente vendría a ser «entre y salga con facilidad». (*N. del t.*)

30

piensa tal vez en Dios. O sea: «¿Qué opinión tendrá Dios de mí?» Samuel siente el mismo impulso, sólo que ha sustituido a Dios por su otra gran ausencia: Bethany. Y a veces, si pasa demasiado tiempo dándole vueltas al asunto, cae por una especie de agujero y es como si experimentara su propia vida desde fuera, como si en vez de llevar las riendas de su existencia se dedicara a evaluar y valorar una vida que, por extraño y desafortunado que parezca, resulta ser la suya.

Las palabrotas de sus compañeros de hermandad lo devuelven al juego. Los elfos están cayendo como moscas. El dragón ruge desde lo alto mientras el grupo desencadena toda su munición de largo alcance: flechas, balas de mosquete, cuchillos y una especie de relámpagos eléctricos que salen de las manos de los magos.

—Ojo a la bola de fuego, Dodger —dice Pwnage, y Samuel se da cuenta de que está a punto de morir aplastado.

Se lanza al suelo y la bola estalla muy cerca de él. Su barra de vida desciende casi hasta el cero.

«Gracias», escribe Samuel.

Cuando el dragón vuelve a posarse en el suelo y empieza la tercera fase lo celebran con gritos victoriosos. Sólo quedan unos pocos atacantes de los veinte iniciales: están Samuel y Axman, el sanador del grupo y cuatro de los seis personajes de Pwnage. Nunca habían llegado a la tercera fase. Es su mejor resultado contra este dragón.

La tercera fase se parece bastante a la primera, sólo que ahora el dragón se mueve de un lado para otro y va abriendo vetas de magma en el suelo y haciendo caer gigantescas estalactitas mortales del techo de la caverna. La mayoría de las luchas finales de *Elfscape* se resuelven así. No son tanto pruebas de habilidad como de memorización de patrones y de capacidad multitareas: ¿puedes evitar que te salpique la lava que brota del suelo y esquivar las rocas que caen del techo y no perder de vista la cola del dragón para no permanecer en su trayectoria mientras lo persigues por toda la guarida para seguir castigándolo con la daga usando el muy específico y complejo ataque de diez movimientos que genera el máximo daño por segundo, imprescindible para lograr que la barra de vida del dragón llegue a cero antes de que su cronómetro interno alcance los diez minutos y desencadene lo que se conoce como un «ataque furibundo», en el que la bestia enloquece y mata a todo el que queda en la caverna?

En el fragor de la batalla, a Samuel el juego le resulta estimulante por lo general. Pero acto seguido, incluso cuando ganan, experimenta una decepción absoluta, porque el tesoro que han conseguido es falso, simple información digital, y todas las armas y armaduras del botín tendrán sólo una utilidad relativa, porque, en cuanto el resto de los jugadores empiece a derrotar también al dragón, los programadores introducirán una nueva criatura que será todavía más difícil de vencer y que protegerá un tesoro todavía mayor, en un círculo que se repite eternamente. No hay ninguna posibilidad de ganar de verdad. No se atisba el final. Y a veces la carencia de sentido del juego parece manifestarse de forma inesperada, como ahora mismo, cuando Samuel ve al sanador intentando mantener a Pwnage con vida mientras la barra de vida del dragón está cada vez más cerca del cero y Pwnage grita: «¡Vamos, vamos, vamos!», y están a punto de conseguir una victoria épica, pero incluso en un momento así piensa que en realidad lo único que pasa es que un puñado de personas solitarias están aporreando sus teclados a oscuras para enviar señales eléctricas a un servidor de Chicagoland que les devuelve pequeñas nubes de datos. Todo lo demás (el dragón y su guarida, los ríos de magma, los elfos, sus espadas y su magia) es puro escaparate, una simple fachada.

«¿Qué hago aquí?», se pregunta al mismo tiempo que la cola del dragón lo aplasta y una estalactita empala a Axman y el sanador queda reducido a cenizas en una grieta llena de lava, de modo que el único elfo superviviente es Pwnage y la única posibilidad de victoria para el grupo pasa porque Pwnage logre mantenerse con vida, y la hermandad lo anima a través de los auriculares y la barra de vida del dragón baja hasta el cuatro por ciento, tres por ciento, dos por ciento...

Incluso ahora, cuando están tan cerca de la victoria, Samuel se pregunta: «¿Para qué?»

«¿Qué estoy haciendo?»

«¿Qué pensaría Bethany?»

3

El baile de Pwnage en su sala de estar parece una mezcla de todos los gestos que hacen los jugadores de fútbol americano después de anotar *touchdown*. Su maniobra preferida consiste en mover los dos puños en círculo ante él. «Montar la nata», cree que se llama.

—¡Pwnage es el amo! —grita alguien.

Los elfos se pondrían en pie para dedicarle una ovación si no fueran todos cadáveres. Sus gritos eufóricos resuenan en los altavoces del sistema de sonido. Sus seis pantallas muestran a un dragón muerto desde seis ángulos diferentes.

Pwnage monta la nata.

Hace también ese gesto de bombear con el puño, como si arrancara un cortacésped.

Y también ese baile obsceno en el que parece que esté pegándole cachetes a algo que tiene delante, seguramente un culo.

Los espíritus de los elfos van regresando a sus cuerpos y, uno a uno, sus amigos se levantan del suelo de la cueva, resucitando a la manera especial de los videojuegos, donde te mueres pero nunca te mueres de verdad. Pwnage recoge el botín del fondo de la cueva y lo reparte entre sus colegas de hermandad: espadas y hachas, armaduras de plata y anillos mágicos. Se siente benévolo y generoso, como alguien vestido de Papá Noel el día de Navidad.

Los demás empiezan a desconectarse, y él se despide de todos, uno por uno, los felicita por su excelente actuación y trata de convencerlos para que se queden conectados un rato más, pero todos se excusan diciendo que es demasiado tarde y que tienen que trabajar por la mañana, de modo que también él, finalmente, acepta que es hora de acostarse. Se desconecta, apaga todos sus ordenadores, se mete en la cama y cierra los ojos, y entonces es cuando su cerebro empieza con los Destellos, parpadeos alucinatorios de elfos y orcos y dragones que caen en una cascada interminable a través de su mente mientras él intenta descansar después de otra de sus borracheras de *Elfscape*.

No tenía previsto jugar hoy. Desde luego, no tenía previsto jugar tanto rato. Se suponía que hoy iba a ser el primer día de su nueva dieta. Había prometido que hoy empezaría a comer mejor: fruta, verdura, proteínas magras y nada de grasas saturadas, porciones razonables y comidas equilibradas y sumamente nutritivas, empezando desde ya. Ha inaugurado su nuevo estilo de vida sana esta misma mañana, partiendo una nuez de Brasil, masticándola e ingiriéndola, porque las nueces de Brasil son uno de los «Cinco alimentos que deberías comer más a menudo» según el libro de dietas que se ha comprado para preparar el día de hoy, junto con todas las secuelas del libro de dietas, los menús correspondientes y las aplicaciones del móvil, que coinciden en proponer una cocina basada sobre todo en las proteínas animales y los frutos secos, es decir, una dieta de cazadores-recolectores. Ha visualizado todas las grasas buenas, los antioxidantes y los metanutrientes de la nuez de Brasil recorriéndole el cuerpo y produciendo efectos positivos como atacar los radicales libres, reducir el colesterol y, ojalá, potenciar sus niveles energéticos, porque tenía «mucha faena por delante».

La cocina necesita una reforma urgente: el laminado de la encimera está agrietado y combado por los extremos y el lavavajillas dejó de funcionar la primavera pasada y el triturador de residuos lleva ya un año muerto y tres de los cuatro fogones de la cocina están inservibles, y últimamente el frigorífico hace cosas muy raras: la nevera se para en el momento más inoportuno y echa a perder los perritos calientes y la carne y agría la leche, mientras que al congelador le dan frenesís de hiperactividad y deja sus cenas precocinadas enterradas en permafrost. Además, habría que sacar de los armarios de la cocina varias colecciones de fiambreras de plástico amarilleadas por el tiempo, las bolsitas olvidadas de frutas deshidratadas, frutos secos o patatas fritas y los numerosos tarritos cilíndricos de hierbas y especias dispuestos en capas geológicas formadas por sus anteriores intentos de empezar una nueva dieta, pues cada uno de ellos requirió la compra de hierbas y especias nuevas, ya que en el tiempo transcurrido desde la última intentona seria las hierbas y especias antiguas han quedado reducidas a pegotes secos e inservibles dentro de sus respectivos botes.

Sabe que debería abrir todos los armarios, tirarlo todo y asegurarse de que no quedan colonias de bacterias o de bichos en los rincones más recónditos y oscuros, pero no quiere abrir los armarios y buscar bichos porque le da miedo lo que podría encontrar, concretamente los bichos. Porque entonces tendría que cubrirlo todo con plásticos y fumigar y hacer sitio en otra parte para crear una especie de «zona de montaje» donde amontonar todo lo necesario (los armarios nuevos y las lamas para el suelo y los electrodomésticos nuevos y los diversos martillos, sierras, cajas de clavos y tornillos, las tuberías de PVC y las demás mierdas necesarias para una reforma a fondo de la cocina), aunque le basta con echar un vistazo a su casa para darse cuenta de lo difícil que sería: la sala de estar, por ejemplo, tendría que ser una zona libre de escombros por si una noche, en el futuro, recibe alguna visita inesperada (o sea, de Lisa) que no considere particularmente seductoras ni románticas las pilas de herramientas. Y otro tanto podría decirse del dormitorio, que tampoco es una zona de montaje apropiada por el mismo motivo, aunque debe reconocer que Lisa lleva bastante tiempo sin pasarse por su casa, sobre todo porque insiste en «mantener las distancias» durante esta nueva fase de su relación, un edicto que, en cambio, no le impide pedirle que la lleve en coche al trabajo o a varios grandes almacenes para hacer toda una serie de recados, y aunque Lisa se haya divorciado de él no piensa dejarla tirada sin permiso de conducir y sin coche porque, aunque sabe que la mayoría de los tíos harían exactamente eso, a él lo criaron de otra forma.

Así pues, la única zona de montaje viable para los escombros de la cocina es el dormitorio de invitados, que por desgracia tampoco está disponible, pues ya está abarrotado de cosas de las que parece impensable deshacerse: cajas llenas de premios del instituto, placas, trofeos, medallas, certificados de aptitud y, entre todo eso, la libretita encuadernada en piel negra que contiene las primeras páginas de una novela que se ha prometido escribir muy pronto. Total, que debería vaciar todas esas cajas y catalogar su contenido antes de poder crear la zona de montaje necesaria para abordar la reforma de la cocina imprescindible si quiere empezar su nueva dieta.

Y luego está el asunto del presupuesto. A saber: cómo va a permitirse empezar de cero una dieta saludable cuando ya acumula una deuda enorme por los pagos de sus numerosas cuentas de *World of Elfscape* y de su teléfono nuevo. Y sí, se da cuenta de que, visto desde fuera, la compra de un teléfono de cuatrocientos dólares más sus correspondientes planes de datos y mensajes sin límite podría parecer exorbitada para alguien que no depende del acceso a la comunicación electrónica para ganarse la vida, y de hecho la mayoría de los mensajes que ha recibido desde que se compró el móvil son de su proveedor —que le pregunta si está satisfecho con la compra, le ofrece planes de seguros y lo anima a probar otros aparatos y programas de la empresa—, más unos pocos de Lisa diciéndole que lo necesita inesperadamente en la tienda Lancôme, o que va a salir de la tienda Lancôme antes de tiempo, o que va a quedarse en la tienda Lancôme hasta tarde, o que ya no necesita que pase a recogerla porque «alguien del trabajo» la ha invitado a «salir», y ésos son los mensajes que lo hacen retorcerse de celos por su exasperante ambigüedad y lo dejan hecho un ovillo en el sofá, mordiéndose las quebradizas uñas mientras se pregunta por los límites de la fidelidad de Lisa. Y aunque, desde luego, ya no puede esperar una monogamia conyugal hegemónica, y además reconoce que el divorcio ha puesto un fin certero a su relación, también sabe que Lisa no lo ha dejado por otro hombre y que él sigue siendo un factor importante en su vida, de modo que una parte de él piensa que si se muestra lo bastante útil, lo bastante atento y lo bastante involucrado, Lisa nunca terminará de dejarlo del todo; de ahí la necesidad de tener móvil.

Las apps específicas con dietas y ejercicios disponibles a través del móvil son también indispensables para cualquier nuevo programa de hábitos alimenticios, pues le permitirían introducir toda la información relacionada con la ingesta diaria de alimentos y bebidas y recibir un análisis de su evolución en función de los valores calóricos y nutricionales. Por ejemplo, anota lo que consume un día cualquiera para disponer de una especie de punto de referencia con el que comparar con precisión la excelencia de su alimentación futura, y ha descubierto que si los tres expresos (con azúcar) que se toma todos los días para desayunar suman un total de cien calorías, y el *latte* con seis cargas de café y el *brownie* de cada mediodía suman otras cuatrocientas, todavía le quedan mil quinientas para llegar al tope diario de dos mil, o sea que por la noche aún tiene margen para dos o incluso tres paquetes de fajitas de salmón congeladas Ocean Bonanza, que vienen acompañadas de una porción de verduras perfectamente cortadas, con aspecto de patatas fritas, y un paquetito de una salsa roja y salada llamada «Especias del sur», al que por lo general agrega una cucharada o más de sal (la app dietética de su teléfono asigna cero calorías a la sal, algo que él considera una enorme victoria desde el punto de vista del sabor), y se come el salmón congelado con rapidez e intensidad, esforzándose por no reparar en que el microondas calienta las cosas de forma tan irregular que los pimientos verdes le queman literalmente la lengua, mientras que, al mismo tiempo, algunos tacos de salmón están aún tan fríos por dentro que se desmoronan con una textura como de corteza de árbol húmeda, lo que le deja una sensación muy desagradable en la boca, aunque eso no le impide volver a llenar el congelador de paquetes de fajitas de salmón, no sólo porque en la caja pone que son «¡Sorprendentemente bajas en grasas!», sino también porque el 7-Eleven tiene una oferta de liquidación permanente al increíble precio de diez paquetes por cinco dólares (con un máximo de diez por persona).

El caso es que la app del móvil analiza los nutrientes y los metanutrientes que consume y los compara con las dosis recomendadas de vitaminas, ácidos, grasas y demás por la Administración de Alimentos y Medicamentos, para mostrar los resultados en un gráfico que tendría un relajante color verde de haber hecho él las cosas de forma correcta, pero en realidad es de un rojo intenso, estilo botón de alarma, debido a la alarmante carencia de todos los elementos necesarios en su dieta para garantizar el funcionamiento orgánico más elemental. Y, sí, debería admitir que últimamente tanto el blanco de sus ojos como las puntas de su pelo han adquirido un desconcertante tono amarillento, y las uñas, más finas y quebradizas, tienden a partirse por la mitad casi hasta la base, aparte de que en los últimos tiempos tanto las uñas como el pelo han dejado de crecer por completo y parecen desaparecer en algunas áreas, o incluso replegarse sobre sí mismos, y encima tiene un sarpullido más o menos permanente en el brazo, en la zona donde llevaría el reloj. De modo que, aunque por lo general se queda muy por debajo del tope de dos mil calorías diarias, es consciente de que para «comer mejor» debería consumir un tipo de calorías del todo distintas, en concreto las que proceden de alimentos orgánicos, integrales, frescos y absolutamente impagables mientras tenga que hacer frente a los pagos mensuales de la tarjeta de crédito a cuenta de su teléfono móvil y de los correspondientes planes de mensajes y datos. Y no se le escapa la paradoja de su situación, la ironía que encierra el hecho de que los pagos asociados al aparato que le muestra cómo comer bien le impidan disponer del dinero necesario para comer bien, y sí, lo carga todo a su tarjeta de crédito, cuyos intereses crecen de forma vertiginosa, al tiempo que su capacidad de satisfacerlos se va alejando en un fenómeno parecido a la deriva continental. Y lo mismo podría decirse de su hipoteca, que también crece sin parar porque, años atrás, antes de que la ciudad (y el mercado inmobiliario del país en general) se fuera a la mierda, un agente inmobiliario lo convenció para que refinanciara su casa utilizando un instrumento de «amortización negativa». En su momento esa decisión generó un auténtico alud de dinero que le permitió comprarse un televisor HD, varias videoconsolas y un ordenador de sobremesa bastante caro, pero ahora le provoca una verdadera sangría económica, ya que las cuotas de la hipoteca no paran de subir de manera sorprendente, mientras que, según la última vez que lo miró, el valor de su casa se ha desplomado y estabilizado en una cifra tan increíblemente baja que es como si el edificio hubiera sufrido la explosión catastrófica de un laboratorio de metanfetamina en su interior.

Todo eso, en combinación con el resto de sus problemas económicos y de presupuesto, le provoca estrés, tanto estrés que el corazón le hace cosas raras, una especie de sacudidas que son como si alguien le palpara mecánicamente la caja torácica por dentro. «Si no tienes salud no tienes nada», suele decir Lisa, y así justifica él su inversión en cosas que le ayudan a reducir el estrés, como productos electrónicos de gama alta y videojuegos.

Y a eso ha recurrido hoy. Antes de completar las tareas que exigía su nueva dieta ha decidido terminar las otras, las que lo esperaban en *Elfscape*: las veinte tareas que completa a diario y le brindan recompensas superchulas en el juego (como montar un grifo volador, llevar hachas de un tamaño increíble y unas chaquetas y unos pantalones muy elegantes que le dan a su avatar un aire de lo más sofisticado cuando camina por ahí). Esas misiones —que por lo general consisten en cargarse a un enemigo de poca monta, cruzar un territorio peligroso para entregar un mensaje o encontrar algún chisme importante que se ha perdido— hay que completarlas cada día sin falta durante cuarenta días consecutivos para desbloquear las recompensas en el «menor tiempo matemáticamente posible», lo que en sí mismo ya es una especie de recompensa, pues cada vez que logra completarlas con éxito estallan fuegos artificiales, suenan las trompetas y su nombre aparece en la lista de Jugadores Más Épicos de *Elfscape*, y todos los miembros de su lista de contactos le mandan mensajes de felicitación. Es como ser el novio en una boda, pero en el mundo de los videojuegos. Y como Pwnage no juega con un solo personaje, sino con tantos como para montar un equipo de béisbol, en cuanto completa las veinte misiones diarias con su personaje principal las repite también con sus personajes alternativos, de modo que el número de misiones completadas exigibles cada día puede ascender a unas doscientas o más, en función del número de «alternos» que le interese evolucionar. Eso significa que el proceso diario de compleción de las misiones requiere unas cinco horas de juego, y aunque sabe que pasar cinco horas seguidas con un videojuego se acerca al límite de tolerancia máximo de la mayoría de la gente, para él esas cinco horas no son más que un prerrequisito para poder empezar a jugar de verdad, algo así como un calentamiento previo a la sesión de juego real, algo que debe quitarse de en medio antes de empezar de verdad la diversión.

De modo que hoy, cuando ha terminado sus misiones había oscurecido ya, y él estaba tan confuso y embotado y próximo al estreñimiento tras cinco horas de tareas repetitivas que no disponía de la capacidad de concentración, la fuerza de voluntad y la energía necesarias para abordar tareas de dificultad superior, como salir a comprar, cocinar o enfrentarse a la compleja remodelación de la cocina. Por eso se ha quedado sentado ante el ordenador, ha recargado las pilas con un *latte* con seis cargas de café y un burrito congelado, y ha seguido jugando.

Ha pasado tanto tiempo jugando que ahora, cuando trata de dormir, se da cuenta de que los Destellos están especialmente cargados de energía y le resulta imposible conciliar el sueño, así que lo único que puede hacer es salir de la cama, volver a encender los ordenadores, comprobar los servidores de la costa Oeste y enfrascarse en otra misión. Después se conecta a los servidores australianos, horas más tarde, y vuelve a atacar al dragón. Entonces, sobre las cuatro de la madrugada, se conectan los expertos jugadores japoneses, lo que siempre supone un aluvión, y él se alía con ellos y mata al dragón un par de veces más, hasta que matar al dragón ya no le provoca una sensación triunfal, sino rutinaria, común y tal vez un poco monótona. Para cuando aparece India, los Destellos se han metamorfoseado en una luminiscencia dispersa e informe y él abandona el juego, se siente confuso, como si tuviera la frente físicamente a un metro de la cara, y decide que necesita un momento de descompresión antes de acostarse, de modo que coge uno de los DVD que ha visto un millón de veces (la idea es que la película vaya reproduciéndose mientras él desconecta un poco, pues la ha visto tantas veces que su cerebro ni siquiera tendrá que esforzarse), uno de su colección de películas sobre desastres apocalípticos en que la Tierra queda destruida de mil formas distintas (meteoritos, alienígenas o una colosal actividad volcánica interior), y a los quince minutos su mente empieza a vidriarse, y mientras el protagonista descubre el secreto que el gobierno lleva tanto tiempo ocultando y entiende que pronto va a pasar algo chungo de verdad, Pwnage desconecta y pasa revista a su día, recuerda vagamente el apremiante e intenso deseo de empezar a comer mejor que ha sentido esa misma tarde y, quizá porque se siente culpable de no haber considerado que ése era, de hecho, el día adecuado para empezar a comer bien, abre otra nuez de Brasil, pensando que estas cosas tal vez sea mejor tomárselas con calma, que esa nuez es un puente entre su vida actual y la que tiene por delante, mucho más sana, y se le va la cabeza, y se queda mirando el televisor con una expresión vacía, como de pez, y se traga el denso bolo de la nuez de Brasil y ve cómo la Tierra queda arrasada y le da por imaginar, casi feliz, que un meteorito del tamaño de California choca contra la Tierra y provoca un destello capaz de derretir esqueletos que acaba con todo, mata a todo el mundo, no deja piedra sobre piedra, y entonces se levanta del sofá y ya casi ha amanecido, y se pregunta adónde habrá ido la noche, y entra tambaleándose en su dormitorio y se ve en el espejo (el pelo blanco amarillento, los ojos enrojecidos de fatiga y deshidratación) y se mete en la cama y más que dormirse se desploma en una oscuridad absoluta, repentina y violenta. Y en ese estado casi comatoso, lo que intenta retener en la mente es el recuerdo de sí mismo bailando.

Quiere recordar lo que ha sentido: un momento de felicidad trascendente. Acababa de derrotar al dragón por primera vez. Todos sus amigos de Chicago lo vitoreaban.

Pero no puede, no logra reproducir la sensación que le ha hecho bailar con tanta euforia. Pwnage intenta imaginarse haciéndolo, pero se siente desconectado de la experiencia; es como algo que hubiera visto en la tele, hace mucho tiempo. Tal como lo experimenta ahora, es imposible que fuera él quien montaba la nata, quien arrancaba el cortacésped, quien le daba cachetes a ese culo.

Mañana, se promete.

Mañana será el primer día de la nueva dieta: el primer día de verdad, oficial. Y a lo mejor hoy ya ha sido un calentamiento, o un ensayo, o una forma de coger carrerilla para el verdadero primer día de la nueva dieta, que ya no tardará. Un día de éstos, dentro de poco, se levantará temprano y se tomará un desayuno saludable y se pondrá a trabajar en la cocina y limpiará los armarios y comprará comida fresca y evitará el ordenador y, finalmente, durante un día entero lo hará todo bien, todo perfecto.

Lo jura. Lo promete. Un día de éstos será el día que lo cambiará todo.

4

—¿Cree que he hecho trampa? —pregunta Laura Pottsdam, alumna de segundo año en la universidad y tramposa habitual, perpetua—. ¿Cree que he plagiado el trabajo? ¿Yo?

Samuel asiente con la cabeza. Intenta fingir que la situación lo entristece, como cuando un padre tiene que castigar a su hijo. Intenta adoptar una expresión que signifique «a mí me duele más que a ti», aunque en realidad no lo siente así. Íntima, secretamente, disfruta cuando puede suspender a un alumno. Es como una venganza por tener que darles clase.

—Voy a decirle algo, de una vez por todas: No. He. Plagiado. El. Trabajo —dice Laura Pottsdam, refiriéndose a un trabajo plagiado casi por completo.

Samuel lo sabe gracias al programa, un programa verdaderamente excepcional al que la universidad está suscrita, que analiza todos los trabajos presentados por sus alumnos y los compara con todos los trabajos de un archivo enorme que incluye todos los trabajos analizados en cualquier centro de enseñanza. El procesador interno del programa está compuesto literalmente por millones de palabras escritas por todos los alumnos de instituto y de universidad del país, y a veces Samuel bromea con sus colegas diciendo que si alguna vez el programa desarrollara una inteligencia artificial y una conciencia propia como pasa en las historias de ciencia ficción, lo primero que haría sería aprovechar las vacaciones breves de la primavera para marcharse a Cancún.

El programa analizó el trabajo de Laura y determinó que estaba plagiado en un noventa y nueve por ciento: lo había copiado todo excepto el nombre «Laura Pottsdam».

Plurium interrogationum (o «La pregunta compleja»)

—Vaya a saber qué le pasará a ese programa —dice Laura, alumna de segundo año en la universidad, natural de Schaumburg, Illinois, matriculada en la especialidad de Marketing y Comunicación, metro cincuenta y cinco o sesenta, pelo rubio oscuro que bajo la luz verdosa del despacho de Samuel parece del mismo amarillo claro de los cuadernos de notas, vestida con una camiseta blanca y fina que anuncia una fiesta que tuvo lugar casi con toda seguridad antes de que ella naciera—. Me pregunto por qué fallará. ¿Falla muy a menudo?

—¿Quieres decir que es un error?

—Es que es rarísimo, no lo entiendo. ¿Por qué dice que está copiado?

Laura tiene el pelo tan maltratado y alborotado que parece que se haya duchado en un túnel de viento. Resulta imposible no fijarse en que lleva unos shorts de franela raídos, apenas del tamaño de un filtro de cafetera. Otro tanto puede decirse del intenso bronceado de sus piernas. En los pies lleva unas zapatillas peludas, del color verde amarillento del repollo, con una película de suciedad marrón grisácea alrededor de la plantilla por haberlas llevado demasiado en el exterior. Samuel cae en la cuenta de que es muy posible que haya ido a verlo a su despacho literalmente en pijama.

—El programa no falla —dice.

—¿Nunca? ¿No falla nunca? ¿Está diciendo que es infalible, perfecto?

Las paredes del despacho de Samuel están decoradas como corresponde, con sus diplomas y las estanterías llenas de libros con títulos largos, lo que da a ese espacio oscuro un ambiente académico indeterminado. Hay una butaca de piel en la que ahora se sienta Laura, balanceando sus zapatillas. Viñetas de *The New Yorker* pegadas con celo a la puerta. Una plantita en el alféizar que Samuel riega con un pulverizador tamaño pinta. Una perforadora de tres agujeros. Un calendario de sobremesa. Una taza de café con la imagen de Shakespeare. Un juego de plumas elegantes. Todo como debe ser. Un perchero con una chaqueta de *tweed* de emergencia. Él está sentado en una silla ergonómica. Experimenta una breve alegría ante el uso correcto del término «infalible». El olor rancio de su despacho tanto puede proceder de Laura, que acaba de despertarse, como de él mismo por haberse quedado anoche hasta tarde jugando al *Elfscape*.

—Según el programa —dice Samuel mirando el informe sobre el trabajo de Laura—, este ensayo está sacado de la página web TrabajosGratis.com.

—¿Lo ve? ¡A eso me refiero! Nunca había oído hablar de ella.

Samuel es uno de esos profesores jóvenes que todavía se visten de una forma que sus alumnos podrían considerar «moderna». Camisetas por fuera, vaqueros azules, zapatillas de cierta marca de moda. Algunos lo interpretan como una demostración de buen gusto, otros como una señal de debilidad interna, inseguridad y desesperación. A veces también suelta algún taco en clase para no parecer un viejo carca. Los shorts de Laura son de franela con cuadros escoceses de color rojo, negro y azul marino. Su camiseta es extraordinariamente fina y está descolorida, aunque no es fácil saber si se debe al exceso de uso o si se trata de un diseño de fábrica.

—Desde luego, no voy a copiar un estúpido trabajo de internet. O sea, ni hablar.

—Entonces, en tu opinión es una coincidencia.

—No entiendo por qué el programa dice eso. Es que, no sé, es... ¿rarísimo?

Laura termina las frases en tono ascendente, de tal modo que incluso las afirmaciones suenan como preguntas. Es algo que a Samuel, como la mayoría de los acentos, le resulta difícil no imitar. También le parece notable que Laura sea capaz de sostenerle la mirada y mantener el cuerpo relajado y tranquilo a pesar de estar mintiendo. No presenta ninguna de las manifestaciones físicas involuntarias propias del engaño: respira de forma normal; mantiene una postura distendida y lánguida; no aparta los ojos de Samuel en lugar de desviarlos hacia arriba y a la derecha, una indicación de que están tratando de acceder a las partes más creativas del cerebro; tampoco parece que haga un esfuerzo antinatural para mostrar según qué emociones, ya que éstas acuden a su rostro en el momento oportuno y de una forma más o menos espontánea y orgánica, y no como suele suceder con los mentirosos, en cuyos rostros se percibe el esfuerzo de reproducir mecánicamente la expresión apropiada con la musculatura de las mejillas.

—Según el programa —dice Samuel—, el trabajo en cuestión ya se presentó hace tres años en el Instituto Público de Schaumburg. —Hace una breve pausa para que la información cale—. ¿No es tu pueblo? ¿Tú no eres de allí?

Petitio principii
(o «El argumento circular»)

—La verdad... —dice Laura, que se remueve en la butaca y se sienta encima de una pierna en lo que podría considerarse el primer signo visible de incomodidad.

Los shorts son tan diminutos que, cuando se mueve, la piel de la parte baja de sus nalgas rechina sobre el cuero de la butaca o se despega de él con un ruido como de succión húmeda—. No iba a mencionarlo, pero estoy bastante ofendida. Por todo esto.

—Ya veo.

—Pues sí. ¿Lo de preguntarme si he copiado? Me parece muy, no sé, ¿grosero?

En la camiseta de Laura, cuyo efecto descolorido, concluye Samuel, se ha conseguido efectivamente de manera artificial con tintes o productos químicos, o tal vez usando luz ultravioleta o productos abrasivos, pone «Laguna Beach Party, Summer 1990» con una tipografía festiva, de aspecto *vintage*, encima de una escena marítima y un arcoíris.

—Es mejor no llamar «mentirosa» a la gente —dice Laura—. Porque estigmatiza. ¿Hay estudios y tal? Cuanto más llamas «mentiroso» a alguien, más posibilidades hay de que mienta.

Samuel piensa que ojalá hubiera dicho «más probabilidades hay de que mienta».

—Además, no debería castigar a alguien por mentir —añade—, porque entonces tiene que mentir más. ¿Para aprobar? Es como... ¿un círculo vicioso? —dice, trazando un círculo en el aire con un dedo.

Laura Pottsdam siempre llega a clase entre tres minutos antes y dos minutos después de la hora de inicio. Prefiere sentarse en la parte

45

posterior izquierda. Varios chicos de la clase han ido cambiando poco a poco de sitio para estar más cerca de su órbita, avanzando a paso de molusco desde el extremo derecho del aula hacia el izquierdo a lo largo del semestre. La mayoría se sientan a su lado durante dos o tres semanas antes de regresar súbitamente al extremo opuesto. Parecen partículas cargadas que chocan y rebotan en lo que Samuel da por hecho que es un melodrama psicosexual que interpretan de forma extracurricular.

—Este trabajo no lo has escrito tú —dice Samuel—. Lo compraste en el instituto y has vuelto a utilizarlo para mi clase. Eso es lo único que estamos discutiendo hoy.

Laura dobla las piernas y se sienta con los pies debajo del culo. Su piel se despega del cuero reluciente con un chasquido húmedo.

Apelación a la piedad

—Es superinjusto —dice Laura. La fluidez y la naturalidad con las que ha movido las piernas son un signo de flexibilidad juvenil, o de haber pasado muchas horas haciendo yoga, o de ambas cosas—. Nos pidió un trabajo sobre *Hamlet*, y eso es lo que le entregué.

—Lo que os pedí es que escribierais un trabajo sobre *Hamlet*.

—¿Y yo cómo iba a saberlo? No es culpa mía que tenga unas normas tan raras.

—Las normas no son mías. Todos los centros tienen las mismas.

—No es verdad. Presenté ese trabajo en el instituto y saqué un sobresaliente.

—Una pena.

—Así que no sabía que no podía hacerlo. ¿Cómo iba a saber que no podía hacerlo? Nadie me había enseñado que no podía hacerlo.

—Claro que lo sabías. Me has mentido. Si creyeras que no has hecho nada malo no me habrías mentido.

—Pero es que yo miento por todo. Es típico de mí. No puedo evitarlo.

—Pues deberías intentar no hacerlo más.

—No pueden castigarme dos veces por el mismo trabajo. Si ya me castigaron en el instituto por plagio, no pueden volver a castigarme ahora. ¿No dicen que no te pueden juzgar dos veces por el mismo delito?

—Pero si has dicho que te pusieron un sobresaliente en el instituto.

—Yo no he dicho eso.

—Estoy bastante seguro de que sí. Estoy bastante seguro de que acabas de decirlo.

—Sólo era una hipótesis.

—No, yo creo que no.

—Lo sabré yo, vamos...

—¿Estás mintiendo otra vez? ¿Estás mintiendo ahora mismo?

—No.

Se miran un momento a los ojos, como dos jugadores de póker echándose un farol al mismo tiempo. Nunca se habían sostenido la mirada tanto rato. En clase, Laura casi siempre tiene la vista fija en el regazo, donde esconde el teléfono. Cree que basta con ponerse el teléfono en el regazo para que quede bien escondido. No tiene ni idea de lo obvia y transparente que es esa maniobra. Samuel nunca le ha pedido que deje de mirar el móvil en clase, más que nada para poder destrozarle la nota al final del trimestre, cuando reparta los puntos por participar en clase.

—En cualquier caso —dice Samuel—, lo del doble juicio no funciona así. La cuestión aquí es que cuando entregas un trabajo se da por sentado que dicho trabajo es tuyo.

—Es que es mío —dice ella.

—No, lo compraste.

—Ya —dice ella—. Por eso. Lo compré, o sea que es mío. Es mi trabajo.

Samuel se sorprende pensando que si no se lo plantea como una trampa, sino como una externalización del trabajo, es posible que la chica tenga parte de razón.

Falsa analogía

—Además hay gente que hace cosas peores —dice Laura—. ¿Mi mejor amiga? Paga a su profesor particular de álgebra para que le haga los deberes. O sea, eso es mucho peor, ¿no? ¡Y nadie la castiga! ¿Por qué va a castigarme a mí y a ella no?

—Tu amiga no está en mi clase —contesta Samuel.

—¿Y qué me dice de Larry?

—¿Quién?

—¿Larry Broxton? ¿De nuestra clase? Sé de buena tinta que todo lo que le entrega lo escribió su hermano mayor. Y usted no lo castiga. No es justo. Lo suyo es mucho peor.

Samuel recuerda que Larry Broxton —alumno de segundo año, sin especialidad determinada, pelo rapado del color del maíz, generalmente vestido en clase con unos pantalones de baloncesto anchos de color plateado y una camiseta blanca y negra con el logo gigantesco de una cadena de ropa presente en casi todos los *outlets* de Estados Unidos— era uno de los chicos que habían ido acercándose poco a poco a Laura Pottsdam y luego han salido rebotados. El puto Larry Broxton, con la piel pálida y verdosa como el interior de una patata podrida, con sus penosos intentos de dejarse crecer un bigote y una barba rubios que más bien parecen una costra de migas de pan rallado, y con ese aspecto encorvado y retraído que, por algún motivo, a Samuel le hace pensar en un helecho esmirriado que sólo podría crecer en la sombra; Larry Broxton, que no ha hablado ni una sola vez en clase, cuyos pies han dado algún estirón más que el resto del cuerpo y le confieren unos andares más bien patosos, como si tuviera dos peces de río anchos y planos en lugar de pies, y los lleva metidos en unas sandalias negras enormes diseñadas, a juicio de Samuel, para su uso exclusivo en duchas y piscinas públicas; el mismo Larry Broxton que suele pasarse los diez minutos que Samuel concede en todas sus clases para «la escritura libre y la lluvia de ideas» rascándose los genitales de manera ociosa, inconsciente y tranquila, y que, durante las dos semanas que pasaron sentados juntos, fue capaz, casi a diario, invariablemente, de hacer reír a Laura Pottsdam mientras salían de clase.

Pendiente resbaladiza

—Yo sólo digo —continúa Laura— que si me suspende a mí tendrá que suspender a todo el mundo. Porque todo el mundo hace lo mismo. Y entonces no le quedará nadie a quien darle clases.

—A quien dar —dice él.

—¿Cómo?

—No le quedará nadie a quien dar clases. No a quien darle.

Laura se lo queda mirando como si le estuviera hablando en chino.

—Es un pleonasmo —añade Samuel—. «Le quedará» y «darle».

—Pues muy bien.

Sabe que corregirle la gramática oral es un gesto descortés y condescendiente, como criticar a alguien en una fiesta por no ser lo bastante leído, algo que, por cierto, le sucedió a él durante su primera semana en el cargo, en una cena organizada para que los miembros del claustro se conocieran mejor, en casa de su jefa, la decana de la universidad, una mujer que había formado parte del Departamento de Lengua antes de dar el salto a su actual puesto administrativo. La decana había construido su carrera académica de la forma habitual: aprendiendo todo lo que podía aprenderse sobre un campo extraordinariamente limitado (su nicho específico era la literatura sobre la peste negra escrita durante la peste negra). En un momento de la cena le pidió su opinión acerca de un pasaje de *Los cuentos de Canterbury* y, al ver que él dudaba, dijo levantando la voz más de lo necesario: «¿No lo ha leído? Ostras, madre mía.»

Non sequitur

—Además —añade Laura—, me pareció muy injusto que pusiera un examen.

—¿Qué examen?

—¿El examen que puso? ¿Ayer? ¿Sobre *Hamlet*? Le pregunté si iba a haber un examen y dijo que no. Y luego lo puso de todos modos.

—Estoy en mi derecho.

—Me mintió —dice ella, afectando un tono ofendido y herido que parece heredado de un millar de culebrones televisivos.

—No te mentí —dice él—. Cambié de opinión.

—No me dijo la verdad.

—No deberías haberte saltado la clase.

¿Qué es exactamente lo que tanto le cabrea de Larry Broxton? ¿A qué viene la repugnancia física que siente cuando los ve sentarse juntos, reírse juntos, volver a casa juntos? En parte se debe a que aquel chico le parece un inútil: por su forma de vestir, por su ignorancia despreocupada, por su prognatismo, por el muro de silencio absoluto que erige durante los debates en el aula, donde permanece sentado inmóvil como una masa de materia orgánica que no contribuye en nada a la clase ni al mundo. Sí, todo eso lo enfurece, y su furia se ve magnificada por la certeza de que Laura permite que ese chico «le haga cosas». Que se deja tocar por él, que incluso se pega voluntariamente a su piel bulbosa y permite el contacto de los labios costrosos de Larry con los suyos y se deja acariciar por esas manos, con las uñas mordisqueadas con pegotes de porquería morada debajo. Al saber que es capaz de quitarle de manera voluntaria esos pantalones de baloncesto tan holgados cuando llegan a la mísera habitación de Larry, que sin duda apesta a sudor, a restos de pizza, mugre corporal y meados, al saber que Laura puede permitir todo eso de manera voluntaria y sin sufrir, es Samuel quien sufre por ella.

Post hoc, ergo propter hoc

—No creo que merezca suspender sólo por saltarme una clase —dice Laura—. Me parece muy injusto.

—Es que no vas a suspender por eso.

—A ver, que es sólo una clase. Tampoco hace falta que se lo tome tan... ¿a pecho?

Pero lo que hacía sufrir todavía más a Samuel era pensar que probablemente lo que había unido a Laura y Larry había sido la aversión que ambos sentían por él. Que él había sido el pegamento entre ellos. Que los dos lo consideraban un tío aburrido y tedioso, y que eso les había bastado para tener un tema de conversación, les había bastado para llenar los momentos de silencio entre morreos. En cierto modo, todo era culpa suya. Samuel se sentía responsable por la catástrofe sexual que se estaba desarrollando en su clase, última fila, extremo izquierdo.

Falso compromiso

—Tengo una idea —dice Laura, que se endereza y se inclina hacia él—. Yo admito que hice mal al copiar el trabajo y usted admite que hizo mal poniendo el examen.

—Vale.

—Le voy a hacer una concesión: yo reescribiré el trabajo y usted me pone un examen de recuperación. Todos felices. —Levanta las manos, con las palmas hacia arriba, y sonríe—. *Voilà* —dice.

—¿Y eso es una concesión?

—Creo que deberíamos superar la conversación sobre «las trampas de Laura» y pasar al asunto de «cómo desencallar esta situación».

—Si te sales con la tuya en todo no es ninguna concesión.

—Pero es que usted también se sale con la suya. Porque yo asumiré toda la responsabilidad sobre mis actos.

—¿Cómo?

—Diciéndolo. Diciendo que... —Aquí levanta los dedos e imita unas comillas—: «Asumo toda la responsabilidad por mis actos.» —Fin de las comillas aéreas.

—Para asumir la responsabilidad por tus actos tienes que aceptar sus consecuencias.

—O sea, suspender.

—Sí, suspender.

—¡No es justo! No es normal que tenga que suspender y encima asumir la responsabilidad por mis actos. Tendría que ser una cosa o la otra. La cosa funciona así. ¿Y sabe qué más?

Maniobra de distracción

—Ni siquiera necesito esta asignatura. No tendría que haberme matriculado. ¿Cuándo voy a necesitarla en la vida real? ¿Quién me va a preguntar si he leído *Hamlet*? ¿En qué momento va a ser esencial esa información? ¿Me lo puede decir? ¿Eh? Dígame, ¿cuándo voy a necesitar saber algo de todo esto?

—Eso no es relevante.

—No, ya lo creo que es relevante. No hay nada más relevante. Porque no puede; no puede decirme cuándo voy a necesitar esta información. ¿Y quiere saber por qué no puede? Porque la respuesta es «nunca».

Samuel sabe que lo más seguro es que tenga razón. Pedir a los estudiantes que analicen *Hamlet* desde el punto de vista de las falacias lógicas es bastante ridículo. Pero desde que llegó al poder cierto rector obsesionado con enseñar ciencias puras y matemáticas «en todas las clases» (una decisión basada en la idea de que debemos canalizar a nuestros alumnos hacia esas disciplinas para poder competir con los chinos, o algo así), Samuel tiene que demostrar en sus informes anuales que fomenta las matemáticas en sus clases de literatura. Enseñar lógica es un gesto en esa dirección, y de hecho ahora desearía haberla enseñado más a conciencia, porque, si no lleva mal la cuenta, Laura ha incurrido ya en unas diez falacias lógicas a lo largo de la conversación.

—Mira —dice Samuel—, yo no te pedí que te matricularas en mi asignatura. Nadie te obliga a estar aquí.

—¡Anda que no! ¡Todos me obligan a estar aquí leyendo el puñetero *Hamlet*, aunque no me va a servir de nada en la vida!

—Puedes dejar la asignatura cuando te apetezca.

—¡Que no!

—¿Por qué no?

Argumentum verbosium

—No puedo suspender esta asignatura porque tengo que cursar un crédito de humanidades para luego tener espacio en el trimestre de otoño para matricularme de estadística y micro y así avanzar asignaturas y poder sacarme el crédito de prácticas el verano siguiente y estar todavía a tiempo de graduarme en tres años y medio, porque el fondo de ahorros de mis padres para la universidad no me alcanza para los cuatro años, aunque había mucho dinero, pero tuvieron que invertirlo en el abogado que les llevó el divorcio y me explicaron que «toda la familia tiene que hacer sacrificios en estos tiempos difíciles», y el mío consistía en pedir un préstamo para pagarme el último semestre de la universidad o en romperme el culo para terminar antes de tiempo, o sea que si tengo que repetir esta asignatura me fastidiará todo el plan. Y a mi a madre ya no le iba muy bien después del divorcio, pero ¿ahora que encima le han encontrado un tumor? ¿En el útero? ¿Y que la operan la semana que viene para extirpárselo? Y yo tengo que ir a casa una vez a la semana para, y cito textualmente, «estar a su lado», aunque lo único que hacemos es jugar a Bunco con las plastas de sus amigas. Y mi abuela, que se ha quedado sola al morir el abuelo, se lía cada dos por tres con la medicación que debe tomar según el día y es responsabilidad mía cuidarla y rellenarle el pastillero con las pastillas que tocan o podría entrar en coma o qué sé yo, y no sé quién va a encargarse de ella la semana que viene, porque yo tengo que cumplir tres días de servicios comunitarios, lo cual es una estupidez porque en la fiesta todos iban igual de borrachos que yo, pero fue a mí a quien arrestaron por ebriedad pública y al día siguiente le pregunté al policía por qué me había arrestado por ebriedad pública y me dijo que estaba en medio de la calle gritando «¡Estoy muy borracha!», aunque yo no lo recuerdo para nada. Y encima mi compañera de habitación es una guarra y una vaga y no para de mangarme las Diet Pepsi y ni siquiera me las paga ni me da las gracias y entonces miro en la nevera y falta otra Diet Pepsi, y deja todas sus cosas tiradas por todas partes e intenta darme consejos sobre cómo comer sano aunque pesa como cien quilos, pero se considera una especie de gurú de las dietas porque antes pesaba ciento cincuenta y siempre está en plan: «¿Tú has perdido alguna vez cincuenta quilos?», y yo: «No, nunca me ha hecho falta», pero ella sigue dale que te pego con sus cincuenta quilos y con cómo le cambió la vida desde que empezó su viaje de adelgazamiento y blablablá, que si su viaje de adelgazamiento por aquí y su viaje de adelgazamiento por allá, y es tan plasta que incluso tiene un calendario de adelgazamiento inmenso en la pared, tan grande que no queda sitio para mis pósteres, pero no puedo decir nada porque se supone que formo parte de su ¿grupo de apoyo? Y es como si yo tuviera que preguntarle cada día si ya ha quemado las calorías que tenía que quemar y felicitarla cuando lo hace y no tentarla llevando a casa, y cito textualmente, «comida autodestructiva», y no entiendo muy bien por qué se me castiga a mí cuando en realidad el problema es suyo, pero aun así le hago caso y no compro ni Doritos, ni bizcochos industriales, ni los pastelitos que más me gustan, con dibujo de cebra, y todo porque quiero ser una compañera de habitación buena y solidaria y lo único que me permito, ¡mi único placer en la vida!, es la Diet Pepsi, que técnicamente ella no debería tomarse, porque dice que las bebidas con gas eran uno de sus alimentos fetiche antes de empezar su viaje de adelgazamiento, pero yo digo que la Diet Pepsi tiene como dos calorías, o sea que tampoco puede ser tan grave. Ah, sí, y a mi padre lo apuñalaron la semana pasada en una fiesta de la espuma. Y aunque está recuperándose sin problemas, tengo problemas para concentrarme en clase ¡porque lo apuñalaron!, sí, pero también porque ¿qué coño hacía en una fiesta de la espuma?, una pregunta que se niega en redondo a responder, y si insisto pasa de mí como si me hubiera convertido en mi madre. Y mi novio va la universidad en Ohio y no para de pedirme que le mande fotos guarras mías porque dice que así no piensa en todas las chicas guapas que hay por ahí, así que me da miedo que si no se las mando termine acostándose con alguna zorra de Ohio y encima sea culpa mía, o sea que me saco las fotos, y sé que le gustan las chicas rasuradas y a mí no me importa hacérmelo por él, pero me salen unos bultitos rojos horribles, que pican un montón y son muy feos, y uno se me infectó y no sabe lo que es tener que contarle a una enfermera como de noventa años en el dispensario de la universidad que necesito un ungüento porque me he cortado afeitándome el pubis. Y por si todo eso fuera poco, se me ha pinchado una rueda de la bici y uno de los fregaderos de la cocina está siempre atascado y hay pelos asquerosos de mi compañera de habitación por toda la ducha y pegados a mi pastilla de jabón de lavanda y mi madre ha tenido que regalar nuestro *beagle* porque ahora mismo no puede asumir ese nivel de responsabilidad y tenemos la nevera llena de dados de jamón bajo en grasas caducados desde hace unas tres semanas y que han empezado a oler mal, y mi mejor amiga acaba de abortar y me he quedado sin internet.

Apelación a la emoción

Ni que decir tiene que a estas alturas Laura Pottsdam está llorando.

Falso dilema

—¡Voy a tener que dejar los estudios! —aúlla Laura. Las palabras le salen con un sollozo monocorde, atropelladas—. ¡Si suspendo me retirarán la ayuda económica, no podré pagarme la universidad y tendré que dejar los estudios!

El problema es que siempre que Samuel ve a alguien llorando, él también necesita llorar. Le pasa desde que tiene uso de razón. Es como un bebé en la guardería, llorando por solidaridad con los otros bebés. Como le parece que llorar delante de los demás es un síntoma de desprotección y vulnerabilidad, cuando ve llorar a alguien se deja llevar por el bochorno y la vergüenza ajena, y eso desencadena su propio bochorno, su propia vergüenza bajo todas las capas del odio hacia sí mismo que acumuló en su infancia, cuando era un mocoso llorón. Cada vez que Samuel ve a alguien llorando le acuden a la mente todas las sesiones de terapia, todas las humillaciones de la infancia. Es como si su cuerpo se convirtiera en una gran herida abierta que duele hasta con la más leve de las brisas.

El llanto de Laura no es contenido. En vez de resistirse, parece que se envuelva en él. Llora a moco tendido y acompaña los sollozos con los clásicos sorbetones, unos jadeos muy parecidos al hipo y unas contracciones faciales que le desfiguran las mejillas y los labios en una mueca grotesca. Tiene los ojos enrojecidos y las mejillas brillantes y húmedas, y una bolita de moco que se ha asomado de manera alarmante por la ventana izquierda de la nariz. Con los hombros caídos, encorvada, clava la mirada en el suelo. Samuel siente que está a unos diez segundos de hacer lo mismo que ella. No soporta ver a otra persona llorando. Por eso las bodas de compañeros de trabajo y parientes lejanos son un desastre para él, porque no hay ninguna proporción entre su llanto y su grado de proximidad con los novios. Las películas tristes en el cine plantean un problema similar, pues aunque no pueda ver llorar a los espectadores los oye sorber por la nariz y sonarse y respirar de forma irregular, y entonces extrapola su llanto particular de entre un enorme archivo interno de episodios lacrimógenos y, por así decirlo, «se lo prueba», un problema que se magnifica cuando va al cine con una chica y está superalerta y atento al tenor emocional de su pareja y mortificado por si ésta se inclina hacia su pecho en busca de consuelo para sus lágrimas y descubre que él está llorando diez veces más fuerte que ella.

—¡Y tendré que devolver todas mis becas! —exclama Laura—. ¡Si suspendo tendré que devolverlas todas y mi familia se arruinará y terminaremos todos en la calle y pasando hambre!

Samuel se da cuenta de que es mentira, porque las becas no funcionan así, pero no puede abrir la boca porque está intentando tragarse sus propias lágrimas. Las tiene en la garganta, formando un nudo alrededor de la nuez, y entonces lo asaltan los recuerdos de todos los devastadores ataques de llanto de su niñez, de las fiestas de cumpleaños que arruinó, de las cenas familiares que hubo que interrumpir, de los compañeros de clase sentados en un silencio asombrado mientras él salía corriendo del aula, de los suspiros exasperados de maestros y directores y, sobre todo, de su madre: qué ganas tenía su madre de que dejara de llorar cuando intentaba calmarlo y le frotaba los hombros durante sus ataques y le decía «ya está, ya está» con su voz más tierna, sin comprender que precisamente el hecho de que ella prestara atención a su llanto y lo asimilara le hacía llorar todavía más. Y como ahora mismo nota que el llanto asciende por la laringe, contiene el aliento y se repite mentalmente: «Lo tengo todo controlado, lo tengo todo controlado», solución que parece eficaz hasta que los pulmones empiezan a arderle por falta de oxígeno y siente que sus ojos son dos aceitunas prensadas, y no le queda más opción que estallar en un sollozo descarnado delante de Laura Pottsdam (algo impensable por lo que tendría de horrendo, bochornoso y vulnerable) o aplicar el truco de la risa que le enseñó un terapeuta del instituto, que le dijo: «Lo contrario de llorar es reír, o sea que cuando te entren ganas de llorar, intenta reír y ambos impulsos se neutralizarán», una técnica que en su momento le pareció una estupidez, pero que se había revelado extrañamente efectiva en situaciones desesperadas. Sabe que es su única salida para no entregarse ahora mismo a un lloriqueo devastador. No se ha parado a preguntarse qué implicaría reír en este momento, sólo ha pensado que cualquier cosa sería un millón de veces mejor que romper a llorar, de modo que cuando la pobre Laura (encorvada, deshecha en llanto, vulnerable y hecha polvo) dice, entre borboteos húmedos: «No podré volver a la universidad el año que viene y no tendré ni dinero ni adónde ir ni nada que hacer con mi vida», la respuesta de Samuel es: «¡Jaja, jaja, jaja, jaja, jaja, jaja, jaja, jaja, jaja, jaaaaaaaa!»

Ad hominem

Tal vez haya cometido un error de cálculo.

Samuel percibe enseguida el efecto de su carcajada en el rostro de Laura, al principio como una oleada de sorpresa y asombro, que rápidamente se endurece para dar paso a la rabia y tal vez al asco. Su risa (agresiva y falsa, como la de un genio loco y malvado en una película de acción) ha sido, ahora lo ve, cruel. Laura se ha puesto muy rígida y erguida, está en guardia, tiene la mirada fría, hasta el último rastro de su llanto ha desaparecido. No hay palabras que puedan recoger con suficiente énfasis la rapidez de su transformación. A Samuel le viene a la mente una expresión que ha visto en las bolsas de verduras del súper: «ultracongeladas».

—¿Por qué ha hecho eso? —pregunta Laura en un tono de voz tan calmado y uniforme que resulta inquietante.

Es una serenidad sobrecogedora y apenas contenida, con un punto peligroso, como de pistolero de la mafia.

—Lo siento, no era mi intención.

Laura examina su rostro durante un momento dolorosamente largo. La bolita de moco que asomaba por la nariz ha desaparecido. Se trata de una transformación extraordinaria, pues se han esfumado todos los rastros físicos de su llanto. Incluso tiene las mejillas secas.

—Se ha reído de mí —dice ella.

—Sí —responde Samuel—. Así es.

—¿Por qué se ha reído de mí?

—Lo siento —dice él—. Ha sido un error, no debería haberlo hecho.

—¿Por qué me odia tanto?

—No te odio, Laura. De verdad que no.

—¿Por qué me odia todo el mundo? ¿Qué he hecho?

—Nada. No has hecho nada. No es culpa tuya. Gustas a todo el mundo.

—De eso nada.

—Eres adorable. Gustas a todo el mundo. A mí me gustas.

—¿En serio? ¿Le gusto?

—Sí, mucho. Me gustas mucho.

—¿Me lo promete?

—Sí, claro que sí. Lo siento.

La buena noticia es que Samuel ya no está al borde del llanto y, pasado el peligro, siente que todo su cuerpo se relaja y dirige una débil sonrisita a Laura, encantado de que la situación se haya calmado y haya vuelto a lo que parece un nivel emocional equilibrado, neutral; y tiene la sensación de que los dos acaban de superar juntos un terreno traicionero de la hostia, como si fueran soldados en la guerra o dos desconocidos en un avión después de pasar, codo con codo, unas turbulencias sobrecogedoras. Siente tal grado de camaradería con Laura que le sonríe, asiente con la cabeza e incluso es posible que le guiñe un ojo. Sí, en este preciso instante se siente tan libre que hasta le guiña un ojo.

—Ah —dice Laura—. Vale, ya lo entiendo. —Entonces se cruza de piernas y se recuesta en la butaca de piel—. Está colado por mí.

—¿Perdón?

—Me lo tendría que haber imaginado. Claro.

—No, creo que has malinterpretado...

—No pasa nada. No es la primera vez que un profesor se enamora de mí. Me enternece.

—No, en serio, no lo has entendido.

—Le gusto mucho. Es lo que acaba de decir.

—Sí, pero no lo decía en este sentido —contesta Samuel.

—Ya sé lo que viene ahora. O me acuesto con usted o me suspende, ¿me equivoco?

—Te equivocas por completo —dice él.

—Ése era el plan desde el principio. Todo esto era sólo para poder llevarme a la cama.

—¡No! —exclama Samuel, que siente el aguijonazo de la acusación, pues basta que te acusen de algo (aunque seas inocente) para que te sientas un poco culpable. Se levanta, pasa junto a Laura y abre la puerta del despacho—. Es hora de que te marches. Hemos terminado.

Hombre de paja

—No puede suspenderme y lo sabe —dice Laura, y está clarísimo que no piensa levantarse ni marcharse—. No puede suspenderme porque lo dice la ley.

—Esta reunión se ha terminado.

—No puede suspenderme porque tengo una dificultad de aprendizaje.

—No tienes ninguna dificultad de aprendizaje.

—Que sí. Me cuesta mucho prestar atención, cumplir los plazos de entrega y leer. Y también hacer amigos.

—Eso no es verdad.

—Sí lo es. Puede comprobarlo. Está documentado.

—¿Y cómo se llama tu dificultad de aprendizaje?

—Todavía no le han puesto nombre.

—Qué oportuno.

—La Ley de Protección de los Ciudadanos con Discapacidades le obliga a tomar las medidas necesarias para adaptar la asignatura a todos los alumnos con una dificultad de aprendizaje documentada.

—Tú no tienes problemas para hacer amigos, Laura.

—Claro que sí. Nunca hago amigos.

—Yo te veo siempre rodeada de amigos.

—Pero no me duran.

Samuel tiene que reconocer que eso es cierto. En este momento está intentando pensar en algo realmente cruel que decirle. Algún insulto que iguale el peso retórico de la acusación de que está colado por ella. Si hiere lo bastante los sentimientos de Laura, si su insulto es lo bastante ofensivo, quedará exonerado. Según la lógica de Samuel, si le suelta algo realmente malévolo demostrará que no está colado por ella.

—¿A qué medidas consideras que tienes derecho? —pregunta.

—A aprobar la asignatura.

—¿Crees que la Ley de Protección de los Ciudadanos con Discapacidades se aprobó para proteger a los mentirosos?

—Pues a reescribir el trabajo.

—¿Qué dificultad de aprendizaje tienes, en concreto?

—Ya se lo he dicho, todavía no le han puesto nombre.

—Cuando dices «le han» ¿a quién te refieres?

—A los científicos.

—Y no saben de qué se trata.

—No.

—¿Cuáles son los síntomas?

—Oh, son horribles. Cada día es... ¿como un infierno en vida?

—¿Cuáles son los síntomas específicos?

—Vale, a ver: dejo de prestar atención en la mayor parte de las clases al cabo de, qué sé yo, tres minutos y por lo general no sigo las instrucciones para nada y nunca tomo apuntes y no me acuerdo de los nombres de la gente y a veces llego al final de una página y no tengo ni idea de qué acabo de leer. Siempre pierdo el punto mientras leo, me salto cuatro líneas y ni siquiera me doy cuenta, y la mayoría de las tablas y los gráficos no tienen ningún sentido para mí y se me dan fatal los puzles y a veces digo una cosa aunque en realidad quiero decir otra totalmente distinta. Ah, y tengo una letra horrible y nunca he sabido deletrear la palabra «ahuyentar» y a veces le digo a mi compañera que por supuesto que limpiaré mi parte de la habitación aunque no tengo ninguna intención de hacerlo. Me cuesta mucho calcular las distancias al aire libre. Sería incapaz de decirle dónde está el norte geográfico. Oigo a la gente decir «más vale pájaro en mano que ciento volando» y no tengo ni idea de qué significa. A lo largo del último año he perdido el teléfono como unas ocho veces. He estado en diez accidentes de coche. Y cuando juego a vóley a veces la pelota me da en la cara aunque desde luego no es mi intención.

—Laura —dice Samuel y, convencido de que ha llegado su momento, siente cómo el insulto va tomado cuerpo y asomando a la superficie—, tú no tienes ninguna dificultad de aprendizaje.

—Que sí.

—No —repite Samuel, y entonces hace una pausa dramática y se asegura de pronunciar la siguiente frase despacio y vocalizando mucho para que Laura la oiga y la entienda bien—. Lo que pasa es que no eres muy lista.

Argumentum ad baculum (o «Apelación a las amenazas»)

—¡No me puedo creer que haya dicho eso! —exclama Laura, que ahora está de pie con el bolso en la mano, preparada para largarse indignada de su despacho.

—Es la verdad —dice Samuel—. No eres muy lista, y tampoco eres muy buena persona.

—¡No puede decir eso!

—No tienes ninguna dificultad de aprendizaje.

—¡Puedo hacer que lo despidan por eso!

—Tienes que saberlo. Alguien te lo tiene que decir.

—¡Es un maleducado!

Y entonces Samuel se da cuenta de que los demás profesores se han percatado de los gritos. Se abren puertas por el pasillo y asoman algunas cabezas. Tres alumnos sentados en el suelo y rodeados de bolsas llenas de libros, tal vez enfrascados en algún proyecto de grupo, lo miran fijamente. Su aversión instintiva al bochorno se activa y de repente ya no está tan envalentonado como hace un momento.

Cuando vuelve a hablar, su voz suena unos treinta decibelios más baja y algo tímida.

—Creo que ha llegado el momento de que te vayas —dice.

Argumentum ad crumenam (o «Apelación a la riqueza»)

Laura sale hecha una furia del despacho y, ya en el pasillo, se vuelve y le grita:

—¡Yo pago mi matrícula! ¡Pago mucho dinero! ¡Le pago el sueldo y no puede tratarme así! ¡Mi padre dona mucho dinero a esta universidad! ¡Más de lo que usted gana en un año! ¡Es abogado y lo va a empapelar! ¡Contra más lo pienso, más impresentable me parece! ¡Se le va a caer el pelo!

Y dicho eso, vuelve a dar media vuelta, se aleja a grandes zancadas, dobla la esquina y desaparece.

Samuel cierra la puerta. Se sienta. Contempla la plantita del alféizar de su ventana: una gardenia monísima que ahora mismo está un poco mustia. Coge el pulverizador y la rocía varias veces, y cada rociada emite un leve graznido, como un patito.

¿Qué piensa? Piensa que probablemente ahora sí se va a echar a llorar. Y que es bien posible que Laura Pottsdam consiga que lo despidan. Y que su despacho todavía huele mal. Y que ha desperdiciado su vida. Y que, oh, cómo detesta ese «contra más».

5

—¿Diga?

—¡Hola! ¿Podría hablar con el señor Samuel Andresen-Anderson, por favor?

—Sí, soy yo.

—Buenos días, profesor Andresen-Anderson, me alegro de haberle encontrado. Soy Simon Rogers...

—En realidad sólo uso el Anderson.

—¿Cómo dice?

—Samuel Anderson. Y ya está. Lo del apellido compuesto es un trabalenguas.

—Desde luego, señor.

—¿Quién me llama?

—Como le estaba diciendo, señor, soy Simon Rogers, del bufete de abogados Rogers & Rogers de Washington D.C. Tal vez haya oído hablar de nosotros. Estamos especializados en delitos de alto perfil mediático con motivación política. Llamo de parte de su madre.

—¿Disculpe?

—Delitos mediáticos generalmente de naturaleza moral izquierdosa, ya me entiende. Es decir, ¿sabe esa gente que se encadenó a unos árboles? Eran clientes nuestros. O, por ejemplo, ciertas acciones contra barcos balleneros que luego se emiten en las cadenas por cable... Ése, señor, también sería nuestro territorio. O un encontronazo con un representante republicano que millones de personas ven en internet, no sé si me explico. Defendemos casos políticos, siempre y cuando la atención mediática lo justifique, claro está.

—¿Ha dicho algo sobre mi madre?

—Su madre, sí, señor. Defiendo a su madre de la demanda que el estado ha presentado contra ella, un caso en el que he relevado a la Oficina del Turno de Oficio de Chicago, señor.

—¿Acusación del estado?

—Representaré sus intereses tanto ante el tribunal como ante la prensa, al menos mientras duren los fondos, algo de lo que tal vez debamos hablar en el futuro, señor, pero no hoy, pues sería una falta de delicadeza sacar el tema del dinero tan al inicio de nuestra relación.

—No entiendo. ¿Qué fondos? ¿Por qué sale en la prensa? ¿Le ha pedido ella que me llame?

—¿Cuál de esas preguntas quiere que conteste primero, señor?

—¿Qué está pasando?

—Bueno, señor, como ya sabe, señor, han acusado a su madre de asalto con lesiones. Y teniendo en cuenta las... En fin, seamos sinceros, las pruebas irrefutables que existen contra ella, señor, lo más probable es que se declare culpable y pacte una rebaja de la condena.

—¿Mi madre ha agredido a alguien?

—Ah, vale, vamos a rebobinar un poco. Daba por sentado que ya estaba al corriente, señor.

—¿Al corriente de qué?

—De lo de su madre.

—¿Cómo iba a saber nada de mi madre?

—Ha salido en las noticias.

—No miro las noticias.

—Ha salido en las noticias locales, de cable y nacionales, en periódicos y agencias de noticias, y en la mayoría de los programas de humor y debates.

—Hostia.

—Y también en internet, señor. La agresión ha tenido una gran difusión en internet. ¿No sigue ninguna de estas fuentes?

—¿Cuándo ha sido?

—Anteayer. Si le digo que lo de su madre se ha hecho viral no será una exageración, señor. Se ha convertido en un meme.

—¿A quién agredió?

—A Sheldon Packer, señor. Al gobernador de Wyoming Sheldon Packer. Lo atacó con piedras. Varias piedras, señor. Se las lanzó.

—Es una broma.

—Lo más probable es que durante el proceso no las llame «piedras», sino más bien chinitas, o guijarros o, ahora que lo pienso, mejor gravilla.

—Todo esto es mentira. ¿Quién es usted?

—Como ya le he dicho, soy Simon Rogers, de Rogers & Rogers, señor, y su madre está pendiente de juicio.

—Por agredir a un candidato a la presidencia.

—Técnicamente todavía no es candidato, *per se*, pero ésa vendría a ser la idea, sí. Ha aparecido literalmente día y noche en todos los canales de noticias. ¿De verdad no se había enterado?

—He estado ocupado.

—Imparte una asignatura, Introducción a la Literatura. Da dos clases de una hora a la semana, señor. Espero que no le parezca entrometido ni indiscreto que disponga de esa información, pero es que está disponible en la página web de la universidad.

—Lo entiendo.

—Porque lo que me gustaría saber, señor, es qué ha estado haciendo durante las otras aproximadamente cuarenta horas que han transcurrido desde que estalló esta noticia.

—Estaba ocupado... con el ordenador.

—Y ese ordenador está conectado a internet, imagino.

—Bueno, es que estaba... escribiendo. Soy escritor.

—Es que ahora mismo lo que se pregunta todo el país es: ¿podríamos hablar de algo que no sea Faye Andresen-Anderson, por favor? Una saturación absoluta, la verdad, por eso me resulta sorprendente, señor, que no haya oído ni mencionar el asunto, máxime teniendo en cuenta la implicación de su madre.

—La verdad es que mi madre y yo no estamos en contacto.

—Le han puesto un apodo muy pegadizo: Packer Attacker. Se ha hecho bastante famosa.

—¿Está seguro de que se trata de mi madre? Nada de esto me cuadra con ella.

—¿Es usted Samuel Andresen-Anderson? ¿Es ése su nombre completo?

—Sí.

—Y su madre es Faye Andresen-Anderson, ¿verdad?

—Sí.

—Que vive en Chicago, Illinois.

—Mi madre no vive en Chicago.

—¿Y dónde vive?

—No lo sé. ¡Hace veinte años que no hablo con ella!

—O sea que desconoce su paradero actual, señor. ¿Es correcto?

—Sí.

—O sea que podría vivir en Chicago, Illinois, sin que usted lo supiera.

—Supongo que sí.

—Entonces es probable que la mujer encarcelada sea efectivamente su madre, eso es lo que quería decir. Con independencia de su dirección actual.

—Y atacó al gobernador...

—Preferimos usar términos con menos connotaciones. Nada de «atacar». Digamos que empleó la gravilla de manera simbólica para ejercer los derechos derivados de la Primera Enmienda. ¿Por el tecleo de fondo interpreto que está verificando la información en un buscador?

—Dios mío, sale por todas partes.

—Así es, señor.

—¿Hay algún vídeo?

—Reproducido varios millones de veces. También existe un remix retocado con *autotune* que lo convierte en una canción hip-hop bastante graciosa.

—No me lo puedo creer.

—Aunque quizá debería dejar la canción para más adelante, señor, al menos hasta que la herida no esté tan reciente.

—Estoy leyendo un editorial que compara a mi madre con al-Qaeda.

—Sí, señor. Repugnante. Las cosas que se han dicho en las noticias, señor, son horribles.

—¿Qué más han dicho?

—Tal vez sea mejor que lo averigüe usted mismo.

—¿Por qué no me da un ejemplo?

—Hay muchas tensiones, señor. Las tensiones y las pasiones están a flor de piel. Porque se ha interpretado como una agresión con motivaciones políticas, claro.

—¿Y qué es lo que dicen?

—Que es una terrorista prostituta hippie radical, señor, por citar un ejemplo muy desagradable, pero por lo demás emblemático.

—¿Prostituta?

—Terrorista hippie radical y, sí, lo ha oído bien, señor, prostituta. La han sometido a un maltrato nauseabundo, señor.

—Pero ¿por qué la llaman «prostituta»?

—La arrestaron por prostitución, señor. En Chicago.

—¿Cómo dice?

—La arrestaron, aunque creo que es importante añadir que nunca llegaron a presentar cargos formales, señor.

—En Chicago.

—Sí, señor, en Chicago en 1968. Unos años antes de que usted naciera. Ha tenido tiempo de sobra para enmendarse y encontrar a Dios, argumento al que probablemente recurriré si terminamos yendo a juicio. Estamos hablando de prostitución de naturaleza sexual, claro.

—Vale, pero verá, eso es imposible. Mi madre no estaba en Chicago en 1968. Estaba en casa, en Iowa.

—La información de la que disponemos indica que estuvo en Chicago durante un mes a finales de 1968, señor, mientras iba a la universidad.

—Mi madre nunca fue a la universidad.

—Su madre nunca terminó la carrera, pero estuvo matriculada en la Universidad de Illinois, en Chicago, durante el semestre de otoño de 1968.

—No, mi madre se crió en Iowa y cuando acabó el instituto se quedó en Iowa esperando a que mi padre volviera del ejército. Nunca salió de su pueblo natal.

—La información de la que disponemos no dice eso.

—No salió de Iowa hasta los ochenta, más o menos.

—Nuestra información, señor, indica que formó parte activa de la campaña contra la guerra de Vietnam de 1968.

—Vale, eso sí que es imposible. Manifestarse sería lo último que se le ocurriría a mi madre.

—Sucedió tal como se lo he contado, señor. Hay una fotografía. Hay pruebas fotográficas.

—Se ha equivocado de mujer. Ha habido una confusión.

—Faye, apellido de soltera Andresen, nacida en Iowa en 1950. ¿Quiere que le recite los nueve dígitos de su número de la Seguridad Social?

—No.

—Porque los tengo.

—No.

—O sea que las probabilidades son bastante razonables, señor. Lo que quiero decir es que, si no se demuestra lo contrario, salvo que seamos víctimas de una coincidencia increíble, lo más probable es que la mujer de la cárcel sea su madre.

—Vale.

—Es muy probable. Seguro en un noventa y nueve por ciento. Más allá de toda duda razonable. Un hecho, por mucho que usted prefiera no creerlo.

—Ya veo.

—La mujer de la cárcel, a la que en adelante nos referiremos como «su madre». ¿Tendremos que volver a este debate?

—No.

—Como iba diciendo, es improbable que su madre consiga un veredicto de inocencia, ya que las pruebas contra ella podrían considerarse incontrovertibles. Lo mejor que podemos hacer, señor, es tratar de alcanzar un acuerdo y esperar que la sentencia sea benévola.

—No veo cómo puedo ayudarlos.

—Dando testimonio de su personalidad. Le escribirá una carta al juez exponiendo por qué su madre no merece ir a la cárcel.

—¿Y por qué iba a escucharme el juez?

—Es probable que no lo haga, señor. Y menos éste. El juez Charles Brown. Se hace llamar «Charlie». No es broma, señor, se llama así de verdad. Tenía que jubilarse el mes que viene, pero lo ha aplazado para presidir el caso de su madre. Por la repercusión mediática, imagino. Es una noticia de alcance nacional. Su historial de casos relacionados con la Primera Enmienda es bastante horrible. Dejémoslo en que el honorable Charlie Brown no tiene demasiada paciencia con los disidentes.

—Pero si no me va a escuchar, ¿de qué sirve mandarle una carta? ¿Y por qué se toma usted la molestia de llamarme?

—Porque tiene usted un título medio respetable, señor, y ha logrado un moderado nivel de reconocimiento, y pienso remover cielo y tierra mientras quede dinero en el fondo. Tengo una reputación.

—¿De qué fondo habla?

—Como podrá imaginar, señor, el gobernador Sheldon Packer es bastante impopular entre algunos sectores. En determinados círculos, su madre se ha convertido en una especie de heroína subversiva.

—Por tirar piedras.

—«Una valiente soldado en la lucha contra el fascismo republicano», ponía en uno de los cheques que ingresé. Ha llegado dinero a raudales para su defensa, suficiente para garantizar mi representación legal hasta dentro de más de cuatro meses.

—¿Y luego?

—Confío en que logremos cerrar un acuerdo antes de ese momento, señor. ¿Nos ayudará?

—¿Por qué iba a hacerlo? ¿Por qué iba a ayudar a mi madre? Qué típico de ella.

—¿Qué es típico, señor?

—El gran misterio de su vida: que si fue a la universidad, que si se manifestó, que si la arrestaron... No tenía ni idea. Otro secreto que nunca me contó.

—Estoy seguro de que tendría sus motivos, señor.

—No quiero saber nada de este asunto.

—Debo decirle que ahora mismo su madre necesita su ayuda desesperadamente.

—No pienso escribir ninguna carta, y si la meten en la cárcel me da lo mismo.

—Estamos hablando de su madre, señor. Es la mujer que lo trajo al mundo y, puestos a llamar a las cosas por su nombre, le dio de mamar.

—Nos abandonó a mi padre y a mí. Se fue sin decirnos nada. En lo que a mí me respecta, ese día dejó de ser mi madre.

—¿No ha mantenido ninguna esperanza de reencontrarse con ella? ¿No siente un profundo anhelo de recuperar una figura materna sin la que su vida se ha vuelto vacía y superficial?

—Tengo que colgar.

—Lo trajo al mundo. Le curaba las pupas con besos. Le cortaba los bocadillos a pedacitos. ¿No quiere tener en su vida a alguien que se acuerde de su cumpleaños?

—Voy a colgar. Adiós.

6

Samuel está escuchando los silbidos de la máquina de capuchino en una cafetería del aeropuerto cuando recibe el primer mensaje relacionado con Laura Pottsdam. Es de la decana, la experta en la peste negra. «Acabo de reunirme con una alumna tuya —le escribe—. Ha hecho unas acusaciones bastante extrañas. ¿De verdad le dijiste que era tonta?» Samuel lee por encima el resto del mensaje y siente cómo va hundiéndose en la silla. «Tu falta de profesionalidad me deja francamente estupefacta. A mí la señorita Pottsdam no me parece tonta. Le he dado permiso para reescribir el trabajo y presentarlo de nuevo. Tenemos que hablar de este asunto de inmediato.»

Está en una cafetería que queda frente a una puerta por la que dentro de unos quince minutos empezarán a embarcar los pasajeros de un vuelo de mediodía a Los Ángeles. Va a reunirse con Guy Periwinkle, su editor. Encima de él hay un televisor que emite en silencio un programa de noticias en el que la madre de Samuel aparece lanzando piedras al gobernador Packer.

Samuel se esfuerza por no mirarlo. Se concentra en los sonidos ambientales que lo rodean: comandas de cafés anunciadas a gritos, avisos por los altavoces sobre el actual nivel de amenaza y la conveniencia de mantener las pertenencias controladas en todo momento, niños berreando, espuma y vapor, leche burbujeante. Al lado de la cafetería hay un puesto de limpiabotas: dos sillas altas como tronos y, debajo, un tipo que te limpia los zapatos. Es un hombre negro que en estos momentos está leyendo un libro, vestido con el uniforme que se espera de su empleo: tirantes, gorra de repartidor de periódicos y un atuendo vagamente *fin de siècle*. Samuel está esperando a Periwinkle, que quiere que le limpien los zapatos, pero tiene algunas dudas.

—Soy un hombre blanco vestido de forma exquisita —dice Periwinkle mientras observa al hombre del puesto de limpiabotas—. Y él es un miembro de una minoría con un vestido retrógrado.

—Y eso ¿qué importancia tiene? —pregunta Samuel.

—No me gusta la imagen. El efecto es odioso.

Periwinkle está en Chicago esta tarde, de camino a Los Ángeles. Su ayudante llamó a Samuel para decirle que el editor quería reunirse con él, pero que sólo disponía de un rato en el aeropuerto. Así las cosas, el ayudante le compró a Samuel un billete de ida a Milwaukee que, tal como le explicó, podía utilizar si quería, pero cuyo único objetivo era en realidad permitirle cruzar el control de seguridad.

Periwinkle observa al limpiabotas.

—¿Sabes cuál es el verdadero problema? El verdadero problema son las cámaras de los móviles.

—Yo no he usado los servicios de un limpiabotas en mi vida.

—Deja de llevar zapatillas —replica Periwinkle, que ni siquiera mira los pies de Samuel mientras lo dice, y eso significa que en los pocos minutos que llevan juntos en el aeropuerto, Periwinkle ya ha observado y asimilado las zapatillas deportivas baratas de Samuel. Y varias cosas más, seguramente.

Samuel siempre se siente así cuando está con su editor: un poco indigno en comparación con él, un poco tirado. Periwinkle aparenta cuarenta años, pero en realidad tiene la misma edad que el padre de Samuel: sesenta y pico. Parece combatir el tiempo siendo más guay que el propio tiempo. Adopta siempre un porte erguido, rígido, regio, como si se tuviera por un regalo de cumpleaños caro y bien envuelto. Lleva zapatos estrechos, serios, de aspecto italiano con las puntas un poco curvadas, como una rampa de saltos de esquí. Su cintura parece medir un palmo menos que la de cualquier otro varón adulto del aeropuerto. Lleva el nudo de la corbata muy apretado, duro como una bellota. El pelo, ligeramente canoso, lo lleva rapado con un corte aparentemente perfecto y uniforme, de un centímetro. A su lado, Samuel siempre se siente fachoso y desgarbado. Vestido con ropa del montón que no acaba de quedarle bien, seguramente una talla demasiado grande. Si el estrecho traje entallado de Periwinkle esculpe su cuerpo con ángulos definidos y líneas rectas, la silueta de Samuel parece mucho más amorfa.

Periwinkle es como una linterna que ilumina todos tus defectos y te hace tomar conciencia de la imagen que proyectas. Por ejemplo, en una cafetería Samuel suele pedir un capuchino, pero con Periwinkle ha pedido un té verde. Porque pedir un capuchino le ha parecido estereotipado, mientras que un té verde merecería una probabilidad de aprobación más alta de Periwinkle.

Éste, por su parte, ha pedido un capuchino.

—Me voy a Los Ángeles —dice—. Al rodaje del nuevo videoclip de Molly.

—¿Molly Miller? —pregunta Samuel—. ¿La cantante?

—Sí. Es cliente mía, y tal. Saca un vídeo nuevo. Un disco nuevo. Aparecerá como artista invitada en una serie. También se está cociendo un *reality*. Y unas memorias, por eso voy a verla. El título provisional es *Errores que he cometido hasta ahora*.

—¿No tiene como dieciséis años?

—Oficialmente diecisiete. Pero en realidad tiene veinticinco.

—¿En serio?

—En la vida real sí. No lo vayas contando por ahí.

—¿Y de qué va el libro?

—Es complicado. Tiene que ser lo bastante aséptico para no dañar su imagen, pero no puede ser aburrido, porque debe proyectar mucho glamur. Tiene que ser lo bastante inteligente para que no lo tachen de basura pop para lectores de doce años, pero sin pasarse, porque su principal destinatario son los lectores de doce años, claro. Y, naturalmente, como todas las memorias de famosos, debe incluir una gran confesión.

—Ah, ¿sí?

—Sí, desde luego. Algo que podamos lanzar a los periódicos y las revistas antes de la publicación para generar expectación. Algo jugoso para que la gente empiece a hablar. Por eso voy a Los Ángeles. Estamos en la fase de lluvia de ideas. Molly está haciendo la promoción de su vídeo. Se estrena dentro de unos días. Una canción patética, una mierda. El estribillo es «*You have got to represent!*».

—Muy pegadiza. ¿Y ya habéis decidido cuál será la confesión?

—Yo soy muy partidario de un inocente episodio de lesbianismo. Una fase experimental en el instituto, una amiga muy especial, besitos, ya me entiendes. No tan intenso como para asustar a los padres, pero, con suerte, lo suficiente para que nos llevemos varios premios con la bandera arcoíris. Ya tiene el mercado preadolescente, pero ¿y si pudiera ganarse también a los gays? —Y aquí Periwinkle hace un gesto con las manos, como si algo pequeño estallara y adquiriera grandes dimensiones—. Bum —dice.

Periwinkle fue quien brindó a Samuel su gran oportunidad, quien lo sacó del anonimato y le ofreció un suculento contrato editorial. Samuel todavía iba a la universidad por aquel entonces, y Periwinkle estaba visitando campus de todo el país en busca de escritores para un nuevo sello que publicaba obras de jóvenes prodigios. Fichó a Samuel después de leer un solo relato. Luego colocó ese relato en una de las grandes revistas. Luego le ofreció un contrato que le reportó una cantidad exorbitante de dinero. Lo único que tenía que hacer era escribir un libro.

Algo que, por supuesto, nunca sucedió. De eso hace ya una década. Ésta es la primera conversación que tiene con su editor desde hace años.

—¿Qué tal va el negocio de los libros? —pregunta Samuel.

—El negocio de los libros. Ja, qué gracia. En realidad ya no me dedico al negocio de los libros. No en el sentido tradicional.

Saca una tarjeta del maletín. «Guy Periwinkle: creador de interés.» Sin logotipo ni información de contacto.

—Ahora me dedico a la manufactura —dice Periwinkle—. Produzco cosas.

—Pero no libros.

—Libros también. Claro. Pero sobre todo produzco interés. Atención. Atractivo. Me he dado cuenta de que los libros no son más que un envoltorio, un recipiente. El error que comete la gente del mundo del libro es creer que su trabajo consiste en crear buenos recipientes. Decir que trabajas en el negocio de los libros es como si un productor de vino dijera que trabaja en el negocio de las botellas. Lo que en realidad producimos es interés. Un libro no es más que una de las formas que puede adoptar el interés cuando lo convertimos en algo creciente e influyente.

Encima de sus cabezas, el vídeo de la Packer Attacker ha llegado al momento en el que los guardias de seguridad se apresuran hacia la madre de Samuel, a punto de placarla. Samuel aparta la mirada.

—Lo mío son más las sinergias multimodales poliplataforma —dice Periwinkle—. Hace tiempo que mi empresa fue absorbida por otra editorial, que a su vez fue absorbida por otra todavía mayor, etcétera, como esas pegatinas de los peces darwinianos de los parachoques. Ahora somos propiedad de un conglomerado multinacional con intereses en el negocio editorial, la televisión por cable, la radio, la música, la distribución de medios, la producción cinematográfica, la consultoría política, la gestión de imagen, la publicidad, la prensa, la impresión y los derechos. Además de la distribución, creo. Resumiendo mucho.

—Suena complejo.

—Considérame el núcleo de calma alrededor del cual giran como un tornado nuestras operaciones mediáticas.

Periwinkle levanta la mirada hacia el televisor y ve la enésima reproducción del vídeo de la Packer Attacker. En una ventanita de la parte izquierda de la pantalla, el presentador del programa, un hombre de derechas, está diciendo algo, a saber qué.

—¡Perdone! —grita Periwinkle a uno de los camareros—. ¿Podría subirlo?

Al cabo de unos segundos el televisor recupera el sonido. Oyen al presentador preguntar si la agresión contra el gobernador Packer es un incidente aislado o un signo de los tiempos que se avecinan.

«Un signo de los tiempos que se avecinan, sin duda —asegura uno de los contertulios—. Eso es lo que hacen los progres cuando se sienten acorralados, atacar.»

«No es muy distinto de lo que pasó, pongamos por caso, en Alemania a finales de los años treinta —dice otro contertulio. Es como lo de "primero vinieron a por los patriotas, y no dije nada...".»

«¡Exacto! —dice el presentador—. Si no decimos nada, ya no quedará nadie cuando vengan a por nosotros. Tenemos que detener esto ahora mismo.»

Todos asienten. Cortan a publicidad.

—Madre mía —dice Periwinkle, al tiempo que niega con la cabeza y sonríe—. La Packer Attacker, me gustaría saber más de ella. Esa sí es una historia que me encantaría contar.

Samuel bebe un sorbo de té y no dice nada. Lo ha dejado reposar demasiado rato y está un poco amargo.

Periwinkle mira el reloj y se fija en la puerta de embarque, donde la gente ya empieza a pulular; todavía no hacen cola, pero están preparados para tomar posiciones en cuanto ésta empiece a formarse.

—¿Cómo va el trabajo? —pregunta Periwinkle—. ¿Sigues dando clases?

—De momento.

—¿En ese... sitio?

—Sí, en la misma universidad.

—¿Cuánto cobras, treinta mil al año o así? Permíteme un consejo. ¿Puedo darte un consejo?

—Vale.

—Márchate del país, colega.

—¿Cómo?

—Lo que oyes. Búscate un buen país tercermundista en vías de desarrollo y vas y te forras.

—¿Yo podría hacer eso?

—Sí, claro. Mi hermano lo hace. Da clases de matemáticas en un instituto y es entrenador de fútbol en Yakarta. Antes de eso estuvo en Hong Kong. Y antes, en Abu Dabi. Escuelas privadas. Casi todos los alumnos son hijos de la élite gubernamental y económica. Se saca doscientos mil al año, más alojamiento, coche y chófer. ¿Tu universidad te pone coche y chófer?

—No.

—Te lo juro, cualquier persona con una educación media que se quede en Estados Unidos a trabajar como profesor sufre de algún tipo de psicosis. En China, Indonesia, Filipinas, Oriente Próximo, buscan con desesperación a gente como tú. Se te rifarían. Aquí trabajas demasiado por un sueldo insuficiente, y encima los políticos te ofenden y los alumnos no te valoran. Allí, serías un puto héroe. Ése es mi humilde consejo.

—Gracias.

—Y te conviene hacerme caso, porque tengo malas noticias, colega.

—Vaya.

Periwinkle suelta un suspiro teatral mientras frunce el ceño como un payaso y asiente con la cabeza.

—Lo siento en el alma, pero vamos a tener que cancelar tu contrato. Es lo que he venido a decirte. Nos prometiste que escribirías un libro.

—Y estoy trabajando en él.

—Te dimos un anticipo bastante generoso por un libro y no nos has entregado dicho libro.

—He tenido unos problemillas. Bloqueo del escritor. Pero sigo en la brecha.

—Vamos a aplicar la cláusula de incumplimiento de entrega de tu contrato, que permite al editor exigir la devolución de cualquier pago adelantado si no se cumple la entrega del producto. En otras palabras, vas a tener que devolvernos el dinero. Quería decírtelo en persona.

—En persona. En una cafetería. Del aeropuerto.

—Naturalmente, en caso de que no puedas devolvernos el dinero, tendremos que denunciarte. Mi empresa presentará la demanda la semana que viene ante el Tribunal Supremo del Estado de Nueva York.

—Pero si te estoy diciendo que el libro está en marcha. He vuelto a escribir.

—¡Y eso es una gran noticia para ti! Porque renunciamos a todos los derechos sobre cualquier material relacionado con dicho libro, o sea que podrás hacer lo que quieras con él. Y te deseamos toda la suerte del mundo.

—¿Por cuánto vais a demandarme?

—Por el importe del anticipo, más intereses, más tasas legales. La parte positiva es que no tendremos pérdidas contigo, algo que no se puede decir de otras muchas inversiones que hemos hecho últimamente. Así que no te sientas mal por nosotros. Todavía tienes el dinero, ¿no?

—No, claro que no. Me compré una casa.

—¿Cuánto debes todavía?

—Trescientos mil.

—¿Y cuánto vale ahora la casa?

—No sé, ¿ochenta?

—¡Ja! Esto sólo pasa en Estados Unidos, ¿a que sí?

—Oye, siento haber tardado tanto. Terminaré el libro pronto. Te lo prometo.

—¿Cómo se hará para decir una cosa así con delicadeza? La verdad es que ya no queremos el libro. El mundo ha cambiado mucho desde que firmamos el contrato.

—¿Ha cambiado? ¿En qué?

—Para empezar, ya no eres famoso. Teníamos que aprovechar cuando estabas en la cresta de la ola. Y ahora, amigo mío, ya no pintas nada. Pero es que el país también ha cambiado. Tu evocadora historia sobre un amor de infancia era apropiada antes del 11 de septiembre, pero ¿ahora? Es demasiado blanda para esta época, un poco incoherente. Además, y sin voluntad de ofender, no tienes nada que resulte particularmente interesante.

—Gracias.

—No te lo tomes a mal. Sólo una persona entre un millón es capaz de suscitar el tipo de interés en el que estoy especializado.

—No tengo ninguna posibilidad de devolveros ese dinero.

—La solución es fácil, colega. Vende la casa, esconde tus bienes, declárate en bancarrota y múdate a Yakarta.

Los altavoces crepitan: los pasajeros de primera clase con destino a Los Ángeles pueden empezar a embarcar. Periwinkle se alisa la americana.

—Me tengo que ir —dice. Se bebe el resto del café y se levanta—. Mira, me encantaría que las cosas fueran de otra forma, de verdad. Ojalá no tuviéramos que hacer esto. Sería muy distinto si pudieras ofrecernos algo, cualquier cosa interesante.

Samuel sabe que todavía le queda una cosa por ofrecer, algo valioso. Es lo único que podría interesar a Periwinkle. De hecho, en estos momentos es la única cosa interesante que tiene.

—¿Y si te dijera que tengo otro libro? —dice Samuel—. Un libro diferente.

—Te contestaría que entonces añadiríamos otra reclamación a nuestra demanda civil contra ti; que cuando te contratamos para que escribieras un libro para nosotros, te dedicaste a trabajar en secreto en un libro para terceros.

—No he trabajado en él. No he escrito ni una sola palabra.

—Entonces ¿cómo puedes decir que es un «libro»?

—Es que no lo es. Es más bien una propuesta. ¿Quieres oírla?

—Sí, claro. Dispara.

—Es un libro que desvela todos los secretos de una famosa.

—Vale. ¿De qué famosa?

—La Packer Attacker.

—Sí, claro. Ya mandamos a un *scout*. La mujer no quiere hablar. Es un callejón sin salida.

—¿Y si te dijera que es mi madre?

7

Y ése es el plan. Cierran el acuerdo en el aeropuerto. Samuel cumplirá su contrato con la editorial escribiendo un libro sobre su madre: una biografía, una revelación, un chismorreo completo.

—¿Una historia sórdida de sexo y violencia escrita por el hijo al que abandonó? —dice Periwinkle—. Joder, eso sí que lo podría vender.

El libro describirá el escandaloso pasado de Faye Andresen en el movimiento antibélico, su época de prostituta, cómo abandonó a su familia, desapareció del mapa y resurgió sólo para aterrorizar al gobernador Packer.

—El libro tiene que publicarse antes de las elecciones, por evidentes razones de marketing —dice Periwinkle—. Y debe presentar a Packer como un héroe americano. Una especie de mesías campechano. ¿Te parece bien?

—Vale.

—De hecho, esas páginas ya las tenemos escritas.

—¿Escritas? ¿Qué quieres decir? —pregunta Samuel.

—Lo de Packer ya está. Lo ha hecho un negro. Unas cien páginas.

—¿Cómo puede ser?

—Sabes que muchos obituarios se escriben antes de que el sujeto en cuestión muera, ¿no? Pues es el mismo principio. Llevamos un tiempo trabajando en una biografía, a la espera de encontrar una perspectiva apropiada. Así que la teníamos en la recámara. En otras palabras, la mitad de tu libro ya está lista. La otra mitad es el material sobre tu madre. Ni que decir tiene que ella hace el papel de mala de la película. Eso ha quedado claro, ¿no?

—Sí.

—¿Y podrás escribirlo? ¿No te generará conflictos tener que presentarla así? ¿Morales, éticos?

—La destrozaré íntimamente, en público. Es el trato. Lo entiendo.

Y no le costará, piensa Samuel, hacerle eso a la mujer que se marchó sin decir palabra, sin avisar, que lo dejó solo en plena infancia, condenado a vivir sin su madre. Es como si dos décadas de resentimiento y dolor hubieran encontrado por primera vez una válvula de escape.

Así pues, Samuel llama al abogado de su madre y le dice que ha cambiado de opinión. Le dice que estaría encantado de escribir una carta al juez para respaldar su defensa y que le gustaría entrevistarse con ella para recabar información clave. El abogado le proporciona la dirección de su madre en Chicago y concierta una reunión para el día siguiente, y Samuel pasa esa noche insomne, inquieto y sobreexcitado, imaginando el momento en que verá a su madre por primera vez desde que desapareció, hace una eternidad. Le parece injusto que, con los veinte años transcurridos desde que la vio por última vez, ahora tan sólo disponga de un día para prepararse.

¿Cuántas veces lo habrá imaginado? ¿Cuántas fantasías sobre el reencuentro habrá alimentado? Y lo que se repite en esos miles, millones de ocasiones, lo que ocurre siempre es que Samuel le demuestra a su madre que es un hombre listo y que ha triunfado. Que es importante, adulto y maduro. Sofisticado y feliz. Le demuestra lo fantástica que es su vida, lo poco que lo ha afectado su ausencia. Le demuestra hasta qué punto no la necesita.

En sus fantasías, su madre siempre le suplica que la perdone y él no llora. Así sucede cada vez.

Pero ¿cómo va a conseguirlo en la vida real? Samuel no tiene ni idea. Lo busca en Google. Pasa casi toda la noche en foros de apoyo para niños abandonados, páginas web que abusan de las mayúsculas, las negritas y los GIF animados de caritas sonrientes y enfadadas, y de ositos de peluche y ángeles. Mientras lee esas páginas, lo que más sorprende a Samuel es la uniformidad esencial de los problemas de todas esas personas: los intensos sentimientos de pena, vergüenza y responsabilidad que experimentan los niños abandonados; la mezcla de adoración y odio hacia el padre desaparecido; la soledad combinada con un deseo contraproducente de reclusión. Etcétera. Es como verse en un espejo. Samuel ve todas sus debilidades privadas reflejadas en un lugar público y se avergüenza. Ver a otras personas expresando exactamente lo que él siente en su corazón le hace sentirse ordinario y poco original, muy lejos del hombre asombroso que necesita ser para demostrarle a su madre que no debería haberlo abandonado.

Son casi las tres de la madrugada cuando se da cuenta de que lleva cinco minutos mirando el mismo GIF animado: un osito de peluche dando lo que pretende ser un «abrazo virtual», abriendo y cerrando los brazos en un bucle infinito que supuestamente debe interpretarse como un gesto de cariño, pero que a Samuel le parece más bien un aplauso exagerado y sarcástico, como si el osito estuviera burlándose de él.

Apaga el ordenador y duerme poco y mal durante unas horas hasta que, al alba, se levanta, se ducha, se bebe casi una cafetera entera y coge el coche para ir a Chicago.

A pesar de que vive muy cerca, últimamente Samuel no va casi nunca a Chicago, y en ese momento recuerda por qué: cuanto más se acerca a la ciudad, más percibe la autopista como un lugar maligno y hostil: conductores descontrolados que hacen eses y cortan a los demás, que se pegan al coche de delante, que tocan el claxon y hacen luces, todos sus traumas privados ampliados en público. Samuel avanza entre el tráfico denso, una masa lenta de odio concentrado. Lo invade una angustia constante de baja intensidad por si no es capaz de colocarse en el carril correspondiente cuando llegue su salida. Se produce ese efecto en el que los conductores que tiene cerca aceleran al ver que pone el intermitente para eliminar el espacio que él pretendía ocupar. No hay un lugar menos comunitario en Estados Unidos —un lugar menos cooperativo y fraternal, un lugar con menos sentimientos de sacrificio compartido— que una autovía de Chicago en hora punta. Y no hay mejor forma de constatarlo que observar lo que pasa cuando hay una cola de cien coches parados en el carril derecho, como la que se encuentra Samuel al llegar a su salida. Qué pasa cuando alguien se salta la cola y se mete en un mínimo hueco disponible, colándose al resto de los conductores que esperaban con paciencia, unos conductores que ahora se cabrean porque su espera se va a alargar proporcionalmente, pero que también sienten una rabia mayor y más profunda hacia el cabrón que no ha esperado su turno como todos los demás, que no ha sufrido como ellos, e incluso un tercer tipo de rabia interna al verse a sí mismos como unos pringados que hacen cola.

Por eso hacen gestos obscenos y avanzan a pocos centímetros del parachoques del coche de delante. No dan ni una opción a los aprovechados. No ceden el paso a nadie. Samuel hace lo mismo, siente que si permite que se le cuele un solo coche estará fallando a todos los que esperan detrás. Por eso, cada vez que la fila se mueve, acelera para no dejar ni un centímetro libre. Siguen avanzando a trompicones hacia la salida, hasta que en un momento dado, mientras está mirando por el retrovisor por si se acerca algún aprovechado, se abre un hueco justo delante de él y Samuel se convence de que el puto BMW que se acerca a toda velocidad por la izquierda va a intentar colársele, de modo que se pasa un poco al pisar el acelerador y toca ligeramente el coche que lleva delante.

Un taxi. El taxista sale hecho una furia.

—¡Que te jodan! ¡Que te jodan! ¡Que te jodan! —grita, señalando a Samuel como para enfatizar que es específicamente a él, y a nadie más, a quien tienen que joder.

—¡Lo siento! —dice Samuel con las manos en alto.

La cola se para de golpe y eso provoca las quejas de los coches que los siguen, un coro de cláxones, de gritos furiosos y contrariados. Los aprovechados ven su oportunidad y se cuelan delante del taxi parado. El taxista se acerca a la ventana cerrada de Samuel y le dice:

—Te voy a joder vivo, joder. ¡No me jodas, hombre!

Y entonces escupe.

Echa el cuerpo hacia atrás como para coger impulso, y acto seguido lanza un escupitajo mocoso que impacta con un sonido asqueroso en la ventanilla de Samuel y se queda ahí pegado, ni siquiera se desliza un poco, sino que se queda donde ha aterrizado, como un pedazo de pasta en la pared, un lapo amarillento y espumoso con trozos de comida masticada y unos horribles puntos de sangre, como uno de esos embriones potenciales que te encuentras a veces en un huevo crudo. Satisfecho con su obra, el taxista regresa a su coche y vuelve a ponerse en marcha.

Ese pegote de flema y moco acompaña a Samuel como un pasajero más durante el resto del trayecto hasta el barrio de South Loop, donde vive su madre. Se siente como si viajara con un asesino con el que no desea establecer contacto visual. Lo vislumbra en la periferia de su campo de visión, una sombra irregular, borrosa y blanquecina, cuando sale de la autopista y se mete en una vía estrecha con las cunetas llenas de bolsas y vasos de restaurantes de comida rápida, deja atrás una estación de autocares y un solar abandonado y lleno de malas hierbas donde al parecer iba a levantarse un rascacielos que quedó abandonado justo después de que se construyeran los cimientos, cruza un puente tendido sobre la trenza de las vías de tren que en su día abastecían a los enormes mataderos que había en aquella zona, justo al sur del centro de Chicago, aún muy cerca del que en su día fue el edificio más alto del mundo, en el que en su día fue el distrito cárnico más importante del mundo, y llega a la dirección de su madre en lo que resulta ser un viejo almacén cerca de las vías del tren, con un cartel gigante en lo alto, en el que pone «LOFTS DISPONIBLES»; durante todo ese rato, aproximadamente una cuarta parte de la atención de Samuel permanece concentrada en el escupitajo viscoso que sigue adherido a la ventana. Le alucina que no se haya deformado ni un poco, como si fuera una especie de resina epoxi para reparar objetos de plástico rotos. Le conmueven las proezas de las que es capaz el cuerpo humano. Ese barrio lo inquieta. No hay ni un alma caminando por la acera.

Aparca y vuelve a comprobar la dirección. Hay un interfono en la puerta principal del edificio. Y ahí, escrito en un papelito amarilleado con una tinta que se ha descolorido hasta adquirir un tono rosa claro, ve el nombre de su madre: Faye Andresen.

Pulsa el timbre, pero no oye ningún sonido, y eso le hace pensar, junto con la antigüedad del interfono, el óxido acumulado y la cantidad de cables que asoman, que no funciona. El hecho de que el timbre de su madre se resista un instante antes de ceder a la presión de su dedo con un clic audible le hace pensar que hace mucho tiempo que nadie lo pulsa.

Le impresiona que su madre haya vivido allí todo este tiempo, todos estos años. Que su nombre haya estado siempre ahí, en un papelito descolorido por el sol, a la vista de cualquiera. Le parece intolerable. A Samuel le parece que después de marcharse debería haber dejado de existir.

La puerta se abre con un fuerte chasquido magnético.

Samuel entra. Es como si el interior del edificio, una vez pasada la entrada y el vestíbulo, con su batería de buzones, estuviera sin terminar. Baldosas que de repente dejan a la vista la base del suelo. Paredes blancas que no parecen pintadas, sino apenas enlucidas. Sube tres tramos de escalera. Encuentra la puerta: una puerta de madera pelada, sin pintar, sin pulir, como las que se encuentran en las ferreterías. No sabe qué se esperaba, pero desde luego no era esta nada absoluta. Esta puerta anónima.

Llama con los nudillos. Dentro suena una voz, la voz de su madre:

—Está abierto —dice.

Samuel empuja la puerta. Desde el recibidor ve que el apartamento está inundado de luz solar. Paredes blancas desnudas. Un olor familiar que no consigue ubicar.

Duda un instante. No es capaz de atravesar esa puerta y volver a entrar en la vida de su madre de un momento para otro. Al rato, ella vuelve a hablar desde algún lugar del apartamento.

—No pasa nada —le dice—. No tengas miedo.

Y al oír esas palabras Samuel está a punto de desmoronarse. De pronto la ve, en un torrente de recuerdos, inclinada sobre su cama, una mañana encapotada. Él tiene once años y ella está a punto de marcharse para no volver nunca más.

Esas palabras lo abrasan por dentro. Atraviesan las décadas e invocan al niño tímido que fue. «No tengas miedo.» Fue lo último que su madre le dijo entonces.

SEGUNDA PARTE

Espíritus del país de los ancestros

Finales del verano de 1988

1

Samuel estaba llorando en su dormitorio, en voz baja, para que su madre no lo oyera. Se trataba de un llanto ínfimo, que pasaba de puntillas por los márgenes del llanto verdadero, acaso un gimoteo discreto con la respiración entrecortada y la expresión desencajada habituales. Era un llanto de Categoría 1: un llanto pequeño, disimulable, satisfactorio y purificador, que por lo general le nublaba los ojos, pero sin llegar al derrame de lágrimas. El de Categoría 2 era más emocional, provocado por sentimientos de pena, vergüenza o decepción. Por eso un llanto de Categoría 1 podía dar el salto a uno de Categoría 2 por la mera presencia de otra persona: Samuel se avergonzaba de llorar, de ser un llorón, y eso desencadenaba un nuevo tipo de llanto, un llanto de mejillas mojadas, gemidos y mocos que sin embargo no llegaba a ser el berrido a pleno pulmón de Categoría 3, que incluía lágrimas más gruesas, como gotas de lluvia, arrebatos de sollozos y respiración convulsiva y la necesidad refleja de buscar de inmediato un lugar donde esconderse. Un llanto de Categoría 4 era un ataque de sollozos a lágrima viva, mientras que uno de Categoría 5 era simplemente inimaginable. El terapeuta del colegio le había dicho que pensara en su llanto en esos términos, estableciendo categorías como hacen con los huracanes.

Total, que aquel día le habían entrado ganas de llorar. Le había dicho a su madre que iba a su cuarto a leer, lo que no era raro. Pasaba la mayor parte del tiempo solo en su habitación, leyendo los libros de la colección «Elige tu propia aventura» que compraba en la librería ambulante del colegio. Le gustaba cómo quedaban en las estanterías, todos juntos, la homogeneidad de sus lomos blancos y rojos y los títulos como *Perdidos en el Amazonas*, *Viaje a Stonehenge* o *El planeta de los dragones*. Le gustaban las bifurcaciones que contenían aquellos libros y, cuando se topaba con una decisión particularmente difícil, guardaba el punto con el pulgar y leía la página elegida para comprobar si se trataba de una elección aceptable. Aquellos libros poseían una claridad y una simetría que echaba de menos en el mundo real. A veces imaginaba que su vida era un volumen de «Elige tu propia aventura», y que para llegar a un final feliz sólo tenía que tomar las decisiones apropiadas. Eso parecía dotar de estructura a un mundo caótico e imprevisible que en la mayoría de los demás contextos le resultaba aterrador.

De modo que le dijo a su madre que estaba leyendo, pero en realidad estaba disfrutando de un agradable llanto de Categoría 1. No sabía muy bien por qué lloraba, pero por algún motivo estar en casa le daba ganas de esconderse.

Últimamente, pensó, la casa se había vuelto insoportable.

Era como si lo atrapara todo en su interior: el calor del día, el olor de sus cuerpos. Estaban en plena ola de calor de finales de verano, y todo Illinois se estaba derritiendo. Todo ardía. El aire era como un pegamento espeso. Las velas no se sostenían erguidas. Los tallos de las flores no lograban mantenerlas en pie. Todo se marchitaba. Todo languidecía.

Era agosto de 1988. Durante los años siguientes, Samuel pensaría en aquel mes como el último en que había tenido madre. A finales de agosto, ella ya habría desaparecido. Pero en aquel momento Samuel todavía no lo sabía. Sólo sabía que necesitaba llorar por algunas razones abstractas: hacía calor, estaba angustiado, su madre se comportaba de forma extraña.

O sea que subió a su cuarto. Lloraba básicamente para quitárselo de encima.

Pero ella lo oyó. En medio del silencio absoluto, oyó a su hijo llorando en el piso de arriba. Abrió la puerta de su cuarto.

—Cariño, ¿estás bien? —preguntó, e inmediatamente Samuel se puso a llorar con más fuerza.

Su madre sabía que en momentos como aquél era preferible no mencionar la intensificación del llanto ni reaccionar de ninguna otra forma, pues no serviría sino para avivar las lágrimas en un terrible bucle de retroalimentación que a veces terminaba —esos días en los que Samuel lloraba, lloraba y lloraba y ella ya no era capaz de disimular su exasperación— con el niño convertido en un guiñapo e hiperventilando entre un mar de lágrimas. Así pues, con la voz más neutra posible, dijo:

—Tengo hambre. ¿Tú tienes hambre? ¿Por qué no salimos, tú y yo?

Eso pareció calmarlo lo suficiente para que se cambiara de ropa y se metiera en el coche con sólo un episodio menor de hipo posterior al llanto. Por lo menos hasta que llegaron al restaurante y, al ver que había una oferta de dos por una en hamburguesas, la madre de Samuel dijo:

—Mira qué bien. Pues te pediré una hamburguesa. Te apetece una hamburguesa, ¿no?

Y Samuel, que llevaba todo el trayecto soñando con unos *nuggets* de pollo con salsa de mostaza, se angustió al pensar que decepcionaría a su madre si no se amoldaba a aquel nuevo plan. Así que asintió y se quedó a pasar calor en el coche mientras su madre iba a por las hamburguesas, y trató de convencerse de que había querido una hamburguesa desde el principio, pero cuanto más pensaba en ello, más asco le daba la hamburguesa: el panecillo correoso, los pepinillos en vinagre y aquellas cebollas de tamaño gusano y corte uniforme. Incluso antes de que su madre regresara con las hamburguesas, sólo de pensar que iba a tener que comerse una, Samuel sentía ya un asomo de náuseas y arcadas. De vuelta a casa, se esforzaba por contener las lágrimas que, casi con toda certeza, estaban a punto de brotar, cuando su madre se percató de su lloriqueo nasal y le dijo:

—¿Cariño? ¿Va todo bien?

—¡No quiero una hamburguesa! —fue lo único que logró responder antes de sucumbir a un demoledor llanto de Categoría 3.

Faye no dijo nada. Dio media vuelta mientras él hundía la cara en la tela caliente del asiento del copiloto y lloraba.

Ya en casa comieron en silencio. Samuel se sentó con su madre en la cocina calurosa, desplomado en su silla mientras masticaba los últimos trocitos de pollo. Tenían las ventanas abiertas con la esperanza de que entrara una brisa que no llegaba. Los ventiladores movían el aire caliente de un lado para otro. Se fijaron en una mosca que zumbaba por encima de sus cabezas, volando en círculos cerca del techo.

El insecto era el único signo de vida que había en la sala. Chocó contra la pared, rebotó contra la ventana y de repente, justo cuando pasaba por encima de sus cabezas, se desplomó, sin más. Cayó muerta encima de la mesa de la cocina, pesada como una canica.

Los dos clavaron la vista en el pequeño cadáver negro que había quedado entre ellos y se miraron. ¿De verdad acababa de pasar aquello? Samuel puso cara de pánico. Estaba a punto de echarse a llorar otra vez. Necesitaba una distracción. Su madre tenía que intervenir.

—Salgamos a dar una vuelta —dijo Faye—. Llena tu carrito, coge nueve de tus juguetes favoritos.

—¿Cómo? —preguntó él, los enormes ojos asustados ya brillantes, líquidos.

—Hazlo, confía en mí.

—Vale —dijo él, y la táctica de distracción resultó efectiva durante unos quince minutos.

Faye tenía la sensación de que aquélla era su principal obligación como madre: crear distracciones. Samuel empezaba a llorar y ella atajaba la situación. ¿Por qué nueve juguetes? Porque Samuel era un niño meticuloso, organizado y obsesivo que hacía cosas como, por ejemplo, guardar debajo de la cama una caja con sus «Diez Juguetes Preferidos». Básicamente, muñequitos de *La guerra de las galaxias* y coches de Hot Wheels. De vez en cuando revisaba su selección y sustituía un juguete por otro, pero la caja siempre estaba ahí. Samuel sabía en todo momento y con exactitud cuáles eran sus diez juguetes preferidos.

Por eso Faye le pidió que eligiera nueve, porque le picaba la curiosidad: ¿qué juguete abandonaría?

Samuel no se planteó por qué estaba haciendo aquello. ¿Por qué nueve juguetes? ¿Y por qué los iban a sacar a la calle? No, le habían asignado una tarea y la iba a completar. No dedicaba demasiado tiempo a cuestionarse las reglas arbitrarias.

A Faye le entristecía que fuera tan fácil engatusar a su hijo.

Anhelaba que fuera un poco más listo, un poco menos crédulo. A veces deseaba que fuera más respondón. Que plantara cara, que fuera más firme. Pero no lo era. Oía una orden y la obedecía. Era un pequeño robot burocrático. Lo vio contar los juguetes, tratando de decidirse entre dos versiones de un mismo muñeco (un Luke Skywalker con prismáticos y un Luke Skywalker con una espada láser) y pensó que debería sentirse orgullosa de él. Orgullosa de que fuera un niño tan cuidadoso y tan dulce. Pero su dulzura tenía la delicadeza como contrapartida. Lloraba con mucha facilidad, era ridículamente frágil. Era como la piel de un grano de uva. Y ella a veces reaccionaba con excesiva dureza hacia él. No le gustaba que Samuel encarase así la vida, siempre asustado de todo. No le gustaba ver un reflejo tan claro de sus propios fracasos.

—Ya estoy, mamá —le dijo, y Faye vio que en el carrito había ocho juguetes: al final había dejado los dos Luke Skywalker.

Pero había elegido sólo ocho juguetes, no nueve. No había sido capaz de seguir su única y sencilla indicación. Y de pronto Faye ya no sabía qué quería de él. Se enojaba cuando la obedecía a ciegas, pero también ahora al ver que no conseguía obedecerla del todo. Estaba desquiciada.

—Vámonos —dijo.

Fuera había una quietud y una humedad inconcebibles. El único movimiento era el de las ondas de calor que se elevaban de los tejados y del asfalto. Echaron a andar por la calle ancha que atravesaba su urbanización describiendo una curva y de la que de vez en cuando se ramificaban breves callejones sin salida. A partir de allí, todo era hierba amarillenta reseca y puertas de casas y garajes construidas según planos idénticos: la puerta de entrada retranqueada y la puerta del garaje en primer plano, como si la casa intentara esconderse detrás de éste.

Aquellas puertas de garaje de un beis liso y anodino parecían capturar algo esencial del lugar, algo que tenía que ver con la soledad de los barrios periféricos, pensó Faye. Si un porche amplio es una puerta al mundo, una puerta de garaje te aísla del mismo.

¿Cómo había terminado allí, de entre todos los lugares posibles?

Por su marido, claro. Había sido Henry quien los había llevado a aquella casa de Oakdale Lane, en Streamwood, uno de los muchos barrios indeterminados de las afueras de Chicago. Antes habían pasado por una retahíla de pequeños apartamentos de dos habitaciones en diversos núcleos agroindustriales del Medio Oeste, mientras Henry iba ascendiendo en el escalafón del campo profesional que había elegido: la comida congelada empaquetada. Al llegar a Streamwood, Henry había insistido en que aquélla era la mudanza definitiva, pues acababa de conseguir un puesto lo bastante bueno como para querer conservarlo:

vicepresidente asociado de la División de Comida Congelada de R&D. «Pues supongo que ya está —había dicho Faye el día de la mudanza, y a continuación se había vuelto hacia Samuel—. Supongo que podrás decir que eres de aquí.»

«Streamwood —pensó Faye—. Ni arroyos ni bosques a la vista, a pesar del nombre.»

—El problema de las puertas de garaje… —dijo, pero al darse la vuelta vio que Samuel tenía la mirada clavada en el asfalto y parecía muy concentrado en algo. No la había oído—. Da igual —concluyó.

Samuel tiraba del carrito y las ruedas de plástico traqueteaban sobre la calle. A veces se encajaba alguna piedrecita debajo de una de las ruedas, el carro se paraba de golpe y él estaba a punto de tropezar por la sacudida. Cada vez que eso pasaba, Samuel sentía que estaba decepcionando a su madre. Por eso iba muy atento a todo tipo de obstáculos y apartaba con el pie las piedras y los fragmentos de musgo o de corteza de árbol, aunque al hacerlo procuraba medir sus fuerzas por miedo a que se le encallara el zapato en una grieta de la acera y a caerse de morros al suelo, o a tropezar con nada, sólo por pisar mal, algo que también temía que pudiese decepcionar a su madre. Intentaba seguirle el paso —por no decepcionarla si se rezagaba demasiado y la obligaba a esperarlo—, pero no podía ir muy rápido por si alguno de sus ocho juguetes se caía del carrito, una torpeza que provocaría la decepción definitiva de su madre. O sea que debía encontrar la velocidad exacta que le permitiera seguirle el paso, pero también frenar en las partes donde la calle estaba agrietada o presentaba irregularidades, y prestar atención a los obstáculos y apartarlos con el pie sin tropezar y, si era capaz de hacer todo eso bien, tal vez el día mejoraría. Tal vez lograría salvar la situación. Tal vez dejaría de ser tan decepcionante. Tal vez conseguiría borrar lo que había pasado antes, cuando se había comportado como un llorica grandullón, una vez más.

Ahora se sentía mal por ello. Tenía la sensación de que podría haberse comido la hamburguesa sin más, de que se había puesto histérico porque sí y de que si le hubiera dado una oportunidad, la hamburguesa habría sido sin duda una cena totalmente aceptable. Se sentía culpable por todo. El gesto de su madre al dar media vuelta con el coche para ir a buscarle unos *nuggets* de pollo le parecía de repente heroico y bondadoso. Mucho más bondadoso de lo que él podría ser jamás. Se sentía egoísta. Porque sus llantos le permitían salirse siempre con la suya, aunque ésa no fuera ni mucho menos su intención. Trató de dar con la forma de decirle a su madre que, si de él dependiera, no volvería a llorar nunca más y ella no tendría que volver a dedicar horas y horas a calmarlo ni a consentir sus exigencias irreflexivas y desconsideradas.

Quería decirle todo eso. Estaba ordenando las palabras en su mente. Su madre, mientras tanto, miraba los árboles, uno de los robles del jardín delantero del vecino. Como todo lo demás, el árbol estaba alicaído, seco y triste, con las ramas escoradas hacia el suelo. Las hojas no eran verdes, sino de un ámbar chamuscado. No se oía ni un ruido: ni campanillas al viento, ni pájaros, ni perros ladrando, ni niños riendo. Su madre contemplaba fijamente aquel árbol. Samuel se detuvo y lo miró también.

—¿Lo ves? —le preguntó ella.

Samuel no sabía qué se suponía que tenía que ver.

—¿El árbol? —preguntó.

—Casi en la rama más alta. ¿Lo ves? —Señaló—. Ahí, arriba del todo. Esa hoja.

Samuel siguió el dedo de su madre y vio una hoja solitaria que no era como las demás. Era verde, gruesa, se mantenía erguida y se agitaba como un pez, retorciéndose como en medio de un torbellino. Era la única hoja de todo el árbol que lo hacía. Todas las demás permanecían inmóviles en el aire inmóvil. No corría ni gota de viento en la calle y, sin embargo, aquella hoja se movía como una posesa.

—¿Sabes qué es? —preguntó su madre—. Es un espíritu.

—¿De verdad? —dijo él.

—Esa hoja está encantada.

—¿Las hojas pueden estar encantadas?

—Cualquier cosa puede estar encantada. Los espíritus pueden vivir en una hoja o en cualquier otra parte.

Samuel se fijó en la hoja, que giraba como si estuviera conectada a una cometa.

—¿Por qué hace eso? —preguntó.

—Es el espíritu de una persona —contestó Faye—. Mi padre me hablaba de esto. Una de sus viejas historias. De Noruega, de cuando era niño. Es alguien que no es ni lo bastante bueno para ir al cielo ni lo bastante malo para ir al infierno. Está a medio camino.

Samuel no se había planteado que existiera esa posibilidad.

—Está inquieto —prosiguió su madre—. Quiere dar el siguiente paso. A lo mejor fue una buena persona que hizo una cosa muy mala. O a lo mejor hizo muchas cosas malas, pero lamentaba haberlas hecho. A lo mejor no quería hacer cosas malas, pero no podía evitarlo.

Y al oír eso, una vez más, Samuel rompió a llorar. Sintió que se le desencajaba la cara. Las lágrimas brotaron con una rapidez imparable. Porque sabía que él hacía cosas malas una y otra vez. Faye se dio cuenta, cerró los ojos, se masajeó las sienes con los dedos y se cubrió la cara con una mano. Samuel se dio cuenta de que había llegado al límite de su tolerancia por aquel día, de que había agotado su paciencia y de que llorar por las cosas malas era en sí mismo otra cosa mala.

—Cariño —dijo ella—, ¿por qué lloras?

Samuel todavía quería decirle que lo que más deseaba en el mundo era dejar de llorar. Pero no podía. Sólo fue capaz de soltar una frase incoherente entre lágrimas y mocos:

—¡Yo no quiero ser una hoja!

—¿Y eso a qué viene ahora? —preguntó ella.

Entonces lo cogió de la mano y dieron media vuelta, y el único sonido que se oía en la calle era el traqueteo de las ruedas del carrito y sus sollozos. Lo acompañó a su habitación y le pidió que guardara los juguetes.

—Y te he dicho que cogieras nueve juguetes —le espetó—. No ocho. La próxima vez presta más atención.

Y Samuel percibió tal decepción en su voz que se puso a llorar más fuerte todavía, tan fuerte que no pudo contestar, no pudo decirle que sólo había metido ocho juguetes en el carrito porque el noveno era el carrito en sí.

2

El padre de Samuel insistía en que los domingos por la tarde eran un «momento para la familia», y cenaban obligatoriamente todos juntos, sentados a la mesa, mientras Henry intentaba con ahínco encontrar algún tema de conversación. Siempre comían algún plato envasado de su congelador especial del trabajo, donde guardaban la comida experimental o la que se preparaba para hacer pruebas de mercado. Solían ser platos más arriesgados, más exóticos: mango en lugar de manzana asada, boniato en lugar de patatas, cerdo agridulce en lugar de chuletas, o cosas que a primera vista no parecerían ideales para congelar, como sándwiches de langosta, de queso fundido o de ensaladilla de atún.

—Lo más interesante de los platos congelados —dijo Henry— es que no se hicieron populares hasta que la marca Swanson decidió llamarlos «cenas para la tele». Y entonces, bum, las ventas se dispararon.

—Ajá —dijo Faye, con la vista clavada en su *cordon bleu* de pollo.

—Es como si la gente necesitara que le dieran permiso para comer delante del televisor, ¿entiendes? Como si todos tuviesen ya ganas de comer delante del televisor, pero estuvieran esperando a que alguien les dijese que no pasaba nada.

—Es superfascinante —dijo Faye en un tono de voz que hizo que Henry se callara en seco.

A continuación, otro rato de silencio hasta que Henry les preguntó qué querían hacer después, y Faye le sugirió que se fuera a ver la tele, y Henry le preguntó si quería acompañarlo, y Faye dijo que no, que tenía platos que fregar y cosas que limpiar y «tú ve poniéndola», y Henry le preguntó si necesitaba ayuda para recoger, y Faye dijo que no, que sólo sería un estorbo, y Henry sugirió que tal vez fuera mejor que esa noche se relajara y dejara que él se encargase de los platos, y a Faye se le terminó la paciencia y se levantó y dijo: «Pero si no sabes ni dónde van las cosas», y Henry se la quedó mirando con fijeza como si estuviera a punto de decir algo, pero al final no lo dijo.

Samuel pensó que su padre y su madre eran como si una cuchara se casara con un triturador de alimentos.

—¿Me puedo ir? —preguntó Samuel.

Henry le dirigió una mirada herida.

—Es nuestra noche familiar... —contestó.

—Puedes irte —dijo Faye, y Samuel bajó de la silla de un salto y se escabulló al jardín.

Sintió el consabido deseo de esconderse. Le pasaba siempre que la tensión doméstica se reconcentraba en su interior. Se escondió en el bosque, una pequeña arboleda que se alzaba junto al arroyo triste que recorría la parte trasera de su urbanización. Unos cuantos arbolitos que crecían entre el barro. Una charca que, en el mejor de los casos, cubría hasta la cintura. Un riachuelo que recogía los vertidos de la urbanización, de modo que el agua tenía una película aceitosa muy colorida después de la lluvia. Como entorno natural era un bosque realmente penoso. Pero los árboles eran lo bastante gruesos para ocultarlo. Cuando estaba allí, Samuel era invisible.

Si alguien le preguntaba qué estaba haciendo, él diría que «jugar», aunque no fuera del todo exacto. ¿Podría considerarse «jugar» cuando lo único que hacía era sentarse entre la hierba y el barro, esconderse entre las hojas y lanzar semillas helicóptero al aire para ver cómo descendían girando hasta el suelo?

La intención de Samuel era bajar al río y pasar un rato escondido, por lo menos hasta la hora de acostarse. Buscando un escondite, una hondonada que le brindara la máxima cobertura. Un lugar donde pudiera esconderse si se cubría con ramas muertas y unas cuantas hojas. Iba recogiendo los palos y ramitas que usaría para cubrirse y estaba debajo de un roble, escarbando entre las hojas muertas y las bellotas del suelo, cuando oyó un ruido en lo alto. El chasquido de una rama, un crujido del árbol. Samuel levantó la cabeza y vio que alguien saltaba del árbol y aterrizaba a su espalda. Un chico no mayor que él, que se enderezó y se lo quedó mirando intensamente con unos ojos verdes y afilados, casi felinos. No era más corpulento que Samuel, ni más alto, ni poseía ninguna cualidad física especial más allá de su manera intangible de llenar el aire. Su cuerpo tenía presencia. Dio un paso hacia él. Tenía una cara delgada y angulosa, y las mejillas y la frente manchadas de sangre.

Samuel soltó sus ramitas. Quería echar a correr. Se ordenó correr. Pero entonces el otro chico se acercó más y, de la espalda, se sacó un chuchillo, un cuchillo enorme y plateado, de carnicero, como los que Samuel había visto usar a su madre para cortar cosas con huesos.

Samuel empezó a llorar.

Se quedó allí plantado llorando, con los pies clavados en el suelo, esperando su destino, fuera el que fuese, rendido a él. Quedó reducido de inmediato a una masa lacrimógena y amorfa sin remedio de Categoría 3. Sintió que se le desencajaba la cara y se le hinchaban los ojos como si le estuvieran estirando la piel desde detrás. Y el otro chico ya estaba justo delante de él y Samuel vio la sangre de cerca, vio que todavía estaba húmeda y que brillaba bajo la luz del sol y que una gota le caía por la mejilla hasta la barbilla y por el cuello hasta debajo de la camisa, y ni siquiera se preguntó de dónde salía aquella sangre sino que se limitó a llorar ante la terrible certeza de su presencia. El chico tenía el pelo rojizo y corto, unos ojos que parecían impenetrables y sin vida, pecas en la cara y un control corporal, un dominio de sí mismo y una fluidez de movimientos propios de un atleta mientras levantaba el cuchillo despacio por encima de la cabeza para reproducir el gesto asociado universalmente con una puñalada de un asesino psicópata.

—Esto es lo que se llama una emboscada ejecutada con éxito —dijo el chico—. Si estuviéramos en guerra, ahora mismo estarías muerto.

El grito que soltó Samuel invocó toda su tristeza y la canalizó en un bramido, un penoso berrido de súplica.

—Hostia —dijo el chico—. Qué feo te pones cuando lloras. —Bajó el cuchillo—. No pasa nada. Mira. Era broma, ¿vale?

Pero Samuel no podía parar. La histeria era más fuerte que él.

—Tranquilo —dijo el chico—. Ningún problema. No hace falta que hables.

Samuel se secó la nariz con el antebrazo, donde le quedó una larga mancha pegajosa.

—Ven conmigo —le dijo entonces el niño—. Quiero enseñarte una cosa.

Guió a Samuel hacia el río y caminó unos metros por la orilla hasta un lugar cerca de la charca, donde un árbol tumbado había dejado un hoyo enorme entre las raíces y la tierra.

—Mira —dijo el chico, y señaló un lugar donde había aplastado el barro hasta darle forma de cuenco improvisado. Dentro del cuenco había varios animales: unas cuantas ranas, una serpiente, un pez—. ¿Los ves? —preguntó.

Samuel asintió en silencio. Entonces se dio cuenta de que a la serpiente le faltaba la cabeza. Las ranas estaban destripadas y tenían el dorso cosido a puñaladas. Debía de haber ocho o nueve, todas muertas excepto una que movía las ancas trazando círculos en el aire. Los peces estaban decapitados a la altura de las agallas. Yacían en un cieno sucio y sanguinolento que se acumulaba en el fondo del cuenco.

—Estoy pensando en pasarlos por el lanzallamas —dijo el chaval—. Con insecticida y un mechero, ¿sabes?

Se lo mostró con gestos: encender un mechero imaginario y acercar el bote de espray a la llama.

—Siéntate —le dijo. Samuel obedeció y el chico mojó dos dedos en la sangre—. Vamos a tener que endurecerte —añadió.

Entonces le embadurnó la cara de sangre: dos líneas debajo de los ojos y una en la frente.

—Ya está —dijo—. Ya eres un iniciado. —Clavó el cuchillo en el barro para que quedara de pie—. Ahora estás vivo de verdad.

3

Cuando los dos chicos salieron de la arboleda, embarrados y mojados, el sol se estaba poniendo, el calor del día empezaba a remitir y los mosquitos volaban en escuadrones procedentes del bosque. Habían transitado por una zona que Samuel no había visto nunca, saliendo de su barrio, para adentrarse en otro: Venetian Village, se llamaba. Los chicos tenían el rostro reluciente y húmedo, pues se habían lavado la cara con el agua de la charca para eliminar las manchas de sangre animal. Aunque tenían más o menos la misma altura y la misma edad, y casi el mismo tipo —es decir, que tenían once años y eran bajos y delgadísimos, como cuerdas tensadas al máximo—, bastaba con mirarlos para saber que uno de los dos estaba al mando. Se llamaba Bishop Fall, y él era el que trepaba por los árboles, tendía emboscadas y mataba animales. Le estaba explicando a Samuel que algún día sería capitán general del Ejército de Estados Unidos.

—Deber, honor y patria —dijo—. Llevar la guerra a territorio enemigo. Ése es mi lema.

—¿Qué guerra? —preguntó Samuel mientras contemplaba las casas de Venetian Village, las más grandes que había visto.

—La que sea —dijo Bishop—. ¡A la orden!

Pensaba alistarse en el ejército como oficial después de la academia militar, luego ascendería a comandante mayor, luego a coronel y, finalmente, algún día, a capitán general.

—Los capitanes generales tienen los mismos permisos de seguridad que el presidente —explicó Bishop—. Voy a conocer todos los secretos.

—¿Me los contarás? —dijo Samuel.

—No. Están clasificados.

—No me chivaré a nadie.

—Seguridad nacional, lo siento.

—¿Por favor?

—Que no.

Samuel asintió.

—Se te va a dar muy bien.

Resultó que Bishop iba a incorporarse a la clase de sexto de Samuel en la escuela pública de primaria, ya que lo habían expulsado poco antes de su colegio privado, la Academia del Sagrado Corazón, por «no aguantarle rollos a nadie», según sus propias palabras; es decir, por escuchar AC/DC con su walkman, mandar a una de las monjas a «tomar por culo» y pelearse con quien se terciara, incluso con alumnos mayores de instituto, incluso con los curas.

La Academia del Sagrado Corazón era una escuela católica con clases de parvulario, primaria y secundaria, y realmente era la única opción de la zona si querías que algún día tus hijos estudiaran en alguna de las universidades de élite de la costa Este. Todos los padres de Venetian Village mandaban a sus hijos allí. Samuel nunca había estado en Venetian Village, pero a veces, durante sus paseos más largos en bici, había pasado por delante de la verja de entrada, que era de cobre y medía tres metros de alto. Las casas eran villas grandiosas de estilo romano con el tejado plano, tejas de terracota y caminitos de acceso circulares que serpenteaban en torno a unas fuentes espectaculares. Los edificios mantenían, como mínimo, una separación equivalente a un campo de fútbol. Había una piscina en cada jardín. Coches deportivos exóticos en los caminos de acceso, o carritos de golf, o ambos. Samuel imaginaba quién podía vivir allí: estrellas de la televisión y jugadores de béisbol profesionales. Pero Bishop dijo que sobre todo se trataba de «gente aburrida que trabaja en una oficina».

—Ese tío —dijo Bishop, señalando una de las villas— tiene una empresa de seguros. Y ese de ahí —añadió, señalando otra— dirige un banco o algo así.

Venetian Village tenía diecinueve unidades unifamiliares, todas ellas con un diseño estándar de tres pisos y seis dormitorios, cuatro baños completos, tres aseos, cocinas con encimeras de mármol, una bodega con capacidad para quinientas botellas de vino, un ascensor interior privado, vidrios laminados a prueba de tornados, gimnasio y garaje de cuatro plazas, todas ellas con una planta idéntica de quinientos metros cuadrados que, a causa de una cola con un tratamiento especial que se usa en construcción, olía ligeramente a canela. El hecho de que fueran todas iguales, en realidad, había funcionado como argumento de venta para algunas familias a las que les preocupaba no tener la casa más bonita del barrio. Los agentes inmobiliarios solían bromear con que en Venetian Village no había que esforzarse por «no ser menos que Fulanito ni Menganito», aunque todas las familias que vivían habían sido los Fulanitos y Menganitos en sus barrios de procedencia. Y las jerarquías emergían con sigilo de otras maneras. Varios jardines incluían ya cenadores, o casitas exteriores de dos pisos, o incluso una pista de tenis de tierra batida Har-Tru iluminada. Todas las casas estaban construidas según el mismo molde, pero los accesorios eran únicos.

Por ejemplo, una de las villas ante las que Bishop se detuvo tenía un jacuzzi de agua salada en la parte trasera.

—Aquí vive el director del Sagrado Corazón —dijo Bishop—. Es un gordo hijo de puta.

Se agarró la entrepierna con gesto exagerado y levantó el dedo corazón en dirección a la casa; después cogió una piedra que había en la cuneta.

—Fíjate —dijo, y lanzó la piedra contra la casa del director.

Sucedió sin darles ni siquiera tiempo de pensarlo. De pronto la piedra estaba en el aire y la vieron volar y todo pareció ralentizarse mientras los dos chavales se percataban de que iba a impactar sin duda contra la casa y de que no podían hacer nada por evitarlo. La piedra surcó el cielo rojizo y todo quedó ya tan sólo en manos de la gravedad y del tiempo. Describió un arco descendente, pasó muy cerca del Jaguar verde oscuro aparcado en el camino de entrada del director y dio contra la puerta de aluminio del garaje, justo detrás del Jaguar, con un golpe sordo, reverberante. Los chicos se miraron con una mezcla de euforia y pánico: el ruido de aquella piedra contra la puerta del garaje les pareció el más escandaloso del mundo.

—¡Hostia! —exclamó Bishop y, como si los impulsara la respuesta natural de los animales al acoso, los dos echaron a correr.

Se alejaron a toda velocidad por Via Veneto, la solitaria calle principal del barrio, que seguía aproximadamente la misma curva que el camino que solían tomar los ciervos cuando aquel lugar todavía era una reserva natural, un camino que pasaba entre un pequeño estanque artificial al norte y una gran acequia de desagüe al sur, dos cuerpos de agua que bastaban para mantener una población de ciervos modesta incluso durante el invierno de Illinois, cuyos descendientes todavía merodeaban por Venetian Village y sembraban el terror en algunos jardines y arbustos meticulosamente cuidados. Los ciervos eran tan molestos que los vecinos de Venetian Village pagaban una cuota trimestral a un exterminador que dejaba pastillas de sal mezclada con veneno en unos postes lo bastante bajos para que los ciervos adultos pudieran llegar hasta ellos (pero, aún más importante, lo bastante altos para que ninguno de los perros del barrio, de doce kilos o menos, pudiera ingerirlos por accidente). El veneno no tenía un efecto inmediato, sino que iba bioacumulándose en el organismo del ciervo, de modo que cuando el instinto le decía que estaba próximo a la muerte, el animal tenía tiempo de alejarse de la manada e ir a morir, convenientemente, a otra parte. Por eso, además de los buzones con figuras de góndolas y las fuentes de los jardines, el otro elemento arquitectónico más repetido en Venetian Village eran unos postes con pastillas de sal de los que colgaban unos carteles con el texto «PELIGRO. VENENO. NO TOCAR», con una tipografía muy elegante y discreta que también podía encontrarse en los membretes de la correspondencia oficial de Venetian Village.

El barrio existía sólo gracias a un vacío legal que tres inversores de Chicago habían sabido explotar. Antes de Venetian Village, allí estaba la Reserva Natural del Algodoncillo, llamada así en honor a una planta que crecía en gran abundancia en la zona y que en verano atraía grandes cantidades de mariposas monarca. La ciudad buscaba una organización privada (preferiblemente benéfica o sin ánimo de lucro) que velara por la reserva y sus numerosos caminos, por su buena salud y su biodiversidad. El convenio redactado por el ayuntamiento establecía que el comprador de la tierra no podía urbanizarla ni venderla a nadie que la urbanizara. Pero el acuerdo no decía nada sobre a quién podía venderle la tierra ese comprador (es decir, el segundo). Así pues, uno de los socios compró la tierra y se la vendió a otro que rápidamente se la revendió al tercero, que formó de inmediato una sociedad de responsabilidad limitada con los dos primeros y puso manos a la obra para talar el bosque. Instalaron una gruesa verja de cobre alrededor de lo que en su día había sido la Reserva Natural del Algodoncillo y publicitaron la nueva promoción a clientes de primera categoría, estilo Sotheby's, con eslóganes como «Donde el lujo se cruza con la naturaleza».

Uno de los tres socios fundadores todavía vivía en Venetian Village, era un corredor de materias primas que operaba tanto en la Bolsa de Chicago como en la de Wall Street. Se llamaba Gerald Fall. Era el padre de Bishop.

Gerald Fall, la única persona de toda la manzana, a excepción de los dos chicos, que fue testigo del impacto de la piedra contra la casa del director del colegio y vio correr a Bishop y Samuel cuesta abajo por la leve pendiente de Via Veneto hasta el extremo sin salida de la calle, donde estaba él, en el camino de acceso a su casa, con la puerta de su BMW negro abierta, con el pie derecho ya dentro del coche y el izquierdo todavía en el camino que había mandado empedrar con unos adoquines carísimos recubiertos de una pátina brillante. Ya iba a marcharse cuando divisó a su hijo lanzando la piedra contra la casa del director. Los chicos no vieron a Gerald Fall hasta que también ellos se encontraron en el caminito de la casa, donde frenaron sobre las piedras pulidas con un chirrido como el que hacen los jugadores de baloncesto en una pista de parquet. Bishop y su padre se estudiaron mutuamente durante un instante.

—El director está enfermo —dijo el padre—. ¿Por qué lo molestas?

—Lo siento —dijo Bishop.

—Está muy malo. Es un hombre enfermo.

—Ya.

—¿Y si le has fastidiado la siesta?

—Le pediré disculpas, no te preocupes.

—Más te vale.

—¿Adónde vas? —preguntó Bishop.

—Al aeropuerto. Pasaré una temporada en el apartamento de Nueva York.

—¿Otra vez?

—No te metas con tu hermana mientras no estoy. —Entonces se fijó en los pies de los dos chicos, mojados y sucios de andar por el bosque—. Y no ensuciéis el suelo de barro.

Y, dicho eso, el padre de Bishop terminó de entrar en el coche y dio un portazo, el motor arrancó con un ronroneo y el BMW se alejó por el caminito circular, sobre cuyas piedras lisas los neumáticos hicieron un ruido parecido a un chillido.

Dentro de la casa de los Fall, Samuel no se atrevía a tocar nada porque todo tenía un aire de formalidad: suelos relucientes de piedra blanca, arañas de techo de las que colgaban cosas de cristal, flores en jarrones de cristal altos, estrechos y muy fáciles de volcar, cuadros abstractos enmarcados en las paredes e iluminados con lámparas empotradas, una robusta vitrina de madera con unas dos docenas de bolas de nieve de cristal en su interior, mesas pulidas como espejos, encimeras de cocina de mármol igual de brillantes, todas las habitaciones y pasillos delimitados por un arco ancho suspendido sobre columnas corintias, con unos capiteles tan intricados que parecían mosquetones reventados al salirles el tiro por la culata.

—Por aquí —dijo Bishop.

Lo acompañó hasta una sala que sólo podía llamarse «el cuarto de la tele», pues contenía un televisor tan enorme que Samuel se sintió pequeño a su lado. Era más alto que él, y tan ancho que no habría podido abrazarlo con los brazos abiertos. Debajo del televisor había un amasijo de cables conectados a varias consolas de videojuegos amontonadas de cualquier manera en un armario pequeño. Había cartuchos de juegos tirados por todas partes, como proyectiles de artillería usados.

—¿Qué prefieres: *Metroid*, *Castlevania* o *Super Mario*? —preguntó Bishop.

—No sé.

—Puedo salvar a la princesa de Super Mario sin morir ni una sola vez. También me he acabado *Mega Man*, *Double Dragon* y *Kid Icarus*.

—Me da igual el juego.

—Sí, tienes razón. Todos son más o menos iguales. Tienen la misma premisa básica: ir a la derecha. —Metió una mano en el armario y sacó una Atari liada con sus propios cables—. En realidad yo

prefiero los clásicos —dijo—. Los juegos de antes de que se estable-
cieran los clichés. *Galaga. Donkey Kong.* O *Joust,* uno de mis preferidos, aunque es un poco raro.

—No he jugado nunca.

—Pues es bastante raro. Con avestruces y tal. Pterodáctilos. También está *Centipede.* Y *Pac-Man.* A *Pac-Man* sí has jugado, ¿no?

—¡Sí!

—¿A que es la hostia? Mira, jugaremos a éste. —Bishop cogió
un cartucho titulado *Missile Command* y lo introdujo en la Atari—.
Mírame a mí primero, así verás cómo se juega.

El objetivo de *Missile Command* era proteger seis ciudades de
una constante lluvia de misiles balísticos intercontinentales. Cada vez
que un misil caía encima de una de las seis ciudades, lo hacía con un
desagradable sonido explosivo y una ligera salpicadura que a lo mejor
pretendía ser un hongo atómico, pero que en realidad parecía una piedra o una rana que rompían la superficie en calma de un estanque. La
banda sonora del juego era básicamente una versión de ocho bits de
una sirena antiaérea. Bishop colocaba el punto de mira justo encima
de los misiles que se aproximaban y pulsaba el botón, y un pequeño
chorro de luz se elevaba desde el suelo e iba subiendo despacio hacia
donde había apuntado y chocaba con la cabeza nuclear en descenso.
Bishop no perdió ni una sola ciudad hasta más o menos el nivel nueve.
Al final Samuel perdió la cuenta de los niveles, de modo que cuando
el cielo estaba ya lleno de estelas de misiles que caían a toda velocidad,
no tenía ni idea de cuántas pantallas había superado. Bishop mantuvo
en todo momento una expresión absolutamente tranquila e impasible,
como un pez.

—¿Quieres ver cómo lo hago otra vez? —preguntó Bishop cuando el GAME OVER apareció en la pantalla.

—¿Has ganado?

—¿Qué quieres decir con «ganado»?

—¿Has salvado todas las ciudades?

—Es imposible salvar todas las ciudades.

—Entonces ¿qué sentido tiene?

—La aniquilación es inevitable. El objetivo es aplazarla.

—¿Para que la gente pueda escapar?

—Por ejemplo. Yo qué sé.

—Hazlo otra vez.

Cuando Bishop iba por el nivel seis o siete de la segunda partida, y Samuel observaba su rostro en lugar del juego —aquella mirada concentrada e imperturbable, incluso mientras los misiles iban cayendo sobre sus ciudades y sus manos movían el mando de aquí para allá—, oyó algo nuevo, un sonido distinto que procedía de otro lugar de la casa.

Era música. Clara y diáfana, en nada parecida a los chirridos digitales que salían del televisor. Eran escalas musicales, un instrumento de cuerda ensayando escalas ascendentes y descendentes.

—¿Qué es eso?

—Mi hermana —dijo Bishop—. Bethany. Está ensayando.

—¿Qué toca?

—El violín. Va a ser una violinista famosa. Es excepcionalmente buena, la verdad.

—¡Ya te digo! —soltó Samuel con un entusiasmo tal vez excesivo, desproporcionado para la conversación.

Pero quería caerle bien a Bishop e intentaba mostrarse afable. Bishop le lanzó una breve mirada de curiosidad antes de volver la vista al frente, con expresión impasible, para superar los niveles diez y once mientras las escalas del exterior se convertían en música de verdad, un solo vertiginoso y plagado de notas que Samuel no podía creer que procediera de una persona y no de la radio.

—¿En serio es tu hermana?

—Sí.

—Lo quiero ver —dijo Samuel.

—Espera, mira —dijo Bishop, y eliminó dos misiles de un solo disparo.

—Sólo será un segundo —dijo Samuel.

—Pero es que todavía no he perdido ni una ciudad. Podría conseguir el récord histórico de puntuación en *Missile Command*. Podrías estar presenciando algo histórico.

—Vuelvo enseguida.

—Vale —dijo Bishop—. Tú te lo pierdes.

Samuel se marchó en busca del origen de aquella música. Siguió el sonido a través del pasillo principal, a través de la reluciente cocina y hasta la parte trasera de la casa, donde asomó lentamente la nariz por el marco de la puerta de un despacho y al mirar en su interior vio, por primera vez, a la hermana de Bishop.

Eran mellizos.

Bethany tenía la misma cara que Bishop, las mismas cejas con forma de visto bueno, la misma intensidad contenida. Parecía una princesa élfica en la cubierta de un libro de «Elige tu propia aventura»: de una juventud, una belleza y una sabiduría inmortales. El trazo anguloso de la nariz y las mejillas la favorecían más que a Bishop: así como Bishop parecía enfadado, a ella le daban un aspecto majestuoso, imponente. La melena caoba, larga y espesa, las finas cejas fruncidas con expresión concentrada, el cuello largo, los brazos delicados, la postura erguida y la cautela con la que se sentaba al llevar falda, su decoro, su elegancia y su madurez femenina dejaron a Samuel estupefacto. Le encantaba cómo se movía con el violín, cómo parecía deslizarse el conjunto formado por la cabeza, el cuello y el torso, siguiendo los movimientos del arco. Todo en ella contrastaba sobremanera con los niños de la orquesta del colegio, que exprimían el sonido de sus instrumentos de forma mecánica y abusiva. Ella tocaba sin esfuerzo aparente.

Samuel no lo supo en ese momento, pero aquél se convertiría en su patrón de belleza para el resto de su vida. A partir de entonces, cada vez que conociera a una chica la compararía mentalmente con aquélla.

Terminó con una nota larga, haciendo esa cadencia increíble en la que el arco no para de moverse hacia delante y hacia atrás, pero no se percibe ninguna interrupción, tan sólo un sonido prolongado, líquido. Entonces abrió los ojos y lo miró fijamente, y se sostuvieron la mirada durante un instante aterrador, hasta que ella bajó el violín al regazo y dijo:

—Hola.

Samuel no había sentido hasta entonces un deseo tan incómodo. Era la primera vez que el cuerpo le hormigueaba así: un sudor frío y apelmazado en las axilas, la boca pequeña de repente y la lengua de pronto inmensa y árida, una sensación de pánico en los pulmones, como si hubiera contenido el aliento durante demasiado tiempo; todo eso se fusionó en su cuerpo como una especie de conciencia aumentada, una extraña atracción magnética hacia el objeto de su deseo que divergía significativamente de sus intentos de hacer caso omiso de la mayoría de la gente, o esconderse de ella.

La chica esperó a que dijera algo, las manos en el regazo, encima del violín, los tobillos cruzados, aquellos ojos verdes penetrantes...

—Soy amigo de Bishop —dijo Samuel al fin—. He venido con Bishop.

—Vale.

—¿Tu hermano?

La chica sonrió.

—Sí, lo sé.

—Te he oído ensayar. ¿Para qué ensayas?

Ella le dirigió una mirada perpleja.

—Para que mis dedos memoricen las notas —dijo—. Tengo un concierto dentro de poco. ¿Qué te ha parecido?

—Ha sido precioso.

La chica asintió y pareció considerar su respuesta.

—Es muy difícil no desafinar en las notas dobles del tercer movimiento —dijo.

—Ajá.

—Y los arpegios de la tercera página son complicados. Además tengo que tocar en décimas, y eso es muy raro.

—Ya.

—Tengo la sensación de no dar una en el tercer movimiento. De ir tocando a trompicones.

—Pues a mí no me lo ha parecido.

—Me siento como un pájaro grapado a una silla.

—Bueno... —dijo Samuel, que no se sentía nada cómodo con aquel tema de conversación.

—Tengo que relajarme —continuó ella—. Sobre todo en el segundo movimiento. Hay unas líneas melódicas muy largas, y si las tocas con demasiado ímpetu echas a perder la musicalidad de la pieza. Tienes que estar tranquila y serena, pero eso es lo último que quiere tu cuerpo cuando eres la solista.

—A lo mejor puedes intentar... no sé, ¿respirar? —dijo Samuel, porque eso era lo que le decía su madre durante los llantos incontrolables de Categoría 4: «Tú respira.»

—¿Sabes qué me funciona? —dijo ella—. Imagino que el arco es un cuchillo. —Levantó el arco y lo apuntó con gesto fingidamente amenazante—. Y que el violín es una barra de mantequilla. Y entonces hago como que atravieso la mantequilla con el cuchillo. Debería dar la misma sensación.

Samuel se limitó a asentir en silencio, impotente.

—¿De qué conoces a mi hermano? —preguntó la chica.

—Ha saltado de un árbol y me ha pegado un susto.

—Ah —dijo ella, como si le pareciera de lo más normal—. Y ahora está jugando a *Missile Command*, ¿verdad?

—¿Cómo lo sabes?

—Es mi hermano. Lo noto.

—¿En serio?

Ella le aguantó la mirada un momento y entonces soltó una risita.

—No, lo oigo.

—¿Qué oyes?

—El juego. Escucha. ¿No lo oyes?

—No, no oigo nada.

—Tienes que concentrarte. Escucha, ya verás. Cierra los ojos y escucha.

Le hizo caso y empezó a oír los diversos sonidos de la casa separándose, disgregándose del zumbido colectivo y convirtiéndose en detalles individuales: el aire acondicionado dentro de las paredes, el siseo del aire a través de los conductos de ventilación, el viento exterior soplando alrededor de la casa, la nevera y el congelador. Samuel reconoció todos esos ruidos y los fue echando a un lado y sintió cómo su concentración se adentraba en la casa y serpenteaba de habitación en habitación hasta que, de pronto, ahí estaba, emergiendo del silencio, el sonido débil y apagado de las sirenas antiaéreas, las explosiones de los misiles, el pum-pum de los cohetes.

—Ya lo oigo —dijo.

Pero cuando abrió los ojos, Bethany ya no lo estaba mirando. Había vuelto la cara y miraba a través del ventanal que daba al patio trasero y al bosque. Samuel siguió su mirada y vio, bajo la luz crepuscular, en la linde del bosque y a unos quince metros, un enorme ciervo adulto, marrón claro y moteado. Unos grandes ojos negros de animal. Echó a andar, pero cojeaba y tropezó, cayó al suelo y se recuperó, volvió a levantarse y siguió adelante, bamboleándose, dando tumbos.

—¿Qué le pasa? —preguntó Samuel.

—Se ha comido la sal.

Las patas delanteras cedieron de nuevo y el ciervo se arrastró sobre el vientre. Se recuperó un instante, pero entonces estiró el cuello y lo torció de tal manera que sólo podía avanzar en círculos. En sus ojos, muy abiertos, brillaba el pánico. Echaba espuma rosada por la nariz.

—Pasa cada dos por tres —dijo Bethany.

El ciervo se volvió hacia el bosque y se encaminó hacia los árboles. Lo vieron alejarse, trastabillando, hasta que se perdió entre el follaje. Todo quedó en silencio, salvo los débiles sonidos procedentes del otro extremo de la casa: bombas que caían del cielo y arrasaban ciudades enteras.

4

Con el inicio del curso, empezó a suceder algo nuevo: Samuel estaba sentado en clase tomando apuntes fieles y meticulosos sobre lo que estuviera explicando la señorita Bowles en ese momento (historia de Estados Unidos, multiplicaciones, gramática) y pensando sinceramente en el material de clase y esforzándose por entenderlo y preocupándose porque en cualquier momento la señorita Bowles podía mencionar su nombre y preguntarle por sorpresa sobre lo que acababa de explicar, algo que hacía a menudo para luego burlarse de los alumnos que no respondían bien y pasarse una hora o así sugiriendo que tal vez deberían estar en quinto y no en sexto, y Samuel prestaba mucha atención y evitaba con ahínco y en todo momento dejar volar la imaginación o pensar en chicas o hacer algo relacionado con las chicas, pero siempre terminaba pasando lo mismo. Empezaba como una especie de quemazón, un hormigueo, una sensación como cuando están a punto de hacerte cosquillas, esa terrible expectación. A continuación tomaba súbita conciencia de una parte del cuerpo que hasta entonces había pasado desapercibida, oculta entre todas las sensaciones sepultadas bajo aquellas a las que sí prestaba atención: el roce de la tela en los hombros, la goma de los calcetines, lo que estuviera tocando con el codo en ese instante. La mayor parte del tiempo, el cuerpo quedaba en segundo plano. Pero últimamente, sin motivo aparente y con más frecuencia de la que Samuel habría querido, su polla se había vuelto tajante. Samuel estaba sentado en su pupitre y ella anunciaba su presencia. Primero presionaba contra los vaqueros y luego contra el metal implacable que cubría la parte inferior de los pupitres del colegio, todos de la misma medida. Y el problema era que toda aquella tensión, hinchazón y presión lo mortificaban, pero desde un punto de vista puramente físico resultaban muy placenteras. Quería que se le pasara, pero al mismo tiempo no lo quería.

¿Lo sabía la señorita Bowles? ¿Lo veía? ¿Se daba cuenta de que a diario algunos de sus chicos se quedaban idos, con la mirada perdida y vidriosa, transportados a otro lugar por sus sistemas nerviosos? Si era así, no decía nada. Y nunca llamaba a los chicos que se encontraban en ese estado y les pedía que se levantaran para responder. Tratándose de la señorita Bowles, era un gesto inusitadamente compasivo.

Samuel echó un vistazo al reloj: diez minutos para el recreo. Los pantalones le apretaban demasiado. Se sentía encajonado en la silla. De pronto el cerebro se le llenó sin quererlo de imágenes de chicas extraídas de un inventario mental de destellos recopilados aquí y allá por casualidad: el escote de una mujer que se había agachado en el supermercado, la visión parcial de una pierna, una entrepierna y un muslo atisbados cuando las chicas de la clase se sentaban, y ahora también una imagen nueva: Bethany en su cuarto, sentada con la espalda erguida y las rodillas juntas, con un vestido de algodón liviano, el violín en la barbilla, mirándolo con aquellos ojos verdes, felinos.

Cuando sonó la campana del recreo, Samuel fingió estar buscando algo importante en su pupitre. Esperó a que todos los demás se marcharan, se levantó y salió de detrás del pupitre moviéndose de tal manera que, de haberlo visto alguien, habría pensado que bailaba el hula-hop, pero sin hula-hop.

Los niños salieron al patio decididos, caminando con lenta determinación pese a que les desbordaba ya toda la energía que se acumula en un cuerpo de once años tras pasar varias horas sentado en absoluta quietud bajo la mirada imperiosa de la señorita Bowles. Avanzaban en completo silencio en fila india por el lado derecho del pasillo, dejando atrás los útiles carteles que la dirección había colgado en las paredes blancas de hormigón, uno o dos de los cuales anunciaban algo parecido a «¡APRENDER ES DIVERTIDO!», mientras que el resto aspiraban a fomentar un estricto control del comportamiento: «NADA DE BOFETADAS Y PATADAS»; «HABLA EN VOZ BAJA»; «CAMINA, NO CORRAS»; «ESPERA TU TURNO»; «SÉ EDUCADO AL HABLAR»; «USA SÓLO EL PAPEL HIGIÉNICO IMPRESCINDIBLE»; «NO HABLES CON LA BOCA LLENA»; «NO OLVIDES LOS MODALES EN LA MESA»; «RESPETA EL

ESPACIO PERSONAL»; «LEVANTA LA MANO»; «HABLA SÓLO CUANDO TE LO INDIQUEN»; «NO ROMPAS LA FILA»; «DISCÚLPATE CUANDO SEA NECESARIO»; «SIGUE LAS INSTRUCCIONES»; «USA EL JABÓN DE FORMA APROPIADA».

Para la mayoría de los alumnos, la educación que recibían en el colegio era algo secundario. Para ellos, el abrumador objetivo de la escolarización era aprender a comportarse en el colegio. A contorsionarse cuanto hiciera falta para encajar en las rígidas reglas del centro. Por ejemplo, los permisos para ir al baño. Nada se regulaba con mayor severidad que las diversas excreciones de los alumnos. Obtener permiso para ir al baño entrañaba un elaborado ritual en el que la señorita Bowles —si se lo pedías con mucha educación y la convencías de que, en efecto, se trataba de una urgencia y no de un ardid para salir de clase a fumar, beber alcohol o drogarte— rellenaba una autorización casi tan larga como la Constitución. Anotaba tu nombre y la hora de salida (con minutos y segundos) y, lo peor de todo, la naturaleza de la visita (es decir, aguas mayores o menores), y entonces te hacía leer en voz alta el permiso de pasillo, que incluía tus «Derechos y Obligaciones», entre los que destacaba que no podías ausentarte de clase durante más de dos minutos y que, mientras estuvieras fuera del aula, accedías a caminar sólo por el lado derecho del pasillo, ir directamente al baño más próximo, no hablar con nadie, no correr, no montar escándalo y no hacer nada ilegal en el baño. A continuación tenías que firmar la autorización de pasillo y esperar a que la señorita Bowles te explicara que acababas de firmar un contrato y que incumplir un contrato comportaba sanciones graves. Por lo general los niños la escuchaban con los ojos muy abiertos y aterrados, bailando la incómoda danza del pis porque ya casi se lo hacían encima, así que cuanto más hablaba la señorita Bowles sobre derecho contractual, más tiempo les robaba de sus dos valiosos minutos, de modo que cuando por fin salían al pasillo disponían a lo sumo de noventa segundos para llegar al baño, hacer lo que tuvieran que hacer y volver al aula, todo ello sin correr, lo cual era imposible.

Además, sólo tenías derecho a dos permisos de baño por semana.

También estaba la regla de la fuente: al volver del recreo, los alumnos podían beber de la fuente sólo durante tres segundos cada uno —sin duda con la intención de enseñarles a cooperar y a no ser egoístas—, pero llegaban exhaustos y jadeando, por supuesto, despúes de pasar un recreo en pleno frenesí para liberar toda la ansiedad acumulada, y además había una ola de calor, y casi nunca les daban permiso para ir al baño, de modo que la única agua que aquellos chavales sudorosos, acalorados y quemados por el sol bebían en todo el día la obtenían durante esos tres segundos en la fuente. Se trataba de un perverso revés doble para los alumnos, porque si gastaban la energía durante el recreo, pasaban el resto del día sedientos y agotados, pero si no corrían en el patio, llegaban tan hiperactivos a última hora de la tarde que casi siempre se metían en algún problema por cuestiones de conducta. Por eso, la mayor parte de los alumnos jugaban dándolo todo en el recreo, bebían tanto como podían durante su intervalo de tres segundos y llegaban al final del día hechos polvo y deshidratados, justo como le gustaba a la señorita Bowles.

Y por eso ella misma los controlaba de cerca y contaba en voz alta los segundos, y los niños se levantaban a la de tres, con la barbilla chorreando y muy lejos de haber ingerido el agua necesaria para un día húmedo y horrible en el Medio Oeste.

—Menuda gilipollez —le dijo Bishop a Samuel mientras hacían cola—. Fíjate bien.

Cuando le llegó el turno, Bishop se inclinó sobre la fuente, pulsó el botón y mientras bebía estableció contacto visual con la señorita Bowles, que dijo: «Uno. Dos. ¡Tres!» Como Bishop no paraba de beber, la señorita Bowles repitió: «¡Tres!» con más énfasis, y al ver que Bishop seguía sin parar, dijo: «Ya está. ¡Siguiente!» Y entonces quedó claro que Bishop no iba a dejar de beber hasta quedar saciado, y la mayoría de los niños tuvieron la impresión de que Bishop ya ni siquiera estaba bebiendo, sino que sólo dejaba correr el agua sobre sus labios sin dejar de mirar fijamente a la señorita Bowles, que por fin comprendió que no era que el chico nuevo no conociera las reglas, sino que estaba desafiando abiertamente su autoridad. Y la señorita Bowles respondió a esa confrontación adoptando una postura rígida, con las manos en las caderas, y sacando la barbilla; su voz descendió una octava cuando dijo:

—Bishop, deje de beber. Ahora mismo.

Él le dirigió una mirada de aburrimiento, inerte, y al mismo tiempo increíble y temeraria, y los chicos que todavía esperaban en la cola lo observaban boquiabiertos y reían como locos, porque Bishop estaba a unos dos segundos de que lo apalearan. Todo el que infringía las reglas de forma tan descarada terminaba apaleado.

La pala era célebre.

Estaba colgada en la pared del despacho del director, el responsable último de la disciplina en el centro, que tenía la mala fortuna de llamarse Laurence Large a pesar de ser un tipo bajito y medio deforme que concentraba casi todo su peso corporal de la cintura para arriba, pues tenía unas piernas esmirriadas y un tronco desmesurado. Parecía un huevo sobre dos palillos. Uno se preguntaba cómo era posible que no se le partieran los tobillos y las tibias. La pala estaba hecha de una única pieza de madera de ocho centímetros de grosor, tenía la anchura de dos hojas de libreta, y alrededor de una docena de agujeritos en su superficie. Para mejorar la aerodinámica, suponían los niños. Para que el director pudiera blandirla con más fuerza.

Sus palazos eran famosos por su potencia y por la técnica que se requería para generar la velocidad suficiente para, por ejemplo, romperle las gafas a Brand Beaumonde, un dato histórico que había sobrevivido como narración oral entre los miembros de sexto curso: Large le había azotado el culo a Beaumonde con tanta fuerza que la onda de choque había recorrido todo el cuerpo del pobre chaval y le había agrietado las gafas de leer. Había quien lo comparaba con algunos tenistas profesionales capaces de sacar a 225 kilómetros por hora; explicaban que Large aplicaba su propio peso para asestar un golpe tan devastador como inverosímil desde un punto de vista atlético. Sí, de vez en cuando algún padre se quejaba de aquella fórmula de castigo tan retrógrada, pero como los palazos eran un método preventivo y disuasorio de último recurso, no se daban muy a menudo. Desde luego no eran lo bastante frecuentes para provocar ninguna campaña por parte de la organización de padres y maestros. La aniquilación garantizada del trasero era suficiente para mantener incluso a los niños más pendencieros en un estado de estupor narcotizado, temeroso, más o menos calmado y bajo en decibelios durante toda la jornada escolar. (Los padres a veces se quejaban a los maestros de los ataques de hiperactividad salvaje que los niños sufrían en cuanto volvían a casa, y los maestros asentían en silencio pensando: «¿Y a mí qué?»)

Cada profesor tenía un límite de tolerancia a la rebelión. Para la señorita Bowles, ese límite eran doce segundos. Bishop pasó doce segundos en la fuente. Doce segundos mirando fijamente a la señorita Bowles, mientras ésta le exigía que dejara de beber, hasta que al final lo apartó tirándole de la camisa, lo agarró casi por el cuello y, con un ruido de costuras rotas, lo levantó momentáneamente del suelo antes de llevárselo al terrorífico despacho del director Large.

Cuando un niño volvía a clase después de ser apaleado, lo típico era que alguien llamara a la puerta entre diez y veinte minutos después de que lo echaran, y al abrir la señorita Bowles aparecía el director Large con su manaza sobre la espalda de un niño que gimoteaba, con el rostro colorado y la nariz llena de mocos. Los recién apaleados tenían siempre la misma cara: mojada y seria, con los ojos enrojecidos, la nariz congestionada y expresión de derrota. Toda su bravuconería y sus ganas de rebelarse se habían esfumado. En aquel momento, incluso los chicos más ruidosos, los que más se esforzaban por llamar la atención, parecía que quisieran acurrucarse debajo de sus pupitres y morirse allí. Entonces Large decía: «Creo que éste está preparado para reincorporarse a la clase», y la señorita Bowles respondía: «Espero que haya aprendido la lección», e incluso unos alumnos de apenas once años eran lo bastante perspicaces para darse cuenta de que aquel diálogo era puro teatro, de que esos dos adultos, en vez de hablar entre sí, se estaban dirigiendo a ellos con un mensaje muy fácil de captar entre líneas: «Si no quieres ser el siguiente, no te pases de la raya.» Entonces el niño podía volver a su sitio, donde empezaba el castigo secundario, ya que tenía el culo rojo, palpitante y sensible como una herida abierta, así que sentarse en la dura silla de plástico del colegio le provocaba un dolor tan agudo que, según aseguraban, era como si volvieran a apalearlo. Así pues, el niño se sentaba, lloriqueando de dolor, y la señorita Bowles le decía: «Disculpa, no te he oído. ¿Tienes algo que añadir al debate?» Y el niño negaba en silencio, con gesto patético, descompuesto y abatido, y toda la clase sabía que si la señorita Bowles centraba la atención en el llanto de su compañero era para avergonzarlo todavía más. En público. Delante de sus amigos. La señorita Bowles tenía una crueldad que sus suéteres azules y asexuados apenas lograban contener.

Aquel día todos esperaban el regreso de Bishop. Estaban emocionados. Tenían ganas de aceptarlo, después de su iniciación. Ahora sabría lo que habían tenido que soportar. Ya era uno de ellos. De modo que esperaron, preparados para darle la bienvenida y perdonarle los llantos. Pasaron diez minutos, luego quince y, finalmente, al cabo de dieciocho minutos exactos, sonó la inevitable llamada a la puerta.

—¿Quién será? —preguntó la señorita Bowles con una teatralidad exagerada, antes de dejar la tiza en la bandejita de la pizarra, acercarse a la puerta a grandes zancadas y abrir. Y ahí estaban Bishop y el director Large. Y la señorita Bowles se llevó una sorpresa, toda la clase se llevó una sorpresa al ver que Bishop no sólo no estaba llorando, sino que además sonreía visiblemente. Parecía feliz. Large no tenía su manaza sobre la espalda de Bishop. De hecho, lo extraño era que el director estaba un par de pasos por detrás de Bishop, como si el chico tuviera una enfermedad contagiosa. La señorita Bowles se quedó un momento mirando al director Large, y éste no se ciñó a su guión habitual, no dijo que Bishop estaba preparado para reincorporarse a la clase, sino que, con ese tono distante con el que a veces los soldados hablan de la guerra, dijo:

—Aquí lo tiene. Todo suyo.

Y Bishop volvió a su pupitre y todos los alumnos de la clase lo vieron llegar y sentarse de un salto sobre la silla y aterrizar de culo, y acto seguido levantar una mirada feroz, como desafiándolos a intentar hacerle daño.

Fue un momento que quedó grabado en los corazones de todos los alumnos de sexto curso que lo presenciaron. Uno de los suyos había experimentado lo peor del mundo adulto y había vuelto victorioso. Después de eso ya nadie se metió con Bishop Fall.

5

La madre de Samuel le habló del Nix. Otro de los espíritus de su padre noruego. El que más miedo daba. El Nix, dijo, era un espíritu acuático que recorría la costa buscando niños, en especial niños aventureros que caminaban a solas. Cuando encontraba uno, el Nix se presentaba ante él como un gran caballo blanco. Sin silla, pero manso y amistoso. Se agachaba hasta donde es capaz de hacerlo un caballo para que el niño pudiera montar en él de un salto.

Al principio los niños le tenían miedo, pero ¿cómo podían rechazarlo? ¡Su propio caballo! Y cuando el animal se ponía de nuevo en pie, al verse a dos metros y medio del suelo, se quedaban encantados: nunca habían sido objeto de la atención de un ser tan grande. Se envalentonaban. Espoleaban al caballo para que galopara más rápido, y éste arrancaba con un trote ligero, y cuanto más disfrutaban los niños más rápido iba el caballo.

Entonces querían que alguien los viera.

Querían que sus amigos se murieran de envidia al ver aquel caballo nuevo. Su caballo.

Siempre era así. Lo primero que sentían las víctimas del Nix siempre era el miedo. Luego la suerte. Luego el afán de poseer. Luego el orgullo. Luego el terror. Espoleaban al caballo para que corriera más y más, hasta que éste iba al galope tendido y los niños, colgados del cuello. Era lo mejor que les había pasado. Nunca se habían sentido tan importantes, tan embriagados de placer. Y justo en aquel momento —en el punto máximo de velocidad y felicidad, cuando más sentían que dominaban al caballo, cuando más sentían que lo poseían, cuando más querían sentirse admirados por ello y, por lo tanto, más se dejaban dominar por la vanidad, la arrogancia y el orgullo—, el caballo abandonaba el camino que llevaba al pueblo y se lanzaba al galope hacia los acantilados que se asomaban al mar. Galopaba a toda velocidad hacia el precipicio y las aguas violentas que se agitaban a sus pies. Y los niños gritaban, tiraban de las crines del caballo y bramaban, pero daba igual. El caballo saltaba al vacío y se despeñaba. Los niños se aferraban al cuello del animal incluso mientras caían, y si no morían aplastados contra las rocas, se ahogaban en el agua helada.

Ésa era la historia que Faye había oído a su padre. Todas sus historias de espíritus procedían del abuelo Frank, un hombre alto, delgado y muy introvertido, con un acento desconcertante. A la mayoría de la gente le intimidaba su silencio, pero a Samuel siempre le suponía un alivio. En las raras ocasiones en que habían ido a visitarlo a Iowa, por Acción de Gracias o Navidad, la familia se sentaba alrededor de la mesa y comía en silencio. Era difícil mantener una conversación cuando lo único que suscitaba era una inclinación de cabeza o un «Mmm» displicente. En general se dedicaban a comerse el pavo hasta que el abuelo Frank terminaba y se marchaba a ver la televisión a la otra sala.

El abuelo Frank sólo cobraba vida de verdad cuando les contaba historias de su país: viejos mitos, viejas leyendas y viejos cuentos de espíritus que había oído de niño en la tierra donde se había criado, al norte de Noruega, en un pueblecito de pescadores en el Ártico del que se había marchado a los dieciocho años. Cuando le habló a Faye sobre el Nix, le dijo que la moraleja era: «Si algo te parece demasiado bueno para ser cierto, desconfía.» Sin embargo, con la edad Faye había sacado una conclusión distinta, que compartió con Samuel un mes antes de abandonar a la familia. Le contó la misma historia, pero añadió su propia moraleja:

—Las cosas que más quieres serán las que más daño te harán algún día.

Samuel no lo entendió.

—El Nix ya no se aparece en forma de caballo —dijo su madre. Estaban sentados en la cocina, tomándose un respiro de aquella ola de calor que ya parecía interminable, leyendo con la puerta de la nevera abierta y un ventilador que les enviaba el aire frío, bebiendo agua con hielo en unos vasos que sudaban corros de humedad en la superficie de la mesa—. El Nix solía aparecerse en forma de caballo —dijo—, pero eso era en los viejos tiempos.

—¿Y qué aspecto tiene ahora?

—Es distinto para cada uno. Pero generalmente se aparece en forma de persona. Generalmente es alguien a quien crees querer.

Samuel seguía sin entender.

—Las personas se quieren por muchos motivos, no siempre buenos —explicó su madre—. Se quieren porque es fácil. O porque se han acostumbrado. O porque se han rendido. O porque tienen miedo. Una persona puede ser un Nix para otra persona.

Faye bebió un trago de agua y se llevó el vaso frío a la frente. Cerró los ojos. Era una tarde de sábado, larga y soporífera. Henry se había marchado al despacho después de otra de sus peleas, en esta ocasión sobre los platos sucios. Su lavavajillas color aguacate de finales de los setenta al fin había dejado de funcionar esa semana, y Henry no se había ofrecido ni una sola vez a limpiar la creciente pila de platos y cuencos y utensilios de cocina y vasos que había invadido el fregadero y buena parte de la encimera. Samuel sospechaba que su madre estaba dejando que la pila se desmadrara intencionadamente —tal vez incluso contribuyendo a ello más de lo habitual, usando varios cazos cuando le habría bastado con uno solo— a modo de prueba. ¿Se daría cuenta Henry? ¿Le echaría una mano? Faye atribuyó un gran significado al hecho de que su marido no hiciera ni lo uno ni lo otro.

—Es como volver a estar en clase de economía doméstica —le dijo cuando por fin la pila se volvió insoportable.

—¿De qué hablas? —preguntó Henry.

—Es como en el instituto. Tú te lo pasas bien mientras yo cocino y limpio. No ha cambiado nada. En veinte años no ha cambiado absolutamente nada.

Henry lavó todos los platos y acto seguido dijo que había surgido una urgencia de fin de semana en la oficina y dejó a Faye y a Samuel solos, juntos, una vez más. Se sentaron en la cocina a leer sus respectivos libros. Poesía incomprensible para ella, «Elige tu propia aventura» para él.

—En el instituto conocí a una chica que se llamaba Margaret —dijo Faye—. Margaret era una chica brillante y divertida. Y se enamoró de un chico llamado Jules. Un chico guapísimo que sabía hacer de todo. Todos envidiaban a Margaret, pero al final resultó que Jules era su Nix.

—¿Por qué? ¿Qué pasó?

Faye dejó su vaso en el charquito que había formado en la madera.

—Jules desapareció —contestó—. Ella se quedó bloqueada y nunca salió del pueblo. Se ve que sigue ahí, trabajando de cajera en la farmacia de su padre.

—¿Y por qué hizo eso él?

—Es lo que hace un Nix.

—¿Y ella no se dio cuenta?

—No es tan fácil. Pero como norma es bueno recordar que si te enamoras de alguien antes de ser adulto, lo más seguro es que se trate de un Nix.

—¿Sea quien sea?

—Sí, lo más seguro.

—¿Cuándo os conocisteis papá y tú?

—En el instituto —dijo ella—. Teníamos diecisiete años.

Faye contempló la neblina amarillenta de la tarde. La nevera soltó un zumbido, un resoplido y un chasquido, todo a la vez, y se apagó con una última descarga eléctrica. Y se fue la luz. Y la radio con reloj digital de la encimera se murió. Y Faye miró a su alrededor.

—Hemos hecho saltar un fusible —dijo, y naturalmente eso quería decir que Samuel tenía que ir a accionar el diferencial, porque la caja de interruptores estaba en el sótano y su madre se negaba a bajar.

La linterna era maciza y pesada, el mango de aluminio estaba abollado y la esfera redonda y recubierta de goma era del tamaño ideal para golpear algo con violencia si no se disponía de la herramienta adecuada. Su madre no iba al sótano porque allí era donde vivía el espíritu del hogar. Por lo menos ésa era la historia que se contaba, también heredada del abuelo de Samuel: los espíritus del hogar que viven en los sótanos y te persiguen durante toda la vida. Su madre aseguraba que se había topado con uno de niña y se había asustado mucho. Desde entonces tenía manía a los sótanos.

Pero Faye aseguraba que el espíritu de su hogar sólo se le aparecía a ella, que sólo la perseguía a ella, y que Samuel no tenía de qué preocuparse. Él podía bajar al sótano y salir ileso.

Samuel empezó a llorar, un gemido leve y suave, porque o bien en el sótano había un espíritu cruel observándolo en ese preciso instante o bien su madre estaba un poco loca. Arrastró los pies sobre el suelo de hormigón y mantuvo toda su atención concentrada en el haz de luz que se proyectaba ante él. Intentó no ver nada de lo que quedaba fuera de ese círculo de luz. Y cuando por fin atisbó la caja de fusibles en el otro extremo del sótano, cerró los ojos y se dirigió hacia ella siguiendo una línea lo más recta posible. Avanzó sin levantar los pies, con la linterna extendida ante él, y siguió así hasta que notó que la linterna chocaba contra la pared. Abrió los ojos. La caja de fusibles estaba ahí mismo. Accionó el diferencial y las luces del sótano se encendieron. Miró a su espalda y no vio nada. Nada aparte de los trastos habituales del sótano. Se quedó ahí un momento, para recuperar la compostura y dejar de llorar. Se sentó en el suelo. Ahí abajo se estaba mucho más fresco.

6

Durante las primeras semanas del nuevo curso se forjó una alianza natural entre Bishop y Samuel. Bishop hacía lo que le daba la gana y Samuel lo seguía. Eran papeles sencillos para ambos. Sin hablar nunca de ello, sin tomar siquiera conciencia de la situación, encajaron en sus respectivas posiciones como monedas en las ranuras de una máquina expendedora.

Quedaban en el bosque para jugar a la guerra, cerca de la charca. Bishop siempre tenía un escenario preparado para sus juegos: luchaban contra Charlie en Vietnam, contra los nazis en la Segunda Guerra Mundial, contra la Confederación en la Guerra Civil Americana, contra los británicos en la Guerra de Independencia y contra los indios en la Guerra Franco-India. Y con excepción de un confuso intento de recrear la guerra de 1812, sus batallas tenían siempre un objetivo claro y ellos eran siempre los buenos, sus enemigos eran siempre los malos, y siempre ganaban ellos dos.

Si no jugaban a la guerra, recurrían a los videojuegos en casa de Bishop, opción preferida de Samuel porque entonces existía la posibilidad de toparse con Bethany, a la que amaba. Aunque seguramente él todavía no lo habría llamado «amor». Era más bien un estado de atención y agitación extremas que se manifestaba a nivel físico en la disminución de su rango vocal (tendía a guardar silencio y adoptar una actitud contrita en su presencia, aunque no era su intención ni quería hacerlo) y un deseo intenso de tocarle la ropa, de rozarla entre el pulgar y el índice, con suavidad. La hermana de Bishop lo excitaba y lo aterrorizaba. En cambio, ella por lo general no les hacía ni caso.

Bethany parecía no ser consciente de su influjo. Practicaba sus escalas, escuchaba música, cerraba la puerta. Viajaba a festivales y competiciones musicales, donde ganaba bandas y trofeos en la categoría de violín solista que terminaban colgados en su pared, junto a sus pósteres de musicales de Andrew Lloyd Weber y una pequeña colección de esas máscaras de porcelana que representan la comedia y la tragedia. También flores de los grandes ramos de rosas que le regalaban al terminar sus numerosos recitales y que ella secaba con gran esmero y luego colgaba en la pared, encima de la cama, una floración de verdes y rosa pastel que combinaba a la perfección con los tonos de su colcha, sus cortinas y su papel pintado. Era un cuarto de niña en toda regla.

Samuel sabía qué aspecto tenía su habitación porque en dos o tres ocasiones había echado un vistazo desde un lugar seguro del exterior, junto al bosque. Salía de su casa justo después de ponerse el sol, bajo un cielo cada vez más violeta, bajaba hasta el arroyo y se adentraba en el bosque enfangado, por detrás de las casas de Venetian Village, más allá de los jardines donde las rosas y las violetas se cerraban ya, preparándose para la noche, por detrás de las apestosas casetas para perros y de los invernaderos, que olían a azufre y a fósforo, por detrás de la casa del director de la Academia del Sagrado Corazón, al que a veces, a esas horas de la noche, veía relajándose en su jacuzzi exterior, de agua salada y hecho a medida. Entonces Samuel caminaba muy despacio y con gran cautela, procurando no pisar ramitas ni hojas secas, sin quitarle ojo al director, que de lejos parecía una bola blanca y borrosa cuyas distintas partes (la barriga, la papada y la zona de las axilas) se percibían sólo por lo mucho que colgaban. Al final Samuel doblaba una esquina de la casa y, sin salir del bosque, seguía hasta el abrupto final de la calle, donde se tumbaba entre las raíces de los árboles, justo detrás de la casa de los Fall, a unos tres metros de donde el jardín se confundía con el bosque, vestido totalmente de negro, con la capucha negra calada a pocos centímetros del suelo, de modo que la única parte del cuerpo que mostraba al mundo eran los ojos.

Y desde ahí observaba.

El brillo anaranjado de las luces, las sombras de personas que se movían por la casa. Y cuando aparecía Bethany enmarcada en la ventana de su dormitorio, un relámpago de ansiedad le estallaba en el estómago. Entonces se pegaba todavía más al suelo. Bethany llevaba un vestidito de algodón, que era lo que solía ponerse, siempre un poco más elegante que los demás, como si volviera de un restaurante fino o de la iglesia. El balanceo del vestido mientras caminaba, la manera de posarse suavemente luego en el cuerpo cuando ella se detenía, deslizándose de vuelta hacia su piel... Era como contemplar la elegante caída de unas plumas por el aire. Samuel se habría ahogado de buen grado en aquella tela.

Lo único que quería era verla. Apenas una confirmación de que, en efecto, existía. Era lo único que necesitaba, y se marchaba enseguida, nada más verla, mucho antes de que se cambiara de ropa y pudieran acusarlo de hacer algo inmoral. Algo tan sencillo como ver a Bethany y compartir aquel momento silencioso e íntimo con ella lo calmaba y le daba energías para seguir adelante una semana más. Que Bethany fuera al Sagrado Corazón y no a la escuela pública, que pasara tanto tiempo en su habitación y viajando, le parecía una injusticia. Los otros chicos estaban enamorados de chicas que estaban siempre ahí, delante de ellos en la clase, junto a ellos en la cafetería. Para Samuel, el hecho de que Bethany fuera tan inaccesible justificaba que de vez en cuando la espiara. Se lo debía.

Entonces, un día, Samuel se encontraba en casa de los Fall cuando Bethany entró en la sala del televisor mientras Bishop jugaba a la Nintendo y se dejó caer en el mismo puf extragrande donde estaba sentado Samuel. Se sentó de tal forma que una pequeña parte de su hombro tocaba una pequeña parte del hombro de él. Y de pronto Samuel sintió que todo el sentido del mundo se concentraba en esos pocos centímetros cuadrados.

—Me aburro —dijo ella.

Llevaba un vestido amarillo. Samuel notó el olor a miel, limón y vainilla de su champú. Se quedó muy quieto, temiendo que, si se movía, Bethany pudiera marcharse.

—¿Quieres jugar una partida? —le preguntó Bishop, ofreciéndole el mando.

—No.

—¿Quieres jugar al escondite?

—No.

—¿A Martín pescador? ¿A robar la bandera?

—¿Cómo vamos a jugar a robar la bandera?

—Sólo eran ideas. Lluvia de ideas. Ideas encadenadas.

—No quiero jugar a robar la bandera.

—¿A la rayuela? ¿A la pulga?

—Deja de decir tonterías.

Samuel sintió que le sudaba el hombro allí donde tocaba el de Bethany. Estaba tan tenso que le dolía.

—O quizá a uno de esos juegos raros de chicas —siguió diciendo Bishop—, a ese en el que doblan hojas de papel para saber con quién van a casarse y cuántos hijos van a tener.

—No quiero jugar a eso.

—¿No quieres saber cuántos bebés vas a tener? Once. Me apuesto lo que quieras.

—Cállate.

—Podríamos jugar a las prendas.

—No quiero jugar a las prendas.

—¿Qué prendas? —preguntó Samuel.

—Es como el juego de la verdad, pero nos saltamos las preguntitas —dijo Bishop.

—Quiero ir a alguna parte —dijo Bethany—. Porque sí. Quiero ir a alguna parte sólo para estar allí en vez de aquí.

—¿Al parque? —preguntó Bishop—. ¿A la playa? ¿A Egipto?

—Sólo para estar en otra parte porque sí.

—Ah —dijo Bishop—, tú quieres ir al centro comercial.

—Sí —dijo ella—. Al centro comercial. Eso es.

—¡Yo voy a ir al centro comercial! —exclamó Samuel.

—Nuestros padres no quieren llevarnos al centro comercial —dijo Bethany—. Dicen que es chabacano y vulgar.

—«A mí no me verás con esa ropa ni muerto» —dijo Bishop, hinchando el pecho para ofrecer su mejor imitación de su padre.

—Pues yo voy a ir mañana —dijo Samuel—. Con mi madre. A comprar un lavavajillas nuevo. Te compraré algo. ¿Qué quieres?

Bethany se lo pensó. Miró hacia el techo mientras se daba unos golpecitos con un dedo en el pómulo y, después de pensarlo un buen rato, dijo:

—Sorpréndeme.

Samuel pasó toda la noche, hasta bien entrado el día siguiente, pensando qué podría comprarle a Bethany. ¿Qué regalo resumiría todo lo que quería decirle? Tenía que encontrar algo que destilara sus sentimientos por ella, regalarle en un paquete pequeño una dosis potente de su amor, su compromiso y su devoción absoluta y entregada.

Así pues, sabía cuáles eran los parámetros del regalo, pero no lograba visualizar el regalo en sí. En alguno de los miles de millones de estantes del centro comercial lo esperaba, casi con toda seguridad, el regalo perfecto. Pero ¿qué era?

En el coche, Samuel estaba silencioso y su madre, inquieta. Siempre que iban al centro comercial se ponía así. Detestaba los centros comerciales, y sus críticas contra lo que ella denominaba la «cultura de la periferia» se volvían todavía más severas y brutales siempre que tenía que ir.

Salieron de la urbanización y tomaron una autovía parecida a cualquier autovía de cualquier barrio residencial estadounidense: una sala de espejos a base de franquicias. Porque eso es lo que la periferia pone a tu disposición, dijo su madre, la satisfacción de los pequeños deseos. El acceso a cosas que ni siquiera sabías que querías. Un supermercado aún más grande. Un cuarto carril. Un aparcamiento mejor y con más capacidad. Una tienda de bocadillos o un videoclub nuevos. Un McDonald's que queda un poco más cerca que el otro McDonald's. Un McDonald's junto a un Burger King, enfrente de un Hardee's, en la misma manzana que un Steak'n Shake, un Bonanza, un Ponderosa o algún otro bufet libre. Lo que pone a tu disposición, en definitiva, es la posibilidad de elegir.

O, mejor dicho, la ilusión de que puedes elegir, decía ella, porque todos esos restaurantes ofrecen básicamente el mismo menú, ternera con patatas con alguna ligera variación. Como en el supermercado, cuando en el pasillo de la pasta se quedaba mirando las dieciocho marcas distintas de espaguetis. No lo entendía. «¿Por qué necesitamos dieciocho tipos de espaguetis?», preguntaba. Samuel se encogía de hombros. «Eso digo yo», añadía ella. ¿Por qué necesitaban veinte tipos distintos de café? ¿Para qué tantos champús? Delante del caótico pasillo de los cereales era fácil olvidar que esos cientos de opciones eran en realidad la misma opción.

En el centro comercial (aquella catedral formidable, reluciente, inmensa y con aire acondicionado que era un centro comercial) estaban mirando lavavajillas, pero Faye se distraía con los demás artículos del hogar: uno que permitía almacenar los restos de comida con más facilidad; uno para triturarlos fácilmente; uno que impedía que la comida se pegara a la sartén; uno que facilitaba congelar los alimentos; uno que facilitaba volver a calentarlos. Cada vez que veía uno de esos productos soltaba un «¡Anda!» de sorpresa y lo estudiaba dándole vueltas en las manos, leía la caja y decía: «¿A quién se le habrá ocurrido?» Estaba siempre en guardia, atenta a la sospecha de que alguien pudiera haber creado, o cuando menos identificado, una necesidad de la que ella ni siquiera era consciente. En la sección de casa y jardín, lo que llamó su atención fue un cortacésped autopropulsado, brillante y de dimensiones varoniles, de un fantástico rojo chillón.

—Nunca se me había ocurrido que pudiera tener un jardín —dijo—, pero de pronto tengo muchas ganas de comprar esto. ¿Es malo?

Más tarde, en otra de las tiendas de electrodomésticos del centro comercial, retomó la conversación como si no la hubiera interrumpido en ningún momento:

—No, no es malo —dijo—. No tiene nada de malo. Pero no sé, me siento como... —Guardó silencio, levantó un objeto de plástico blanco y lo estudió: un artilugio para cortar verduras en juliana a la perfección—. ¿No te parece absurdo? ¿Que pueda comprar esto, así, sin más?

—No sé.

—¿Soy realmente yo? —preguntó, mirando aquel objeto que tenía en la mano—. ¿Mi auténtico yo? ¿En esto me he convertido?

—¿Me das algo de dinero? —preguntó Samuel.

—¿Para qué?

Samuel se encogió de hombros.

—No compres algo sólo por comprar. Sólo por tenerlo.

—Vale.

—Quiero decir que no tienes por qué comprar algo. Nadie necesita nada de todo esto. —Metió la mano en el bolso y sacó un billete de diez dólares—. Te espero aquí mismo dentro de una hora.

Samuel agarró el dinero y se adentró en la cegadora luz blanca del centro comercial. Aquel lugar era tan inmenso que parecía imposible conocerlo entero. Era como un animal gigantesco, vivo. El sonido de un niño o varios gritando o llorando en la distancia se integró en el estruendo omnidireccional: Samuel no sabía de dónde provenía, dónde estaba el niño, ni si estaba feliz o triste. Se trataba de un sonido desconectado de la realidad. Aunque resultaba inconcebible que en el centro comercial faltaran tiendas, alguien había decidido que tenía que haber más, de ahí los pequeños quioscos que ocupaban la parte central de todos los pasillos y que vendían artículos especializados y a veces muy vistosos: pequeños helicópteros de juguete que los vendedores mostraban haciéndolos volar por encima de las cabezas de los clientes preocupados; llaveros con tu nombre grabado con láser; unos artilugios especiales para rizar el pelo que Samuel no entendía ni por asomo; salchichas envueltas para regalo; cubos de cristal con lo que parecían hologramas tridimensionales en el interior; una faja especial que te hacía parecer más delgado de lo que eras; gorras bordadas al momento con mensajes personalizados; camisetas con tus propias fotografías impresas con láser. Con sus cientos de tiendas y quioscos, el centro comercial parecía proponer una promesa muy sencilla: allí encontrarías todo lo que necesitabas. Incluso había productos de apariencia esotérica. Por ejemplo, parecía bastante improbable que alguien fuera al centro comercial a blanquearse los dientes. O a darse un masaje sueco. O a comprar un piano. Y sin embargo allí podías encontrar todas esas cosas. La abrumadora oferta del centro comercial pretendía reemplazar tu imaginación. Nada de soñar lo que deseabas: el centro comercial ya lo había soñado por ti.

Tratar de encontrar el regalo perfecto en un centro comercial era como leer un libro de «Elige tu propia aventura» en el que no aparecían las opciones. Samuel tenía que adivinar a qué página debía ir. El final feliz estaba ahí, escondido en alguna parte.

Al pasar junto a la tienda de velas se llenó los pulmones de olor a canela un par de veces. El olor tóxico del salón de manicura le provocó una jaqueca momentánea. En la tienda de chucherías, los cubos de plástico llenos de caramelos gigantes de bola lo atrajeron, pero se resistió. La música del centro comercial se mezclaba con la que salía de cada una de las tiendas, en un efecto parecido al de la radio de un coche que va perdiendo y recuperando las emisoras. Las canciones iban y venían. Primero sonaba una música alegre, estilo Motown. Luego, «The Twist», de Chubby Checker. Una de las canciones que más rabia le daban a su madre, aunque Samuel no sabía por qué lo sabía. Iba pensando en la música, escuchando la música que salía de las tiendas, y vio la tienda de música enfrente de la sección de restaurantes, antes de que por fin la idea le acudiera a la mente, y entonces le costó creer que hubiera tardado tanto en ocurrírsele.

Música.

Bethany se dedicaba a la música. Entró corriendo en la tienda, avergonzado de haber pasado tanto tiempo pensando qué podía regalarle sin que se le ocurriera preguntarse qué podía querer ella. Se sintió egoísta y egocéntrico, y decidió que sin duda tendría que esforzarse en mejorar ese rasgo personal, pero en otro momento, no entonces, cuando sólo disponía de diez minutos para encontrar el regalo perfecto.

Así que entró corriendo en la tienda y experimentó un breve instante de decepción al ver que todas las cintas de casete populares costaban alrededor de doce dólares y, por lo tanto, se salían de su presupuesto. Pero su desesperación duró poco porque al fondo de la tienda vislumbró un expositor con un cartel que decía «MÚSICA CLÁSICA» y, debajo de éste, otro de «A MITAD DE PRECIO», una aparición providencial. Todos aquellos casetes costaban seis dólares y alguno de ellos (Samuel estaba seguro) era el regalo perfecto.

Sin embargo, mientras Samuel hurgaba en el caótico y desorganizado cajón de los casetes rebajados, se topó con un problema fundamental: no conocía nada de aquellas cintas. No sabía cuál le gustaría a Bethany, cuáles tenía ya. Ni siquiera sabía cuál era buena. Algunos nombres le sonaban (Beethoven, Mozart), pero la mayoría no le decían nada. Algunos, extranjeros, le parecían impronunciables. Y ya estaba a punto de elegir uno de los nombres famosos que le sonaban (Stravinski, aunque no lograba recordar por qué lo conocía) cuando decidió que si a él le sonaba Stravinski, casi seguro que Bethany tendría todas sus grabaciones y ya estaría aburrida de ellas; de modo que resolvió buscar algo más moderno, interesante y nuevo, algo que revelara lo fascinante de sus gustos y que lo presentara como alguien distinto, independiente, que no seguía al rebaño como todos los demás. Así que eligió las diez carátulas que le parecieron más interesantes. Descartó las que llevaban la imagen del compositor, reproducciones de cuadros antiguos, una fotografía de una orquesta con pinta de sosa o de un director con la batuta en la mano. Se decantó por la opción conceptual: colores vistosos, formas geométricas abstractas y espirales psicodélicas. Se los llevó al mostrador, los amontonó delante del cajero y dijo:

—¿Cuál de éstos no compraría nadie?

El cajero, un subgerente de treinta y tantos años, de aspecto sensible y con coleta, no reaccionó como si fuera una pregunta extraña, sino que examinó todos los casetes con gran atención y después, con un aire de autoridad que le granjeó la confianza de Samuel, cogió uno y lo agitó mientras decía:

—Éste. Nunca lo compra nadie.

Samuel dejó el billete de diez dólares encima del mostrador y el cajero metió el casete dentro de una bolsa.

—Es un rollo muy moderno —explicó el cajero—. Bastante excéntrico.

—Perfecto —dijo Samuel.

—Es la misma pieza grabada diez veces distintas. Un material realmente raro. ¿Te gusta?

—Sí, mucho.

—Vale —dijo el cajero, y le devolvió el cambio.

Como todavía le quedaban cuatro dólares, Samuel corrió a la tienda de chucherías. Llevaba el regalo perfecto dentro de aquella bolsa que le iba dando golpes en la parte trasera de las piernas y se le hacía la boca agua sólo de pensar en el caramelo que estaba a punto de comprarse, iba meneando la cabeza al ritmo de la música del centro comercial y en sus ojos parpadeaban fantasías en las que siempre tomaba la decisión correcta y todas sus aventuras tenían los mejores finales felices.

7

Bishop Fall era un abusón, pero no al estilo clásico. No se metía con los débiles. A ésos, a los niños flacuchos, a las niñas raras, los dejaba en paz. No quería presas fáciles. Eran los fuertes y los seguros de sí mismos, los poderosos y los confiados quienes atraían su atención.

Durante el primer encuentro para animar al equipo del colegio, Bishop le echó el ojo a Andy Berg, que era el vigente campeón de todo lo relacionado con la brutalidad, el único alumno de sexto que tenía ya vello oscuro en las piernas y los sobacos, y el terror local de los más pequeños y chillones. El profesor de gimnasia había sido el primero en llamarlo «Iceberg», aunque a veces lo llamaban simplemente «el Berg». Todo por su tamaño (colosal), su velocidad (lenta) y su forma de moverse (imparable). Berg era el típico abusón de primaria: mucho más fuerte y desarrollado que cualquiera de sus compañeros de clase, era obvio que proyectaba los furiosos demonios internos provocados por su único rasgo raquítico, que era la capacidad mental. El resto de su cuerpo estaba en pleno sprint genético hacia la edad adulta. Aunque sólo iba a sexto, ya era más alto que las maestras. También pesaba más que ellas. Sin embargo, no tenía uno de esos cuerpos diseñados para la grandeza atlética. Sólo iba a ser un tipo grueso. Un torso como un barril de cerveza, unos brazos como ijadas de ternera.

El encuentro para ensayar la animación del equipo empezó como de costumbre, con los alumnos de todos los cursos, de primero a sexto, sentados en las gradas del gimnasio, que olía raro y tenía el suelo de goma, mientras el subdirector, Terry Fluster (que, por cierto, iba vestido de águila roja y blanca de metro ochenta, la mascota del colegio), los guiaba por una serie de cánticos, el primero de ellos, como siempre: «¡Las águilas, las águilas, no toman drogas!»

A continuación, el director Large los mandó callar y les soltó su clásico discurso inaugural sobre la conducta que esperaba de ellos y su filosofía pedagógica, basada en la tolerancia cero y en la negativa a aguantar tonterías a nadie, durante el cual los alumnos dejaron de prestar atención y se dedicaron a mirarse los zapatos con actitud narcoléptica, excepto los de primero, que oían todo aquello por primera vez y estaban aterrorizados, como es lógico.

El encuentro terminó con otro de los cánticos preferidos del señor Fluster: «¡Vamos, águilas! ¡Vamos, águilas!»

Los alumnos gritaron y aplaudieron con aproximadamente un cuarto del entusiasmo del subdirector, suficiente de todos modos para silenciar el grito individual de Andy Berg que sólo oyeron quienes lo rodeaban, Samuel y Bishop entre ellos: «¡Kim es mariquita! ¡Kim es mariquita!»

Por supuesto se refería al pobre Kim Wigley, situado dos asientos a la izquierda de Berg, el niño de todo sexto del que sin duda resultaba más fácil burlarse, uno de esos chicos aquejados de todas las calamidades prepuberales existentes: una caspa densa como la nieve, unos aparatos enormes en los dientes, impétigo crónico, miopía extrema, alergias graves a varios frutos secos y al polen, infecciones de oído desestabilizadoras, eczema facial, conjuntivitis quincenal, verrugas, asma, e incluso un episodio de piojos en segundo que nadie le había permitido olvidar. Además sudaba como un pollo. Y encima tenía nombre de niña.

En esos momentos, Samuel sabía que lo «correcto» era defender a Kim, oponerse a los abusos y plantarle cara al gigante Andy Berg, porque «los abusones se echan para atrás cuando encuentran resistencia», según los folletos que les entregaban en la clase de educación para la salud una vez al año. Todo el mundo sabía que eso era una mentira podrida. El año anterior, Brand Beaumonde se había enfrentado a Berg porque éste no paraba de burlarse de sus gafas de culo de vaso. Beaumonde se había plantado ante él en medio del comedor y, entre espasmos de agitación nerviosa, había exclamado: «¡Cierra esa bocaza, capullo!» Y Berg, efectivamente, se había echado para atrás y lo había dejado en paz durante el resto del día, así que todos los presentes se sintieron eufóricos porque a lo mejor estaban a salvo y a lo mejor los folletos tenían razón, y una fantástica sensación de optimismo invadió el colegio y Brand se convirtió en un pequeño héroe, hasta que ese mismo día, volviendo a casa, Berg lo agarró y le pegó tal paliza que tuvo que intervenir la policía e interrogar a los amigos de Brand, que a esas alturas habían aprendido una lección importante: a cerrar la puta boca. Los abusones no se echan para atrás.

El gran rumor sobre Berg aquel año —rumor propagado por él mismo— decía que era el primer alumno de sexto que había echado un polvo. Con una chica. Según sus propias palabras, con una antigua canguro que «se ha obsesionado con mi polla». Se trataba, por supuesto, de una afirmación no verificable. Ni la existencia de la alumna de instituto en cuestión ni su supuesto interés por la anatomía de Berg eran verificables, pero nadie lo puso en duda. En el vestuario, nadie que estuviera lo bastante cerca para oír las fanfarronadas de Berg estaba dispuesto a poner en peligro su integridad física por señalar lo obvio: que ninguna estudiante de instituto se interesaría por un alumno de sexto a menos que estuviera perturbada mentalmente, fuera más fea que un pecado o sufriera algún retraso emocional. O las tres cosas a la vez. Era simplemente imposible.

Y sin embargo...

Berg hablaba sobre el sexo de una forma que hacía dudar a los chicos. Era por la especificidad de los detalles. Por la exactitud de unos particulares absolutamente carentes de glamur. Por eso se paraban a pensarlo y pasaban las noches despiertos dándole vueltas al asunto y a veces sufrían ataques íntimos de rabia sólo de pensar que pudiera estar diciendo la verdad, que pudiera estar tirándose a una alumna de instituto, pues si eso era cierto ya no necesitaban más pruebas de que el mundo era injusto y de que Dios no existía. Y si existía debía de odiarlos, pues nadie en todo el colegio se merecía menos un polvo que el cabronazo de Andy Berg. No había clase de gimnasia en la que no tuvieran que aguantar sus historias: que si tenía que fumarse uno de los puros de su padre para disimular el olor a chocho, que si esa semana no iba a haber polvo porque la chica estaba con «los pintores», que si una vez había reventado el condón al correrse, de tan caliente que iba. Esas imágenes provocaban pesadillas a los chicos, sumadas a la tragedia de mayores proporciones que suponía que el repelente de Andy Berg follara con ganas mientras que la mayoría de ellos apenas acababan de tener «la charla» con sus padres y la simple idea de acostarse con una chica les resultaba aterradora y asquerosa.

Tal vez lo que provocó que Bishop pasara a la acción el día del ensayo fue ver cómo se burlaba Berg de Kim. Debió de parecerle demasiado fácil, demasiado evidente: Kim no respondió al ataque, su actitud pasiva y su porte encorvado revelaban que aceptaba al cien por cien el orden jerárquico. Se mostró instintivamente preparado para que abusaran de él. Atacarlo fue pan comido, y puede que fuera eso lo que despertó el peculiar sentido de la justicia de Bishop y su deseo marcial de proteger al débil y al inocente por medio de una violencia desproporcionada.

Mientras los alumnos iban saliendo del gimnasio, Bishop le dio unos golpecitos en el hombro a Berg.

—He oído un rumor sobre ti —le dijo.

Berg bajó la mirada hacia él, cabreado.

—Ah, ¿sí? ¿Cuál?

—Que te has acostado con una chica.

—Ya te digo.

—Entonces el rumor es cierto.

—Follo tanto que ni te lo creerías.

Samuel los seguía a una distancia prudente. Generalmente no estaba cómodo cerca de Berg, pero con Bishop entre ambos se sentía a salvo. La personalidad de Bishop tendía a atraer toda la atención hacia sí. Era como si Bishop lo eclipsara.

—Vale —dijo Bishop—. En ese caso tengo algo para ti.

—¿Qué?

—Es algo para tíos un poco más maduros. Como tú.

—¿Qué es?

—Prefiero no decirlo aquí. Alguien podría oírlo. Y estamos hablando de un material realmente jugoso e ilegal.

—¿De qué coño hablas?

Bishop puso los ojos en blanco y miró alrededor para ver si alguien los estaba escuchando antes de inclinarse hacia Berg e indicarle por señas que se agachara, de modo que su gigantesca cabeza no quedara tan lejos.

—Pornografía —susurró entonces Bishop.

—¡No me jodas!

—No grites.

—¿Tienes porno?

—Una colección enorme.

—¿En serio?

—Llevaba un tiempo tratando de averiguar si por aquí había alguien lo bastante maduro para verla.

—¡Genial! —dijo Berg, emocionado.

Porque para los chavales de su edad, para los chavales que llegaron a la adolescencia en los años ochenta, en los tiempos anteriores a internet, antes de que la red convirtiera la pornografía en algo de fácil acceso y en consecuencia banal, para esa última generación de chicos que aún concebían la pornografía sobre todo como un objeto físico, poseerla era como tener un superpoder. Un superpoder que te otorgaba de inmediato legitimidad y éxito ante los demás chicos. Eso sucedía más o menos una vez cada semestre: un chico del montón daba con la colección de revistas guarras de su padre y de pronto ascendía en la escala social hasta que se encontraba metido en un lío, algo que podía tardar un día o varios meses en ocurrir, en función de la forma de ser del chico. Los que estaban más desesperados y ansiosos por obtener la atención y la aprobación de los demás tendían a robar la pila de revistas entera a cambio de un momento de gloria absoluta, estrellas rutilantes que se apagaban al cabo de un solo día, cuando sus padres descubrían que su colección de pornografía había desaparecido entera y ataban cabos. Otros chicos, los que controlaban mejor sus impulsos y no necesitaban tanto la aprobación ajena, abordaban el tema de la pornografía de forma más sensata. A lo mejor se llevaban una sola revista de la pila, pongamos que la segunda o la tercera empezando por abajo, un ejemplar que presumiblemente ya había sido analizado en detalle, disfrutado, digerido y descartado. Se llevaban esa revista al colegio y se la enseñaban a todos antes de devolverla al montón una o dos semanas más tarde, momento en el que cogían otro número cercano al final y repetían la operación. Esos chicos a veces lograban mantener una popularidad constante durante meses, hasta que un profesor veía a un grupo de alumnos sentados en corro en el patio y se acercaba a investigar, porque cuando los chavales de primaria no se dedicaban a correr de aquí para allá como posesos era que pasaba algo malo.

En definitiva, el acceso de los chicos a la pornografía siempre era temporal. Y por eso despertó tanto interés en Berg.

—¿Dónde está? —preguntó.

—A la mayoría de estos chicos se les iría la pinza —dijo entonces Bishop—. No entenderían ni qué estaban viendo.

—Déjamelo ver.

—Tú, en cambio, creo que sabrías manejarlo.

—Pues claro, no te jode.

—Vale, ven a buscarme después de las clases. Cuando todo el mundo se haya marchado del edificio. Estaré en la escalera que hay detrás del bar, junto al muelle de carga. Te enseñaré dónde lo escondo.

Berg aceptó y acto seguido salió del gimnasio a empujones. Samuel le dio unos golpecitos en el hombro a Bishop.

—¿Se puede saber qué haces? —le preguntó.

Bishop sonrió.

—Llevar la guerra a territorio enemigo.

Ese día, después de la última campanada, cuando los autobuses ya habían llegado y se habían ido, vacío el edificio, Bishop y Samuel esperaron detrás del colegio, en la parte que no se veía desde la carretera, puro hormigón y asfalto. Tenía el aspecto de un centro regional de logística de alto volumen, industrial, mecánico, automatizado y apocalíptico. Había unos inmensos aparatos de aire acondicionado, cuyos ventiladores giraban dentro de carcasas de aluminio sucias y ennegrecidas por el hollín de los gases de escape, rugiendo como un escuadrón de helicópteros de ataque listos para un despegue que nunca llegaba a producirse. Había trozos de papel y cartón arrastrados por el viento hacia las esquinas, en las grietas. Había un compresor industrial de basura: de metal sólido, del tamaño de un camión de la basura, pintado del verde oscuro típico de los vehículos de eliminación de residuos, cubierto por una capa de suciedad pegajosa.

Junto al muelle de carga había una escalera que bajaba hasta la puerta de un sótano que nadie utilizaba nunca. Nadie sabía siquiera qué había al otro lado. Un lado de la escalera quedaba cercado por el muro de hormigón del muelle de carga y el otro por unos barrotes altísimos, imposibles de escalar. También había una verja en lo alto de los peldaños. Aquella escalera suponía un enigma para cualquiera que dedicara un tiempo a pensar en ella. Obviamente, los barrotes transmitían un deseo de impedir el acceso al sótano, pero aunque la verja estuviera cerrada bastaba con saltar a la escalera desde el muelle de carga elevado. En cambio, la puerta del sótano que había al pie de los peldaños era de esas que se abren sólo desde dentro y ni siquiera tenía pomo por fuera. Así pues, la única función real de la verja era atrapar a la gente dentro, algo que al menos desde el punto de vista arquitectónico resultaba cuando menos extraño y suponía un peligro extremo en caso de incendio. En cualquier caso, la cantidad de basura, hojas secas, envoltorios de plástico y colillas acumulados en la escalera indicaba que llevaba años sin utilizarse.

Ahí fue donde esperaron a Berg. Samuel iba asustado y nervioso por todo aquello, por el plan de Bishop, que consistía en encerrar a Andy Berg en la escalera y dejarlo allí toda la noche.

—En serio, yo creo que no deberíamos hacerlo —le dijo a Bishop, que estaba al pie de la escalera, escondiendo una bolsa de plástico negro que se había sacado de la mochila para enterrarla debajo de las hojas, la basura y los escombros.

—Relájate —le contestó—. Todo saldrá bien.

—¿Y si sale mal? —preguntó Samuel, que estaba a punto de estallar en un llanto de Categoría 2 sólo de pensar en todas las venganzas posibles de Andy Berg por lo que parecía una jugarreta bastante idiota—. Larguémonos ahora —añadió—, antes de que llegue. Así no habrá pasado nada.

—Necesito que cumplas con tu tarea. ¿Cuál es tu tarea?

Samuel frunció el ceño y palpó el voluminoso candado que llevaba escondido en el bolsillo.

—Cuando él llegue al pie de la escalera, tengo que cerrar la verja.

—Cerrar la verja sin hacer ruido —remarcó Bishop.

—Eso. Para que no se dé cuenta.

—Yo te daré la señal y tú cerrarás la puerta.

—¿Y cuál es la señal?

—Te dirigiré una mirada preñada de significado.

—¿Una qué?

—Te miraré con los ojos muy abiertos. Te darás cuenta cuando la veas.

—Vale.

—¿Y después de cerrar la verja?

—Le pongo el candado —dijo Samuel.

—Ésa es la parte esencial de la misión.

—Ya lo sé.

—La parte más importante.

—Pondré el candado y así no podrá salir a pegarnos.

—Tienes que pensar como un soldado. Tienes que concentrarte en tu parte de la operación.

—Vale.

—No te oigo.

Samuel pateó el suelo.

—Digo que ¡a la orden!

—Mucho mejor.

Hacía calor y había mucha humedad, las sombras se alargaban bajo la luz anaranjada. En el horizonte se acumulaban las nubes de tormenta, esas enormes nubes del Medio Oeste que parecen avalanchas flotantes, lo cual anunciaba una noche de lluvias y tormenta eléctrica. El viento soplaba con fuerza entre los árboles. Había un olor eléctrico, de ozono, en el ambiente. Bishop terminó de esconder la bolsa al pie de la escalera. Samuel practicó hasta que logró cerrar la verja sin que chirriara. Al final los dos treparon al muelle de carga y se sentaron a esperar, Bishop comprobando una y otra vez el contenido de su mochila, Samuel acariciando con los dedos los bordes del pesado candado que llevaba en el bolsillo.

—Oye, Bish.

—Dime.

—¿Qué pasó en el despacho del director?

—¿A qué te refieres?

—Cuando fuiste a que te apalearan. ¿Qué pasó ahí dentro?

Bishop dejó de toquetear la mochila un momento. Se volvió hacia él y entonces desvió la mirada hacia la lejanía. Adoptó una actitud que Samuel había empezado a reconocer: su cuerpo parecía enroscarse y tensarse, sus ojos se convertían en dos ranuras y sus cejas se arqueaban y se convertían en un doble trazo puntiagudo, como el que suele usarse para anotar un «visto bueno». Una postura desafiante, una mirada que Samuel había visto antes: con el director, con la señorita Bowles, con el señor Fall y cuando Bishop tiró la piedra contra la casa de su antiguo director. Tenía una intensidad y una dureza impropias de un niño de once años.

Pero esa mirada se desvaneció a toda prisa cuando Andy Berg dobló la esquina del edificio, avanzando pesadamente con sus andares estúpidos, arrastrando los pies, rozando el suelo con las punteras como si le quedaran demasiado lejos de su cerebro diminuto, como si su cuerpo fuera demasiado grande y su sistema nervioso no alcanzara a controlarlo.

—Ahí está —dijo Bishop—. Prepárate.

Berg llevaba su uniforme habitual: pantalón de chándal negro, bambas blancas sin marca y una camiseta con algún mensaje puerilmente gracioso, en esta ocasión: «¿Dónde está la bronca?» Era el único chico de la clase que no tenía que soportar burlas por llevar zapatillas que no fueran de marca. Su tamaño gigantesco y su propensión a la violencia lo eximían de seguir los dictados de la moda. Su única concesión a los gustos del momento era que se había dejado crecer una coleta de rata, una moda que seguía más o menos una cuarta parte de los niños de la clase. Para conseguir una coleta de rata había que llevar el pelo muy corto, pero dejando crecer libremente un mechón del centro de la nuca. Berg ya tenía un cordel negro y encrespado que se prolongaba varios centímetros por el cuello y la espalda. Se acercó al muelle de carga, donde los dos chicos lo esperaban sentados, un poco más arriba que él, con las piernas cruzadas.

—Has venido —dijo Bishop.

—A ver qué tienes, mariquita.

—Primero tienes que prometerme que no se te va a ir la pinza.

—Cierra el puto pico.

—A muchos chavales se les va la pinza. No son lo bastante maduros. Es porno bastante duro.

—Podré soportarlo.

—¿Sí? ¿Seguro? —preguntó Bishop en tono burlón y sarcástico. Con ese tono nunca sabías si se lo pasaba bien contigo o te estaba insultando. Al oírlo tenías la sensación de ir un par de pasos por detrás de él. La constatación se reflejó en el rostro de Berg, que dudó un momento, inseguro. No estaba acostumbrado a que los demás niños demostraran valor ni agallas—. Vale, supongamos que es verdad y que podrás soportarlo —siguió Bishop—. Supongamos que no se te va a ir la pinza. Ya lo tienes muy visto, ¿verdad?

Berg asintió.

—Porque lo ves a todas horas, ¿verdad? ¿Con esa chica del instituto que te estás tirando?

—¿Qué pasa con ella?

—Me llama la atención que estés tan ansioso si tienes a una chica siempre que quieras. ¿Para qué necesitas el porno?

—No lo necesito.

—Y sin embargo aquí estás.

—Ni siquiera lo tienes. Estás mintiendo.

—Todo esto me hace sospechar que hay algo que no nos estás contando. A lo mejor la chica es fea. A lo mejor no existe.

—Que te den. ¿Vas a enseñarme esa mierda o no?

—Vale, te dejaré ver una foto. Y si no se te va la pinza, te dejo ver el resto.

Bishop rebuscó un momento en su mochila y sacó una página de una revista, doblada varias veces, con el borde irregular por donde la había arrancado. Se la tendió (con gesto lento y calculado) a Berg, que se la arrebató de las manos, molesto con las formas de Bishop y su teatralidad. Berg desdobló la hoja y, antes incluso de desplegarla del todo, abrió los ojos como platos, separó un poco los labios y en su rostro se fundió la habitual expresión de bárbara severidad, sustituida por una especie de atolondramiento.

—Uau —dijo—. Qué caña.

Samuel no llegaba a ver la imagen que tanto entusiasmaba a Berg. Sólo veía la parte posterior de la página, donde había un anuncio de algún tipo de licor marrón.

—Es alucinante —siguió diciendo Berg, que parecía un perrito mirando un plato de comida.

—No está mal —dijo Bishop—, pero yo tampoco diría que es alucinante. De hecho, es más bien del montón. Incluso un poco soso, si quieres saber mi opinión.

—¿De dónde lo has sacado?

—Eso es irrelevante. ¿Quieres ver más?

—¡Joder, claro!

—¿Y no se lo vas a contar a nadie?

—¿Dónde está?

—Tienes que prometerlo. Que no se lo contarás a nadie.

—Vale, lo prometo.

—Dilo con sentimiento.

—Oye, enséñamelo ya.

Bishop levantó las manos con gesto de «me rindo» y señaló la escalera.

—Ahí abajo —dijo—. Lo guardo ahí abajo, escondido entre la basura, al pie de la escalera.

Berg dejó caer la hoja que tenía entre las manos, abrió la verja y se precipitó escalera abajo. Bishop miró a Samuel y asintió con la cabeza: la señal.

Samuel bajó de un salto del muelle de carga y se detuvo en el lugar que ocupaba Berg un momento antes. Se acercó a la verja y la cerró sin hacer ruido, tal como había practicado. Vio a Berg al fondo de la escalera, su horrible coleta de rata, la inmensidad rechoncha de su espalda mientras se agachaba, apartaba la basura y las hojas y descubría la bolsa de plástico que Bishop había escondido allí.

—¿Aquí dentro? —preguntó Berg—. ¿En la bolsa?

—Sí, eso es.

La verja se cerró con un chasquido mínimo, trivial. Samuel pasó el grueso candado entre los barrotes y lo cerró. El mecanismo metálico interno emitió un ruido sustancial, muy satisfactorio. Le pareció definitivo. Irrevocable. ¡Lo habían hecho! Ya no había marcha atrás.

A unos metros de allí, revoloteando en el viento, estaba la página que Bishop le había dado a Berg. Daba vueltas con los remolinos que la brisa formaba alrededor del muelle de carga, se doblaba por los pliegues que habían quedado marcados en el papel. Samuel la cogió y la abrió. Y la impresión inmediata que le provocó la foto antes de que todas sus manchas se resolvieran en formas humanas reconocibles, la textura dominante, lo que parecía definir la foto y más tarde se convertiría prácticamente en lo único que Samuel recordaba, fue el pelo. Montones de pelo negro y rizado. Alrededor de la cabeza de la chica, una cascada negro azabache que parecía pesada y difícil de aguantar, una mata de rizos ensortijados que descendía hasta el suelo en el que estaba sentada, con la carne del trasero aplastada bajo su peso como masa de pan, un brazo echado hacia atrás para apoyar el codo en el suelo, la otra mano en la entrepierna, abriéndose el cuerpo con dos dedos en un gesto que parecía un símbolo de la paz invertido para revelar un espacio mullido y misterioso, de color rojo intenso, entre otra explosión de pelo negro, de una mata espesa y rizada allí donde se acercaba al ombligo, y más rala, en cambio, en la parte interior de los muslos cubiertos de granitos, donde recordaba los tristes remedos de barbas y bigotes que se dejan los adolescentes, un pelo que seguía creciendo hacia abajo, hasta donde su cuerpo entraba en contacto con el suelo y se unía al paisaje de aquella jungla tropical anónima. Samuel lo vio y trató de asimilarlo todo a la vez y trató de encontrarle un sentido y trató de disfrutarlo como aparentemente lo disfrutaba Andy Berg, pero sólo logró experimentar una curiosidad abstracta, mezclada tal vez con una leve sensación de repugnancia o miedo porque el mundo adulto de pronto le parecía un lugar horrible, espantoso.

Dobló la página en cuadritos pequeños. Estaba intentando obligarse a olvidar lo que acababa de ver cuando, desde el fondo de la escalera, Berg exclamó de repente:

—¿Qué cojones pasa aquí?

Y en ese momento se produjo un destello de luz blanca. Bishop sujetaba una cámara Polaroid, que zumbó, soltó un chasquido y expulsó un recuadro de película blanco.

—¡Qué cojones pasa aquí! —repitió Berg.

Samuel trepó por la escalera de mano hasta el muelle de carga y corrió hasta el borde, desde donde Bishop contemplaba a Berg y agitaba la foto y reía. Berg tenía varias fotografías a su alrededor; seguramente le había dado la vuelta a la bolsa y las imágenes habían salido volando. Y casi todas ellas, según alcanzó a ver Samuel en ese momento, eran primeros planos de penes enormes, erectos. Penes adultos. Adultos y muy masculinos y horriblemente hinchados y de un tono morado oscuro y algunos de ellos húmedos y chorreantes. Penes, algunos recortados de revistas, otros en polaroids auténticas, sobreexpuestas, desenfocadas, primeros planos de pollas anónimas y desgajadas que emergían de las sombras o de debajo de los pliegues de una barriga fofa.

—¡Qué cojones es esto! —volvió a exclamar Andy Berg, que parecía incapaz de encontrar otras palabras—. ¡Qué cojones es!

—¿Lo ves? Ya lo sabía yo —dijo Bishop—. Se te está yendo la pinza.

—¿Qué cojones es todo esto?

—No eres lo bastante maduro.

—Te voy a matar, cabronazo.

—Todavía te falta un poco, no has madurado lo suficiente.

Berg subió los peldaños de dos en dos. Era tan grande y sus movimientos tan destructivos que parecía imposible contenerlo. ¿En serio habían fiado su seguridad a un triste candado? Samuel imaginó que se partía por la mitad. Imaginó a Berg saliendo de su jaula como un animal de circo demente. Retrocedió un paso, se escondió detrás de Bishop y le puso una mano en el hombro. Berg llegó corriendo a lo alto de la escalera y alargó el brazo para abrir la verja. Pero la verja no se inmutó. Toda la potencia del enorme impulso de Berg se topó con una verja de metal sólido, y lo único que podía ceder entre ambos (es decir, el brazo de Berg), cedió.

La muñeca se le dobló hacia atrás y el hombro sufrió una torsión violenta con un chasquido crujiente, un horrendo estallido líquido. Berg salió rebotado, aterrizó con fuerza en la escalera y descendió varios peldaños hasta llegar casi al fondo, donde se quedó agarrándose el brazo, gimiendo, llorando. La verja vibraba, retenida por el candado.

—¡Dios mío! —bramó Berg—. ¡El brazo, el brazo!

—Vámonos —dijo Samuel.

—Espera —dijo Bishop—. Falta una cosa.

Recorrió el borde del muelle de carga para detenerse justo encima de Berg, unos dos metros más arriba que él.

—Mira, lo que voy a hacer ahora —anunció Bishop por encima de los débiles gemidos de Berg— es echar una meadita, y tú te vas a tener que aguantar. Y no volverás a meterte con nadie nunca más. Porque tengo esta foto. —Bishop agitó la polaroid—. Tendrías que verla. Ahí estás tú, con toda esa pornografía de maricas. ¿Quieres que esta foto aparezca en todas las taquillas del colegio, debajo de todos los pupitres, dentro de todos los libros de texto?

Berg se lo quedó mirando y, por un instante, la mente de un crío de sexto atrapada dentro de aquel agigantado cuerpo de adulto asomó a la superficie y les pareció estupefacto, dolido, patético y triste. Como un animal que no puede creerse que alguien acabe de pegarle una patada.

—No —escupió entre las lágrimas.

—En ese caso, espero que empieces a comportarte —dijo Bishop—. Basta de meterte con Kim. Basta de meterte con quien sea.

Bishop se desabrochó el cinturón, se bajó la bragueta y los calzoncillos y soltó un chorro largo de pis que cayó justo encima de Andy Berg, que gimoteó, se volvió para protegerse y gritó. Se acurrucó mientras Bishop le empapaba la espalda, la camiseta y la coleta de rata.

Entonces los dos chicos recogieron sus cosas y se marcharon. No dijeron nada hasta que se separaron, en el punto donde Bishop atajaba por los bosques hasta Venetian Village y Samuel seguía en sentido opuesto hacia su casa. Bishop le dio unas palmaditas en el brazo.

—Sé todo lo que puedas ser, soldado —le dijo, y se marchó corriendo.

Esa noche, la ola de calor cedió al fin. Samuel se sentó ante la ventana de su dormitorio a contemplar la tormenta que empapaba el mundo exterior. Los árboles del jardín se agitaban con violencia y los relámpagos restallaban en el cielo. Imaginó a Andy Berg bajo la lluvia, aún atrapado, empapado. Lo imaginó temblando de frío, herido y solo.

A la mañana siguiente, el aire llevaba el primer atisbo de frío otoñal. Andy Berg no fue al colegio. Se rumoreaba que no había vuelto a su casa la noche anterior. Llamaron a la policía. Padres y vecinos salieron a buscarlo. Al final lo localizaron por la mañana, empapado y enfermo, en la escalera de detrás del colegio. Lo llevaron al hospital. Nadie dijo nada sobre las polaroids.

Samuel supuso que Berg había pescado un catarro, o tal vez la gripe, a causa de la lluvia. Pero Bishop tenía otra teoría.

—Tenía que deshacerse de la pornografía, ¿no? —le dijo aquel día durante el recreo—. A ver, no querría que lo encontraran con esas fotos.

—Sí —respondió Samuel—. Pero ¿cómo?

Estaban sentados en los columpios sin columpiarse, mirando jugar al pillapilla por todo el patio a un grupo de niños entre los que correteaba Kim Wigley, cosa extraña, pues tendía a evitar el patio y cualquier otro espacio público en el que corriera el riesgo de sufrir los abusos de Berg. En ese momento jugaba con una alegría despreocupada y parecía encantado.

—Berg está en el hospital —dijo Bishop—. Sospecho que con una intoxicación.

—¿Una intoxicación? ¿De qué?

—Se las ha comido. Las fotos. Así es como se ha deshecho de ellas.

Samuel intentó imaginar cómo sería comerse una polaroid. Masticar el plástico duro. Tragarse las esquinas afiladas.

—¿Se las ha comido? —preguntó.

—Sí, claro.

Desde el otro extremo del patio, Kim los miró y saludó a Bishop con timidez. Éste le devolvió el saludo. A continuación soltó una carcajada, exclamó «¡A la orden!» y salió corriendo para unirse al juego, casi brincando, sin apenas tocar el suelo.

8

En los últimos tiempos era común ver al director de la Academia del Sagrado Corazón dando cortos y lentos paseos por la calle solitaria de Venetian Village, por lo general al atardecer, desplazando su considerable peso con paso precavido y cauteloso, como si en cualquier momento pudieran partírsele las piernas. El bastón que usaba para caminar era una adquisición reciente, y el director parecía complacerse en la majestuosidad que le confería. De hecho, era asombroso que su cuerpo encorvado y aquella cojera de tan doloroso aspecto pudieran mejorar tanto con la simple adición de un bastón. De pronto parecía un hombre «noblemente impedido». Como un héroe de guerra. El mango del bastón era de madera de roble, teñido de un color ébano intenso. Tenía una empuñadura de nácar adherida al extremo superior mediante un cuello de peltre con flores de lis grabadas. Los vecinos recibieron la llegada del bastón con alivio, pues hacía que el dolor del director no resultara tan evidente y en consecuencia ya no se sentían obligados a preguntarle cómo se encontraba, lo que les ahorraba otra conversación sobre la Enfermedad. Porque, la verdad, después de seis meses el tema ya estaba agotado. A esas alturas, el director ya había hablado con todos los vecinos acerca de la Enfermedad, la misteriosa dolencia que ningún médico era capaz de diagnosticar y que ningún medicamento podía curar. Los síntomas eran sobradamente conocidos por todo el vecindario: dolor en el pecho, respiración superficial, sudoración abundante, salivación incontrolable, calambres intestinales, visión borrosa, fatiga, letargo, debilidad general, dolores de cabeza, mareos, pérdida de apetito, ralentización del pulso y unas extrañas palpitaciones involuntarias de los músculos justo debajo de la piel que el director no tenía reparos en mostrar, para horror de los vecinos, si se producían mientras hablaba con ellos. Los ataques le sobrevenían tanto en pleno día como en plena noche y duraban entre cuatro y seis horas antes de desaparecer como por arte de magia. El director se refería a los detalles más personales de su enfermedad con una franqueza sorprendente. Hablaba como suelen hacerlo quienes sufren una enfermedad catastrófica, que eclipsa cualquier reserva previa de modestia e intimidad. Confesaba lo desconcertante que le resultaba tener que establecer prioridades cuando el vómito y la diarrea lo asaltaban a la vez. Los vecinos asentían con una sonrisa tensa, y se esforzaban por disimular que les parecía espantoso tener que escuchar todo aquello, porque sus hijos (en realidad todos los niños de Venetian Village) estudiaban en la Academia del Sagrado Corazón y todo el mundo era consciente del valor de los contactos del director: bastaba una llamada suya al decano de admisiones de Princeton, Yale, Harvard o Stanford para que las probabilidades de un alumno aumentaran en torno a un mil por ciento. Como todos lo sabían, soportaban las largas y detalladas descripciones del director sobre procedimientos clínicos y efluvios corporales y se lo tomaban como una inversión en la educación de sus hijos y en su futuro. De modo que sí, estaban al corriente de sus numerosas visitas a varios especialistas, alergólogos, oncólogos, gastroenterólogos y cardiólogos carísimos, de sus resonancias magnéticas, de sus tomografías cerebrales y de las desagradables biopsias en varios órganos. Siempre soltaba la misma broma acerca de que el dinero mejor invertido hasta el momento había sido el del bastón. (Los vecinos tenían que admitir que, para tratarse de un bastón, era de una belleza abrumadora.) Afirmaba que la mejor medicina era mantenerse activo y estar al aire libre, de ahí que saliera a pasear cada tarde y que dos veces al día (una por la mañana y otra por la noche) se diera un baño en el jacuzzi de agua salada de su jardín, que, según aseguraba, era una de las pocas alegrías que le quedaban en la vida.

Algunos de los vecinos menos compasivos defendían en privado que su motivo para salir a pasear al atardecer no era la salud, sino la ocasión de pasar una hora quejándose como el maldito tirano sediento de compasión que era. No compartían esa opinión con nadie, o a lo sumo con sus cónyuges, pero con nadie más, pues eran conscientes de lo egoísta, insensible y cruel que sonaba que, mientras el director sufría tanto dolor físico y mental a causa de aquella enfermedad misteriosa, ellos se manifestaran como si fueran las auténticas víctimas, los verdaderos agraviados por verse obligados a soportar sus quejas. Y a veces, esas noches se sentían asediados por tener que concederle sesenta tediosos minutos al director antes de librarse de él y retirarse a sus salas de estar para tratar de exprimirle todavía algún goce a lo que quedaba del día. Encendían el televisor y veían alguna noticia sobre otra maldita crisis humanitaria, otra maldita guerra en algún lugar dejado de la mano de Dios, y veían imágenes de personas heridas o de niños hambrientos y sentían una rabia intensa, amarga ¡contra aquellos niños! por invadir y echar a perder el único momento de tranquilidad, el único rato del que los vecinos disponían en todo el día para ellos mismos. Se indignaban un poco, porque sus vidas también eran duras y, sin embargo, nadie los oía quejarse. Todo el mundo tenía problemas, ¿por qué los demás no resolvían los suyos sin montar tanto escándalo? Por su cuenta. Con un poco de amor propio. ¿Por qué tenían que involucrar a los demás? Como si los vecinos pudieran hacer algo. ¡Ni que las guerras civiles fueran culpa suya!

Naturalmente, era algo que nunca expresaban en voz alta. Y el director nunca llegó a sospechar que lo pensaban. Pero algunos de sus vecinos más próximos adoptaron el hábito de apagar las luces y sentarse a oscuras hasta que lo veían pasar de largo. Otros quedaban para cenar pronto en algún restaurante, a la hora de los paseos del director. Algunas familias del vecindario habían perfeccionado un sistema para evitarlo por completo, y por eso a veces llegaba hasta el final de la calle sin salida, llamaba a la puerta de los Fall y preguntaba si podía entrar a tomar un café, que fue justo lo que pasó el primer día que los padres de Samuel le dieron permiso a su hijo para quedarse a dormir en casa de Bishop.

Su primera noche fuera. El padre de Samuel lo llevó en coche y, al detenerse ante las verjas de cobre de Venetian Village, se quedó visiblemente anonadado.

—¿Tu amigo vive aquí? —preguntó.

Samuel asintió con la cabeza. El vigilante de seguridad de la garita le pidió a Henry el carnet de conducir y le hizo rellenar un formulario, firmar una dispensa y detallar la naturaleza de la visita.

—Ni que fuéramos a la Casa Blanca —le dijo al vigilante.

No era una broma, tenía la voz cargada de veneno.

—También tiene que dejar un aval —afirmó el vigilante.

—¿Cómo?

—No figura en la lista de visitas, o sea que tiene que dejar un aval. Como garantía contra daños e infracciones.

—Pero ¿qué cree que voy a hacer?

—Es la política de la comunidad. ¿Tiene una tarjeta de crédito?

—No pienso darle mi tarjeta de crédito.

—Sólo es temporal. A modo de aval, como ya le he dicho.

—Sólo voy a dejar a mi hijo.

—¿Va a dejar a su hijo? Vale, eso me sirve.

—¿Para qué?

—Como aval.

El vigilante los siguió en un carrito de golf y Henry dejó a Samuel en casa de los Fall con un breve abrazo, le dijo «Pórtate bien» y «Llámame si me necesitas», y a continuación dedicó una mirada de puro odio al vigilante mientras se metía en el coche. Samuel vio desaparecer el coche de su padre y el carrito de golf por Via Veneto. Llevaba una mochila con una muda y, al fondo de todo, el casete que le había comprado a Bethany en el centro comercial.

Iba a darle el regalo esa noche.

Estaban todos ahí (Bishop, Bethany, sus padres), todos esperando en una misma sala que Samuel no había visto nunca, todos ocupando el mismo espacio al mismo tiempo. Y había otra persona, sentada al piano. Samuel lo reconoció: era el director. El mismo director que había expulsado a Bishop de la Academia del Sagrado Corazón ocupaba ahora la totalidad del banco ante el piano Bösendorfer de media cola de la familia.

—Hola —saludó Samuel a nadie en particular, a la masa colectiva de los presentes.

—Tú debes de ser el amigo del colegio nuevo —dijo el director.

Samuel asintió en silencio.

—Me alegro de ver que va encajando —dijo el director.

El comentario se refería a Bishop, pero el director se lo dirigió a su padre. Bishop estaba sentado en una silla de madera tapizada, una pieza de anticuario, y parecía empequeñecido. Era como si la presencia inmensa del director hubiera colonizado la sala. Era uno de esos hombres cuyo cuerpo se corresponde con su temperamento: una voz desmesurada, un cuerpo desmesurado. Incluso se sentaba con desmesura, con las piernas muy separadas y el pecho hinchado.

Bishop ocupaba la silla que quedaba más lejos del director, con los brazos cruzados y las piernas encogidas, una tensa bola de rabia. Estaba muy recostado en el respaldo, como si quisiera fundirse con él. Bethany estaba sentada más cerca del piano, erguida por completo, como siempre, al borde de la silla, con los tobillos cruzados y las manos sobre el regazo.

—¡Otra vez! —dijo el director, que se volvió hacia el piano y puso una mano encima de las teclas—. Y no hagas trampas.

Bethany apartó la vista del piano y miró directamente a Samuel. Una mirada de alto voltaje que lo dejó sin aliento. Samuel tuvo que hacer un esfuerzo consciente para no desviar la suya.

El director tocó una sola nota en el piano, una nota grave, oscura y reverberante, que Samuel notó en su cuerpo.

—Es un la —dijo Bethany.

—¡Correcto! —exclamó el director—. ¡Otra vez!

Otra nota, en esta ocasión más aguda, un delicado tintín.

—Do —dijo Bethany. Su mirada seguía clavada en Samuel, inexpresiva.

—¡Correcto de nuevo! —dijo el director—. Ahora te lo voy a poner un poco más difícil.

El director pulsó tres teclas a la vez y el piano produjo un sonido disonante y feo. Sonó como si un niño aporreara el piano sin ton ni son. La mirada de Bethany pareció desconectarse de la suya por un momento; los ojos se volvieron vidriosos y ausentes, como si su conciencia se retrajera. Pero entonces volvió en sí y dijo:

—Si bemol, do y do sostenido.

—¡Increíble! —exclamó el director, aplaudiendo.

—¿Me puedo ir ya? —preguntó Bishop.

—¿Perdona? —dijo su padre—. ¿Cómo dices?

—¿Me puedo ir? —repitió Bishop.

—Si lo pides bien, tal vez.

En ese momento, Bishop levantó al fin la cabeza y miró a su padre a los ojos. Se sostuvieron la mirada durante unos incómodos segundos.

—¿Puedo ausentarme, por favor? —dijo Bishop.

—Sí, puedes.

En la sala de juegos quedó claro que Bishop no quería hablar. Cargó *Missile Command* en la Atari de un empujón. Se sentó con cara de palo y se puso a mandar cohetes al aire. Al cabo de un rato empezó a ponerse nervioso y dijo:

—A la mierda, veamos una peli.

Puso una película que ya habían visto varias veces, sobre un grupo de adolescentes que defendían su pueblo de una invasión rusa inesperada. Llevaban unos veinte minutos viéndola cuando Bethany abrió la puerta y entró.

—Ya se ha ido —dijo.

—Perfecto.

A Samuel le parecía increíble que se le revolviera tanto el estómago cada vez que la veía de cerca. Incluso en ese momento —aquejado por un grave conflicto interno acerca de su presencia en aquella casa, pues era evidente que Bishop quería estar solo y él no pintaba nada allí y llevaba un buen rato planteándose si llamar a su padre y volverse a casa—, a pesar de todo eso, Samuel se sintió exultante cuando Bethany entró en la sala. Era como si ella eclipsara todos los detalles sin importancia. Samuel tuvo que resistirse al impulso de tocarla, de alborotarle el pelo, de pegarle un puñetazo en el brazo o darle un tirón del lóbulo de la oreja, de realizar cualquiera de las otras maniobras pueriles con que los niños aterrorizan a las niñas que les gustan, maniobras que en realidad buscan establecer contacto físico con ellas de la única forma que conocen: a lo bruto, como pequeños bárbaros. Pero Samuel sabía que aquélla no era una buena estrategia a largo plazo, de modo que se quedó hundido en su puf de siempre, inmóvil, con la esperanza de que Bethany se sentara a su lado.

—Es un capullo —dijo Bishop—. Un gordo y un puto capullo.

—Ya lo sé —dijo Bethany.

—¿Por qué lo dejan entrar en casa?

—Porque es el director. Pero también porque está enfermo.

—Qué irónico.

—Si no estuviera enfermo no saldría a pasear.

—Si existe una palabra apropiada para eso, es «irónico».

—No me estás escuchando —dijo Bethany—. Si no estuviera enfermo no tendrías que verlo más.

Bishop se sentó erguido y miró a su hermana con el ceño fruncido.

—¿Qué intentas decirme?

Bethany se quedó inmóvil, con las manos a la espalda, mordiéndose la mejilla por dentro como solía hacer cuando estaba muy concentrada. Llevaba el pelo recogido en una coleta. El verde de sus ojos era intensísimo. Llevaba un vestido amarillo que poco a poco se iba degradando hacia el blanco de la parte inferior.

—Sólo señalo una evidencia —dijo Bethany—. Si no estuviera enfermo, no tendría que salir a pasear y tú no tendrías que verlo.

—Creo que no me gusta la dirección que está tomando esta conversación.

—¿Se puede saber de qué habláis? —preguntó Samuel.

—De nada —respondieron los dos al unísono, como sólo los gemelos pueden hacerlo.

Pasaron los tres el resto de la película sumidos en un silencio incómodo, viendo cómo los adolescentes americanos repelían a los invasores rusos, pero el final no les pareció tan triunfal como de costumbre, porque en la sala reinaba una tensión extraña, un conflicto mudo. Samuel se sentía como si estuviera en casa cenando con sus padres mientras éstos pasaban por otro de sus «momentos». Cuando se terminó la película les dijeron que era hora de acostarse, de modo que se lavaron la cara, se cepillaron los dientes, se pusieron el pijama y le mostraron a Samuel el dormitorio de invitados. Justo antes de que les dijeran que era hora de apagar las luces, Bethany llamó a la puerta con delicadeza y asomó la cabeza.

—Buenas noches —dijo.

—Buenas noches —respondió Samuel.

Bethany se lo quedó mirando un momento desde la puerta, como si quisiera añadir algo.

—¿Qué hacías antes? —preguntó Samuel—. En el piano, digo.

—Ah, nada —dijo ella—. Truquitos de magia.

—¿Era una actuación?

—Más o menos. Oigo cosas. La gente cree que es un don. Y a mis padres les gusta exhibirme.

—¿Qué cosas?

—Notas, tonos, vibraciones.

—¿En el piano?

—No, en todas partes. En el piano es más fácil porque todos los sonidos tienen un nombre, pero en verdad lo oigo en todas partes.

—¿Qué quieres decir con «en todas partes»?

—Cada sonido está formado, en realidad, por muchos sonidos juntos —explicó ella—. Tríadas y armónicos. Notas y matices.

—No lo entiendo.

—Un golpe en la pared. El tintineo de una botella de cristal. El canto de los pájaros. Los neumáticos en la carretera. El timbre del teléfono. El ruido del lavavajillas. Hay música en todas partes.

—¿Oyes música en todo eso?

—Nuestro teléfono está un poco desafinado —dijo—. Cada vez que suena es horrible.

Samuel golpeó la pared y prestó atención.

—Yo sólo oigo un golpe seco.

—Pero es mucho más que eso. Escucha bien, intenta separar los sonidos. —Bethany golpeó el marco de la puerta con los nudillos—. Está el sonido que hace la madera, pero la madera no tiene una densidad constante, o sea que produce varias notas, todas muy cercanas. —Dio otro golpecito—. Luego está el sonido de la cola, de la pared de alrededor, la vibración del aire del interior de la pared.

—¿En serio oyes todo eso?

—Está ahí. Y si lo combinas todo, suena como un golpe seco. Es un sonido muy marrón. Si mezclaras todos los lápices de la caja de colores, el resultado sería este sonido.

—Pues yo no oigo nada de eso.

—Es más difícil oírlo en el mundo. Un piano está temperado; una casa, no.

—Es increíble.

—Más bien es molesto.

—¿Por qué?

—Mira los pájaros, por ejemplo. Hay un pájaro, el cardenal, que canta así: *chi chirí chirí chirí*, ¿vale? Es un pájaro de verano.

—Vale.

—Pero en realidad yo no oigo el *chirí chirí*. Lo que yo oigo es una tercera y una quinta en la bemol mayor.

—No sé qué quiere decir eso.

—Es un do que desciende con una ligadura a mi bemol, que es exactamente lo que pasa en un solo concreto de Schubert y en una sinfonía de Berlioz y en un concierto de Mozart. O sea, que cada vez que ese pájaro empieza a cantar se desencadenan un montón de frases en mi cabeza.

—Me encantaría oír todo eso.

—No, es horrible. Todas esas frases se apelotonan ahí dentro.

—Pero tú tienes música en el cerebro. Yo lo que más tengo son preocupaciones.

Bethany sonrió.

—Lo único que quiero es poder dormir por las mañanas —dijo—. Pero hay un cardenal justo al otro lado de mi ventana. Ojalá pudiera apagarlo. O apagar mi cabeza, una de dos.

—Tengo una cosa para ti —dijo Samuel—. Un regalo.

—¿En serio?

—Del centro comercial.

—¿Del centro comercial? —preguntó ella, confundida, pero al momento se le iluminó la cara—. ¡Ah, claro! ¡Del centro comercial!

Samuel hurgó en su mochila y sacó la cinta de casete. Brillaba, todavía envuelta en el precinto. De pronto le pareció muy pequeña: tenía el mismo tamaño y peso que una baraja de cartas. Demasiado pequeña, pensó, para todo lo que debía expresar. Como esa idea estaba a punto de provocarle un ataque de pánico, entregó la cinta enseguida a Bethany con un gesto rápido y brusco para no tener tiempo de acobardarse.

—Toma —dijo.

—¿Qué es?

—Es para ti.

Bethany cogió la cinta.

—Es del centro comercial —añadió Samuel.

En sus ensoñaciones sobre lo que sucedería en aquel momento, Bethany esbozaba una sonrisa radiante, lo abrazaba con fuerza y expresaba su incredulidad y asombro por que hubiera encontrado «el regalo perfecto», porque la elección de ese regalo implicaba que la entendía a un nivel profundo, que comprendía todo lo que le pasaba por la cabeza y que tenía una vida interior tan interesante y artísticamente rica como la suya. Pero la expresión que había empezado a formarse en el rostro de Bethany no apuntaba en esa dirección. Las arrugas alrededor de los ojos y en la frente... Era como cuando alguien se esfuerza por entender a alguien que habla con un acento difícil y frustrante.

—¿Sabes qué es esto? —preguntó Bethany.

—Es un rollo muy moderno —contestó él, repitiendo las palabras del cajero del centro comercial—. Bastante excéntrico.

—No puedo creerme que exista una grabación de esto —dijo ella.

—¡Son diez grabaciones! —respondió Samuel—. Es la misma pieza grabada diez veces distintas.

Bethany se echó a reír. Y a Samuel aquella risa le dio a entender que, por razones que ignoraba, era un idiota. Había una información crucial que se le escapaba.

—¿Qué es lo que te parece tan gracioso? —le preguntó.

—Esta pieza es una especie de broma —dijo ella.

—¿Qué quieres decir?

—Pues que es toda... En fin, es toda silencio —dijo—. Toda la pieza es sólo... silencio.

Samuel se la quedó mirando, pues no acababa de entenderlo.

—La partitura no contiene ni una sola nota —explicó Bethany—. De hecho, se llegó a interpretar una vez. El pianista se sentó delante del piano y no hizo nada.

—¿Cómo es posible que no hiciera nada?

—Se dedicó a contar los compases, nada más. Ésa era la pieza. No puedo creerme que exista una grabación.

—Diez grabaciones.

—Fue una especie de farsa. Es muy famosa.

—O sea, que esta cinta... —dijo él— ¿es todo silencio?

—Supongo que forma parte de la broma.

—Mierda.

—No, es fantástico —dijo ella, y se llevó el casete al pecho—. Gracias. De verdad. Es muy considerado de tu parte.

«Muy considerado.» Cuando se fue Bethany, Samuel se cubrió con las mantas hasta la cabeza, se acurrucó, se echó a llorar en voz baja y no pudo dejar de pensar en cómo había pronunciado ella esas palabras. Con qué rapidez habían dado paso sus sueños a la implacable realidad. Pensó con amargura en sus expectativas respecto a aquella velada y en lo mal que había salido todo. Bishop no lo quería allí. Bethany se mostraba indiferente. El regalo había sido un fracaso. Ése era el precio de la esperanza, se percató, ese chasco devastador.

Debió de dormirse así, pues despertó horas más tarde bajo las mantas, acurrucado, acalorado y sudoroso, en la oscuridad, cuando Bishop lo sacudió y le dijo:

—Despierta. Vámonos.

Samuel lo siguió, aún grogui. Bishop le dijo que se pusiera los zapatos y que saliera por la ventana de la sala de la tele, en la planta baja. Samuel obedeció, sumido en un estupor adormilado.

—Sígueme —dijo Bishop en cuanto estuvieron fuera, y empezaron a remontar la leve pendiente de Via Veneto en medio de la oscuridad y el silencio absolutos de la noche.

Serían las dos o las tres de la madrugada, Samuel no estaba seguro. Reinaba una calma extraña a esa hora: no había ruidos, ni viento, apenas se manifestaba el clima. Sólo se oían los chasquidos ocasionales de un aspersor al encenderse y el grave runrún del jacuzzi del director. Sonidos mecánicos, automatizados. Bishop caminaba con decisión, tal vez incluso con arrogancia. Su actitud era muy distinta de cuando jugaban a la guerra en el bosque y se escondía detrás de los árboles y debajo de los arbustos. Ahora caminaba sin esconderse, por el centro de la calle.

—Toma, los vas a necesitar —le dijo a Samuel, y le tendió unos guantes de goma azul, de esos que se usan para trabajar en el jardín. Le iban grandes, debían de ser de la madre de Bishop. Le llegaban hasta los codos y en cada dedo quedaban dos o tres centímetros vacíos—. Por aquí —indicó Bishop, y lo condujo hasta un punto cerca de la casa del director, donde el césped denso y frondoso del jardín se encontraba con el bosque.

Allí había un poste metálico más o menos de la misma altura que los chicos y, en la parte superior, un bloque de sal blanca con la superficie lisa y cubierta de puntitos marrones. Encima del bloque de sal había un disco de cobre. Bishop cogió el disco y tiró de él con la intención de arrancarlo.

—Échame una mano, anda —dijo, y juntos tiraron de la tapa hasta que cedió.

Desde tan cerca, con la respiración agitada, Samuel percibió el olor a animal salvaje que desprendía aquel artilugio, pero también algo más, un hedor a azufre, a huevos podridos, procedente de la propia sal. Se fijó en el cartel que había colgado en medio del poste: «PELIGRO. VENENO. NO TOCAR.»

—Esto es lo que mata a los ciervos, ¿verdad? —preguntó.

—Cógelo de tu lado.

Bajaron el bloque de sal de lo alto del poste. Era sorprendentemente pesado y denso. Lo llevaron hacia la casa del director.

—Creo que no quiero hacer esto —dijo Samuel.

—Ya casi estamos.

Avanzando muy despacio, con el bloque cargado entre los dos, rodearon la piscina del director y subieron los dos peldaños del jacuzzi; la superficie emanaba vapor, el agua giraba lentamente y en el fondo brillaba una lucecita azul.

—Aquí dentro —dijo Bishop, mientras señalaba el jacuzzi con la barbilla.

—Creo que no quiero hacerlo.

—A la de tres —dijo. Balancearon el bloque hacia delante y hacia atrás, una, dos, tres veces, y entonces lo soltaron. El bloque cayó al agua, que se lo tragó con un chapoteo seguido de un golpe grave cuando llegó al fondo—. Buen trabajo —dijo Bishop. Vieron posarse el bloque en el fondo del jacuzzi, su imagen distorsionada bajo el centelleo del agua—. Por la mañana se habrá disuelto —dijo Bishop—. No lo sabrá nadie.

—Me quiero ir a casa —dijo Samuel.

—Vámonos —dijo Bishop, lo cogió del brazo y echaron a andar calle abajo. Al llegar, abrió la ventana de la sala del televisor y entonces se detuvo—. ¿Quieres saber qué pasó en el despacho del director? —le preguntó—. ¿Por qué no me zurró?

Samuel intentaba contener las lágrimas y se secó los mocos con la manga del pijama.

—En realidad fue muy fácil —dijo Bishop—. Lo que tienes que entender es que todo el mundo le tiene miedo a algo. En cuanto sabes a qué le tiene más miedo una persona, puedes obligarla a hacer todo lo que quieras.

—¿Y qué hiciste?

—El director tiene una pala, ¿no? Y me dijo que me echara encima de la mesa, ¿vale? Pues yo me bajé los pantalones.

—¿Que hiciste qué?

—Me desabroché el cinturón y me bajé los pantalones y los calzoncillos, todo. Me quedé desnudo de cintura para abajo y le dije: «Aquí tiene mi culo. ¿Lo quiere?»

Samuel se lo quedó mirando.

—¿Y por qué hiciste eso?

—Le pregunté si le gustaba mi culo y si quería tocarlo.

—No entiendo por qué lo hiciste.

—Entonces se puso muy raro.

—Claro.

—Se me quedó mirando y al cabo de un buen rato me dijo que volviera a vestirme. Y entonces me llevó de vuelta a clase. Y ya está. ¡Fue así de fácil!

—¿Y cómo se te ocurrió hacer eso?

—En fin —dijo Bishop—. Gracias por tu ayuda esta noche.

Entró por la ventana. Samuel lo siguió con paso cauteloso a oscuras por la casa hasta el cuarto de invitados, se metió en la cama, luego volvió a salir, buscó el baño y se lavó las manos, tres, cuatro, cinco veces. No lograba discernir si la quemazón que sentía en los dedos era culpa del veneno o un producto de su imaginación.

9

La invitación apareció en el buzón, en un sobre cuadrado de papel grueso y color crema. El nombre de Samuel estaba escrito con una letra muy pulcra de niña.

—¿Qué es esto? —preguntó Faye—. ¿Una invitación de cumpleaños?

Samuel miró primero el sobre y luego a su madre.

—¿Te invitan a comer pizza? —insistió ella—. ¿En la pista de hielo?

—Ya vale.

—¿Quién la envía?

—No lo sé.

—Tal vez deberías abrirla.

Dentro había una invitación impresa en una tarjeta de aspecto caro. El cartón brillaba como si hubieran añadido motas de plata a la pulpa. El texto parecía estampado en pan de oro, unas floridas letras cursivas que decían:

Nos complace invitarlo a la Catedral
de la Academia del Sagrado Corazón
donde Bethany Fall interpretará
el Concierto para violín núm. 1 de Bruch

A Samuel nunca lo habían invitado a ninguna parte de aquella forma: con despilfarro. Las invitaciones a las fiestas de cumpleaños del colegio eran siempre impersonales y chapuceras, unas tarjetas de cartón delgado, barato, con animalitos o globos. Aquella invitación, en cambio, pesaba. Se la pasó a su madre.

—¿Podemos ir? —preguntó.

Faye estudió la invitación y frunció el ceño.

—¿Quién es la tal Bethany?

—Una amiga.

—¿Del colegio?

—Sí, más o menos.

—¿Y la conoces lo suficiente para que te invite a algo así?

—¿Podemos ir? ¿Por favor?

—Pero ¿a ti te gusta la música clásica?

—Sí.

—¿Desde cuándo?

—Desde no sé cuándo.

—Eso no es una respuesta.

—Mamá...

—¿El *Concierto para violín* de Bruch? ¿Sabes lo que es?

—¡Mamá!

—Sólo es una pregunta. ¿Estás seguro de que sabrás apreciarlo?

—Es una pieza muy difícil que lleva meses ensayando.

—¿Y tú cómo lo sabes?

Samuel hizo un ruido abstracto, furioso, que pretendía manifestar toda su frustración y su negativa a seguir discutiendo sobre aquella chica y sonó más o menos así: «¡Aaaarg!»

—Vale —concedió su madre con una sonrisita de satisfacción—. Iremos.

La noche del concierto, Faye le dijo que se pusiera algo elegante.

—Como si fuera Semana Santa —le dijo.

Así que se puso lo mejor que tenía en el armario: una camisa blanca almidonada que picaba, una corbata negra con el nudo flojo, unos pantalones negros que restallaban por culpa de la electricidad estática cada vez que se movía y unos zapatos de vestir brillantes en los que tuvo que embutirse con la ayuda de un calzador, tan duros que le arrancaron una capa de piel del talón. Se preguntó por qué a los adultos les parecía tan necesario acudir a los acontecimientos importantes vestidos de la forma más incómoda posible.

La Catedral de la Academia del Sagrado Corazón era ya un hervidero cuando llegaron, la gente desfilaba con sus trajes y sus vestidos estampados de flores bajo el arco de la entrada, y el sonido de los músicos ensayando se oía incluso desde el aparcamiento. Habían construido aquella catedral a semejanza de las grandes iglesias europeas, a una escala de aproximadamente un tercio.

Dentro, el ancho pasillo central estaba flanqueado a ambos lados por bancos de madera maciza, pesada y tallada con suntuosidad, tan pulidos que desprendían un brillo húmedo. Donde terminaban los bancos había unas columnas de piedra rematadas con antorchas que colgaban algo más de cuatro metros por encima de la multitud, todas ellas encendidas. Los padres charlaban con otros padres, los hombres daban suaves besos platónicos en las mejillas a las mujeres. Samuel se fijó en ellos y se dio cuenta de que en realidad, más que besarlas, hacían una imitación mímica del gesto en torno al cuello. Se preguntó si ellas se llevarían una decepción: esperaban un beso, pero lo único que recibían era aire.

Se sentaron en sus butacas y leyeron el programa. Bethany no tocaba hasta la segunda parte. La primera reunía obras menos importantes: piezas de cámara menores y solos breves. Era evidente que la pieza de Bethany era el número estelar de la noche, la apoteosis final. Samuel daba golpecitos con los pies en el suelo enmoquetado.

Se atenuaron las luces, los músicos abandonaron el caótico calentamiento, todo el mundo se sentó y, después de una larga pausa, los instrumentos de viento de madera emitieron una nota contundente que el resto de los músicos siguió para afinar su instrumento, para anclarse en aquel punto. Samuel tuvo la sensación de que a su madre se le formaba un nudo en la garganta. Faye inhaló con brusquedad y se llevó una mano al pecho.

—Yo solía hacer eso —dijo.

—¿Qué?

—La nota de afinación. Yo tocaba el oboe. Y era la que la daba.

—¿Tú tocabas? ¿Cuándo?

—Chist.

Ahí estaba, otro secreto que su madre no le había contado. Su vida era una neblina para él: todo lo que había pasado antes de llegar Samuel era un misterio oculto tras una serie de ambiguos encogimientos de hombros, respuestas a medias, abstracciones y aforismos vagos. «Eres demasiado joven», le decía. O: «No lo entenderías.» O la respuesta que más lo irritaba: «Te lo contaré más adelante, cuando seas mayor.» Pero de vez en cuando alguno de aquellos secretos se liberaba. Así que su madre había sido música. Samuel lo incorporó a su inventario mental: «Cosas que ha hecho mamá.» Música. ¿Qué más? ¿Qué otras cosas no sabía sobre ella? Tenía hectáreas enteras de secretos, eso era evidente. Él siempre tenía la sensación de que había algo que su madre no le estaba contando, algo oculto tras su atención insulsa y parcial. A menudo parecía estar escindida, como si sólo te escuchara con un tercio de su atención y el resto lo dedicara a algo que mantenía encerrado dentro de su cabeza.

El secreto más grande se le había escapado años atrás, cuando Samuel todavía era lo bastante pequeño como para hacerles preguntas ridículas a sus padres. (¿Has estado alguna vez en un volcán? ¿Has visto alguna vez un ángel?) O preguntas que demostraban que todavía era lo bastante inocente como para creer en cosas formidables. (¿Puedes respirar debajo del agua? ¿Todos los renos vuelan?) O preguntas para llamar la atención y recibir elogios. (¿Cuánto me quieres? ¿Soy el mejor niño del mundo?) O porque quería que le confirmaran su lugar en el mundo. (¿Serás mi madre para siempre? ¿Has estado casada con alguien aparte de papá?) Sólo que, cuando hizo esta última pregunta, su madre se irguió, le dirigió desde lo alto una mirada solemne y muy seria, y dijo:

—Pues en realidad...

No llegó a terminar la frase. Samuel esperó, pero ella se quedó callada, se lo pensó y adoptó aquella expresión distante y sombría tan suya.

—En realidad ¿qué? —preguntó él.

—Nada —dijo su madre—. Da igual.

—¿Has estado casada antes?

—No.

—Entonces ¿qué ibas a decir?

—Nada.

Así pues, Samuel se lo preguntó a su padre.

—¿Mamá ha estado casada con otro?

—¿Cómo?

—Creo que es posible que haya estado casada con otro.

—No, claro que no. Por Dios, ¿cómo se te ocurre?

A Faye le había pasado algo, Samuel estaba seguro. Algo profundo que incluso entonces, años más tarde, seguía absorbiendo su

163

atención. A veces aquello la arrollaba y entonces su madre se desconectaba del mundo.

Mientras tanto, el concierto ya estaba en marcha. Chicos y chicas de instituto que interpretaban recitales importantes, dignos estudiantes de último año, piezas de entre cinco y diez minutos que encajaban a la perfección con las aptitudes de cada alumno. Fuertes aplausos después de cada interpretación. Música agradable, fácil, tonal, mucho Mozart sobre todo.

Entonces llegó el intermedio. La gente se levantó y salió de la sala: a la calle, a fumar, o a la mesa del bufet, a picar algo de queso.

—¿Cuánto tiempo tocaste el oboe? —preguntó Samuel.

Su madre estudió el programa, fingiendo no haberlo oído.

—Esta chica, tu amiga, ¿qué edad tiene?

—La misma que yo —contestó Samuel—. Vamos al mismo curso.

—¿Y toca con todos estos alumnos de instituto?

Samuel asintió con la cabeza.

—Es que es muy buena.

Y de pronto experimentó un acceso de orgullo, como si estar enamorado de Bethany dijera algo importante sobre él. Como si él recibiera también alguna recompensa por los logros de Bethany. Él nunca sería un genio de la música, pero podía ser una persona capaz de despertar el amor de un genio. Tal era el botín del amor, se dio cuenta en ese momento, que el éxito de Bethany era también, por un extraño efecto de refracción, el suyo.

—Papá también es muy bueno —añadió Samuel.

Su madre lo miró desconcertada.

—¿De qué hablas?

—De nada. Sólo digo que es muy bueno. En su trabajo.

—Qué comentario tan raro.

—Es la verdad. Es muy muy bueno.

Ella lo miró un buen rato, perpleja.

—¿Sabías que el compositor de esta pieza nunca ganó dinero con ella? —preguntó a continuación, volviendo a estudiar el programa.

—¿Qué pieza?

—La que va a tocar tu amiga. El tipo que la compuso, Max Bruch, nunca recibió ni un céntimo.

—¿Por qué no?

—Lo engañaron. La compuso alrededor de la Primera Guerra Mundial y, como estaba arruinado, se la cedió a unos americanos que se suponía que le iban a mandar el dinero, pero no lo hicieron. La partitura desapareció durante mucho tiempo, luego terminó en la caja fuerte de J. P. Morgan.

—¿Y ése quién es?

—Un banquero. Industrial. Financiero.

—Un tío muy rico.

—Sí, de hace mucho tiempo.

—¿Y le gustaba la música?

—Le gustaban las cosas —respondió su madre—. Es la típica historia. El magnate sin escrúpulos se lleva el dinero y el artista muere sin nada.

—No murió sin nada —dijo Samuel.

—Estaba arruinado. Y ni siquiera tenía la partitura.

—Pero le quedaba el recuerdo.

—¿Qué recuerdo?

—El de la partitura. Todavía podía recordarla. Algo es algo.

—Yo preferiría tener el dinero.

—¿Por qué?

—Porque cuando lo único que te queda es el recuerdo de una cosa —dijo ella—, sólo eres capaz de pensar en que la has perdido.

—Creo que eso no es verdad.

—Porque eres joven.

Se atenuó de nuevo la luz y a su alrededor los espectadores ocuparon sus asientos, el murmullo de las conversaciones cesó y todo se quedó a oscuras y en silencio, la catedral entera pareció destilarse en un pequeño círculo de luz frente al altar, un foco potente que iluminaba un fragmento de parquet vacío.

—Vamos allá —susurró su madre.

Todo el mundo a la espera. Una agonía. Cinco segundos, diez segundos. ¡Tardaba demasiado! Samuel se preguntó si se les habría olvidado decirle a Bethany que le tocaba. O si se habría dejado el violín en casa. Pero entonces oyó el crujido de una puerta por allá delante. Después pasos, unos zapatos blandos sobre el suelo duro. Y, por fin, apareció Bethany, deslizándose bajo la luz.

Llevaba un vestido verde y fino y el pelo recogido y, por primera vez, él la encontró diminuta. Rodeada de tantos adultos y alumnos de instituto, allá arriba ante todos, fue como si el patrón de medidas que solía usar Samuel se desarmara. Bethany parecía una niña. Y Samuel se preocupó por ella. Le exigían demasiado, todo aquello era excesivo. El público aplaudió con educación. Entonces Bethany se colocó el violín debajo de la barbilla. Estiró el cuello y los hombros. Y sin una palabra, la orquesta empezó a tocar.

Al principio se oyó un retumbo grave, como un trueno muy lejano, un tamborileo débil procedente de más allá de la luz. Samuel lo sintió en el pecho y en las puntas de los dedos. Estaba sudando. ¡Bethany ni siquiera tenía partitura! ¡Iba a tocar de memoria! ¿Y si se olvidaba? ¿Y si se quedaba en blanco? Se dio cuenta por primera vez de lo aterradora, de lo inevitable que es la música: la percusión seguiría adelante, tanto si Bethany se acordaba de su parte como si no. Entonces entraron los instrumentos de viento de madera, con suavidad, nada dramático, apenas tres simples notas, cada una más grave que la anterior, repetidas. No era una melodía, sino más bien una «preparación». Como si estuvieran disponiendo el santuario para el sonido. Como si aquellas tres notas fueran el ritual necesario para poder presentarse ante la música. No era música todavía, sino más bien su avanzadilla.

Entonces Bethany se irguió, colocó el arco en el ángulo adecuado y quedó claro que estaba a punto de pasar algo. Ella estaba lista, el público estaba listo. Los instrumentos de viento aguantaron una nota prolongada que fue desvaneciéndose gradualmente, como se deshace un caramelo en la boca. Y justo cuando esa nota desaparecía, justo cuando la engullía la oscuridad, surgió una nueva, emitida por Bethany. Fue adquiriendo potencia e intensidad hasta que no se oyó a nadie más en aquel auditorio inmenso.

No había nada más solitario que aquel sonido.

Era como si reuniera y destilara todo el sufrimiento de una vida larga. Empezó como un gemido grave que poco a poco iba subiendo de tono, unos pasos hacia arriba, unos pasos hacia abajo, y así sucesivamente, como una bailarina que gira hacia lo más alto de la escala, cada vez más deprisa, para anunciar, justo en la cima, una especie de abandono, una desolación. Bethany tensó esa última nota mientras la remontaba: sonó como un llanto, como si alguien llorase. Era un sonido muy familiar, y Samuel tuvo la sensación de precipitarse hacia el interior de aquella nota, de ir enroscándose en torno a ella de manera gradual. Y justo cuando creía que Bethany ya había llegado a lo más alto surgió otra nota, todavía más aguda, una voluta de música, el filo más delicado del arco acariciando la cuerda más fina, el sonido más sutil posible: limpio, noble, suave, un trémolo ligero bajo el dedo en movimiento de Bethany, como si la nota fuera algo vivo y palpitante. Vivo pero moribundo, le pareció cuando la nota empezaba a menguar y decaer. Y no sonó como si Bethany estuviera tocando más flojo, sino más bien como si se alejara rápidamente de ellos. Como si la estuvieran secuestrando. Iba a un lugar al que nadie podría seguirla, dondequiera que fuese. Era un espíritu que se trasladaba a otro reino.

Entonces la orquesta respondió, un estruendo sonoro y retumbante, como si necesitaran todos los efectivos que pudieran reclutar para estar a la altura de la niña diminuta con su vestidito verde.

Después de eso el concierto transcurrió en una especie de neblina. De vez en cuando, Samuel quedaba de nuevo maravillado por alguna de las maniobras técnicas de Bethany: por su capacidad de tocar dos cuerdas al mismo tiempo y lograr que ambas sonaran bien; de interpretar tantos cientos de notas de memoria y a la perfección; de mover los dedos con tanta rapidez. Lo que hacía era sobrehumano. Hacia la mitad del segundo movimiento, Samuel ya había decidido que no tenía ninguna opción de merecerla.

Los espectadores enloquecieron. Se pusieron de pie, la ovacionaron y le regalaron unos ramos de rosas tan grandes que le dificultaban el equilibrio. Bethany los sujetaba entre los dos brazos, apenas visible detrás de las flores, mientras saludaba y hacía reverencias.

—A todo el mundo le gustan los prodigios —dijo la madre de Samuel, que también estaba de pie, aplaudiendo—. Los prodigios nos redimen de nuestras vidas ordinarias. Podemos decirnos que no somos especiales porque no nacimos para serlo, una gran excusa.

—Lleva meses ensayando sin parar.

—Mi padre siempre me decía que yo no era especial —siguió su madre—. Supongo que he demostrado que tenía razón.

Samuel dejó de aplaudir y la miró. Ella entornó los ojos y le dio unas palmaditas en la cabeza.

—Da igual. Olvida lo que he dicho. ¿Quieres ir a saludar a tu amiga?

—No.

—¿Por qué no?

—Porque está ocupada.

Y era verdad, estaba muy ocupada, rodeada de admiradores, amigos, familiares, de sus padres y de varios músicos que la felicitaban.

—Por lo menos ve a decirle que lo ha hecho muy bien —dijo Faye—. Y dale las gracias por invitarte. Es pura educación.

—Ya hay mucha gente diciéndole que lo ha hecho bien —contestó Samuel—. ¿Nos podemos ir?

Su madre alzó los hombros.

—Vale, si es lo que quieres...

Estaban saliendo del auditorio, avanzando despacio con la marea de personas que también se marchaban, Samuel iba rozando caderas y blazers, cuando de repente oyó su nombre a su espalda. Bethany lo estaba llamando. Se volvió y la vio abrirse paso entre la multitud para llegar a su altura, y cuando al fin lo alcanzó se inclinó hacia él, pegó una mejilla a la suya, y Samuel creyó que tenía que darle uno de esos besos falsos que había observado en los hombres adultos, hasta que Bethany acercó los labios a su oreja y susurró:

—Ven esta noche. Escápate de casa.

—Vale —dijo él.

Aquel calor en su rostro. Habría dicho que sí a cualquier cosa que ella le pidiera.

—Tengo que enseñarte algo.

—¿Qué?

—El casete que me regalaste... No es sólo silencio. ¡Hay algo más!

Se apartó. Ya no parecía menuda, como en el escenario. Había recuperado sus proporciones habituales: elegante, sofisticada, femenina. Lo miró fijamente y sonrió.

—Tienes que oírlo —dijo.

Y entonces volvió a marcharse con sus padres y sus numerosos admiradores embelesados.

La madre de Samuel lo miró con suspicacia, pero él no le hizo caso. Pasó a su lado, salió de la iglesia y se adentró en la noche, cojeando ligeramente con aquellos zapatos duros como piedras.

Aquella noche se metió en la cama y esperó a que los ruidos de la casa desaparecieran: su madre trasteando en la cocina, su padre viendo la tele en el piso de abajo y por fin el silbido leve de la puerta de sus padres cuando ella se fue a la cama. Luego el televisor se apagó con un clic eléctrico. Ruido de agua al correr, la cadena del váter. Y a continuación nada más. Esperó otros veinte minutos para ir sobre seguro y entonces abrió la puerta de su habitación girando el pomo despacio y con cuidado para evitar chasquidos metálicos no deseados, recorrió el pasillo de puntillas, salvando una tabla que chirriaba y que Samuel era capaz de esquivar incluso a oscuras, y bajó por la escalera pisando lo más cerca posible de la pared para reducir el riesgo de crujidos; después esperó diez buenos minutos antes de abrir la puerta principal —un tirón suave con un leve chasquido, silencio, el mismo ruidito otra vez—, y tirar de ella centímetro a centímetro hasta que tuvo el hueco suficiente para pasar.

Luego, por fin libre, ¡a correr! Envuelto en el aire puro de la noche, corrió calle abajo, hacia el río y el bosque que separaba Venetian Village de todo lo demás. El ruido de sus pasos y su respiración eran los únicos sonidos en todo el ancho mundo, y cuando le entraba miedo (a que lo pescaran, a las bestias peligrosas del bosque, a los asesinos enajenados que blandían hachas, los secuestradores, los troles y los fantasmas), se armaba de valor recordando el aliento cálido y húmedo de Bethany en su oreja.

Cuando llegó, el dormitorio de Bethany estaba a oscuras y la ventana, cerrada. Samuel pasó varios minutos sentado allí fuera, resollando, sudando y atento a todo, asegurándose de que todos los padres implicados dormían y de que no había vecinos que pudieran verle atravesar el jardín, algo que, cuando al fin se lanzó, hizo a toda velocidad, corriendo de puntillas para no hacer ruido. Entonces se agazapó debajo de la ventana de Bethany y empezó a darle golpecitos con la yema del dedo índice hasta que ella apareció entre la oscuridad.

Sólo veía fragmentos de su cuerpo bajo la luz turbia de la noche: el ángulo de la nariz, un mechón, la clavícula, la cuenca del ojo. Era una suma de partes que flotaban en tinta. Ella abrió la ventana, Samuel se encaramó, rodó sobre el marco e hizo una mueca de dolor al notar que el canto metálico se le clavaba en el pecho.

—No hagas ruido —dijo alguien que no era Bethany, oculto en la oscuridad.

Era Bishop, comprendió Samuel tras un instante de desequilibrio. Bishop estaba en la habitación, y Samuel se sintió descorazonado y aliviado al mismo tiempo. Porque no sabía qué iba a hacer si se quedaba a solas con Bethany, pero sí sabía que, fuera lo que fuese, deseaba hacerlo. Estar a solas con ella... Lo deseaba con todas sus fuerzas.

—Buenas, Bish —dijo Samuel.

—Estamos jugando a una cosa —dijo Bishop—. Se llama «Escucha el silencio hasta que te mueras de aburrimiento».

—Cállate —dijo Bethany.

—Se llama «Quédate dormido escuchando una cinta en blanco».

—No está en blanco.

—Está toda en blanco.

—No es verdad —dijo ella—. Hay algo más.

—Porque tú lo digas.

Samuel no podía verlos, la oscuridad era absoluta. Eran simples impresiones sobre el espacio, figuras más claras recortadas contra las tinieblas. Intentó ubicarse en la geografía de la habitación, construir un mapa a partir de la memoria: la cama, el tocador, las flores en la pared. De pronto Samuel se dio cuenta por primera vez de que había estrellas fosforescentes pegadas en el techo. Luego ruidos de tela, pasos y un breve chirrido de la cama, probablemente provocado por Bethany al sentarse cerca de donde parecía estar Bishop, junto al radiocasete que ella solía escuchar de noche, sola, rebobinando a menudo para volver a reproducir el mismo pasaje de una sinfonía, algo que Samuel sabía porque se había dedicado a espiarla.

—Ven aquí —le dijo Bethany—. Tienes que estar cerca.

Así que Samuel subió a la cama y se acercó despacio a ellos, palpando con torpeza hasta que agarró algo frío y huesudo que sin duda era una pierna, aunque no sabía de quién.

—Escucha —dijo ella—. Presta atención.

El chasquido del botón de reproducción del radiocasete, Bethany que se reclina en la cama, la tela que se pliega a su alrededor y luego apenas un mínimo crepitar cuando se terminó el breve vacío absoluto del inicio de la cinta y empezó la grabación en sí.

—¿Lo ves? —dijo Bishop—. Nada.

—Espera.

El sonido era sordo y distante, como cuando alguien abre un grifo en otra parte de la casa y se oye ese murmullo de tuberías lejanas, ocultas.

—Ahí está —dijo Bethany—. ¿Lo oís?

Samuel negó con la cabeza, pero entonces se dio cuenta de que ella no podía verlo.

—No —dijo.

—Ahí está otra vez —insistió Bethany—. Escuchad. Debajo del sonido. Tenéis que escuchar lo que hay debajo.

—Vaya tontería —dijo Bishop.

—Ignorad lo que oís y prestad atención a todo lo demás.

—¿A qué?

—A la gente —dijo—. Al público, a la sala. Están ahí, se les oye.

Samuel aguzó el oído. Ladeó la cabeza hacia el casete y entrecerró los ojos (como si eso fuera a servir de algo) para tratar de percibir algún sonido organizado entre el silencio: palabras, toses, alguna respiración.

—Yo no oigo nada —dijo Bishop.

—Porque no te esfuerzas.

—Ah, claro. Ése es el problema.

—Tienes que concentrarte.

—Vale. Voy a concentrarme.

Los tres escucharon el siseo que salía de los altavoces. Samuel estaba decepcionado consigo mismo porque de momento tampoco había oído nada.

—Estoy superconcentrado —dijo Bishop.

—¿Puedes callarte?

—Nunca he estado tan concentrado como en este momento.

—Cállate. Por favor.

—Concentrarte debes —añadió Bishop—. Sentir la fuerza debes.

—Puedes irte cuando quieras. ¿Por qué no te largas?

—Con mucho gusto —dijo Bishop, y se bajó de la cama gateando—. Que disfrutéis de la nada.

La puerta del dormitorio se abrió y se cerró, y se quedaron solos, Samuel y Bethany juntos a solas, finalmente, terroríficamente. Samuel permaneció inmóvil como una piedra.

—Ahora escucha —dijo Bethany.

—Vale.

Él volvió la cara en dirección al sonido y se inclinó hacia delante. No se trataba de uno de esos silencios agudos, estridentes, sino que era más grave, como si hubieran colgado un micrófono por encima de un estadio vacío: era un silencio rotundo, con cuerpo. Un silencio sustancial. No era sólo el sonido de una sala vacía, se notaba que alguien se había tomado muchas molestias para generar esa nada. Aquel silencio parecía creado, era un producto.

—Están ahí —susurró Bethany—. Escuchando.

—¿Los espectadores?

—Son como espíritus en un cementerio —añadió ella—. No puedes oírlos como oyes todo lo demás.

—Descríbemelos.

—Parecen preocupados. Y confundidos. Creen que les están tomando el pelo.

—¿En serio oyes todo eso?

—Claro. Por la rigidez del sonido. Es como esas cuerdas tan cortas y tensas del piano, las más agudas. Las que no vibran. Sonidos blancos. Así es como suena toda esa gente. Son como hielo.

Samuel intentó oír lo que describía Bethany, un zumbido agudo dentro del silencio ensordecedor, persistente.

—Pero cambia —dijo la chica—. Fíjate en el cambio.

Samuel siguió escuchando, pero lo único que oía era que el sonido sonaba como otros sonidos: el aire al escaparse de una rueda de bicicleta, el zumbido de un ventilador pequeño, un grifo abierto detrás de una puerta cerrada. No oía nada original. Sólo lo que le devolvía su inventario mental.

—Ahí —dijo Bethany—. El sonido se vuelve más cálido. ¿Lo oyes? Más cálido y más pleno. El sonido se vuelve más grande, florece. Están empezando a entenderlo.

—¿Qué entienden?

—Que a lo mejor no les están tomando el pelo. Que a lo mejor no se están burlando de ellos. Que a lo mejor no son de otro mundo. Empiezan a entender que a lo mejor forman parte de algo. Empiezan a comprender que no han acudido a escuchar música. Están empezando a darse cuenta de que ellos son la música. De que ellos mismos son lo que han acudido a buscar. Y esa idea los emociona. ¿Lo oyes?

—Sí —mintió Samuel—. Están felices.

—¡Es verdad, están felices!

Y Samuel sintió que se creía capaz de oírlo de verdad. Era el mismo proceso de autoalucinación voluntaria que cuando, de noche, en la cama, se convencía de que había intrusos en la casa, o espíritus, y cada ruidito que oía validaba aquel delirio. O los días en que no soportaba la idea de ir al colegio y se decía que estaba enfermo hasta que se mareaba, se encontraba mal de verdad físicamente, y se preguntaba cómo era posible que las náuseas fueran reales si las había creado en su mente. Lo mismo ocurría con lo que estaba oyendo. Cuanto más lo pensaba, más cálido se volvía el silencio; llegaba a ser de verdad un silencio feliz. Sintió que aquel sonido le ensanchaba la mente, que se abría y ardía.

¿Era ése el secreto de Bethany?, se preguntó. ¿Su simple deseo de oír lo que pasaba inadvertido a los demás?

—Sí, ahora lo oigo —dijo Samuel—. Sólo tienes que perseguirlo.

—Sí —dijo ella—. Es exactamente así.

Samuel sintió que Bethany le ponía una mano en el hombro y apretaba, y entonces notó que se acercaba a él, percibió las vibraciones y el vaivén del colchón, los leves crujidos de la cama mientras ella se volvía y se le aproximaba. La tenía muy cerca. Oía su respiración, olía su aliento a pasta de dientes. Pero, por encima de todo, la notaba cerca, la sentía desplazar el aire, una especie de electricidad que la rodeaba, tal como se percibe la proximidad de otro cuerpo, la presencia de algún tipo de magnetismo, el corazón acelerado de Bethany, y su acercamiento quedaba impreso en el espacio, primero como un mapa elaborado por su mente, como una intuición, y finalmente como materia sólida y real, pues su cara estaba ya lo bastante cerca como para distinguirla.

Samuel se dio cuenta de que iban a besarse.

O, mejor dicho, de que ella iba a besarlo. Iba a pasar. Lo único que tenía que hacer era no echarlo a perder. Sin embargo, tenía la sensación de que en ese breve instante, en los pocos segundos entre el momento de darse cuenta de que Bethany iba a besarlo y el beso real, había muchas formas de echarlo todo a perder. Sintió una necesidad apremiante y repentina de carraspear. Y de rascarse la nuca, en ese punto donde el cuello se une con el hombro y que siempre le picaba cuando estaba nervioso. Y tampoco quería inclinarse hacia el beso, porque estaba oscuro y no quería que sus dientes chocaran accidentalmente con los de Bethany. Pero entonces se dio cuenta de que, en su deseo de evitar el choque, a lo mejor se estaba echando hacia atrás y compensando en exceso, y temió que Bethany pudiera malinterpretar aquel gesto como que no quería besarla y se detuviera. Y luego estaba el asunto de la respiración. Es decir: ¿debía respirar? Su primer impulso fue contener el aliento, pero entonces se percató de que si ella tardaba mucho en acercarse, o si el beso se prolongaba, terminaría quedándose sin aire y tendría que respirar a medio beso, vaciar los pulmones con una exhalación gigante justo sobre la cara o la boca de Bethany. Todos esos pensamientos surgieron de forma simultánea en el breve instante que precedió al beso, y las acciones más rudimentarias de Samuel, sus funciones corporales más autónomas (mantenerse sentado, no moverse, respirar) se tornaron de pronto sumamente difíciles ante la perspectiva de lo que iba a ocurrir. Por eso, cuando al fin ocurrió sin mayor complicación fue como un milagro.

Lo que Samuel sintió mientras se besaban fue sobre todo alivio de constatar que lo hacían. Y también que Bethany tenía los labios secos y cortados. Un detalle peculiar. Bethany tenía los labios cortados. Le sorprendió. La Bethany que él imaginaba estaba por encima de ese tipo de estúpidas cuestiones mundanas. No le parecía el tipo de chica a la que se le cortaban los labios.

Esa noche, de vuelta a casa, lo sorprendió que todo siguiera exactamente igual que antes, que no hubiese ninguna señal de que el mundo acababa de cambiar de forma fundamental, radical.

10

El primer libro que escribió Samuel fue una historia del tipo «Elige tu propia aventura» titulada *El castillo sin retorno*. Tenía doce páginas y la ilustró él mismo. La premisa: eres un valeroso caballero que se adentra en un castillo encantado para salvar a una hermosa princesa. Un argumento bastante estándar, era consciente de ello. Estaba seguro de que había leído algo similar en uno de los muchos libros de la colección «Elige tu propia aventura» que llenaban las estanterías de su dormitorio. Había hecho un verdadero esfuerzo por dar con una historia mejor, más original. Sentado en el suelo con las piernas cruzadas, había estudiado los libros que tenía delante y al final había decidido que ya representaban todas las posibilidades de lo humano, la totalidad del espectro narrativo. No había más historias que pudieran contarse. Todas las ideas que se le ocurrían eran meras imitaciones o idioteces. ¡Y su libro no podía ser una idiotez! Había demasiado en juego. Todos los niños de la clase estaban escribiendo un libro para un concurso y el profesor leería en voz alta el del ganador.

Así que *El castillo sin retorno* era poco original. Qué se le iba a hacer. Sólo le cabía esperar que sus compañeros de clase todavía no se hubieran cansado de los temas clásicos. Esperaba que la familiaridad de la historia les resultara tan reconfortante como las mantas y los juguetes viejos que a veces escondían en sus mochilas.

El siguiente problema era el argumento. Sabía que los libros de «Elige tu propia aventura» se dividían en una bifurcación y luego en otra, y en otra más, y que cada historia era en sí un todo narrativo unificado, muchas historias en una sola. Pero su primer borrador de

El castillo sin retorno parecía más bien una línea recta con seis breves callejones sin salida, con elecciones que suscitarían escaso debate o consternación: ¿Quieres ir a la izquierda o a la derecha? (¡Si vas a la izquierda te mueres!)

Esperaba que sus compañeros fueran capaces de perdonarle esas limitaciones —el planteamiento plagiado, la falta de argumentos múltiples y cohesionados— si lograba encontrar formas realmente interesantes, creativas y entretenidas de morir. Y eso sí lo consiguió. Resultó que Samuel tenía verdadero talento para matar a sus personajes de maneras interesantes. En uno de los posibles finales, que incluía una trampilla y un pozo sin fondo, Samuel escribió: «Estás cayendo, y caes para siempre, incluso después de cerrar este libro, de cenar, de irte a la cama y de despertarte mañana, todavía seguirás cayendo», una frase que lo alucinó. Y aprovechó las historias de espíritus que le contaba su madre, todas esas viejas historias noruegas que lo aterrorizaban. Escribió sobre un caballo blanco que aparecía de repente y se ofrecía, y si el lector decidía montarlo encontraba de inmediato una muerte horrible. En otro final, el lector se convertía en un espíritu atrapado dentro de una hoja, demasiado malo para ir al cielo, demasiado bueno para ir al infierno.

Mecanografió las páginas con la vieja máquina de escribir de su madre y dejó espacio para varias ilustraciones que realizó con ceras y bolígrafo. Encuadernó el libro con cartulina y tela azul y, usando una regla para trazar líneas rectas perfectas, escribió *El castillo sin retorno* en la cubierta.

Y a lo mejor fue por las ilustraciones, o por la magnífica encuadernación azul, o a lo mejor —Samuel también dejó espacio en su mente para esa posibilidad— por el texto en sí, por las muertes inspiradas, por la unidad conceptual, porque en lugar de «Prólogo» escribió «Prolegómeno», una palabra que había descubierto en un diccionario de sinónimos y le había parecido que sonaba genial. No podía decir con exactitud qué había cautivado a la señorita Bowles, pero lo cierto era que estaba cautivada. Samuel ganó. La profesora leyó *El castillo sin retorno* delante de toda la clase mientras él permanecía sentado en su pupitre intentando no reventar de orgullo.

Era lo mejor que había hecho en su vida.

Por eso, cuando su madre entró en su dormitorio por la mañana y lo despertó con la extraña pregunta «¿Qué quieres ser de mayor?»,

Samuel estaba todavía eufórico por su victoria literaria y contestó con bastante aplomo:

—Novelista.

Fuera, la luz era de un azul exhausto. Samuel todavía tenía los ojos pesados y nublados.

—Así que novelista, ¿eh?—dijo ella, sonriendo.

Samuel asintió. Sí, novelista. Lo había decidido durante la noche, rememorando su gran éxito. Los gritos de júbilo de sus compañeros cuando se salvaba la princesa. Su gratitud, su amor. Viendo las reacciones de los otros ante su historia —sorprendidos cuando él quería sorprenderlos, engañados donde pretendía engañarlos—, se había sentido como un dios que conocía todas las respuestas a las grandes preguntas y que contemplaba desde las alturas a los mortales que las ignoraban. Era una sensación que podía alimentarlo, que podía llenarlo. Como novelista, decidió, conseguiría caer bien a los demás.

—Bueno —dijo su madre—, en ese caso sé novelista.

—Vale —dijo él, aún adormilado, incapaz de comprender lo extrañísima que era aquella situación, que su madre hubiera entrado en su habitación al alba, ya vestida y con una maleta en la mano, para preguntarle por sus planes de futuro, algo que no le había preguntado ni una vez en su vida.

Pero Samuel lo aceptó y le siguió la corriente, como cuando uno acepta la premisa de un sueño cuya extrañeza sólo se esclarece al final.

—Tú escribe libros —dijo ella—, que yo los leeré.

—Vale.

Quería enseñarle a su madre *El castillo sin retorno*. Le enseñaría su dibujo del caballo blanco. Le enseñaría el final del pozo sin fondo.

—Quiero decirte algo —añadió su madre. Su tono era demasiado formal, como si hubiera ensayado aquellas palabras muchas veces en privado—. Me voy a marchar un tiempo. Y quiero que seas bueno mientras yo no esté.

—¿Adónde vas?

—Tengo que encontrar a alguien —dijo su madre—. Alguien que conocí hace mucho tiempo.

—¿Un amigo?

—Sí, supongo que sí —respondió ella, y le puso una palma fría sobre la mejilla—. Pero tú no te preocupes por eso. No te preocupes por nada. No hace falta que tengas miedo, nunca más. Eso es lo que quería decirte. No tengas miedo. ¿Lo harás por mí?

—¿Tu amigo ha desaparecido?

—No, no es eso. Sólo es que hemos estado separados durante mucho tiempo.

—¿Por qué?

—A veces... —empezó a decir, pero entonces se calló, apartó la mirada y se le desencajó el rostro.

—¿Mamá? —preguntó Samuel.

—A veces escoges el camino equivocado —dijo—. A veces te pierdes.

Samuel se puso a llorar. No sabía por qué lloraba. Intentó parar. Su madre lo abrazó.

—Eres tan sensible —le dijo, y lo abrazó contra su piel suave, lo meció hasta que Samuel dejó de llorar y se secó la nariz.

—¿Por qué te tienes que ir justo ahora? —le preguntó.

—Porque ha llegado el momento, cariño.

—Pero ¿por qué?

—No sé cómo explicártelo —dijo ella, y se quedó mirando el techo con expresión desesperanzada, pero pronto pareció recuperar la compostura—. ¿Te he contado alguna vez la historia del espíritu que parece una piedra?

—No.

—Me la contó mi padre. Decía que a veces te lo encontrabas en las playas de su país. Parece una piedra normal, cubierta de musgo verde.

—¿Y cómo se sabe que es un espíritu?

—No hay manera de saberlo, a menos que te la lleves mar adentro. Si alguien se adentra en el océano con ella, la piedra se va volviendo cada vez más pesada a medida que se aleja de la orilla. Y si se adentra mucho, el espectro se vuelve tan pesado que hunde el barco. Lo llamaban la «piedra de pique».

—¿Y por qué hace eso?

—No lo sé. A lo mejor está enfadado. A lo mejor le ha pasado algo malo. Pero llega un momento en el que pesa demasiado para seguir cargando con él. Y cuanto más tiempo te empeñes en cargarlo, mayor y más pesado se vuelve. A veces se te mete dentro y se agranda cada vez más, hasta que resulta excesivo. No puedes seguir combatiéndolo. Y te hundes. —Su madre se levantó—. ¿Lo entiendes?

—Creo que sí —dijo él, asintiendo.

—Ya lo entenderás —añadió ella—. Sé que lo entenderás. Tú recuerda lo que te he pedido.

—Que no tenga miedo.

—Eso es. —Se agachó y le dio un beso en la frente, lo abrazó e inspiró como si quisiera absorberlo con su respiración—. Y ahora vuelve a dormir —dijo—. Todo irá bien. Pero tú acuérdate: no tengas miedo.

Oyó alejarse sus pasos por el pasillo. La oyó forcejear con la maleta escalera abajo. Oyó el coche al arrancarse, la puerta del garaje al abrirse y cerrarse. Oyó que su madre se iba.

Y Samuel intentó obedecer a su madre, intentó volver a dormirse y no tener miedo. Pero lo asaltó un pánico insoportable y salió de la cama y entró en el cuarto de sus padres, donde su padre seguía durmiendo, acurrucado de cara a la pared.

—Papá —dijo Samuel, sacudiéndolo—. Despierta.

Henry miró a su hijo con los ojos entrecerrados.

—¿Qué pasa? —preguntó con un susurro adormilado—. ¿Qué hora es?

—Mamá se ha ido —dijo Samuel.

Henry levantó la cabeza con esfuerzo.

—¿Mmm?

—Mamá se ha ido.

Su padre echó un vistazo al lado vacío de la cama.

—¿Adónde ha ido?

—No sé, ha cogido el coche.

—¿El coche?

Samuel asintió.

—Vale —dijo Henry, y se frotó los ojos—. Ve a la cocina. Bajaré enseguida.

—Se ha ido —repitió Samuel.

—Ya te he oído. Baja a la cocina, por favor.

Samuel lo esperó en la cocina hasta que oyó un golpe procedente del cuarto de sus padres. Subió la escalera corriendo, abrió la puerta y vio a su padre, rígido y tenso, con la cara más roja que Samuel hubiera visto jamás. La puerta del armario de Faye estaba abierta, y había algunas de sus prendas tiradas por el suelo.

Pero lo que Samuel recordaría mejor no era ni las prendas, ni el golpe, ni tampoco los añicos de un jarroncito que había estallado contra la pared, al parecer con mucha fuerza. Lo que recordaría con toda claridad, incluso décadas más tarde, sería el color de la cara de su padre: un rojo encendido, y no sólo las mejillas, sino toda la cara, el cuello, la frente y hasta el pecho. Un color de aspecto peligroso.

—Se ha ido —dijo—. Todas sus cosas han desaparecido. ¿Dónde están todas sus cosas?

—La he visto marcharse con una maleta —dijo Samuel.

—Ve al colegio —dijo su padre sin mirarlo.

—Pero...

—No discutas, vete.

—Pero...

—¡Que te vayas!

Samuel no sabía qué significaba que su madre se hubiera «ido». ¿Adónde? ¿Muy lejos? ¿Cuándo volvería?

A lo largo del trayecto hasta el colegio, Samuel se sintió muy distanciado de su entorno, como si viera el mundo a través de unos prismáticos puestos al revés: esperó el autobús en la parada, montó en él, se sentó y se puso a mirar por la ventana sin prestar atención a los niños que había a su alrededor, fijándose en una gota que resbalaba por el cristal, en el paisaje que pasaba rápidamente ante sus ojos, borroso e indistinto. Samuel experimentaba una creciente sensación de temor, y le pareció que concentrar la atención en algo muy pequeño, como una gota de agua, lo ayudaba, por el momento, a mantener el temor a raya. Sólo tenía que llegar al colegio. Sólo tenía que hablar con Bishop, contarle lo que había pasado. Bishop, había decidido, lo mantendría a flote. Bishop sabría qué hacer.

Pero Bishop no fue al colegio. No lo encontró en su taquilla, ni en su pupitre.

Se había ido.

Bishop se había ido.

De nuevo aquella palabra: ¿qué quería decir que alguien se hubiera ido? Todo el mundo estaba desapareciendo. Samuel se sentó en su silla y empezó a examinar la madera de su pupitre, y ni siquiera se dio cuenta cuando la señorita Bowles lo llamó la primera vez, ni la segunda ni la tercera, ni siquiera se dio cuenta de la risa nerviosa de sus compañeros de clase, ni de que la señorita Bowles se acercaba por el pasillo hacia su pupitre, ni se enteró de que se plantaba ante él, esperando, mientras la clase entera cuchicheaba a su espalda. No fue hasta que lo tocó, hasta que le puso la mano encima del hombro, cuando Samuel dio un respingo y abandonó lo que se había convertido en un ejercicio realmente absorbente que consistía en trazar el recorrido de los nudos de la madera con la mirada. Ni siquiera se sintió mortificado cuando la señorita Bowles le dijo: «Me alegro de que vuelvas a estar con nosotros» en su habitual tono burlón, secundado por las carcajadas de toda la clase. Ni siquiera se avergonzó. Era como si su tristeza lo arrollara todo: todas sus preocupaciones habituales habían quedado enterradas. Habían desaparecido.

Por ejemplo: durante el recreo se marchó. Se largó caminando, sin más. Al llegar al columpio más alejado del patio, siguió adelante. No se paró. Nunca se le había ocurrido la posibilidad de no pararse. Todo el mundo se paraba. Sin embargo, al haberse ido su madre, todas las reglas habituales del mundo se desmoronaban. Si ella podía marcharse, ¿por qué él no? Y eso fue lo que hizo. Se alejó caminando, sorprendido de lo fácil que era. Caminó por la acera, sin echar a correr, sin intentar siquiera disimular. Nadie le dijo nada. Y él se marchó, flotando. Habitaba una realidad totalmente nueva. A lo mejor, pensó, a su madre también le había parecido así de fácil. Irse. ¿Qué era lo que mantenía a la gente en su lugar de siempre, en sus órbitas habituales? Nada, pensó por primera vez. Nada impedía que alguien, un día cualquiera, se esfumara.

Siguió caminando. Caminó durante horas, con la mirada fija en la acera, pensando «Pisa una grieta y a tu madre le cae una maceta», repitiendo esa frase supersticiosa hasta que llegó a la verja de cobre de Venetian Village y se coló entre los barrotes sin siquiera mirar hacia la garita de seguridad. Si el guardia lo vio no dijo nada, y Samuel se preguntó si no sería posible que, en medio de todo aquello, se hubiera vuelto invisible, tal era la extrañeza que le producía la falta absoluta de reacción por parte del mundo, que él estuviera rompiendo todas las reglas y el mundo no se diera cuenta de nada. Iba pensando en eso, caminando por la calzada lisa de Via Veneto y a punto de coronar la pequeña colina de la urbanización, cuando al fondo de la calle sin salida, justo delante de la casa de Bishop, vio dos coches patrulla.

Samuel se paró en seco. Su temor inmediato fue que la policía estuviera buscándolo a él. Y en cierto sentido le supuso un alivio. Y un consuelo. Porque significaba que su desaparición importaba. Recreó la escena en su cabeza: el colegio había llamado a su padre y su padre, muy preocupado, había llamado a la policía, que le había preguntado adónde podía haber ido Samuel, y éste había contestado: «¡A casa de Bishop!», porque su padre sabía quién era Bishop, lo había acompañado allí una vez y se acordaba porque era un buen padre que se preocupaba por su hijo, incapaz de largarse el día menos pensado.

Samuel se sintió fatal. ¿Qué le había hecho a su padre? ¡El sufrimiento que debía de haberle provocado! Lo imaginó esperando en casa, solo, después de que su esposa y su hijo desaparecieran ¡el mismo día! Samuel se dirigió a toda prisa hacia la casa de Bishop: iba a entregarse para que lo acompañaran a casa, y así se reuniría de nuevo con su padre, que a esas alturas ya debía de estar enfermo de angustia. Sabía que era lo que tenía que hacer.

Y llegó hasta la casa del director antes de ver algo que, de nuevo, lo hizo detenerse en seco. Alrededor del pequeño poste que en su día había albergado el bloque de sal mezclada con veneno había una estrecha cinta de color amarillo chillón. La cinta estaba enredada en torno a cuatro piquetas clavadas en el suelo y describía un recuadro que contenía el poste vacío. La cinta tenía palabras escritas, y aunque estaba retorcida y algunas de las palabras quedaban boca abajo y al revés, el mensaje era muy claro y fácil de entender: «PRECINTO POLICIAL. NO CRUZAR.»

Samuel se fijó en el jacuzzi del director y vio que allí había más cinta, alrededor de todo el jacuzzi y del porche de madera. Y en su mente cambió el escenario: la policía lo estaba buscando, pero no porque se hubiera escapado del colegio.

Así que echó a correr. Se internó en el bosque y se dirigió hacia el río. Avanzó chapoteando por la orilla, inhaló la putrefacción húmeda de las hojas y siguió corriendo por la tierra mojada, donde el agua burbujeaba y salpicaba cada vez que sus zapatos tocaban el suelo. Los árboles ocultaban la luz del sol y el bosque estaba sumido en la neblina azulada de las sombras de mediodía. Encontró a Bishop exactamente donde creía que estaría: en el gran roble que había junto a la charca, sentado en la primera rama, baja y gruesa, escondido e invisible salvo por los pies, que Samuel vio tan sólo porque los estaba buscando. Bishop bajó del árbol de un salto y aterrizó con un revuelo de hojas en cuanto llegó Samuel.

—Buenas, Bish —dijo.

—Buenas.

Se miraron un momento, sin saber qué decir.

—¿No tendrías que estar en clase? —preguntó Bishop.

—Me he ido.

Bishop asintió.

—Acabo de pasar por tu casa —explicó Samuel—. La policía está ahí.

—Ya.

—¿Qué quieren?

—Ni idea.

—¿Es por lo del director?

—Puede.

—¿Por lo del jacuzzi?

—Tal vez.

—¿Qué va a pasarnos ahora?

Bishop sonrió.

—Cuántas preguntas, ¿no? —dijo—. Vamos a bañarnos.

Se liberó de los zapatos sin desatárselos, se quitó los calcetines y los tiró al suelo, vueltos del revés. La hebilla tintineó cuando se desabrochó el cinturón, se quitó los pantalones y la camiseta y se acercó al agua esquivando como buenamente podía las rocas afiladas y las ramas, todo él un frenesí de piernas y brazos delgadísimos y unos calzoncillos de camuflaje de color gris verdoso que le quedaban grandes, un par de tallas por lo menos. Cuando llegó a la charca, se subió al tocón de un árbol y se tiró al agua en bomba, quebró la superficie con estrépito y luego volvió a asomar y dijo:

—¡Vamos, soldado!

Samuel lo siguió, pero con cautela: se desató los zapatos y los dejó donde no pudieran mojarse. Se quitó los calcetines y los metió dentro de los zapatos. Se quitó los vaqueros y la camisa, los dobló y los posó con delicadeza encima de los zapatos. Todo eso con gestos pausados, como siempre. Al llegar a la charca no saltó, sino que entró caminando, esbozando muecas a medida que el agua fría le atenazaba primero los tobillos, luego las rodillas, los muslos, hasta que el agua le llegó a la ropa interior y el frío se le extendió por todo el cuerpo.

—Es más fácil si entras de golpe —dijo Bishop.

—Ya lo sé —respondió Samuel—, pero no puedo.

Cuando por fin el agua le llegó al cuello y el dolor remitió, Bishop dijo:

—Vale, a ver. El escenario es el siguiente.

Y describió la premisa del juego al que iban a jugar. El año sería 1836. El lugar sería la frontera mexicana. La época, la revolución de Texas. Eran exploradores del ejército de Davy Crockett, espiaban al enemigo, atrapados tras las líneas mexicanas. Disponían de información importante acerca de las dimensiones del ejército de Santa Anna, así que tenían que regresar junto a Crockett. El destino de El Álamo dependía de ellos.

—Pero hay enemigos por todas partes —dijo Bishop— y las raciones escasean.

Los conocimientos de Bishop sobre las guerras americanas eran exhaustivos, impresionantes y aterradores. Cuando jugaba a la guerra, se sumergía totalmente en el juego. ¿Cuántas veces se habían matado mutuamente alrededor de aquella charca? Cientos de muertes, miles de balas, balas mezcladas con la saliva blanca que les salía disparada entre labios cuando imitaban los sonidos de los disparos, el «¡ta-ta-ta-ta!» de las metralletas. Se ponían a cubierto detrás de los árboles y gritaban: «¡Te he dado!» La charca se había convertido en un lugar sagrado para ellos, era un territorio santificado, agua bendita. Allí sentían una especie de ánimo ceremonioso, como cuando se entra en un cementerio, pues aquél era el lugar de sus muertes imaginarias.

—Viene alguien —dijo Bishop, señalando algo—. Tropas mexicanas. Si nos atrapan, nos torturarán para sonsacarnos información.

—Pero no diremos anda —dijo Samuel.

—No, nada.

—Porque estamos entrenados.

—Exacto.

Bishop siempre insistía en que los miembros del Ejército de Estados Unidos recibían un entrenamiento avanzado y misterioso que les permitía resistir, entre otras cosas, el dolor, el miedo, las trampas explosivas y el ahogamiento. Samuel se preguntaba cómo podía entrenarse a alguien para que no se ahogara. Bishop le había dicho que era información clasificada.

—Escóndete —dijo Bishop, y acto seguido se zambulló bajo el agua.

Samuel miró río arriba, hacia donde había señalado Bishop, pero no vio nada. Intentó imaginar las tropas enemigas avanzando hacia su posición, intentó evocar el miedo que solía experimentar durante esos juegos, intentó ver a los malos, algo que hasta entonces le había resultado muy fácil. Para ver a los malos, fueran quienes fuesen aquel día (espías soviéticos, el Vietcong, los casacas rojas, la guardia de asalto), sólo tenían que decirlo en voz alta y aparecían ahí, ante ellos. La imaginación de ambos se fundía con el mundo real. Normalmente era tan sencillo que Samuel nunca se había parado a pensar en ello hasta aquel momento, cuando dejó de funcionar. No veía nada, no sentía nada.

Bishop salió de debajo del agua y se encontró a Samuel mirando los árboles.

—¿Y bien? ¿Soldado? —dijo—. ¿Van a pescarnos?

—No funciona —dijo Samuel.

—¿Qué es lo que no funciona?

—Mi cerebro.

—¿Qué pasa? —preguntó Bishop.

Se sentía superado. Sólo podía ver a su madre, su ausencia. Era como una niebla que lo cubría todo. Ni siquiera era capaz de fingir.

—Mi madre se ha ido —dijo, y ya mientras lo decía sintió la acometida del llanto, la habitual constricción en la garganta, la barbilla tensa, hecha una bola, como una manzana podrida. A veces se odiaba con todas sus fuerzas.

—¿Qué quiere decir que se ha ido? —preguntó Bishop.

—No sé.

—¿Se ha marchado?

Samuel asintió con la cabeza.

—¿Va a volver?

Samuel se encogió de hombros. No quería hablar. Una palabra más y rompería a llorar.

—¿O sea que existe la posibilidad de que no vuelva? —preguntó Bishop.

Samuel volvió a asentir.

—¿Sabes qué? —dijo Bishop—. Tienes suerte. En serio. Ojalá mis padres se piraran. Puede que ahora no lo entiendas, pero tu madre te ha hecho un favor.

Samuel lo miró, desesperado.

—¿Por qué?

La garganta se le había convertido en una manguera con un nudo.

—Porque ahora podrás convertirte en un hombre —dijo entonces Bishop—. Eres libre.

Samuel no respondió, tan sólo agachó la cabeza. Empezó a enterrar y desenterrar los pies en la arena. Tenía la sensación de que eso lo ayudaba.

—No necesitas a tus padres —dijo Bishop—. Puede que ahora todavía no lo veas, pero no necesitas a nadie. Esto es una oportunidad. Es tu ocasión de convertirte en otra persona, una persona nueva y mejor.

Samuel encontró una piedrecita lisa en el fondo de la charca. La cogió con los dedos de los pies y la volvió a soltar.

—Es como si estuvieras a punto de empezar un entrenamiento —continuó Bishop—. Un entrenamiento muy difícil que te hará más fuerte.

—Yo no soy un soldado —dijo Samuel—. Esto no es un juego.

—Pues claro que lo es —replicó Bishop—. Todo es un juego. Y tú tienes que decidir si vas a ganar o perder.

—Menuda tontería.

Samuel salió de la charca y volvió al árbol donde había dejado la ropa doblada. Se sentó en el suelo, acercó las rodillas al pecho, se rodeó las piernas con los brazos y se puso a balancearse lentamente. En algún momento había roto a llorar. Le moqueaba la nariz, tenía la cara desencajada y respiraba entre espasmos.

Bishop lo siguió.

—Ahora mismo, diría que vas perdiendo.

—Cállate.

—En este momento no hay más que verte para saber qué es un perdedor.

Bishop se detuvo muy cerca de él. Los calzoncillos le chorreaban y le colgaban ridículamente entre las piernas. Se los subió de un tirón.

—¿Sabes qué tienes que hacer? —le dijo Bishop—. Tienes que reemplazarla.

—Eso es imposible.

—No con otra madre. Con otra mujer.

—Lo que tú digas.

—Tienes que encontrar una mujer.

—¿Para qué?

—Para qué, dice. —Bishop se rió—. Una mujer de la que puedas, en fin, aprovecharte. Con la que puedas tomarte libertades.

—No quiero.

—Hay muchas que te dejarían.

—No serviría de nada.

—Ya te digo yo que sí. —Dio un paso al frente, se agachó y le tocó la mejilla a Samuel con la palma de la mano. La tenía fría y húmeda, pero también suave y delicada—. Nunca has estado con una chica, ¿verdad?

Samuel lo miró sin dejar de abrazarse las rodillas. Había empezado a tiritar.

—¿Y tú? —le preguntó.

Bishop volvió a reírse.

—Yo he hecho muchas cosas.

—¿Como qué?

Bishop guardó silencio un momento y luego apartó la mano. Se acercó al árbol, se apoyó en el tronco y volvió a subirse los calzoncillos empapados.

—Hay muchas chicas en el colegio. Deberías pedirle a alguna que salga contigo.

—No servirá de nada.

—Porque alguien tiene que haber, ¿no? ¿De quién estás enamorado?

—De nadie.

—No es verdad. Dímelo. Hay alguien. Yo ya sé quién es.

—No, no lo sabes.

—Ya lo creo que sí. Puedes decirlo sin miedo. —Bishop se acercó unos pasos a Samuel y apoyó las manos en las caderas, con una pierna un poco más avanzada, en posición de conquistador en pleno triunfo—. Es Bethany, ¿verdad? —dijo—. Estás enamorado de mi hermana.

—¡Que no! —exclamó Samuel, pero nada más decirlo se dio cuenta de que no resultaba convincente.

Le había salido una voz demasiado desesperada, demasiado fuerte, demasiado quejosa. No sabía mentir.

—Estás enamorado de ella —dijo Bishop—. Te la quieres follar. Yo esas cosas las noto.

—Te equivocas.

—Vale. Bueno, escucha: tienes mi bendición.

Samuel se levantó.

—Me tengo que ir a casa —dijo.

—En serio, pídele que salga contigo.

—Supongo que mi padre se estará preguntando dónde estoy.

—No te vayas —le dijo Bishop, y lo agarró por los hombros para detenerlo—. Quédate, por favor.

—¿Por qué?

—Tengo que enseñarte algo.

—Me tengo que ir.

—Será sólo un segundo.

—¿Qué es?

—Cierra los ojos.

—¿Cómo vas a enseñarme algo si cierro los ojos?

—Confía en mí.

Samuel resopló con fuerza para dejar claro que estaba harto de aquella situación. Cerró los ojos y sintió que Bishop le soltaba los hombros. Lo oyó moverse ante él, un paso, luego otro, y algo húmedo que caía al suelo.

—Cuando abras los ojos, hazlo sólo un poquito —dijo Bishop—. Déjalos entrecerrados.

—Sí, vale.

—No los abras del todo, ¿eh? Vale, ya.

Samuel entreabrió los ojos, sólo una rendija. De entrada no vio nada más que manchas de luz indefinidas, el brillo abstracto del día. Un borrón ante él, una masa rosada que era Bishop. Samuel los abrió un poco más. Tenía a Bishop delante, a poca distancia. Entonces se dio cuenta de que estaba desnudo, los calzoncillos mojados estaban en el suelo. La mirada de Samuel se desvió hacia su entrepierna. Sucedió de forma involuntaria. Le pasaba constantemente, en los vestuarios, en los urinarios, ante cualquier oportunidad de comparar su cuerpo con los de los demás chicos: ¿quién la tenía más grande, quién más pequeña? Parecía una cuestión de suma importancia. O sea que miró. Pero donde debería haber estado la polla de Bishop, Samuel vio «la nada». Bishop estaba inclinado hacia delante, doblado por la cintura. Tenía las rodillas juntas y las piernas ligeramente dobladas, como si estuviera haciendo una reverencia. Al fin Samuel entendió que se había escondido la polla.

Se la había metido entre las piernas para que Samuel sólo viera un triángulo de piel lisa, una nada suave.

—Éste es el aspecto que tiene —dijo Bishop—. Mi hermana, digo.

—¿Qué haces?

—Somos gemelos. O sea que tiene este mismo aspecto.

Samuel observó el cuerpo de Bishop, el torso delgado, con las costillas marcadas en la piel, pero al mismo tiempo fuerte, tenso, sólido. Se fijó otra vez en el triángulo de piel entre las piernas.

—Puedes fingir que soy ella —dijo Bishop. Dio un paso hacia Samuel y acercó una mejilla a la de él—. Sólo tienes que fingir —le susurró al oído.

Samuel notó las manos de Bishop en la cintura, luego sintió que le bajaban los calzoncillos con delicadeza, notó que la tela empapada le caía hasta los pies, percibió el leve balanceo de su propia polla, arrugada y fría.

—Haz como si fuera Bethany.

Entonces Bishop se dio la vuelta y Samuel no pudo ver más que la curva pálida de los hombros y la espalda. Bishop le cogió las manos y las acompañó hacia sus propias caderas. Se echó hacia delante y pegó su cuerpo al de Samuel, que volvía a experimentar aquella sensación de dislocación, de desconexión, como aquella mañana en la parada del autobús, como si lo estuviera viendo todo desde muy lejos. Todo parecía absurdo. Lo que había allí abajo ni siquiera era él, pensó. No era más que una extraña combinación de partes que nunca habían estado unidas.

—¿Estás fingiendo? —preguntó Bishop—. ¿Funciona?

Samuel no contestó. Estaba muy lejos de allí. Bishop se pegó todavía más a él, luego se apartó y repitió la misma cadencia siguiendo un ritmo lento. Samuel tenía la sensación de ser una estatua, incapaz de hacer otra cosa que no fuera aguantar la postura.

—Haz ver que soy ella —dijo Bishop—. Haz que sea verdad. En tu mente.

Bishop volvió a pegarse a su cuerpo y Samuel notó aquella presión que le sobrevenía a menudo en clase, en su pupitre, aquella cascada de tensión, aquel calor explosivo, nervioso, hormigueante, y al bajar la mirada vio que se le estaba hinchando, levantando; sabía que no debería hinchársele ni levantársele, pero lo hizo de todos modos, imparable, y le pareció que aquello aclaraba las cosas, que era la respuesta a algo importante (sobre él, sobre lo que le había pasado aquel día), y se convenció por completo de que todo el mundo sabía lo que estaba haciendo en aquel momento. Su madre y su padre, sus profesores, Bethany, la policía. Samuel estaba seguro de que era así, y esa sensación lo acompañaría durante años, la partida de su madre unida en su mente a aquel momento en el bosque con Bishop, los dos conectados así, entrechocando sus cuerpos en un acto que Samuel no disfrutaba exactamente, aunque tampoco podía decir que le disgustara, sin dejar de pensar en ningún momento que su madre sabía con exactitud lo que estaba haciendo y no lo aprobaba.

En realidad, decidió, se había marchado precisamente por eso.

TERCERA PARTE

Enemigo, obstáculo, rompecabezas, trampa

Finales del verano de 2011

1

Samuel estaba en el umbral del apartamento de su madre, con la mano apoyada en la puerta entornada y armándose de valor para abrirla, pero sin sentirse capaz de hacerlo todavía. «No tengas miedo», acababa de decir su madre. Hacía más de veinte años que le había dicho esas mismas palabras por última vez y desde aquella mañana él había sentido que lo acechaba, siempre había imaginado que estaba por ahí, espiándolo desde lejos. Miraba por la ventana en el momento menos pensado y buscaba su rostro en la multitud. Vivía preguntándose qué aspecto tendría él para quien lo viese desde fuera, para su madre, que tal vez lo estuviera observando.

Pero nunca lo estaba observando. Y a Samuel le costó mucho tiempo apartarla de sus pensamientos.

Había conservado su recuerdo latente y silencioso hasta aquel momento. Intentó calmarse y centrarse repitiendo para sí algunos de los consejos que había leído la noche anterior en todas aquellas páginas web: haz borrón y cuenta nueva. No os insultéis. Marca los límites. No tengas prisa. Busca una red de apoyo. Y lo más importante, el primer mandamiento: prepárate para que tu progenitor sea una persona radicalmente distinta de la que recuerdas.

Y era verdad. Su madre era distinta. Samuel entró al fin en su apartamento y la encontró sentada a una gran mesa de madera, cerca de la cocina, esperándolo como una recepcionista. Había tres vasos de agua encima de la mesa. Y un maletín. Había tres sillas. Su madre lo miró sin levantarse. No sonrió, no reaccionó de ninguna manera a su presencia, se quedó esperando con las manos en el regazo. La larga melena castaña había desaparecido, sustituida por un pelo corto de severidad castrense, tan plateado que parecía un gorro de baño. La piel tenía las arrugas características de quien ha perdido peso: debajo de los brazos, alrededor de la boca, junto a los ojos. Samuel no contaba con esas arrugas, y se dio cuenta de que en su imaginación no había tenido en cuenta el envejecimiento de su madre. Tuvo que recordarse que Faye tenía ya sesenta y un años. Llevaba una sencilla camiseta negra que dejaba a la vista los hombros huesudos y los antebrazos delgados. De pronto a Samuel le preocupó que su madre estuviera comiendo poco, y acto seguido se sorprendió de su propia preocupación.

—Pasa —dijo ella.

No se oía nada más. En el apartamento de su madre reinaba un silencio penetrante poco habitual en la ciudad. Ella lo miró. Él le devolvió la mirada. No se sentó. La idea de acercarse demasiado en aquel momento se le hacía insoportable. Ella abrió la boca, como si fuera a decir algo, pero no lo dijo. Él se quedó totalmente en blanco.

Justo en ese instante se oyó un ruido procedente de otra parte de la casa: la cadena de un váter, un grifo que se abría y se cerraba. Se abrió la puerta del baño y salió un hombre vestido con camisa blanca, corbata marrón y pantalones también marrones, aunque no exactamente del mismo tono.

—¡Profesor Anderson! —exclamó al ver a Samuel, y le tendió una mano húmeda para saludarlo—. Soy Simon Rogers —dijo el hombre—. ¿De Rogers & Rogers? ¿El abogado de su madre? Hablamos por teléfono.

Samuel se lo quedó mirando un momento, confundido. El abogado esbozó una sonrisa afable. Era un hombre delgado y bajo, con unos hombros desproporcionadamente anchos. Llevaba el pelo castaño muy corto y peinado con poca gracia en esa inevitable M que anuncia la calvicie masculina prematura.

—¿En serio necesitamos un abogado?

—Me temo que la idea ha sido mía —dijo él—. Insisto en estar presente en todas las deposiciones de mi clienta. Forma parte de mis servicios.

—Esto no es una deposición —dijo Samuel.

—No lo es desde su punto de vista. Pero, claro, no es usted quien va a declarar.

El abogado dio una palmada y se acercó despacio a la mesa. Abrió el maletín, sacó un micrófono pequeño y lo colocó en el centro de la mesa. La camisa le iba a la medida en los hombros, pero el resto le quedaba demasiado ancho, como si fuera un niño vestido con la ropa de su padre, pensó Samuel.

—Mi papel —dijo el abogado— consiste en proteger los intereses de mi clienta: legales, fiduciarios y emocionales.

—Fue usted quien me pidió que viniera —dijo Samuel.

—¡Por supuesto, señor! Y lo más importante es recordar que estamos todos en el mismo bando. Usted accedió a escribir una carta al juez explicando por qué su madre merece la indulgencia del tribunal. Mi trabajo es ayudarlo con dicha carta y asegurarme de que no ha acudido a esta cita, ¿cómo lo diría?, con falsos pretextos.

—Increíble —dijo Samuel.

No estaba seguro de qué le parecía más increíble: que el abogado sospechara que pudiera mentir o que estuviera en lo cierto. Porque Samuel no tenía ninguna intención de escribir una carta al juez. Había acudido sólo para satisfacer su contrato con Periwinkle, para recabar información comprometedora sobre su madre y así poder, más adelante, denigrarla públicamente a cambio de dinero.

—El objetivo de esta entrevista —dijo el abogado— es, en primer lugar, comprender las acciones de su madre en relación con su valerosa protesta contra el ex gobernador de Wyoming y, en segundo lugar, explicar por qué es una gran persona. Todo lo demás, señor, queda fuera de nuestro estricto ámbito de interés. ¿Quiere un poco de agua? ¿Zumo?

Faye seguía sentada en silencio, sin participar en la conversación, pero aun así ocupaba todo el espacio mental de Samuel. Recelaba de ella como habría recelado de una mina enterrada cuya ubicación conociera sólo de manera aproximada, no exacta.

—¿Nos sentamos? —preguntó el abogado, y los dos se unieron a Faye alrededor de la mesa, una mesa rectangular hecha con unos tablones de madera maltrechos que seguramente habían formado parte de una cerca o de un granero en una vida anterior.

Había tres vasos de agua sudorosos encima de sendos posavasos de corcho. El abogado se sentó y se ajustó la corbata, de un color caoba que contrastaba con el marrón de sus pantalones, tirando a cacao. A continuación apoyó las dos manos en el maletín y sonrió. Faye seguía dirigiéndole a Samuel una mirada neutra, ausente, indiferente.

Tenía un aspecto tan austero, inhóspito y desolado como el apartamento, un espacio único y alargado con varias ventanas que daban al norte, hacia los altos edificios del centro de Chicago. Las paredes blancas estaban desnudas. No había televisor. Ningún ordenador. Los muebles eran sobrios, sencillos. Samuel se fijó en la ausencia total de elementos que requirieran un enchufe. Era como si su madre se hubiera despojado de todas las cosas innecesarias en su vida.

Samuel se sentó frente a ella y la saludó con la cabeza, como habría saludado a un desconocido en la calle: una leve inclinación de la barbilla hacia abajo.

—Gracias por venir —dijo Faye.

Otra inclinación de cabeza.

—¿Cómo te ha ido? —le preguntó su madre.

En vez de responder de inmediato, Samuel le lanzó una mirada con la esperanza de que transmitiera frialdad y una férrea determinación.

—Bien —dijo al fin—. Todo bien.

—Me alegro —dijo ella—. ¿Y tu padre?

—También, genial.

—¡Pues muy bien! —exclamó el abogado—. Ahora que ya nos hemos quitado esa parte de encima... —Soltó una risita nerviosa—. ¿Qué les parece si empezamos?

Tenía la frente perlada de sudor. Se palpó involuntariamente la camisa, que no era blanca del todo, sino de ese blanco grisáceo de las prendas que se han lavado muchas veces, con ronchas definidas de un descolorido amarillento en las axilas.

—Bueno, profesor Anderson, éste sería el momento ideal para que formulara la pregunta relativa a nuestro primer punto de interés en esta reunión.

El abogado alargó la mano y presionó un botón del micrófono que descansaba entre Samuel y su madre. Un pequeño piloto del micrófono empezó a emitir una plácida luz azulada.

—¿Y cuál sería esa pregunta? —quiso saber Samuel.

—Una respecto a la heroica protesta de su madre contra la tiranía, señor.

—Ya.

Samuel la estudió. Viéndola tan de cerca, le costaba mucho reconciliar a aquella nueva persona con la mujer a la que había conocido tiempo atrás. Parecía haber perdido toda la suavidad de antaño: el pelo largo y suave, los brazos suaves, la piel suave. Un cuerpo nuevo y más duro había reemplazado todo aquello. Samuel se fijó en el perfil de los músculos de la mandíbula, visibles bajo la piel, en la onda que los huesos de la clavícula le marcaban sobre el pecho, en los bíceps definidos. Sus brazos parecían las amarras que los barcos usan para atracar.

—Vale, muy bien —dijo Samuel—. ¿Por qué lo hiciste? ¿Por qué le tiraste piedras al gobernador Packer?

Su madre miró al abogado, que abrió el maletín y sacó una sola hoja de papel, atiborrada de texto por una cara, que le entregó a Faye y que ésta leyó palabra por palabra.

—«En lo tocante a mis acciones en relación con el candidato republicano a la presidencia y ex gobernador de Wyoming, Sheldon Packer, a quien de ahora en adelante me referiré simplemente como "el gobernador" —dijo Faye, y carraspeó—, por la presente testifico, sostengo, prometo, atestiguo y afirmo solemnemente que del hecho de que lanzara gravilla en dirección al gobernador no debe inferirse en ningún caso un intento por mi parte de atacar, dañar, lesionar, magullar, lisiar, desfigurar, deformar, incapacitar ni provocar por ningún otro medio un temor razonable a un inminente contacto dañino u ofensivo con el gobernador ni con cualquier otra persona que pueda haberse visto involuntaria y físicamente expuesta a dicha gravilla, así como tampoco era mi intención causar algún tipo de malestar, dolor, sufrimiento, penalidad, angustia o trauma emocional a ninguna de las personas que presenciaron mis actos de naturaleza puramente política y simbólica o se vieron afectadas por ellos de cualquier otro modo. Mis actos constituyeron una respuesta necesaria, esencial e instintiva a las políticas fascistas del gobernador y, en consecuencia, a falta de una alternativa temporal, espacial o modal para mi respuesta, no voluntaria, así como a la retórica de extrema derecha, favorable al uso de las armas, a la guerra y a la violencia, que me ha sometido a una presión extraordinaria y considerable, hasta el punto de constituir una convicción razonable de perjuicio físico contra mi persona. También estaba convencida de que la postura implacable y fetichista del gobernador a favor de la violencia y el uso de la fuerza implicaban un consentimiento del uso de la violencia marrullera por parte de los demás, de forma análoga al caso de las personas que, al tomar parte en prácticas sadomasoquistas para obtener gratificación sexual, consienten a su vez en ser golpeadas sin que eso entrañe responsabilidades criminales ni civiles. Elegí la gravilla como instrumento para mi protesta simbólica porque, dada la ausencia absoluta de cualquier actividad atlética o delictiva en mi pasado, durante el que nunca recibí entrenamiento alguno en ningún deporte que exigiera el lanzamiento de una pelota, el peligro de arrojar unas piedrecitas representaba un daño *de minimis* y, en consecuencia, la gravilla no era un arma peligrosa, ni letal, ni violenta, y en ningún caso la utilicé para provocar daños físicos de forma intencionada, consciente, negligente, amenazante, imprudente, ni indiferente al valor de la vida humana. Al contrario, mi intención era única, entera y exclusivamente política, mi objetivo era expresar un mensaje político que en modo alguno pretendía resultar incitador, ni provocador, ni ofensivo, ni representar un peligro evidente, un mensaje simbólico similar al de quienes, ejerciendo de manera legal su derecho a la libertad de expresión, profanan la bandera, mutilan una cartilla militar, etcétera.»

Faye dejó el papel encima de la mesa con gesto lento y cuidadoso, como si fuera algo frágil.

—¡Perfecto! —exclamó el abogado. Se le había enrojecido el rostro, un cambio sutil pero visible en comparación con su palidez anterior, que Samuel describiría como «amarillo crema, estilo muñeca de plástico». En aquel momento tenía la frente cubierta de grandes gotas de sudor, como cuando la pintura de una fachada se ahueca en un día muy caluroso—. Ahora que esta parte ya está resuelta, nos tomaremos un descanso. —El abogado apagó el micrófono—. Discúlpenme —dijo, y se metió una vez más en el baño.

—Siempre hace lo mismo —dijo Faye mientras lo seguía con la mirada—. Al parecer, tiene que ir al baño cada cinco o diez minutos. Hay gente para todo.

—¿A qué demonios ha venido eso? —preguntó Samuel.

—Supongo que va al baño para secarse el sudor. Suda mucho. Aunque también hace algo que requiere grandes cantidades de papel higiénico, no estoy segura de qué.

—En serio —dijo entonces Samuel, cogiendo la hoja de papel para echarle un vistazo—. No tengo ni idea de qué significa nada de todo esto.

—También tiene unos pies diminutos. ¿Te has fijado?

—Faye, escucha —dijo Samuel, y los dos dieron un respingo al oír el nombre. Era la primera vez que la llamaba así—. ¿Qué está pasando?

—Ah. Bueno. Por lo que tengo entendido, mi caso es sumamente complejo. Muchos cargos por agresión y varios más por lesiones. Con agravantes. En primer grado. Al parecer asusté a mucha gente en el parque, de ahí los cargos de agresión, pero las piedras sólo golpearon a unos cuantos, y ésos son los de lesiones. También me acusan de otras cosas, a saber —dijo, y fue contando con los dedos a medida que enunciaba los cargos—: alteración del orden público, obscenidad, escándalo público y resistencia al arresto. El fiscal está mostrando una agresividad inusitada, sospechamos que presionado por el juez.

—El juez Charles Brown.

—¡Ése! La condena por lesiones con agravantes, por cierto, puede oscilar entre trescientas horas de trabajos comunitarios y veinticinco años de cárcel.

—Una horquilla bastante ancha, ¿no?

—El juez dispone de mucha autonomía a la hora de dictar sentencia. O sea que ¿sabes esa carta que tienes que escribir?

—Sí.

—Más te vale esmerarte.

En ese momento se oyó un ruido de tuberías, se abrió la puerta del baño y el abogado regresó, sonriendo, mientras se secaba las manos en los pantalones. Faye tenía razón: Samuel nunca había visto a un hombre adulto con unos pies tan pequeños.

—¡Perfecto! —dijo el abogado—. Todo está saliendo a pedir de boca.

¿Cómo podía mantenerse en pie con esos hombros tan anchos y esos pies tan diminutos? Era como una pirámide invertida. El abogado se sentó y tamborileó con los dedos en el maletín.

—¡Y ahora, a por la segunda parte! —exclamó, y conectó el micrófono—. El siguiente tema, señor, es por qué su madre es un ser humano excepcional que no debería pasar hasta veinte años en la cárcel.

—Pero ésa no es una posibilidad real, ¿no?

—Confío en que no, señor, pero prefiero tomar todas las precauciones posibles, naturalmente. Veamos, ¿quiere saber qué donativos ha hecho su madre a diversas causas benéficas?

—En realidad me interesa más saber qué ha estado haciendo estas últimas décadas.

—Donativos a la escuela pública, señor. Está realizando un trabajo excelente en la escuela pública. Y en el ámbito de la poesía. Su madre es una verdadera mecenas de las artes, créame.

—Esta parte no va a resultarme fácil —dijo Samuel—. El rollo del «ser humano excepcional», sin ánimo de ofender.

—¿Y eso por qué, señor?

—Bueno, ¿qué voy a decirle al juez? ¿Que es una gran persona? ¿Una madre fantástica?

El abogado sonrió.

—Eso es. Exactamente eso.

—No creo que pueda decirlo con sinceridad.

—¿Por qué no?

Samuel miró al abogado, a su madre y otra vez al abogado.

—¿En serio?

El abogado asintió con la cabeza, sin dejar de sonreír.

—¡Mi madre me abandonó cuando yo tenía once años!

—Sí, señor, y como podrá imaginar lo mejor es que el público reciba la menor información posible sobre esa parte de su vida.

—Me abandonó sin previo aviso.

—A lo mejor, señor, para lo que nos proponemos aquí, sería preferible que no pensara que su madre lo «abandonó». Tal vez podría pensar que lo entregó en adopción un poco más tarde de lo habitual. —El abogado abrió su maletín y sacó un folleto—. De hecho, su madre hizo mucho más trabajo preliminar que la mayoría de las madres biológicas —dijo— en cuanto concierne a la búsqueda de posibles familias de adopción, asegurarse de que su hijo creciera en un ambiente positivo y demás. Según se mire, su diligencia en ese sentido podría considerarse muy por encima del deber.

Le tendió el folleto a Samuel. La cubierta era rosa chicle, con fotografías de familias multiculturales sonrientes y las palabras «¡Eres adoptado!» impresas con letras joviales en la parte superior.

—A mí no me adoptaron —dijo Samuel.

—En un sentido literal no, señor.

El abogado estaba sudando de nuevo, tenía la piel cubierta por una pátina brillante como el rocío que cubre el suelo por la mañana. En la axila le había aparecido una mancha de humedad que iba descendiendo por la manga. Era como si una medusa se le estuviera tragando poco a poco la camisa.

Samuel miró a su madre, que alzó brevemente los hombros como diciendo: «¿Qué se le va a hacer?» A su espalda, a través de las ventanas orientadas al norte, asomaba a lo lejos la enorme fachada gris de la torre Sears, borrosa tras la nube de contaminación. En su día había sido el edificio más alto del mundo, pero ya no lo era. Ni siquiera estaba entre los cinco más altos. De hecho, ahora que lo pensaba, ya ni siquiera se llamaba torre Sears.

—Qué silencio hay aquí —dijo Samuel.

Su madre frunció el ceño.

—¿Cómo?

—No se oye el tráfico ni a la gente. Está muy aislado.

—Ah. Estaban restaurando el edificio cuando el mercado inmobiliario se fue a pique —dijo Faye—. Sólo habían terminado un par de apartamentos cuando abandonaron la obra sin acabarla.

—¿Y eres la única inquilina del edificio?

—Hay una pareja casada, dos pisos más arriba. Artistas bohemios. Por lo general, ni nos saludamos.

—Parece una vida muy solitaria.

Ella estudió su expresión durante un instante.

—A mí ya me va bien.

—Ya había logrado olvidarte, ¿sabes? —dijo Samuel—. Hasta que pasó todo esto.

—¿Ah, sí?

—Pues sí. Ya casi nunca pensaba en ti, hasta esta semana.

Faye sonrió y clavó la mirada en la mesa; una especie de sonrisa vuelta hacia dentro que sugería que acababa de ocurrírsele un pensamiento íntimo. Pasó las manos por encima del tablero, como si lo estuviera limpiando.

—Lo que solemos entender como olvido no lo es del todo, en realidad —dijo ella—. No estrictamente. Nunca olvidamos las cosas, sólo perdemos el camino para volver a encontrarlas.

—¿De qué estás hablando?

—Lo leí hace poco —siguió diciendo ella—. Era un estudio sobre cómo funciona la memoria. Un equipo de fisiólogos, biólogos moleculares y neurólogos intentó determinar dónde almacenamos los recuerdos. Creo que se publicó en *Nature*. O en *Neuron*. O en *JAMA*.

—Una lectura ligera, vamos.

—Me interesan muchas cosas. En cualquier caso, descubrieron que nuestros recuerdos son algo tangible, físico. Que es posible «ver» la neurona donde se almacena cada recuerdo. Funciona así: primero tienes una neurona prístina, intacta. Luego esa neurona recibe golpes y queda chafada, deformada. Y esa mutilación es, en sí misma, el recuerdo. Nunca desaparece del todo.

—Fascinante —dijo Samuel.

—Estoy bastante segura de que lo leí en *Nature*, ahora que lo pienso.

—¿Esto va en serio? —dijo Samuel—. ¿Estoy aquí, desnudando mi alma, y tú me sales con un estudio que leíste no sé dónde?

—Me gustó la metáfora —dijo Faye—. Además, no estabas desnudando tu alma. Ni mucho menos, todavía no.

El abogado carraspeó.

—¿Qué les parece si volvemos al tema que nos ocupa? —dijo—. ¿Profesor Anderson? ¿Querría empezar con su reconocimiento directo, por favor?

Samuel se levantó. Dio unos pasos hacia aquí y hacia allá. Sólo había una pequeña librería en la pared, y se dirigió hacia ella. Notó la mirada de su madre clavada en la espalda mientras inspeccionaba los estantes: sobre todo poesía, una gran colección de obras de Allen Ginsberg. Samuel se dio cuenta de que lo que en realidad buscaba era un ejemplar de la famosa revista que había publicado su relato. Se percató porque se llevó una decepción al ver que no estaba. Entonces se volvió.

—He aquí lo que quiero saber.

—¿Señor? —dijo el abogado—. Está fuera del alcance del micrófono.

—Quiero saber qué has estado haciendo los últimos veinte años. Y adónde fuiste cuando nos abandonaste.

—Ese asunto, señor, es ajeno a esta indagación.

—Y todas esas historias sobre ti en los sesenta. Que te arrestaron. Lo que dicen de ti en la tele...

—Quieres saber si es cierto —dijo Faye.

—Sí.

—¿Si fui una radical? ¿Si participé en las manifestaciones contra la guerra de Vietnam?

—Sí.

—¿Si me arrestaron por prostitución?

—Sí. Hay un mes entero, en 1968, del que nadie sabe nada. Siempre había pensado que lo pasaste en Iowa, en casa, con el abuelo Frank, esperando a que papá volviera del ejército. Pero no fue así.

—No.

—Estuviste en Chicago.

—Durante una breve temporada, sí. Luego me marché.

—Quiero saber qué sucedió.

—¡Ja, ja, ja! —rió el abogado, y repiqueteó con los dedos sobre el maletín—. Creo que nos hemos ido un poco por las ramas, ¿no? ¿Qué tal si volvemos al tema?

—Pero tienes más preguntas, ¿verdad? —dijo Faye—. Preguntas todavía más importantes.

—Tal vez lleguemos a ellas —dijo Samuel—. Más adelante.

—¿Por qué esperar? Pongamos todas las cartas encima de la mesa. Anda, pregúntamelo. En el fondo sólo hay una pregunta.

—Podríamos empezar por la fotografía. La foto que te sacaron en la manifestación de 1968.

—Pero tú no has venido aquí por eso. Pregúntame lo que quieres saber de verdad. Lo que has venido a averiguar.

—He venido para escribirle una carta al juez.

—No es verdad. Venga, pregúntamelo.

—No es relevante.

—Tú pregúntamelo. Adelante.

—No es importante. No es nada.

—¡Estoy de acuerdo! —intervino el abogado—. ¡Es irrelevante!

—Cierra el pico, Simon —dijo Faye, y miró a Samuel a los ojos—. Esa pregunta lo es todo. Estás aquí por ella. ¿Por qué no dejas de mentir y me la haces?

—Vale, de acuerdo. Sí, quiero saberlo. ¿Por qué me abandonaste?

Y Samuel notó la acometida del llanto nada más pronunciar las palabras: «¿Por qué me abandonaste?» Era la pregunta que lo había atormentado desde la adolescencia. Se había acostumbrado a decir que su madre estaba muerta. Cuando le preguntaban por ella, era mucho más fácil decir que había muerto. Porque si contaba la verdad le preguntaban por qué se había ido y adónde, y él no lo sabía. Y entonces lo miraban de una forma extraña, como si fuera culpa suya.

¿Por qué lo había abandonado? Era la pregunta que le había impedido dormir una noche tras otra hasta que aprendió a tragársela, a negarla. Pero al formularla de nuevo había vuelto a aflorar todo: la vergüenza, la soledad y la autocompasión lo arrollaron de tal manera que apenas fue capaz de pronunciar la última palabra antes de que se le cerrase la garganta y se sintiera al borde del llanto.

Samuel y su madre se escudriñaron durante un instante, hasta que el abogado se inclinó hacia delante y le susurró algo al oído a Faye. De pronto la actitud desafiante de la mujer pareció evaporarse y bajó la mirada.

—¿Y si volvemos al tema que nos ocupa? —preguntó el abogado.

—Creo que merezco algunas respuestas —dijo Samuel.

—Tal vez sea mejor que nos centremos en el asunto de la carta, señor.

—No espero que seamos amigos —prosiguió Samuel—, pero contestar unas preguntas... ¿Es demasiado pedir?

Faye se cruzó de brazos y pareció replegarse sobre sí misma. El abogado miró a Samuel y esperó. Las gotas de sudor de su frente se habían vuelto gruesas y bulbosas. Podrían empezar a caerle en los ojos en cualquier momento.

—Ese artículo de *Nature*... —dijo Faye—. Ése sobre la memoria, digo. Lo que más me chocó fue que nuestros recuerdos están cosidos a la materia de nuestro cerebro. Llevamos grabado, literalmente, todo lo que sabemos sobre nuestro pasado.

—Vale —dijo Samuel—. ¿Y eso qué quiere decir?

Ella cerró los ojos y se frotó las sienes, un gesto de impaciencia e irritación que Samuel reconoció de su infancia.

—¿No es obvio? —dijo ella—. En realidad todo recuerdo es una cicatriz.

El abogado dio una palmada en su maletín y exclamó:

—¡Muy bien! ¡Creo que ya hemos acabado!

—No has contestado ninguna de mis preguntas —dijo Samuel—. ¿Por qué me abandonaste? ¿Qué te pasó en Chicago? ¿Por qué lo mantuviste en secreto? ¿Qué has estado haciendo todos estos años?

Y entonces Faye lo miró, y toda la dureza de su cuerpo se disolvió. Le dedicó la misma mirada que en la mañana de su desaparición, con la cara cargada de tristeza.

—Lo siento —dijo—. No puedo.

—Lo necesito —dijo Samuel—. No tienes ni idea de cuánto. Tengo que saberlo.

—Te he dado todo lo que podía.

—Pero ¡si no me has contado nada! Dime por qué te fuiste, por favor.

—No puedo —repuso ella—. Es privado.

—¿Privado? ¿En serio?

Faye asintió y clavó la vista en la mesa.

—Es privado —repitió.

Samuel se cruzó de brazos.

—¿Me provocas para que te lo pregunte y luego me dices que es privado? Que te jodan.

El abogado empezó a recoger sus cosas y apagó el micrófono, el sudor le caía por el cuello de la camisa.

—Muchas gracias por sus esfuerzos, profesor Anderson —dijo.

—No creía que pudieras caer más bajo todavía, Faye, pero ¡enhorabuena! —dijo Samuel mientras se levantaba—. En serio, eres una virtuosa. Una maestra en el arte de ser mala persona.

—¡Estaremos en contacto! —dijo el abogado, y se llevó a Samuel hacia la puerta empujándolo por la espalda con una mano caliente y húmeda—. Ya nos pondremos en contacto para ver cómo seguimos adelante. —Abrió la puerta y le hizo cruzar el umbral. Tenía unos perdigones líquidos pegados a la frente y la camisa empapada a la altura de las axilas, como si acabara de tirarse un refresco de tamaño gigante por encima—. Tenemos muchas ganas de leer su carta al juez Brown —dijo—. ¡Buenos días!

Cerró la puerta detrás de Samuel y echó el pestillo.

Mientras salía del edificio, y durante todo el trayecto de vuelta a través de Chicago y hasta la periferia, Samuel tuvo la sensación de que iba a derrumbarse. Recordó los consejos de las páginas web: «Busca una red de apoyo.» Tenía que hablar con alguien, pero ¿con quién? Con su padre no, eso estaba claro. Ni con nadie del trabajo. Las únicas personas con las que se comunicaba de forma regular eran sus amigos de *Elfscape*. Así pues, una vez en casa, se conectó al juego. Lo recibieron con el aluvión habitual de «¡Buenas, Dodger!» y «¿Qué pasa, colega?». Lanzó la pregunta en el chat de la hermandad: «¿Alguien de los de Chicago quiere quedar esta noche? Tengo ganas de salir.»

La propuesta fue recibida con un silencio incómodo. Samuel entendió que había traspasado un límite. Les había pedido verse en la vida real, algo propio de raritos y acosadores. Ya iba a disculparse y a decirles que lo olvidaran cuando al fin Pwnage, su brillante líder, el erudito de la hermandad, por suerte, dijo:

«Sí, claro. Sé de un sitio.»

2

Laura Pottsdam estaba sentada en el aterrador despacho de la decana de la universidad, explicándole exactamente lo que había sucedido entre Samuel y ella.

—Me dijo que no tenía ninguna dificultad de aprendizaje —dijo Laura—. Me dijo que lo que pasa es que no soy muy lista.

—Dios mío —dijo la decana, que parecía anonadada.

Las estanterías de su despacho estaban llenas sobre todo de libros sobre la peste negra, las paredes decoradas con ilustraciones antiguas de personas cubiertas de furúnculos y lesiones, o amontonadas en una carretilla, muertas. Laura creía que no podía haber pósteres más detestables que el inmenso calendario para perder peso de su compañera de habitación, pero el evidente interés de la decana por la historia de las llagas purulentas le demostró que se equivocaba por completo.

—¿De verdad Samuel te dijo, en voz alta, que no eras lista?

—Fue un golpe importante para mi autoestima.

—No me extraña.

—Soy alumna de una universidad de élite y tengo un expediente inmaculado. No puede decirme que no soy lista.

—Yo creo que eres muy lista, Laura.

—Gracias.

—Y quiero que sepas que me tomo este asunto muy en serio.

—De paso, quizá cabría mencionar que a veces el profesor Anderson dice palabrotas en clase. Y eso distrae y es ofensivo.

—Bueno, te diré lo que vamos a hacer —dijo la decana—. Tú reescribe tu trabajo sobre *Hamlet* para que así podamos reevaluarte.

Mientras tanto, yo le aclararé las cosas al profesor Anderson. ¿Te parece bien?

—Sí, muy bien.

—Y si hay algo más que deba saber, por favor, llámame directamente.

—Vale —dijo Laura, que salió del edificio de administración imbuida de la calidez radiante y optimista que acompaña a las victorias.

Sin embargo, la sensación duró muy poco, sólo hasta que abrió su ejemplar de Shakespeare, se sentó en el suelo de su habitación de la residencia, repasó todas aquellas palabras con una mirada lúgubre y se dio cuenta de que volvía a estar como al principio: tratando de completar otro ejercicio inútil para otra asignatura inútil, Introducción a la Literatura, una de las cinco clases en las que se había matriculado aquel semestre, todas ellas, en su opinión, puras chorradas. Lo que pensaba de las clases de la universidad, hasta aquel momento, era que representaban una pérdida de tiempo absoluta y que no tenían nada que ver con la vida real. Y por «vida real» se refería a las tareas que le pedirían después de graduarse, cuando saliera de allí con el título en Administración de Empresas, tareas que en aquel momento no podía ni imaginar, pues todavía no había cursado ninguna asignatura de comunicación y marketing, no había hecho las prácticas y no había tenido ningún «trabajo real», a menos que se contara la temporada en que, durante el instituto, había trabajado a tiempo parcial vendiendo entradas en un cine de reposiciones, donde aprendió varias lecciones importantes sobre normas laborales de la mano del subgerente del cine, un tío de treinta y dos años al que le gustaba quedarse después de su turno a fumar maría y jugar al *strip* póker con las adolescentes guapas a las que siempre contrataba, lo que requería grandes dotes de negociación social por parte de Laura para seguir teniendo acceso a la hierba sin hacer nada tan retrógrado que le impidiera presentarse en el trabajo al día siguiente. Pero aunque aquélla fuera toda la «experiencia laboral» que atesoraba, seguía estando bastante segura de que no iba a necesitar ninguna de las chorradas de mierda que le estaban enseñando en la universidad para su carrera en el ámbito del marketing y las comunicaciones, destinada inevitablemente al éxito.

Como lo de *Hamlet*. Estaba intentando leer *Hamlet*, tratando de formarse una idea para el ensayo que tenía que reescribir sobre *Hamlet*. Sin embargo, lo que captaba su atención en ese momento era un puñado de clips de papel que lanzaba al aire para observar cómo rebotaban y se esparcían por todo el suelo de linóleo de su habitación. Aquello era mucho más divertido que leer *Hamlet*, porque aunque todos los clips tenían exactamente la misma forma, rebotaban de manera caótica, aleatoria, irrepetible. ¿Por qué no rebotaban todos igual? ¿Por qué no aterrizaban todos en el mismo sitio? Y luego estaba el delicioso clic-chisss que hacían cuando chocaban con el suelo y se deslizaban. Había lanzado los clips al aire entre quince y veinte veces durante los últimos minutos —una maniobra bastante obvia para aplazar la lectura de *Hamlet*, tenía que reconocerlo— cuando le sonó el teléfono. ¡Un mensaje nuevo!

Holaaaaaaaaa cariño

Era de Jason, y la repetición de la letra «a» le decía que aquella noche tenía urgencias especiales de las suyas. Los novios a veces eran muy transparentes.

Hola! :-D

La universidad era una tontería porque tenía que aprender cosas que jamás iba a necesitar en la vida. Como por ejemplo las esculturas griegas que estaba memorizando para la asignatura de Introducción a las Humanidades, obligatoria para todos los estudiantes, que la universidad ofrecía en línea. Era una estúpida pérdida de tiempo, porque estaba segura de que cuando la entrevistaran para su primer trabajo real no le enseñarían tarjetas de estatuas y le preguntarían: «¿Qué mito representa?», como en los exámenes semanales de dos minutos que debía aprobar, totalmente ridículos.

Su teléfono pió. Era una notificación de iFeel, una nueva app fantástica que era la red social predilecta entre los universitarios. Todos los amigos de Laura la tenían y la usaban de forma obsesiva, aunque la abandonarían en cuanto la descubrieran los «usuarios tardíos», es decir, los viejos.

Laura echó un vistazo a su teléfono: «iFeel feliz esta noche!!!», había publicado una de sus amigas. Era Brittany, que hasta la fecha había superado las diversas purgas que Laura había llevado a cabo en su lista de alertas.

«¿Ignorar, responder o autorresponder?», le preguntó el teléfono. Laura eligió «autorresponder» y dejó el teléfono en el suelo, encima de los clips.

¿En qué estaba pensando? Ah, sí, en los exámenes de arte, que eran totalmente ridículos porque lo único que tenía que hacer era abrir el examen e ir haciendo capturas de pantalla; después desconectaba el módem, algo que el programa interpretaba como una «incidencia» o un «error de red» (es decir, que no era culpa de Laura) y le permitía volver a empezar el examen. Así que buscaba todas las respuestas, enchufaba el módem de nuevo, clavaba el examen y no tenía que volver a pensar en la escultura griega hasta la semana siguiente.

Luego estaba Biología, aunque le daban arcadas sólo de pensar en ella. Porque estaba bastante segura de que durante la primera semana en el fantástico trabajo de marketing y comunicaciones que conseguiría algún día no le iban a pedir que identificara la reacción química en cadena que convertía un fotón de luz en azúcar fotosintetizado, algo que estaba aprendiendo de memoria para la clase de Introducción a la Biología que le obligaban a cursar para cumplir con los créditos de ciencia, aunque no tenía ninguna intención de ser científica. Además, el profesor era un plasta y un peñazo, y las clases eran insoportables...

Su teléfono volvió a sonar. Un mensaje de Brittany: «Gracias, niña!!» Era una respuesta a la autorrespuesta que iFeel había elegido por ella, obviamente. Y como Laura estaba estudiando y tratando por todos los medios de leer *Hamlet*, decidió no liarse y mandó el emoticono universal que señalaba el fin de una conversación:

:)

En fin, que las clases de Biología eran tan insoportables que Laura había empezado a pagarle veinte dólares semanales a su compañera de habitación para que se grabara leyendo en voz alta las partes más importantes del libro de texto para poder escucharlas durante los exámenes quincenales sobre cada capítulo, cuando se sentaba con disimulo junto a la pared, hacia la mitad de un aula con capacidad para trescientas personas, se ponía un auricular pequeño en el oído del lado de la pared, apoyaba la cabeza en ésta y escuchaba a su compañera de habitación leyendo el capítulo en cuestión mientras ella iba leyendo en diagonal el examen en busca de palabras clave, vagamente impresionada por sus propias habilidades de multitarea y su capacidad para aprobar sin estudiar ni una sola vez.

—No usarás esto para hacer trampas, ¿verdad? —le había preguntado su compañera de habitación, cuando llevaban ya varias semanas con aquel sistema.

—No. Es para estudiar. En el gimnasio —le había contestado Laura.

—Porque hacer trampas no está bien.

—Ya lo sé.

—Y nunca te he visto en el gimnasio.

—Pues sí voy.

—Yo me paso el día en el gimnasio y nunca te he visto allí.

—Bueno, pues a freír espárragos —le había espetado Laura, que era algo que su madre decía siempre en lugar de soltar un taco.

Otra cosa que su madre decía siempre era: «No dejes que *nadie* te intimide ni te haga sentir mal por ser como eres», y en ese momento su compañera de habitación estaba haciendo que se sintiera fatal, y por eso, en lugar de disculparse, Laura le dijo:

—Mira, zoquis, si no me has visto en el gimnasio es porque algunos no necesitamos pasar allí tanto tiempo como tú.

Porque su compañera de habitación, admitámoslo, era objetiva y mórbidamente (casi fascinantemente) obesa. Tenía unas piernas como sacos de patatas. En serio.

La palabra «zoquis» se la acababa de inventar sobre la marcha y se sintió bastante orgullosa de cómo a veces un apodo logra capturar a la perfección la esencia de una persona.

Le sonó el teléfono.

K haces esta noche?

Jason otra vez, sondeándola. Nunca era tan obvio como cuando tenía ganas de sexting.

Deberes :'(

De las asignaturas que Laura cursaba aquel semestre sólo una guardaba relación con su futuro, la única clase de su especialidad en la que estaba matriculada, Macroeconomía, pero era matemática abstracta y no tenía nada que ver con el «elemento humano» de los negocios, que era la verdadera razón de su interés por aquel ámbito, porque le gustaba la gente, se le daba bien la gente y mantenía una inmensa caballería de contactos virtuales que le mandaban mensajes varias veces al día a través de las numerosas redes sociales en las que se mantenía activa, lo que provocaba un tintineo permanente de su teléfono, una y otra vez, como el toque suave de una cucharilla en una copa de cristal, notas agudas, puras, que le provocaban verdaderos accesos de felicidad pavloviana.

Por eso había decidido especializarse en Administración de Empresas.

Sin embargo, la Macroeconomía era tan absurda, aburrida e innecesaria para su futura carrera que no se sentía en absoluto culpable por colaborar con un chico de su grupo de orientación, estudiante de diseño gráfico y gran artista del Photoshop, que era capaz, por ejemplo, de escanear la etiqueta de una botella de té verde Lipton, borrar la lista de ingredientes (un párrafo sorprendentemente largo y complejo para algo que decía ser té) y reemplazarla por una chuleta para el examen (con todas las fórmulas y los conceptos que se suponía que debían haber memorizado) que replicaba exactamente el tipo de letra y el color de la etiqueta original, de modo que para darse cuenta de que disponía de todas las respuestas del examen el profesor tendría que haberse puesto a leer la lista de ingredientes de su botella de té verde Lipton. Que no iba a pillarla ni de coña, vamos. Laura recompensaba (o casi) al chico en cuestión con unos abrazos tal vez demasiado largos y apretados y con visitas bisemestrales a su habitación del piso inferior de la residencia cuando a Laura se le «olvidaba» la llave de su cuarto al ir a la ducha y no tenía más remedio que ir a visitarlo sin más prenda que su minitoalla preferida.

¿Se sentía mal Laura por todas esas argucias? No. Para ella, que la universidad se lo pusiera tan fácil a la hora de hacer trampas equivalía a una autorización tácita, y además la culpa era del centro por (a) darle tantas oportunidades y (b) obligarla a cursar tantas asignaturas idiotas.

Un ejemplo: *Hamlet*. Otra vez intentando leer el maldito *Hamlet*...

Ruidito del teléfono: otra notificación de iFeel. Era Vanessa: «iFeel asustada por tantas malas noticias económicas!!!» Exactamente el tipo de comentario aburrido que te costaba la expulsión de la lista de alertas. Laura eligió «ignorar». Primer aviso para Vanessa.

En todo caso, intentar leer *Hamlet* e identificar las «falacias lógicas» en la actitud del personaje era una gilipollez enorme, porque Laura sabía que cuando la entrevistaran para el puesto de vicepresidenta ejecutiva de comunicaciones y marketing de una gran corporación no le preguntarían nada sobre *Hamlet*. No le preguntarían nada sobre falacias lógicas. Había intentado leer *Hamlet*, pero se le quedaba atascado en el cerebro.

> *¡Cuán deterioradas, rancias, vanas e infructuosas*
> *me parecen todas las cosas de este mundo!*
> *¡Qué vergüenza! ¡Ah, qué vergüenza!*

¿Qué coño era eso?

¿Quién hablaba así? ¿Y quién decía que eso era buena literatura? Porque, por lo que había podido pillar en los pocos pasajes en los que Shakespeare escribía en inglés de verdad, Hamlet no era más que un idiota deprimido, y ella pensaba que si alguien estaba triste, deprimido y chafado por algo, lo más probable era que la culpa fuera suya, así que... ¿por qué tenía que quedarse ahí sentada, viendo cómo se regodeaba en su propia miseria? Y luego estaba el tema del teléfono, que tintineaba y graznaba y piaba unas diez veces por soliloquio y la hacía sentirse mentalmente disminuida mientras trataba de leer la mierda de *Hamlet* sabiendo que había una actualización pendiente, esperándola. Los mensajes de texto sonaban como una campanilla, pero cada vez que alguno de sus setenta y cinco amigos más próximos compartía su estado de iFeel se oía un trino de pájaro, pues así era como había configurado su teléfono. En un primer momento, Laura había optado porque sonara una alerta cada vez que alguno de sus amigos de iFeel publicaba algo, pero pronto se había dado cuenta de que era insostenible, dado que tenía más de mil amigos, su teléfono parecía una cinta de cotizaciones bursátiles y trinaba más que un santuario de aves de Audubon. Así pues, había reducido la lista de alertas a setenta y cinco personas, un número mucho más manejable, aunque se trataba de una lista fluida y siempre cambiante, puesto que pasaba al menos un par de horas a la semana reevaluándola y sustituyendo a algunas personas de su burbuja por otras; se guiaba por una especie de análisis regresivo intuitivo basado en varios indicadores, entre ellos el nivel de interés y la frecuencia de las publicaciones recientes del amigo, el número de fotografías tronchantes colgadas y etiquetadas recientemente, la presencia de declaraciones relacionadas aunque fuera de lejos con la política en los estados del amigo en cuestión (las declaraciones políticas solían generar polémica, de modo que Laura expulsaba a los reincidentes de la lista de setenta y cinco elegidos), y por último la capacidad del amigo en cuestión para encontrar y colgar vínculos a vídeos de internet que valieran la pena, ya que, para Laura, ser capaz de encontrar buenos vídeos de forma constante era una habilidad equiparable a cribar oro, por lo que era muy importante tener en tu lista de amistades más próximas a un par de esas personas que detectaban vídeos y memes de calidad antes de que se volvieran virales, pues verlos un día o una semana antes que el resto del mundo la hacía sentirse mejor respecto a su propia posición dentro de la cultura; la hacía sentirse a la vanguardia de todo. Era más o menos la misma sensación que tenía cuando paseaba por el centro comercial y veía que todas las tiendas de ropa le devolvían exactamente la imagen que ella quería. Las fotografías, tamaño póster, tamaño natural, algunas incluso más grandes, mostraban a chicas jóvenes y atractivas como ella, en grupos de amigos atractivos y con una relativa diversidad racial, muy parecidos a sus amigos, pasándolo bien en sitios al aire libre a los que ella y sus amigos irían, por supuesto, si tuvieran algo parecido cerca. Cuando veía aquellas imágenes se sentía querida. Todos querían caerle bien. Todos querían darle exactamente lo que ella deseaba. Nunca se sentía tan segura como en un probador rechazando prendas de ropa porque no eran lo bastante buenas para ella, empapándose del intenso olor a pegamento del centro comercial.

Sonó el tintineo. Jason otra vez.

Estás en casa?

Sí sola la zoquis está en el gimnasio :-)

El caso es que había topado con aquel profesor de Literatura que parecía empeñado en no darle lo que ella quería. Que de hecho parecía decidido a suspenderla. Ni siquiera lo había convencido con lo de su dificultad de aprendizaje, para su consternación. Su dificultad de aprendizaje estaba registrada de manera oficial en el departamento administrativo correspondiente gracias a un plan particularmente brillante urdido a principios de curso, cuando su nueva y rolliza compañera de habitación, que tomaba varios medicamentos para tratar sus graves problemas de TDAH, le había contado que por ley tenía derecho a un montón de prerrogativas, entre ellas que alguien tomara apuntes por ella, más tiempo para realizar pruebas y exámenes, plazos de entrega más largos, faltas de asistencia justificadas, etcétera. En otras palabras, libertad absoluta respecto al escrutinio de sus profesores que (¡encima!) era legalmente vinculante según la Ley de Protección de Ciudadanos con Discapacidades. Lo único que Laura tenía que hacer era contestar un cuestionario de tal forma que resultara en un diagnóstico determinado. Sencillo. Fue a la Oficina de Servicios Adaptados. El cuestionario constaba de veinticinco afirmaciones y en las respuestas había que mostrarse de acuerdo o en desacuerdo con ellas. Había imaginado que le resultaría obvio en cuáles tenía que mentir, pero en cuanto empezó el cuestionario constató con preocupación lo ciertas que eran algunas de aquellas afirmaciones: «Me cuesta recordar cosas que acabo de leer.» ¡Pues sí, le costaba! Era lo que sentía casi cada vez que le pedían que leyera un libro impreso. O: «Me doy cuenta de que estoy en las nubes cuando debería estar prestando atención.» Eso le pasaba literalmente decenas de veces en cada clase. Empezó a temer que pudiera tener algún problema de verdad, hasta que siguió avanzando en el cuestionario:

La idea de tener que hacer deberes me genera pánico y estrés.
Me cuesta hacer amigos.
El estrés de los estudios me provoca a veces dolores de cabeza insoportables y/o indigestión.

Ninguna de aquellas afirmaciones era cierta al cien por cien en su caso, y eso le hizo sentirse más o menos normal otra vez, de modo que cuando le diagnosticaron una dificultad de aprendizaje grave se sintió de maravilla, como cuando la entrevistaron para aquel trabajo en el cine y la contrataron al momento: era la misma sensación de triunfo. No se sentía culpable por jugar la baza de la dificultad de aprendizaje, ya que había respondido de forma honesta a varias de las afirmaciones del cuestionario, lo que le otorgaba un porcentaje de discapacidad del diez por ciento; además, sus asignaturas eran tan soporíferas, absurdas e imposibles de seguir que constituían una especie de impedimento de aprendizaje *de facto*, así que le sumó otro cuarenta y cinco por ciento, lo que dejaba su dificultad de aprendizaje en un cincuenta y cinco por ciento, un porcentaje que entonces redondeó al alza.

Lanzó un puñado de clips de papel más o menos a un metro de altura y los vio alejarse unos de otros describiendo espirales en el aire. Se dijo que, si practicaba lo suficiente, lograría la simetría perfecta de los clips. Podría lanzarlos de tal manera que se elevaran y volvieran a caer como una sola masa uniforme.

Los clips de papel se esparcieron por el suelo y Hamlet dijo:

¡Oh! ¡Si esta carne tan sólida pudiera ablandarse,
ablandarse y mezclarse con el rocío!

Menuda pérdida de tiempo.

Todavía le quedaba una opción, una última bala en la recámara. Llamó al número de la decana.

—El profesor Anderson no está creando las condiciones ideales para mi educación —dijo, cuando ésta se puso al aparato—. No siento que su clase sea un lugar ideal para aprender.

—Entiendo —dijo la decana—. Entiendo. ¿Y podrías explicar por qué?

—Siento que no puedo expresar mi punto de vista individual.

—¿Y por qué sientes eso, concretamente?

—Siento que el profesor Anderson no valora mi perspectiva individual.

—Bueno, tal vez deberíamos tener una reunión con él.

—No es un espacio seguro.

—Perdón, ¿cómo dices? —preguntó la decana, y Laura casi oyó a la mujer irguiéndose en su silla.

«Espacio seguro.» Era la expresión de moda en el campus. Laura ni siquiera tenía del todo claro qué significaba, pero sabía que captaba la atención de los administradores universitarios.

—No me siento segura en su clase —dijo Laura—. No es un espacio seguro.

—Ay, Dios.

—En realidad tengo la sensación de que es un espacio abusivo.

—¡Ay, Dios!

—No digo que él sea abusivo ni que haya abusado de mí literalmente —añadió Laura—. Sólo digo que cuando estoy en su clase temo alguna reacción abusiva.

—Ya veo. Ya veo.

—Emocionalmente, no puedo enfrentarme a la reescritura de mi trabajo sobre *Hamlet*, porque el profesor Anderson no ha creado un espacio seguro donde sienta que puedo expresar mi yo verdadero ante él.

—Ya, claro.

—Escribir un trabajo para el profesor Anderson me genera sentimientos negativos de estrés y vulnerabilidad. Me provoca una sensación opresiva. Si escribo un trabajo usando mis propias palabras y él me pone una mala nota, me sentiré mal conmigo misma. ¿Usted cree que tengo que sentirme mal conmigo misma para poder graduarme?

—No necesariamente, no —dijo la decana.

—Yo tampoco. Y me sabría fatal tener que exponer esta situación en el periódico estudiantil —dijo Laura—. O en mi blog. O ante mis mil amigos de iFeel.

Y eso fue algo así como el jaque mate de la conversación. La decana dijo que investigaría el asunto y le pidió a Laura que, entretanto, se olvidara del trabajo y no dijese nada hasta que encontraran la solución entre todos.

Victoria. Otro trabajo terminado. Cerró *Hamlet* y lo arrojó a un rincón de su cuarto. Apagó el ordenador. Le sonó el teléfono. Era Jason, que finalmente pedía lo que había querido desde el principio.

Mándame una foto te echo de menos!!!

Guarrilla o elegante? ;-)

Guarrilla!!!

Jaja lol }:-)

Se desnudó y, sujetando la cámara con el brazo estirado, adoptó varias poses sensuales que había absorbido a lo largo de dos décadas viendo el *Cosmo*, los catálogos de Victoria's Secret y pornografía en internet. Se sacó alrededor de una decena de fotos desde ángulos ligeramente distintos y con actitudes ligeramente diferentes: sensual y sexy, sensual y divertida, sensual e irónica, sensual y burlona, etcétera.

Y a continuación le costó muchísimo decidir cuál iba a mandarle a Jason, porque todas eran geniales.

3

Pwnage sugirió que quedaran en un bar llamado Jezebels.
Samuel escribió:

Suena a club de estriptis.

Sí es verdad lol

Pero lo es?

No... bueno más o menos

Estaba en otro barrio de las afueras de Chicago, uno que había crecido mucho a mediados de los sesenta con la primera ola migratoria hacia el exterior de la ciudad. Ahora estaba experimentando una muerte plácida. Todos los que se habían marchado en la generación anterior regresaban ahora para ocupar los rascacielos del *downtown* de Chicago, recientemente gentrificado. Tras la huida y el posterior regreso de los blancos, aquellos barrios periféricos de primera generación (con sus casas modestas y sus centros comerciales pintorescos) parecían viejos, sin más. La gente se marchaba, y su ausencia hacía bajar el valor de los inmuebles, lo que precipitaba la salida de más residentes en un círculo vicioso imparable. Los colegios cerraban. Había tiendas tapiadas. Farolas rotas. Baches cada vez más grandes que no se reparaban. Los esqueletos gigantescos de las grandes superficies permanecían vacíos, anónimos salvo por los viejos logotipos todavía legibles bajo una capa de polvo.

Jezebels estaba en un centro comercial, entre una licorería y un negocio de alquiler de neumáticos con opción de compra. En las láminas de plástico negro que oscurecían los escaparates había burbujas de aire atrapado que nadie se había preocupado de alisar. Dentro, el local tenía todos los elementos propios de un club de estriptis: un escenario elevado, una barra metálica, luces púrpura. Pero no había bailarinas. Sólo se podían ver las teles, unas dos docenas en total y dispuestas de tal forma que, te sentaras donde te sentaras, siempre quedaban por lo menos cuatro en tu campo de visión. Estaban todas conectadas a diversos canales de televisión por cable especializados en deportes, en vídeos musicales, en concursos o en programas de cocina. En el televisor más grande, que estaba suspendido encima del escenario y que parecía atornillado directamente sobre la barra vertical, pasaban una película de los noventa sobre bailarinas de estriptis.

El local estaba casi vacío. Había varios tipos en la barra mirando sus móviles. Un grupo más grande al fondo, seis personas en un reservado, en silencio en ese momento. Samuel no vio a nadie que encajara con la descripción de Pwnage («Seré el tipo rubio con camisa negra», le había dicho), de modo que se sentó a una mesa y esperó. Encima de la barra del bar había un televisor sintonizado en un canal de música en el que entrevistaban a Molly Miller. Aquella noche se estrenaba su nuevo videoclip: «La canción va sobre, o sea, ¿sobre ser tú mismo? —dijo Molly—. Es lo que dice la canción: *You have got to represent.*" Sé fiel a quien eres. O sea, no cambies, y tal.»

—¡Eh, Dodger! —dijo un tipo cerca de la puerta.

Efectivamente, llevaba una camisa negra, pero el pelo, más que rubio, era blanco, con las puntas de un amarillo ictérico, descolorido. Tenía la cara pálida y marcada, y aparentaba una edad indefinida: podía tener cincuenta años, o treinta si la vida lo había tratado fatal. Llevaba unos vaqueros que le quedaban cortos por un par de centímetros y una camisa de manga larga que le iba estrecha, tal vez un par de tallas. Ropa que había comprado cuando era más joven y menos corpulento.

Se dieron la mano.

—Pwnage —dijo él—. Me llamo así.

—Yo soy Samuel.

—¡Qué va! —dijo él—. ¡Tú eres Dodger! —Le dio una palmada en el hombro—. Es como si ya te conociera, tío. Somos colegas de guerra.

Parecía que llevara una bola de jugar a los bolos debajo de la camisa, justo por encima del cinturón. Un enclenque con panza de gordinflón. Tenía los ojos saltones e inyectados en sangre, y una piel con la textura de la cera fría.

Se acercó una camarera y Pwnage le pidió una cerveza y algo llamado «Nachos Doble D, superextracargados».

—Un local muy interesante —comentó Samuel cuando se marchó la camarera.

—Es el único bar al que puedo llegar caminando desde mi casa —dijo Pwnage—. Me gusta caminar. Por el ejercicio. Pronto empezaré una dieta. La dieta Pleisto, ¿te suena?

—Pues no.

—Consiste en comer como en el Pleistoceno. Más en concreto, como en la época Tarantiense, durante la última glaciación.

—¿Y cómo sabemos qué comían en el Pleistoceno?

—Por la ciencia. Se trata de comer lo mismo que los hombres de las cavernas, pero sin mastodontes. Además, es comida sin gluten. La clave está en hacerle creer al cuerpo que has retrocedido en el tiempo hasta antes de la invención de la agricultura.

—No entiendo por qué alguien querría hacer eso.

—Porque hay una sensación de que la civilización fue un error. De que en un momento dado la cagamos, cogimos un desvío equivocado. Y ahora, por culpa de eso, estamos gordos.

Tenía el cuerpo visiblemente inclinado hacia un lado, el derecho. La mano con la que controlaba el ratón era la dominante. El brazo izquierdo parecía reaccionar unos segundos más tarde que el resto de su cuerpo, como si estuviera siempre dormido.

—Supongo que los nachos no formaban parte del menú en el Pleistoceno —dijo Samuel.

—Verás, ahora mismo, lo importante para mí es gastar poco. Estoy ahorrando. ¿Tú sabes lo cara que es esa comida orgánica? Un bocata cuesta setenta y nueve centavos en la gasolinera, pero unos diez dólares en el comercio orgánico. ¿Sabes lo baratos que son los nachos si calculas los dólares por caloría? Y no hablemos ya de los Go-Go Taquitos, ni de los palitos de tortita y salchicha, ni de otros tipos de comida sin equivalente orgánico que me regalan en el 7-Eleven de mi calle.

—¿Cómo que te la regalan?

—Bueno, es que la Administración de Alimentos y Medicamentos, por razones de salud pública, obliga a retirar ciertos alimentos en función de la fecha de caducidad, pero se pueden cocinar hasta doce horas antes de esa retirada. Si te presentas en el 7-Eleven unos minutos antes de la hora de rotación de alimentos, puedes llenar una bolsa entera no sólo con una docena o más de taquitos y palitos de tortita, sino también con cosas más convencionales, como frankfurts, bratwursts, burritos con alubias y tal.

—Uau, ya veo que tienes todo un sistema montado.

—Por supuesto, yo no me atrevería a calificar esa comida como «agradable», ya que está dura, quemada y reseca después de cocinarse todo el día en asadores de alta temperatura. A veces, cuando muerdes la tortilla gruesa de un burrito, tienes la sensación de estar masticándote los callos de los pies.

—Me va a costar quitarme esa imagen de la cabeza.

—Pero es barato, ¿sabes? Y eso tiene su importancia, sobre todo con mi actual nivel de ingresos, francamente mínimo desde que me quedé sin trabajo, y encima los cheques del paro se me acabarán dentro de unos tres meses, justo cuando se me empezarán a notar en la cintura los efectos reales de la nueva dieta. Y si en ese momento tengo que empezar una dieta mala y barata porque me quedo sin dinero, bueno, ese golpe me haría perder impulso, estoy seguro. O sea que tengo que lograr que la dieta sea viable desde el punto de vista económico y sostenible a largo plazo, por eso es importante que ahora mismo renuncie a comer sano y así pueda ahorrar para cuando empiece a comer sano. ¿Entiendes?

—Creo que sí.

—Por cada semana que paso alimentándome a base de mierda barata, como estos nachos, puedo traspasar unos setenta pavos a la otra columna del libro de cuentas que llevo mentalmente, como dinero «ahorrado» para mi nueva vida. De momento el plan va bien.

Parecía que el tipo no estaba bien del todo, transmitía una sensación de desorden, como si padeciera alguna dolencia exótica. En sus rasgos había algún desarreglo que Samuel no lograba identificar, como si sufriera una enfermedad erradicada hacía tiempo, tal vez el escorbuto.

Les llevaron las bebidas.

—Salud —dijo Pwnage—. Bienvenido a Jezebels.

—Vaya sitio —dijo Samuel—. Parece que tiene historia.

—Antes era un club de estriptis —dijo Pwnage—. Pero las bailarinas dejaron de venir porque el alcalde primero prohibió el alcohol en los clubes de estriptis, luego prohibió el perreo en los clubes de estriptis y al final prohibió los clubes de estriptis.

—O sea, que ahora es más bien un bar temático con aspecto de club de estriptis, ¿no?

—Exacto. El alcalde era partidario de la disciplina férrea. Salió elegido en un arrebato de rabia de última hora cuando la ciudad empezaba a ir de capa caída.

—¿Hace mucho que vienes por aquí?

—No venía cuando era un club —dijo Pwnage, levantando la mano para mostrarle su alianza—. Mi mujer está más bien en contra de los clubes. Por todo el rollo del patriarcado y tal.

—Me parece sensato.

—Es que los clubes de estriptis son degradantes para las feministas y todo eso. Oye, me encanta esta canción.

Se refería al nuevo sencillo de Molly Miller, cuyo videoclip empezaba a verse en aproximadamente un tercio de los televisores del local: Molly cantando en un autocine abandonado donde una multitud de jóvenes atractivos habían aparcado sus coches, modelos americanos clásicos de finales de los sesenta y principios de los setenta (Camaros, Mustangs, Challengers), en lo que constituía un ejemplo claro de la extraña sensación de dislocación y ambigüedad que Samuel experimentaba al ver aquel vídeo y procesar sus abundantes elementos de atrezo. La ambientación parecía actual, a la vista del estado de abandono del autocine, pero los automóviles eran de hacía cuarenta años y Molly cantaba con unos de esos micrófonos achaparrados que se usaban en la radio en los años treinta. Al mismo tiempo, su vestuario parecía ser un guiño irónico y moderno al estilo de los ochenta, sobre todo por las enormes gafas blancas de plástico y los tejanos ajustados. Era un enorme y veleidoso batiburrillo referencial de símbolos anacrónicos sin conexión lógica entre ellos, más allá de que todos fueran muy molones.

—Bueno, ¿por qué razón querías quedar? —preguntó Pwnage, recuperando su postura inicial, con los pies doblados debajo del cuerpo.

—Por nada en concreto —dijo Samuel—. Sólo quería charlar un poco.

—Podríamos haberlo hecho en *Elfscape*.

—Sí, supongo.

—En realidad, ahora que lo pienso, es la primera vez desde hace mucho tiempo que mantengo una conversación con alguien fuera de *Elfscape*.

—Ya —dijo Samuel, y tras pensarlo un momento constató con cierta incomodidad que podía decir lo mismo—. ¿Crees que es posible que pasemos demasiado tiempo jugando a *Elfscape*?

—¡Qué va! Pero sí, es posible.

—A ver, piensa en todas las horas que dedicamos a *Elfscape*, en la suma de todas esas horas. Y no hablo sólo de las horas invertidas en jugar, sino también en leer sobre el juego o en ver vídeos de otra gente jugando, en hablar y preparar estrategias, en entrar en foros de debate y todo eso. ¡Es muchísimo tiempo! Si no fuera por *Elfscape*, tal vez tendríamos vidas relevantes. En el mundo real, digo.

Les sirvieron los nachos en lo que parecía una bandeja para lasaña: una montaña de chips de maíz cubiertos de carne picada, beicon, salchicha, trozos de filete, cebolla, jalapeños y seguramente un litro de queso fundido, ese queso naranja casi fosforescente, grueso y brillante, como de plástico.

Pwnage se abalanzó sobre la bandeja y, entre bocado y bocado, con metralla de nachos pegada a los labios, dijo:

—Pues yo creo que *Elfscape* es más relevante que el mundo real.

—¿En serio?

—Sí, en serio. Porque, oye, lo que yo hago en *Elfscape* importa. Es decir, las cosas que hago tienen impacto en el sistema, cambian el mundo. Y en la vida real eso no puedes hacerlo.

—A veces sí.

—Casi nunca. La mayor parte de las veces no puedes. La mayor parte de las veces no puedes hacer nada que cambie el mundo. Porque, a ver, casi todos mis amigos de *Elfscape* trabajan como dependientes en la vida real. Venden televisores o pantalones en algún centro comercial. Mi último empleo fue en una copistería. Ya me dirás cómo vas a cambiar el sistema haciendo eso.

—Creo que no soy capaz de aceptar que un juego sea más relevante que el mundo real.

—Cuando perdí mi trabajo, me dijeron que era por la crisis. No podían permitirse tantos empleados. A pesar de eso, ese mismo año el director general de la empresa recibió un salario que era literalmente ochocientas veces superior al mío. Creo que, ante algo así, refugiarse en *Elfscape* es una respuesta bastante cuerda. Satisfacemos una necesidad psicológica humana básica, la de sentir que servimos para algo, que somos útiles.

Pwnage se llevaba los nachos a la boca cuando todavía estaban conectados a la bandeja a través de hilillos de cieno naranja. Cargaba en cada nacho toda la carne y el queso que cupiera encima. Ni siquiera había terminado de masticar un bocado y ya empezaba a engullir el siguiente. Era como si dentro tuviera una cinta transportadora.

—Ojalá el mundo real funcionara como *Elfscape* —dijo Pwnage, sin dejar de masticar—. Ojalá los matrimonios funcionaran así. Que cada vez que hiciera algo bien me dieran puntos hasta convertirme en un marido máster de nivel cien. O que cada vez que me comportara como un capullo con Lisa perdiera puntos, y cuanto más me acercase al cero más cerca estaría también del divorcio. Tampoco vendría mal que todos esos acontecimientos tuvieran sus correspondientes efectos sonoros. Como cuando Pac-Man se marchita y se muere. O como cuando te pasas de apuesta en «El precio justo». Ese estribillo del fracaso.

—¿Lisa es tu mujer?

—Ajá —dijo Pwnage—. Estamos separados. Bueno, en realidad es más preciso decir que estamos divorciados. Por el momento.

Pwnage se quedó mirando su alianza y luego levantó la vista hacia el vídeo y su espiral de imágenes disociadas: Molly en un aula; Molly de animadora en un partido de fútbol americano del instituto; Molly en una bolera; Molly en un baile de instituto; Molly en un prado, de pícnic con un chico mono. Quedaba claro que los productores pretendían captar al público adolescente y preadolescente, y que se revolcaban descaradamente en esos códigos como un cerdo en una pocilga.

—Cuando Lisa y yo estábamos casados, yo creía que todo iba genial —dijo Pwnage—. Hasta que un día me dijo que no estaba satisfecha con nuestra relación y, bum, los papeles del divorcio. Se marchó de un día para otro, sin avisar.

Pwnage se rascó un punto del brazo que debía de picarle muy a menudo, porque la manga ya empezaba a deshilacharse.

—Eso no pasaría nunca en un videojuego —siguió diciendo—. Una sorpresa así sería imposible. En un juego siempre hay un *feedback* inmediato. En un juego, cada vez que hacía cualquiera de las cosas que provocaban en mi mujer el deseo de divorciarse de mí, habría aparecido un efecto sonoro y un gráfico con los puntos de buen marido que estaba perdiendo. Entonces habría podido pedirle perdón y no lo habría vuelto a hacer.

Detrás de él, Molly Miller cantaba ante una multitud que no paraba de bailar y aclamarla. Como no se veía ninguna banda en el escenario, ni siquiera una cadena de música, parecía que cantara a capela. Sin embargo, como el entusiasmo con que bailaban y saltaban sus seguidores no guardaba proporción alguna con un canto a capela, se deducía que la música les llegaba desde algún lugar que quedaba fuera del plano, con esa lógica extradiegética que se ha convertido en la norma en los videoclips musicales del pop. Es lo que hay.

—Los juegos siempre te indican qué debes hacer para ganar —dijo Pwnage—. La vida real no. Siento que he perdido en la vida real y no tengo ni idea de por qué.

—Ya.

—Es decir, la he cagado con la única chica a la que he querido.

—Yo también —dijo Samuel—. Se llamaba Bethany.

—Vaya. Y no tengo una carrera profesional sólida.

—Yo tampoco. De hecho, creo que hay una alumna que quiere que me expulsen.

—Y voy de culo con la hipoteca.

—Yo también.

—Y paso la mayor parte del tiempo jugando a videojuegos.

—Yo también.

—Colega —dijo Pwnage, mirando a Samuel con los ojos saltones, inyectados en sangre—. Tú y yo somos como... gemelos.

Se quedaron un rato en silencio mientras Pwnage comía y los dos escuchaban la canción, que debía de estar acabándose porque ya era más o menos la cuarta vez que se repetía el estribillo. La letra insinuaba algo que no llegaba a captarse del todo, algo que eludía por poco la comprensión, sobre todo gracias a los antecedentes cambiantes y ambiguos del pronombre «*it*».

226

Don't hurt it. You gotta serve it.
You gotta stuff it, kiss it.
I want to get it.
Push up on it. 'Cuz I'm gonna work it.
You got it? Think about it.

Luego, después de cada estrofa, Molly soltaba un grito y la multitud cantaba la frase que conducía al estribillo («*You have got to represent!*») con los puños levantados como si protestaran contra algo, a saber qué.

—Mi madre me abandonó cuando era pequeño —dijo Samuel—. Me hizo lo mismo que Lisa a ti. Se largó de un día para otro.

Pwnage asintió con la cabeza.

—Ya veo.

—Y ahora necesito algo de ella y no sé cómo conseguirlo.

—¿Qué necesitas?

—Su historia. Estoy escribiendo un libro sobre ella, pero no quiere contarme nada. Sólo tengo una fotografía y un puñado de notas incompletas. No sé nada de ella.

Samuel llevaba la fotografía en el bolsillo, impresa en una hoja de papel y doblada. La desplegó y se la mostró a Pwnage.

—Ajá —dijo éste—. ¿Eres escritor?

—Sí. Y mi editor me denunciará si no termino este libro.

—¿Tienes editor? ¿En serio? Yo también soy escritor.

—No me digas.

—Sí, tengo una idea para una novela. Se me ocurrió en el instituto. Un poli con poderes paranormales que persigue a un asesino en serie.

—Qué emocionante.

—Ya lo tengo todo planeado en la cabeza. Al final (ojo, alerta *spoiler*), hay una confrontación épica cuando la última pista conduce al detective hasta el novio de la hija de su ex esposa. La escribiré en cuanto tenga tiempo.

La piel de las cutículas de Pwnage, la piel de alrededor de los ojos, la piel de los labios y, en realidad, la piel de todas las intersecciones de su cuerpo presentaba una rojez intensa, de aspecto doloroso. Un malestar escarlata en cualquier parte de su cuerpo que se convertía en otra. Samuel imaginó que debía de dolerle moverse, parpadear, respirar. Tenía manchas rosadas en el cuero cabelludo allí donde había perdido mechones de pelo blanco. Un ojo daba la sensación de estar más abierto que el otro.

—Mi madre es la Packer Attacker —dijo Samuel.

—¿La Packer qué?

—La mujer que le tiró piedras al político ese.

—No tengo ni idea de qué me hablas.

—Ya, yo también tardé en enterarme. Creo que pasó el día de nuestra misión, el día en que matamos al dragón.

—Eso sí fue una victoria épica.

—Sí.

—En realidad, *Elfscape* nos enseña muchas cosas sobre la vida —dijo Pwnage—. Mira este problema con tu madre, por ejemplo. Es muy fácil. Sólo tienes que averiguar de qué tipo de desafío se trata.

—¿A qué te refieres?

—En *Elfscape*, como en cualquier videojuego, hay cuatro tipos de desafíos. Todos los desafíos son una variante de esos cuatro. Ésa es mi filosofía.

Pwnage pasó una mano sobre los restos de nachos, en busca de algún fragmento que todavía conservara la integridad estructural, pero la mayoría estaban flácidos y yacían en el pantano de queso y aceite acumulado en el fondo de la bandeja.

—¿Tu filosofía se deriva de los videojuegos? —preguntó Samuel.

—Creo que también funciona en la vida real. Cualquier problema con el que te topes, ya sea en un videojuego o en la vida, encaja con una de estas cuatro cosas: un enemigo, un obstáculo, un rompecabezas o una trampa. Eso es todo. Cualquier persona que te encuentres en la vida real es una de esas cuatro cosas.

—Vale.

—O sea, que sólo tienes que averiguar a qué tipo de desafío te enfrentas.

—¿Y eso cómo se hace?

—Depende. Pongamos por caso que se trata de un enemigo. La única forma de derrotar a un enemigo es matándolo. ¿Matar a tu madre resolvería tu problema?

—En absoluto.

—Pues entonces no es un enemigo. ¡Qué bien! ¿Y si es un obstáculo? Los obstáculos son cosas que tienes que sortear. ¿Evitar a tu madre resolvería tu problema?

—No, porque tiene una cosa que necesito.

—¿Y qué es esa cosa?

—La historia de su vida. Necesito saber qué le ocurrió en el pasado.

—Vale. ¿Y no hay otra forma de conseguirla?

—No creo.

—¿No hay documentos históricos? —preguntó Pwnage—. ¿No tienes familiares a quienes puedas entrevistar? Porque los escritores investigan, ¿no?

—Bueno, mi abuelo materno todavía vive.

—Pues ahí lo tienes.

—Hace años que no hablo con él. Está en una residencia para ancianos, en Iowa.

—Ajá —dijo Pwnage mientras rebañaba los restos de salsa de los nachos con una cuchara.

—Entonces tu consejo es que vaya a hablar con mi abuelo —dijo Samuel—. Que vaya a Iowa y le pregunte por mi madre.

—Sí. Averigua su historia. Junta todas las piezas. Es la única forma que tienes de resolver tu problema, si es que en verdad se trata de un problema tipo obstáculo y no de un rompecabezas o una trampa.

—¿Y cómo se reconoce la diferencia?

—Al principio es imposible. —Dejó la cuchara. Se había terminado casi todos los nachos. Untó un dedo en una gota de queso y se lo lamió—. Pero debes andarte con ojo y distinguir entre las personas que son rompecabezas y las que son trampas. Porque los rompecabezas pueden resolverse, pero las trampas no. Y crees que alguien es un rompecabezas hasta que te das cuenta de que es una trampa. Pero entonces ya es demasiado tarde. En eso consiste la trampa.

4

He aquí un recuerdo: Samuel va sentado en el asiento trasero durante un viaje veraniego al pueblo de sus padres en Iowa. Mamá y papá
van delante y él evita el lado donde da el sol y se dedica a contemplar
por la ventanilla el desfile del paisaje, el tráfico aterrador de Chicago
y el contorno de ladrillos y acero de la ciudad, que va dando paso al
reflujo más predecible de la campiña. La estación de servicio Oasis
de DeKalb, último jirón de civilización antes de que empiece el paisaje agrícola. Un inmenso cielo abierto que parece aún más inmenso
porque no hay nada que lo interrumpa: ni montañas ni colinas ni
ningún accidente topográfico, sólo la llanura verde, infinita.

Luego cruzan el Misisipi y Samuel trata de contener el aliento
mientras atraviesan el larguísimo puente de hormigón, mira hacia
abajo y ve las barcazas que se dirigen al sur y los remolcadores, los
puentes flotantes y las lanchas motoras que arrastran neumáticos
hinchables sobre los que la gente (puntitos de color rosa desde esa
altura) va pegando brincos. Dejan la interestatal y ponen rumbo al
norte, siguiendo el río hasta casa, hasta el lugar de donde son sus padres, donde se criaron y donde se enamoraron en el instituto, según
la historia que le han contado. Toman la autopista 67, con el río a la
derecha, y van dejando atrás gasolineras que anuncian cebo vivo,
banderas estadounidenses que ondean en los memoriales dedicados
a los veteranos de guerra, en parques públicos y en campos de golf,
sobre iglesias y barcas, algunos tractores John Deere mal parados en
el arcén, conductores de Harleys con la mano izquierda en alto para
saludar a las Harleys que circulan en dirección contraria, pasan junto

a la cantera, donde los neumáticos lanzan por el aire guijarros de grava anaranjada, ven las señales que anuncian límites de velocidad estrictamente vigilados y algunos carteles agujereados a perdigonazos: «CIERVOS DURANTE LAS PRÓXIMAS DOS MILLAS», «PRECAUCIÓN: ENTRADA DE FÁBRICA», «ESTA AUTOPISTA HA SIDO ADOPTADA POR EL KIWANIS CLUB». Por fin asoman las chimeneas rojas y blancas de la planta de nitrógeno, y más tarde los gigantescos tanques blancos de Propanos del Este de Iowa, la mastodóntica planta de ChemStar por culpa de la cual normalmente todo el pueblo huele a cereales chamuscados, el elevador de grano y los pequeños negocios provincianos: el taller mecánico de Leon, el salón de belleza y de reparación de armas de Bruce, la tienda de antigüedades y objetos raros de Sneaky Pete, la farmacia de Schwingle. Cobertizos en los patios traseros, construidos con placas de aluminio. Garajes exteriores con el revestimiento aislante de las paredes a la vista. Casas con tres, cuatro, incluso cinco vehículos operativos y en ocasiones meticulosamente mantenidos y engalanados. Adolescentes en motocicleta, con banderitas naranja ondeando sobre la cabeza. Niños conduciendo *quads* y enduros por los campos pelados. Camiones remolcando barcas. Todos usaban los intermitentes, como debe ser.

El recuerdo parecía lleno de detalles concretos, porque muy pocas cosas habían cambiado. Cuando hizo el mismo viaje para entrevistar a su abuelo después de décadas sin verlo, Samuel se percató de que todo seguía más o menos igual. El valle del río Misisipi todavía era verde y frondoso, a pesar de ser uno de los lugares con más contaminación química del país. En casi todas las casas de los pueblos de la orilla del río seguían ondeando las banderas. El patriotismo ritual no había disminuido pese a dos crueles décadas de subcontratación del empleo y reducción de la producción. Y sí, el centro de gravedad del pueblo se había desplazado del antiguo y pintoresco centro urbano al nuevo Walmart, pero no parecía que a nadie le importara demasiado. El aparcamiento del Walmart, en pleno ajetreo, estaba lleno de coches.

Se fijó en todo eso mientras conducía de un lado a otro. Estaba investigando, tal como Pwnage le había sugerido. Estaba intentando empaparse del pueblo, formarse una idea de lo que habría significado crecer allí. Su madre nunca hablaba de ello, y apenas habían ido de visita: por lo general en veranos alternos, cuando él era pequeño.

No obstante, Samuel no había dejado de recibir información puntual del pueblo natal de sus padres y sabía que su abuelo seguía allí, aquejado de demencia y párkinson, languideciendo en una residencia llamada Willow Glen, donde Samuel tenía una cita algo más tarde. Hasta entonces pensaba dedicarse a explorar, observar e investigar.

Primero encontró la casa donde vivía su padre de niño, una granja junto al río Misisipi. Encontró también la de su madre, un bungaló pintoresco con un gran ventanal en una habitación del primer piso. Visitó el instituto donde había estudiado Faye, que se parecía a cualquier otro instituto. Tomó unas cuantas fotografías. Visitó el parque infantil que había cerca de la casa de su madre: un columpio, un tobogán y una estructura para trepar, lo típico. Tomó unas cuantas fotografías. Incluso visitó las instalaciones de ChemStar, donde su abuelo había trabajado durante tantos años, una fábrica tan enorme que era imposible abarcarla de una sola vez. Construida junto al río, rodeada de vías de tren y tendidos eléctricos, parecía un portaaviones varado en tierra, tumbado. Un armatoste de metal y tuberías que se extendía durante kilómetros, hornos y chimeneas, edificios de hormigón con aspecto de búnker, tanques de acero, depósitos redondos, respiraderos y tubos que parecían conducir sin excepción a una enorme cúpula de cobre situada en el extremo norte de la fábrica y que, según le diera la luz, parecía un segundo sol, más pequeño, alzándose desde el suelo. Una atmósfera sulfurosa y recalentada envolvía la planta, que olía a gases de combustión y carbono quemado, un ambiente enrarecido en el que costaba respirar, como si no hubiera suficiente aire en el aire. Samuel lo fotografió todo. Los tanques y las tuberías torcidas, las chimeneas de ladrillo que exhalaban cúmulos blancos de vapor que se desintegraban en el aire. No logró encuadrar la fábrica entera en una sola imagen, pero recorrió el perímetro sacando fotografías panorámicas. Esperaba que de aquellas imágenes se desprendiera algo importante, que le mostraran alguna conexión entre la brutalidad de las instalaciones de ChemStar y la familia de su madre, que había mantenido con aquella planta una relación umbilical durante tanto tiempo. Tomó decenas de fotografías y a continuación se marchó a su cita.

Iba de camino a la residencia cuando lo llamó Periwinkle.

—Hola, colega —dijo su editor con voz reverberante—. Sólo llamo para saber cómo andas.

—Te oigo muy lejos. ¿Dónde estás?

—En Nueva York, en mi despacho. Tengo puesto el manos libres. Hay una manifestación delante del edificio. No paran de gritar y cantar. ¿Los oyes?

—Pues no —contestó Samuel.

—Yo sí —dijo Periwinkle—. Están veinte plantas más abajo, pero los oigo.

—¿Y qué gritan?

—Bueno, en realidad no distingo lo que dicen. Sus discursos, o lo que sea. Oigo tambores, más que nada. Suena como una ópera rock. Arman un corro y tocan el tambor. Hacen mucho ruido, a diario. Sus razones no están claras.

—Debe de resultarte muy raro que protesten contra ti.

—No protestan contra mí en particular. Ni tampoco contra mi empresa, concretamente. Más bien contra el mundo que ha hecho posible mi empresa. El de las multinacionales, la globalización y el capitalismo. Creo que su lema dice que son el noventa y nueve por ciento, o algo así.

—Ocupemos Wall Street.

—Ésos, sí. Un nombre un poco exagerado, la verdad. No están ocupando Wall Street, sino más bien un pequeño rectángulo de hormigón a unos trescientos metros de Wall Street.

—Creo que el nombre es simbólico.

—Es una revolución contra cosas que no entienden. ¿Te imaginas a nuestros antepasados homínidos protestando contra una sequía? Pues es lo mismo.

—Entonces, en tu opinión, esta protesta es como una danza de la lluvia.

—Es una respuesta tribal y primitiva a un poder parecido al de los dioses, sí.

—¿De cuánta gente estamos hablando?

—Cada día son más. Al principio eran una decena, hoy son varias decenas. Intentan entablar conversación con nosotros cuando venimos a trabajar.

—Deberías hablar con ellos.

—Ya lo hice una vez. Con un tipo de unos veinticinco años. Estaba al lado del corro de percusionistas, haciendo malabares. Llevaba rastas de chico blanco. Empezaba todas las frases con «Es que...», un tic que tenía. Pero pronunciaba mal. No fui capaz de oír ni una sola palabra más de lo que decía, literalmente.

—O sea que no fue un diálogo de verdad.

—¿Alguna vez te has manifestado por algo?

—Una vez.

—¿Y qué tal?

—No sirvió de nada.

—Un corro de tambores. Malabares. Son la personificación de la incongruencia en medio del distrito financiero. Lo que no entienden es que no hay nada que le guste tanto al capitalismo como las incongruencias. Eso es lo que tienen que aprender. El capitalismo devora las incongruencias que da gusto.

—Cuando dices «incongruencias» te refieres a...

—Ya me entiendes, a lo que se pone de moda, las nuevas tendencias. Toda tendencia nace como una falacia.

—A lo mejor eso explica el nuevo videoclip de Molly Miller.

—¿Lo has visto?

—Muy pegadizo —dijo Samuel—. «You have got to represent!» ¿Qué se supone que quiere decir?

—Antes había una diferencia entre la música auténtica y la comercial. Te hablo de cuando yo era joven, en los sesenta. En esa época sabíamos que los vendidos no tenían alma y queríamos apoyar a los artistas de verdad. Hoy, en cambio, lo auténtico es ser un vendido. Cuando Molly Miller dice «Yo soy sincera», lo que quiere decir es que todo el mundo busca el dinero y la fama, y que cualquier artista que diga lo contrario miente. La única verdad fundamental es la codicia, y la única pregunta relevante es quién lo admite abiertamente. Ésa es la nueva autenticidad. Nadie podrá acusar a Molly Miller de vendida porque venderse siempre ha sido su objetivo.

—El mensaje de la canción da la impresión de ser «hazte rico, pásalo bien».

—Molly apela a la codicia latente de sus seguidores y les dice que no pasa nada. Janis Joplin intentaba motivarte para ser mejor persona. Molly Miller te dice que no pasa nada por ser la persona horrible que ya eres. Y no la juzgo, que conste. Pero saber todo esto forma parte de mi trabajo.

—¿Y qué me dices del malabarista? —preguntó Samuel—. El tipo del corro de tambores, digo. Ése no quiere venderse.

—Está imitando una manifestación que vio una vez por la tele, hace años. Se ha vendido, sólo que a otro conjunto de símbolos.

—Pero no a la codicia, digo yo.

—¿Tienes edad suficiente para acordarte de Stormin' Norman Schwarzkopf? ¿Y de los misiles *scud*? ¿Cintas amarillas, una línea trazada en la arena y Arsenio Hall ladrando en honor a los soldados?

—Sí.

—No hay nada que el capitalismo no sea capaz de devorar. Las incongruencias son su lengua materna. ¿Me has llamado tú o te he llamado yo?

—Tú.

—Ah, sí, ya me acuerdo. Me he enterado de que te has reunido con tu madre.

—La he visto, sí. Fui a su apartamento.

—Estuvisteis juntos en un mismo espacio. ¿Y qué te contó?

—No mucho.

—Estuvisteis juntos en un mismo espacio, superaste como un héroe años de resentimiento, ella se abrió como nunca lo había hecho con nadie y te relató una historia dramática que, idealmente, concluye después de más o menos doscientas cincuenta páginas de amena lectura.

—No exactamente.

—Sé que te estoy pidiendo que proceses tus sentimientos muy deprisa, pero tenemos un calendario que cumplir.

—No me pareció que tuviera ganas de hablar. Pero me lo estoy currando. Estoy investigando, puede que me lleve algún tiempo.

—Algún tiempo. Ya veo. ¿Te acuerdas del tremendo vertido de petróleo que hubo el año pasado en el golfo de México?

—Sí.

—A la gente le importó esa noticia durante una media de treinta y seis días. Hay estudios.

—¿Qué quieres decir con «le importó»?

—Durante el primer mes, la gente reaccionó sobre todo con indignación, aprovechando para soltar la rabia contenida. Al cabo de cinco semanas, la respuesta media era: «Ah, sí, ya no me acordaba.»

—O sea que insinúas que tenemos una ventana de oportunidad.

—Una ventana muy limitada que no para de reducirse. Ese vertido fue el peor desastre ecológico de la historia de América del Norte.

Al lado de eso, ¿a quién le importa una mujer que le tiró piedras a un tipo al que la mayoría considera un imbécil?

—Pero ¿qué hago? ¿Qué alternativa tengo?

—Bancarrota. Yakarta. Ya te lo expliqué.

—Me daré prisa. De hecho, ahora mismo estoy en Iowa, recopilando información.

—Iowa. No tengo ni una imagen conceptual de cómo es.

—Piensa en fábricas abandonadas, granjas pendientes de subasta, maizales con cartelitos de Monsanto. Acabo de pasar uno ahora mismo.

—Divino.

—Barcazas en el río. Pocilgas. Hipermercados provincianos de la cadena Hy-Vee.

—Creo que he dejado de escucharte.

—Hoy voy a entrevistar a mi abuelo. A lo mejor él puede contarme qué le pasó en realidad a mi madre.

—¿Cómo te lo digo con delicadeza? «Lo que le pasó en realidad» a tu madre no nos interesa lo más mínimo. Nos interesa mucho más que toda esa gente que pierde la cabeza cada vez que hay elecciones presidenciales se rasque el bolsillo.

—He llegado a la residencia. Tengo que colgar.

El centro se encontraba en un edificio de aspecto anónimo que, visto desde fuera, parecía un bloque de apartamentos: revestimientos de plástico, ventanas con cortinas y un nombre de origen dudoso: Willow Glen, el valle de los sauces. Nada más entrar, Samuel percibió el olor agresivo y claustrofóbico de la medicina institucionalizada: lejía, jabón, limpiador de moqueta y el intenso efluvio subyacente, omnipresente, a pis. En el mostrador de recepción, todos los visitantes debían rellenar un formulario y especificar el motivo de la visita. Junto a su nombre, Samuel escribió «Investigación». Su plan consistía en hablar con su abuelo y sonsacarle algunas respuestas. Esperaba que, con un poco de suerte, su abuelo quisiera hablar. Frank Andresen siempre había sido un hombre taciturno. Tenía una actitud introspectiva y apática, hablaba con un acento desconcertante, solía oler a gasolina y se mostraba un tanto distante. Todo el mundo sabía que había emigrado de Noruega, pero nunca había contado por qué. «Para buscar una vida mejor», era lo único que había revelado. De hecho, lo único concreto que les había explicado sobre su vida allí era que su familia tenía una granja preciosa: una casa enorme, de color rojo salmón, con vistas al mar, en la ciudad más septentrional del mundo. Eran los únicos momentos en los que parecía feliz, cuando hablaba de aquella casa.

Una enfermera acompañó a Samuel hasta una mesa de la cafetería, sin más clientes que él. Le advirtió de que Frank, si hablaba, solía decir cosas sin demasiado sentido.

—El medicamento contra el párkinson le provoca un poco de confusión —dijo—. Y las pastillas para la depresión provocan somnolencia y letargo. Entre eso y la demencia, dudo que logre sacarle mucho.

—¿Está deprimido? —preguntó Samuel.

La enfermera frunció el ceño y abrió los brazos.

—¿Usted ha visto este lugar?

Samuel se sentó, sacó el teléfono para grabar la conversación y vio que tenía varios correos electrónicos nuevos: de la decana, del director de Coordinación de estudiantes y del director de Relaciones universitarias, así como de la Oficina de servicios adaptados, la Oficina de inclusión, de Salud académica, Terapia para alumnos, Servicios psicológicos estudiantiles, el rector y el defensor del estudiante, todos ellos con el mismo título: «Asunto urgente sobre una alumna.»

Samuel se hundió en la silla. Deslizó un dedo por la pantalla para hacer desaparecer los correos.

Cuando la enfermera acercó la silla de ruedas de su abuelo a la mesa, la primera impresión de Samuel fue que era un hombre pequeño, mucho más pequeño que en sus recuerdos. Iba sin afeitar, llevaba una barba irregular, negra, blanca y roja, la boca entreabierta y los labios salpicados de saliva seca. Estaba flaco. Llevaba un albornoz fino, de color verde pistacho. Las canas, alborotadas al dormir, se le ponían de punta, como la hierba. Se quedó mirando a Samuel, esperando.

—Me alegro de volver a verte —dijo Samuel—. ¿Sabes quién soy?

5

Los recuerdos más antiguos de Frank eran los más claros. Se acordaba mucho del barco. De pescar desde la popa del barco durante los meses en que el Ártico lo permitía. Ese recuerdo permanecía claro y vívido: los hombres en el cálido camarote, comiendo y bebiendo porque habían terminado el trabajo, habían recogido las redes y era medianoche en verano, cuando el sol no llegaba a ponerse sino que se desplazaba por el cielo en horizontal.

Un crepúsculo rojo y anaranjado que duraba un mes entero.

Todo era más espectacular bajo esa luz: el agua, las olas, la costa rocosa y distante.

En esa época él se llamaba Fridtjof, no Frank.

Aún era adolescente.

Le encantaba todo aquello: Noruega, el Ártico, el agua tan fría que te helaba el corazón.

Pescaba al final de la jornada, no por dinero, sino por afición. Lo que le gustaba era el tira y afloja. Porque cuando pescas en esos tumultuosos bancos de percas negras con unas redes enormes no experimentas el tira y afloja igual que cuando te enfrentas a solas con el pez, conectados por un fino sedal blanco.

Entonces la vida era sencilla.

Esto es lo que le gustaba: lo que sentía al clavar el anzuelo en la boca del animal con un rápido tirón de la muñeca; notar cómo se hundía el pez a toda velocidad, todo potencia, músculo y misterio; apoyar la caña en la cadera y tirar con tanta fuerza que luego le salía un moratón; no poder ver el pez hasta que titilaba justo debajo de la superficie; y luego ese momento en el que por fin emergía.

Ahora el mundo se parecía a eso.

Ahora la vida era así.

Como cuando sacas un pez de un agua oscura como un vino.

Era como si los rostros surgieran de la nada: abría los ojos y tenía a alguien nuevo delante. En aquel momento se trataba de un joven, con una sonrisa falsa de mierda y un asomo de miedo en la mirada. Una cara que deseaba que la reconocieran.

Frank no siempre reconocía las caras, pero sí reconocía esa necesidad.

El joven había empezado a hablar, a hacerle preguntas. Como los médicos. Siempre había alguno nuevo, iban y venían. Médicos nuevos, enfermeras nuevas.

En cambio los diagramas eran siempre los mismos.

Un diagrama para cada moratón. Un diagrama para cada vez que mojaba la cama. Si parecía confundido, había un diagrama. Pruebas cognitivas, de resolución de problemas, para comprobar su capacidad de detectar un peligro. Calculaban su grado de movilidad y equilibrio, su umbral de dolor, el estado de su piel, su capacidad de comprender palabras sueltas, frases, instrucciones. Cuantificaban los resultados en escalas del uno al cinco. Le pedían que rodara sobre sí mismo, que se incorporara, que volviera a tumbarse, que fuera al baño.

Luego comprobaban el váter para ver si lo había hecho dentro de la taza.

Controlaban cómo tragaba. Había un diagrama entero dedicado a la deglución. En una escala del uno al cinco, puntuaban su forma de masticar, de desplazar la comida masticada en la boca, la efectividad de la reacción refleja que impide atragantarse, si babeaba o se le caía la comida de la boca. Le hacían preguntas para ver si podía hablar mientras comía. Comprobaban si acumulaba restos de comida en los carrillos.

Le metían los dedos en la boca y lo comprobaban.

Como si le clavaran un anzuelo. Como si el pez fuera él. Le tocaba sumergirse en la oscuridad.

«Me alegro de volver a verte —dijo el joven que tenía delante—. ¿Sabes quién soy?»

A Frank esa cara le recordaba algo importante.

Una especie de mirada perturbada, como cuando un secreto venenoso te deforma el gesto, ese dolor que habita justo debajo de la piel y la contorsiona.

Frank estaba empeorando en casi todo, pero en algunas cosas mejoraba. Y, desde luego, cada vez se le daba mejor leer las expresiones de los demás. Antes era incapaz de hacerlo. Durante toda su vida, los demás habían sido un misterio. Su mujer, su familia. Incluso Faye, su propia hija. Ahora, sin embargo, era como si algo se hubiera reorganizado en su interior, igual que a los ciervos les cambia el color de los ojos: azules en invierno y dorados en verano.

Ésa era la sensación que tenía Frank.

Como si de pronto viera un espectro de colores distinto.

¿Qué veía en aquel joven? La misma mirada que había visto en Clyde Thompson a principios de 1965.

Había trabajado con Clyde Thompson en la planta de ChemStar. La hija de Clyde tenía el cabello espeso y rubio. Lo llevaba liso y largo, hasta media espalda, como era habitual en la época. Se quejaba de que le pesaba mucho, pero Clyde no se lo dejaba cortar porque le encantaba su melena.

Un día, en 1965, a la chica se le enganchó el pelo en la sierra de cinta del colegio y murió. Le arrancó el cuero cabelludo de cuajo.

Clyde pidió unos días de baja y luego volvió a la planta como si no hubiera pasado nada.

Hizo de tripas corazón.

Frank lo recordaba muy bien.

La gente no paraba de comentar lo valiente que era. Todos estaban de acuerdo. Como si cuanto más esquivara Clyde el dolor, más heroico lo consideraran.

Era la fórmula perfecta para llevar una vida llena de secretos.

Frank ya lo había aprendido. La gente siempre estaba escondiéndose. Era una enfermedad tal vez peor que el párkinson.

Frank tenía muchísimos secretos, cosas que nunca había contado a nadie.

Clyde y aquel joven tenían una expresión facial idéntica. A saber cómo se esculpían esos ceños fruncidos.

Y lo mismo podía decirse de Johnny Carlton, cuyo hijo se cayó de un tractor y murió aplastado bajo una rueda. Al hijo de Denny Wisor lo mataron en Vietnam. La hija y la nieta de Elmer Mason murieron a la vez durante el parto. Y el hijo de Pete Olsen murió cuando la moto le derrapó en una carretera con gravilla, le cayó encima, le rompió una costilla y le agujereó un pulmón, que al llenarse de sangre lo ahogó allí mismo, en medio de la carretera, junto al murmullo de un riachuelo, en pleno verano.

Ninguno de ellos lo había vuelto a mencionar jamás.

Debían de haber muerto como hombres encogidos, abatidos.

—Me gustaría que habláramos sobre mi madre —dijo el joven—. ¿Tu hija?

Y de pronto Frank vuelve a ser Fridtjof y está otra vez en la granja de Hammerfest, una casa de color rojo salmón con vistas al océano, un inmenso abeto en el jardín, un prado, ovejas, un caballo, una hoguera que arde sin interrupción durante la larga noche del invierno ártico: está en casa.

Es 1940 y Frank tiene dieciocho años. Está seis metros por encima del nivel del agua. Es el vigía, tiene la vista más aguda de todo el barco. Encaramado al mástil más alto, otea los bancos de peces y dice a los de las barcas de remos si han de echar las redes por aquí o por allá.

Bancos enteros de peces se arremolinan en la bahía y él los intercepta.

Pero éste no es el recuerdo en el que busca peces. Éste es el recuerdo en el que observa su casa. Esa casa de color rojo salmón con sus pastos, su jardín y el caminito que conduce hasta el muelle.

Será la última vez que la ve.

Los ojos le escuecen por culpa del viento mientras la contempla desde la cofa y el barco se aleja de Hammerfest, y la casa de color rojo salmón va haciéndose cada vez más pequeña, hasta que no es más que un punto de color en la costa, y luego la costa no es más que un punto en la inmensidad del agua, y al final no es nada: no hay nada salvo la presencia fría del océano azul y negro que los rodea para siempre, y la casa de color rojo salmón se convierte en un punto en su mente que se vuelve cada vez más grande y terrible a medida que se aleja, mar adentro.

—Necesito saber qué le pasó a Faye —dijo el joven que tenía delante, que parecía surgido de la oscuridad—. Cuando fue a la universidad... ¿En Chicago?

Miraba a Frank con aquella cara que ponían las personas cuando no entendían lo que les decía. Creían que era una expresión de paciencia, pero en realidad parecía que estuvieran cagando piñas en silencio.

Frank debía de haber dicho algo.

Últimamente, era como si hablara en sueños. A veces tenía la sensación de que su lengua era demasiado grande para articular palabras. O de que se le había olvidado el inglés y sus palabras eran una confusión de sonidos noruegos inconexos. Otras veces, en cambio, le salían frases seguidas, imparables. A veces mantenía conversaciones enteras sin darse ni cuenta.

Seguramente tenía algo que ver con la medicación.

Uno de los internos había dejado de tomarse la medicación. No se tragaba las pastillas. Se negaba. Un caso de suicidio verdaderamente lento. Habían intentado atarlo, obligarlo a tomarse las pastillas, pero él se resistía.

Frank admiraba su determinación.

Las enfermeras no.

Las enfermeras de Willow Glen no intentaban impedir la muerte. En cambio, sí se esforzaban por ayudarte a «morir bien». Porque si te morías de cualquier cosa que no fuera la esperada, las familias sospechaban.

Las enfermeras eran amables, bienintencionadas. Al menos al principio, cuando empezaban. El problema era la institución. Todas sus normas. Las enfermeras eran humanas, pero las normas no.

Según los documentales sobre la naturaleza que les ponían en la PBS del televisor de la sala común, el objetivo de toda vida era la reproducción.

En Willow Glen, el objetivo de toda vida era evitar las demandas.

Todo quedaba registrado. Si una enfermera le daba la cena, pero luego se olvidaba de anotarlo, ante un tribunal, técnicamente, no le había dado la cena.

De modo que andaban siempre de aquí para allá cargadas con montañas de papel. Estaban más pendientes del papeleo que de la gente.

Una vez Frank se dio un cabezazo contra el cabezal de la cama y se puso un ojo morado. La enfermera entró con sus historiales y le preguntó: «¿Cuál es el ojo herido?» Sólo tenía que mirarlo para responder a esa pregunta, pero tenía la nariz hundida en sus historiales. Le preocupaba más documentar la lesión que la lesión en sí.

Tomaban nota de todo. Había informes de evolución médica, registros dietéticos, gráficos de pérdida de peso, resúmenes mensuales de las enfermeras, fichas de los servicios de comida, informes de alimentación por sonda, historiales de medicación.

Fotografías.

Lo obligaban a posar desnudo y temblando mientras lo fotografiaban. Eso pasaba más o menos una vez a la semana.

Buscaban señales de caídas. De llagas por el roce de la cama. De moratones de cualquier tipo. Pruebas de abusos, de infecciones, de deshidratación o de malnutrición.

Para usarlas en su defensa, si más adelante había algún juicio.

—¿Quieres que les pida que dejen de sacarte fotografías? —le preguntó el joven.

¿De qué estaban hablando? Había vuelto a perder el hilo. Miró a su alrededor: estaba en la cafetería. No había nadie más. El joven esbozó aquella sonrisa incómoda. Sonreía como los alumnos de instituto que visitaban la residencia una o dos veces al año.

Había una chica, Frank no recordaba cómo se llamaba. ¿Taylor, tal vez? ¿O Tyler? «¿A qué venís los alumnos de instituto?», le preguntó él. «Las universidades valoran que hayamos hecho alguna obra de caridad», contestó la chica.

Iban dos o tres veces y luego desaparecían.

Le preguntó a la tal Taylor o Tyler por qué todos ellos se dejaban caer por ahí dos veces y luego no volvían a verlos nunca más. «Si vienes dos veces, ya lo puedes incluir en la solicitud de ingreso en la universidad.»

Lo dijo sin asomo de vergüenza. Como una chica buena, capaz de hacer el mínimo esfuerzo para conseguir lo que quería.

La muchacha le había preguntado por su vida. Frank le dijo que no tenía mucho que contarle. ¿A qué se dedicaba antes?, quiso saber la chica. Él dijo que trabajaba en la planta de ChemStar. ¿Qué fabricaban?, preguntó ella. Él dijo que fabricaban un compuesto que cuando lo combinaban con gelatina y le prendían fuego podía derretir literalmente la piel de cien mil hombres, mujeres y niños en Vietnam. Entonces la chica comprendió que había cometido un gran error yendo a la residencia y haciéndole aquella pregunta.

—Tengo algunas preguntas sobre Faye —dijo el joven—. ¿Tu hija Faye? ¿Te acuerdas de ella?

Faye era mucho más trabajadora que cualquiera de aquellos mierdas de instituto. Faye trabajaba duro porque tenía motivación. Tenía algo dentro que la empujaba. Algo importante, letal, serio.

—Faye nunca me contó que había estado en Chicago. ¿Por qué se fue a Chicago?

Y de pronto es 1968 y Frank está en la cocina con Faye, bajo la tenue luz de una lámpara, y la está echando de casa.

Está muy enfadado con ella.

Con lo que se había esforzado él por vivir en el pueblo sin llamar la atención. Pero ella lo había echado todo a perder.

Le está diciendo que se marche y no vuelva nunca.

—¿Qué hizo?

Le hicieron un bombo. En el instituto. Dejó que Henry, un niñato, la dejara preñada. Ni siquiera estaba casada. Y todo el mundo lo sabía.

Y eso era lo que más rabia le daba, que lo supiera todo el mundo. De un día para otro, como si hubiera puesto un anuncio en el periódico local. Nunca llegó a averiguar cómo había sucedido, pero más que el bombo en sí lo cabreaba que lo supiera todo el mundo.

Eso fue antes de que empezara la demencia y ese tipo de cosas dejaran de preocuparlo.

Después de eso, Faye tuvo que irse a la universidad. Era una paria. Se marchó a Chicago.

—Pero no se quedó mucho tiempo, ¿no? En Chicago, digo.

Volvió al cabo de un mes. Le había pasado algo de lo que nunca quiso hablar. Frank no sabía qué. Ella dijo a todo el mundo que la universidad era demasiado difícil. Pero él sabía que era mentira.

Faye volvió y se casó con Henry. Y se marcharon, dejaron el pueblo.

En realidad a Faye nunca le gustó Henry. Pobre chico. Ni siquiera había visto llegar el golpe. En noruego había una palabra para esa situación: *gift*. Quería decir tanto «matrimonio» como «veneno», y seguramente era de lo más apropiada para Henry.

Cuando se marchó Faye, Frank se volvió como Clyde Thompson después de la muerte de su hija: se mantenía impertérrito en público y nadie le preguntaba por Faye y al final fue como si su hija nunca hubiera existido.

No había nada que se la recordara, excepto las cajas del sótano.

Deberes, diarios y cartas. Los informes del psicólogo del colegio sobre los «problemas» de Faye: sus ataques de pánico, sus crisis nerviosas, las historias que se inventaba para llamar la atención. Estaba todo documentado. Y lo tenía todo allí, en Willow Glen. Almacenado. En el sótano. Años y años de papeleo. Frank lo guardaba todo.

Hacía mucho tiempo que no la veía. Había desaparecido, y desde luego Frank se lo merecía.

Muy pronto, esperaba, ni siquiera la recordaría.

Estaba perdiendo la cabeza.

Pronto volvería a ser Fridtjof, afortunadamente. Sólo se acordaría de Noruega. Sólo recordaría su juventud expansiva en el pueblo más septentrional del mundo. La chimenea que ardía todo el invierno. El cielo gris de las medianoches de verano. Los remolinos verdes de la aurora boreal. Los agitados bancos de peces negros que él avistaba desde más de un kilómetro de distancia. Y tal vez, si tenía suerte, los muros de su memoria encapsularían tan sólo aquel momento en el que pescaba desde la popa y sacaba un animal enorme de las profundidades.

Si tenía suerte.

Si no, se quedaría con el otro recuerdo. Aquel recuerdo horrible. Se vería a sí mismo contemplando la casa de color rojo salmón. Viéndola encogerse en la distancia. Sentiría que iba envejeciendo a medida que la casa se desvanecía. Reviviría aquel momento una y otra vez, su error, su desgracia. Ése sería su castigo, su pesadilla en vida: él alejándose de su casa, internándose en la noche cada vez más cerrada, en el juicio.

6

Samuel nunca había oído al abuelo Frank hablar tanto. Fue un monólogo constante y confuso con momentos de claridad esporádicos, momentos en los que Samuel logró captar varios detalles cruciales: que su madre se había quedado embarazada y se había marchado abochornada a Chicago, y que todos los recuerdos de su infancia estaban almacenados en cajas allí mismo, en Willow Glen.

Preguntó por las cajas a la enfermera y ésta lo acompañó al sótano, un largo túnel de hormigón con jaulas de reja metálica. Un zoo de objetos olvidados. Samuel encontró la herencia de su familia debajo de una capa de polvo: mesas, sillas y aparadores de vajilla viejos, relojes antiguos que habían dejado de funcionar, cajas apiladas como pirámides medio derruidas, charcos oscuros en el suelo sin baldosas, neblina de luz verdosa de los fluorescentes del techo, el olor rancio a moho y a cartón mojado. Entre todo eso encontró varias cajas grandes en las que ponía «Faye», todas llenas de papeles: proyectos escolares, notas de los profesores, historiales médicos, diarios, fotos antiguas, cartas de amor de Henry. A medida que iba examinándolos, empezó a emerger una nueva versión de su madre: no la mujer distante de su infancia, sino una niña tímida y esperanzada. La persona real que siempre había anhelado conocer.

Cargó las cajas en el coche y llamó a su padre.

—Es un día fantástico para comer congelados —dijo éste—. Henry Anderson al aparato, ¿en qué puedo ayudarlo?

—Soy yo —dijo Samuel—. Tenemos que hablar.

246

—Vaya, sería un placer poder comunicarme con usted cara a cara —dijo en el tono correcto, artificial y exageradamente agudo que empleaba siempre en el trabajo—. Me encantaría que nos reuniéramos en cuanto le vaya bien.

—Deja de hablar así.

—¿Me permite hablarle sobre un seminario web que se celebrará próximamente y que tal vez pueda interesarle?

—¿Tienes a tu jefe justo al lado o qué?

—Correcto.

—Vale, pues sólo escucha. Quiero que sepas que acabo de descubrir algo sobre mamá.

—Creo que eso queda fuera de mi ámbito de especialidad, pero puedo mandarle con mucho gusto a alguien para que le eche una mano.

—Deja de hablar así, por favor.

—Sí, ya lo entiendo. Muchas gracias por mencionar ese asunto.

—Sé que mamá fue a Chicago. Y también sé por qué.

—Creo que eso sería mejor hablarlo en persona. ¿Concertamos una cita?

—Se marchó de Iowa porque la dejaste embarazada. Y su padre la echó de casa. Tuvo que marcharse. Lo sé.

Se hizo el silencio al otro lado de la línea. Samuel esperó.

—¿Papá?

—Eso no es verdad —dijo su padre, ahora ya hablando mucho más bajo y en su tono de voz normal.

—Sí lo es. Acabo de hablar con el abuelo Frank. Me lo ha contado todo.

—¿Te lo ha contado él? ¿El abuelo Frank?

—Sí.

—¿Dónde estás?

—En Iowa.

—Ese hombre no me ha dirigido ni diez palabras desde que tu madre se marchó.

—Ahora está enfermo. Toma una medicación bastante fuerte y uno de los efectos secundarios es la pérdida de la inhibición. Creo que ni siquiera sabe lo que dice.

—Dios mío.

—Tienes que contarme la verdad. Ahora mismo.

—En primer lugar, Frank se equivoca. Todo fue un malentendido absurdo. Tu madre no estuvo embarazada. No antes de ti.

—Pero Frank me ha dicho que...

—Sí, ya sé por qué piensa eso. Y él cree que es verdad. Pero yo te digo que la cosa no fue así.

—Entonces ¿cómo fue?

—¿Estás seguro de que quieres saberlo?

—Lo necesito.

—Hay cosas que tal vez preferirías no oír. Los hijos no tienen por qué saberlo todo sobre sus padres.

—Es importante.

—Ven a casa, por favor.

—¿Y me lo contarás?

—Sí.

—¿Sin mentiras? ¿La historia completa?

—Vale.

—¿Por embarazoso que te resulte?

—Sí. Tú ven a casa.

Durante el trayecto de vuelta, Samuel intentó ponerse en el lugar de su madre durante aquel primer viaje a Chicago para ir a la universidad, rumbo a un futuro incierto y lleno de misterios. Se sintió como si los dos estuvieran pasando por aquella experiencia al mismo tiempo. Un mundo nuevo estaba a punto de abrirse. Todo estaba a punto de cambiar. Casi sintió que su madre estaba allí, junto a él.

Era extraño, pero nunca se había sentido tan cerca de ella como en aquel momento.

CUARTA PARTE

El espíritu del hogar

Primavera de 1968

1

Faye oye el estallido del metal y sabe que están trabajando. Arrastran el metal y lo dejan caer, lo golpean y lo moldean. El metal choca contra el metal y canta. Ella no ve la fábrica de ChemStar, pero sí su resplandor, el halo de luz cobriza más allá de los robles del jardín trasero. A veces, Faye imagina que no se trata de una fábrica, sino de un ejército. Un ejército de otra era: la luz de las antorchas, el estruendo de las armas brutales en la forja. Así le suena, como la guerra.

Creía que tal vez esa noche (después de lo que había pasado, de lo que estaban dando por la tele en ese momento) la fábrica se quedaría en silencio. Pero no, ChemStar ruge incluso esa noche. Faye se sienta en el jardín trasero y escucha. Contempla la densa penumbra. Su padre está allí, trabajando en el turno de noche. Espera que no esté viendo las noticias, que no pierda la concentración. Porque la planta de ChemStar es un lugar letal. Una vez la visitó y quedó horrorizada por las máscaras, los guantes y las estrictas medidas de seguridad, la fuente de emergencia para lavarse los ojos, la sensación de que le faltaba el aliento, el escozor en el cuero cabelludo. Ha oído historias sobre hombres que han pasado meses hospitalizados tras un error estúpido en ChemStar. Cada vez que pasa en coche por delante de la planta, ve el logotipo con la C y la S encadenadas y el cartel: «CHEM-STAR: HACEMOS REALIDAD NUESTROS SUEÑOS.» Ni siquiera sus tíos quieren trabajar allí. Prefieren las plantas siderúrgicas, la de nitrógeno, la de fertilizantes, la de maíz, o cruzar el río Illinois y trabajar haciendo cinta adhesiva en la fábrica de Scotch. En realidad no producen la cinta en sí, sino la cola que le ponen para que se pegue. En unas enormes cubas de espuma lechosa que mezclan y luego envían en bidones de gasolina. Que después en la cinta ya no sea líquida pero pegue perfectamente es un misterio. De mandarla a todas las tiendas de Estados Unidos, empaquetada en esos envoltorios tan agradables para que aparezca en las estanterías, es tarea de otra planta, de otro grupo de hombres fornidos e itinerantes. A Faye no le extraña que sus tíos nunca hablen de lo que «hacen». Así es la industria. Así son las cosas en ese extraño pueblecito junto al río. A Faye siempre se le escapa algo. Ve las partes, pero no el conjunto.

Es abril, faltan cuatro meses para que empiecen las clases en la universidad y ella está sentada en el patio trasero. Dentro de la casa suenan a todo volumen las noticias en el televisor: han asesinado a Martin Luther King en Memphis. Por la noche se ha desencadenado la furia en Chicago: motines, pillajes, incendios. En Pittsburgh también. Y en Detroit, y en Newark. San Francisco es el caos. Hay incendios a tres manzanas de la Casa Blanca.

Faye ha estado viendo las noticias hasta que ya no podía soportarlo más, entonces ha salido al patio trasero, al cielo despejado de la noche, a los sonidos de la ChemStar, que retumba a lo lejos con estrépito, a los silbidos, las grúas y los cigüeñales, un torrente de metal como un tren que arranca súbitamente, el murmullo fabril; el negocio no puede dejar de zumbar, ni siquiera esta noche. Se pregunta por qué siguen trabajando todos esos hombres que todavía no saben nada de los motines. ¿Quién necesita tantos productos químicos? Las fábricas son lugares aterradores, implacables.

La puerta del patio se abre y Faye oye pasos. Es su madre, que se acerca para ponerla al día.

—Es la anarquía —dice exasperada. Lleva toda la noche pegada al programa de Cronkite—. ¡Se están cargando sus propios barrios!

En Chicago, al parecer, la policía ha acordonado el gueto. La turba lanza cócteles molotov dentro de las licorerías. Hay francotiradores en los tejados, coches destrozados en plena calle, semáforos arrancados y retorcidos como ramas de árboles. Rompen los cristales de las ventanas a ladrillazos.

—¿De qué va a servir? —pregunta su madre—. ¿De qué servirá toda esta destrucción y que todos la veamos por la tele? ¿De verdad creen esos revoltosos que así van a conseguir que la gente simpatice con su causa?

A Martin Luther King le han disparado en el cuello mientras estaba en el balcón de su hotel: todos los reporteros y presentadores de televisión lo describen de forma idéntica, usando las mismas palabras. Palabras en las que nadie había pensado hasta ahora saltan desde el lenguaje corriente y se convierten en conjuros. El motel Lorraine. Un rifle Remington. La calle Mulberry. (¿Cómo pueden haberlo matado de un tiro en una calle que lleva el nombre de unas moras silvestres?) La policía en alerta máxima. Un dispositivo de búsqueda gigantesco. Un hombre delgado de treinta y pocos años. Blanco. El huésped de la habitación número cinco.

—Seguro que para esa gente sólo es una excusa para hacer lo que le da la gana —añade su madre—. Para ir por la calle sin camiseta y saquear tiendas. En plan: «Oye, pues vamos a por una radio nueva y nos la llevamos sin pagar.»

Faye sabe que el interés de su madre por la revuelta es secundario. Que en realidad sólo ha salido a convencer a Faye de que no se vaya a la Universidad de Chicago. Los disturbios le brindan un enfoque nuevo y delicioso. Lo que quiere es que Faye se quede en casa y se saque una diplomatura en la pequeña facultad del pueblo de al lado, y no desaprovecha ni una ocasión para recordárselo; es un asedio más o menos constante e irritante que empezó unos meses atrás, cuando aceptaron a Faye en el Chicago Circle.

—Oye —dice su madre—, yo estoy totalmente a favor de los derechos civiles, pero no puedes ir por ahí como un animal, destruyendo la propiedad privada de personas inocentes.

«Chicago Circle» es el pegadizo nombre de una universidad nueva del centro de Chicago: la Universidad de Illinois en el Chicago Circle. Los folletos promocionales que llegaron junto con la carta de aceptación de la solicitud de Faye definían el Circle como «el UCLA del Medio Oeste». Era «el primer campus totalmente moderno» del mundo, decían los folletos, levantado en los últimos años a partir de un concepto pionero, un campus sin parangón: creado como un sistema único e ingente que empleaba los principios más novedosos del diseño y la ingeniería sociales; edificios construidos con los materiales más indestructibles; una pasarela elevada a la altura del primer piso que te permitía desplazarte de un edificio a otro con perspectivas de vista de pájaro, una especie de «autopista peatonal en el cielo»; una arquitectura innovadora a partir de la teoría matemática de campos, algo que, hasta donde Faye sabía, pasaba por superponer varios cuadrados y aplicar una leve rotación a cada uno de ellos para obtener un diseño multifacético y multiangular que, visto desde arriba, parecía un panal. Se trataba de una innovación por lo menos tan importante como el contrafuerte volado o la cúpula geodésica, aseguraba el folleto, y formaba parte de la misión fundamental del centro: construir el «Campus del Futuro».

Faye había mandado su solicitud en secreto.

—Si no fueran tan destructivos y rabiosos —dice su madre—, creo que a la gente normal le sería más fácil apoyarlos. ¿Por qué no se dedican a organizar a los votantes? ¿A proponer soluciones en lugar de destruirlo todo?

Faye contempla el resplandor distante de la planta de ChemStar, más allá del jardín. Su padre estará trabajando en ese preciso instante, ajeno seguramente a las noticias internacionales. Han hablado de lo de la universidad una sola vez, cuando Faye le mostró la carta y el folleto del Circle. Se lo contó a él antes que a nadie. Después de una breve celebración privada en su dormitorio, Faye se dirigió a la sala de estar y se lo encontró leyendo el periódico en su sillón. Le tendió los papeles. Él la miró y luego echó un vistazo a los documentos. Los leyó en silencio, asimilando despacio aquella nueva información. Faye estaba a punto de estallar. Esperaba que la felicitara por aquel logro extraordinario. Pero después de leer los papeles, su padre se limitó a devolvérselos. «No seas ridícula, Faye», le dijo. Entonces abrió el periódico y lo sacudió para quitarle las arrugas. «Y no se lo cuentes a nadie —añadió—. Creerán que estás fanfarroneando.»

—¡Las calles son un caos! —dice su madre, cada vez más agitada. Últimamente a veces parece una peonza capaz de dar vueltas por sí misma—. ¡Ni siquiera sé por qué luchan! Qué gente. ¿Qué es lo que quieren?

—Probablemente, para empezar, menos asesinatos —le contesta Faye—. Supongo yo, vamos.

Su madre le clava una mirada sostenida, mesurada.

—Cuando asesinaron a John Kennedy, nosotros no montamos estos disturbios.

Faye se ríe.

—Claro, porque son situaciones exactamente equivalentes.

—¿Se puede saber qué te ha picado esta noche?

—Nada, mamá. Lo siento.

—Estoy preocupada por ti.

—No tienes por qué.

—Me preocupa que te vayas a Chicago —dice, abordando por fin lo que tenía en la cabeza desde el principio—. Es que... está muy lejos. Y es muy grande. Y está tan lleno de... ya sabes, de ese elemento urbano.

Se refiere a los negros.

—No quiero asustarte —añade—, pero piensa en ello. Una noche, mientras vuelves a casa después de las clases, te cogen, te llevan a un callejón oscuro y te violan, te meten una pistola en la boca, con tanta fuerza que ni siquiera puedes encomendarte a Dios.

—¡Ya vale! —dice Faye, y se levanta—. Gracias, mamá. Me ha encantado hablar contigo.

—Además, ¿y si tienes un episodio mientras estás fuera? ¿Qué vas a hacer si no estoy yo?

—Me voy, mamá.

—¿Adónde vas?

—Por ahí.

—Faye.

—A ninguna parte, mamá. Sólo necesito salir a dar una vuelta, aclararme la cabeza.

Es mentira, claro. Va a ir a ver a Henry, por supuesto. El bueno de Henry, siempre tan dulce. Irá a verlo antes de que su madre la asuste aún más con sus historias sobre asaltos y violaciones. Coge el coche y sale de su pequeño barrio, un complejo de pequeños bungalós llamado Vista Hills (aunque están en Iowa y el nombre siempre la ha desconcertado: el cartel de Vista Hills muestra una panorámica con unas montañas que no existen en ninguna parte del estado). Luego toma el bulevar principal y pasa por delante de la tienda de helados Good-Food, el supermercado Dollar General y la farmacia de Schwingle. Pasa por la gasolinera Quik Mart, justo enfrente del tren de lavado Spotless Touchless, la torre gris de agua, a la que algunos de los viejos del pueblo se refieren aún como «la torre verde» porque hace muchos años lo era, hasta que el sol la dejó descolorida, y Faye se pregunta si debería compadecer a quienes viven tan encerrados en sus recuerdos. Luego pasa por delante del memorial a los veteranos de guerra y de un restaurante llamado Restaurante, con un

cartel que nunca cambia: «BUFET LIBRE DE LUCIO. VIERNES, SÁBA-
DOS Y MIÉRCOLES.»

Se mete en la autopista y, a lo lejos, a través de un claro en los
árboles, divisa lo que ella denomina en broma «el faro». En realidad,
se trata de una torre de la planta de nitrógeno por donde sale el gas
y arde, en la que de noche se distingue una llama azul. De modo que
parece un faro, sí, pero el nombre también tiene su gracia por razones
geográficas: al fin y al cabo, Iowa está rodeada de millones de kilómetros de tierra firme. Es el camino que lleva a casa de Henry. Conduce
por calles desiertas, una noche como otra cualquiera si no fuera por
lo que dan por la tele. Gracias a esa noticia catastrófica, nadie va a
percatarse de su presencia: no habrá nadie en los porches ni en los
garajes abiertos, nadie dirá: «Mira, ahí va Faye. A saber adónde irá.»
Faye es consciente de la atención, de la curiosidad de los vecinos, de
la mirada abstracta e inexorable del pueblo, de cómo cambió todo
cuando se supo lo del Circle. En la iglesia, personas que nunca habían
expresado ninguna opinión sobre Faye empezaron a decir cosas que
sonaban hostiles y pasivo-agresivas: «Imagino que cuando te vayas a la
gran ciudad te olvidarás de nosotros» o «Supongo que ya no volverás
a este pueblo tan aburrido» o «Seguro que cuando seas una persona
importante no tendrás tiempo para alguien insignificante como yo»,
etcétera. Cosas que parecían tener un lado feo, algo así como: «¿Te
crees mejor que nosotros?»

Y la respuesta, de hecho, era «Sí».

Encima de su escritorio, en casa, hay una carta del Circle (con
el logotipo y un papel grueso que le da un aspecto de lo más oficial)
con información sobre la beca. Es la primera chica de su instituto
que consigue una beca universitaria. La primera chica de la historia.
¿Cómo no va a sentirse mejor que los demás? ¡Si precisamente se trataba de ser mejor que los demás!

Faye sabe que no debería pensar así, pues es poco humilde; son
pensamientos arrogantes, vanidosos y cargados de orgullo, el pecado
más difuso que existe. «Ser orgulloso de corazón es abominable», dijo
el pastor un domingo, y Faye, en su banco, estuvo a punto de echarse
a llorar porque no sabía ser buena. Qué difícil parecía ser buena y,
sin embargo, qué grandes eran los castigos. «Si pecas —añadió el
pastor—, el castigo recaerá no sólo sobre ti, sino también sobre tus
hijos, y los hijos de tus hijos, hasta la tercera o la cuarta generación.»

Faye espera que el pastor no se entere de que ha visitado a Henry sin permiso.

Ni de que lo ha hecho de manera furtiva. Ha apagado las luces al acercarse a la granja de su familia. Ha aparcado lejos y ha recorrido el último tramo de camino a pie. Ha pasado un rato agachada junto a la carretera de gravilla para que sus ojos se adaptaran a la oscuridad, mientras estudiaba la posición de los perros y espiaba la casa. Ha recurrido a una astuta maniobra para llamar la atención de Henry sin atraer la de sus padres: lanzar piedrecitas contra su ventana. Los adolescentes tienen sus trucos.

En el pueblo están al corriente de lo suyo, naturalmente. En el pueblo están al corriente de lo de todo el mundo. Y les parece bien. Le guiñan el ojo y le preguntan cuándo será la boda. «Ya debe de faltar poco», le dicen. Es evidente que preferirían que se casara a que se marchara a la universidad.

Henry es bueno, tranquilo, educado. Su familia tiene una granja grande y bien administrada, respetable. Buen luterano, trabajador incansable, tiene un cuerpo que parece de cemento. Faye nota la tensión de sus músculos al tocarlo, ese voltaje nervioso propio de los chicos, que se acumula y lo doblega. Faye no lo quiere, o mejor dicho no sabe si lo quiere, o a lo mejor lo quiere, pero no está enamorada de él. Detesta esas distinciones, esas sutilezas de vocabulario que, por desgracia, tanto importan.

—Salgamos a dar una vuelta —dice Henry.

Su granja está situada entre la planta de nitrógeno y el río Misisipi. Y se dirigen hacia allí, hacia la orilla. Henry no parece sorprendido por la visita. Le toma la mano.

—¿Has visto las noticias? —pregunta.

—Sí.

Henry tiene la mano áspera y encallecida, sobre todo en la palma, por encima de los nudillos, el punto de contacto entre su cuerpo y las diversas herramientas propias de la granja: la pala, la pica, la azada, la escoba, la larga y quisquillosa palanca de cambio de marchas del tractor John Deere. Incluso un bate de béisbol puede dejar esas marcas, aunque se use como lo usa él, para matar los numerosos gorriones que anidan en el granero del maíz. Es un lugar demasiado pequeño para usar perdigones, le explicó él una vez. Podrían rebotar. Podrías perder un ojo. O sea que tienes que entrar con un bate de béisbol y cargarte los pájaros en pleno vuelo. Faye le pidió que no volviera a contarle esa historia.

—¿Y aun así vas a marcharte a Chicago? —le pregunta él.

—No lo sé —dice ella.

A medida que se acercan al río, el suelo se vuelve más blando. Faye oye el susurro de las olas. A sus espaldas, arde en el faro un azul celeste, reluciente, como si una astilla del día hubiera quedado clavada en la noche.

—No quiero que te vayas —dice Henry.

—No quiero hablar de eso.

Cuando caminan de la mano, él suele frotarle con sus dedos la piel suave entre el pulgar y el índice, o la de la muñeca, todavía más suave. Faye se pregunta si lo hace porque, de otro modo, debajo de tantas capas de piel gruesa y muerta, no siente nada. Sólo la fricción le confirma que sus dedos están donde él cree que están, y a Faye le preocupa lo que pueda suceder cuando empiece a tocarle otras cosas, cosas nuevas. Lo está esperando, es inevitable: está esperando a que él dé el paso y deslice una mano bajo la ropa. ¿Le harán daño esas manos duras e impenetrables?

—Si te vas a Chicago, no sé qué voy a hacer —dice Henry.

—Todo irá bien.

—Que no —dice él.

Entonces le aprieta la mano con fuerza, deja de caminar y se vuelve hacia Faye con gesto dramático (serio y profundo), como si tuviera que decirle algo muy importante. Henry siempre ha tenido una vena melodramática. A veces los adolescentes son así, sus emociones se inflan y adquieren dimensiones desproporcionadas.

—Faye —dice—. He tomado una decisión.

—Vale.

—He decidido... —Hace una pausa para comprobar que ella lo escucha con la debida atención y, tras constatar que es así, sigue hablando—... que si te vas a Chicago me alisto en el ejército.

Y aquí ella se echa a reír. Intenta reprimir una pequeña carcajada, pero no puede.

—¡Lo digo en serio! —dice él.

—Henry, por favor...

—Está decidido.

—No seas burro.

—El ejército es honroso —dice—. Es una opción honrosa.

—Pero ¿se puede saber por qué ibas a hacer algo así?

—Porque si no lo hago, me sentiré muy solo. Será la única forma de olvidarte.

—¿Olvidarme? Me voy a la universidad, Henry. ¡Ni que fuera a morirme! Volveré.

—Estarás lejísimos.

—Podrías venir de visita.

—Y conocerás a otros chicos.

—Otros chicos. ¿Se trata de eso?

—Si te vas a Chicago, me alisto en el ejército.

—Pero yo no quiero que te alistes en el ejército.

—Y yo no quiero que te vayas a Chicago. —Se cruza de brazos—. Está decidido.

—Podrían mandarte a Vietnam.

—Ya.

—Henry, podrías morir.

—Si me muero, supongo que será culpa tuya.

—Eso es injusto.

—Pues quédate aquí conmigo —dice él.

—¡Eso es injusto!

—Quédate aquí, a salvo.

Faye lo encuentra injusto y se enoja, pero también siente un extraño alivio. Los disturbios, los pillajes, todas las cosas horribles que han mostrado en la televisión esa misma noche, y su madre, y el pueblo: si se queda allí con Henry, ya no tendrá que asustarse. Si se quedara, las cosas serían mucho más fáciles, mucho más diáfanas.

¿Por qué ha ido hasta allí? Ahora se arrepiente. Se arrepiente de haber convocado a Henry bajo la llama azul claro del faro. A él no se lo ha contado, pero hay otro motivo por el que se refiere a esa torre como «el faro». Es porque los faros tienen dos vertientes, y así se siente ella cada vez que va a visitarlo. Un faro es al mismo tiempo una invitación y una advertencia. Un faro dice: «Bienvenido a casa», pero justo después añade: «Peligro.»

2

Es un sábado de finales de abril de 1968, la tarde del baile de graduación del instituto de Faye. Henry pasa a buscarla a las seis con una rosa y un ramillete. Le tiemblan las manos mientras intenta colocarle las flores en el vestido. Tira de la tela que cubre los pechos de Faye como si imitara, delante de los padres de ella, los incómodos gestos del toqueteo adolescente. No obstante, la madre de Faye les saca fotos y dice: «¡Una sonrisa!» Faye cree que todo ese cuento del ramillete de flores es invento de unos padres muy protectores que querían asegurarse de que los pretendientes de sus hijas no estuvieran demasiado familiarizados con la ropa ni con los pechos de sus hijas. Es probable que en estas circunstancias lo mejor sea comportarse con torpeza, pues indica que el riesgo de engendrar hijos bastardos es limitado. Y Henry es un negado con las flores. No logra colocarle el ramillete como es debido. Le roza la piel con el alfiler del prendedor y le deja una línea roja en el esternón. A Faye le recuerda la línea horizontal de la letra A.

—¡Mi letra escarlata! —exclama riendo.

—¿Qué? —pregunta Henry.

—Bueno, en realidad es mi guión escarlata.

Todo se vuelve más fácil cuando bailan. Faye sale a la pista y baila el twist. Baila el madison. Baila el *mashed potato*, el *jerk* y el *watusi*. Los años de adolescencia de Faye han contado con el aliento permanente de los nuevos pasos de baile que aparecían cada pocas semanas en el Top 40. El mono. El perro. El *locomotion*. Canciones y bailes que conforman un círculo perfecto: la canción te dice todo lo que necesitas saber sobre el baile en cuestión, y el baile otorga razón de ser a la canción. Cuando Marvin Gaye cantaba «Hitch Hike», ella sabía exactamente qué tenía que hacer. Cuando Jackie Lee cantaba «The Duck», Faye era capaz de ejecutar los pasos antes incluso de verlos por la tele.

De modo que ahí está, mirando el suelo, haciendo el paso del pato con su vestido de baile de crepé azul: levanta la pierna izquierda, luego la derecha, bate los brazos como si fueran alas y vuelve a empezar. A eso llaman bailar hoy en día. Todos los bailes de graduación, de inicio de curso y de San Valentín son así: el pinchadiscos pone una canción que te dice exactamente lo que tienes que hacer. El gran tema de este año es de Archie Bell y los Drells, que cantan «Tighten Up»: un paso a la izquierda, un paso a la derecha, arrastrando los pies. *«Tighten it up now, everything will be outta sight.»* Aprieta bien fuerte y no verás nada. Cerca de ella, Henry también está bailando, pero Faye no le presta atención. Todas estas canciones son para bailar suelto. Cuando bailas el Freddie, el pollo, el twist, aunque la pista esté llena de gente, los bailas solo. Como tienen prohibido tocarse, bailan solos. Bailan piezas que encajan a la perfección con lo que sus carabinas esperan de ellos: les dicen cómo tienen que bailar y ellos responden como burócratas obedientes, piensa ahora Faye mientras observa a sus compañeros de clase. Están felices, satisfechos, a punto de graduarse, están a favor del autoritarismo, sus padres apoyan la guerra, tienen televisores en color. Cuando Chubby Checker dice: «Dame la manita y baila así», le está diciendo a su generación cómo reaccionar a lo que les está pasando: la guerra, la llamada a filas, las prohibiciones sexuales... Les está diciendo que obedezcan.

Pero entonces, al final de la noche, el pinchadiscos anuncia que tienen tiempo para una última canción («Una canción muy especial», dice), de modo que Faye, Henry y el resto de los alumnos vuelven despacio a la pista, con los pies cansados después de tantos pasos a un lado y a otro y de tanto twist, y el pinchadiscos pone un disco nuevo, y Faye oye el roce de la aguja, el crujido que hace antes de encontrar el surco, un crepitar de fondo, y entonces empieza a sonar «la canción».

Al principio ni siquiera parece música, sino más bien un chirrido burdo, primitivo, un ruido denso de cuerdas que producen un sonido disonante y turbio (un violín, tal vez, y una guitarra extraña que repite el mismo acorde una y otra vez), el ritmo lento, monótono de un bajo, una reverberación insistente mientras el cantante, más que cantar, recita. Faye no entiende la letra, no es capaz de identificar el estribillo, no logra descifrar el ritmo del baile. Un gemido terrible y sexy, eso es lo que es. De pronto capta una frase: «*Whiplash girlchild in the dark.*» Mujer-niña, latigazo en la oscuridad. ¿Qué significa eso? A su alrededor, los demás alumnos se mueven al son de la música, con gestos lánguidos e indolentes como la propia música: se tambalean, acercándose unos a otros, se tocan, se agarran por la cintura y pegan los cuerpos. Faye nunca ha visto un baile tan lento. Mira a Henry, que está ahí plantado, inmóvil, incómodo, mientras los demás se contonean a su alrededor como gusanos gigantes. ¿Cómo saben lo que tienen que hacer? La canción no ofrece instrucciones. A Faye le encanta. Coge a Henry por la nuca y lo acerca a ella. Sus cuerpos se pegan. Él se queda perplejo, mientras Faye levanta los brazos por encima de la cabeza, cierra los ojos, vuelve el rostro hacia el techo y se mece.

Los carabinas, mientras tanto, recelan. No saben muy bien qué está pasando, pero están seguros de que no es nada bueno. Obligan al pinchadiscos a parar la canción. Los alumnos protestan y vuelven a sus mesas.

—¿Qué hacías? —pregunta Henry.

—Bailar —dice Faye.

—¿Qué baile es ése? ¿Cómo se llama?

—No tiene nombre. Se llama «bailar», nada más.

Más tarde, Henry la lleva al parque infantil, un parque de un barrio tranquilo, cerca de su casa, oscuro, reservado, uno de los pocos lugares del pueblo donde pueden estar a solas. Faye se lo esperaba. Henry es un chico que cree en los gestos románticos. La invita a cenar a la luz de las velas y le compra cajas de dulces con forma de corazón. Se presenta en su casa sonriendo como una calabaza de Halloween y le regala ramos de lirios y de iris. Le deja rosas en el coche. (Las rosas se marchitan por el calor y se mueren, pero ella no se lo dice nunca.) Henry no conoce el significado de las flores, la diferencia entre unas rosas rojas y unas blancas, entre un lirio y un iris. Es un idioma que él no habla. Como no sabe amar a Faye de forma creativa, hace lo mismo que los demás chicos del instituto: velas, chocolatinas y flores. Entiende el amor como si fuera un globo, como si fuera una sencillísima cuestión de acumulación, de insuflar más aire. De modo que las flores no paran de llegar. Y las cenas. Y los poemas de amor que aparecen de vez en cuando en su taquilla, escritos a máquina, sin firmar:

Con todo mi amor te quiero
más que a las estrellas en el cielo.

«¿Recibiste mi poema?», pregunta, y ella contesta: «Sí, gracias», y sonríe y mira el suelo y cruza los pies y espera que no le pregunte si le ha gustado. Porque nunca le gustan. ¿Cómo iban a gustarle si en su tiempo libre lee a Walt Whitman, a Robert Frost y a Allen Ginsberg? ¡Qué feo le parece Henry al lado de Allen Ginsberg! ¡Qué simple y estúpido, qué pintoresco y provinciano! Sabe que Henry quiere impresionarla y enamorarla, pero cuantos más poemas suyos lee, más amodorrada se siente, como si su mente se hundiera poco a poco en la arena.

Ayer cuando te fuiste
yo me quedé muy triste
cuando no te puedo abrazar
me dan ganas de llorar.

Es incapaz de criticarlo. Sólo asiente y le dice: «Recibí tu poema, gracias», y entonces Henry pone esa cara (sonriente y pagada de sí misma, triunfante, esa estúpida cara de mamón) y ella se cabrea tanto que le entran ganas de decirle algunas crueldades:

Que el poema sería mejor si respetara la métrica.

O si tuviera un diccionario.

O si su vocabulario incluyera más polisílabos.

(¡Y qué horrible por su parte pensar siquiera esas cosas!)

No, Henry es un chico bastante agradable, bastante bueno. Con un buen corazón, un corazón generoso. Es amable. Dulce. Todos dicen que debería casarse con él.

—Faye —dice él cuando se sientan en el tiovivo—, creo que hemos llegado muy lejos, ya me entiendes, en nuestra relación.

Ella asiente con la cabeza, pero no sabe a qué se refiere con exactitud. Desde luego, le ha regalado muchas flores, poemas, cenas y chocolatinas, pero no le ha contado ni un solo secreto. Faye siente que no sabe nada de él, nada más que lo que sabe todo el mundo: que se llama Henry, que su familia tiene la granja que hay junto a la planta de nitrógeno, que quiere ser veterinario, que es el mediocre ala cerrada del equipo de fútbol americano del instituto, el suplente de tercera base del equipo de béisbol, el tercer alero suplente del equipo de baloncesto, que pasa los fines de semana pescando en el Misisipi y jugando con sus perros, que nunca habla en clase y que necesita que ella le dé clases de refuerzo de álgebra... Faye conoce el resumen de su biografía, pero no sus secretos. Nunca le cuenta nada importante. Por ejemplo, nunca le explica por qué cuando la besa no actúa como se supone que deben hacerlo los chicos, no intenta las cosas que se supone que los chicos tienen que intentar. Faye ha oído historias (célebres en el instituto) sobre chicos capaces de hacer cualquier cosa si los dejas. Chicos que llegan hasta el final si los dejas. ¡Y donde sea! En el asiento trasero de un coche o en el campo de béisbol por la noche, encima de la tierra, la hierba o el barro, en el primer sitio que encuentran cuando dan con una chica que no dice que no. Y las chicas que se dejan, que lo provocan, que no buscan una relación estable, ven sus reputaciones arruinadas por dos simples sílabas pronunciadas en un susurro: «puta». La palabra más veloz de todas. Se propaga por el instituto como una plaga. Hay que andarse con ojo.

De modo que Faye lleva tiempo esperando a que Henry lo intente (que le toquetee el cinturón o le ponga las manos en alguna parte privada) para así poder protestar y defender su pureza, y que otro día él pueda volver a intentarlo, que lo intente mejor y con más ímpetu y así ella pueda protestar más, hasta que, por fin, después de mucho protestar y decir que no, quede demostrado que es una chica virtuosa, casta y buena, que no es una chica fácil, que no es una puta. Y entonces al fin podrá decir que sí. Faye espera que empiece todo eso, el ritual completo, pero Henry sólo la besa, acerca su cara a la de ella y se detiene. Siempre es lo mismo. Se sientan juntos, de noche, a la orilla del río o en el parque, y escuchan el rugido de las motos en la autopista, los chirridos del columpio, y Faye rasca el óxido del tiovivo con un dedo y espera. Pero nunca ha pasado nada, hasta esta noche, después del baile de fin de curso, cuando Henry se comporta con tanta ceremonia como si hubiera memorizado un guión.

—Faye, creo que hemos llegado muy lejos. Eres muy importante para mí, muy especial. Y para mí sería un honor y me haría sentir feliz, muy feliz... —Se atranca y se calla, está nervioso, y ella asiente en silencio y le toca levemente el brazo con las yemas de los dedos—. Quiero decir —continúa Henry— que para mí sería un honor y me haría sentir feliz y muy afortunado si, a partir de ahora, en el instituto —y aquí hace una pausa para armarse de valor—, si quisieras llevar mi chaqueta. Y mi anillo.

Entonces resopla con fuerza, exhausto por el esfuerzo, aliviado. Ni siquiera puede mirarla. Clava la vista en sus pies y se enrosca los cordones de los zapatos alrededor de los dedos.

En ese momento Faye lo encuentra adorable por su bochorno y su miedo, y también porque acaba de poner en evidencia el poder que ella tiene sobre él. Le dice que sí. Claro que le dice que sí. Y cuando se levantan para marcharse, se besan. Y esta vez el beso es diferente, parece más relevante, más potente, un beso con significado. Los dos deben de saber que acaban de franquear una frontera: el anillo de graduación es un presagio, lo sabe todo el mundo. Después casi siempre viene el anillo de compromiso, y esos símbolos convierten su relación en algo oficial, autorizado, certificado y bueno. Haga lo que haga en la parte de atrás de un coche, la chica está protegida si lleva los adornos del chico. La aíslan. La resguardan. La vuelven inmune a los insultos. Una chica que lleva un anillo no es una puta.

Y Henry también se habrá dado cuenta, debe de ser consciente de que ahora tienen permiso para hacer lo que quieran, porque la acerca a él, la besa con más ardor y se pega mucho a su cuerpo. En ese momento, Faye siente algo, algo rígido y contundente que le presiona el vientre. Es él, por supuesto. Henry. Lo nota a través de la tela de los pantalones grises: tiembla ligeramente mientras la besa y está duro como una piedra. La sorprende lo firme que puede ser un chico. ¡Como el mango de una escoba! Faye no puede pensar en otra cosa. Sigue besándolo, pero lo hace de forma automática: toda su atención está concentrada en esos pocos centímetros cuadrados, en esa presión obscena. Cree que nota las pulsaciones de Henry a través de ella, y empieza a sudar, y lo abraza más fuerte para darle a entender que todo va bien. Él le pasa las manos por la espalda y hace ruiditos con la boca. Está nervioso, agitado; la está esperando. Ahora le toca a ella hacer algo. Pegar su cuerpo al de ella de forma tan evidente ha sido un primer envite. Se trata de una negociación. Y ahora es su turno.

Decide ser audaz, hacer lo que había insinuado durante la última canción del baile. Con una mano tira de la cintura del pantalón de Henry, tira lo bastante fuerte para que quede sitio para la otra mano. Henry da un respingo y se pone tenso, todo en él permanece inmóvil durante una milésima de segundo. Y a continuación todo sucede muy deprisa. Faye mete la otra mano en el pantalón al tiempo que él retrocede de un brinco. Sus dedos lo rozan un momento —lo nota durante un brevísimo instante, se da cuenta de que es cálido y firme, pero también suave y delicadamente carnoso—, pero apenas ha empezado a comprender todo eso cuando él salta hacia atrás, se aparta ligeramente y grita:

—Pero ¡¿qué haces?!

—Pues... no sé...

—¡No puedes hacer eso!

—Lo siento, Henry, creía que...

—¡Por Dios, Faye!

Él se da la vuelta y se coloca bien el pantalón, se mete las manos en los bolsillos y se aleja. Camina de un extremo de los columpios al otro. Ella lo observa. Le cuesta creer que su expresión haya podido volverse tan fría con semejante rapidez.

—¿Henry? —dice. Quiere que la mire, pero no lo hace—. Henry, lo siento.

—Olvídalo —dice él, y hunde un pie en la arena y mueve el zapato hasta que queda enterrado. Lo vuelve a hacer y sus elegantes zapatos negros quedan cubiertos de polvo.

Faye se sienta otra vez en el tiovivo.

—Vuelve aquí —le dice.

—No quiero hablar del tema, Faye.

Es un chico centrado, tranquilo y modesto. Debe de haberse asustado de su propia reacción. Y ahora está intentando que desaparezca, borrar lo que acaba de suceder.

—No pasa nada, Henry —dice Faye desde el tiovivo.

—No, sí que pasa —responde él aún de espaldas, con las manos en los bolsillos y los hombros encogidos. Es un puño cerrado, tenso, replegado sobre sí mismo—. Es que... no puedes hacer eso.

—Vale.

—No está bien —insiste él.

Faye reflexiona. Arranca fragmentos rojos de óxido y escucha el crujir de las pisadas de Henry, que no deja de caminar de aquí para allá, sobre la arena. Entonces le clava la mirada en la espalda y, por fin, dice:

—¿Por qué?

—Porque no deberías querer eso. No es lo que se supone que debe querer una chica como tú.

—¿Una chica como yo?

—Ya me entiendes.

—No, ¿qué quieres decir?

—Nada.

—Contesta.

—Olvídalo.

Y entonces Henry se ausenta. Se sienta en el tiovivo y se encierra en sí mismo, se convierte en una masa silenciosa y fría. Se cruza de brazos y pierde la mirada en la oscuridad. La está castigando. Y Faye se pone furiosa, empieza a temblar. Nota una náusea que le nace en el vientre, una agitación en el pecho: se le acelera el corazón, se le eriza el vello de la nuca. Sabe lo que se avecina, la familiar ola de sudor y mareo. De pronto se siente aturdida, acalorada y agitada, y algo ajena a sí misma, como si flotara sobre el tiovivo mirando hacia abajo, presenciando el frenesí de su propio cuerpo. ¿Se da cuenta Henry? Ya se acerca la bola de demolición: los sollozos, los resuellos, los temblores. No es la primera vez que le pasa.

—Llévame a casa —susurra con los dientes apretados.

Es imposible saber si Henry entiende lo que está pasando, pero la mira y parece calmarse un poco.

—Escucha, Faye...

—Que me lleves a casa, ahora.

—Lo siento, Faye, no tendría que...

—Ahora mismo, Henry.

Así que la lleva a casa y pasan todo el trayecto sumidos en un silencio horrible. Faye estruja la tapicería de cuero e intenta sobreponerse a la sensación de que se está muriendo. Cuando Henry detiene el coche delante de su casa, Faye se siente como un espíritu que se aleja volando de él sin hacer ruido.

La madre de Faye se da cuenta enseguida de lo que sucede.

—Estás teniendo un ataque —dice, y Faye asiente con la cabeza, con los ojos muy abiertos, aterrorizada.

Su madre la acompaña a su habitación, entonces la desnuda, la mete en la cama y le da algo de beber, le moja la frente con un trapo húmedo.

—No pasa nada, no pasa nada —le dice con su voz maternal, tranquila y dulce y suave.

Faye se abraza las rodillas contra el pecho, solloza y boquea en busca de aire mientras su madre le pasa los dedos por el pelo.

—No te estás muriendo, no te vas a morir —le susurra, como ha hecho durante toda su infancia.

Siguen así hasta que por fin el episodio remite. Faye se calma. Empieza a respirar de nuevo.

—No se lo cuentes a papá.

Su madre asiente con la cabeza.

—¿Y si te pasa en Chicago, Faye? ¿Qué vas a hacer?

Su madre le aprieta la mano y se va a buscar otro trapo. Entonces Faye piensa en Henry. Y casi alegrándose, se dice: «Ya tenemos un secreto.»

3

Faye no siempre había sufrido así. En otros tiempos había sido una niña sociable y perfectamente funcional. Pero entonces pasó algo que lo cambió todo.

Fue el día en que oyó hablar por primera vez del espíritu del hogar.

Ocurrió en 1958, durante una barbacoa de finales del verano, con un crepúsculo morado hacia el oeste, mosquitos y luciérnagas; los niños jugaban al pillapilla o miraban cómo el exterminador eléctrico de insectos cumplía con su horrible cometido, los hombres y las mujeres fumaban y bebían al aire libre, apoyados en los postes de la verja o unos en otros, y el padre de Faye asaba carne en la parrilla para algunos vecinos y colegas del trabajo.

Todo aquello había sido idea de su mujer.

Porque Frank Andresen tenía una reputación: era un hombre un poco intimidante, un tanto reservado. Estaba la cuestión de su acento, desde luego, y el hecho de que fuera extranjero. Pero se trataba más bien de su personalidad: melancólica, estoica e introvertida. Los vecinos veían a Frank ocupándose del jardín y le preguntaban qué tal estaba, y él no decía una palabra y se limitaba a saludarlos con cara de haberse roto una costilla y no querer contárselo. Con el tiempo, la gente había dejado de preguntar.

Pero su mujer había insistido: invitaremos a gente, les daremos la oportunidad de conocerte, lo pasaremos bien.

Y ahí estaban, todos esos vecinos en su jardín, hablando sobre un equipo del que Frank no sabía nada. Sólo podía escuchar y seguir la conversación desde lejos, porque incluso después de dieciocho años en Estados Unidos todavía había algunas palabras que se le escapaban, muchas de ellas relacionadas con el deporte. Escuchaba y trataba de reaccionar de la forma correcta en los momentos apropiados, y con tanta distracción terminaron quemándosele los perritos calientes.

Llamó con un gesto a Faye, que estaba jugando al pillapilla con dos niños del barrio.

—Entra en casa y tráeme unos perritos calientes —le dijo cuando la tuvo ante él. Luego se agachó y le susurró—: De abajo.

Se refería al refugio nuclear.

El refugio inmaculadamente limpio, intensamente iluminado y perfectamente surtido que Frank había construido a lo largo de los tres veranos anteriores. Lo había construido por la noche, siempre por la noche, para que los vecinos no lo vieran. Salía de casa y volvía con un camión cargado de material. Una noche eran dos mil clavos; a la siguiente, once sacos de hormigón. Tenía un kit con instrucciones. Vertía el hormigón en unos moldes de plástico que a Faye le encantaba tocar, porque mientras el hormigón se endurecía estaba caliente. La madre de Faye sólo le preguntó una vez, al principio, por qué estaba construyendo un refugio nuclear en el sótano. Él se la quedó mirando con aquellos ojos vacíos, horribles, y una expresión que significaba: «No me obligues a decirlo en voz alta.» Después regresó al camión.

Faye le dijo que sí, que le llevaría los perritos calientes, y cuando su padre se dio la vuelta se acercó a los dos hijos de los vecinos y, como tenía ocho años y se moría de ganas de caer bien, les dijo: «¿Queréis que os enseñe una cosa?» Y, naturalmente, respondieron que sí. Faye entró en casa con los dos chicos y los llevó al sótano. Su padre había excavado en el suelo de piedra, de modo que el refugio parecía un submarino que emergía del suelo. Una caja de hormigón rectangular con los muros reforzados con acero que aguantarían incluso si se les caía la casa encima. La puertecita tenía un candado (cuya combinación era la fecha de nacimiento de Faye) y Faye lo abrió, bajó los cuatro escalones que llevaban al interior de la estructura y encendió la luz. El efecto era como si un pasillo del supermercado se hubiera trasladado mágicamente a su sótano: los fluorescentes deslumbrantes, blancos, las latas de comida que cubrían las paredes. Los dos niños se quedaron boquiabiertos.

—¿Qué es esto? —preguntó uno de ellos.

—Es nuestro refugio nuclear.

—Uau.

Había estanterías llenas de cajas de cartón y de madera, tarros de cristal y latas, todos con la etiqueta mirando hacia fuera: tomates, judías, leche en polvo. Garrafas de cuarenta litros de agua, decenas de ellas, amontonadas en una pirámide junto a la puerta. Radios, literas, depósitos de oxígeno, baterías, cajas de cereales almacenadas en un rincón, un televisor con un cable que desaparecía dentro del muro. En una pared había una manivela con un cartel que decía: «ENTRADA DE AIRE.» Los chicos miraron a su alrededor alucinados. Señalaron un armario de madera, cerrado, con el frontal de cristal esmerilado, y le preguntaron qué contenía.

—Armas —dijo Faye.

—¿Tienes la llave?

—No.

—Qué pena.

Cuando volvieron arriba, los chicos estaban entusiasmados. No podían contener la emoción.

—¡Papá! —exclamaron, corriendo como locos por el jardín trasero—. ¡Papá! ¿A que no sabes qué tienen en el sótano? ¡Un refugio nuclear!

Frank le dirigió una mirada tan severa a Faye que ésta no fue capaz de sostenérsela.

—¿Un refugio nuclear? —dijo uno de los padres—. ¿En serio?

—En realidad no —dijo Frank—. Sólo es una despensa. Una especie de bodega.

—¡Qué va! —dijo uno de los niños—. ¡Es enorme! ¡Es de hormigón y está lleno de comida y de armas!

—No me digas.

—¿Podemos construir uno nosotros? —preguntó el otro chico.

—¿Has usado uno de esos kits? —preguntó el padre—. ¿O lo has construido tú solo?

Frank pareció sopesar si le apetecía enzarzarse en aquella conversación, pero luego se relajó un poco y clavó la mirada en el suelo.

—Compré los planos —dijo— y lo construí yo mismo.

—¿Y es muy grande?

—Nueve por cuatro.

—O sea que caben... ¿cuántas personas?

—Seis.

—¡Perfecto! Cuando los rusos lancen la bomba, ya sabemos adónde ir.

—Muy gracioso —dijo Frank, que ya le había dado la espalda. Colocó los nuevos perritos calientes encima de la parrilla y empezó a repartirlos usando unas largas tenazas metálicas.

—Yo traeré la cerveza —añadió el padre—. ¿Lo habéis oído, niños? Estamos todos salvados.

—Lo siento —dijo Frank—, pero no.

—Pasaremos unas semanas encerrados ahí abajo. Será como volver a estar en el ejército.

—No, no puede ser.

—Oh, vamos. ¿Qué vas a hacer? ¿Cerrarnos la puerta?

—Estamos al completo.

—Pero si caben seis personas. Lo acabas de decir tú mismo. Y vosotros sólo sois tres.

—Es imposible saber cuánto tiempo pasaremos ahí abajo.

—¿Hablas en serio?

—Sí.

—Me tomas el pelo. Nos dejarías entrar, ¿no? Si lanzaran una bomba atómica de verdad, digo. Nos dejarías entrar.

—Escúchame bien —dijo Frank. Soltó las tenazas, dio media vuelta y puso los brazos en jarras—. Si alguien se acerca a esa puerta, le pego un tiro. ¿Ha quedado claro? Le vuelo la cabeza.

Todos se quedaron callados. Faye sólo oía el chisporroteo de la carne.

—Vale, vale —dijo el padre—. Era broma, Frank. Cálmate.

Cogió su cerveza y se metió en la casa. Faye y los demás lo siguieron y dejaron a Frank solo. Esa noche, desde una ventana oscura del primer piso, Faye observó a su padre de pie ante la barbacoa, en silencio, dejando que la carne volviera a chamuscarse.

Aquél sería un recuerdo duradero de su padre, una imagen que revelaba algo importante sobre él: solo, enfadado y encorvado, con los brazos apoyados en la mesa, como si estuviera rezándole.

Se quedó allí el resto de la velada. A Faye la acostaron. Su madre la bañó, la arropó y le llenó su vaso de agua. El vaso estaba siempre ahí por si le entraba sed por la noche. Era bajo y ancho, de tamaño adulto, con la base gruesa. A Faye le gustaba sostenerlo las tardes de verano, rodearlo con las dos manos y notar todo su peso y su solidez. Le gustaba acercárselo a la mejilla y notar así el frío terso y cristalino. Y eso hacía, ponerse el vaso en la cara, cuando, tras unos golpecitos breves y suaves, la puerta de su cuarto se abrió lentamente, sin hacer ruido, y su padre entró en el dormitorio.

—Tengo una cosa para ti —dijo. Se metió la mano en el bolsillo y sacó una figurita de cristal: un anciano de barba blanca sentado con las piernas alrededor de un cuenco de papilla de avena, con una cuchara de madera en la mano, la cara arrugada y expresión satisfecha—. Es muy antiguo —añadió.

Se lo tendió a Faye, que lo estudió y lo acarició con los dedos. Era una figura hueca, fina y quebradiza, algo amarillenta, más o menos del tamaño de una taza de té pequeña. Como un Papá Noel más menudo y delgado, pero con una actitud muy distinta: así como Papá Noel parecía estar siempre alegre y animado, aquella figura tenía un aire de maldad. Tal vez fuera por la expresión desagradable de su rostro y por esa manera tan cautelosa de sujetar el cuenco, como un perro en tensión ante su comida.

—¿Qué es? —preguntó Faye, y su padre le dijo que era un espíritu del hogar, un fantasma que solía esconderse en los sótanos, allá en la Noruega de antaño, en una época más mágica que ésa, a juicio de Faye, una época en la que todo debía de ser paranormal: espíritus del aire, del mar, de los montes, de los bosques, de la casa.

Por entonces tenías que buscar fantasmas por todas partes. Cualquier cosa podía camuflarse de incógnito en otra: una hoja, un caballo, una piedra. No había que tomarse las cosas del mundo de forma literal. Había que encontrar siempre la verdad real que se ocultaba tras la verdad aparente.

—¿Teníais uno en el sótano? —preguntó Faye—. ¿En la granja?

A su padre se le iluminó la cara sólo de pensar en ello. Le pasaba siempre que recordaba la vieja granja. Era un hombre serio que sólo parecía alegrarse cuando describía aquel lugar: una casa de madera de tres pisos, de color rojo salmón, en las afueras del pueblo, con vistas al océano por la parte trasera, un largo muelle donde pescaba en las tardes tranquilas, un prado en la parte delantera, bordeado de abetos, un redil para las pocas cabras y ovejas que tenían y un caballo. Una casa en lo alto del mundo, decía, en Hammerfest, Noruega. Siempre que hablaba de ella parecía que recobraba el ánimo.

—Sí —dijo—, incluso esa casa estaba encantada.

—¿Te gustaría seguir viviendo allí?

—Sí, a veces —dijo él—. Había un espíritu, pero no era malo.

Le contó que los espíritus del hogar no eran malos. A veces incluso eran amables, se encargaban de la granja, ayudaban con la cosecha, le cepillaban las crines al caballo. No molestaban a nadie y sólo se enfadaban si no les llevabas su crema de avena los jueves por la noche. Con mucha mantequilla. No eran espíritus simpáticos, pero tampoco eran crueles. Hacían lo que querían. Eran espíritus egoístas.

—¿Y eran así, como éste? —preguntó Faye mientras giraba la figurita sobre su palma.

—La mayor parte del tiempo son invisibles —dijo Frank—. Sólo los ves cuando ellos quieren que los veas. O sea, que no los ves casi nunca.

—¿Y cómo se llama en realidad? —dijo Faye.

—Es un *nisse* —dijo su padre, y ella asintió.

Le encantaban los nombres raros que su padre ponía a los espíritus: *nisse, nix, gangferd, draug.* Faye sabía que eran palabras antiguas, europeas. Su padre las usaba de vez en cuando, a veces sin querer, cuando estaba nervioso o enfadado. Una vez le enseñó un libro lleno de palabras como ésas, incomprensibles. Era una Biblia, le dijo, y en la primera página había un árbol genealógico. Ahí estaba su nombre, señaló su padre: Faye. Y los nombres de sus padres, y otros escritos más arriba, nombres que ella no había oído nunca, nombres extraños con grafías extrañas. El papel era delgado, quebradizo y amarillo, y la tinta negra se había desvaído hasta adquirir un tono azul lavanda. Todas aquellas personas, le dijo, se quedaron allá, mientras que Fridtjof Andresen se cambió el nombre por Frank y tomó la valiente decisión de marcharse a América.

—¿Tú crees que aquí tenemos un *nisse*? —preguntó Faye.

—Nunca se sabe —contestó su padre—. A veces te siguen toda la vida.

—¿Y se portan bien?

—A veces. Aunque son temperamentales. No debes ofenderlos nunca.

—Yo nunca los ofendería —dijo ella.

—A lo mejor lo haces sin querer.

—¿Cómo?

—Cuando te bañas, ¿salpicas el suelo?

Faye lo pensó un momento y admitió que sí, que lo hacía.

—Si derramas agua, tienes que secarla enseguida para que no se filtre hasta el sótano y moje al *nisse*. Eso sería una ofensa grave.

—¿Y qué pasaría?

—Que se enfadaría.

—Y entonces ¿qué pasaría?

—Voy a contarte una historia —dijo su padre.

Y ésta es la historia que le contó:

Hace muchos años, en una granja cerca de Hammerfest, vivía una niña muy guapa llamada Freya (y Faye sonrió ante la similitud entre el nombre de la niña guapa y el suyo). Un jueves por la noche, el padre de Freya le dijo que le llevara la crema de avena al *nisse*. Y la niña tenía intención de obedecer, pero de camino al sótano le entró mucha hambre. Aquella noche su madre había preparado una crema especial, con azúcar moreno, canela, pasas e incluso trozos de carne de cordero por encima. A Freya le pareció una pena malgastarla dándole de comer a un espíritu. Así pues, una vez en el sótano, sin que nadie la viera, se la comió. Se tomó el cuenco entero y relamió las gotas. Apenas había terminado de limpiarse la barbilla cuando el *nisse* salió, la agarró y empezó a bailar. Ella intentó soltarse, pero el *nisse* la sujetaba con fuerza. La aplastaba con brusquedad contra su cuerpo mientras cantaba: «¡Si al *nisse* le robas la cena, bailar será tu condena!», y ella gritaba y gritaba, pero el *nisse* le hundió la cara en su barba áspera, de modo que nadie la oía. La hizo girar y galopar de un extremo a otro del sótano. Iba demasiado rápido. La niña no podía seguirle el ritmo, tropezaba y se caía cada dos por tres, pero el *nisse* la levantaba de nuevo, le tiraba de los brazos y le rasgaba la ropa, y siguió bailando con ella hasta que la niña cayó al suelo, cubierta de harapos ensangrentados y jadeando. Por la mañana, cuando la encontraron, estaba pálida y enferma, casi muerta. Pasó meses en cama, y aunque con el tiempo se recuperó lo bastante como para volver a caminar, su padre nunca volvió a pedirle que le llevara comida al *nisse*.

—Siento haberles enseñado el sótano a esos chicos —dijo Faye cuando Frank hubo terminado la historia.

—Duérmete, anda —dijo su padre.

—Algún día quiero ver tu casa —dijo Faye—. La granja de Hammerfest, la casa de color rojo salmón. Iré a visitarla.

—No —dijo él, y la miró con una expresión de cansancio, o tal vez de tristeza, como cuando se había quedado fuera, ante las brasas, solo—. Nunca verás esa casa.

Aquella noche Faye no pudo dormir. Pasó horas despierta, atenta a todos los ruidos: con cada crujido, con cada susurro del viento, le parecía que había un intruso o una aparición. Las luces de la calle brillaban entre las hojas agitadas de los árboles y proyectaban espantosas figuras fantasmales sobre la pared de su habitación: ladrones, lobos, el demonio. Estaba acalorada y febril e intentó refrescarse con el vaso de agua de la mesita, llevándoselo a la frente y al pecho. Bebió agua pensando en la historia de su padre, en el espíritu del hogar: «A veces te siguen toda la vida.» Que hubiera una bestia en el sótano, espiándolos, hablando en lenguas incomprensibles, era una idea espeluznante.

Observó el suelo como si pudiera atravesarlo con la mirada hasta llegar al sótano, donde merodeaba el espíritu, en ávida espera. Inclinó el vaso y derramó el agua. Sintió una punzada de pánico al ver lo que estaba haciendo, al ver cómo se acumulaba el agua, una mancha marrón oscuro sobre el marrón claro de la alfombra. Imaginó que el agua se filtraba por el suelo y entre las grietas de la madera, sobre planchas metálicas y a través de los clavos y de la cola, que se abría paso y arrastraba todo el polvo y la suciedad hasta llegar al sótano y caer, helada, sobre la criatura rabiosa que aguardaba ahí abajo, agazapada en la oscuridad.

En algún momento de la noche (ésta es la verdad) encontraron a Faye en el sótano.

A altas horas de la madrugada, oyeron un grito. La encontraron en el piso inferior. Temblaba y se estremecía; la cabeza rebotaba contra el suelo de hormigón. Sus padres no sabían cómo había llegado hasta allí. No podía hablar, no veía nada, tenía los ojos en blanco. Terminó por calmarse en el hospital, y los médicos dijeron que sufría una fiebre nerviosa, una dolencia nerviosa, un ataque de histeria. En otras palabras, que no tenían ningún diagnóstico. Que guardara cama, dijeron. Que bebiera leche. Que evitara las emociones fuertes.

Faye no se acordaba de nada, pero sabía qué había sucedido. Sabía exactamente qué había sucedido. Había insultado al espíritu, y el espíritu había acudido a por ella. El espíritu había seguido a su padre desde su país y ahora la perseguía a ella. Ése fue el momento que quebró para siempre su infancia, el que la situó en un sendero a partir del cual todo lo que llegaría más adelante (los ataques, el desastre de Chicago, el fracaso de su maternidad y de su matrimonio) parecía inevitable.

Todas las vidas tienen un momento así, un trauma que te rompe en flamantes pedazos. El suyo fue ése.

4

La clase más rosa del instituto de Faye. La más floreada y adornada. La más limpia, la más luminosa. La más preparada, con hornos y mesas de costura, neveras, montones de sartenes y ollas. La más aromática con diferencia, con ese olor cálido a chocolate que inunda el pasillo durante las dos semanas que duran las clases de repostería. Aula de economía doméstica: eléctrica, rebosante de luz, con sus productos de limpieza químicos y relucientes, sus cuchillos afilados, sus latas de sopa, sus centelleantes sartenes de aluminio plateado y sus modernos electrodomésticos de la era atómica. Faye nunca ha visto a un chico en esa aula, ni siquiera uno que asomara la cabeza para ver si tenían magdalenas o gofres. Los chicos la evitan aduciendo motivos crueles: «¡Jamás me comería algo preparado por ti!», dicen a las chicas, fingen náuseas, se agarran el cuello con las dos manos y jadean como si se estuvieran muriendo, mientras los demás se carcajean. Pero la verdad es que a los chicos les ponen nerviosos los pósteres.

Les han llegado rumores sobre los pósteres.

Colgados en las paredes rosa, pósteres de mujeres de aspecto solitario y avergonzado que anuncian productos cuya existencia niegan los chicos: irrigadores vaginales, compresas, talcos absorbentes y espráis de fenol. Sentada en su silla almohadillada, cruzada de brazos y con los hombros caídos, Faye los lee en silencio con repugnancia.

«Por desgracia, donde las chicas tienen la necesidad más grave de desodorante no es debajo de sus elegantes bracitos», dice un póster de una lata de algo llamado Pristeen. «El problema de olores que los hombres no sufren», dice otro de toallitas Bidette. Una mujer sentada a solas en su dormitorio y, encima de ella, escrito en negrita: «Hay algo que todo marido espera de su mujer.» Una madre hablando con su hija: «Ahora que estás casada, puedo contártelo. El olor más ofensivo en una mujer no es ni el mal aliento ni la sudoración.» Y la hija —guapísima, joven y con expresión entusiasta y feliz, como si hablaran de películas o de viejos recuerdos y no sobre un germicida antiséptico— dice: «¡Es mucho mejor enterarme por ti, mamá!»

Qué lugar tan terrible, el mundo de las mujeres casadas. Faye imagina la peste del fregadero de la cocina cuando el agua queda demasiado tiempo estancada, o el hedor como a gasolina de los trapos de cocina arrugados y húmedos. La vida matrimonial secreta y envenenada (desnuda, húmeda, sin perfume) que enmascara el mal olor de cada uno. Mujeres desesperadas mientras sus maridos salen corriendo por la puerta. «¿Por qué pasa las noches a solas? Tiene la casa inmaculada, se arregla tanto como puede, pero descuida ese elemento tan esencial: la higiene personal femenina.» Es un anuncio de un desinfectante de la marca Lysol, y la madre de Faye nunca le ha mencionado nada de eso. A Faye le da miedo inspeccionar el baño de su madre, le da miedo lo que pueda encontrar. Las botellas de color rosa y blanco y esas cajas con unos nombres horribles que suenan como las cosas que estudian los chicos en la clase de química: Zonite, Koromex, Sterizol, Kotex. Palabras con resonancias vagamente científicas, inteligentes, modernas, pero que en realidad no existen. Faye lo sabe. Las ha buscado. Los diccionarios no incluyen la definición de Koromex, ni de ninguna de las otras. Palabras como globos vacíos, plagadas de inútiles kas, equis y zetas.

Un póster de la asesora de belleza de Kinney sobre cómo controlar la sudoración. Otro de Cover Girl sobre cómo ocultar manchitas. Otro con fajas y sujetadores con relleno. No es de extrañar que los chicos tengan miedo: las chicas también lo tienen. «Elimina tan exhaustivamente el olor que sabrás que eres la mujer que tu marido quiere que seas.» Su profesora de economía doméstica se ha embarcado en una cruzada para aniquilar cualquier tipo de bacteria y suciedad, para que las chicas estén limpias y huelan bien, para que no terminen convirtiéndose, según sus propias palabras, en «personas sucias y ordinarias». Ella no se refiere a su clase como «economía doméstica». La llama «cotillón».

La profesora, doña Olga Schwingle, mujer del farmacéutico del pueblo, intenta enseñar modales y etiqueta a todas esas chicas de pueblo. Les enseña a ser damas respetables, a adquirir los hábitos necesarios para incorporarse al remoto mundo de la sofisticación. A cepillarse el pelo cien veces cada noche. A cepillarse los dientes cincuenta veces hacia arriba y cincuenta hacia abajo. A masticar cada bocado por lo menos treinta y cuatro veces. A mantenerse erguidas sin inclinarse ni encorvarse, a establecer contacto visual y sonreír cuando les hablan. Cuando dice «cotillón», lo pronuncia con acento francés: *co-ti-yó*.

«¡Tenemos que quitaros ese olor a granja! —exclama la señora Schwingle, incluso a las chicas que no viven en granjas—. Necesitamos un poco de elegancia. —Entonces pone un disco (música de cámara o un vals) y dice—: Qué afortunadas sois de tenerme, chicas.»

Les enseña cosas que sus madres ignoran. En qué vasos hay que servir el vino o el whisky. La diferencia entre un tenedor corriente y uno de ensalada. El lugar que debe ocupar cada cosa en una mesa elegante. Hacia dónde debe apuntar el filo del cuchillo. A sentarse sin apoyar los codos. A aproximarse a la mesa y a levantarse. A aceptar un cumplido con elegancia. A sentarse cuando un hombre les acerca la silla. A preparar una buena taza de café. A servirlo como es debido. A disponer los azucarillos en pirámides adorables sobre unos platitos de porcelana pintada y de aspecto frágil que Faye no ha visto jamás en su casa.

La señora Schwingle les enseña a organizar una cena, a cocinar el menú, a entablar una conversación agradable con los invitados, a preparar los platos sofisticados que, insiste, las esposas de la costa Este están sirviendo ahora mismo, la mayoría con algún tipo de gelatina, con algún adorno de lechuga, con alguna pretensión que implica meter una comida dentro de otra. Ensalada de gambas en un molde redondo de aguacate. Piña con gelatina de lima acompañada de queso de untar. Col suspendida en un consomé gelatinoso. Melocotones partidos y rellenos de arándanos. Mitades de pera en almíbar cubiertas de queso rallado. Mousse de aceitunas y pimientos. Ensalada de pollo con forma de cabeza de misil. Daditos de atún. Torres de salmón al limón. Bolas de melón envueltas en jamón.

Éstos son los nuevos y fabulosos platos que las mujeres cultivadas sirven hoy en día. América se ha rendido a este tipo de comida: moderna, excitante, artificial.

La señora Schwingle ha estado en Nueva York. Ha estado en la Costa Dorada de Chicago. Va hasta Dubuque sólo para que le corten el pelo y, cuando no está comprando ropa por catálogo a algún minorista de la costa Este, compra en las boutiques de Des Moines, Joliet o Peoria. Cuando hace buen tiempo exclama: «¡Qué día tan fantástico!» y abre de par en par los postigos del aula, con un gesto tan teatral que Faye siempre espera que entren alegres pajarillos de dibujos animados. Les dice que disfruten de la brisa y del aroma de los lilos. «Porque ahora están en flor.» Salen a recoger flores y las disponen por el aula en pequeños jarrones. «Este tipo de detalles nunca pueden faltar en casa de una dama.»

Hoy empieza la clase con su habitual exhortación sobre el matrimonio.

—Cuando estaba en la universidad estudiando para convertirme en secretaria profesional certificada —dice, poderosa en su postura erguida, las manos juntas delante del cuerpo—, decidí cursar asignaturas de biología y química. Todas mis profesoras se extrañaron. ¿Por qué complicarme la vida de aquella manera? ¿Por qué no hacía más mecanografía?

Se ríe y sacude la cabeza como quien tolera con paciencia a un necio.

—Pero yo tenía un plan —continúa—. Desde niña, sabía que quería casarme con alguien del campo de la medicina. Sabía que para atraer a alguien del campo de la medicina tenía que ampliar mis horizontes mentales. Si sólo era capaz de hablar sobre escribir a máquina y archivar, ¿cómo iba a fijarse en mí alguien del campo de la medicina?

Dirige a todas las chicas una mirada solemne, profunda, como si estuviera revelando una terrible verdad del mundo de los adultos.

—Nadie —dice la señora Schwingle—. Ésa es la respuesta. Nadie. Y cuando conocí a Harold, supe que había amortizado mis optativas de ciencia. —Se alisa el vestido—. Lo que intento deciros es que os fijéis objetivos elevados. Que no tenéis por qué conformaros con casaros con un granjero o un fontanero. Es posible que no podáis casaros con alguien del campo de la medicina, como yo, pero alguien del campo de la contabilidad no está fuera vuestro alcance, jovencitas. O tal vez de los negocios, o de la banca, o de las finanzas. Averiguad con qué tipo de hombre queréis casaros y organizad vuestras vidas para conseguirlo.

Propone a las chicas que piensen qué tipo de marido quieren. Yo quiero un hombre que pueda llevarme de viaje a Acapulco, contestan. Yo quiero uno que pueda comprarme un descapotable. Yo quiero uno que sea jefe, así no tendré que preocuparme por impresionar al jefe cuando venga de visita, ¡porque estaré casada con él! La señora Schwingle les enseña a alimentar esa clase de sueños. Podéis llevar una vida que incluya ir de crucero por el Mediterráneo, les dice, o salir a pescar lubinas en el Misisipi.

—La elección es vuestra, chicas. Pero si queréis una vida mejor, tenéis que trabajar para conseguirla. ¿Creéis que vuestro marido querrá hablar sobre taquigrafía?

Las chicas niegan con la cabeza, muy serias.

—Faye, esto es especialmente importante en tu caso —añade la maestra—. Chicago estará lleno de hombres sofisticados.

Faye siente la mirada colectiva de la clase sobre ella y se hunde en la silla.

A continuación pasan a la lección principal del día: el inodoro. Cosas como: ¿Dónde están los gérmenes? (En todas partes.) ¿Y cómo se limpia? (A fondo, con lejía y amoníaco, arrodilladas en el suelo.) En grupos de cinco, practican la limpieza del inodoro en el baño del colegio. Faye espera su turno con las demás chicas mirando por la ventana a los chicos, que están en clase de educación física.

Hoy les toca jugar a béisbol. Los chicos practican con bolas rasas en la posición de parador en corto: un golpe seco con el bate, la bola rueda sobre la arena y ellos esprintan, se agachan, la recogen y se la pasan al primera base, que la caza con un sonido seco tan gratificante... Les gusta observarlos. Los chicos (que se muestran tan distantes y pasotas en la vida real, que fingen desinterés en clase, repantingados en sus sillas, desafiantes) están atentos como cachorros en el campo de béisbol, sus movimientos ansiosos y exagerados: esprintar, agacharse, coger la bola, pivotar y lanzar.

Henry está ahí con los demás. No es lo bastante rápido como para ser parador en corto, es más bien torpe, pero lo intenta de todos modos. Golpea el guante con el puño, suelta gritos de aliento. Los chicos saben que las chicas los miran mientras entrenan. Lo saben y les gusta.

Faye está sentada en el taburete de una de las cocinas, con los codos apoyados en el hornillo de metal marrón oscuro. Debajo, una generación entera de desastres culinarios: salsas de tomate quemadas, masas de tortitas abrasadas, huevos rancheros y pudines reducidos a restos fosilizados en los fogones, negros y carbonizados. Una chamusquina vieja que ni la poción más potente de la profesora puede remediar. Faye pasa la mano sobre lo calcinado, nota su rugosidad en las yemas de los dedos. Observa a los chicos. Observa a las chicas que observan a los chicos. Observa, por ejemplo, a Margaret Schwingle —la hija de la profesora, de rostro claro y algo rellenito, con su suéter de lana caro, medias, zapatos negros relucientes, el pelo rubio peinado con rizos extravagantes— y al séquito de Margaret, sus discípulas, todas con el anillo plateado de la pandilla en un dedo, que la ayudan a peinarse cada mañana, le regalan Coca-Colas y chucherías en el bar y propagan rumores horrendos sobre sus enemigas. Faye y Margaret no se hablan desde que iban a primaria. No es que se lleven mal, sólo que Faye ha ido volviéndose invisible para ella. Margaret siempre la ha intimidado, y por lo general evita establecer contacto visual con ella. Sabe que los Schwingle son ricos, que viven en una casa enorme al borde de un acantilado y con vistas al río. Margaret lleva el anillo de graduación de un chico colgado del cuello y otro en la mano derecha. En la izquierda, un anillo dorado de noviazgo. (Y eso que bosteza cuando en clase de literatura se habla de simbolismo.) El casiprometido de Margaret (con el que sale desde el primer año de instituto) es uno de esos chicos imposibles, insoportables, que son estrellas en todo: béisbol, fútbol americano, atletismo. Lleva todas sus medallas prendidas en la chaqueta del instituto y luego se la presta a Margaret, que se pasea por ahí tintineando como un móvil de campanillas en un día de viento. El chico se llama Jules, y Margaret le ha arrebatado ya todos sus símbolos. Está orgullosísima de él. De hecho, lo está observando ahora mismo, mientras él espera su turno en el campo de béisbol. Mientras tanto, Margaret se burla de los otros chicos, de los torpes, de los que no son Jules. «¡Uy! —exclama, cuando una bola pasa por debajo de un guante y sale del campo—. ¡Se te ha olvidado algo! —Su pequeño círculo de amigas se ríe—. ¡La tienes justo detrás, amigo!» Habla lo bastante alto para que la oigan las demás alumnas, pero lo bastante bajo para que no se sientan incluidas en la conversación. Es la actitud típica de Margaret: extravertida y, al mismo tiempo, inalcanzable.

«¡La próxima vez ve un poco más rápido, grandullón! —dice, cuando el pobre John Novotny (obeso, con los tobillos gruesos, torpe como un hipopótamo al lado de los chicos más rápidos) no llega a una bola rasa a su derecha—. En serio, ¿qué hace ahí?», pregunta. O cuando le toca a Pauly Mellick (el enclenque de Pauly Mellick, con su metro cincuenta y sus cincuenta kilos), exclama: «¡Fideos! ¡Vamos, fideos!», burlándose del aspecto de sus bracitos. Se ceba con los gordos, los flacos y los bajitos. Se ceba con los débiles. «Es carnívora —piensa Faye—. Una lobezna de colmillos largos.»

A continuación le toca a Henry. Todas las chicas están a la espera, observando, Margaret observa, todas lo miran: Henry golpea el guante con el puño y se acuclilla para adoptar algo más o menos parecido a la postura defensiva. De repente a Faye la embarga el instinto de protección. Se da cuenta de que las chicas quieren seguir divirtiéndose, seguir oyendo los crueles y embriagadores comentarios de Margaret, como si estuvieran animando a Henry a fallar. Faye no puede hacer nada aparte de mirar y desear que todo salga bien. Cuando se vuelve otra vez hacia Margaret, se da cuenta de que ella también la está mirando fijamente, y le da un vuelco el estómago, se ruboriza, abre mucho los ojos y, aun sin saber de qué va esa competición de miradas, entiende que ya la ha perdido. La expresión fría de Margaret deja muy clara la jerarquía entre ambas: ahora mismo, Margaret puede decir lo que quiera y Faye no puede impedírselo.

Así que todas están mirando a Henry cuando el entrenador golpea la bola. Ésta rebota sobre la arena y Henry se lanza a la izquierda para cogerla. Y Faye se enfada, no con Margaret, sino con Henry. Se enfada por su inminente fracaso público, por ponerla en esa situación, por exponerla a esa rivalidad estúpida con Margaret Schwingle, ni más ni menos. Se enfada por sentirse responsable de él, culpable de sus debilidades como si fueran propias. Henry corre como un niño patoso, y en este momento Faye lo odia. Ha asistido a suficientes bodas para saberse de memoria esa frase esencial de la liturgia: «Y los dos serán una sola carne.» Parece que todo el mundo la considera muy romántica, pero a Faye siempre le ha parecido horrible. Y este momento, este preciso instante, es la demostración de por qué. Es como tomar todas tus carencias y multiplicarlas por dos.

Pero éste es el momento de Henry. Está corriendo para atrapar la bola.

Y, cosas de la vida, lo hace a la perfección. Agarra la bola, planta los pies en el suelo y la lanza con rapidez, precisión y velocidad al primera base. Perfecto. Una gran demostración técnica sobre cómo atrapar y pasar una bola rasa. El entrenador aplaude, los chicos aplauden y Margaret no dice nada de nada.

Pronto les llega el turno en el inodoro y Faye, sentada en el suelo, se siente fatal. Aunque el momento ha pasado sin incidentes, estaba preparada para el encontronazo con Margaret y su cuerpo todavía registra la tensión. Toda ella está hecha un nervio, todo se agita en su interior. Estaba tan preparada para pelearse que se siente como si se hubiera peleado de verdad. Y no ayuda nada que Margaret esté ahí, en el baño, sentada ante la taza contigua. Faye nota su presencia casi como si fuera un horno.

El inodoro que tiene delante es de un blanco inmaculado y reluciente y huele a lejía, todo ello obra de las alumnas de economía doméstica que estaban ahí hace apenas un momento. La profesora camina a su espalda, de un extremo a otro del cuarto de baño, enumerando los peligros de una taza sucia: sarna, salmonela, gonorrea, microorganismos diversos.

—Un váter nunca está demasiado limpio —dice, al tiempo que les pasa unas escobillas nuevas.

Las chicas se ponen en cuclillas (algunas se sientan) y limpian la taza, remueven el agua, hacen espuma. Frotan, limpian y aclaran.

—Acordaos del tirador de la cadena —les advierte la señora Schwingle—. El tirador puede ser lo más sucio de todo.

La profesora les muestra cuánta lejía deben usar, cómo contorsionar los brazos para limpiar el reborde de la taza con mayor efectividad. Dice a las chicas que así velarán por la salud de los hijos que, inevitablemente, van a tener en el futuro, que un baño limpio evita la propagación de resfriados e impide que los gérmenes infecten el resto de la casa.

—Los gérmenes pueden salir volando al tirar de la cadena —dice—. De modo que cuando lo hagáis, cerrad la tapa y apartaos.

Faye está frotando cuando, desde el baño contiguo, le llega la voz de Margaret.

—Estaba muy mono ahí fuera —dice.

Faye no sabe a quién se refiere y, como considera improbable que Margaret esté hablando con ella, sigue frotando.

—¿Hola? —dice Margaret, y da unos golpecitos en la pared—. ¿Hay alguien en casa?

—¿Cómo? —responde Faye—. ¿Qué?

—¿Hola?

—¿Hablas conmigo?

—Pues... ¿sí? —Entonces la cara de Margaret asoma por debajo de la mampara; está agachada, casi boca abajo, los enormes rizos rubios le cuelgan cómicamente de la cabeza—. Te decía que estaba bastante mono ahí fuera —añade.

—¿Quién?

—Henry, ¿quién va a ser?

—Ah, claro, perdona.

—He visto que lo mirabas. Debías de pensar que estaba muy guapo.

—Sí, claro —dice Faye—. Eso es lo que pensaba.

Entonces Margaret se fija en el collar de Faye, en el que lleva el anillo de Henry. Su anillo de graduación con un gran ópalo engarzado.

—¿Te lo vas a poner en la mano izquierda? —le pregunta.

—No lo sé.

—Si fuerais en serio lo llevarías en la mano izquierda. O te regalaría otro anillo, y así podrías llevar uno en el cuello y otro en la mano izquierda. Es lo que hizo Jules.

—Ya.

—Jules y yo vamos muy en serio.

Faye asiente en silencio.

—Nos casaremos pronto. Jules tiene mucho futuro.

Faye sigue asintiendo.

—Muchísimo.

Entonces la profesora se da cuenta de que están charlando y se acerca con las manos en las caderas.

—Margaret, ¿por qué no estás limpiando?

Y Margaret le lanza una mira a Faye (una mirada conspiratoria, como diciendo «Estamos en el mismo barco») y desaparece detrás del separador.

—Estoy limpiando mentalmente, mamá —dice Margaret—. Visualizándolo. Así lo recordaré mejor la próxima vez.

—A lo mejor, si te esforzaras como Faye, también podrías ir a la gran ciudad.

—Lo siento, mamá.

—Vuestros maridos —dice entonces la señora Schwingle hablando más alto, para todo el grupo— esperarán cierto nivel de higiene doméstica.

Faye piensa en los pósteres de las paredes del aula, en esos maridos con sus exigencias, maridos que salen por la puerta con sus sombreros y sus abrigos si resulta que sus mujeres no son capaces de cumplir con las tareas femeninas más elementales, los maridos de los anuncios de la tele y de las revistas: si anuncian café, esperan que sepas preparar una buena cafetera para su jefe; si anuncian cigarrillos, quieren que seas moderna y sofisticada; si son de sujetadores Maidenform, esperan que tengas una figura femenina. Faye tiene la sensación de que esa criatura llamada marido es la especie más quisquillosa y exigente de la historia de la humanidad. ¿De dónde sale? ¿Cómo es posible que los chicos del campo de béisbol (unos bobos, unos payasos, unos patosos inseguros y unos idiotas en el amor) se conviertan un día en eso?

Las chicas tienen permiso para marcharse. Vuelven al aula y ceden el sitio al siguiente grupo. Ocupan sus pupitres y se dedican a mirar por la ventana, aburridas. Los chicos siguen a lo suyo: algunos van más sucios que antes, pues han encontrado motivos para tirarse al suelo, ya sea de cabeza o con los pies por delante. Le toca a Jules, el gladiador niño con cara de galletita. «¡Vamos, cariño! ¡Vamos!», exclama Margaret, aunque él no puede oírla. La exaltación de Margaret va dirigida a las chicas de la clase, para que presten atención. Le lanzan una bola rasa y Jules va a por ella, se mueve con gran fluidez y agilidad, con pasos rápidos y seguros, no resbala en la arena como los otros chicos, como si se desplazara sobre una tierra diferente, más tangible. Se planta ante la bola, llega al punto exacto y con tiempo de sobra, relajado y sin esfuerzo. La bola bota hacia su guante, pero de pronto (tal vez se tope con una piedra o un guijarro, tal vez rebote en una irregularidad del terreno, quién sabe), de manera inesperada, enloquecida, sale disparada hacia arriba, da un bote y golpea a Jules de lleno en la garganta.

Jules se deja caer al suelo, pataleando.

A las chicas de la clase de economía doméstica les parece divertidísimo. Algunas ríen con disimulo, otras a carcajadas, pero Margaret se vuelve hacia ellas y grita: «¡Callaos!» En ese momento parece tan herida, tan avergonzada... Recuerda a las mujeres de los pósteres cuando sus maridos las abandonan: asustadas, aturdidas, rechazadas.

Con la sensación de que las están juzgando de forma cruel e injusta. Ése es el aspecto que tiene Margaret, y a Faye le gustaría coger toda la vulnerabilidad y la vergüenza de Margaret y envasarlas, como si fueran un desodorante. Como si fueran una lata de espray germicida. Se lo regalaría a todas las esposas del mundo. Se lo rociaría a los futuros maridos en las bodas. Prepararía bombas y las lanzaría, como si fueran de napalm, desde el tejado hacia el campo de béisbol.

Así los chicos también sabrían qué se siente.

5

Faye está sentada a solas, al aire libre, después de las clases, con un libro sobre el regazo y la espalda apoyada en la pared cálida y áspera del instituto, escuchando a través de ella a los músicos que tocan ociosamente: una trompetista practica una escala hasta llegar a la nota más aguda y estridente; alguien toca las láminas más graves de un xilófono; un trombón suelta ese sonido de pedorreta que ningún otro instrumento puede imitar. Los miembros de la orquesta del instituto parecen estar en medio de un descanso, tonteando entre piezas, y Faye lee mientras espera. El libro es un breve poemario de Allen Ginsberg y Faye está leyendo, acaso por enésima vez, el poema del girasol, cada vez más convencida de que habla de ella. Bueno, en realidad no. Sabe que en realidad el poema habla de Ginsberg sentado en las montañas de Berkeley, deprimido, contemplando el agua. Pero cuanto más lo lee, más se ve reflejada en los versos. Cuando Ginsberg habla de las «retorcidas raíces de acero de los árboles de maquinaria», bien podría estar describiendo la planta de ChemStar. El «agua aceitosa en el río» podría ser la del Misisipi. Y el campo de girasoles que describe podría ser el maizal que ella tiene delante en Iowa, separado del instituto por una verja de alambre de púas desvencijada, el campo recién arado y plantado, una sábana arrugada de tierra negra, húmeda y resbaladi-za. En otoño, cuando vuelvan a empezar las clases, el campo estará cubierto de plantas altas hasta los hombros, enhiestas, pertrechadas de mazorcas y a punto, al fin, para la siega, para desplomarse débilmente cuando les corten las rodillas. Faye permanece sentada y espera a que la orquesta vuelva a tocar y piensa en eso, en la cosecha, y en la tristeza que siempre le produce, en que los maizales en noviembre parecen campos de batalla, las plantas segadas, pálidas y huesudas, tallos de maíz como fémures medio enterrados que asoman del suelo con brusquedad. Y después de eso, el gélido acercamiento de otro invierno en Iowa: las primeras nevadas de finales de otoño, las primeras heladas de noviembre, la tundra inhóspita en la que se convierte aquel paisaje en enero. Faye imagina cómo sería un invierno en Chicago y en su imaginación es mejor, más cálido, atemperado por el tráfico y el movimiento, el hormigón, la electricidad y la aglomeración de calientes cuerpos humanos.

A través de la pared oye el graznido de una lengüeta y ese sonido, o el recuerdo de ese sonido, la hace sonreír. También ella fue música en su día, formó parte de la sección de viento de madera, también a ella le daba por emitir graznidos haciendo vibrar la lengüeta. Es una de las cosas que dejó cuando empezaron los ataques de pánico.

Ése fue el nombre que le dieron los médicos («ataques de pánico»), aunque a Faye no le parece del todo preciso. A ella no le parecía que la atacara el pánico; era más bien como si todo su ser se desactivara, metódicamente y a la fuerza. Como un muro de televisores que se van apagando de uno en uno, como si la imagen de cada uno de ellos fuera encogiéndose hasta convertirse en un puntito y desaparecer del todo. Eso era lo que sentía, cuando empezaba un ataque se le encogía la visión y sólo podía fijarse y concentrarse en un detalle mínimo, un punto único en todo su campo de visión, por lo general sus zapatos.

Al principio parecía que sólo le sucedía cuando disgustaba a su padre, cuando hacía algo (como llevar a aquellos chicos al refugio atómico) que lo enojaba. Sin embargo, más tarde empezaron a producirse también cuando existía la posibilidad de disgustarlo, cuando se le presentaba la oportunidad de fallar ante él, aunque todavía no hubiera fallado.

Un ejemplo: el concierto.

Se había apuntado a la orquesta del instituto después de escuchar una cautivadora grabación de *Pedro y el lobo*. Ella quería tocar el violín, o tal vez el violonchelo, pero sólo había plazas libres en la sección de viento de madera. Le dieron un oboe de un negro opaco, descolorido en algunas partes, con unas teclas que en su día habían sido plateadas, pero estaban ya marrones, y con un rasguño profundo que lo recorría de punta a cabo. Aprender a tocar el oboe representó una calamidad de bocinazos, graznidos y notas fallidas, los meñiques le resbalaban sobre las teclas porque todavía no sabía moverlos de forma independiente del resto de la mano. Y sin embargo le gustaba. Le gustaba que el oboe diera la nota de afinación al principio de cada ensayo. Le gustaba la constancia de aquel sonido, el la compacto y firme que emitía su instrumento y que servía de punto de referencia para el resto. Le gustaba la postura severa que se requería para tocarlo, sentada con la espalda erguida y el instrumento ante ella, los codos en ángulo recto. Disfrutaba incluso de los ensayos. De la camaradería. De que todos trabajaran por un objetivo común. De la sensación general de máxima destreza. Del sonido espléndido que podían producir juntos.

En el primer concierto, cada músico tendría un solo muy breve. Faye practicó el suyo durante meses, hasta que interiorizó las notas, hasta que fue capaz de tocarlo a la perfección sin tener que mirar siquiera la partitura. La noche del concierto, con su vestido de gala, miró hacia el público y vio a su madre, que la saludó, y a su padre, que estaba leyendo el programa. Hubo algo en su concentración, en la seriedad con la que lo estudiaba, en su manera de analizarlo, que la aterrorizó.

Y de pronto le vino una idea a la cabeza: «¿Y si la fastidio?»

Era algo que no se había planteado hasta aquel momento. De pronto se sintió incapaz de invocar la magia que la había acompañado mientras practicaba. No era capaz de despejar la mente, no podía soltarse como lo hacía en los ensayos. Empezaron a sudarle las palmas de las manos y se le enfriaron los dedos. Para la media parte ya tenía dolor de cabeza y de estómago, ronchas de sudor en las axilas. Sintió la necesidad apremiante de ir a hacer pis, pero una vez en el baño resultó que no podía. Durante la segunda parte del concierto empezó a sentirse mareada, notó una presión en el pecho. Cuando el director levantó la batuta para indicar el inicio de su solo, Faye no pudo tocar. El aire se le quedó atrapado en la garganta. Apenas logró soltar un débil grito, un resuello breve e indefenso. Todas las caras se volvieron hacia ella, todos la estaban mirando. Faye oía una música procedente de otra parte, pero sonaba muy lejos, como si estuviera sumergida. La luz del auditorio pareció desvanecerse. Faye clavó la vista en sus zapatos. Se cayó de la silla. Se desmayó.

Los médicos dijeron que no tenía ningún problema.

«Ningún problema médico», se apresuraron a añadir. La hicieron respirar dentro de una bolsa de papel y le diagnosticaron una «afección nerviosa crónica». Su padre la miró, mortificado, aturdido. «¿Por qué lo has hecho? —le preguntó—. ¡Te estaba mirando todo el pueblo!» Y aquello volvió a incendiarle los nervios, la decepción de su padre por su ataque de pánico combinada con su propia ansiedad por evitar que le diera otro delante de él.

Luego empezó a sufrir ataques de pánico incluso en situaciones que no tenían nada que ver con su padre, en momentos que parecían inocentes, equilibrados y tranquilos. Estaba manteniendo una conversación normal y corriente y, de pronto, aquel pensamiento tóxico la asaltaba sin más: «¿Y si la fastidio?»

Y cualquier comentario despreocupado que Faye acabara de hacer adquiría de repente proporciones catastróficas: ¿estaba mostrándose estúpida, insensible, tonta, aburrida? La conversación se convertía en un examen horrible que fácilmente podía suspender. La sensación de fatalidad se combinaba con respuestas fisiológicas de lucha o huida (dolores de cabeza, escalofríos, rubor, sudores, hiperventilación y vello erizado), y eso empeoraba aún más la situación porque lo único peor que sufrir un ataque de pánico era que alguien pudiera presenciarlo.

Cualquier fallo que tuviera delante de otras personas, o cualquier momento en que percibiera la posibilidad de fallar delante de otras personas, podía desencadenar un ataque. No en todos los casos, pero a veces sí. Tan a menudo que terminó adoptando una actitud de autoprotección: se convirtió en una persona que nunca la fastidiaba.

Una persona que nunca fallaba en nada.

Era fácil: cuanto más asustada se sentía Faye por dentro, más perfecta se mostraba por fuera. Atajaba cualquier crítica posible con una actitud irreprochable. Conservaba el favor de los demás comportándose siempre como ellos querían que se comportara. Sacaba la máxima nota en todos los exámenes. Consiguió todos los galardones académicos que ofrecía el instituto. Cuando un profesor les mandaba leer un capítulo de un libro, Faye se leía el libro entero. Y luego se leía todos los libros del autor que encontraba en la biblioteca del pueblo. No había ninguna asignatura en la que no sobresaliera. Era una estudiante modélica, una ciudadana modélica, iba a la iglesia, hacía trabajos de voluntariado. Todo el mundo decía que tenía la cabeza muy bien amueblada. Caía bien, sabía escuchar, nunca se mostraba exigente ni crítica. Siempre sonreía y asentía, siempre era amable. Era difícil que le resultara antipática a alguien, porque no había nada antipático en ella: era servicial, dócil, discreta, sumisa y de trato fácil. Su personalidad exterior no tenía aristas con las que chocar. Todos coincidían en que era «muy buena chica». Para sus profesores, Faye era una estudiante de éxito, un genio silencioso que se sentaba al fondo del aula. En las reuniones hablaban de ella con entusiasmo y destacaban su disciplina y su ambición.

Faye sabía que todo era una compleja manipulación psicológica. Sabía que en el fondo era un fraude, tan sólo una chica del montón. Si aparentaba poseer capacidades que los demás no tenían era sólo porque trabajaba más que nadie, y para que el mundo viera a la Faye de verdad, a la auténtica Faye, pensaba, bastaría con un único fallo. O sea que nunca fallaba. Así, en su mente, la distancia entre la Faye real y la falsa Faye no paraba de aumentar, como cuando un barco al zarpar va perdiendo de vista, poco a poco, el hogar.

Eso tenía un precio.

El reverso de ser una persona que no falla nunca en nada es que nunca haces nada en lo que puedas fallar. Nunca asumes ningún riesgo. Hay una falta esencial de coraje en las personas que parecen buenas en todo lo que hacen. Faye, por ejemplo, dejó el oboe. Huelga decir que nunca practicó ningún deporte. Teatro tampoco, es obvio. Rechazaba casi todas las invitaciones a fiestas, actos sociales, reuniones, veladas junto al río y noches bebiendo alrededor de una hoguera en el jardín de alguien. Y ahora debe admitir que, a consecuencia de ello, no tiene ni un solo amigo íntimo.

Solicitar plaza en el Circle era la primera cosa arriesgada que había hecho desde que tenía memoria. Y bailar como lo hizo en el baile de graduación. Y abalanzarse sobre Henry en el parque infantil. Arriesgado. Y ahora se sentía castigada por ello. El pueblo estaba molesto con ella, Henry la había abochornado... Ése era el precio de reivindicarse.

¿Qué había cambiado? ¿Qué había inspirado aquella nueva audacia? Había sido un verso del mismo poema que estaba leyendo, de hecho, el poema del girasol de Ginsberg, un verso que parecía escrito expresamente para ella, una rápida descarga que, por lo visto, la había despertado de golpe. Aquel verso resumía con exactitud lo que sentía sobre su vida antes incluso de saber que lo sentía:

¿Pobre flor muerta? ¿Cuándo olvidaste que eras una flor?

¿Cuándo había olvidado que era capaz de actuar con valentía? ¿Cuándo había olvidado que en su interior hervía constantemente la valentía? Da la vuelta al libro y observa una vez más la foto del autor. Ahí está ese joven elegante, lozano, con el pelo corto y algo enmarañado, bien afeitado, con una camisa blanca holgada, remetida en los pantalones, y gafas redondas de carey parecidas a las de Faye. Está en una azotea, en alguna parte de Nueva York: a su espalda, las antenas de la ciudad y, más allá, las siluetas brumosas de los rascacielos.

Cuando Faye se enteró de que Ginsberg iba a ser profesor visitante en el Circle durante el curso siguiente, solicitó plaza en la universidad de inmediato.

Apoya la espalda en la pared de ladrillo. ¿Qué sentiría en su presencia, delante de un hombre tan exuberante? Le preocupa lo que podría hacer en su clase: perder los nervios, seguramente. Tener un ataque de pánico allí mismo. Sería como el desconsolado narrador del poema del girasol, una «cosa infame y maltratada».

Pero ya regresa la orquesta.

Los músicos se reúnen de nuevo, y Faye los oye calentar. Escucha la cacofonía. La siente en la columna, en el punto donde se apoya en la pared. Vuelve la cara para pegar la mejilla a los ladrillos calientes y en ese momento detecta un movimiento en el extremo más alejado del edificio: alguien acaba de doblar la esquina. Una chica. Un suéter de algodón azul claro, pelo rubio y peinado complejo. Faye se da cuenta de que es Margaret Schwingle. Margaret mete una mano en el bolso, saca un cigarrillo, lo enciende y expulsa la primera calada con una exhalación delicada. Todavía no ha visto a Faye pero lo hará, sólo es cuestión de tiempo, y Faye no quiere que la pesquen haciendo lo que está haciendo. Muy despacio, para no mover los matorrales que la rodean, abre su bolsa, guarda el poemario de Ginsberg y saca el primer libro que encuentra: *El auge de la nación americana*, el libro de texto de la clase de historia. En la cubierta hay una estatua de bronce de Thomas Jefferson sobre un fondo verde azulado. Así, cuando al fin Margaret repara en su presencia, algo que sucede enseguida, se acerca a ella y le pregunta qué hace, Faye puede contestarle:

—Estudiar.

—Ah —dice Margaret, porque la respuesta tiene lógica: todo el mundo sabe que Faye es una chica que estudia mucho, trabaja duro, es lista y consigue becas. Y así Faye no tiene que explicar sus verdaderos motivos: que está ahí para leer poemas discutibles y fingir que toca el oboe.

—¿Y qué estudias? —pregunta Margaret.

—Historia.

—Jolín, Faye. Qué aburrimiento.

—Es verdad, es aburrido —dice Faye, aunque a ella no se lo parece, ni mucho menos.

—Todo es aburrido —le contesta Margaret—. El instituto es aburrido.

—Es horrible —dice Faye, aunque le preocupa no sonar sincera.

Porque le encanta el instituto, claro. O tal vez sería más preciso decir que le encanta que se le dé tan bien el instituto.

—Qué ganas tengo de terminar —dice Margaret—. Terminar de una vez por todas.

—Ya —añade Faye—. Falta poco.

Y eso, el hecho de que el semestre esté a punto de acabarse, últimamente le da mucho miedo. Porque le encanta la claridad que le aporta el instituto: que exista un objetivo bien definido, que las expectativas sean obvias, que todo el mundo sepa que si estudias y sacas buenas notas eres una buena persona. El resto de la vida, en cambio, no se juzga igual.

—¿Vienes mucho aquí a leer? —pregunta Margaret—. ¿Detrás del edificio?

—A veces.

Margaret contempla el campo de maíz negro que se extiende ante ellas y parece meditar la respuesta. Da una calada al cigarrillo. Faye la imita, clava la vista al frente e intenta aparentar frialdad.

—¿Sabes qué? —dice Margaret—. Yo siempre he sabido que era una chica especial. Siempre he sabido que tenía una serie de talentos. Que caía bien a todo el mundo.

Faye asiente para indicar que está de acuerdo, o tal vez para demostrar que la está escuchando con interés.

—Y que de mayor sería una mujer especial. Lo he sabido siempre.

—Ajá.

—Que era una niña especial y que de mayor sería una persona especial.

—Y lo eres —dice Faye.

—Gracias. Que sería una mujer especial, que me casaría con un hombre especial y que tendríamos unos hijos fantásticos. ¿Me entiendes? Siempre he pensado que sería así, que ése era mi destino. Que iba a tener una vida cómoda, que todo sería fantástico.

—Y lo será —dice Faye—. Tendrás todo eso.

—Sí, supongo que sí —dice Margaret, y apaga el cigarrillo en el suelo—. Pero no sé qué quiero hacer. Con mi vida.

—Yo tampoco —dice Faye.

—¿En serio? ¿Tú?

—Sí. No tengo ni idea.

—Creía que ibas a ir a la universidad.

—Es posible. Pero lo más seguro es que no. Mi madre no quiere. Y Henry tampoco.

—Oh —dice Margaret—. Vaya.

—A lo mejor lo aplazo un año o dos. Hasta que las cosas se calmen un poco.

—Tal vez sea lo más sensato.

—Puede que me quede un tiempo más por aquí.

—Yo no sé qué quiero —dice Margaret—. Supongo que quiero a Jules, ¿no?

—Sí, claro.

—Jules es fantástico, supongo. O sea, sí, es genial, realmente genial.

—Es absolutamente genial.

—¿Verdad?

—¡Sí!

—Bueno —dice—. Oye, gracias. —Entonces se levanta, se sacude la ropa y mira a Faye—. Siento haber estado un poco rara.

—No pasa nada —dice Faye.

—No se lo cuentes a nadie, por favor.

—Vale, no te preocupes.

—Creo que la gente no lo entendería.

—No se lo contaré a nadie.

Y Margaret asiente y hace amago de marcharse, pero entonces se detiene y se vuelve de nuevo hacia Faye.

—¿Te gustaría venir este fin de semana?

—¿Adónde?

—A mi casa, tonta. Ven a cenar con nosotros.

296

—¿A tu casa?

—El sábado por la noche. Es el cumpleaños de mi padre, le hemos montado una fiesta sorpresa. ¡Quiero que vengas!

—¿Yo?

—Sí. Si vas a quedarte por aquí después de la graduación, tendríamos que ser amigas, ¿no crees?

—Ah, vale, pues sí —dice Faye—. Perfecto. Sería genial.

—¡Fantástico! —dice Margaret—. No se lo cuentes a nadie, es una sorpresa.

Sonríe y se aleja contoneándose, dobla la esquina y desaparece.

Faye se apoya de nuevo en la pared y se da cuenta de que la orquesta está en un momento álgido. Se le había escapado. Una potente columna sonora, un crescendo poderoso. Está abrumada por la invitación de Margaret. Menuda victoria. ¡Menuda sorpresa! Escucha la orquesta y se siente inmensa. Descubre que al oír la música amortiguada a través de una pared es más consciente de su naturaleza física, que incluso cuando no oye todos los detalles la percibe, siente las vibraciones, como ondas. Ese zumbido. Con la cara apoyada en la pared es una experiencia distinta. Ya no es sólo música, sino también una expansión de los sentidos. Faye toma conciencia de que para producir música hace falta fricción, hay que golpear y rozar cuerdas, madera y piel. Sobre todo hacia el final de la pieza. Cuando la melodía suena con más fuerza, Faye siente las notas más intensas. Ya no como una abstracción, sino como un temblor, como un roce. Y la sensación le baja por la garganta, una gran pulsión sonora que late en su interior y la hace vibrar.

No hay nada que le guste tanto como esto: la facilidad con la que la sobrecogen las cosas (la música, la gente, la vida), la rapidez con la que la sorprenden, de golpe, como un puñetazo.

6

A veces parece que la primavera llega de golpe. Los árboles florecen, se desperezan los primeros brotes verdes en los campos de trigo enfangados por la lluvia, todo se renueva y empieza, y para algunos miembros de la promoción que va a graduarse llega un momento de esperanza y optimismo: se acerca el final de curso y las chicas (las que tienen novio formal, las que sueñan con bodas, jardines e hijos) empiezan a hablar de sus almas gemelas y a decir que sienten la intervención del destino, de la ineluctable mano del destino, que es, sencillamente, algo que saben. Dulces miradas de adoración, pulsos acelerados. Faye las compadece, aunque otras veces se compadece de sí misma. Siente que a su vida le falta un fondo romántico esencial. El amor le parece algo muy arbitrario. Pura casualidad. Puede ser tanto una cosa como otra, tanto un hombre como otro.

Henry, por ejemplo.

De todos los hombres posibles, ¿por qué Henry?

Una noche los dos están sentados en la orilla del río tirando piedras al agua, hurgando en la arena, bromean nerviosos, tratan de encontrar algún tema de conversación, y mientras tanto Faye piensa: ¿por qué estoy aquí con él?

Muy fácil. Porque el otoño pasado Peggy Watson propagó un rumor estúpido.

Peggy se acercó brincando a Faye después de la clase de economía doméstica, sonriente y excitada. «Sé un secreto», le dijo, y la estuvo chinchando durante el resto del día, incluso le pasó una nota durante la clase de trigonometría: «Yo sé una cosa y tú no.»

—Es uno de los buenos —le dijo durante la comida—. Un secreto muy jugoso. Realmente espectacular.

—Suéltalo ya.

—Es mejor que esperes un poco —respondió Peggy—. Hasta después de las clases. Querrás estar sentada.

Peggy Watson (que era más o menos amiga suya desde tercero, vivía en la misma calle y volvía a casa en el mismo autobús que ella) era lo más parecido que Faye tenía a una «mejor amiga». De niñas jugaban a un juego consistente en sacar todos los lápices de una caja y llenar libretas enteras escribiendo «Te quiero», con colores, letras y diseños distintos. Fue idea de Peggy. No podía evitarlo. Nunca se cansaba de hacerlo. El dibujo preferido de Peggy era un corazón, con las palabras «Te quiero» formando un círculo alrededor. «Un círculo, para que no tenga ni principio ni fin —le explicó—. ¿Lo entiendes? No se termina nunca. ¡Es eterno!»

Aquel día, después de las clases, Peggy estaba eufórica, entusiasmada con tantos rumores y noticias alarmantes.

—¡Le gustas a un chico!

—Qué va —dijo Faye.

—¡Que sí! Estoy segura, me lo ha dicho una fuente fiable.

—¿Quién te lo ha dicho?

—Mis labios están sellados —dijo Peggy—. Lo he prometido.

—¿Qué chico?

—Uno de nuestra clase.

—¿Cuál?

—¡A ver si lo adivinas!

—No pienso adivinarlo.

—¡Vamos! ¡Inténtalo!

—Dímelo.

Aunque en realidad Faye no quería saberlo. No quería líos. Estaba sola, era reservada, estaba perfectamente feliz con ese panorama. ¿Por qué no podían dejarla en paz?

—Bueno —dijo Peggy—. Pues lo haremos sin adivinanzas ni juegos. Te lo diré y ya está. Espero que estés a punto.

—Sí —dijo Faye, y esperó. Peggy también esperaba, saboreando el momento, mirando a Faye con expresión traviesa. Faye soportó la prolongada pausa teatral hasta que ya no pudo más—. ¡Maldita sea, Peggy!

—Vale, vale —dijo—. ¡Es Henry! ¡Henry Anderson! ¡Le gustas! «Henry.» Faye no sabía qué esperaba, pero desde luego no era eso. ¿Henry? Ni siquiera se lo había planteado. Apenas aparecía en sus pensamientos.

—Henry —dijo Faye.

—Sí —respondió Peggy—. Henry. Es el destino. Estáis predestinados. ¡Ni siquiera tendrías que cambiarte el apellido!

—¿Cómo que no? Andresen y Anderson. Son distintos.

—Bueno —dijo Peggy—. Pero es bastante mono.

Faye se fue a casa y se encerró en su habitación. Por primera vez se planteó en serio lo de tener novio. Se sentó en su cama. No durmió demasiado. Lloró un poco. Y antes de la mañana siguiente, por extraño que parezca, decidió que en realidad Henry le importaba mucho. Se había convencido de que le gustaba desde hacía tiempo: su físico robusto de defensa de fútbol americano. Su actitud callada. A lo mejor le gustaba desde siempre. Ahora cuando lo veía en el instituto le parecía distinto: más sonrosado, más animado, más guapo. Lo que Faye no sabía era que Peggy había hecho lo mismo con él. Había estado todo el día acosándolo, dándole a entender que había una chica colada por él. Más adelante le había revelado que se trataba de Faye. Al día siguiente Henry fue al instituto y al ver a Faye no fue capaz de entender cómo era posible que nunca se hubiera fijado en lo guapa, elegante y sencilla que era. En la intensidad de aquellos ojos ocultos detrás de sus enormes gafas redondas.

Poco después empezaron a salir.

El amor es así, piensa Faye ahora. Queremos a los demás porque nos quieren. Es narcisista. Lo mejor es tenerlo claro y no permitir que abstracciones como el «destino» o el «azar» compliquen el asunto. Al fin y al cabo, Peggy podría haber elegido a cualquier otro chico del instituto.

Eso es lo que le pasa por la cabeza esta noche junto a la orilla del río, adonde Henry la ha llevado, cree ella, para disculparse. Se ha mostrado tímido con ella desde la noche del parque infantil, el incidente después del baile de graduación. Hablan del tema, pero sólo indirectamente. No dicen nada específico. «Lamento lo de... ya sabes», dice Henry, y Faye se siente mal por él, por lo chafado que se queda cada vez que sale la conversación. Se ha mostrado contrito y arrepentido hasta la exasperación. Carga con la mochila de Faye hasta su casa, camina un paso por detrás de ella, con la cabeza baja, le compra más flores y dulces. A veces, en arranques de autocompasión, dice cosas como «¡Dios, qué tonto soy!». O le pregunta si quiere ir al cine y, sin darle tiempo a contestar, añade cosas como: «Si todavía quieres ser mi novia, claro.»

Todo es arbitrario. Si Faye hubiera ido a otro instituto; si sus padres se hubieran mudado de ciudad; si Peggy hubiera estado enferma aquel día; si hubiera elegido a otro chico; etcétera, etcétera. Un millar de permutaciones, un millón de posibilidades, y casi todas habrían impedido que Faye estuviera allí sentada en la arena al lado de Henry.

Henry es un amasijo de nervios esta noche: cierra los puños y vuelve a abrirlos, hurga en la arena, tira piedras al agua. Faye da sorbos de la botella de Coca-Cola y espera. Henry lo tenía todo planeado hasta este momento, lo de estar con Faye a solas, ahí, en la orilla del río. Pero ahora no sabe qué hacer. Se mece adelante y atrás sobre la arena, aparta de un manotazo algo que tenía delante de la cara y aguarda, rígido, tenso como un caballo nervioso. A Faye la irrita su tormento. Se bebe la Coca-Cola.

El río huele a pescado esta noche (un hedor húmedo y fétido, como a leche agria y amoníaco) y Faye se pone a pensar en la vez que salió con su padre en su barca. Frank le estaba enseñando a pescar. Para él era importante. Se había criado como un pescador. Había trabajado en eso desde que era un crío. Pero ella no estaba hecha para eso. Ni siquiera podía clavar el gusano en el anzuelo sin llorar al ver cómo se le enroscaba en el dedo y soltaba una sustancia marrón y pringosa cuando le atravesaba la piel.

Ahora mismo, Henry le recuerda aquel gusano: está a punto de estallar.

Se quedan mirando el río y la llama azul de la planta de nitrógeno, la luna, la luz que se agrieta sobre el agua y se dispersa. Una botella asoma a la superficie a unos diez metros de donde están. Un bicho pasa volando por delante de la cara de Faye. Las olas llegan a la orilla con ritmo cadencioso, y cuanto más rato pasan ahí sentados, más tiene Faye la sensación de que el río respira: se contrae y se expande, viene y va, el agua acaricia las rocas cuando se retira.

Al final Henry se vuelve hacia ella y habla.

—Oye, escucha, quiero pedirte algo.

—Vale.

—Pero... no sé si puedo —añade—. No sé si puedo pedírtelo.

—¿Por qué no? —pregunta ella.

Entonces lo mira, se fija en él y se da cuenta de que lleva sin hacerlo, sin mirarlo de verdad... ¿cuánto rato? ¿Toda la noche? Ha estado evitando su mirada, avergonzada por él, odiándolo un poco, y ahora lo encuentra sombrío y malcarado.

—Quiero... —empieza, pero se calla.

En vez de terminar la frase, se inclina rápidamente hacia Faye y la besa.

Le da un morreo.

Como la noche del parque infantil, y Faye se sorprende: su sabor repentino, el calor que desprende su cuerpo al apretujarse contra ella, el olor aceitoso de sus manos, que le agarran la cara. Su contundencia, la fuerza con la que pega su boca a la de ella y le mete la lengua entre los labios, resulta chocante. La besa como si fuera un combate. Faye cae boca arriba sobre la arena y él se tumba encima sin soltarle la cara, besándola enloquecido. No es brusco, no exactamente, sino dominante. El impulso inicial de Faye es zafarse. La está aplastando, la inmoviliza con su cuerpo. Sus dientes entrechocan, pero él sigue adelante. Faye nunca lo había visto tan vehemente y violentamente masculino. No puede moverse bajo su peso, y de pronto su cuerpo experimenta otra necesidad: tiene la piel fría y el estómago lleno de Coca-Cola, necesita eructar. Necesita escabullirse y huir corriendo.

Y justo en ese momento él se detiene, se aparta unos centímetros y la mira. La expresión de Henry, ahora puede verlo, es agónica. Tiene todo el rostro fruncido. La mira con unos ojos enormes, suplicantes, desesperados. Está esperando que ella proteste, que le diga «No». Y Faye está a punto de hacerlo, pero se contiene. Y más tarde, esa misma noche, cuando todo haya terminado y Henry la haya acompañado a su casa, cuando se quede despierta hasta el alba pensando en lo sucedido, este preciso instante será lo que más la desconcertará: cuando tuvo ocasión de huir, pero no lo hizo.

No dice «No». No dice nada de nada. Sólo le sostiene la mirada a Henry. A lo mejor (aunque no está del todo segura) incluso es posible que asienta con la cabeza: «Sí.»

Y entonces Henry vuelve a la carga con vigor renovado. La besa, le mete la lengua en la oreja, le muerde el cuello. Baja la mano, encajada entre los dos cuerpos, y Faye lo oye soltar varias cosas: el cinturón, la hebilla, la cremallera.

—Cierra los ojos —le dice.

—Henry.

—Por favor. Cierra los ojos. Haz como si estuvieras dormida.

Ella vuelve a mirarlo: Henry tiene la cara a pocos centímetros de la suya, con los ojos cerrados. Está consumido por algo, una necesidad inconfesable.

—Por favor —dice, le agarra la mano y la guía hacia abajo.

Faye encoge el brazo, se resiste débilmente hasta que él repite «Por favor» y tira más fuerte, y Faye deja la mano lacia, le deja hacer lo que quiere. Él se baja un poco los pantalones y sigue guiando la mano de Faye hasta el final, entre los dobleces de la tela por debajo de los calzoncillos. Cuando ella lo toca, da un respingo.

—Cierra los ojos —le dice.

Y Faye lo hace. Lo siente moverse contra ella, deslizarse entre sus dedos. Es una sensación abstracta, aislada del mundo de las cosas reales. Henry hunde el rostro en su cuello sin dejar de empujar con las caderas, y Faye se da cuenta de que está llorando, lo oye gemir en voz baja, nota sus lágrimas calientes bajo la presión de la cara.

—Lo siento —dice Henry.

Y Faye piensa que debería estar avergonzada, pero lo que más siente es compasión. Le da lástima Henry, su desaliento y su culpa, esa necesidad brutal que lo aplasta, la desesperación con que se ha comportado esta noche. Por eso lo acerca más a ella y lo agarra con más fuerza y de repente, con un gran estremecimiento y una explosión de calor, todo termina.

Henry se desploma, gruñe, deja caer su peso sobre ella y rompe a llorar.

—Lo siento —repite una y otra vez.

Tiene el cuerpo apretujado encima de ella y Faye nota, en la palma de la mano, cómo se encoge con rapidez.

—Lo siento —repite.

Ella le dice que no pasa nada. Le acaricia el pelo despacio y lo abraza mientras su cuerpo se estremece en un sollozo.

Es imposible que la gente se refiera a esto cuando habla de «destino», de «romance» y de «azar». No, todo eso son adornos, decide

Faye, decoraciones que ocultan un hecho desalentador: que a Henry esta noche no lo poseía el amor, sino la catarsis, un simple desahogo animal.

Henry gimotea en su pecho. Faye nota la mano pegajosa y fría. «Amor verdadero», piensa, y casi suelta una carcajada.

7

Hay dos condiciones, le dice Margaret, para la cena en casa de los Schwingle. En primer lugar, tiene que recoger un paquete en la farmacia. Y en segundo, no puede decírselo a nadie.

—¿Qué hay en el paquete? —dice Faye.

—Caramelos —dice Margaret—. Chocolatinas, cosas así. Bombones. Mi padre me las tiene prohibidas. Dice que tengo que cuidarme la figura.

—No tienes que cuidarte la figura.

—¡Eso le digo yo! ¿No te parece injusto?

—Superinjusto.

—Gracias —dice Margaret, y se alisa la falda con un gesto que parece heredado de su madre—. O sea que cuando lo recojas, ¿puedes hacer ver que es para ti?

—Sí, claro que sí.

—Gracias. Ya está pagado. Las he encargado a tu nombre para ahorrarme la bronca.

—Entendido —dice Faye.

—La cena es una sorpresa para mi padre, o sea que cuando lo veas en la farmacia, dile que esa noche tienes una cita. Con Henry. Así no sospechará.

—Vale, eso haré.

—Mejor todavía, dile a todo el mundo que tienes una cita esa noche.

—¿A todo el mundo?

—Sí. No le digas a nadie que vas a venir.

—De acuerdo.

—Si la gente sabe que vas a venir, mi padre podría enterarse y sospechar algo. Y sé que no querrías estropear la sorpresa.

—No, claro que no.

—Si se lo cuentas a alguien, mi padre se enterará, seguro. Tiene muchos contactos. Todavía no se lo has contado a nadie, ¿verdad?

—No.

—Vale, perfecto. Muy bien. Recuerda: recoges el paquete en la farmacia y dices que tienes una cita con Henry.

Va a ser una fiesta inolvidable. Margaret le ha prometido globos, serpentinas, la famosa gelatina de salmón de su madre, una tarta con tres capas distintas y helado de vainilla casero, y a lo mejor, después de la cena, hasta salen en el descapotable a dar un paseo nocturno por el río. Elegida para la ocasión, Faye se siente muy especial.

—Gracias por invitarme —dice.

—No lo cambiaría por nada —responde Margaret, poniéndole una mano en el hombro con delicadeza.

La tarde del día de la fiesta, Faye está en su cuarto tratando de decidirse entre dos versiones del mismo vestido, un elegante vestidito de verano: verde o amarillo. Los compraron para algunas ocasiones especiales que Faye ya no recuerda. Algo relacionado con la iglesia, seguramente. Se mira en el espejo y se los coloca encima del cuerpo, primero uno y después el otro.

En la cama, esparcidos sobre las mantas y almohadas, están los papeles del Chicago Circle. Documentos e impresos que, una vez enviados, le garantizarán una plaza para el curso de 1968 de manera oficial. Si quiere cumplir el plazo, tiene que mandarlos a lo largo de la semana siguiente. Ya los ha rellenado, a mano, con su letra más pulcra. Todas las noches extiende así los materiales, folletos y panfletos, con la esperanza de que algo le dé la respuesta, de ver algo que por fin la convenza de si debe quedarse o marcharse.

Cada vez que le parece que está a punto de tomar una decisión, alguna incertidumbre la empuja en la dirección opuesta. Lee otro poema de Ginsberg y piensa: «Me voy a Chicago.» Echa un vistazo a los panfletos, lee lo del campus de la era espacial y se imagina en un lugar donde los alumnos son listos y serios y no la mirarán mal cuando saque otro diez en un examen de álgebra, y piensa: «Me voy a Chicago, decidido.» Pero entonces imagina cómo reaccionaría la gente del pueblo si se marchara o, peor aún, si regresara, que es la idea más humillante del mundo, si no le fuera bien en el Circle y tuviera que volver. El pueblo entero cotillearía sobre ella y pondría los ojos en blanco. Faye se lo imagina y piensa: «Me quedo en Iowa.»

Y así continúa este péndulo horrible.

Pero por lo menos es capaz de tomar una decisión: el vestido amarillo. El amarillo es un color más de fiesta, piensa, más apropiado para un cumpleaños.

En el piso de abajo encuentra a su madre viendo las noticias. Otro reportaje sobre protestas estudiantiles. Otra noche, otra universidad invadida. Los estudiantes se reúnen en los pasillos y se niegan a marcharse. Ocupan los despachos del presidente y del rector. Duermen allí, en el mismo sitio donde la gente trabaja.

La madre de Faye lo ve por la tele, boquiabierta ante las cosas raras que pasan en el mundo. Una noche tras otra, se sienta en el sofá a ver el programa de Walter Cronkite. Últimamente los acontecimientos parecen de otro mundo: sentadas, revueltas, asesinatos.

«La gran mayoría de los universitarios no son militantes», explica el reportero. Entrevista a una chica con una melena bonita y vestida con un jersey de lana suave que le cuenta hasta qué punto los demás estudiantes discrepan de los extremistas. «Sólo queremos ir a clase, sacar buenas notas y apoyar a los chicos que luchan por nosotros en la otra punta del mundo», dice sonriendo.

Corte a un plano abierto de un pasillo lleno de estudiantes barbudos, con el pelo largo, desaliñados, gritando consignas, tocando la guitarra.

—Por Dios —dice la madre de Faye—. Míralos. Parecen vagabundos.

—Salgo —dice Faye.

—Seguro que al principio eran buenos chicos —añade su madre—. Seguro que se juntaron con malas compañías.

—Esta noche tengo una cita.

Su madre la mira, al fin.

—Ah. Estás muy guapa.

—Volveré a las diez.

Pasa por la cocina, donde su padre está desenroscando la cafetera. Está haciendo café y un bocadillo, preparándose para el turno de noche en la planta de ChemStar.

—Me voy, papá —dice Faye, y se despide con la mano.

Él ya lleva puesto el uniforme, el mono gris con el logotipo de ChemStar en la parte delantera, la C y la S entrelazadas sobre el pecho. Antes Faye bromeaba con él, le decía que si quitaba la C parecería Superman. Pero ya hace tiempo que no bromean.

Está a punto de abrir la puerta de la calle cuando él la detiene.

—Faye —le dice.

—¿Qué?

—Los chicos de la fábrica preguntan por ti.

Faye se detiene en el umbral, un pie dentro de la casa y otro fuera. Mira a su padre.

—¿En serio? ¿Por qué?

—Les despierta curiosidad tu beca —dice él, justo cuando la parte superior de la cafetera se separa con un chasquido—. Quieren saber cuándo te vas a la universidad.

—Ah.

—Creía que habíamos quedado en que no se lo ibas a contar a nadie.

Se quedan un instante en silencio, su padre sacando cucharadas de café molido, Faye con una mano en el pomo de la puerta.

—No creo que tengas que avergonzarte —dice Faye—. De que me hayan aceptado en la universidad y me hayan dado una beca, digo. No es... ¿cómo lo llamaste tú? ¿Fanfarronear?

Entonces Frank deja de manipular la cafetera, la mira y esboza una de sus sonrisas tensas. Se mete las manos en los bolsillos.

—Faye —dice.

—Sólo es... Bueno, no sé qué es. Hacer las cosas bien. No es fanfarronear.

—Hacer las cosas bien. Ya. ¿Esa beca se la dan a todo el mundo?

—No, claro que no.

—O sea que tú eres especial. Eres distinta a los demás.

—He tenido que esforzarme mucho, sacar buenas notas.

—Has tenido que ser mejor que todos los demás.

—Pues sí.

—Eso es orgullo, Faye. Nadie es mejor que nadie. Nadie es especial.

—No es orgullo, es... la verdad. Yo he sacado las mejores notas. Yo tengo la mejor media. Yo. Es un hecho objetivo.

—¿Te acuerdas de la historia que te conté sobre el espíritu del hogar? ¿El *nisse*?

—Sí.

—¿Y de la niña que se comió la cena del *nisse*?

—Sí, me acuerdo.

—No la castigó por comerse la cena, Faye. La castigó por creer que se la merecía.

—¿Crees que no me merezco ir a la universidad?

Su padre se ríe por lo bajo, mira el techo y niega con la cabeza.

—La mayoría de los padres lo tienen fácil, ¿sabes? Enseñan a sus hijas a apreciar el trabajo duro y el valor de un salario. A ahuyentar a los chicos inapropiados y comprarse una enciclopedia. Pero ¿tú? Tú te quejas cuando un libro está «mal traducido».

—¿Y qué quieres decir con eso?

—No hace falta que te vayas a Chicago para demostrar que eres lista, ya lo saben todos.

—No quiero irme por eso, papá.

—Créeme, Faye. Marcharse de casa es una mala idea. Deberías quedarte aquí, tu lugar es éste.

—Tú lo hiciste. Te marchaste de Noruega y viniste aquí.

—Por eso sé de qué hablo.

—¿Crees que fue un error? ¿Preferirías haberte quedado allí?

—No entiendes nada.

—¡Me lo he ganado a pulso!

—¿Qué imaginas que va a pasar, Faye? ¿De verdad crees que el mundo te va a tratar mejor por lo mucho que te esfuerzas? ¿Crees que el mundo te debe algo? Porque, escúchame bien, el mundo no te va a dar nada de nada. —Se da la vuelta para ocuparse del café—. No importa cuántos sobresalientes hayas sacado, ni a qué universidad vayas. El mundo es cruel.

En el coche, camino de la farmacia, Faye sigue enfadada. Enfadada por el cinismo de su padre. Enfadada porque lo que siempre le ha valido los mayores elogios (ser una buena estudiante) la convierta ahora en el blanco de todas las críticas. Lo vive como una puñalada, como la traición de una promesa implícita que le hicieron tiempo atrás.

Y piensa que tal vez sea una suerte que vaya a ver a la señora Schwingle esta noche. Porque si hay alguien en todo el pueblo que no acusaría a Faye de pretenciosa es la señora Schwingle, que alardea de sus viajes por el mundo y venera cualquier cosa nueva que hagan las damas elegantes de la costa Este. Si alguien puede simpatizar con ella, está claro que es la señora Schwingle.

Faye llega a la farmacia y se dirige al mostrador, donde encuentra a Harold Schwingle contando tarros de aspirinas con una carpeta en las manos.

—Hola, doctor Schwingle —dice.

Él la estudia con mirada fría y severa durante un momento extrañamente largo. Es un hombre alto y ancho, con el pelo levantado y cortado con precisión militar.

—He venido a recoger mi paquete —dice Faye.

—Sí, eso imaginaba.

Se marcha y permanece en la trastienda un rato que parece más largo de lo normal. A través de los altavoces estridentes suena una banda de viento interpretando un vals. El ambientador automático suelta una nubecita y unos segundos más tarde llega el aroma perfumado, empalagoso, de las lilas sintéticas. No hay nadie más en la farmacia. Las luces del techo zumban y parpadean. Encima del mostrador, unas chapas de la campaña presidencial de Richard Nixon le devuelven una mirada ausente.

Cuando regresa, el doctor Schwingle lleva una bolsa de papel marrón oscuro cerrada con grapas. La deja caer, y no precisamente con delicadeza, en su lado del mostrador, tan alejado de Faye que ésta no puede recogerlo con comodidad.

—¿Es para ti?

—Sí, señor.

—¿Me lo prometes, Faye? No lo estás comprando para otra persona, ¿verdad?

—No, señor. Es para mí.

—Porque si es para otra persona me lo puedes decir. Sé sincera.

—Se lo prometo, doctor Schwingle. Es para mí.

Entonces el hombre suelta un suspiro teatral, diríase que de exasperación, o tal vez de decepción.

—Eres una buena chica, Faye. ¿Qué ha pasado?

—¿Perdón?

—Faye —dice él—. Sé lo que hay aquí dentro. Y creo que deberías replanteártelo.

—¿Replanteármelo?

—Sí. Te lo voy a vender porque es mi deber. Pero también es mi deber, mi deber moral, decirte que creo que es un error.

—Se lo agradezco mucho, pero...

—Un gran error.

Faye no estaba preparada para la intensidad de aquella conversación.

—Lo siento —dice, aunque no tiene ni idea de por qué se está disculpando.

—Y yo que creía que eras una chica responsable... —dice él—. ¿Lo sabe Henry?

—Sí, claro —responde ella—. Tengo una cita con él esta noche.

—¿De verdad?

—Sí —dice ella, tal como le han indicado—. Vamos a salir juntos.

—¿Te ha propuesto matrimonio?

—¿Cómo?

—Si fuera un caballero, a estas alturas ya te habría propuesto matrimonio.

Faye se pone a la defensiva ante tanta crítica. Su respuesta suena vacía.

—Todo a su debido tiempo, ¿no?

—Tienes que pensarte muy bien lo que vas a hacer, Faye.

—Vale, muchas gracias —dice ella, se inclina por encima del mostrador y cierra el puño en torno a la bolsa de papel marrón con un crujido sonoro, penetrante. No sabe qué está pasando, pero quiere que se termine de una vez—. Adiós.

Se mete en el coche y se dirige a toda velocidad a casa de los Schwingle, una construcción soberbia situada en lo alto de un acantilado rocoso con vistas al Misisipi, una elevación excepcional en medio de una pradera que apenas tiene suaves ondulaciones. Faye circula entre los árboles hasta la casa y se lleva una sorpresa al ver que está a oscuras. Todas las luces están apagadas y reina el silencio. Faye se pone nerviosa. ¿Se habrá confundido de día? ¿Habían quedado primero en otro sitio? Cuando ya se está planteando volver a casa y llamar a Margaret, la puerta principal se abre y sale ella, Margaret Schwingle, vestida con pantalón deportivo y una camiseta holgada, con el pelo alborotado como Faye no se lo ha visto nunca, arrebujado sobre un lado de la cabeza como si hubiera estado durmiendo.

—¿Tienes el paquete? —le pregunta.

—Sí.

Faye le entrega la bolsa marrón y arrugada.

—Gracias.

—¿Margaret? ¿Va todo bien?

—Lo siento —dice ella—. No podemos cenar esta noche.

—Vale.

—Tienes que marcharte a casa.

—¿Seguro que estás bien?

Margaret tiene la vista clavada en los pies, no mira a Faye.

—Lo siento mucho, de verdad. Por todo.

—Es que no lo entiendo.

—Escucha —dice Margaret, y mira a Faye por primera vez. Yergue la espalda y levanta la barbilla, tratando de mostrarse dura—. Nadie te ha visto venir.

—Ya lo sé.

—Recuérdalo. No puedes demostrar que has estado aquí.

Y acto seguido Margaret se despide con una inclinación de cabeza, da media vuelta, se mete en su casa y cierra la puerta.

8

En 1968, en Iowa, en el pueblo junto al río donde vivía Faye, las chicas del último curso de instituto conocían (aunque nunca hablaban de ello) decenas de métodos para librarse de los bebés no planeados, no deseados, no nacidos. Algunos de esos métodos no funcionaban casi nunca; otros no eran más que cuentos de viejas; otros requerían conocimientos médicos avanzados; otros eran demasiado horribles para imaginarlos siquiera.

Los más atractivos, naturalmente, eran los que podían aplicarse de forma inocente, sin productos químicos ni aparatos específicos. Recorrer una larga distancia en bici. Saltar desde muy alto. Alternar baños calientes y fríos. Colocarse una vela encima del abdomen y dejar que ardiera entera. Hacer el pino. Caerse por las escaleras. Pegarse puñetazos en el vientre.

Si fallaban (y casi siempre fallaban), las chicas probaban técnicas más novedosas, remedios que no provocarían suspicacias. Productos sencillos que podían comprarse en cualquier sitio. Irrigaciones con Coca-Cola, por ejemplo. O con Lysol. O con yoduro. O ingerir cantidades ingentes de vitamina C. O comprimidos de hierro. Llenarse el útero con una solución salina, o con una mezcla de agua y jabón Kirkman con bórax. O comer estimulantes uterinos, como el julepe. O el aceite de crotón. Calomel. Sena. Ruibarbo. Sulfato de magnesio. Hierbas que provocaban o incrementaban el flujo menstrual, como el perejil. O la camomila. O el jengibre.

La quinina también era efectiva, según muchas abuelas.

Y la levadura de cerveza. La artemisa. El aceite de ricino. Sosa cáustica diluida.

Y luego estaban los otros métodos, los que sólo se plantearían las más desesperadas. Una mancha de bicicleta. Una aspiradora. Una aguja de tejer. Una varilla de paraguas. Una pluma de ganso. Un catéter. Trementina. Queroseno. Lejía.

Pero ésas eran sólo las más desesperadas, las que estaban más solas y tenían menos contactos, las que no conocían a nadie con acceso a medicamentos que pudiera conseguirles determinados productos sin receta. Metilergometrina. Estrógenos sintéticos. Extracto de pituitaria. Preparados de cornezuelo abortivo. Estricnina. Unos supositorios que en algunos lugares se conocían con el nombre de «bellezas negras». Glicerina aplicada con catéter. Ergometrina, que hace que el útero se tense y se contraiga. Determinados medicamentos usados por los criadores de vacas para regular los ciclos de los animales: difíciles de conseguir y con nombres polisílabos: dinoprostona, misoprostol, gemeprost, metotrexato.

¿Qué había dentro de la bolsa de papel? Casi seguro que no son chocolatinas ni chucherías, decide Faye mientras conduce hacia casa y dobla la esquina de Vista Hills, y se arrepiente de no haberla abierto. ¿Por qué no la ha abierto?

Porque estaba grapada, piensa.

Porque eres una cobarde, piensa otra parte de sí misma.

Le entra una sensación abstracta de pánico y angustia. Margaret se ha comportado de forma muy extraña. Y el doctor Schwingle también. Tiene la sensación de que se le escapa algo, un hecho esencial cuya revelación le da pavor. El ambiente está neblinoso, más que llover es como si el cielo escupiera un poco, una humedad parecida a la que se produce cuando las chicas hierven cosas en economía doméstica. Una vez, una chica se dejó el cazo todo el día en el hornillo encendido, y el agua se evaporó, el cazo se chamuscó y se puso al rojo vivo, el mango se derritió y después ardió. Se dispararon todas las alarmas.

Pues esa noche tiene un aire parecido. Como si hubiera algo próximo, peligroso y alarmante de lo que Faye no se ha percatado.

Cuando llega a casa está convencida de ello. Sólo ve una luz encendida, la de la cocina. Hay algo que no cuadra en esa luz solitaria. Desde fuera es casi verde, del color del repollo cuando lo cortas hasta el centro.

Sus padres están ahí, en la cocina, esperándola. Su madre ni siquiera puede mirarla.

—Pero ¿qué has hecho? —pregunta su padre.

—¿A qué te refieres?

Su padre le cuenta que ha llamado Harold Schwingle para comentarles que Faye había pasado por la farmacia a recoger un paquete. ¿Qué tipo de paquete? «Pues mire —ha dicho el doctor Schwingle—, llevo el tiempo suficiente en este negocio para saber que, cuando una chica compra lo que Faye ha comprado esta noche, sólo busca una cosa.»

—¿Qué cosa? —pregunta Faye.

—¿Por qué no nos lo habías contado? —pregunta su madre.

—¿Por qué no os he contado qué?

—Que te han hecho un bombo —dice su padre.

—¿Cómo?

—No puedo creerme que hayas dejado que ese granjero idiota te humille de esta forma —añade su padre—. Y nos humille a nosotros, Faye.

—Pero ¡si no me ha humillado! Ha habido un error.

El teléfono no ha parado de sonar en toda la noche. Llamadas de los Peterson. Y de los Watson. Y de los Carlton. Y de los Wisor. Y de los Kroll. Todos decían lo mismo: «Tengo que contarte lo que me han dicho sobre tu hija, Frank.»

¿Por qué narices lo sabe todo el mundo? ¿Cómo es posible que ya se haya enterado el pueblo entero?

—¡Que no es verdad! —insiste Faye.

Y quiere explicarles lo de la fiesta de cumpleaños que no se ha celebrado, y lo del extraño comportamiento de Margaret esta noche. Quiere explicarles la verdad que de inmediato comprende: que Margaret está embarazada y, como necesitaba conseguir una serie de medicamentos sin que se enterara su padre, ha utilizado a Faye para conseguirlos. Quiere decir todo eso, pero no puede, en primer lugar porque su padre está ciego de rabia porque ha arruinado su reputación y ya no podrá dejarse ver por el pueblo nunca más y Dios la castigará por lo que quiere hacerle «a su propio hijo» —no le ha dirigido en todo el año tal cantidad de palabras como las que ahora le dice a gritos—, pero también porque siente que le va a dar un ataque. Le va a dar uno de los fuertes, porque ya le cuesta respirar y está sudando y su campo de visión cada vez es más reducido. Pronto verá el mundo a través de un agujerito. Y combate la sensación de que éste es el Definitivo, el colapso final que acabará con ella. Combate la certeza de que está exhalando sus últimos suspiros.

—Ayudadme —intenta decir, pero lo que sale es apenas un susurro, inaudible bajo la voz de su padre, que ahora está diciendo que ha pasado años trabajando para forjarse una buena reputación en el pueblo y que ella lo ha echado todo a perder en una sola noche, que nunca le va a perdonar lo que le ha hecho.

Todo el daño que le ha hecho.

Y Faye piensa: un momento.

Piensa: ¿daño? ¿A él?

Porque, aunque no está embarazada, si lo estuviera, ¿no sería ella la que necesitaría consuelo? ¿Los cotilleos de los vecinos no serían sobre ella? ¿Qué pinta él en todo esto? Y de pronto se siente desafiante, de pronto ya no le interesa defenderse. Así que cuando su padre llega al final de su sermón y pregunta «¿No tienes nada que decir?», ella adopta una postura lo más erguida y noble posible y contesta:

—Sí. Que me voy.

Su madre la mira por primera vez.

—Me voy a Chicago —añade Faye.

Su padre se la queda mirando un momento. Parece una versión deformada de sí mismo, tiene la misma expresión en el rostro que cuando estaba construyendo el refugio atómico en el sótano, la misma determinación, el mismo miedo.

Faye se acuerda de una ocasión en que su padre salió del sótano, con la ropa cubierta de polvo gris después de pasar toda la tarde trabajando, y Faye acababa de bañarse y estaba tan contenta de verlo que se libró del amasijo de toallas que su madre usaba para secarla y salió por la puerta, feliz, eufórica, saltando como una pelota de goma. Estaba muy delgada, era una niña fibrosa, acababa de bañarse, iba desnuda, tenía ocho años. Su padre estaba en esa misma cocina y ella entró corriendo y, como estaba tan contenta, hizo una rueda. ¡Una rueda, por Dios! Ahora lo imagina así: en el punto álgido de la pirueta, abierta por completo como una gigantesca planta tropical. Menuda visión para su padre. Él frunció el ceño y le dijo: «No me parece correcto. ¿Por qué no vas a vestirte?», y ella se marchó corriendo a su cuarto sin saber muy bien qué había hecho mal. Correcto para quién, se preguntó al tiempo que, aún desnuda, contemplaba el barrio a través del ventanal de su cuarto en el piso de arriba. No sabía por qué su padre la había enviado allí, cuál era su incorrección, y mientras miraba por la ventana pensó en su cuerpo quizá por primera vez. O a lo mejor pensó por primera vez en su cuerpo como algo separado de sí misma. ¿Y qué más da si se imaginó que pasaba un chico y la veía? ¿Qué más da si esa imagen continuó interesándole por motivos que nunca ha terminado de comprender? A partir de ese momento, la única función del gran ventanal de su cuarto fue permitirle imaginar qué aspecto tendría si alguien la veía desde el otro lado.

De eso hace ya muchos años. Faye y su padre nunca han hablado de ello. El tiempo cura muchas cosas porque nos sitúa en trayectorias que hacen que el pasado parezca imposible.

Y ahora Faye vuelve a estar en la cocina, y espera a que su padre diga algo, y es como si el espacio que se abrió aquel día entre los dos hubiera llegado a su apogeo. Son dos cuerpos orbitando uno alrededor del otro, conectados por un cordón finísimo. O vuelven a unirse en su deriva, o saldrán proyectados para siempre en trayectorias opuestas.

—¿Me has oído? —pregunta Faye—. He dicho que me voy a Chicago.

Y Frank Andresen habla al fin, y cuando lo hace no hay absolutamente nada en su voz, ninguna emoción, ningún sentimiento. Se ha disociado del momento.

—Ya lo creo que te vas a ir —dice, y le da la espalda—. Y no vuelvas nunca.

QUINTA PARTE

Un cadáver para cada uno

Verano de 2011

1

—¿Hola? ¿Hola?

—¿Sí? ¿Diga?

—¿Hola? ¿Samuel? ¿Me oyes?

—Muy mal. ¿Dónde estás?

—¡Soy yo, Periwinkle! ¿Estás ahí?

—¿Qué es ese ruido?

—¡Estoy en un desfile!

—¿Y por qué me llamas desde un desfile?

—¡Bueno, en realidad no estoy en el desfile! ¡Más bien voy justo detrás! ¡Te llamo por tu correo! ¡He leído tu correo!

—¿Tienes una tuba justo al lado de la cabeza?

—¿Qué?

—¡Menudo escándalo!

—Sólo quería llamarte para decirte que he leído el... —De pronto la línea se queda en silencio, se oye un galimatías digital incomprensible y difuso, la señal que viene y va, un batiburrillo robótico, sonidos comprimidos y con efecto Doppler. Y después—: Es más o menos lo que esperábamos. ¿Puedes hacerlo por mí?

—No he oído absolutamente nada de lo que has dicho.

—¿Cómo?

—¡Que se corta! ¡No te oigo!

—¡Soy Periwinkle, maldita sea!

—Eso ya lo sé. ¿Dónde estás?

—¡En Disney World!

—Es como si estuvieras en medio de una banda de música.

—¡Un segundo!

Silbidos como en el interior de una caracola, una serie de roces cuando un pulgar o el viento pasan por encima del micrófono, un alarido musical abstracto y luego todo se atenúa, como si de pronto Periwinkle estuviera encerrado en una caja de plomo.

—¿Qué tal ahora? ¿Me oyes?

—Sí, gracias.

—Parece que no hay mucha cobertura en estos momentos. Problemas de ancho de banda, supongo.

—¿Qué haces en Disney World?

—He venido con Molly Miller. Estamos promocionando su nuevo videoclip. Una promoción cruzada con el reestreno de un clásico animado de Disney, ahora remasterizado digitalmente y en 3D. Creo que es *Bambi*, no sé. Todos los padres están grabando el desfile con el teléfono y mandándoselo a sus amigos. Creo que las torres de telefonía no dan abasto. ¿Has estado alguna vez en Disney World?

—No.

—Nunca había visto un lugar tan entregado a la tecnología obsoleta. Animatrónica por todas partes. Autómatas que entrechocan las extremidades de madera. No sé, es pintoresco, supongo.

—¿Se ha terminado el desfile?

—No, me he metido en una tienda. El Tenderete de los Refrescos, se llama. Estoy en una imitación de la típica calle principal americana de antaño. Esas callecitas encantadoras que las multinacionales como Disney han contribuido a aniquilar en el mundo real. Pero aquí nadie parece darse cuenta de la paradoja.

—Me cuesta imaginarte pasándolo bien en una montaña rusa. O rodeado de niños.

—Todas las atracciones se basan en el mismo concepto: un lentísimo viaje en barco por el país de las maravillas robóticas. Pienso, por ejemplo, en la atracción It's a Small World, que, por cierto, es una pesadilla de marionetas narcotizadas ejecutando las mismas tareas repetitivas una y otra vez; estoy seguro de que Disney no trataba de reproducir de forma fiel y profética la explotación laboral en el tercer mundo, pero lo parece.

—No, creo que la atracción pretende evocar la unidad internacional y la paz mundial.

—Ajá. La atracción de Noruega, en la parte de Epcot, es como pasar flotando por un anuncio a tamaño real de la industria del petróleo y el gas natural. Y hay una atracción llamada Carrusel del Progreso, ¿te suena?

—No.

—La crearon originalmente para la Exposición Universal del año 1964. Es un teatro animatrónico. Un tipo y su familia. El primer número está ambientado en 1904 y el hombre se maravilla ante los inventos más recientes: lámparas de aceite, planchas, lavadoras a manivela. El asombroso estereoscopio. El increíble gramófono. ¿Pillas la idea? La mujer dice que ahora sólo tarda cinco horas en hacer la colada y todos nos reímos.

—Creen que lo tienen fácil, pero nosotros sabemos que no es así.

—Exacto. Entre cada número y el siguiente cantan una canción horrible, pegadiza como sólo Disney sabe hacerlas.

—Cántala.

—No. Pero el estribillo dice «Un gran futuro hermoso nos esperaaaaaaaa».

—Vale, no la cantes.

—Es una canción sobre el progreso infinito. No consigo sacármela de la cabeza y creo que a estas alturas me haría una lobotomía para dejar de oírla. En fin, en el segundo número pasan a los años veinte. La era de la electricidad. Máquinas de coser. Tostadoras. Planchas para gofres. El congelador. El ventilador. La radio. El tercero se sitúa en los años cuarenta. Ya hay lavavajillas. Y una nevera enorme. Ves por dónde va, ¿no?

—La vida es cada vez mejor y más fácil gracias a la tecnología. El avance imparable.

—Exacto. Menuda idea tan adorable se les ocurrió en los sesenta, ¿eh? «Todo va a mejorar.» Ja. Te lo juro, Disney World es para mí lo que Galápagos fue para Darwin. Y, por cierto, los empleados de la tienda de refrescos no paran de sonreírme como lunáticos desde que he entrado. Debe de existir un reglamento, una norma que los obliga a sonreír al cliente. Y eso que estoy hablando por teléfono y ¡NO QUIERO NINGUNA GASEOSA! —añade de pronto, alzando la voz.

—Has dicho que habías leído mi correo, ¿no? No he oído nada de lo que me has contado después.

—Sonríen como niños borrachos. Como gnomos colocados de éxtasis. Se necesita una gran fuerza de voluntad para hacer esto cada día. Y sí, he leído tu correo, tu descripción del material de tu madre en el instituto. Lo he leído en el avión.

—¿Y?

—Pues que no he podido evitar fijarme en que hay muy poca información sobre el lanzamiento de las putas piedras al puto gobernador Packer.

—Ya llegará.

—Cero información, de hecho. Ni un puto dato, sería mi estimación.

—Esa parte viene más tarde. Tengo que preparar el terreno.

—Preparar el terreno. ¿Y cuántos cientos de páginas necesitarás, exactamente?

—Voy a donde me lleva la historia.

—Te comprometiste a entregar un libro que contara la historia de tu madre al mismo tiempo que la destrozaba, hablando desde el punto de vista retórico.

—Sí, ya lo sé.

—La parte que me preocupa ahora mismo es la del destrozo. Porque «El hijo de la Packer Attacker defiende a su madre» puede ser un titular atractivo para algunos sectores, pero «La Packer Attacker destripada por la carne de su carne» tiene un gancho insuperable.

—Estoy intentando contar la verdad.

—Además, suena a novela de iniciación.

—O sea que no te ha gustado mucho, vamos.

—Yo sólo digo que te has dejado arrastrar por algunas convenciones de la novela de iniciación. Además, ¿cuál es el mensaje? ¿Cuál es la lección vital?

—¿A qué te refieres?

—La mayoría de las memorias no son más que libros de autoayuda camuflados, eso no es ningún secreto. ¿Qué aprenderán a hacer mejor los lectores gracias a tu libro? ¿Qué les va a enseñar?

—No he pensado ni un segundo en eso.

—¿Qué te parecería, como lección vital, «Vota a los Republicanos»?

—No. Lo que estoy escribiendo no tiene nada que ver con todo eso. Ni siquiera está en la misma galaxia.

—Hombre, ahí está el señor artista. Mira, en el mercado actual la mayoría de los lectores quieren historias accesibles, lineales, basadas en conceptos generales y lecciones vitales sencillas. Las lecciones vitales de la historia de tu madre son, por decirlo con delicadeza, difusas.

—¿Cuál es la gran lección vital del libro de Molly Miller?

—Muy simple: «¡La vida es fantástica!»

—Bueno, para ella es muy fácil decirlo. Rica de nacimiento, institutos en el Upper East Side, multimillonaria a los veintidós...

—Te asombraría saber la cantidad de hechos reales que la gente está dispuesta a olvidar con tal de seguir creyendo que la vida es, efectivamente, fantástica.

—La vida casi nunca es fantástica.

—Y por eso necesitamos a Molly Miller. El país se está desmoronando a nuestro alrededor. Eso está claro incluso para la multitud que no presta ninguna atención, para el segmento de votantes indecisos y poco informados. Todo se hunde ante nuestras propias narices. La gente se queda sin trabajo, sus pensiones desaparecen de un día para otro, no paran de recibir extractos trimestrales donde se les informa de que el valor de sus fondos de jubilación se ha reducido un diez por ciento por sexto trimestre consecutivo, y sus casas valen la mitad de lo que pagaron por ellas, sus jefes no pueden conseguir un préstamo para pagar los sueldos, y Washington es un circo, y tienen su casa llena de tecnología interesante y miran el móvil y se preguntan: «¿Cómo es posible que un mundo capaz de producir algo tan increíble como esto sea tan mierdoso?» Eso es lo que se preguntan. Tenemos estudios sobre el tema. ¿De qué estaba hablando?

—De Molly Miller y de lo fantástica que es la vida.

—Fíjate en lo desesperada que está la gente por leer buenas noticias. *Rolling Stone* quería entrevistar a Molly, pero como no iban a escribir sobre su música, sino sobre el libro, dijeron que querían algo más «real». Una entrevista más real para reflejar unas memorias más reales, ¿no? Y eso dejando a un lado que las memorias se basan en muestreos y que las han escrito varios negros. Y que la entrevista «más real» de *Rolling Stone* estaría pactada de buen principio. Lo que buscaban no era la realidad en sí, sino un simulacro que pareciera más próximo a la realidad que los simulacros habituales. Pero bueno, después de mucha lluvia de ideas y de lanzar todo tipo de propuestas, uno de nuestros publicistas más jóvenes, un recién licenciado de Yale que va a llegar muy lejos, ya lo verás, se descolgó con una propuesta deslumbrante: que la entrevistaran preparando un plato de pasta en su casa. Brillante, ¿no?

—Supongo que optasteis por la pasta por algún motivo concreto.

—Da mejores resultados que la carne en los muestreos. Los bistecs y el pollo llevan demasiada carga simbólica últimamente. ¿Esa carne es de un animal criado en libertad? ¿Sin antibióticos? ¿Sin experimentación? ¿Orgánica? ¿Kosher? ¿El ganadero se ponía guantes de seda y acariciaba al animal todas las noches mientras le cantaba nanas para que se durmiera? Joder, hoy en día es imposible pedir una maldita hamburguesa sin adherirse a alguna plataforma política. La pasta sigue siendo bastante neutra, inofensiva. Y, por supuesto, nunca le enseñaríamos a nadie lo que Molly come en realidad.

—¿Por qué no? ¿Qué come?

—Col al vapor y caldo de champiñones, básicamente. Eso lo ve un periodista y la historia cambia por completo. La pobre estrella adolescente que se mata de hambre. Entonces nos veríamos arrastrados al debate sobre la imagen física. Y nunca se ha conseguido atraer a un público masivo defendiendo ninguna de las dos posturas posibles, la verdad.

—Dudo que yo quisiera leer un artículo sobre Molly Miller preparando pasta.

—En plena calamidad nacional y ante la absoluta aniquilación de sus perspectivas personales, el público suele reaccionar de dos formas distintas. Tenemos un montón de estudios en ese sentido. O se convierten en unos fariseos indignados e hiperconscientes, en cuyo caso se dedicarán a publicar diatribas libertarias en iFeel, o algo así, o se entregan a una plácida ignorancia, en cuyo caso ver a Molly Miller calentando una salsa marinara de bote resulta agradable e inesperadamente entretenido.

—Lo cuentas como si estuvierais haciendo un servicio público.

—No hay criatura más arrogante que un libertario fariseo en internet, ¿me equivoco? Esa gente es intolerable, sin más. Y sí, es un servicio público. ¿Quieres saber cuál es mi esperanza secreta para tu libro?

—Claro.

—Que sea el que reemplace al de Molly en la lista de los más vendidos. ¿Y sabes por qué?

—Me parece altamente improbable.

—Porque hay muy pocos productos capaces de despertar el interés de esos dos grupos: los indignados y los ignorantes. Muy pocos productos pueden cruzar esa frontera.

—Pero la historia de mi madre...

—Lo hemos testado. Tu madre posee un gran atractivo híbrido. Se trata de algo raro y generalmente impredecible, algo que sale de la cultura y se vuelve universal. Cada uno ve lo que quiere ver en tu madre, cada uno encuentra razones para ofenderse a su manera. La historia de tu madre permite que el público, sea cual sea su tendencia política, exclame «¡Se te tendría que caer la cara de vergüenza!», y hoy en día eso es un bombón. Es un secreto a voces que el pasatiempo preferido de los estadounidenses ya no es el béisbol, sino la indignación moral.

—Lo tendré en cuenta.

—Recuerda, menos empatía y más carnaza. Es un consejo que te doy. Ah, por cierto, ¿te he hablado de los negros que escribieron el libro de Molly? Están disponibles. Los tenemos en la reserva, por si necesitas su ayuda con el libro.

—No, gracias.

—Son muy profesionales y discretos.

—Puedo escribir el libro yo solo.

—Estoy seguro de que preferirías escribirlo solo, pero cuando se trata de acabar un libro tus antecedentes no son precisamente prometedores.

—Esta vez es diferente.

—No te estoy juzgando, sólo señalo una serie de datos históricos. A propósito, durante todos estos años nunca te lo he preguntado: ¿por qué no pudiste terminar tu primera novela?

—No es que no pudiera...

—Tengo curiosidad. ¿Qué pasó? ¿No te mandé suficientes cartas de ánimo y alabanza? ¿Perdiste la inspiración? ¿Tu ambición sucumbió al peso de las expectativas? ¿O sufriste un...? ¿Cómo lo llaman...? ¡Un bloqueo!

—Ninguna de esas cosas, en realidad. Lo que pasa es que tomé unas cuantas decisiones erróneas.

—Unas cuantas decisiones erróneas. Así explica la gente sus resacas.

—Me equivoqué en algunas opciones.

—Es una forma bastante despreocupada de explicar tu fracaso absoluto a la hora de convertirte en un escritor famoso.

—Siempre había querido ser un escritor famoso, ¿sabes? Creía que ser un escritor famoso me permitiría resolver determinados problemas. Y de pronto era un escritor famoso y los problemas no se resolvieron ni de lejos.

—¿Determinados problemas?

—Dejémoslo en que tenían que ver con una chica.

—Oh, Dios, siento haber preguntado.

—Una chica a la que tenía muchas ganas de impresionar.

—A ver si lo acierto. Te hiciste escritor para impresionar a una chica. Pero luego te quedaste sin la chica.

—Sí.

—Pasa muy a menudo. Y no me extraña.

—No dejo de pensar que podría haber salido bien. Que podría haber conseguido a la chica. Habría bastado con hacer las cosas de una forma un poco distinta. Habría bastado con elegir mejor.

¡PUEDES CONQUISTAR A LA CHICA!

Una historia de «Elige tu propia aventura»

Ésta no es una historia cualquiera. En esta historia, el resultado depende de las decisiones que tomas. Medita detenidamente tus elecciones, ya que afectarán al final de la historia.

Eres un joven tímido, inseguro e inútil que por algún motivo quiere ser novelista.

Un novelista muy importante. Un pez gordo, vamos. De los que ganan premios, incluso. Crees que la forma de resolver el problema de tu vida es convirtiéndote en un escritor famoso. Pero ¿cómo?

Resulta que es fácil. Tú no lo sabes, pero ya posees todas las cualidades que necesitas. Todo está ya en marcha.

En primer lugar, y esto es esencial: te sientes desesperada e irremediablemente falto de amor.

Te sientes abandonado y poco reconocido por las personas de tu vida.

En especial por las mujeres.

En especial por tu madre.

Tu madre y una chica con la que te obsesionaste de niño, una chica que te pone frenético, que te deja grogui, atontado y desconsolado. Se llama Bethany y hace contigo, más o menos, lo mismo que el fuego con la leña.

Su familia se muda a la costa Este poco después de que tu madre te abandone. Se trata de dos acontecimientos independientes, aunque en tu cabeza guardan relación, son el punto sobre el que pivota tu vida, ese mes de principios de otoño en el que tu infancia se parte en dos. Cuando se marcha, Bethany te promete que te escribirá, y lo hace: todos los años, una vez al año, por tu cumpleaños, recibes una carta de Bethany. Y la lees y le contestas de inmediato, escribes como

329

un poseso hasta las tantas de la madrugada, un borrador frustrado tras otro, tratando de lograr la carta perfecta para poder enviársela. Durante el mes siguiente compruebas el buzón con insistencia obsesivo-compulsiva. Pero no llega nada hasta al cabo de un año, cuando el día señalado recibes otra carta de Bethany, llena de novedades. Ahora está viviendo en Washington D.C. Sigue tocando el violín. Recibe clases de los mejores. Todos dicen que promete mucho. A su hermano lo han mandado a una academia militar y está encantado. Ahora su padre pasa la mayor parte del tiempo en el apartamento de Manhattan. Los árboles están en flor. Bishop te saluda. Los estudios van bien.

El tono neutro y frío de la carta te deja abatido hasta que llegas al final, donde firma así:

Te quiero,
Bethany

No se despide con «un abrazo», ni «con todo mi cariño», ni con cualquiera de esas fórmulas que no significan exactamente lo que dicen. Bethany ha escrito «Te quiero», y esas dos palabras te sustentan un año entero. Porque... ¿para qué iba a decir «Te quiero» si no te quisiera de verdad? ¿Por qué no utilizar cualquiera de las fórmulas que usan los demás? «Te deseo lo mejor.» «Espero que estés bien.» «Saludos.»

Pero no, ha escrito «Te quiero».

Claro que eso no resuelve el problema de la carta en sí, tan impersonal y comedida e inofensiva y carente de amor y romanticismo. ¿Cómo explicar esa disonancia?

Decides que sus padres leen las cartas.

Que supervisan sus comunicaciones contigo. Porque, aunque nunca estuviste formalmente implicado en lo que sucedió, eras el mejor amigo del hermano de Bethany durante una época en la que Bishop le estaba haciendo algo bastante jodido al director de su colegio. Y por eso sus padres no te aprueban, ni tampoco aprueban que su hija te ame. Así que sólo puede colar su mensaje en la despedida, donde escribe ese crucial «Te quiero».

Cuando contestas, supones que tu carta también pasará inspección. Así pues, le cuentas a Bethany todos los detalles insulsos de tu vida, pero también intentas insinuar el inmenso amor que sientes por ella. Imaginas que es capaz de percibir tu amor en los márgenes de la página, flotando como una presencia fantasmagórica por encima de las palabras, apenas libre del alcance de sus padres. Y, naturalmente, al final firmas «Yo también te quiero» para demostrarle que has captado el mensaje (el verdadero mensaje) de su carta. Y así es como os comunicáis, como espías en plena guerra, enviando un único dato relevante oculto entre una nube de banalidades. Y luego esperas otro año a que llegue la siguiente carta.

Entretanto, cuentas los días que faltan para que los dos terminéis el instituto y empecéis la universidad, donde, ya lejos del escrutinio de sus padres, Bethany podrá expresar con libertad sus sentimientos verdaderos, profundos y reales. Y durante ese tiempo albergas fantasías en las que vais a la misma universidad y os hacéis novios, e imaginas lo increíble que sería presentarte en las fiestas con Bethany del brazo, lo mucho y deprisa que mejoraría tu reputación al convertirte en el tipo que sale con la violinista prodigiosa, la guapa violinista prodigiosa (no, guapísima, en realidad, deslumbrante, y eso lo sabes porque de vez en cuando en la carta anual incluye una foto nueva de su hermano y ella, y en el reverso escribe «¡Te echamos de menos! B&B», y tú colocas la foto encima de la mesita de noche y durante la primera semana con la foto nueva apenas puedes dormir porque te despiertas a cada hora con unas pesadillas extrañísimas en las que la foto se marcha volando con el viento, o se desintegra, o alguien entra en tu dormitorio para robártela, o algo así). Y de verdad crees que terminaréis yendo los dos a la misma universidad hasta que acepten a Bethany en Juilliard, y tú le dices a tu padre que quieres ir a Juilliard, y tu padre enarca una ceja y dice «Ya, vale», en un tono francamente despectivo que no entiendes hasta que encuentras un folleto de Juilliard en el despacho de orientación académica de tu instituto y descubres que Juilliard es una universidad dedicada casi en exclusiva a gente que estudia música, teatro y danza. Además, la matrícula cuesta unas diez veces el presupuesto de tu padre.

Total, una mierda.

Modificas el plan y le dices a tu padre que no irás a Juilliard, sino a alguna universidad de Nueva York.

—A lo mejor a Columbia —le dices, porque ese campus parece estar muy cerca del de Juilliard en el mapa de Nueva York que has encontrado en la biblioteca del instituto—. ¿O a NYU?

Henry, que en ese momento está comprobando la consistencia de un nuevo concepto de quiche congelada para la cena, paladeando el relleno esponjoso de huevo y puntuándolo en una tabla con quince categorías, se detiene un momento, traga, te mira y dice:

—Demasiado peligroso.

—Venga ya.

—Nueva York es la capital mundial de los asesinatos. Ni hablar.

—No es peligroso. O por lo menos el campus no lo es. No saldré del campus.

—A ver, ¿cómo te lo digo? Vives en Oakdale Lane. En un caminito. En Nueva York no hay calles como Oakdale Lane. No se parece en nada a esto. Se te comerían vivo.

—También hay caminitos en Nueva York —dices tú—. No pasará nada.

—No estás pillando el simbolismo. ¿Ves?, me refiero precisamente a eso. En el mundo hay personas que han crecido en la calle y, en el otro lado del espectro, ¿vale?, está la gente como nosotros, los que hemos crecido en caminitos.

—Ya basta, papá.

—Además —añade, concentrándose de nuevo en su quiche—, es demasiado caro. Podemos permitirnos una universidad pública en nuestro estado. Punto.

Que es donde terminas y donde descubres algo llamado «correo electrónico», que ya utilizan todos los estudiantes, y en la siguiente carta Bethany incluye su dirección de correo electrónico y le mandas uno y a partir de ahí las cartas en papel se terminan para siempre. La ventaja es que ahora Bethany y tú podéis escribiros mucho más a menudo, incluso todas las semanas. El correo electrónico es inmediato. Y eso te parece genial hasta al cabo de un mes, cuando te das cuenta de que el inconveniente es la ausencia de un objeto físico, de algo real que Bethany haya tocado, algo con lo que de adolescente solías consolarte, sosteniendo el papel grueso que había empleado Bethany, cubierto con su pulcra caligrafía ligada; Bethany estaba a más de mil quinientos kilómetros de distancia, pero aquel objeto podía sustituirla. Cerrabas los ojos, sostenías la carta y casi podías sentirla tocando el papel, sus dedos sobre cada página, su lengua al lamer el sobre. Era un acto de imaginación y de fe, una transustanciación parecida a la cristiana, mediante la cual, en tu mente, aquel objeto se convertía durante un instante en un cuerpo. Su cuerpo. Por eso, cuando empiezan los correos electrónicos y os escribís cada dos por tres, te sientes más solo que nunca. Su encarnación física ha desaparecido.

Como el «Te quiero».

En la universidad, en Juilliard, el «Te quiero» del final de sus cartas se transforma enseguida en un «Te kiero» que duele un poco.

«Te kiero» parece lo que le ocurre al amor real cuando le amputan toda su formalidad y dignidad.

El otro problema es que en los correos de Bethany, a pesar de que ya no se encuentra bajo el control de sus padres, no se aprecia ningún cambio significativo. El adjetivo que mejor describe su tono es «informativo». Como un guía durante una visita a un campus. Ante la posibilidad de expresar al fin sus sentimientos, Bethany se atiene a los parámetros habituales: actualizar la información, compartir noticias. Es como si a base de escribir así durante nueve años hubiera establecido con su escritura una rutina de la que no puede salir. Le resulta tan familiar que no encuentra otro modo de conversar. Y por muchas noticias que recibas (que algunas asignaturas son fáciles, como Entrenamiento Auditivo, y otras difíciles, como Armonía Diatónica, que el chelista del grupo de cámara tiene mucho talento, que la comida de la residencia es mala, que su compañera de habitación es una percusionista de California que se provoca migrañas de tanto tocar el platillo), a toda esa información le falta calor y humanidad. Le falta intimidad. Carece de romanticismo.

Y entonces Bethany empieza a hablarte de los chicos. Chicos ligones. Chicos impetuosos que conoce en fiestas y que la hacen reírse hasta derramar la bebida. Chicos, por lo general músicos que tocan instrumentos de metal, por lo general trombonistas, que la invitan a salir. Encima, ella dice que sí. Encima, se lo pasa bien. Y a ti te hierve la sangre porque llevas nueve años suspirando por esta mujer y de pronto esos tipos, esos desconocidos, tienen más éxito con ella en una noche que tú en toda tu vida. Es injusto. Te mereces algo mejor, después de todo lo que has pasado. Más o menos por esa época el «Te quiero» se transforma en «Te kiero», que a su vez se transforma en «Besos», que termina por convertirse en «Bss», y a esas alturas te das cuenta de que se ha producido un cambio fundamental en la naturaleza de vuestra relación. De que, en algún momento, dejaste pasar tu oportunidad.

Todo esto, por cierto, resulta esencial para convertirte en un escritor famoso. Este fracaso te proporciona una vida interior más rica, pues fantaseas con todo lo que podrías haber hecho para no cagarla, con todo lo que podrías hacer para recuperar a Bethany. Primer elemento de la lista: derrotar a los trombonistas. Método: escribir ficción literaria importante, profunda, pseudointelectual y con pretensiones artísticas. Porque no eres una persona capaz de hacer reír a Beth hasta que derrame la bebida. No puedes competir con los trombonistas en ese frente. Porque siempre que piensas en ella o le escribes te pones tremendamente serio y formal. Es una reacción casi religiosa: adoptar una actitud solemne y reverente ante algo que podría aniquilarte. Cuando se trata de Bethany, tu sentido del humor es inexistente.

O sea que escribes áridas historias sobre grandes temas sociales y te congratulas porque los graciosos del trombón no alcanzarían a tocar los grandes temas sociales ni de lejos. («Ni de lejos» es un lugar común que los trombonistas usarían sin pensarlo, pero al que tú, como artista original ante todo, no recurrirías jamás.) Crees que la gracia de ser escritor es demostrarle a Bethany que eres mucho más especial y único que toda esa masa de gente que siente y hace siempre lo mismo. Crees que convertirte en escritor equivale, en la vida, a ser el que se presenta en la fiesta de Halloween con el disfraz más creativo e interesante. Cuando decides hacerte escritor —a los veintipocos años, cuando das ese paso que te parece importantísimo y empiezas a estudiar «Escritura, creativa» en un centro de posgrado—, te regodeas en un estilo de vida: vas a charlas con pretensiones; pasas horas en cafeterías; te vistes de negro; llenas el armario de ropa oscura y melancólica que podría describirse como posapocalíptica/posholocausto; bebes alcohol, a menudo hasta altas horas de la noche; compras diarios encuadernados en piel; usas plumas, pesadas y metálicas, nunca bolígrafo, menos aún de los de botón; fumas, primero marcas normales, al alcance de cualquiera en las gasolineras, y luego elegantes marcas europeas que vienen en cajitas planas que sólo se encuentran en estancos especiales y tiendas de fumetas. Los cigarrillos te dan algo que hacer cuando estás con gente y sientes que te examinan, te valoran y te juzgan. Cumplen la misma función que cumplirá el móvil dentro de unos quince años: una especie de escudo social, algo que sacarte del bolsillo y toquetear cuando te sientes incómodo en tu piel. Algo que sucede casi siempre, y de lo que culpas a tu madre.

Nunca escribes sobre nada de todo esto, claro. En general evitas toda introspección. Hay cosas en tu interior que prefieres ignorar. Hay un amasijo de angustia y autocompasión en lo más profundo de tu ser y lo mantienes enterrado ahí abajo a base de no hacerle caso ni reconocer nunca su existencia. Cuando escribes, nunca lo haces sobre ti mismo. Prefieres historias duras, oscuras, violentas, y obtienes con ellas la reputación de ocultar, tal vez, algunos secretos. Algo verdaderamente brutal que te ocurrió en el pasado. Escribes un relato sobre un cirujano plástico alcohólico y maltratador que se emborracha todas las noches y viola a su hija adolescente de formas inconcebiblemente crueles, un horror que se prolonga durante la mayoría de los años de instituto de la chica, hasta que un día ésta idea un plan para asesinar a papá introduciendo grandes cantidades de toxina botulínica (obtenida de las reservas de bótox del cirujano) en su suministro de cerezas rojas en conserva, de modo que después de varios *old-fashioned* el padre queda reducido a una parálisis total, momento en el que la hija invita a un psicópata gay despiadado, al que ha conocido en circunstancias imprecisas, a violar a su padre repetidamente mientras éste está consciente por completo y lo experimenta todo, y después de recibir su merecido, muere porque la hija le corta los genitales y lo deja desangrarse poco a poco durante siete días, en el sótano, donde nadie puede oírlo gritar.

En otras palabras, escribes historias que no tienen ninguna relación ni con tu vida ni con nada sobre lo que tengas ni la más remota idea.

Y mientras escribes esas historias, lo único que te preocupa es qué pensará Bethany cuando las lea. Las historias no son más que una larga actuación permanente que persigue un único objetivo: conseguir que Bethany sienta determinadas cosas por ti. Hacer que piense que eres un tipo con talento, artístico, brillante, profundo. Lograr que vuelva a quererte.

Lo más paradójico es que nunca le enseñas ninguna de esas historias.

Porque por mucho que te muevas entre escritores y tomes clases de escritura y te vistas y fumes como un escritor, en el fondo has de reconocer que lo que escribes no es muy bueno. Recibes comentarios tibios en clase, críticas poco entusiastas de los profesores, montones de cartas tipo de rechazo de los editores con los que contactas. El peor momento es cuando, en una sesión de tutoría inusualmente intensa, un profesor te pregunta: «¿Por qué quieres ser escritor?»

Te está insinuando, por supuesto, que tal vez sería mejor que te dedicaras a otra cosa.

—Siempre he querido ser escritor.

Ésa es tu respuesta estándar. Una respuesta que no es del todo sincera, porque no has querido ser escritor desde siempre, sino desde que tu madre te abandonó a los once años. Pero como parece que tu vida hasta ese momento pertenezca a una persona totalmente distinta, es como si lo hubieras querido siempre. En esencia, aquel día volviste a nacer.

Todo eso no se lo cuentas a tu profesor. Lo llevas en tu interior, en una cavidad donde has ido enterrando todas las cosas verdaderas sobre ti para que ninguna quedara a la vista. La mañana en que tu madre desapareció, en particular, está oculta en el fondo de todo: tu madre te preguntó qué querías ser de mayor. Tú le dijiste que novelista, y ella sonrió y te besó en la frente y dijo que leería todo lo que escribieras. Por eso ser escritor era la única vía de comunicación de la que disponías con tu madre, una comunicación unidireccional, como la oración. Y te parecía que si escribías un texto realmente bueno ella lo leería y, según una extraña lógica, encontraría en él la demostración de que no debería haberse marchado.

El problema es que eres incapaz de escribir nada que se acerque a ese nivel de calidad. Ni de lejos. A pesar de toda tu formación, hay un elemento escurridizo que se te escapa.

—La verdad —sugiere tu profesor en la reunión de final de curso.

Te ha citado en su despacho porque tienes que escribir un último relato antes de graduarte y quiere transmitirte a la desesperada que es fundamental que «escribas algo auténtico».

—Pero yo escribo ficción —dices tú.

—Me da igual cómo lo llames —replica el profesor—. Tú escribe algo que sea verdad.

O sea que escribes acerca de una de las pocas cosas de verdad que te han pasado. Una historia sobre unos gemelos que viven en un barrio de las afueras de Chicago. La hermana es un prodigio del violín. El hermano es un liante. Ambos están cenando en tensión bajo la mirada imperiosa de su padre, un agente de bolsa, y luego se pierden en la noche, donde viven aventuras, entre ellas el lento envenenamiento del jacuzzi del vecino, el director de una escuela privada de élite. El método usado para envenenar al vecino es muy sencillo: una sobredosis de pesticida. Pero ¿y la explicación? ¿Por qué quiere el hermano envenenar al director? ¿Qué ha hecho éste para merecérselo?

La respuesta es sencilla, pero escribirla no es fácil.

Todo encajó hace unos años. Por fin ataste los cabos que no habías podido atar a los once. Por qué Bishop parecía saber más cosas de las que le correspondían por edad. Cosas sobre sexo. Como en la charca la última tarde que pasasteis juntos, cuando se pegó a ti en la posición idónea para el sexo: ¿Cómo lo sabía? ¿Cómo sabía lo que tenía que hacer? ¿Cómo había conseguido seducir al director para que no lo apaleara? ¿De dónde sacaba toda aquella pornografía, todas aquellas polaroids asquerosas? ¿Por qué tenía aquella actitud? ¿Por qué acosaba a otros niños? ¿Por qué lo habían expulsado del colegio? ¿Por qué mataba animalitos? ¿Por qué envenenaba al director?

En el momento preciso en que dedujiste esto y de repente lo comprendiste todo, ibas caminando hacia el instituto una mañana y ni siquiera pensabas en Bishop, ni en el director, ni en nada de eso cuando de pronto todo te volvió de golpe, como en una visión, como si durante todo ese tiempo tu mente hubiera estado tratando de encajar las piezas bajo la superficie: Bishop era víctima de abusos. Abusos sexuales. Por supuesto. Y quien lo hacía era el director.

Y el sentimiento de culpa te embargó de tal forma que te tambaleaste. Tuviste que sentarte en el jardín de una casa, mareado, perplejo, estupefacto, y te perdiste las tres primeras clases. Te sentiste como si te hubieras desmontado allí mismo, sobre el césped.

¿Por qué no te habías dado cuenta? Estabas tan absorto en tus pequeños dramas —en tu calentón con Bethany, en comprarle un regalo en el centro comercial, algo que en su momento te había parecido el problema más grave del mundo—, tan absorto que ni siquiera reparaste en la tragedia que tenía lugar delante de tus narices. Un fracaso absoluto de percepción y empatía por tu parte.

Y ése es tal vez el motivo por el que al final decides escribir sobre eso. En tu historia sobre los gemelos, describes cómo el director abusa del hermano. No pasas de puntillas por el tema, no lo evitas. Lo escribes tal como crees que sucedió. Escribes la verdad.

Como era de esperar, tus compañeros reaccionan con aburrimiento. A estas alturas ya se han hartado de ti y de tu tema central. Otra historia de abusos infantiles, dicen. Eso ya lo hemos visto. Pasemos a otra cosa. Pero tu profesor demuestra un entusiasmo poco habitual. Asegura que esta historia tiene algo distinto, un grado de humanidad, generosidad, calidez y sentimiento del que carecían tus esfuerzos anteriores. Entonces, en otra conversación privada, el profesor menciona que un pez gordo del mundo editorial de Nueva York llamado Periwinkle ha estado preguntando por ahí, buscando nuevos talentos, y ¿qué te parecería si él, el profesor, le mandara tu relato?

Es el último paso para convertirte en un escritor famoso, el último paso antes de conseguir la que ha sido tu ambición desde que se largó tu madre: impresionarla desde la distancia, ganarte su aprobación y sus elogios. Es también lo último que tienes que hacer para lograr que Bethany vuelva a fijarse en ti, para que reconozca en ti todas esas cualidades con las que los trombonistas no pueden competir, para que te quiera como te mereces.

Sólo tienes que decir sí.

Para decir que sí, pasa a la página siguiente...

Dices que sí. Ni siquiera te planteas las consecuencias a largo plazo. No consideras ni una sola vez cómo les puede sentar a Bethany o a Bishop esta violación de su intimidad. Estás tan cegado por tu deseo de impresionar, deslumbrar y asombrar a las personas que te han abandonado que dices que sí. Sí, sin duda.

Así pues, el profesor le manda la historia a Periwinkle y a partir de ahí todo sucede bastante rápido. Periwinkle te llama al día siguiente. Te dice que eres una voz nueva e importante de las letras estadounidenses y que te quiere para un sello nuevo que sólo publicará obras de jóvenes genios.

—Todavía no tenemos nombre para el sello, pero estamos pensando en llamarlo The Next Voice —dice Periwinkle—, o a lo mejor Next, o incluso Lime, un nombre que a muchos de nuestros asesores parece encantarles, no me preguntes por qué.

Periwinkle contrata a un grupo de negros para que pulan la historia («Es lo normal —dice—, lo hace todo el mundo»), y a continuación la coloca en una de las principales revistas que marcan tendencia, donde te presentan como uno de los cinco mejores escritores estadounidenses de menos de veinticinco años. Periwinkle aprovecha la publicidad para agenciarse un contrato estratosférico para un libro que ni siquiera se ha escrito todavía. Los periódicos se hacen eco de ello, junto con el resto de las buenas noticias de principios de 2001: la autopista de la información, la nueva economía y el rugir imparable del potente motor del país.

Felicidades.

Acabas de convertirte en un escritor famoso.

Pero pasan dos cosas que te impiden disfrutarlo. La primera es que no recibes noticias de tu madre. Más bien te topas con un desdichado silencio. Ni siquiera te consta que haya leído la historia.

La segunda es que Bethany (que desde luego sí la ha leído) deja de escribirte. No recibes ni correos, ni cartas, ninguna explicación. Le escribes para preguntarle si pasa algo. Luego das por hecho que sí, que sin duda pasa algo, y le propones que lo habléis. Luego das por hecho que lo que pasa es que has robado la historia de su hermano y has obtenido un beneficio inmenso de ella, de modo que intentas justificar tu decisión como prerrogativa de cualquier escritor, al mismo tiempo que te disculpas por no haberle pedido permiso. Ninguna de esas cartas obtiene respuesta y al fin comprendes que la historia con la que esperabas recuperar a Bethany ha destruido, perversamente, cualquier opción que pudieras haber tenido con ella.

No tienes noticias de Bethany durante años, una época en la que no escribes nada de nada, a pesar de las llamadas de ánimo mensuales de Periwinkle, que está ansioso por ver un manuscrito. Pero no tienes ningún manuscrito que mostrarle. Te despiertas todas las mañanas decidido a escribir, pero al final no escribes. No sabrías decir con exactitud a qué dedicas tus días, aunque está claro que no es a escribir. Los meses pasan volando, en ausencia de toda escritura. Te compras una casa nueva y grande con el dinero del adelanto y no escribes en ella. Aprovechas tu momento de fama para hacerte con un trabajo de profesor en una universidad local, donde enseñas literatura, pero no produces literatura. Y no es que sufras un «bloqueo», no exactamente. Es sólo que tu razón para escribir, tu principal motivación, se ha desvanecido.

Por fin Bethany te manda otro correo. La tarde del 11 de septiembre de 2001, un mensaje que envía a un centenar de personas, más o menos, para decir simplemente: «Estoy bien.»

Después, a principios de la primavera de 2004, en un día por lo demás del todo irrelevante, ves un mensaje de Bethany Fall en tu bandeja de entrada y lees el primer párrafo, donde dice que tiene algo muy importante que contarte, y te da un vuelco el corazón, porque lo que necesita confesarte, decides, tiene que ser el amor profundo e imperecedero que ha sentido siempre por ti.

Pero no se trata en absoluto de eso. Te das cuenta cuando pasas al siguiente párrafo, cuya primera frase te resquebraja una vez más: «Bishop —escribe— ha muerto.»

Sucedió el pasado mes de octubre. En Irak. Estalló una bomba a su lado. Lamenta no habértelo contado antes.

Le escribes para pedirle más detalles. Resulta que después de terminar la academia militar, Bishop fue a la universidad en el Instituto Militar de Virginia, y después de graduarse se alistó en el ejército como soldado raso. Nadie entendió por qué. Con su educación y entrenamiento, le correspondía un cargo y rango de oficial, pero lo rechazó. Por lo visto, disfrutó al rechazarlo, al elegir el camino más difícil y menos glamuroso. A esas alturas, Bethany y él apenas se hablaban. Habían ido distanciándose desde hacía tiempo. Durante años se habían visto sólo en alguna celebración que otra. Bishop se alistó en 1999 y pasó dos años tranquilos en Alemania, hasta el 11 de septiembre, tras el cual lo destinaron primero a Afganistán durante una temporada, y luego a Irak. Tenían noticias de él sólo un par de veces al año, mediante correos breves que parecían informes laborales. Mientras tanto, Bethany se estaba convirtiendo en una violinista realmente famosa y en sus cartas a Bishop le contaba todo lo que le iba pasando (los teatros y las salas donde tocaba, los directores con los que colaboraba), pero nunca recibía respuesta. Por lo menos durante los seis meses siguientes, tras los que recibía un correo impersonal con las nuevas coordenadas de su hermano y su consabida despedida formal: «Atentamente, el soldado raso de primera clase Bishop Fall, Ejército de Estados Unidos.»

Y entonces se murió.

Pasas mucho tiempo hecho polvo por la noticia, con la sensación de que tu breve amistad con Bishop fue algo así como una prueba que no superaste. Era una persona que necesitaba tu ayuda, y no se la prestaste, y ahora ya es demasiado tarde. Le escribes una carta a Bethany hablándole de la pena que sientes, porque es la única persona del mundo que puede entenderlo, y lo más seguro es que sea la primera vez que le mandas una carta que no obedece a ninguna estratagema, subterfugio ni motivación oculta, la primera vez que no pretendes ganarte su aprobación con disimulo, sino expresar de forma sincera una emoción auténtica: la tristeza que sientes. Y esta carta inicia el deshielo de tu relación con Bethany. Ella te contesta y te dice que también está triste. Y los dos tenéis eso en común, esa tristeza, y pasáis el duelo juntos, y los meses van transcurriendo y vuestras cartas empiezan a tocar otros temas y tu pena parece irse desvaneciendo y un día (por primera vez en años) Bethany firma una carta «Con amor». Y la llama de toda tu astucia y tu obsesión se enciende de nuevo. Y piensas: «¡A lo mejor todavía tengo una oportunidad!» Todo tu amor y tu necesidad regresan, especialmente cuando un día, durante la primera semana de agosto de 2004, Bethany te escribe y ¡te invita a Nueva York! Te pregunta si quieres ir a finales de mes. Habrá una marcha por las calles de Manhattan, dice. La idea es celebrar un homenaje silencioso en honor a los soldados fallecidos en Irak. La marcha tendrá lugar durante la Convención Nacional Republicana, que se celebrará en el Madison Square Garden. Quiere saber si la acompañarías a la marcha. Puedes alojarte en su casa.

Y de pronto pasas las noches en blanco, inquieto, fantaseando con volver a ver a Bethany y nervioso por no echar a perder la que es sin duda tu última oportunidad de ganarte su corazón. Es como si vivieras el argumento de uno de los libros de «Elige tu propia aventura» que tanto te gustaban de niño y de ti dependiera tomar las decisiones adecuadas. No puedes pensar en otra cosa hasta el día en que te marchas: en Nueva York, si lo haces todo bien, si eliges correctamente, puedes conquistar a la chica.

Para ir a Nueva York, pasa a la página siguiente...

Conduces de Chicago a Nueva York, y paras una vez en Ohio para repostar y otra en Pensilvania para pasar la noche. Te alojas en un hotel cutre, pero estás demasiado alterado para dormir. Al día siguiente, mucho antes de que amanezca, cubres el resto del trayecto, dejas el coche en un garaje de Queens y tomas el metro hasta el centro de la ciudad. Subes las escaleras de la estación y te reciben la luz de media mañana y el gentío del sur de Manhattan. Bethany vive en una de las plantas superiores del número 55 de Liberty Street, a escasas manzanas del solar del World Trade Center, que es donde te encuentras ahora mismo, en este preciso instante, en 2004. Donde en su día se alzaban las torres, hoy hay un conmovedor agujero en el suelo, un hueco despejado.

Rodeas todo el perímetro y pasas junto a los puestecitos ambulantes de falafel o garrapiñadas, tipos que venden bolsos y relojes expuestos en el suelo, sobre mantas, conspiranoicos que reparten panfletos que aseguran que el 11-S fue obra del gobierno o que vieron el rostro de Satanás en el humo de la segunda torre, turistas que se ponen de puntillas y estiran el cuello para mirar por encima de la verja, que levantan las cámaras en alto, revisan la foto y repiten el proceso. Dejas atrás todo eso y también los grandes almacenes del otro lado de la calle, donde los turistas europeos, aprovechando la debilidad del dólar y la pujanza del euro, llenan bolsas y bolsas de vaqueros y chaquetas, pasas frente a un café con un cartel que dice «BAÑO DE USO EXCLUSIVO PARA CLIENTES» y enfilas Liberty Street, donde una madre que arrastra a sus dos hijos pregunta «¿Por dónde se va a lo del 11-S?», y por fin llegas: Liberty con Nassau, el apartamento de Bethany.

Lo sabes todo sobre este edificio. Lo has buscado antes de venir. Se construyó en 1909 como «el edificio pequeño más alto del mundo» (debido a que el solar es muy estrecho), con unos cimientos que se hunden cinco pisos bajo tierra, innecesariamente profundos para un edificio de ese tamaño, pero los arquitectos se excedieron porque en 1909 todavía no dominaban la técnica de construcción de rascacielos. Se alzaba junto a la Cámara de Comercio de Nueva York, que actualmente alberga la sede del Banco Central de China en Nueva York. Enfrente, cruzando Nassau Street, está la fachada posterior del Banco de la Reserva Federal. Entre los primeros ocupantes del edificio se contaba el bufete de abogados de Teddy Roosevelt.

Cruzas una verja de hierro forjado y la puerta principal, y entras en el vestíbulo dorado, con las paredes cubiertas de losas pulidas de color crema, tan pegadas que no distingues las juntas. El lugar parece hermético. Te acercas a la garita del vigilante y le dices al tipo sentado en su interior que vas a visitar a Bethany Fall.

—¿Nombre? —pregunta él.

Se lo das. Levanta un teléfono y marca. Te mira fijamente mientras espera. Le pesan los párpados por falta de sueño o por aburrimiento. El rato que pasa hasta que descuelgan se hace muy largo, tanto que la mirada del portero empieza a resultarte incómoda, de modo que apartas la vista y finges contemplar el vestíbulo y admirar su austera pulcritud. Te llama la atención la total ausencia de bombillas vistas, ya que todos los puntos de luz quedan hábilmente ocultos en huecos y recovecos y así el espacio, más que estar iluminado, parece que brille con un resplandor propio.

—¿Señorita Fall? —pregunta al fin el vigilante—. Tengo aquí a un tal Samuel Anderson que viene a visitarla.

Sigue mirándote fijamente. Su rostro no muestra ninguna expresión.

—De acuerdo.

El tipo cuelga y hace algo debajo del mostrador (girar una llave, accionar un interruptor) que abre las puertas del ascensor.

—Gracias —dices, pero el portero fija la mirada en el ordenador y ya no te hace ni caso.

Para subir al apartamento de Bethany, pasa a la página siguiente...

Mientras subes al apartamento de Bethany te preguntas cuánto tiempo puedes esperar razonablemente en el pasillo sin que ella crea que te has perdido. Sientes que necesitas un momento para serenarte. Te invade una sensación de angustia, de vacío, como si te hubieran caído las entrañas a los pies. Intentas convencerte de que es absurdo sentirte así, estar tan nervioso por Bethany. Al fin y al cabo, sólo la trataste durante tres meses. ¡Cuando teníais once años! Es ridículo. Casi cómico. ¿Cómo es posible que alguien así pueda tener alguna influencia sobre ti? De todas las personas de tu vida, ¿por qué te importa tanto precisamente ésta? Ésas son las preguntas que te pasan por la mente, y no contribuyen demasiado a aplacar el motín de tu estómago.

El ascensor se detiene. Las puertas se abren. Esperabas un vestíbulo o un pasillo, como en un hotel, pero el ascensor te deja directamente en un apartamento inundado de luz natural.

Claro. Toda la planta es suya.

Y caminando hacia ti se acerca alguien que, sin duda, no es Bethany. Un hombre, más o menos de tu edad: veintimuchos, tal vez treinta y pocos. Camisa blanca planchada. Corbata negra estrecha. Porte perfectamente erguido y mirada altiva. Lleva un reloj de aspecto caro. Os quedáis mirándoos un momento, y estás a punto de decir que te has equivocado de apartamento cuando él se adelanta:

—Tú debes de ser el escritor.

Pronuncia la palabra «escritor» en un tonillo que da a entender que no le parece una profesión de verdad. Lo dice como alguien podría decir: «Tú debes de ser el vidente.»

—Sí, soy yo —dices—. Lo siento, estoy buscando a... —Y en ese preciso instante, justo detrás de su hombro, aparece ella—. Bethany.

Por un momento es como si se te hubiera olvidado el aspecto que tenía, como si todas esas fotografías que incluía en sus cartas no existieran, como si no hubieras peinado internet y encontrado todo tipo de imágenes publicitarias, fotos de conciertos e imágenes espontáneas de fiestas donde Bethany aparecía junto a algún donante millonario, toda sonrisas y abrazos; es como si lo único que tuvieras fuera aquel recuerdo de ella tocando el violín en su cuarto, cuando creía que estaba sola y tú la espiabas desde el jardín y eras un niño y estabas enamorado. Y cómo se parece a esa imagen aquí, en su apartamento: la misma confianza natural, tranquila, autosuficiente,

345

tan formal, incluso ahora, cuando se acerca a ti y te da un abrazo platónico y te besa en la mejilla, igual que ha besado las mejillas de un millar de amigos, admiradores, seguidores, más que un beso es como la sugerencia de un beso en el aire en torno a tu oreja, y entonces dice:

—Samuel, quiero presentarte a Peter Atchison, mi prometido.

Como si fuera lo más normal del mundo. ¿Su prometido?

Peter te da la mano.

—Encantado —dice.

A continuación, Bethany te enseña el piso y a ti se te cae el alma a los pies y te sientes como el hombre más idiota de la Tierra. Haces todo lo posible por prestar atención, por fingir interés en todo lo que te cuenta sobre la vivienda, que tiene ventanales en todas las paredes y por tanto ofrece vistas a la maquinaria de las obras del World Trade Center, hacia el oeste, y a Wall Street, hacia el sur.

—El piso es de mi padre —dice—, pero ya no viene nunca. Desde que se jubiló. —Gira sobre los talones y te sonríe—. ¿Sabías que Teddy Roosevelt trabajaba aquí?

Haces ver que no conoces ese dato.

—Antes de empezar su carrera como político fue banquero —dice—. Igual que Peter.

—¡Ja! —exclama Peter, y te da una palmada en el hombro—. Eso sí son grandes esperanzas, ¿eh?

—Peter trabajaba con mi padre —dice Bethany.

—Trabajaba para tu padre —puntualiza él, y Bethany hace un gesto con la mano para restarle importancia.

—Peter es un genio de las finanzas.

—¡Qué va!

—¡Que sí! —insiste ella—. Descubrió que un número, una fórmula, un algoritmo o algo así... En fin, algo que usaba esa gente, y él se dio cuenta de que estaba equivocada. Cariño, explícaselo tú.

—No quisiera aburrir a nuestro invitado.

—¡Me parece interesante.

—¿En serio quieres que te lo cuente?

No tienes ningunas ganas de que te lo cuente. Asientes con la cabeza.

—Bueno, no entraré en demasiados detalles —dice—, pero se trata de la C-Ratio. ¿Sabes lo que es?

No lo has oído en tu vida.

—Recuérdamelo.

—Básicamente, es un número que los inversores usan para predecir la volatilidad en los mercados de metales preciosos.

—Y Peter se dio cuenta de que estaba equivocado —dice Bethany.

—En determinadas circunstancias. En unas circunstancias muy específicas, la C-Ratio deja de ser un predictor fiable. Se rezaga con respecto al mercado. Es como si... ¿cómo te lo explico? Es como creer que es el termómetro lo que genera la temperatura.

—¿No te parece brillante? —pregunta Bethany.

—O sea que mientras todos invertían según la C-Ratio, yo empecé a invertir contra ella. Y el resto es historia.

—¿No te parece brillante?

Los dos te miran, expectantes.

—Brillante —dices.

Bethany sonríe a su prometido. El diamante de su dedo podría describirse como «protuberante». El engarce de oro parece levantar el diamante como un espectador de un partido de béisbol que acabara de atrapar la pelota en la grada.

Durante toda esta cháchara apenas has mirado a Bethany. Al contrario, te has concentrado en Peter porque no quieres que te pesquen mirándola a ella. No quieres que Peter te pesque. Fijarte en él e ignorarla a ella es tu forma de decirle que no has venido a robarle a su mujer, algo de lo que sólo te das cuenta cuando llevas ya varios minutos haciéndolo. Además, cada vez que la miras a ella das un respingo de sorpresa porque ninguna de esas fotos te preparó para la Bethany de verdad. Igual que todas las fotografías de cuadros famosos carecen de esa belleza esencial que impresiona cuando uno se topa con el cuadro en la vida real.

Y Bethany es realmente, dolorosamente, bella. Los rasgos felinos de su infancia se han afilado con el tiempo. Cejas puntiagudas. Mandíbula severa y cuello líquido. Ojos verdes y fríos. Un vestido negro de aspecto conservador pese a que deja la espalda al aire. Y un conjunto de collar, pendientes y zapatos que es la pura definición de «bien combinado».

—¿Te apetece una copa, o es demasiado pronto? —pregunta Peter.

—¡Me apetecería mucho! —respondes tú, tal vez con un entusiasmo excesivo. Al parecer, cuanta mayor es la atracción que sientes por la prometida de este hombre, más obsequioso te muestras con él—. ¡Gracias!

Peter te explica que va a servirte algo muy especial («¡Que un viejo amigo por correspondencia venga de visita no es algo que pase todos los días!», dice), un whisky que compraron durante un reciente viaje a Escocia, una botella que ganó tal premio y tal otro, a la que no sé qué revista concedió por única vez en la historia la máxima puntuación posible, que tan sólo se puede comprar en la destilería original, donde guardan bajo llave la técnica y la receta, que se han transmitido ya a lo largo de unas diez generaciones (mientras te cuenta todo eso, Bethany lo mira con expresión radiante, como una madre orgullosa), y entonces te ofrece un vaso con un dedo de un líquido de color pajizo y te da una explicación sobre cómo el whisky se adhiere al cristal y el rastro que deja cuando lo haces girar y sobre lo que eso significa al respecto de la calidad de la bebida, así como sobre su opacidad, y te hace alzar el vaso y fijarte en la luz que se filtra a través de éste y así obtienes, inesperadamente, una imagen ondulante de las grúas del hoyo del World Trade Center vistas a través de la distorsión curva del líquido.

—Precioso, ¿verdad? —dice Peter.

—Pues sí.

—Pruébalo. Dime a qué sabe.

—¿Perdón?

—Me gustará oír cómo lo describe un escritor —dice—. Porque se te dan muy bien las palabras.

Intentas adivinar si está siendo sarcástico, pero no puedes. Pruebas el whisky. ¿Qué vas a decir? Sabe a whisky. Tiene un gusto muy de whisky. Buscas en tu memoria palabras que se usen para describir el whisky. Se te ocurre «turboso», aunque no sabes exactamente qué significa. La única palabra que te viene a la mente y que te parece precisa y justificable es «fuerte».

—Tiene un gusto fuerte —dices, y Peter suelta una carcajada.

—¿Fuerte? —pregunta, y suelta otra risa, más exagerada. Mira a Bethany y añade—: ¡Fuerte, dice! ¡Ja, ja, ja! Qué tío. Fuerte...

El resto de la mañana transcurre más o menos igual. Bethany agasajándote con trivialidades, Peter encontrando motivos para perorar con profusión sobre alguna de las exquisiteces que han adquirido: el café que compran, por ejemplo, el más singular del mundo, un café que en realidad ha sido engullido y excretado por un mamífero gatuno de Sumatra que tiene el don de elegir los mejores granos y cuyo proceso digestivo, insiste Peter, equilibra el sabor del café durante el tostado. O sus calcetines, cosidos a mano por la misma modista italiana que confecciona los calcetines del papa. O las sábanas de la cama del cuarto de invitados, que, con sus más de doscientos hilos por centímetro cuadrado, hacen que el algodón egipcio parezca papel de lija en comparación.

—La mayoría de la gente va por la vida sin prestar atención a los pequeños detalles —dice Peter, con un brazo alrededor de Bethany y una pierna encima de la mesita del café, los tres sentados en los sofás modulares de piel que ocupan el centro del apartamento bañado por una asombrosa luz natural—. Pero yo no puedo imaginarme viviendo así. O sea, ¿cuál es la diferencia entre un violinista corriente y Bethany? Los pequeños detalles. Creo que por eso nos entendemos tan bien.

Peter la estrecha contra sí.

—¡Es verdad! —exclama ella sonriéndole.

—Hay mucha gente que vive la vida a cien por hora y nunca frena un poco para disfrutar y dar las gracias por lo que tiene. ¿Sabes lo que creo? Creo que uno debe vivir las estaciones conforme van pasando. Respirar el aire. Beber lo que se le ofrezca. Paladear los frutos. ¿Sabes quién dijo eso? Thoreau. Leí *Walden* en la universidad y me di cuenta de que es verdad, hay que vivir la vida, ¿me entiendes? Estar presente en el mundo. En fin —echa un vistazo al reloj—, me tengo que ir. Tengo una reunión en Washington dentro de un par de horas y luego me voy a Londres. Disfrutad de la mani, hippies. No derroquéis el gobierno mientras estoy fuera.

Se dan unos besos rápidos, Peter Atchison se pone la chaqueta del traje y se marcha con prisas, y Bethany te mira en ese momento, el primero que pasáis a solas. Pero antes de que puedas preguntarle «¿Cómo que "amigo por correspondencia"?», ella dice «Pues tendríamos que irnos, ¿no? ¡Llamaré al chófer!» en un tono frenético que descarta cualquier posibilidad de conversación real. Y esperas que tal vez en el coche, de camino a la manifestación, podáis tener una experiencia franca y personal, pero cuando subes a la parte trasera del Cadillac Escalade y os ponéis en marcha, Bethany pasa casi todo el tiempo charlando con el conductor, un hombre mayor y muy arrugado llamado Tony, que es griego, descubres, y tiene tres hijas y ocho nietos que están bien, muy bien, según descubres también cuando Bethany insiste en que le hable un poco de todos, uno por uno: dónde están, a qué se dedican, cómo les va, etcétera. Eso os lleva más o menos hasta la calle Treinta y cuatro, donde la conversación con Tony se agota de forma natural, pues al hombre se le terminan los descendientes de los que hablar, y se produce un instante de silencio hasta que Bethany enciende el televisor del techo del Escalade y pone un canal de noticias ya inmerso por completo en la cobertura diaria de la Convención Nacional Republicana y las manifestaciones asociadas a ella, y dice «¿Has visto las cosas que dicen sobre nosotros?» y pasa el resto del trayecto quejándose de las noticias y mandando mensajes con el móvil.

Las noticias, es verdad, son descorazonadoras. Los corresponsales dicen que vosotros y los de vuestra calaña sois protestantes marginales. Que a saber de dónde salís. Que sois unos revoltosos. Unos provocadores. Nubes de marihuana. Ponen imágenes de Chicago en el año 1968: un chico que lanza un ladrillo contra la ventana de un hotel. Luego especulan sobre el efecto que las protestas pueden tener en los votantes indecisos del centro del país. ¿Su opinión? Que a los votantes indecisos del centro del país les parecerán de mal gusto. «El votante medio de Ohio no va a reaccionar a esto —dice un tipo que no es ni el presentador ni un corresponsal, sino una figura intermedia: un opinador—. Especialmente si hay violencia —añade—. Si se repite lo que ya pasó en Chicago en el sesenta y ocho, no tengo duda de que volverá a favorecer a los republicanos.»

Durante todo este rato, Bethany escribe en su teléfono, sus dedos de violinista vuelan por encima del teclado en miniatura y producen un sonido que es como oír a un bailarín de claqué con unas orejeras puestas, y está tan absorta que no se da cuenta de que la estás mirando (o por lo menos no reacciona a tu mirada fija), de que estudias su perfil y el nódulo del cuello donde se apoya el violín mientras toca, ese callo con textura de coliflor, la única parte de su cuerpo que no es tersa y suave, manchitas marrones descoloridas sobre una cicatriz blanquecina, un bulto feo que lleva pegado como un percebe, el efecto de una vida entera dedicada a la música, y que te recuerda algo que tu madre dijo una vez, poco antes de marcharse. Dijo: «Las cosas que más quieres serán las que más daño te harán algún día.» Y al llegar a vuestro destino (el prado de Central Park que sirve como lugar de reunión para la marcha de hoy), en el momento en que Bethany guarda la BlackBerry en el bolso y baja del coche y tú te das cuenta de que no vais a tener el instante íntimo que deseabas y se te cae el alma a los pies y lo único que quieres es marcharte de Nueva York y pasar una década escondido, comprendes que tu madre tenía razón: las cosas que más queremos son las que más nos desfiguran. Tal es la codicia que nos provocan.

Para seguir a Bethany al parque, pasa a la página siguiente...

Los ataúdes están acabados y os esperan.

Están dispuestos en la gran explanada de Sheep Meadow, aproximadamente un millar, tal vez más, formando una cuadrícula sobre el césped descuidado, largo y parcheado del prado.

—¿Qué es esto? —preguntas al ver esa escena tan inquietante, esos cientos de ataúdes cubiertos con banderas americanas, con personas caminando entre ellos, muchas sacando fotografías, otras hablando por el móvil o haciendo malabarismos con los pies con bolas de ganchillo.

—Nuestra manifestación —responde Bethany, como si todo eso fuera de lo más normal.

—No es exactamente lo que esperaba —dices.

Ella se encoge de hombros. Te deja atrás y se adentra entre la multitud, hacia el parque y los ataúdes.

Se te hace muy raro ver que la gente se comporta entre aquellos ataúdes como si estuviera de paseo por el parque. Un hombre pasea por ahí a sus perros y parece inadecuado, incluso indecoroso: los perros se acercan a uno de los ataúdes y lo olisquean, sembrando un terror anticipatorio entre quienes están mirando: ¿les va a dejar mear allí? Al final resulta que no. Los perros pierden el interés y hacen sus cosas en otra parte. Una mujer con un megáfono, que parece ser de la organización, pide a la gente que recuerde que no se trata sólo de ataúdes, que son cadáveres. Que piensen en ellos como cadáveres. Cadáveres de soldados de verdad que murieron en Irak de verdad, o sea que, por favor, un poco de respeto. Murmullos, porque el mensaje es una indirecta no muy sutil para los que han acudido vestidos de forma demasiado festiva: un grupito de personas disfrazadas de padres fundadores de la patria, con trajes de la época colonial y cabezas de escayola unas doce veces más grandes que una cabeza real; o una panda de mujeres vestidas de rojo, blanco y azul y provistas de arneses con consoladores en forma de misil balístico intercontinental; o las numerosas máscaras de Halloween de George Bush con un bigotito a lo Hitler pintado encima. Los ataúdes están cubiertos con banderas americanas para que recuerden a los que se ven por la tele saliendo por el portón trasero de los aviones que trasladan a los soldados fallecidos hasta esa base de las fuerzas aéreas en Delaware. La mujer del megáfono dice que hay cadáveres para todos, pero que si alguien desea uno en particular que vaya a hablar con ella, que tiene una hoja de cálculo. Habían pedido a los asistentes que se vistieran de negro y la mayoría han seguido las instrucciones. En algún lugar hay alguien tocando una batería. Hay una serie de furgonetas de las cadenas de televisión aparcadas en la Octava Avenida, con sus logotipos llamativos y las antenas de techo desplegadas hacia el cielo como una hilera de pinos. Los carteles más populares del día incluyen «PAREMOS A BUSH» y «BUSH A LA CÁRCEL», además de varios chistes con la palabra «*bush*», que en su acepción de «matojo o arbusto» da juego tanto por su alusión a la jardinería como al vello púbico. Hay dos chicas tomando el sol en bikini, a las que no logran convencer para que se sumen a la causa. Hay varios tipos que caminan entre la multitud vendiendo botellas de agua, chapas antirrepublicanas y pegatinas, camisetas, tazas, bodis para bebé, gorras, viseras, y libros ilustrados en los que los monstruos que se esconden debajo de las camas de los niños son republicanos. Es evidente que por ahí cerca alguien está fumando marihuana, o acaba de fumar marihuana. «ANIQUILEMOS A BUSH, PUES ES UNA ABOMINACIÓN SOBRE LA TIERRA», dice uno de los carteles de extraños tintes evangélicos que incomodan un poco a los miembros de esta multitud en concreto. Un hombre vestido de Tío Sam camina con zancos, no se sabe muy bien por qué. Los de las bolas de ganchillo apenas consiguen darles tres patadas, como promedio, sin que se les caigan al suelo. «LIBERTAD PARA LEONARD PELTIER.»

«¡Hay un cadáver para cada uno!», dice la mujer del megáfono, y los manifestantes van encontrando cada uno el suyo, levantando los ataúdes. Un cadáver para el tipo vestido de Castro, otro para el tipo vestido de Che y otro para el del cartel que dice: «¡LENNON VIVE!» Un cadáver para la delegación LGBTQ en cuyas camisetas se lee: «QUE LE DEN A BUSH.» Para cada persona que baja del autocar de los Jóvenes Demócratas del área de Filadelfia, un cadáver. Un cadáver para cada miembro de Judíos por la Paz y sus correspondientes pancartas. Un cadáver para los fontaneros del sindicato número 1. Para los miembros de la Asociación de Estudiantes Musulmanes de la CUNY. Para el grupo de mujeres que han decidido acudir disfrazadas a juego con vestidos de graduación rosa, una pregunta («¿por qué?») y un cadáver. Un cadáver para el *skater*. Para el rastas. Para el cura. Para la viuda del 11-S, especialmente para ella. Para el veterano de guerra manco que se ha presentado con el uniforme de combate: un puesto en primera fila y un cadáver. Y para Bethany y para ti, según la hoja de cálculo de la mujer del megáfono, un cadáver en la fila treinta, donde, en efecto, encontráis un ataúd con una pegatina en un lateral que dice «BISHOP FALL». La única reacción aparente de Bethany consiste en tocar el ataúd de madera un instante, como para que le dé suerte. Te mira mientras lo hace y te dirige una sonrisa diminuta y triste, y es posible que éste sea el primer momento de verdad que habéis compartido desde tu llegada.

El momento se termina tan deprisa como ha empezado. Todos levantáis vuestros cuerpos. En grupos de dos o de tres o de cuatro, los agarráis y los alzáis. El sol brilla con fuerza y la hierba está verde y las margaritas están en flor y el inmenso prado está salpicado de ataúdes negros. Un millar de ataúdes rectangulares de madera negra.

Os los colocáis encima de los hombros. Emprendéis la marcha. Todos sois portadores.

Hay unas treinta calles hasta la Convención Nacional Republicana y en Central Park los ataúdes empiezan a moverse. Se oyen los primeros cánticos. La mujer del megáfono grita instrucciones. Los manifestantes avanzan como un magma, pasan por delante de los campos de béisbol, salen a la avenida y dejan atrás el rascacielos con su globo plateado de la conquista del mundo. Van de negro y se están asando bajo el sol, pero relucen de puro entusiasmo. Gritan, cantan. Abandonan Central Park, llegan a Columbus Circle y de pronto los frenan. Los policías los esperan, preparados (barricadas, uniformes antidisturbios, espray de pimienta, gases lacrimógenos), una demostración de fuerza para enfriar el vigor de la protesta antes de que comience. La multitud se detiene y mira hacia la Octava Avenida, la perspectiva geométrica perfecta hacia la parte baja de la ciudad, el muro de edificios a ambos lados, como si se hubieran partido las aguas. La policía ha reducido los cuatro carriles de la calle a dos. La multitud aguarda. Levantan la vista hacia el obelisco del centro de la plaza, la estatua de Colón, vestido con una toga ancha, como un graduado de instituto. El tráfico habitual de la Octava Avenida en sentido nordeste está cortado y en todas las señales de tráfico que miran hacia los manifestantes pone «PROHIBIDO EL PASO» y «DIRECCIÓN PROHIBIDA». Muchos de los presentes creen ver en ellas un mensaje importante.

«Si la policía ataca, no opongáis resistencia» es el mensaje de los organizadores, con la mujer del megáfono a la cabeza de la marcha. Si un policía quiere esposaros, que os espose. Si quiere meteros en un coche patrulla, en una ambulancia, en una furgoneta policial, no opongáis resistencia. Si la policía carga con porras y pistolas paralizantes, no opongáis resistencia, ni os dejéis llevar por el pánico, no os enfrentéis a ellos ni echéis a correr. No puede haber disturbios. El nuestro es un mensaje de calma, equilibrado, no olvidéis que hay cámaras. Esto es una manifestación, no un circo. Tienen pelotas de goma, y las pelotas de goma hacen un daño de la hostia. Pensad en Gandhi, paz y amor, tranquilidad zen. Que no os rocíen con espray de pimienta, por favor. No os quitéis la ropa, por favor. Recordad, mostraos serios. Que llevamos ataúdes, por el amor de Dios. Ése es nuestro mensaje. Ateneos al mensaje.

Sujetas el ataúd por la parte que correspondería a los pies. Bethany va delante de ti, sujetando la que simboliza la cabeza. Tratas de no pensar en esos términos: pies, cabeza. Lleváis un ataúd de contrachapado: vacío, hueco. Por delante de vosotros, en algún lugar, la inmensa manifestación se desplaza lentamente hacia el sur. Pero vosotros estáis en la zona de calma chicha, los ataúdes oscilan sobre un mar de brazos que comienzan a agarrotarse. Te asaltan conflictos internos, impulsos contradictorios. Estás sujetando el ataúd de Bishop y te sientes fatal. La situación te genera una culpabilidad terrible, la culpabilidad que experimentaste por no haber salvado a Bishop cuando erais pequeños. Y la que experimentas ahora por intentar ligarte a Bethany en lo que es, antes que nada, el funeral de su hermano. «Por Dios, mira que eres capullo.» Es como si sintieras que tu deseo se arrastra físicamente hasta tu interior y muere. Hasta que vuelves a fijarte en Bethany, claro: su espalda descubierta, el sudor en los hombros, los mechones de pelo que se le pegan al cuello, los ángulos de músculos y huesos, la desnudez de su columna. Está leyendo la pegatina que han colocado en el ataúd: «EL SOLDADO RASO DE PRIMERA CLASE BISHOP FALL FUE ASESINADO EN IRAK EL 22 DE OCTUBRE DE 2003. SE HABÍA LICENCIADO EN EL INSTITUTO MILITAR DE VIRGINIA. CRECIÓ EN STREAMWOOD, ILLINOIS.»

—No capta su esencia —dice, aunque no está hablando contigo.

No habla con nadie, en realidad. Es como si expresara un pensamiento fugaz en voz alta sin querer. Aun así le contestas.

—No —dices—. No la capta.

—No.

—Deberían haber mencionado lo bueno que era jugando al *Missile Command*.

¿Una leve risa de Bethany, tal vez? No estás seguro. Sigue de espaldas a ti.

—Y que todos los niños del colegio lo adoraban, lo admiraban y le tenían terror —añades—. Y los profesores también. Y que siempre lograba lo que se proponía. Que era el centro de atención sin intentarlo siquiera. Que querías hacer cualquier cosa que te pidiera. Que querías complacerlo, aunque no sabías por qué. Era por su personalidad. Una personalidad enorme.

Bethany está asintiendo. Tiene la mirada clavada en el suelo.

—Hay personas que pasan por la vida como una piedrecita que cae en una charca —dices—. Apenas salpican. Bishop pasó por la vida a todo trapo. Todos los demás seguíamos su estela.

Bethany no te mira, pero dice «Es verdad», y entonces endereza más la espalda. Sospechas, aunque no tienes forma de verificarlo, que no te mira porque ahora mismo está llorando y no quiere que la veas.

La procesión vuelve a arrancar, los ataúdes se mueven y los manifestantes empiezan a corear. Los organizadores con sus megáfonos y los miles de personas que los siguen cantan, alzan las voces y agitan los puños al unísono, furiosos: «¡Ya, ya, ya!»

Pero ahí es donde se interrumpe el cántico, porque la muchedumbre no está segura de qué decir, hasta que las voces vuelven a unirse para el verso final: «¡Basta ya!»

¿Basta de qué? Es una cacofonía. Se oyen muchas cosas. Algunos manifestantes gritan «¡de republicanos!». Otros, «¡de guerra!». Otros, «¡de George Bush!». Dick Cheney. Halliburton. Racismo, sexismo, homofobia. Algunos que parecen venir de manifestaciones totalmente diferentes claman contra Israel (por oprimir a los palestinos), contra China (por oprimir el Falun Gong), contra la explotación en el Tercer Mundo, contra el Banco Mundial, contra el NAFTA o contra el GATT.

«¡Ya, ya, ya!

[galimatías incomprensible.]

»¡Basta ya!»

Nadie sabe qué palabras usar hoy. Cada uno está entregado a su rabia particular.

Por lo menos hasta que llegan a un punto cerca de la calle Cincuenta, donde se ha reunido un grupo de contramanifestantes para manifestarse contra los manifestantes, lo que proporciona un propósito más claro a todos los implicados. Los contramanifestantes gritan, braman y agitan sus pancartas caseras. Esas pancartas cubren todo el espectro retórico, desde la sinceridad simple y transparente («VOTA A BUSH») hasta la ironía inteligente («¡COMUNISTAS CON KERRY!»), desde la expansividad verbal («LA GUERRA NUNCA HA SOLUCIONADO NADA. MÁS ALLÁ DE ACABAR CON LA ESCLAVITUD, EL NAZISMO, EL FASCISMO Y EL HOLOCAUSTO»), hasta la concisión verbal (una imagen del contorno de Nueva York bajo un hongo nuclear), desde las invocaciones al patriotismo («APOYEMOS A NUESTROS SOLDA-DOS») hasta las invocaciones a la religión («DIOS ES REPUBLICANO»). Éste es también el lugar elegido, no por casualidad, por las cadenas de televisión para montar sus cámaras, de modo que el acontecimiento entero (la marcha desde Central Park hasta el Madison Square Garden) saldrá esta noche representado en televisión por un breve vídeo con la mitad de la pantalla ocupada por los manifestantes y la otra mitad por los contramanifestantes, todos ellos comportándose fatal. Intercambian incongruencias a gritos. Los de un lado llaman «¡Traidores!» a los del otro y éstos a su vez replican: «¿A quién bombardearía Jesús?» Por la tele, el choque tendrá una pinta muy fea.

Ésta será la confrontación más emocionante de la manifestación. La tan temida agresión por parte de la policía no se producirá. Los manifestantes se ceñirán a su estrecha Franja de Libertad de Expresión y los policías los observarán con aire ausente.

Curiosamente, cuando eso queda claro se disipa parte del vigor de los manifestantes. Mientras la comitiva sigue con su lento descenso, empiezas a ver ataúdes abandonados en la calle: soldados caídos en el campo de batalla por segunda vez. A lo mejor hace demasiado calor. A lo mejor es demasiado pedir que los manifestantes carguen con las cajas durante un trayecto tan largo. Bethany sigue avanzando en silencio, una calle tras otra. A estas alturas ya has memorizado el contorno de su espalda, la silueta de los omoplatos, la pequeña constelación de pecas de la base del cuello. El pelo, largo y castaño, se le ondula un poco, una leve torsión en las puntas. Lleva unas bailarinas planas que dejan a la vista unas pequeñas cicatrices en los talones, causadas por otros zapatos. No habla ni participa en los cánticos, se limita a avanzar con esa postura extraordinariamente erguida y formal tan suya. Ni siquiera cambia la mano con la que sujeta el ataúd, algo que tú has hecho cada dos manzanas, cada vez que la mano en cuestión se te agarrota y te duele. Cargar el ataúd no parece afectarla físicamente: ni los bordes ásperos del contrachapado, ni el peso, que al principio no parecía nada del otro mundo, pero que pasadas unas horas empieza a revelarse considerable. Te dan calambres en los tendones de las manos, te arden los músculos de los antebrazos, sientes un nudo en la carne, detrás de las costillas, y todo debido a esta caja hueca y fina. No es que pese, no exactamente, pero con el tiempo suficiente cualquier peso puede resultar insoportable.

Y finalmente llegáis aquí, al final de la marcha. Los que han cargado con sus ataúdes desde Central Park los depositan ahora ante el Madison Square Garden, donde los republicanos están celebrando la convención en la que nominarán a su candidato presidencial. El simbolismo del gesto es bastante fácil de analizar: los republicanos son responsables de la guerra y, por lo tanto, deberían serlo también de los muertos de la guerra. Y hay algo turbador en la forma en que los ataúdes van amontonándose. Cien ataúdes cubren la avenida. Doscientos ataúdes empiezan a parecer un muro. Pronto se hace demasiado alto y los manifestantes, como ya no alcanzan, empiezan a lanzar los ataúdes, que se amontonan como bloques de construcción infantiles, en equilibrio precario, y algunos se deslizan de la pila y caen en ángulos oblicuos. Empieza a parecer una barricada improvisada que te hace pensar en *Los miserables*. Al llegar a unos quinientos ataúdes, la escena adquiere ya un aire de fosa común que resulta francamente perturbador, por muy a favor de la intervención militar que pueda estar quien lo contemple. Los manifestantes van añadiendo sus ataúdes a la pila y a continuación dedican unas palabras a los republicanos agitando los puños y gritando en dirección al enorme pabellón oval que se alza justo al otro lado de la línea que indica el final de la manifestación según el permiso aprobado hace pocos días por el ayuntamiento, una línea reconocible por la acumulación masiva de elementos de seguridad —verjas metálicas, furgonetas blindadas y policías antidisturbios apostados hombro contra hombro—, por si se te olvida dónde termina la Zona de Libertad de Expresión.

Bethany y tú añadís vuestro ataúd a la pila con gesto delicado. No lo lanzáis, no gritáis. Lo depositáis en silencio en el suelo y durante un instante escucháis la conmoción que se alza a vuestro alrededor, los miles de personas que han participado en la marcha, una buena concurrencia para una manifestación de protesta, pero que no es nada en comparación con la audiencia que os está viendo por la televisión ahora mismo a través de una emisora por cable que usa la señal en directo del final de la marcha como imagen de apoyo, en un recuadro en la esquina izquierda de la pantalla, junto a otros recuadros más pequeños en el lado derecho donde los expertos debaten sobre si la manifestación que acaba de terminar se os volverá en contra o será simplemente inútil, si eres un traidor o tan sólo estás reconfortando al enemigo, y debajo de tu imagen hay un titular escrito en letras amarillas que dice: «LOS PROGRESISTAS UTILIZAN A LOS SOLDADOS MUERTOS CON FINES POLÍTICOS.» La manifestación supone todo un éxito para ese programa de noticias en concreto, que consigue su mayor audiencia desde el 11-S, con 1,6 millones de espectadores que, a su vez, quedan eclipsados por los dieciocho millones de hogares que esta noche van a ver el *reality* sobre cantantes que se emitirá a la vez en todas las cadenas del grupo, pero no deja de ser un buen guarismo para un simple canal por cable y les permitirá incrementar en un diez por ciento el precio de sus espacios publicitarios durante el trimestre siguiente.

Mientras tanto, Bethany te mira por primera vez desde hace horas y dice:

—Vámonos a casa.

Para irte a casa con Bethany, pasa a la página siguiente...

Es posible que esto todavía no te parezca una historia de la colección «Elige tu propia aventura», porque no has elegido nada. Has pasado un día entero con Bethany: has aguantado al insoportable de su prometido, has dejado que ella te lleve hasta el lugar de la manifestación, la has seguido primero hasta el parque y luego a través de Manhattan, y ahora Bethany para un taxi y tú te subes con ella y, en silencio, os ponéis en marcha hacia el sur para regresar a su extravagante apartamento, y todavía no has tomado ni una sola decisión relevante. No estás eligiendo tu propia aventura; la están eligiendo por ti. Incluso la decisión inicial de venir a Nueva York no fue tanto una decisión como un «sí» impulsivo, reflejo. ¿Cómo podría ser una «decisión» si ni siquiera te planteaste decir que no? El sí ya estaba ahí, esperándote, inevitable, la suma de todos los años que has pasado deseando, anhelando y obsesionándote. Ni siquiera has decidido que tu vida iba a ser así, simplemente ha salido así. Las cosas que te iban pasando te han modelado. Igual que un cañón no puede decirle a un río cómo tiene que darle forma: tan sólo se deja atravesar.

Pero a lo mejor hay algo que sí estás eligiendo, y es la opción tácita, de baja intensidad y constante, minuto a minuto, de actuar de forma más o menos normal y no dejarte llevar por la pasión y exclamar «¿Qué coño te pasa?» o «¡No te cases con Peter Atchison!» o «¡Todavía te quiero!». A lo mejor un hombre más arrojado y romántico lo haría, pero a ti te parece imposible. Va en contra de tu naturaleza. Nunca has sido capaz de reivindicarte de esa forma. Tu mayor sueño ha sido siempre desaparecer por completo, volverte invisible. Hace mucho tiempo aprendiste a ocultar los sentimientos más abrumadores, porque son los que provocan el llanto y no hay nada peor que eso, los gimoteos, en público, delante de otra gente.

Por eso no tratas de arrancar a Bethany del estupor silencioso, distante y exasperante en el que está sumida, no le proclamas tu amor y ni siquiera eres consciente de que eso es una elección. Eres como el pintor prehistórico de las cavernas que pintaba animales bidimensionales antes de que se inventara la perspectiva de tres puntos: eres incapaz de actuar fuera de tus limitadas dimensiones.

Pero tarde o temprano tendrás que elegir. Te acercas al momento de la elección: te estás acercando desde que Bethany ha tocado el ataúd con el nombre de su hermano y la persona frenética que te recibió al llegar se ha encogido para transformarse en un ser silencioso, introspectivo y muy muy distante. Tan distante que cuando regresáis a su apartamento palaciego y ella se mete en su dormitorio, supones que se ha acostado. Pero reaparece unos minutos más tarde, después de quitarse el vestido negro para ponerse uno amarillo, fino y veraniego. Lleva un sobre en la mano, y lo deja en la encimera de la cocina. Enciende algunas luces y saca una botella de la nevera especial para vino.

—¿Una copa? —pregunta.

Dices que sí. Fuera, el distrito financiero resplandece en la noche, edificios enteros de oficinas iluminados y vacíos.

—Peter trabaja en ése —dice Bethany, señalando. Asientes con la cabeza. No tienes nada que añadir—. La verdad es que está muy bien considerado —añade—. Mi padre no para de alardear de él.

Hace una pausa. Mira el vino dentro de su copa. Tú bebes un sorbo.

—Siento no haberte dicho que estaba prometida —dice.

—En realidad no es asunto mío —respondes tú.

—Eso me dije yo también. —Vuelve a mirarte con esos ojazos verdes—. Pero no es del todo verdad. Tú y yo somos... complicados.

—Yo no sé qué somos, tú y yo —dices, y ella sonríe, se apoya en la encimera de la cocina y suelta un suspiro dramático, exagerado.

—Dicen que cuando un gemelo se muere, el otro lo nota.

—Sí, lo había oído.

—No es cierto —añade ella, y toma un largo trago de vino—. Yo no noté nada. Llevaba varios días muerto cuando nos enteramos y yo no había notado nada. Ni siquiera después, ni siquiera mucho después, ni siquiera en el funeral, sentí lo que todo el mundo pensaba que tenía que sentir. No sé, supongo que nos habíamos distanciado.

—Siempre quise escribirle, pero nunca llegué a hacerlo.

—Había cambiado. Se marchó a la academia militar y se convirtió en otra persona. Dejó de llamar, dejó de escribir, dejó de volver a casa en las fechas señaladas. Desapareció. Cuando nos enteramos de que estaba en Irak, llevaba ya tres meses allí.

—Seguramente se alegró de huir de tu padre, pero me sorprende que quisiera huir de ti.

—Desaparecimos de nuestras respectivas vidas. No sé quién dio el primer paso, pero durante un tiempo fue más fácil fingir que el otro no existía. A mí siempre me había molestado su manera de utilizar a los demás y que casi nunca tuviera que asumir las consecuencias de sus actos. A él siempre le había molestado mi talento y el entusiasmo que provocaba entre los adultos. Todos pensaban que yo era la especial y él el problemático. La última vez que nos vimos fue cuando se graduó en la universidad militar. Nos dimos la mano.

—Pero si te adoraba. Yo lo recuerdo así.

—Algo se interpuso entre nosotros.

—¿Qué?

Bethany mira el techo, aprieta los labios y busca las palabras apropiadas.

—Pues... En fin, ya lo sabes. Que abusaron de él.

—Ah.

Se acerca a uno de los ventanales, que van del suelo al techo, y contempla el exterior, de espaldas a ti. Al otro lado, el resplandor de la parte baja de Manhattan, más tranquila a estas horas de la noche, es como los rescoldos de un fuego apagado.

—¿Fue el director? —preguntas.

Bethany asiente.

—Bishop se preguntaba por qué le había pasado a él y no a mí. Entonces empezó a cebarse en mí, a insinuar que yo me alegraba de lo que le ocurría. Como si compitiéramos en algo y yo fuera ganando. Cada vez que me salía algo bien, me recordaba que para mí la vida era fácil porque no tenía que pasar por lo mismo que él. Y era verdad, desde luego, pero él lo utilizaba para empequeñecerme. —Se vuelve para mirarte—. ¿Tiene algún sentido lo que estoy diciendo? Debe de sonar muy egoísta.

—No es egoísta.

—Sí lo es. Y por lo general yo conseguía no acordarme. Él se marchó a la academia militar, nos fuimos alejando y para mí fue un alivio. Durante años, me desentendí del todo. Como si no hubiera sucedido nunca. Hasta que un día...

Baja la cabeza, te mira de una forma particular y de pronto lo entiendes.

—Te desentendiste hasta que se publicó mi historia —dices.

—Sí.

—Lo siento mucho.

—Leer tu historia fue como darme cuenta de que una pesadilla horrible no era una pesadilla.

—Lo siento mucho, de verdad. Tendría que haberte pedido permiso.

—Y pensé, Dios mío, pero si apenas nos trataste durante unos meses. Si tú comprendiste con tanta claridad lo que estaba ocurriendo, ¿en qué me convierte eso a mí, que miré a otro lado?

—Yo sólo até cabos muchos años más tarde. En aquel momento no sabía nada.

—Pero yo sí lo sabía. Y no hice nada, no se lo conté a nadie. Y me enfadé contigo por volver a desenterrar todo el asunto.

—Es comprensible.

—Era más fácil enfadarme contigo que sentirme culpable, así que pasé años enfadada contigo.

—¿Y luego?

—Luego murió Bishop. Y yo no sentí nada. —Clava la mirada en su vaso de vino, recorre el borde con un dedo—. Fue como cuando vas al dentista y te da un analgésico potente: te sientes bien, pero estás bastante segura de que por debajo todavía te duele. Sólo que no notas el dolor. Pues así me he sentido yo.

—¿Todo este tiempo?

—Sí. Ha alterado mi relación con la música. Después de los conciertos, la gente me dice que mi interpretación los ha conmovido. Pero para mí son sólo notas. La emoción que oyen está en la música, no en mí. Es sólo una fórmula. Así me siento.

—¿Y qué me dices de Peter?

Bethany se ríe y levanta la mano para que los dos podáis admirar con calma el diamante, que destella bajo las luces empotradas de la cocina, con un millón de arcoíris minúsculos dentro.

—Es bonito, ¿verdad?

—Es grande —dices tú.

—Cuando me pidió que me casara con él, no me sentí feliz. Ni triste. Si tuviera que describir lo que sentí, supongo que diría que me picó la curiosidad. Su propuesta me pareció muy interesante.

—No es exactamente poético, ¿no?

—Creo que me propuso matrimonio para sacarme del bajón con un chispazo, pero le ha salido el tiro por la culata. Y el bajón se ha convertido en algo todavía más aterrador, porque parece que ningún chispazo me va a sacar de él. Y ahora Peter hace ver que eso no existe, y pasa mucho tiempo lejos de casa. Por eso se va a Londres.

Bethany vuelve a llenarse la copa. Fuera, la luna ya se alza sobre la silueta irregular de Brooklyn. Las luces parpadeantes que avanzan por el cielo en fila india son aviones que aterrizan en JFK procedentes del sur. En la cocina hay un pequeño dibujo enmarcado de un toro, que podría ser un Picasso auténtico.

—¿Sigues enfadada conmigo? —preguntas.

—No, no estoy enfadada contigo —dice ella—. Ni enfadada ni ninguna otra cosa.

362

—Vale.

—¿Sabías que Bishop ni siquiera llegó a leer tu historia? No le hablé de ella. Yo me cabreé contigo en su nombre, pero en realidad nunca la leyó. ¿No te parece curioso?

Te alivia saberlo. Te alivia que Bishop nunca llegara a saber que su secreto no era tal para ti. Que por lo menos conservó su intimidad hasta el final.

Bethany agarra la botella de vino por el cuello, entra en la sala de estar y se deja caer en el sofá. Ni siquiera enciende una luz, tan sólo se deja caer en la semioscuridad, de modo que, más que verla caer, oyes el roce de la lujosa piel (de cocodrilo, supones) cuando Bethany se posa en ella. Te sientas justo enfrente, en el mismo sofá desde el que, horas antes, has escuchando cómo Bethany y Peter simulaban animadamente una relación feliz. La única luz del apartamento procede de dos pequeños focos en la cocina y del brillo de las ventanas de los rascacielos circundantes, y no es suficiente, ni mucho menos, para ver. Cuando Bethany habla, su voz parece surgir de la nada. Te pregunta por Chicago. Por tu trabajo. Por cómo es tu trabajo. Si te gusta. Dónde vives. Cómo es tu casa. Qué haces en tu tiempo libre. Respondes a todas sus preguntas triviales, y mientras hablas ella se sirve otra copa, y luego otra más, y de vez en cuando hasta se oye cómo traga el vino, y va diciendo «ajá» en los momentos clave de tus historias. Le dices que tu trabajo está bien, excepto por los alumnos, que están desmotivados; y por los administradores, que son despiadados; y por la ubicación, en un barrio insulso de las afueras; y, ahora que lo piensas, tu trabajo no te gusta nada. Le cuentas que vives en una casa con un jardín que nunca usas y que pagas a alguien para que te lo cuide. A veces pasan por él niños corriendo, jugando a sus cosas, y a ti te gusta, lo consideras tu contribución cívica a la comunidad. Por lo demás, no conoces a tus vecinos. Estás intentando escribir un libro por el que ya te han pagado, lo que te genera algunos problemas de motivación. Cuando Bethany te pregunta de qué va el libro, contestas: «No sé. ¿Sobre la familia?»

Para cuando Bethany abre la segunda botella de vino, tienes la sensación de que está intentando prepararse para algo que requiere valor y recurre al vino en busca de ayuda. Empieza a rememorar los viejos tiempos, a hablar de cuando erais niños y jugabais a videojuegos o salíais al bosque.

—¿Te acuerdas de la última vez que viniste a mi casa? —pregunta.

Claro que te acuerdas. Esa noche la besaste. Tu último momento de felicidad verdadera antes de que tu madre se marchara. Pero a Bethany no le cuentas esa parte. Sólo respondes:

—Sí.

—Fue mi primer beso —dice ella.

—Y el mío.

—La habitación estaba oscura, como ésta —dice—. No podía verte. Sólo notaba que estabas muy cerca de mí. ¿Te acuerdas?

—Me acuerdo —dices.

Bethany se levanta (el sofá lo anuncia: el crujido de la piel, un leve sonido de succión del cojín) y se acerca a ti y se sienta a tu lado y te quita la copa de las manos y la deja en el suelo y ahora está muy cerca, con una rodilla pegada a la tuya, y empiezas a entender el porqué de la iluminación y el vino.

—¿Así? —pregunta, acercando su cara a la tuya con una sonrisa.

—Estaba aún más oscuro.

—Podríamos cerrar los ojos.

—Podríamos —dices, pero no lo haces.

—Estabas más o menos así de cerca —dice, y vuestras mejillas ya casi se tocan. Notas el calor que desprende, el olor a lavanda de su pelo—. No sabía qué hacer —dice—. Puse mis labios sobre los tuyos con la esperanza de hacerlo bien.

—Lo hiciste bien —dices.

—Genial —contesta ella, y se queda inmóvil, y tú no te atreves a hacer ni decir nada, ni a moverte ni a respirar, pues sientes que el momento está hecho de aire y que bastaría la menor agitación para dispersarlo. Tienes los labios a apenas unos centímetros de los suyos, pero no te inclinas. El espacio que hay entre los dos tiene que resolverlo ella—. No quiero casarme con Peter —dice entonces Bethany en un susurro.

—No tienes por qué hacerlo.

—¿Puedes ayudarme a no casarme con Peter?

Para ayudarla a no casarse con Peter, pasa a la página siguiente...

Y entonces por fin la besas, y al hacerlo sientes una gran cascada de alivio que se abre paso en tu interior, y es como si toda la obsesión y el deseo y la preocupación y el arrepentimiento, todas las variantes de tu obcecación por esta mujer, todas tus maneras de torturarte y odiarte por no haber sido capaz de lograr su amor, quedaran de pronto hechas añicos en el suelo. Es como si hubieras estado sujetando un muro de cristal todo este tiempo y acabaras de darte cuenta de que no pasa nada por dejarlo caer. El muro cae, y casi puedes oír el estruendo cuando retumba y se desintegra a tu alrededor: intentas no dar un respingo mientras Bethany te besa, mientras tira de ti con las dos manos, y te asalta un poderoso recuerdo sensorial del beso que os disteis de niños, de tu sorpresa ante sus labios agrietados, de no saber qué debías hacer más allá de pegar tu cara a la suya, cuando un beso no era una señal en el camino, sino el destino final. Pero ahora los dos sois adultos y habéis tenido todas las experiencias relevantes y sabéis qué hacer con un cuerpo ajeno, es decir, sabéis que a veces un beso puede ser una forma de comunicarse y que lo que os estáis diciendo ahora mismo es que los dos queréis más, que lo estáis deseando. O sea que te pegas a ella y le rodeas la cintura con las manos y hundes los dedos en la tela delgada de su vestido y ella te acerca tirando del cuello de la camisa y seguís besándoos (intensa, apasionadamente, devorándoos el uno al otro) y tú tomas conciencia de que eres consciente de todo, de que eres capaz de concentrarte en todo y sentirlo todo a la vez: tus manos sobre su piel y tu boca sobre su boca y sus dedos y su respiración y la forma en que su cuerpo responde al tuyo, y todas esas cosas no parecen sensaciones separadas, sino más bien capas de una sensación única y superior, ese tránsito de la conciencia que puede producirse cuando estás entrelazado con otro y todo va a pedir de boca y es casi como si supieras exactamente qué quiere la otra persona y percibieras la vibración de las emociones que estremecen su cuerpo como si estremecieran el tuyo, como si los límites de vuestros cuerpos hubieran desaparecido momentáneamente y se hubieran convertido en algo carente de fronteras.

Y lo que sientes es eso, esa expansividad, por lo que te resulta muy chocante que Bethany se aparte de golpe, te agarre las manos para detener su progreso y diga:

—Espera.

—¿Qué? —dices tú—. ¿Qué pasa?

—Es que... Lo siento.

Y se aparta de ti, se separa por completo y se acurruca en el otro extremo del sofá.

—¿Qué pasa?

Bethany niega con la cabeza y te lanza una mirada triste, terrible.

—No puedo —dice, y tú sientes algo en tu interior que podría describirse como un «derrumbe».

—Podríamos ir más despacio —dices—. Podemos frenar un poco. No pasa nada.

—Esto es injusto para ti —dice.

—No me importa —contestas, y esperas no delatar la desesperación que sientes, porque sabes que volver a fracasar con esta chica después de haber estado tan cerca te destrozará. Que no lo superarás nunca—. No hace falta que nos acostemos —dices—. Podemos... no sé, ¿tomárnoslo con calma?

—El problema no es si nos acostamos o no —dice ella, y suelta una carcajada—. Puedo acostarme contigo. Quiero hacerlo. Pero no sé si tú quieres. O si querrás.

—Sí quiero.

—Pero es que hay algo que no sabes.

Bethany se levanta y se alisa el vestido, un gesto que pretende transmitir sensatez, calma y dignidad, un cambio radical respecto a la teatralidad del sofá.

—Hay una carta para ti —dice—. En la encimera de la cocina. Es de Bishop.

—¿Me escribió una carta? ¿A mí?

—Nos la mandó el ejército, unos meses después de su muerte. La escribió por si le pasaba algo.

—¿A ti también te mandaron una?

—No. Sólo escribió la tuya.

Bethany se da la vuelta y se dirige con paso lento a su dormitorio. Vuelve a moverse con la misma cautela que antes: perfectamente recta y erguida, todos los gestos serenos y comedidos. Abre la puerta del dormitorio, pero entonces se detiene y te mira por encima del hombro.

—Una cosa más —dice—. Leí la carta. Lo siento, pero lo hice. No sé qué significa y no tienes por qué explicármelo, pero quiero que sepas que la he leído.

—Vale.

—Estaré aquí dentro —dice, señalando el dormitorio con la cabeza—. Si después de leerla quieres venir, me parecerá bien. Pero si prefieres marcharte... —guarda silencio un instante, da media vuelta, baja la mirada y parece fijarse en el suelo—, lo entenderé.

Se mete en el dormitorio oscuro y la puerta se cierra a su espalda con un leve chasquido.

Para leer la carta, pasa a la página siguiente...

El soldado raso de primera clase Bishop Fall está sentado en el interior de un vehículo de combate Bradley, con la barbilla sobre el pecho, dormido. El suyo es el segundo vehículo de un pequeño convoy (tres Bradleys, tres todoterrenos y un camión con provisiones) que avanza en fila india hacia una localidad cuyo nombre ignoran. Lo único que saben es que hace poco los insurgentes secuestraron al alcalde y lo decapitaron en directo por televisión. A los soldados del convoy les extraña que las ejecuciones se televisen, y también que se hagan de esa forma concreta, mediante decapitación. Tienen la sensación de que se trata de una muerte de otra época, una crueldad más propia de la Edad Media.

Entre los tres Bradleys y los tres todoterrenos pueden transportar más o menos a cuarenta soldados. En el camión de provisiones van otros dos, además de agua, gasolina, municiones y varios cientos de cajas de comida preparada. Cada caja contiene una lista de ingredientes tan llenos de iniciales que muchos de los soldados aseguran que, después de las decapitaciones y los artefactos explosivos de fabricación casera, esas comidas preparadas son la mayor amenaza para su integridad física. Uno de los juegos más populares consiste en tratar de adivinar si una sustancia química determinada se emplea en alguna de las comidas preparadas o para elaborar bombas. ¿Sorbato de potasio? (Comida preparada.) ¿Pirofosfato ácido de sodio? (Comida preparada.) ¿Nitrato de amonio? (Bomba.) ¿Nitrato de potasio? (Ambas.) A veces juegan a eso mientras comen, cuando les da por ese complejo cinismo, pero nunca mientras viajan en un Bradley hacia una localidad situada a una hora de distancia. Lo que hacen cuando están en la carretera es sobre todo dormir. Llevan un tiempo haciendo turnos de veinte horas, por lo que una hora en el interior acorazado de un Bradley se considera un pedazo de cielo por allí. Porque está a oscuras por completo, y no hay un lugar más seguro cuando se encuentran fuera del perímetro, y (como un Bradley a toda velocidad suena como una montaña rusa de madera endeble a punto de alcanzar Mach 2) llevan tapones en las orejas, de modo que los soldados se sienten cómodos y protegidos. A todos les encanta. A todos menos a un tipo llamado Chucky, cuyo nombre real ya nadie recuerda, porque hace ya mucho tiempo que le pusieron el apodo por su tendencia a vomitar mientras va en la trasera de un Bradley. Porque se marea.

368

Chucky tiene diecinueve años, el pelo corto y músculos larguiruchos, pesa siete kilos menos que cuando vivía en su casa y se olvida a menudo de cepillarse los dientes. Procede de alguna región rural sobre la que nadie tiene una opinión demasiado formada (¿Nevada, tal vez? ¿Nebraska?). Es un muchacho de fuertes convicciones, sobre las que los hechos históricos no tienen ninguna influencia. Un ejemplo: una vez, al oír que alguien se refería a toda aquella operación militar en el Golfo como «la guerra de George Bush», Chucky se puso muy gallito y dijo que Bush lo estaba haciendo lo mejor que podía con el lío que le había dejado Bill Clinton. Y eso dio pie a una discusión sobre quién había declarado en realidad la guerra y de quién había sido la idea de invadir Irak, y mientras todo el mundo trataba de convencer a Chucky de que Clinton no había declarado la guerra, Chucky se limitaba a negar con la cabeza y decir: «Tíos, estoy bastante seguro de que os equivocáis», como si se compadeciera de ellos. Bishop lo pinchó e insistió en que no importaba que fuera partidario de Bush o de Clinton, que la cuestión de quién había declarado la guerra era algo neutro, objetivo. Entonces Chucky dijo que, en su opinión, Bishop tenía que «apoyar a nuestro C y J» y Bishop parpadeó y preguntó: «¿Qué es un C y J?», y Chucky dijo: «Comandante y Jefe.» Y eso desencadenó una nueva discusión, en la que Bishop afirmaba que no se decía «Comandante y Jefe», sino «Comandante en jefe», y en la cara de Chucky podía leerse que daba por hecho que le tomaban el pelo y estaba decidido a no picar.

Total, que no hablan mucho de política. Ninguno. Es que tampoco sirve de nada.

Una vez, Chucky intentó convencerlos de que abrieran el portón del Bradley para que él pudiera mirar al horizonte durante el viaje y no desorientarse, algo que, según dijo, lo ayudaría con los mareos y los vómitos. Sin embargo, ese argumento no sirvió de nada, porque si abrían el portón no estarían a oscuras dentro del Bradley y no podrían dormir, y además el portón estaba blindado y nadie quería renunciar al blindaje dada la cantidad de minas, bombas y francotiradores con los que se habían topado hasta entonces. Chucky señaló que el Bradley estaba equipado con unos cuantos rifles de asalto M231 diseñados a propósito para encajar a través del portón (eran básicamente M16 sin la montura para la mirilla frontal, demasiado alta para caber en el portón, y con una culata mucho más corta, porque el interior del Bradley es bastante reducido), y preguntó si la mera presencia del M231 no implicaba que debían dejar los portones externos abiertos para poder disparar a través de ellos. Bishop dijo que estaba impresionado con la lógica de Chucky, aunque fuera a todas luces interesada. De todas formas, el comandante del Bradley, que se llama ni más ni menos que Bradley, pero responde al apodo de «Baby Daddy» porque se alistó en el ejército para perder de vista a las diversas familias que tenía, decidió que no prescindirían del blindaje. «Disponer de protección y no utilizarla sería de tontos», dijo, un argumento bastante gracioso viniendo de él.

O sea que cualquiera pensaría que con sus vómitos, su conocimiento limitado de los acontecimientos mundiales y sus quejas constantes sobre los portones cerrados, Chucky es el candidato perfecto para convertirse en un paria. Teniendo en cuenta que a menudo se ven obligados a meterse en el Bradley para ir a alguna parte, Chucky debería ser, en efecto, muy impopular. Pero las cosas no funcionan así. Los soldados quieren a Chucky, lo adoran, y eso es así desde una noche en la que, durante una incursión en una supuesta plaza enemiga, se le estropearon las gafas de visión nocturna y, en lugar de regresar a la base como habría hecho cualquier otro, siguió abriendo puertas y comprobando habitaciones con una maldita linterna, lo que en una operación como aquélla equivalía a llevar un letrero de neón gigante que dijera «¡DISPÁRAME!». En serio, el valor de ese muchacho está más allá de todo. Una vez le contó a Bishop que lo que más le molesta no es que le disparen, sino que quienes lo hacen huyan después. Y Bishop pensó que era cierto, que entre que nadie intente matarlo y que quien lo intente permanezca en su sitio, Chucky prefiere lo segundo. Así que todos adoran a Chucky. Y eso es evidente, porque siguen llamándolo Chucky, un apodo que desde fuera puede parecer cruel porque se burla del peor defecto de una persona, pero en realidad es una demostración de que lo aceptan y lo quieren a pesar de dicho defecto. Es una forma muy masculina de expresar amor incondicional. Aunque nadie habla de eso, claro.

Pero es que además está el tema de la chica, el principal tema de conversación de Chucky: Julie Winterberry. A todo el mundo le gusta oírlo hablar de ella. Sin lugar a dudas, la chica más guapa de todo el instituto de Chucky, la que se llevó todos los concursos de belleza que una chica podía ganar y dominó el panorama durante cuatro años seguidos, una cara que provocó un millar de erecciones, una chica cuya belleza no suscitaba la típica risita nerviosa entre adolescentes, sino más bien un dolor casi físico que a veces remediaban mordiéndose los carrillos por dentro. Los chicos se deprimían si ella no los miraba y quedaban destrozados si lo hacía. Chucky tiene una foto, un retrato del último año de instituto, que hace correr entre sus compañeros, y todo el mundo tiene que admitir que no exagera. «Julie Winterberry», pronuncia su nombre con reverencia religiosa. La cuestión es que la belleza de Julie Winterberry lo intimidaba tanto que nunca había hablado con ella. La chica ni siquiera sabía cómo se llamaba. Entonces terminaron el instituto y él se marchó a hacer la instrucción básica, donde le tocó el sargento de entrenamiento más duro de toda la historia del Ejército de Estados Unidos, tras lo cual Chucky se convenció de que si había sido capaz de sobrevivir a ese cabronazo también podía hablar con Julie Winterberry. Aquella chica ya no le parecía un reto tan importante, después de la instrucción básica. O sea que durante las pocas semanas que pasó en casa antes de que le asignaran un destino, la invitó a salir. Y ella aceptó. Y ahora están enamorados. Ella incluso le manda fotos subidas de tono que todos le suplican que les enseñe, a lo que él se niega. Se lo suplican de rodillas, literalmente.

La parte que más les gusta de la historia es cuando Chucky por fin invita a la chica a salir. Porque, tal como lo cuenta él, no es que tuviera que armarse de valor para hacerlo. Es más bien que dejó de hacerle falta el valor. O a lo mejor descubrió que siempre había tenido valor de sobra, en su interior, listo para usarlo, y a todo el mundo le gusta imaginárselo así. Y esperan que a ellos les haya pasado lo mismo, porque a veces allí se mueren de miedo, y esperan ser valientes cuando les llegue el momento de serlo. Y es agradable pensar que tienen una fuente de valor en su interior que les permitirá sobreponerse a los momentos imposibles que se avecinan.

Si un muchacho como Chucky ha podido ligarse a una chica como Julie Winterberry, seguro que ellos pueden sobrevivir a una guerra asquerosa.

Le piden que les cuente la historia, sobre todo cuando les toca «pasar el mocho», que es como llaman a una de las peores injusticias de esta guerra, cuando a los soldados les toca recoger los restos de los terroristas suicidas. Imagina tener que ir buscando partes de cuerpos con un saco de arpillera que rezuma una bazofia que parece el interior de una calabaza. Y la carretera arde bajo el sol, o sea que los pedazos de carne no sólo están tirados por ahí, sino que encima se están cociendo, en serio. Y luego está el olor: a sangre, a carne y a cordita. En esos momentos le piden a Chucky que les cuente lo de Julie Winterberry. Ayuda a pasar el tiempo.

Al final Baby Daddy llegó a un acuerdo con Chucky para que pueda viajar en la parte superior del Bradley, junto al artillero. Va contra las normas, naturalmente, porque llevar a alguien donde se coloca Chucky interfiere con el manejo del M242, pero en este caso Baby Daddy accedió a saltarse la normativa porque era mejor que tener que oler los vómitos de Chucky cada vez que montaban en el Bradley. O sea que Chucky puede viajar en la torreta, desde donde otea el horizonte para no marearse, con el acuerdo tácito de que si pasa cualquier mierda tiene que bajar inmediatamente a la zona de carga. Cosa que ya le parece bien, porque a nadie le apetece estar cerca de un M242 cuando dispara. Ese bicho puede cargarse un todoterreno como si fuera de papel de seda. Dispara unos proyectiles tan largos como el antebrazo de Chucky.

Les han dicho que el trayecto hasta el pueblo del alcalde recién asesinado dura en torno a una hora. Bishop está sentado en la parte de atrás del Bradley, con el casco sobre los ojos y los tapones de las orejas hundidos casi hasta el cerebro. Bendito silencio. Sesenta deliciosos minutos de vacío. Ahí abajo Bishop ni siquiera sueña. Una de las muchas sorpresas de la guerra es que lo ha convertido en un experto en dormir. Si le dicen que tiene veinte minutos para echarse una cabezada, duerme los veinte minutos. Al despertar, es capaz de discernir si ha dormido dos horas o dos horas y media. Allí siente los contornos de su conciencia, algo que nunca le pasaba en casa. Antes de ir allí, la vida era como ir por una carretera a cien por hora: los baches pequeños y las texturas quedaban reducidos a una vibración indistinguible. La guerra, en cambio, es como parar y palpar el asfalto con las palmas de las manos. La conciencia se expande, la guerra ralentiza el momento presente. Bishop siente su mente y su cuerpo de una forma que nunca creyó posible.

Y por eso, cuando el Bradley se detiene Bishop se despierta y sabe a ciencia cierta que todavía no han llegado a su destino: la cabezada ha durado treinta minutos. Es una sensación que tiene en los ojos o, para mayor exactitud, justo detrás de los ojos, como una especie de presión.

—¿Cuánto rato llevamos circulando? —le pregunta a Chucky.

—¿Cuánto dirías? —responde éste. Les gusta ponerse a prueba mutuamente.

—¿Treinta minutos?

—Treinta y dos.

Bishop sonríe. Se encarama a lo alto del tanque, parpadea bajo la luz potente del desierto, mira alrededor.

—Hay un objeto sospechoso en la carretera —dice Chucky—. Ahí delante. Un posible artefacto explosivo. Tienes que verlo, no te lo vas a creer.

Le pasa los prismáticos a Bishop y éste otea el asfalto polvoriento y agrietado hasta que lo ve: una lata de sopa en medio de la carretera. Colocada en posición vertical. Con la etiqueta mirando hacia el convoy. Ese logo rojo tan familiar.

—Eso es...

—Sí —dice Chucky.

—¿Una lata de sopa Campbell?

—Afirmativo.

—¿Sopa de tomate Campbell?

—Aquí en medio. Acojonante.

—Eso no es una bomba —dice Bishop—. Es arte moderno.

Chucky le dirige una mirada de extrañeza.

—Es un Warhol —explica Bishop—. Parece un Warhol.

—¿Qué coño es un *war hall*? —pregunta Chucky—. ¿Un salón de guerra?

—Da igual.

Lo que sucede cuando ven algo que podría ser un artefacto explosivo es que avisan a los técnicos de la brigada de artificieros y se limitan a esperar, encantados de que desarmar bombas no sea tarea suya. Como no podía ser de otra manera, los artificieros se encuentran a treinta minutos de allí, de modo que todo el mundo está en ascuas, fumando y esperando, y Chucky tiene la vista perdida en la distancia cuando de pronto le dice a Bishop:

—Apuesto a que puedo darle a ese camello con tu rifle.

Todos se vuelven para ver qué camello está señalando y, a lo lejos, ven una bestia demacrada y solitaria, un animalucho rezagado en medio de la nada del desierto, a unos cuatrocientos metros de distancia, borroso a causa del calor que emana de la arena. El desafío despierta el interés de Bishop: Chucky no es precisamente famoso por su precisión con el rifle.

—¿Qué apostamos? —pregunta.

—El que pierda —dice Chucky, que sin duda ha pensado bien esta parte, porque no tarda nada en dar la respuesta— tiene que pasar una hora en el retrete portátil.

Exclamaciones de asco de los que escuchan la conversación. Ésa sí es una apuesta como está mandado. Todo el mundo sabe que lo único más caluroso que el sol del desierto es un retrete portátil bajo el sol del desierto: el calor queda atrapado entre las gruesas paredes de plástico y poco menos que cuece los excrementos de toda la compañía. Hay quien asegura que se podrían asar chuletas ahí dentro, aunque nadie lo haría jamás. La mayoría de los soldados contienen el aliento y salen tan rápido como pueden. Hay historias de soldados que se deshidrataron por echar una cagada más larga de la cuenta.

Bishop se lo piensa.

—¿Una hora? —pregunta—. Tienes cosas que hacer, Chucky. No quisiera dejarte una hora entera sin poder hacerte una paja. ¿Qué te parecen cinco minutos?

Pero Chucky no quiere ni oír hablar del asunto, porque todo el mundo sabe que Bishop ha recibido adiestramiento de francotirador y una de las cosas que aprenden los francotiradores es a contener el aliento durante mucho rato, tal vez hasta más de cinco minutos. Por lo menos, eso cuentan por ahí.

—Una hora —dice Chucky—. Ése es el trato.

Bishop hace ver que se lo piensa, pero todo el mundo sabe que aceptará la apuesta. No puede decir que no a algo así.

—Vale —concede al final, y todo el mundo grita y aplaude, y él le pasa su M24 a Chucky—. No importa, es imposible que le des.

Chucky se arrodilla y adopta exactamente la misma postura que esos soldaditos verdes con los que juegan los niños. Una postura que, desde luego, no es la de manual para disparar con un M24, y Bishop sacude la cabeza y sonríe. Los espectadores, entre los que se cuenta toda la dotación del Bradley y ahora también la del camión de provisiones que los sigue, empiezan a gritar y a darle consejos, algunos sinceros y otros no.

—¿Cuánto calculas que habrá, Chucky? ¿Unos cuatrocientos metros?

—Yo diría que trescientos noventa.

—No, son más bien trescientos setenta y cinco.

—¿Y el viento, qué? ¿Cinco nudos?

—¡No, diez!

—No hay viento, capullos.

—Asegúrate de tener en cuenta el calor que sube del suelo.

—Sí, levantará la bala.

—¿En serio?

—¡Qué va!

—Dejad de tomarle el pelo.

—¡Dale, Chucky! ¡Tú puedes!

Etcétera. Chucky no hace ni caso. Se coloca en posición, contiene el aliento y todos los demás esperan a que dispare; incluso Baby Daddy, que como comandante del Bradley debería estar por encima de estas cosas y mostrarse indiferente, saborea íntimamente la idea de que la chulería de Chucky le cueste una hora dentro de una letrina portátil (Baby Daddy está en la guerra por sus correrías, así que le encanta cuando alguien se lleva su merecido). Los segundos van pasando y todos guardan silencio mientras esperan a que Chucky dispare, y no saben si tienen que mirar al camello o a Chucky, y éste se agita, suelta el aire y vuelve a cogerlo, y Bishop se ríe y dice:

—Cuanto más pienses, más vas a fallar.

—¡Cierra el pico! —dice Chucky, y entonces (mucho más rápido de lo que nadie esperaba después de responder a Bishop) dispara.

Vuelven todos la vista hacia el camello justo a tiempo para ver una nubecita de sangre que se levanta donde la bala toca de refilón el cuarto trasero del animal.

—¡Sí! —grita Chucky con los brazos en alto—. ¡Le he dado!

Todos lo celebran y miran a Bishop, que acaba de quedar condenado a sesenta minutos crueles en el horno de la mierda. Pero Bishop niega con la cabeza.

—No, no, no —dice—. No le has dado.

—Pero ¿qué dices? —replica Chucky—. Si ha sido clarísimo.

—No, fíjate —dice Bishop señalando el camello, que, como es lógico, está sorprendido, cabreado, confundido y aterrorizado y que, curiosamente, ha echado a correr hacia el convoy—. A mí eso no me parece un camello muerto —añade.

—La apuesta no era matar al camello —señala Chucky—. La apuesta era darle.

—¿Y tú qué crees que significa «darle»? —pregunta Bishop.

—La bala lo ha tocado. Eso es lo que significa, y punto.

—¿Tú sabes qué pasaría si todos mis disparos dieran de refilón en el culo del objetivo? Que me degradarían, ni más ni menos.

—Has perdido y ahora intentas escaquearte.

—No he perdido —insiste Bishop—. Si le dices a un francotirador que le vas a dar a algo, más te vale que ese algo acabe muerto. Porque si no, es que no le has dado.

El camello, mientras tanto, sigue cargando a toda velocidad contra el convoy, y algunos de los espectadores se ríen de la estupidez de la bestia, capaz de correr hacia quienes le han disparado. Al revés que un insurgente, dice alguien. Qué animal tan idiota. Y Chucky y Bishop siguen discutiendo sobre quién ha ganado la apuesta, defendiendo cada uno su interpretación de lo que significa el verbo «dar» (Chucky defiende el enfoque literal, mientras que Bishop se decanta por una visión más contextual), cuando el camello, que se encuentra a unos cien metros del vehículo, vira de golpe hacia la derecha y va más o menos directo hacia la lata de sopa Campbell.

Baby Daddy es el primero en darse cuenta.

—¡Eh! —grita, señalando el animal—. ¡Uy, uy! ¡Detenedlo! ¡Matadlo! ¡Matadlo ahora mismo!

—¿A quién tenemos que matar?

—¡Al camello, joder!

—¿Por qué?

—¡Mirad!

Y ven que el camello va corriendo hacia la lata, a la que en ese preciso instante se acercan también los artificieros, con sus macizos trajes blindados, tan grandes que casi resultan cómicos, y los soldados que entienden lo que está pasando cogen las armas de mano y disparan al camello. Y ven que las balas impactan en el animal sin hacerle daño, que le arrancan la capa más externa de piel y el pelaje. Lo único que logran los disparos es aterrorizarlo todavía más, y el camello aumenta la velocidad y corre con los ojos desorbitados y sacando espuma por la boca, y los soldados empiezan a gritar «¡Al suelo!» o «¡Corred!» a los artificieros, que no tienen ni idea de qué está pasando, pues no han tomado parte en la apuesta en ningún momento. El animal sigue avanzando y ya está claro que su trayectoria va a llevarlo a pasar por encima de la lata de sopa, y todos se ponen a cubierto como pueden y cierran los ojos y se cubren la cabeza y esperan.

Tardan un momento en comprender que no va a pasar nada.

Los primeros soldados que asoman la cabeza ven el culo del camello distanciándose de ellos y la lata de sopa vacía rodando inofensivamente tras él.

Observan al camello alejarse, medio galopando, medio tambaleándose, hacia el inmenso horizonte del desierto, deformado al final por las vaharadas de calor que se elevan de la arena. Los miembros del equipo de artificieros se han quitado los cascos y emprenden el camino de regreso a la compañía maldiciendo en voz alta. Bishop está al lado de Chucky, viendo huir al camello.

—Joder, tío —dice Chucky.

—No ha pasado nada.

—Por los pelos.

—No ha sido culpa tuya. No lo has hecho aposta.

—Ha sido como si todo se ralentizara, como si de pronto... ffffu —dice, y se coloca las manos junto a los ojos para hacer como si se le encogiera la visión—. Ha sido como si me hubiera metido ahí dentro.

—¿Dentro de qué?

—Del *war hall* —dice Chucky—. El salón de la guerra. Ahora lo entiendo, ha sido eso.

Y creen que ése es el final de la historia, una historia rara de las que puedes contar cuando vuelves a casa, uno de esos momentos surrealistas que todo el mundo vive en una guerra. Pero justo cuando los soldados están acomodándose de nuevo en sus posiciones y el convoy empieza a avanzar otra vez y llevan unos treinta segundos en marcha, de pronto, desde el interior del Bradley, Bishop nota una sacudida y una ola de calor, y oye la detonación de algo que ha estallado delante de ellos. Ese sonido (que en el desierto se oye desde varios kilómetros de distancia) es el peor sonido de la guerra, el que les hará estremecerse incluso años después de haber vuelto a casa, cada vez que estalle un globo o un petardo, porque les recordará a esto, al ruido de una mina o de un artefacto explosivo, al ruido de una muerte aleatoria, violenta y horrible.

A continuación llegan el pánico y los gritos, y Bishop sube a la torreta, se coloca junto a Chucky y ve que el Bradley de delante está en llamas, y se eleva una columna de humo negro como el alquitrán y uno de los soldados, sangrando y aturdido, consigue trepar para salir del vehículo. La parte delantera del Bradley se ha partido en dos justo por donde debería estar el conductor. Dos soldados se llevan en brazos a otro cuya pierna, conectada a la rodilla apenas por unos hilillos rojos, se balancea como un pez en un sedal. Baby Daddy ya está llamando a los helicópteros.

—La lata de sopa debía de ser un señuelo —dice Bishop—. Para que bajáramos la guardia.

Y se vuelve hacia Chucky y, por la cara de terror y pánico de éste, sabe de inmediato que le ha pasado algo. Chucky tiene las manos en la barriga, se sujeta la herida. Bishop le aparta las manos, pero no ve nada.

—Aquí no hay nada, Chucky.

—Lo he notado. He notado que entraba algo.

Ha empezado a palidecer. Bishop se lo lleva al interior del Bradley, lo sienta y le abre la chaqueta para dejar el chaleco antibalas a la vista, pero sigue sin ver nada.

—Mira, llevas el chaleco. No te pasa nada.

—Está ahí, te lo digo en serio.

Así pues, retira el chaleco entre los gemidos de Chucky, le quita la camiseta interior y ahí está, justo donde él decía, unos centímetros por encima del ombligo: una manchita de sangre del tamaño de una moneda de diez centavos. Bishop la limpia y al ver el pequeño corte que hay debajo (del tamaño de una esquirla, tal vez), se ríe.

—Joder, Chucky, ¿tanto cuento por esto?

—¿Tiene mala pinta?

—Mira que eres burro, cabrón.

—¿No tiene mala pinta?

—Es diminuto. No tienes nada. Eres un capullo, tío.

—No sé, tío. Algo no va bien.

—No te pasa nada, cierra el puto pico.

—Noto algo muy chungo, justo aquí.

De modo que Bishop se queda con él, insistiendo en que no le pasa nada y diciéndole que deje de comportarse como un gallina, mientras Chucky continúa diciendo que algo no va bien, y siguen así hasta que oyen el estruendo de los helicópteros, momento en el que Chucky, en voz muy baja, dice:

—Oye, Bishop, escucha. Tengo que decirte algo.

—Vale.

—¿Sabes lo de mi novia? ¿Julie Winterberry?

—Sí.

—No es mi novia. Me lo he inventado. Ni siquiera sabe quién soy. Sólo he hablado con ella una vez. Le pedí la foto. Era el último día de clase, todos estábamos intercambiando fotos.

—Tío, te vas a arrepentir de haberme contado esto.

—Me lo he inventado porque cada día me pregunto por qué no hablé con ella.

—Es una información cojonuda. Igual hasta te cambiamos el apodo.

—No sabes cómo me arrepiento de no haber hablado con ella.

—En serio, esto no te lo vas a quitar de encima jamás.

—Escucha, si no salgo de ésta...

—Vas a pringar eternamente por lo que acabas de contarme.

—Si no salgo de ésta, quiero que busques a Julie y le cuentes lo que siento. Quiero que lo sepa.

—En serio, esto te perseguirá durante el resto de tu vida. Cuando tengas ochenta años te llamaré por teléfono y me reiré de ti por lo de Julie Winterberry.

—Prométemelo.

—Vale, te lo prometo.

Chucky asiente con la cabeza y cierra los ojos hasta que llegan los paramédicos, lo trasladan en camilla al helicóptero y todos desaparecen en el cielo cobrizo. El resto del convoy retoma su lento y estruendoso viaje.

Lo que sucede esa noche es que Chucky muere.

Un fragmento de metralla de poco más de un centímetro y fino como la pajita de un cartón de zumo le ha seccionado la arteria que le suministraba sangre al hígado y, para cuando los médicos se han dado cuenta, había perdido ya demasiada sangre y estaba en pleno fallo hepático. Baby Daddy es el encargado de comunicarles la noticia, al día siguiente, justo antes de salir del complejo.

—Ya podéis olvidarlo —dice, cuando queda claro que la noticia va a interferir con la concentración de los soldados durante la ronda inminente—. Si el ejército quisiera que tuviéramos sentimientos, nos habría repartido unos cuantos.

La tarde es tranquila y apagada, no ocurre nada, y Bishop pasa todo el rato cabreado. Cabreado con la muerte sin sentido de Chucky y con los cabrones que pusieron la bomba, pero también cabreado con Chucky, con la cobardía de Chucky, que nunca pudo decirle a Julie Winterberry lo que tenía que decirle, cabreado porque un hombre dispuesto a entrar en habitaciones oscuras donde lo esperaban con metralletas para matarlo no hubiera sido capaz de hablar con una estúpida niñata. Se trata de dos tipos de valor tan distintos que deberían corresponderles dos palabras diferentes.

Esa noche no puede dormir. No para de darle vueltas a lo sucedido. Su rabia ha ido mutando, de modo que ya no está cabreado con Chucky, sino más bien consigo mismo. Porque Chucky y él no son tan distintos. Porque Bishop tiene cosas horribles dentro, cosas que no se atreve a contarle a nadie. El gran secreto maligno de su vida: a veces le parece tan grande que siente que necesitaría un órgano nuevo para contenerlo. Un secreto que, aposentado en su interior, lo va devorando. Devora el tiempo y se hace fuerte a medida que éste va pasando, hasta el punto de que ahora, cuando piensa en ello, no logra separar el acontecimiento en sí de la repugnancia que le provocó más adelante.

Lo que pasó con el director.

El hombre al que todos veneraban y querían. El director del colegio. Bishop también lo quería, y cuando, en quinto de primaria, éste lo eligió para darle clases particulares extraordinarias los fines de semana, unas clases que debía mantener en el secreto más absoluto para que los demás alumnos no se pusieran celosos, Bishop, que tenía diez años, se sintió especial, amado. Elegido entre la multitud. Admirado y querido. Y cómo se estremece ahora, años más tarde, al pensar que fue tan fácil engañarlo, que nunca dudó del director, ni siquiera cuando le dijo que en esas clases le enseñaría «lo que se hace con las chicas», porque a todos los chicos les daban pavor las chicas y no sabían qué hacer con ellas, y Bishop se sintió realmente afortunado por tener quien se lo enseñara. Empezaron con fotografías de revistas, hombres y mujeres, juntos, separados, desnudos. Luego pasaron a las polaroids, y el director sugirió que se sacaran fotos entre ellos. Bishop sólo recuerda fragmentos, imágenes, momentos. El director lo ayudó amablemente a desnudarse, y ni siquiera entonces Bishop pensó que aquello estuviera mal. Se prestó a todo voluntariamente. Dejó que el director lo tocara, primero con las manos, luego con la boca, y después aquel hombre le decía lo guapo y lo especial que era. Después de meses así, el director dijo: «Ahora prueba tú conmigo.» El director se desnudó. La primera vez que Bishop lo vio, rojo, hinchado y muy persuasivo. Bishop intentando hacerle al director lo que el director le había hecho a él, con torpeza, nervioso. El director, frustrado y enojado por primera vez cuando Bishop utilizó sin querer los dientes por accidente: lo agarró por el cogote y lo empujó con vehemencia mientras le decía: «¡No, así!» Y sus disculpas posteriores, cuando a Bishop, presa de las arcadas por puro reflejo, se le saltaron las lágrimas. El sentimiento de culpa de Bishop. Su voluntad de practicar para hacerlo mejor la vez siguiente. Pero la vez siguiente no lo hizo mejor, ni la siguiente tampoco. Hasta que un día el director lo hizo parar a medias, le dio la vuelta, se inclinó sobre él y le dijo: «Vamos a tener que hacerlo como los adultos. Porque tú ya eres adulto, ¿no?» Y Bishop asintió con la cabeza porque no quería seguir haciéndolo mal, no quería que el director continuara enfadado con él, de modo que cuando éste se puso detrás de Bishop y entró en él a empujones, Bishop lo aguantó.

El horror al recordarlo, esas imágenes que vuelven a su mente en cascada, tantos años después y a quince mil kilómetros de distancia, en el desierto, en plena guerra. Bishop piensa que ese secreto incluye otro, una capa más profunda y devastadora, algo que lo convenció de que era malo y anormal: que mientras el director hacía lo que hacía, a él le gustaba.

Lo anhelaba.

Lo deseaba.

Y no sólo porque lo hiciera sentirse querido y especial, único y singular, sino también porque lo que le hacía el director, sobre todo al principio, le daba gusto. Le provocaba una sacudida física incomparable, una sensación que le encantaba mientras sucedía y que echó de menos después, cuando en primavera el director canceló las clases particulares de forma repentina. Bishop se sintió rechazado y abandonado y, en algún momento, a principios de abril, comprendió de golpe que el director había elegido a otro chico; Bishop se dio cuenta por las miradas que intercambiaban en el pasillo y por la actitud repentinamente reservada y taciturna del chico nuevo. Bishop se puso furioso y empezó a portarse mal en el colegio, a contestar a las monjas y a meterse en peleas. Cuando por fin lo expulsaron, estaba sentado con sus padres en el despacho del director y éste dijo «Siento mucho que haya tenido que acabar así», y la frase tenía tantos significados posibles que Bishop se limitó a reírse.

Empezó a echar veneno en el jacuzzi del director la semana siguiente.

Y ésa es la parte que más le horroriza ahora. Que intentó vengarse del director como una novia despechada. Que habría dejado de portarse mal si el director lo hubiera aceptado de nuevo, si lo hubiera invitado a participar. Le horroriza porque ya no puede convencerse de que fue una víctima inocente. Se siente más bien como un cómplice de su propio pervertimiento. Ocurrió una maldad... Y él quería que ocurriera.

Las consecuencias no se hicieron evidentes hasta más tarde, durante la adolescencia, en la academia militar, cuando no había nada peor en el mundo que ser un maricón o un moña, y si un chico le decía a otro que era un gay, un maricón, un moña o un bujarrón o un sarasa, la única respuesta posible eran los puños, y la forma que tenían los chicos de demostrar ante los demás que no eran maricones ni moñas era burlándose de los demás por ser unos maricones y unos moñas, y haciéndolo a pleno pulmón. Y ésa pasó a ser la tarjeta de presentación de Bishop, que se cebó de manera especial con su compañero de habitación del segundo año, un chico ligeramente afeminado llamado Brandon. Cada vez que Brandon entraba en la ducha comunitaria, Bishop decía algo del estilo: «Cuidado, que no se os caiga el jabón.» O, antes de acostarse, le preguntaba: «¿Tengo que precintarme el culo con cinta aislante o sabrás comportarte esta noche?» Cosas así, el acoso típico de los machotes de finales de los ochenta. Los apodos al uso eran «Soplanucas» o «Reina». Por ejemplo: «Mira adelante, Reina», cuando estaban el uno al lado del otro en los urinarios. Brandon terminó dejando la academia, lo que supuso un alivio para Bishop, que sentía por aquel chico una atracción que le resultaba casi dolorosa físicamente. Cómo observaba a Brandon mientras se desnudaba, o en clase mientras examinaba atenta, obedientemente sus apuntes, mordisqueando el lápiz.

Pero hace muchos años de eso y durante todo este tiempo no se lo ha contado a nadie. Y de pronto se levanta de la cama, el mismo día de la muerte de Chucky, y decide que tiene que escribir una carta. Porque Chucky ha muerto con tantos secretos en su interior que ha tenido que darles salida en su último deseo, y Bishop no quiere que le pase lo mismo. Quiere ser más valiente.

Decide que va a escribir a todas las personas de su vida. Escribirá a su hermana y se disculpará por haberse distanciado tanto de ella. Le explicará que se alejó porque estaba corrompido, porque el director había accionado algún interruptor en su interior y ya sólo sentía rabia, contra el director por hacerle lo que le hizo y contra sí mismo por ser tan horrible, pervertido, desviado e irremediablemente anormal. Sólo intentaba protegerla, le dirá a Bethany; no quería destrozarla.

Escribirá a sus padres, y también a Brandon. Localizará a Brandon y le pedirá perdón. Escribirá incluso al machote de Andy Berg, a quien no volvió a ver después de encerrarlo en una escalera y meársele encima, pobrecito. Incluso Berg necesita una carta. Escribirá una carta cada noche hasta que haya revelado todos sus secretos. Consigue papel con membrete del ejército y se sienta en la sala de descanso, con sus paredes de hormigón y su iluminación verde fluorescente. Decide que primero escribirá a Samuel. Como sabe exactamente qué quiere decirle, será una carta breve; ya es muy de noche y tiene que volver a estar en marcha dentro de pocas horas, de modo que pone manos a la obra y, en un acceso de inspiración y concentración, la termina en menos de cinco minutos. La dobla y la mete en un sobre oficial del Ejército de Estados Unidos, pasa la lengua por la solapa y la cierra, escribe en el exterior los apellidos de Samuel con su ridículo guioncito en medio y guarda la carta en su taquilla con el resto de sus efectos personales. Se siente bien por haberse desahogado, por haberlo soltado al mundo, y también por su nuevo proyecto, por quitarse de encima todas esas cosas que llevan tantos años encerradas en su interior. Siente que tiene ganas de escribir a su hermana y a sus padres y a varios amigos a quienes ha abandonado por el camino, y se duerme con una sensación placentera, pensando en esas cartas sin saber que nunca las escribirá, porque mañana, mientras esté patrullando y pensando en Julie Winterberry (que, obviamente, también requiere una carta), estallará un contenedor de basura a pocos metros de él, detonado a distancia por alguien que estará observando desde la ventana de un segundo piso, calle abajo, alguien que en realidad no ve a Bishop, sino tan sólo su uniforme, alguien que ya no reconoce a quien lleve ese uniforme como un ser ni remotamente humano, alguien que jamás habría detonado esa bomba si hubiera podido oír lo que pasaba en ese momento por la cabeza de Bishop mientras trataba de escribir mentalmente una carta a una chica guapa sobre un amigo muerto que estaba enamorado de ella. Pero, por supuesto, no podemos hacer eso, no podemos oír lo que piensan los demás. De modo que la bomba explotó.

Y la fuerza de la explosión lanzó a Bishop por los aires, donde, por un momento, reinaron el silencio y el frío, y al atraparlo la onda expansiva de la bomba se sintió como si estuviera dentro de una de aquellas bolas de nieve de su madre: a su alrededor todo se movía como en un líquido denso, todo pendía del aire, suspendido, hermoso en cierto modo, hasta que la bomba lo destrozó todo en su interior y sus sentidos se apagaron y el cuerpo de Bishop (que ya no contenía al propio Bishop de ninguna forma significativa) cayó en medio de la calle, a muchos metros de distancia, y por segunda vez aquella semana alguien murió pensando en Julie Winterberry, que se encontraba a quince mil kilómetros de allí y seguramente estaría pensando que ojalá le pasara algo emocionante de una vez.

El ejército reunió sus efectos personales y se los mandó a sus padres, que encontraron la carta dirigida a Samuel Andresen-Anderson y se acordaron de que ése era el extraño nombre del amigo por correspondencia de su hija, que había sido su amigo de la infancia, de modo que le entregaron la carta a Bethany, que pasó muchos meses debatiéndose antes de decidirse por fin a dártela.

Y así es como la carta ha viajado desde un pueblo de Irak cuyo nombre es información reservada, hasta la encimera de este piso del *downtown* de Manhattan, donde la ilumina uno de los focos empotrados de la cocina. La levantas. No pesa casi nada: dentro hay una sola hoja, la sacas. Bishop sólo ha escrito unos pocos párrafos. Tienes la sensación de que tu gran decisión se acerca. Es una decisión que te marcará y que determinará tu vida durante años. Lees la carta.

Querido Samuel:

Qué frágil es el cuerpo humano. La cosa más insignificante puede arruinarlo. Un camello puede seguir corriendo hacia ti aunque le pegues veinte balazos, pero para matarnos a nosotros, simples humanos, basta un centímetro de metralla. Nuestros cuerpos son el delgado filo de la navaja que nos separa del olvido. Estoy empezando a aceptarlo.

Si estás leyendo esto significa que me ha pasado algo, y en ese caso tengo que pedirte un favor. Tú y yo hicimos algo terrible aquella mañana en la charca, juntos. El día en que tu madre se marchó, el día en que vino la policía. Estoy seguro de que te acuerdas. Lo que hicimos aquella mañana, lo que nos hicimos el uno al otro, es horrible, imperdonable. Yo estaba corrompido, y te corrompí también a ti. Y he descubierto que esta corrupción no desaparece. Que arraiga en tu interior y te envenena. Te acompaña de por vida. Lo siento, pero es así.

Sé que quieres a Bethany. Yo también la quiero. Tiene una clase de bondad que yo nunca he tenido. No está corrompida como nosotros. Me gustaría pedirte que eso no cambie.

He aquí mi última voluntad. Lo único que te pido. Por ella, por mí, no te acerques a mi hermana, por favor.

Ya está, por fin ha llegado el momento de elegir. A la derecha tienes la puerta del dormitorio, donde Bethany te espera. A la izquierda, la puerta del ascensor y el mundo entero, vacío.

Ha llegado el momento. Toma una decisión. ¿Qué puerta eliges?

SEXTA PARTE

Especies invasoras

Finales del verano de 2011

1

Pwnage abrió la puerta de la nevera y acto seguido volvió a cerrarla. Se quedó plantado en la cocina, intentando con todas sus fuerzas recordar para qué había ido allí, sin conseguirlo. Comprobó el correo electrónico. Intentó conectarse a *World of Elfscape*, pero no pudo: era martes. Se planteó la posibilidad de salir a recoger el correo del buzón, pero al final decidió no hacerlo; podía ser que el cartero no hubiera pasado todavía y no quería tener que salir dos veces. Observó el buzón, situado en el otro extremo del jardín, como si con una mirada fija pudiera decidir si había alguna carta en su interior. Cerró la puerta. Tenía la impresión de que en la cocina había algo que requería su atención, pero no sabía qué. Abrió la nevera y examinó todos los productos con la esperanza de que alguno sirviera de desencadenante de aquel recuerdo que no conseguía invocar sobre la cocina. Vio los tarros de conservas y los botes de plástico de kétchup y mayonesa y una bolsa de semillas de lino que había comprado tiempo atrás en un arranque de optimismo dietético, pero que todavía no había abierto. Había cinco berenjenas en el estante inferior, sin duda empezando a ablandarse por dentro, en una lenta implosión, cinco almohaditas moradas encima de sendos charquitos de color galleta. En el cajón de los productos frescos, las verduras estaban marchitas y marrones, y otro tanto podía decirse de las mazorcas de maíz del estante superior, que tenían un desagradable color beis y cuyos granos habían perdido la lozanía amarillenta y se habían ido secando hasta adoptar la forma de un molar humano cariado. Cerró la puerta de la nevera.

Lo que pasaba los martes era que los servidores de *World of Elfscape* estaban desconectados durante gran parte de la mañana y a veces también de la tarde, mientras los técnicos ejecutaban labores de mantenimiento, resolvían problemas menores de programación y se ocupaban de todas las genialidades técnicas requeridas por unos ordenadores que, por lo demás, funcionaban veinticuatro horas al día y hospedaban a diez millones de jugadores de forma simultánea, sin generar prácticamente ningún retraso en la sincronización de la red, con algunos de los métodos de encriptación más implacables y seguros del planeta, unos servidores tan rápidos y potentes que dejaban en evidencia a las máquinas que en ese mismo momento se usaban en el programa espacial, o en los silos de misiles nucleares, o en los terminales de votación electrónica, por ejemplo. Que un país capaz de crear los servidores de *World of Elfscape* fuera incapaz de fabricar un aparato funcional para el voto electrónico era una de las cuestiones que solían aparecer en los foros de *Elfscape* cuando había elecciones, que siempre coinciden en martes, mientras los jugadores de la comunidad esperaban pacientemente a que los servidores volvieran a estar operativos y algunos, a veces, incluso aprovechaban para votar.

Algunos de esos martes, sin embargo, eran muy especiales y particularmente agónicos; se conocían como «Días de Parche», y era cuando los ingenieros aprovechaban para introducir actualizaciones en el juego, de tal modo que cuando los jugadores volvieran a conectarse encontraran nuevas cosas que hacer: nuevos desafíos, misiones, monstruos y tesoros. Los parches eran necesarios para que el juego mantuviera la novedad y el interés, pero los Días de Parche requerían un tiempo de inactividad mayor debido a la complejidad de los procesos aplicados a los servidores y al código del juego. No era inaudito que los servidores pasaran desconectados toda la mañana y toda la tarde y a veces, para consternación de la comunidad de jugadores, hasta primeras horas de la noche. Y eso estaba ocurriendo aquel día. Estaban aplicando un parche al juego. Era un Día de Parche.

A Pwnage le estresaba no saber con exactitud cuándo volverían a estar activos los servidores, lo que resultaba más bien paradójico, porque en principio jugaba a *Elfscape* precisamente porque le ayudaba a combatir el estrés. Era el recurso al que acudía cuando sentía que los agotadores pormenores de su vida lo abrumaban. Todo había empezado más o menos un año antes, justo después de marcharse Lisa, un día en que tuvo la sensación de que el estrés era más agobiante de lo habitual, y ninguno de sus DVD le parecía bueno y no daban nada en la tele y ninguna de las películas de la cola de descargas le interesaba y todas las consolas de videojuegos que tenía estaban ya superadas o descartadas, y lo invadió una sensación extraña e inquietante, como cuando estás en un buen restaurante, pero nada te parece apetecible, o cuando estás empezando a pillar un resfriado o la gripe y ni siquiera el agua te sabe bien, esa oscuridad negativa que lo abarca todo, que hace que el mundo entero parezca aburrido y tedioso y experimentas un cansancio generalizado, y Pwnage estaba sentado en su sala de estar en la penumbra creciente de un atardecer, justo después de que se terminara el horario de verano, de modo que el ambiente era inusualmente gris y deprimente para ser tan pronto, y él estaba ahí sentado y se dio cuenta de que iba a sufrir una colisión frontal con el estrés, de que si no encontraba pronto una distracción le iba a dar un sofoco con toda clase de consecuencias tanto para su presión arterial como para el estado general de su sistema circulatorio, y lo que solía hacer cuando le pasaba eso era ir a la tienda de electrónica y comprarse algo, esta vez una decena de videojuegos, entre ellos *World of Elfscape*. Y desde que empezó a jugar con un guerrero elfo llamado Pwnage, había ido incorporando toda una serie de personajes alternativos con nombres como Pwnopoly, Pwnalicious, Pwner y EdgarAllanPwn, y se había forjado una reputación como gladiador rival temible y como líder muy capaz y poderoso en misiones de asalto, a la cabeza de un gran grupo de jugadores que luchaban contra un enemigo controlado por el ordenador, asumiendo lo que llegó a percibir como el papel del director en algo que estaba a medio camino entre la batalla, la sinfonía y el ballet, y no tardó en volverse extraordinariamente bueno en aquel juego, porque para ser bueno había que investigar a fondo, ver vídeos de batallas importantes y leer los foros y analizar los datos de las páginas web que se dedicaban a elaborar teorías para comprobar qué estadísticas resultaban más útiles en determinados combates, y por eso disponía de diferentes combinaciones de herramientas y armamento para cada batalla del juego, todas ellas diseñadas para amplificar matemáticamente su capacidad letal en ese enfrentamiento en concreto, porque creía que si hacía algo, tenía que hacerlo bien, tenía que entregarse al ciento diez por ciento, una ética del trabajo que le gustaba pensar que muy pronto le sería útil, cuando empezara a renovar la cocina, a escribir su novela y a adoptar nuevos hábitos alimenticios, pero que de momento sólo parecía aplicable al ámbito de los videojuegos. Creó más personajes y más cuentas para jugar de manera simultánea en varios ordenadores, y cada nueva cuenta lo obligaba a comprar otro ordenador, otro DVD del juego, otro lote de ampliación y otra suscripción mensual, lo que significaba que cada vez que sentía la necesidad de crear otro personaje (normalmente porque el resto de sus personajes estaban ya al máximo nivel y ya no había manera de mejorarlos y él se aburría dominando el juego de forma tan absoluta y ese aburrimiento disparaba todas sus alarmas de estrés, de modo que tenía que hacer algo de inmediato), incurría en un desembolso de capital tan exagerado que se sentía todavía más obligado a seguir con el juego, aunque era vagamente consciente de lo paradójico de la situación, pues el estrés que le provocaba su deplorable situación económica generaba la necesidad de recurrir a todos esos métodos paliativos electrónicos, cuyo coste provocaba más del mismo estrés que pretendía mitigar, lo que le llevaba a pensar que su actual nivel de distracción electrónica no estaba dando el resultado esperado y le empujaba a buscar distracciones nuevas y más caras, magnificando así el ciclo del estrés y la culpa, una trampa psicológica consumista que a menudo observaba entre las clientas de Lisa en la tienda Lancôme, que al comprar maquillaje no hacían más que reforzar la misma ilusión esencial de una belleza inasequible que las había empujado a comprar maquillaje, pero que por algún motivo él era incapaz de detectar en sí mismo.

Comprobó los servidores de *Elfscape*. Seguían desconectados.

Era como esperar cuando tu avión lleva retraso, pensó, la misma sensación de urgencia que se experimentaba en un aeropuerto sabiendo que tus seres queridos te están esperando en otro y que lo único que te impide llegar a ellos es un fallo tecnológico inextricable. Así se sentía él en los Días de Parche: cuando lograba conectarse después de horas de retraso, era como volver a casa. Era difícil fingir que no se daba cuenta. Era difícil que esa sensación no le generara conflictos internos. Le preocupaba un poco que, al pensar en los paisajes de *Elfscape* (la representación digital de montes ondulantes, bosques neblinosos, cumbres montañosas y demás), le afectaran con la misma fuerza que un recuerdo real. Sentir por aquellos lugares una nostalgia y un cariño mayores que la nostalgia y el cariño que sentía por los lugares reales de su vida; eso le parecía complicado. Porque en cierta medida sabía que en el juego todo era falso e ilusorio, y que los lugares que «recordaba» tan sólo existían como un código digital almacenado en el disco duro de su ordenador. Pero entonces pensaba en aquella vez que escaló hasta la cima de una montaña situada en el extremo norte del continente más occidental de *Elfscape* y vio la luna asomar en el horizonte, contempló el centelleo de su reflejo en la nieve y pensó que era precioso, y pensó en la gente que contaba cómo se conmovía ante una obra de arte, cómo se plantaba delante de un cuadro y sentía la persuasión irremediable de su belleza, y decidió que en realidad no había ninguna diferencia entre aquella experiencia y la suya. Vale, la montaña no era real, la luz de la luna no era real, pero ¿y la belleza? ¿Y su recuerdo de la belleza? Eso sí era real.

Total, que los Días de Parche eran un horror porque se veía apartado de su fuente de fascinación, de belleza y de sorpresa, y obligado a enfrentarse, a veces durante un día entero, a su existencia analógica normal y cotidiana. Y llevaba toda la semana pensando en cómo ocupar aquel martes para que el intolerable intervalo entre la hora de despertarse y la conexión fuera más tolerable. Cosas que hacer para que el tiempo pasara más deprisa. Había creado una lista en el móvil, «Cosas que hacer en el Día de Parche», donde anotaba cualquier idea que se le ocurriera a lo largo la semana para hacer más placentera y soportable la espera. De momento, la lista contenía tres puntos:

1. Comprar comida saludable
2. Ayudar a Dodger
3. Descubrir la gran literatura

El último elemento llevaba seis meses apareciendo en su lista todas las semanas, desde que lo anotó al ver un cartel en una gran librería próxima a su casa que decía «¡DESCUBRE LA GRAN LITERATURA!». Configuró la lista en el teléfono de modo que repitiera ese elemento, que lo mantuviera todas las semanas, porque siempre había querido ser un buen lector y porque pensaba que quedaba muy bien proyectar en la red la imagen de ser alguien capaz de pasar la tarde entera acurrucado con un té y un buen libro. Además, si Lisa le echaba alguna vez un vistazo a escondidas a la lista de tareas pendientes de su teléfono en un momento de curiosidad o de arrepentimiento obsesivo a propósito del divorcio, estaba bastante seguro de que aprobaría lo de «Descubrir la gran literatura» y a lo mejor se daría cuenta de que realmente estaba cambiando como persona y le dejaría volver.

Sin embargo, en seis meses no había descubierto ninguna literatura: ni la grande ni la otra. Y cada vez que pensaba en descubrir la gran literatura, el mero esfuerzo lo dejaba exhausto, agotado, aplatanado.

Luego estaba el elemento número uno: comprar comida saludable.

Ya lo había intentado. La semana anterior había entrado por fin en el supermercado de comida orgánica después de pasar varios días inspeccionándolo desde la calle, estudiando a la gente que entraba y salía y juzgándola en silencio por su estilo de vida pijo, elitista y privilegiado, su ropa hípster ajustada y sus coches eléctricos. Le parecía necesario construir un complejo baluarte mental como aquél antes incluso de entrar en la tienda de comida orgánica, porque cuanto más tiempo pasaba aparcado delante del escaparate juzgando a los clientes, más se convencía de que éstos lo juzgaban también a él. De que no era lo bastante guay, ni estaba lo bastante en forma, ni era lo bastante rico para comprar allí. En su mente, él era el protagonista de todas las historias, el centro de la abominable atención de todo el mundo: estaba expuesto y fuera de lugar; la tienda era un espacio panóptico de críticas despectivas y abusivas. Mantenía largos diálogos mentales con los cajeros idealistas, guardianes interpuestos entre la comida y las salidas: les explicaba que no había ido a comprar allí porque estuviera de moda, sino por una estricta y objetiva necesidad médica en función de las reglas de su nuevo plan dietético radical. Y que así como el resto de los clientes iban allí por fidelidad a algún movimiento guay (el movimiento orgánico, el del *slow food*, el de los ingredientes de proximidad o el que fuera), él estaba allí por necesidad, lo que lo convertía en un comprador mucho más auténtico que el resto, aunque no encajara con la imagen del cliente prototípico según la elaborada campaña de marketing de la empresa. Así que después de ensayar varias decenas de diálogos de ese tipo, se sintió lo bastante preparado y decidido como para entrar en la tienda, donde dio una vuelta discreta y, tratando de no llamar la atención, compró réplicas orgánicas exactas de lo que solía comprar en el 7-Eleven de su calle: sopas enlatadas, productos cárnicos enlatados, pan blanco, barritas energéticas, pizza congelada y cosas precocinadas para cenar.

Y mientras vaciaba la cesta en la caja experimentó un breve acceso de pertenencia, porque nadie había puesto en tela de juicio su presencia allí ni, en realidad, le había prestado la menor atención. Es decir, hasta que la cajera (una niña mona con gafas cuadradas que seguramente estudiaba un posgrado de ecología, o justicia social, o algo así) se fijó en sus productos empaquetados, congelados y enlatados, y dijo:

—¡Parece que se esté preparando para un huracán!

Y luego se rió un poco, como diciendo «¡Es broma!», antes de pasar los productos por el lector de códigos de barras. Él sonrió y se rió sin mucho entusiasmo, pero durante el resto del día no logró sacudirse la sensación de que aquella cajera lo había juzgado de forma injusta al insinuar, sin demasiada sutileza, que la comida que había comprado sólo era apta para el consumo en circunstancias extremas, como el apocalipsis.

Tomó nota. En su siguiente visita compró sólo productos frescos: frutas, verduras, carne envuelta en papel encerado. Sólo productos perecederos, fácilmente corruptibles, y aunque no tenía ni la más remota idea de cómo cocinarlos, se sintió más sano sólo por el hecho de haberla comprado, de tenerla cerca, de que los demás lo vieran con ella. Como quien sale con una persona extraordinariamente atractiva y quiere dejarse ver en público, acompañado por ella: lo mismo sentía él con su carro lleno de berenjenas relucientes, mazorcas de maíz y diversas hortalizas: rúcula, brócoli, acelga roja... Era precioso. Y cuando dejó la comida delante de la misma cajera mona de la última vez a la entrada de la tienda, se sintió como un niño que le regala a su madre un dibujo que ha hecho en el colegio.

—¿Ha traído bolsa? —le preguntó ella.

Se la quedó mirando sin acabar de entender la pregunta. ¿Una bolsa para qué?

—No —dijo.

—Vaya —dijo ella, decepcionada—. Animamos a todos nuestros clientes a traer bolsas reutilizables. Para ahorrar papel, ya me entiende.

—Vale.

—Además, le hacemos un descuento —añadió la chica—. Por cada bolsa que traiga, le hacemos un descuento.

Él asintió con la cabeza. Ya no la estaba mirando. Tenía la mirada clavada en la pantalla de la caja registradora. Fingía estar analizando con gran atención el precio de cada producto para asegurarse de que no le cobraban de más. La cajera debió de percibir su incomodidad ante aquella (nueva) reprimenda e intentó quitarle hierro al asunto cambiando de tema:

—¿Y qué va a hacer con todas estas berenjenas?

Pero aquello no le quitó nada de hierro al asunto, porque sólo fue capaz de responder con la verdad:

—Pues no lo sé —dijo. Y entonces, al ver que la cajera quedaba medio desencantada por su respuesta, añadió—: A lo mejor... ¿una sopa?

Joder, era insoportable. No sabía ni comprar.

Volvió a casa y encontró una página web que vendía bolsas de la compra reutilizables, una empresa que destinaba todos los beneficios que obtenía con dichas bolsas a realizar buenas obras en algún bosque tropical. Y aún más importante, el logo de la empresa iba impreso de forma visible a ambos lados de la bolsa, de modo que cuando se la entregara a la cajera ella vería el logo y quedaría impresionada, ya que no sólo quedaba demostrada su conciencia ecologista al acudir a la tienda con sus bolsas, sino que además éstas favorecían al medio ambiente por sí mismas, de modo que su actitud, en comparación con los demás clientes, era doblemente beneficiosa para la naturaleza.

Le mandaron las bolsas el día siguiente por avión. Volvió a la tienda. Volvió a comprar productos perecederos, pero sólo uno de cada: no pensaba llevarse muchas unidades de uno solo que llamara la atención, como con las berenjenas. Se puso en la cola de la cajera mona con las gafas cuadradas.

—Hola —le dijo ella, pero era un saludo abstracto. No recordaba la conexión entre ambos. Pasó los productos por el escáner y sumó los importes. Preguntó—: ¿Ha traído una bolsa?

Y él, como si nada, como si fuera la cosa más natural del mundo y algo que hacía todo el tiempo, respondió:

—Sí, claro que he traído una bolsa.

—¿Quiere quedarse el descuento, o donarlo? —preguntó ella.

—¿Perdón?

—Le hacemos descuento por traer una bolsa.

—Sí, eso ya lo sé.

—¿Quiere donarlo a una de nuestras quince iniciativas solidarias acreditadas?

Y entonces, en un acto reflejo, él dijo que no, pero no porque fuera un rácano ni porque no le hubiera gustado de verdad ceder su descuento a una iniciativa solidaria. Dijo que no porque sabía que no tendría ni idea de cuál elegir entre las quince iniciativas solidarias, pues probablemente no habría oído hablar de ninguna de ellas. Es decir, dijo que no porque le pareció la forma más fluida y menos embarazosa de proceder y dar por terminado un encuentro social que, a decir verdad, había consumido la mayor parte de su energía mental sobrante aquella semana, de tanto imaginarlo y prepararlo.

—Ah —dijo la cajera, sorprendida—. Vale, de acuerdo —añadió, torciendo los labios y enarcando las cejas con un gesto sarcástico que pretendía expresar algo así como: «Hoy estamos en plan capullo, ¿verdad?»

La cajera siguió pasando la comida por el escáner y pesando sus frutas y verduras de una forma que él interpretó como fría y mecánica. Sus dedos volaban sobre los botones de la caja con rapidez experta. Se la veía tan cómoda allí, tan relajada. Su estilo de vida y sus opiniones no le generaban ningún tipo de ansiedad. Qué poco le había costado juzgarlo y despreciarlo. Él sintió como si algo se rompiera en su interior, como si algo se cuajara y se agriara, una rabia que le bajó hasta el hígado. Y entonces levantó la bolsa de tela vacía por encima de la cabeza, y se quedó así un momento, esperando tal vez a que alguien dijera algo. Pero nadie dijo nada. Nadie le prestó ni pizca de atención. Y ésa le pareció la peor de las ofensas, adoptar aquella pose teatral de violencia y pasión y que nadie le hiciera ni caso.

O sea que la tiró. Tiró la bolsa a bocajarro, a los pies de la cajera.

Y al mismo tiempo que la tiraba, soltó un grito de guerra furioso, o por lo menos ésa era su intención. Lo que le salió en realidad fue un sonido bronco y animal, grave y confuso. Un gruñido.

La bolsa golpeó en la zona de la cadera a la cajera, que soltó un gritito de sorpresa, retrocedió de un salto y la dejó caer arrugada al suelo. La chica se lo quedó mirando boquiabierta y él dio un paso hacia ella, se asomó por encima de la caja, abrió los brazos como un cóndor y gritó:

—¡¿Sabes qué?!

No sabía por qué había abierto los brazos así. Se dio cuenta de que no tenía nada preparado en su mente, nada que añadir después de aquella pregunta. De repente se había hecho un silencio terrible en la tienda, los ruiditos habituales de las cajas registradoras habían cesado tras el grito de la cajera. Él miró a su alrededor. Vio varios rostros desencajados (sobre todo de mujeres) que lo miraban con desdén e indignación. Se apartó despacio de la caja. Sintió que tenía que explicarse ante la multitud, aclarar la ofensa que lo había hecho estallar de aquella forma, justificar su explosión y transmitir su inocencia, su rectitud y su virtud.

Y lo que le salió fue:

—*You have got to represent!*

No sabía por qué había dicho eso. Recordaba haberlo oído hacía poco en una canción pop, la de Molly Miller. En la canción, le había gustado cómo sonaba. Le había parecido fresco, moderno. Pero nada más pronunciarlo se dio cuenta de que no tenía ni idea de qué significaba. Se marchó enseguida. Se metió las manos en los bolsillos y salió de la tienda a toda velocidad. Juró no volver nunca más. Esa tienda, esa cajera... Era imposible estar a su altura. No había manera de complacer a esa gente.

O sea que el primer elemento de la lista («Comprar comida saludable») estaba condenado al fracaso.

Pero todavía quedaba un elemento que podía eliminar de su lista para aquel Día de Parche: ayudar a Dodger. Y a decir verdad, parecía la opción más atractiva en cualquier caso, ayudar a su colega de hermandad, a su nuevo amigo, a su «amigo VR», un término que usaban algunos jugadores en *Elfscape*, donde VR era el acrónimo de la comunidad para referirse a la «vida real», un lugar del que hablaban como si fuera un país muy lejano. Y decidió fingir que si aquella opción le parecía la más atractiva era porque respondía al impulso altruista de «ayudar a los amigos cuando lo necesitan». Es posible que dicho impulso existiera, que algo tuviera que ver, pero si lo pensaba con frialdad debía admitir que el motivo real era que su nuevo amigo era escritor. Dodger tenía un contrato para publicar un libro, un editor y acceso al misterioso mundo editorial, algo que Pwnage necesitaba porque también era escritor. Y mientras hablaba con su nuevo amigo en Jezebels le había costado concentrarse, porque al descubrir que era escritor no había podido dejar de pensar en su novela sobre un asesino en serie y un detective con poderes paranormales; estaba convencido de que podía venderla por un millón de dólares. Había empezado la historia en la clase de escritura creativa de su penúltimo año de instituto. Había escrito las primeras cinco páginas la noche antes de la fecha de entrega. Las notas del profesor aseguraban que había hecho «un gran trabajo» y que había «capturado la voz del detective de forma efectiva», y en los márgenes de la escena en la que el detective tenía una visión del asesino apuñalando a una chica en el corazón, el profesor anotó «¡Qué miedo!», una confirmación de que Pwnage podía hacer cosas muy especiales. Era capaz de provocar una respuesta emocional real con algo que había escrito a toda prisa en una sola noche. Y eso era un don: o lo tenías o no lo tenías.

Ayudar a su nuevo amigo VR, decidió, le proporcionaría la motivación necesaria para hacer por fin todo lo que debía hacer, porque entonces Dodger le debería un favor, algo que él aprovecharía para encontrar un editor y obtener un sustancioso contrato que no sólo lo sacaría del agujero en el que lo había sumido su hipoteca, y no sólo le proporcionaría el presupuesto necesario para comprar comida orgánica saludable de verdad y renovar la cocina, sino que incluso le permitiría convencer a Lisa para que volviera con él, pues sabía que una de sus principales quejas sobre él era su «falta de iniciativa y ambición», detallada con dolorosa claridad en el apartado «Diferencias irreconciliables» del documento que había oficializado su acuerdo de divorcio.

O sea que Dodger necesitaba información sobre su madre, pero su madre se negaba a hablar. Dodger necesitaba información sobre el pasado de aquella mujer, pero los únicos documentos concretos de los que disponían eran un informe de detención incompleto y una fotografía de la madre tomada durante una manifestación en 1968. Sentada junto a ella en la foto había una chica con gafas de aviador que a lo mejor formaba parte de su grupo, y Pwnage se preguntó si todavía estaría viva. A lo mejor lo estaba y todavía vivía en Chicago, o a lo mejor tenía amigos que todavía vivían en Chicago; lo único que necesitaba eran nombres. Le mandó la foto a Axman, el guerrero elfo de nivel noventa de la hermandad que en la VR cursaba el último año de instituto y que era un genio de la programación, pero un cero a la izquierda en los deportes (lo único que le importaba a su padre, por desgracia). La especialidad informática de Axman era lo que él llamaba el «bombardeo social», un método que le permitía insertar un mensaje de forma prácticamente simultánea en todos los hilos de comentarios de blogs, en todas las páginas wiki, en todas las redes comunitarias y en todos los foros de internet. Casi con toda certeza habría alguien por ahí dispuesto a pagar un montón de dinero por aquel programa, pero hasta el momento Axman sólo lo había usado para vengarse de los deportistas que se metían con él en el instituto, por lo general pegando sus caras con Photoshop en escenas explícitas de pornografía gay y espameando la imagen resultante, muy realista, a quinientos millones de personas. Según Axman, la aplicación era todavía una versión beta. Decía que aún estaba buscando la forma de monetizarla, aunque Pwnage sospechaba que en realidad sólo estaba esperando a cumplir dieciocho años y largarse de casa para no tener que compartir sus millones con el cabronazo de su padre.

En cualquier caso, Pwnage le mandó la fotografía a Axman con una breve nota: «Espamea los foros de Chicago. Quiero saber quién es esta mujer».

A continuación, se recostó en la silla, muy satisfecho con lo que acababa de hacer. Y aunque sólo había tardado un minuto, dos como mucho, se sintió mentalmente exhausto por el esfuerzo: idear el plan, ejecutarlo. Estaba hecho polvo, estresado. Aquel día ya había trabajado lo suficiente. Intentó entrar en *Elfscape*, pero los servidores seguían desconectados.

Observó el buzón a través de la ventana. Se sentó en una silla a decidir qué debía hacer a continuación. Luego se levantó y se sentó en otra silla, porque la primera era un poco incómoda. Volvió a levantarse, fue hasta el centro de la habitación y practicó un juego mental en el que intentaba situarse en el centro exacto de la sala, equidistante de las cuatro paredes. Renunció al juego cuando se dio cuenta de que le estaban dando ganas de sacar la cinta métrica para verificar su precisión. Pensó que podía ver una película, pero ya las había visto todas, la colección completa, muchas veces. Pensó en comprar o bajarse alguna película nueva, pero el mero esfuerzo de tener que buscarla le pareció agotador. Fue hasta la parte trasera de la casa y luego volvió a la de delante con la esperanza de que se le ocurriera algo al ver según qué objeto. Tenía que hacer algo en la cocina, estaba seguro. El recuerdo de qué era seguía bailando en el aire, más allá de su alcance. Abrió el horno y lo cerró. Abrió el lavavajillas y lo cerró. Abrió la nevera, convencido de que allí dentro había algo que le haría caer por fin en lo que supuestamente debía recordar de la maldita cocina.

2

El caso es que... El caso es que Laura Pottsdam tenía la sensación de estar experimentando una emoción nueva. Algo que nunca había sentido hasta entonces. ¡Y eso era rarísimo! Estaba sola en su caótica habitación de la residencia, jugueteando con la app de iFeel mientras esperaba a que llegara Larry y, por primera vez en su vida, esa novedad: dudas.

Dudas sobre muchas cosas.

Dudas, de entrada, sobre la app de iFeel, que no le permitía expresar sus dudas, ya que «Dudas» no era una de las cincuenta emociones estándar disponibles en iFeel. La app le estaba fallando. Por primera vez, iFeel no sabía cómo se sentía Laura.

«iFeel horrible», escribió, pero después decidió que no, que no se sentía así. No era preciso. «Horrible» se sentía después de herir una vez más los sentimientos de su madre, o después de comer. Pero ahora no se sentía «horrible». Lo borró.

«iFeel perdida», escribió, pero le pareció estúpido y cursi, y desde luego muy poco propio de ella. Cuando alguien estaba «perdido», no tenía «un rumbo claro» en la vida, y Laura sí lo tenía, un rumbo clarísimo: hacia una exitosa vicepresidencia de comunicaciones y marketing. ¿Hola? ¿Licenciada en administración de empresas? ¿Universitaria de élite? Borró lo de «perdida».

«iFeel enojada» tampoco la convencía porque no parecía lo bastante importante. Borrar.

La gracia de iFeel era que le permitía comunicar cómo se sentía en cualquier momento a su enorme red de amigos, cuyas apps podían entonces responder automáticamente a sus sentimientos con un mensaje apropiado a la emoción expresada. Y por lo general a Laura le encantaba: publicaba «iFeel triste» y segundos más tarde su teléfono se iluminaba con palabras de ánimo, apoyo y optimismo que de verdad la hacían sentirse menos triste. Podía elegir cualquier emoción de entre las cincuenta opciones predefinidas, añadir una pequeña explicación, una fotografía o ambas cosas, y sentarse a ver llegar los mensajes de ánimo.

Pero en aquel momento, por primera vez, Laura tuvo la sensación de que las cincuenta emociones predefinidas eran limitadas. Por primera vez pensó que no sentía ninguna de las emociones estándar, y eso la sorprendió mucho, pues siempre le había parecido que cincuenta opciones eran muchísimas. De hecho, había algunas que nunca había manifestado sentir. No había escrito ni una sola vez «iFeel indefensa», por ejemplo, que era una de las cincuenta emociones estándar disponibles. Tampoco había escrito nunca «iFeel culpable», ni «iFeel avergonzada». Tampoco había escrito «iFeel vieja», por supuesto. No se sentía «triste», ni tampoco «abatida». No, más bien era como una duda sobre si pensaba, sentía y hacía lo correcto, de una manera exacta y absoluta. Era una sensación incómoda de verdad, porque contradecía el mensaje central de su vida: que todo lo que hacía era correcto y loable, y que iba a conseguir todo lo que quisiera porque se lo merecía, tal como afirmaba el mensaje más o menos constante que recibía de su madre, a quien Laura llamó después de reunirse con su profesor de Introducción a la Literatura.

—¡Cree que he hecho trampas! ¡Cree que he plagiado el trabajo!

—¿Y es verdad? —preguntó su madre.

—¡No! —exclamó Laura. Y luego, después de una larga pausa—: Bueno, en realidad sí. Lo copié.

—Bueno, estoy segura de que tenías un buen motivo para hacerlo.

—¡Tenía un motivo excelente! —dijo ella.

Su madre siempre se había encargado de eso, de brindarle buenas excusas. Una vez, cuando Laura tenía quince años, volvió a casa a las tres de la madrugada evidentemente borracha y tal vez un poco colocada, acompañada por tres chicos ruidosos y mucho mayores que ella, todos con los estudios recién terminados, o abandonados, despeinada y con el pelo de la nuca enredado, sin duda como consecuencia de una vigorosa fricción contra la tapicería del asiento trasero de un coche, en un estado tan cercano al comatoso que cuando su madre le preguntó «¿Dónde has estado?» no se le ocurrió nada y se quedó mirándola, tambaleándose en silencio; incluso en esa ocasión su madre acudió al rescate.

—¿Estás enferma? —le preguntó, y Laura, viendo su oportunidad, asintió sin hablar—. Estás enferma, ¿verdad? Estás incubando algo. Seguro que estabas echando una siesta y has perdido la noción del tiempo, ¿verdad?

—Sí —dijo Laura—. No me encuentro bien.

Naturalmente, al día siguiente tuvo que faltar al colegio para corroborar su mentira y adujo que estaba pillando un gripazo insoportable, lo cual tampoco era una gran exageración, teniendo en cuenta que se había despertado con una resaca de primera categoría.

Lo más raro de aquellas interacciones era hasta qué punto parecía creérselas su madre.

No era sólo que buscara excusas para su hija: parecía obstinada en alucinar con respecto a ella. «Eres una mujer muy fuerte, estoy orgullosa de ti», le decía después a Laura. O: «Lograrás todo lo que te propongas.» O: «No dejes que nadie se interponga en tu camino.» O: «Yo renuncié a mi carrera por ti, o sea que tu éxito lo es literalmente todo para mí.» Y cosas parecidas.

Pero ahora Laura tenía dudas, una emoción que no figuraba entre las cincuenta admisibles según iFeel, lo que ya de por sí la hacía dudar de si lo que sentía eran dudas, una especie de paradoja desconcertante a la que intentó no dedicar demasiada energía mental.

No podía suspender la asignatura de Introducción a la Literatura, eso era evidente. Había demasiado en juego: prácticas, empleos de verano, la media académica, un expediente manchado para siempre. No, eso no podía ocurrir. Y además se sentía maltratada y perjudicada por el profesor, que estaba dispuesto a arrebatarle el futuro por un triste ejercicio, en lo que le parecía una respuesta muy desproporcionada con respecto al delito cometido.

Aun así, Laura dudaba incluso de eso, porque si no importaba que hiciera trampas en un ejercicio en concreto, entonces, por extensión, tampoco pasaba nada si hacía trampas en todos los ejercicios. Y eso le resultaba un poco extraño, porque cuando empezó a copiar en el instituto había pactado consigo misma que no pasaba nada por hacer trampas en todos los trabajos y exámenes, siempre y cuando en el futuro, en cuanto esos ejercicios empezaran a ser relevantes, dejara de hacerlas y empezara a trabajar de verdad. Y eso todavía no había pasado. Cuatro años de instituto más uno de universidad, y todavía no había hecho nada que pareciera relevante ni por asomo. O sea que hacía trampas. En todo. Y luego mentía. Siempre. Y no sentía ni un ápice de remordimiento.

Hasta aquel día. Lo que la traía de cabeza aquel día era una pregunta: ¿y si terminaba la universidad sin haber hecho ni un solo trabajo universitario de verdad? Cuando consiguiera su primer gran empleo en publicidad y marketing ¿sabría qué tenía que hacer? Cayó en la cuenta de que ni siquiera sabía con exactitud a qué hacía referencia el término «marketing», aunque poseía una relativa capacidad innata de reconocer un buen trabajo de marketing cuando otros se lo hacían a ella.

Pero cada vez que pensaba que a lo mejor debía prestar más atención en clase, hacer los deberes ella misma, estudiar para los exámenes y escribir sus propios trabajos, se apoderaba de ella el siguiente temor: ¿y si no era capaz? ¿Y si no era lo bastante buena? ¿O lo bastante inteligente? ¿Y si suspendía? Le preocupaba que la Laura dispuesta a renunciar a los engaños y a la duplicidad no fuera la estudiante universitaria de élite que tanto ella como su madre daban por hecho que era.

Para su madre, descubrir eso sería devastador. Su madre (que desde el divorcio cerraba todos los correos electrónicos que mandaba a Laura con un «Eres mi única alegría») no podría asimilar el fracaso de Laura. Sería algo así como una invalidación de todo su proyecto vital.

O sea que Laura tenía que continuar, seguir adelante con su plan, por arriesgado que fuera, por el bien de su madre. Por el bien de ambas. No había lugar para las dudas.

Y el caso es que... El caso es que cada vez había más en juego. Su llamada a la decana la había librado de una vez por todas de cualquier suplicio relacionado con *Hamlet,* pero le había planteado un problema inesperado, pues ésta había decidido hacer cuanto fuera necesario para demostrar que la universidad era sensible a los sentimientos heridos de Laura. Estaba organizado una Conferencia de Mediación y Resolución de Conflictos, que, hasta donde Laura sabía, consistiría en que ella y el profesor Anderson pasaran dos días sentados a una mesa frente a frente mientras una serie de mediadores externos los ayudaban a «abordar, gestionar, lidiar con y resolver productivamente sus diferencias en un ambiente seguro y de respeto mutuo».

No podía imaginar una situación peor.

Laura sabía que sería complicado sostener sus mentiras durante dos días de escrutinio intenso. Sabía que debía evitar la reunión a toda costa, pero la única solución que se le había ocurrido hasta el momento le provocaba dudas e incluso cierta culpa y remordimiento.

Llamaron a la puerta. Debía de ser Larry, por fin.

—¡Un segundo! —exclamó.

Se quitó los shorts y la camiseta de tirantes, se arrancó el sujetador y las bragas y cogió una toalla del armario. Era la toalla más fina y pequeña que tenía. En realidad ni siquiera podía llamarse «toalla de baño», porque no alcanzaba a envolverla entera, sino que dejaba a la vista una larga daga de piel en un costado. La toalla tampoco tenía una anchura estándar, ya que la parte inferior apenas le llegaba a esa zona suave, carnosa y cosquillosa donde las piernas se unían al tronco. En otras palabras, bastaba el menor movimiento brusco para que todo quedara a la vista. La toalla era blanca y estaba raída de tanto lavarla, casi transparente en algunos lugares. La había metido en la lavadora muchas veces para conseguir exactamente aquel efecto. La usaba más o menos para lo mismo que los magos usan un reloj de cadena: para hipnotizar.

Abrió la puerta.

—Hola —dijo, y la mirada de Larry se desplazó de inmediato hacia el sur en cuanto la vio y asimiló su presencia envuelta en aquella toalla de dimensiones fantásticamente reducidas—. Estoy sin vestir, lo siento —se excusó—. Iba a ducharme.

Él entró y cerró la puerta tras de sí. Larry Broxton llevaba su uniforme habitual: pantalón corto de baloncesto plateado y brillante, camiseta negra y unas chanclas enormes. Y no era que Larry no tuviera nada más: tenía un montón de ropa, Laura había visto su armario, lleno de camisas elegantes que seguramente le habría comprado su madre. Lo que pasa es que siempre elegía aquellas prendas: las recogía del suelo cada mañana, las olisqueaba y se las volvía a poner. Laura se preguntaba cuánto tardaría en cansarse de llevar siempre lo mismo, pero ya había pasado un mes y no lo había visto cambiarse ni una sola vez. Se había dado cuenta de que los chicos podían concentrarse obsesivamente en un deseo. Cuando les gustaba algo, tendían a repetirlo una y otra vez.

—¿Necesitabas algo? —preguntó Larry.

En general, los chicos se mostraban ansiosos por complacerla, sobre todo cuando llevaba la Toalla. Larry se sentó en la cama y ella se colocó ante él, de tal modo que su cuerpo le quedaba justo a la altura de los ojos. Si se subía la toalla un centímetro o dos, era probable que él pudiera verle toda la zona púbica, perfectamente rasurada.

—Sólo un favorcito —dijo Laura.

Había conocido a Larry en la clase de Introducción a la Literatura. Se había fijado en él al principio, y le había picado la curiosidad por saber si se estaba dejando barba o simplemente se le olvidaba afeitarse. Luego lo había visto por el campus. Sabía que siempre llevaba la misma ropa y que conducía un enorme todoterreno negro. Larry nunca hablaba con nadie, hasta que un día después de clase le preguntó si quería ir a una fiesta de su fraternidad. Una fiesta temática. Asarían un cerdo al espetón. Prepararían lo que ellos llamaban «hamburguesas de brontosaurio». También un brebaje llamado «zumo jurásico». Era la fiesta de las Cavernícolas Zorronas.

¡Qué ofensivo! Era una fiesta en una fraternidad, ¡claro que iría vestida en plan zorrona! No hacía falta que se lo dijeran. ¿La habían tomado por estúpida?

En fin, el caso es que acudió. Con toga de cuero, sin ropa interior, y todo eso. Y bebió tanto zumo jurásico que llegó incluso a encontrarle buen sabor, y habló con Larry, que usó la palabra «circunspecto» en una frase, algo que la impresionó. Hablaron sobre lo que menos les gustaba de la universidad. «Las clases», dijo Laura. «Las plazas de aparcamiento son demasiado pequeñas», dijo Larry. Y Laura sintió esa necesidad que la acaparaba por completo en plena intoxicación; lo único que quería era restregar su cuerpo contra el de él. Pero todavía no estaba lo bastante ebria para ponerse en plan putón delante de toda aquella gente. Invitó a Larry a su habitación, donde le hizo una mamada y él se le corrió en la boca sin preguntar siquiera, lo que personalmente le pareció una falta de respeto, pero bueno.

No sabía qué significaba «circunspecto», pero a veces a los chicos hay que reconocerles los méritos. Era una buena palabra.

—¿Aún tienes ese trabajo? —preguntó Laura.

Se refería a unas fantásticas prácticas remuneradas que Larry había conseguido en el centro de apoyo informático del campus, donde pasaba la mayor parte de sus turnos de tres horas viendo vídeos en internet y, de vez en cuando, echándole una mano a algún pobre profesor que no sabía conectar la impresora.

—Sí —dijo.

—Ah, perfecto —dijo Laura, que se acercó a él y le rozó levemente una pierna con la suya.

Lo más extraño que había pasado aquella primera noche en que sedujo a Larry en su habitación de la residencia fue que, cuando él llegó al orgasmo, Laura notó que un fragmento de algo extraño le entraba en la boca, algo blando, pero sin duda sorprendentemente sólido. Se lo escupió en la mano y vio lo que parecía un trozo de hamburguesa de brontosaurio medio digerida. Supuso que aquello había salido de Larry, y en consecuencia concluyó que aquel chico tenía la singular habilidad de eyacular la cena a través del pene, cosa que le parecía asquerosa. A partir de aquel momento, siempre le pedía que soltara sus secreciones en otra parte.

—En tu trabajo puedes conectarte por acceso remoto a cualquier ordenador del campus, ¿verdad? —preguntó Laura.

—Sí.

—¡Perfecto! Necesito que investigues un ordenador.

Larry frunció el ceño.

—¿Cuál?

—El del profesor Anderson.

—Venga ya. ¿En serio?

Ella le acarició el pelo pajizo con una mano.

—Sí. Sé que esconde algo. Algo horrible.

Laura no había considerado otra posibilidad: que en realidad los hombres no tuvieran la capacidad biológica de eyacular el contenido de su estómago, y por lo tanto aquel trozo de hamburguesa de brontosaurio hubiera estado dentro de su boca desde el principio, desde antes incluso de que comenzara la mamada, alojado en el hueco correspondiente a la muela del juicio, y que el ímpetu orgásmico de Larry lo hubiera soltado, sin más. En otras palabras, una coincidencia, una desafortunada coincidencia. Más tarde le dijo a Larry que no quería que se le volviera a correr en la boca, y él, con gran entusiasmo, sugirió otros lugares: la cara, los pechos y el culo eran objetivos previsibles.

Previsibles porque los dos habían consumido tantas horas de pornografía en internet que no hacían más que reproducir unas escenas que ya les parecían normales, o incluso banales. Educados como estaban ambos en los tópicos eyaculatorios del porno, que Larry quisiera terminar todos sus polvos salpicando alguna parte de la anatomía de Laura les parecía tan sólo una culminación común del acto sexual. Pero entonces a Larry le dio por ampliar el objetivo: quería corrérsele en los pies, en la espalda, en el pelo, en el puente de la nariz, quería que se pusiera gafas para poder correrse encima de ellas, en los codos, en la parte más estrecha de las muñecas. ¡Era de una concreción asombrosa! A Laura le daba más o menos igual, pero Larry parecía disponer de un listado mental con todas las partes del cuerpo sobre las que quería eyacular. Le daba más bien igual, pero a veces la hacía sentirse como el equivalente sexual de un cartón de bingo.

—¿Qué esconde el profesor Anderson? —le preguntó Larry—. ¿Qué hay en su ordenador?

—Algo embarazoso. Tal vez incluso delictivo.

—¿En serio?

—Seguro —dijo Laura, convencida en un ochenta por ciento de que así era.

Total, ¿quién no tenía algo embarazoso en su ordenador? Una imagen dudosa descargada, algo cuestionable en el historial de navegación. La estadística estaba de su parte.

—Sólo puedo acceder a un ordenador si su propietario me pide ayuda —dijo Larry—. No puedo dedicarme a fisgonear.

—Puedes decir que era una tarea de mantenimiento rutinario.

Dio otro paso hacia él para que su cuerpo emergiera de detrás de la toalla. No estaba segura de qué había pasado ahí abajo, pues estaba concentrada en Larry, pero a juzgar por su expresión (por su forma de mirarla) supuso que había quedado al descubierto casi por completo de cintura para abajo.

—Piénsalo —dijo Laura—. Si encuentras alguna prueba de que no es apto para ser profesor, serás un héroe. Mi héroe.

Larry continuó mirándola.

—¿Lo harás por mí? —le preguntó.

—Voy a meterme en un lío —dijo él.

—No te pasará nada, te lo prometo —dijo ella, y le levantó la cabeza con la otra mano y soltó la toalla, que cayó al suelo sin hacer ruido.

Siempre le encantaba ese momento, el cambio que se producía en los hombres cuando se daban cuenta de lo que estaba a punto de pasar, la rapidez con la que adoptaban un nuevo tipo de intensidad y concentración. Larry ya la estaba agarrando.

—Vale —dijo—. Lo haré.

Laura sonrió. En ese instante, Larry habría accedido a cualquier cosa.

Aquel momento, el momento de la seducción, nunca había supuesto un problema para ella. El problema venía más tarde. Los hombres tendían a alejarse de ella al cabo de pocas semanas. No se podía contar con ellos. Por ejemplo, tres chicos distintos, tres amigos con derecho a roce, se habían declarado biasexuales poco después de sus encuentros con ella, lo que significaba, según sus propias palabras, que ya no sentían atracción por ninguno de los dos sexos.

Laura se quedó a cuadros: ¿cuál era la probabilidad de que ocurriera algo así?

Cuando Larry terminó y se marchó de su cuarto, Laura se limpió los restos pegajosos de las tibias (otra novedad) y volvió a iFeel con la esperanza de ver las cosas más claras: a lo mejor ahora ya era capaz de averiguar qué quería decir, qué sentía. Pero no hubo suerte. Sus emociones le parecían más ajenas que nunca.

Decidió activar la función de autocorrector de iFeel, una función informática genial que tomaba cualquier emoción que creyeras sentir, la comparaba con los millones de entradas recopiladas en la base de datos de iFeel y, mediante una operación a medio camino entre el *data-mining* y el *crowd-surfing*, extrapolaba cuál de las cincuenta emociones predefinidas estabas sintiendo en realidad. Laura pulsó en un enlace, se abrió un campo de texto y empezó a escribir:

 iFeel q no me merezco suspender la asignatura solo pq he copiado un trabajo idiota pero tambien se q seguramte no deberia copiar tanto en todas las clases pq llegara el dia en q tendre q salir a buscar trabajo y saber cosas de mi especialidad o lo q sea ~('·_·')~ pero estoy en un punto en el q TENGO Q hacer trampas pq he hecho tantas trampas en el pasado q normalmte no tengo ni idea de que van mis asignaturas (☉_☉) o sea q si dejara de copiar sacaria muy malas notas y a lo mejor incluso me echarian de la uni asi q si voy a fracasar de todos modos prefiero copiar y sacar las notas q necesito para convertirme en la exitosa mujer de negocios q mi madre quiere desesperadamente q sea. X eso tengo q impedir una reunion con el profesor y he pensado mucho en ello y he llegado a la conclusion de q la uni no obligara al profesor a asistir si YA NO ES EMPLEADO DE LA UNI \(^.^)/ o sea q tal vez la unica forma de salir de esta es desacreditar totalmte al profesor y hacer q lo despidan y arruinarle la vida, y eso me hace sentir un poco culpable y tambien enfadada con la uni por haberme puesto en esta situacion y practicamte obligarme a hacer algo de lo q supongo q mas tarde me arrepentire solo pq he copiado en una mierda de trabajo ¯_(⊙^⊙)_/¯

Pulsó Enter y la app de iFeel procesó el texto un momento antes de que el autocorrector le mostrara la respuesta:

¿Quieres decir «mal»?

Sí, seguro que quería decir eso. Lo publicó de inmediato: «iFeel mal». Segundos más tarde empezaron a llegar los mensajes.

ánimo niña! :)

no te sientas mal, eres geni@l!!

t kiero!

eres la mjor!!!!

Recibió éstos y muchos más, decenas de ellos, de amigos y admiradores, de novios y amantes, de colegas y conocidos. Y aunque no sabían por qué se sentía mal, era sorprendentemente fácil fingir que sí, que todos estaban al corriente del plan, de modo que cada nuevo mensaje reforzaba su determinación. Era lo que tenía que hacer. Pensó en su futuro, en su madre, en todo lo que había en juego. Y supo que no se equivocaba. Seguiría adelante con el plan. El profesor se lo merecía. Se lo había buscado. La que le iba a caer.

3

Quedaron en una de las diversas franquicias de restaurantes que había cerca del complejo de oficinas donde trabajaba Henry, a las afueras de la ciudad, uno de esos que se construyen justo al lado de las autopistas, en una vía rápida de una sola dirección y con un tráfico espantoso. La ruta para llegar solía confundir a los GPS y a las aplicaciones de mapas, ya que requería una serie de giros de ciento ochenta grados complicados y nada naturales para sortear los diversos viaductos, rampas de acceso y distribuidores viales necesarios para la autovía de catorce carriles que había en los aledaños.

En el restaurante sonaban los éxitos musicales del momento, alegres y contagiosos, el suelo estaba cubierto de moqueta industrial y —dentro del radio de acción de los niños que comían sentados en tronas— de pegotes de comida, manchas de leche, ceras y trozos de servilleta húmedos y retorcidos. En el vestíbulo de la entrada, unas cuantas familias esperaban a que les asignaran una mesa sin apartar la mirada del disco redondo de plástico que les había entregado una camarera, un aparato con algún tipo de motor y luz internos que se pondría a vibrar y parpadear en cuanto su mesa quedara libre.

Henry y Samuel estaban sentados en un reservado y tenían una carta cada uno, cartas grandes y plastificadas, con colores dinámicos y subdivisiones complejas, más o menos del tamaño de los Diez Mandamientos en aquella famosa película sobre los Diez Mandamientos. La comida era la habitual en las cadenas de restaurantes: hamburguesas, bistecs, bocadillos, ensaladas, una lista de aperitivos ingeniosos cuyos nombres incluían adjetivos extravagantes, como por ejemplo «crepitante». Lo que en teoría distinguía a aquella cadena de restaurantes de las demás era alguna rareza que hacía con la cebolla: la cortaban y freían de tal forma que, al colocarla sobre el plato, se abría y parecía una especie de zarpa disecada y con numerosas garras. El cliente que se hacía socio del Club de Ventajas podía acumular puntos por comer esas cosas.

La mesa estaba abarrotada de aperitivos que Henry ya había pagado con la tarjeta de crédito de la empresa. Estaban allí para lo que Henry llamaba una «investigación de campo». Probaban el menú y discutían qué elementos tenían potencial como platos congelados: los bocaditos dorados de cheddar frito, sí; el atún *ahi* braseado, seguramente no.

Henry iba tomando nota de todo ello en su portátil. Estaban devorando una bandeja de brochetas de pollo con glaseado de miso cuando al fin sacó el tema que tantas ganas tenía de abordar, por mucho que se esforzara en aparentar indiferencia.

—Ah, por cierto, ¿cómo te va con tu madre? —preguntó en tono displicente mientras cortaba un pedazo de pollo con el tenedor.

—Pues no muy bien —dijo Samuel—. Hoy he pasado toda la tarde en la biblioteca de la UIC inspeccionando el archivo, estudiando todo lo que tenían de 1968. Anuarios. Periódicos. Esperaba encontrar algo sobre mamá.

—¿Y?

—Nada.

—Bueno, no pasó demasiado tiempo allí —dijo Henry—. Tal vez un mes. No me sorprende que no encuentres nada.

—No sé qué hacer.

—Cuando la visitaste, en su apartamento, ¿la viste...? No sé... ¿feliz?

—No mucho. Me pareció más bien silenciosa y reservada. Con un punto de resignación desesperanzada.

—Me suena.

—A lo mejor debería ir a verla otra vez —dijo Samuel—. Pasarme otro día, cuando no esté el abogado.

—Es una pésima idea —dijo Henry.

—¿Por qué?

—Para empezar, porque no se lo merece. No te ha dado más que problemas toda tu vida. Pero también por la delincuencia; es demasiado peligroso.

—Venga ya.

—¡Hablo en serio! ¿Cuál era la dirección?

Samuel se la dio y vio que su padre la introducía en el ordenador.

—Aquí dice —dijo Henry, mirando la pantalla— que ha habido sesenta y un delitos en el barrio.

—Papá...

—¡Sesenta y uno! Sólo en el último mes. Agresión. Amenazas con violencia. Allanamiento con uso de fuerza. Vandalismo. Robo de vehículo motorizado. Hurto. Otra agresión. Allanamiento criminal. Robo. Otra agresión. ¡En la acera! Qué barbaridad.

—Ya he estado allí. No está tan mal.

—En la acera, en pleno día. ¡A plena luz del día! Un tío te atiza con una palanca, te roba la cartera y te deja medio muerto.

—Estoy seguro de que no pasará.

—Es que ya ha pasado. Pasó ayer.

—Quiero decir que no me pasará a mí.

—Intento de robo. Un delito con arma de fuego. Una persona hallada, creo que eso quiere decir que la habían secuestrado.

—Papá, escucha.

—Agresión en el autobús. Amenazas con agravantes.

—Vale, iré con cuidado. Como tú quieras.

—¿Como yo quiera? Perfecto, pues no vayas. Ni se te ocurra. Quédate en casa.

—Papá...

—Que se las arregle sola. Que se pudra.

—Pero es que la necesito.

—No es verdad.

—¡Tampoco es que vayamos a empezar a pasar las Navidades juntos! Sólo necesito su historia. Si no la consigo, mi editorial me denunciará.

—Me parece muy mala idea.

—¿Sabes cuál es la alternativa? Declararme en quiebra y mudarme a Yakarta. Es la opción que tengo.

—¿Por qué Yakarta?

—Es sólo un ejemplo. Lo que quiero decir es que necesito que mamá hable.

Henry se encogió de hombros, masticó el pollo y apuntó algo en el portátil.

—¿Viste el partido de los Cubs anoche? —preguntó, sin apartar la mirada de la pantalla.

—He estado un poco distraído últimamente —dijo Samuel.

—Ajá —dijo Henry, asintiendo—. No estuvo mal.

Así solían relacionarse, a través del deporte. Era el tema en el que se refugiaban cuando la conversación se encallaba o se volvía peligrosamente personal o triste. Después de irse Faye, Samuel y su padre casi nunca hablaban de ella. Cada uno pasó el duelo por su cuenta. De lo que más hablaban era de los Cubs. Tras la marcha de Faye, ambos descubrieron en su interior una pasión repentina, obsesiva y sorprendentemente poderosa por los Chicago Cubs. Samuel descolgó de las paredes de su dormitorio las reproducciones enmarcadas de incomprensibles obras de arte moderno y los panfletos de poesía sin sentido que había colgado su madre, y los sustituyó por pósteres de Ryne Sandberg y Andre Dawson y por banderines del equipo. Durante las retransmisiones de la WGN por las tardes de entre semana, Samuel rezaba literalmente a Dios (de rodillas encima del sofá, mirando al techo), rezaba, cruzaba los dedos y pactaba con Dios a cambio de un *home run*, una victoria en la última entrada, una temporada victoriosa.

Muy de vez en cuando iban a ver algún partido de los Cubs, siempre de día, siempre después de un complejo ritual durante el que Henry llenaba el coche con provisiones suficientes para sobrevivir a cualquier catástrofe en la carretera. Se llevaba garrafas de agua extra para beber, pero también por si tenían problemas con el radiador. Una rueda de recambio, a veces dos. Bengalas, una radio de emergencia accionada con manivela. Planos de Wrigleyville sobre los que había tomado notas en visitas anteriores: dónde había encontrado aparcamiento, dónde había visto mendigos o camellos. Había tachado por completo los barrios que le daban mala espina. Llevaba una cartera falsa por si los atracaban.

Cuando cruzaban los límites de la ciudad de Chicago y el tráfico se intensificaba y los barrios empezaban a cambiar, preguntaba: «¿Puertas cerradas?», y Samuel probaba el tirador y respondía: «¡Afirmativo!»

«¿Ojos bien abiertos?»

«¡Afirmativo!»

Y juntos se mantenían alerta, atentos a los delincuentes, hasta que volvían a casa.

Henry nunca se había preocupado tanto, pero desde la desaparición de Faye lo obsesionaban los desastres y los atracos. La pérdida de su mujer lo había convencido de que había otras pérdidas inminentes y próximas.

—Me encantaría saber qué le pasó —dijo Samuel—. En Chicago, digo. En la universidad. ¿Por qué la dejó tan pronto?

—Ni idea, nunca habló de ello.

—¿Y tú no se lo preguntaste?

—Me alegré tanto de que volviera que preferí no llamar al mal tiempo. A caballo regalado no le mires los dientes, ¿no? Lo dejé correr. Me pareció una actitud muy moderna y empática.

—Tengo que averiguar qué le sucedió.

—Oye, necesito tu opinión. Vamos a lanzar una línea nueva. ¿Qué logo prefieres?

Henry le acercó dos hojas impresas por encima de la mesa. En una ponía «CONGELADOS FRESCOS DE GRANJA», y en la otra «CONGELADOS DE GRANJA FRESCOS».

—Me alegro de que te preocupes tanto por el bienestar de tu hijo —dijo Samuel.

—En serio, ¿cuál te gusta más?

—Me alegro de que le des tanta importancia a mi crisis personal.

—No seas tan dramático y elige un logo, anda.

Samuel los estudió un momento.

—Supongo que voto por CONGELADOS FRESCOS DE GRANJA. En caso de duda, ordena las palabras correctamente, ¿no?

—¡Eso digo yo! Pero según los de publicidad, el otro orden le da más personalidad a la marca. Bueno, ellos lo llaman *branding*.

—Qué ganas de usar palabras que no existen.

—Cómo se nota que eres profesor. Siempre hacen lo mismo. Dicen que hace treinta años era posible anunciarse usando frases sencillas y enunciativas como «¡Sabe delicioso!» o «¡Vive feliz!». Hoy en día, en cambio, los consumidores son más sofisticados y eso te obliga a ser más creativo con el lenguaje: «¡El sabor de los que saben!», «¡Paladea tu felicidad!».

—Oye, una pregunta —dijo Samuel—. ¿Cómo es posible que algo sea fresco de granja y, al mismo tiempo, congelado?

—Eso es algo que se plantea mucha menos gente de la que imaginarías.

—En cuanto algo está congelado, por definición, deja de ser fresco, ¿no?

—Son palabras clave. Cuando quieren que un anuncio apele a los hípsteres sibaritas, usan la expresión «fresco de granja», o tal vez «artesanal». O «de proximidad». Para los milenials usan «*vintage*». Para las mujeres, «descremado». Y no me hagas hablar sobre la supuesta «granja» de donde procede toda esta comida «fresca de granja». Yo soy de Iowa. Sé bastante de granjas. Eso no es una granja.

A Samuel le sonó el teléfono al entrarle un mensaje. Se llevó la mano al bolsillo en una reacción instintiva, pero se detuvo y posó las dos manos, cruzadas, encima de la mesa. Él y Henry se sostuvieron la mirada un momento.

—¿No vas a comprobar quién es? —preguntó Henry.

—No —dijo Samuel—. Estamos hablando.

—Qué detallazo.

—Estamos hablando de tu trabajo.

—Bueno, yo tampoco lo llamaría «hablar». Tú escuchas mientras yo me quejo, como siempre.

—¿Cuánto te queda para la jubilación?

—Uy, demasiado. Pero me muero de ganas de que llegue. Y cuando por fin me largue, nadie se alegrará tanto como los de publicidad. Tendrías que ver cómo me pongo cada vez que quieren usar palabras que no existen. ¿Cronuts? ¿Cruffins? No, gracias.

Samuel recordaba lo feliz que estaba su padre cuando consiguió el trabajo y se mudó con la familia a Streamwood, la etapa final del éxodo de los apartamentos abarrotados a las casas espaciosas de Oakdale Lane, con sus amplios jardines. Por primera vez tenían un jardín con césped. Henry quería comprar un perro. Tenían lavadora y secadora ¡dentro de la casa! Basta de viajes a la lavandería los domingos por la tarde. Basta de arrastrar la compra a lo largo de cinco manzanas. Basta de vandalismo contra los coches. Basta de soportar las peleas de la pareja del piso de arriba o los berridos del bebé del de abajo. Henry estaba eufórico. Faye, en cambio, parecía un poco perdida. A lo mejor se habían peleado: ella quería vivir en la ciudad; él, mudarse a las afueras. Quién sabe cómo se resuelven esas diferencias. Existen otras vidas, más interesantes, que los padres ocultan a sus hijos. Samuel sólo sabía que su madre había perdido la batalla y que luego se burlaba de todos los símbolos de su derrota: la enorme puerta marrón del garaje, el porche del patio, la barbacoa burguesa, su larga y apartada calle, llena de familias blancas, felices, seguras y con hijos.

Henry debía de creer que ya lo tenía todo: un buen trabajo, una familia, una casa bonita en las afueras. Era lo que siempre había querido, y por eso le supuso un golpe horrible, demoledor incluso, que todo se derrumbara: primero cuando su mujer lo abandonó, y luego cuando su empresa hizo lo mismo. Debió de ser en 2003 —después de más de veinte años trabajando allí, cuando a Henry le faltaban apenas dieciocho meses para asegurarse una buena jubilación anticipada, quedaba tan poco que ya había empezado a hacer planes de viaje y a adoptar nuevos pasatiempos— cuando su empresa se declaró en bancarrota. Y eso a pesar de que dos días antes habían mandado una circular a todos sus empleados en la que les aseguraban que todo iba bien, afirmaban que los rumores de quiebra eran exagerados y les recomendaban conservar sus acciones o incluso adquirir más, pues en ese momento cotizaban muy por debajo de su valor real. Henry les hizo caso, pero más tarde se supo que ese mismo día el director general se había deshecho en secreto de todo su paquete accionarial. La jubilación de Henry estaba vinculada por completo a las acciones de la empresa, que habían perdido todo su valor, y cuando la empresa salió de la bancarrota y emitió nuevas acciones, se las ofrecieron sólo a los miembros del consejo de administración y a grandes inversores de Wall Street. Así que Henry se quedó sin nada. El colchón que había pasado tanto tiempo acumulando se había evaporado en un solo día.

Ese día, cuando cayó en la cuenta de que su jubilación tendría que esperar diez o tal vez incluso quince años más, a Henry se le quedó la misma cara de perplejidad que cuando desapareció Faye. Una vez más lo había traicionado precisamente quien se suponía que debía velar por su seguridad.

Con el tiempo se había convertido en un hombre cínico y receloso, el tipo de persona que ya no se fía de las promesas de nadie.

—El estadounidense medio come congelados seis veces al mes —dijo Henry—. Mi trabajo consiste en lograr que sean siete. Para eso trabajo sin descanso, a veces incluso en fin de semana.

—Oyéndote hablar, no parece que te apasione.

—El problema es que en la oficina nadie piensa a largo plazo. Todos están obsesionados con la próxima declaración trimestral, el próximo informe de ingresos. No han visto lo que yo he visto.

—¿Y qué has visto?

—Que cada vez que identificamos un nuevo nicho de mercado, a la larga no hacemos más que desmantelarlo. Ése es nuestro principio rector, nuestra filosofía original. En los años cincuenta, la marca Swanson vio que las familias se reunían para comer y quiso entrar en ese mercado. Por eso inventaron las bandejas de comida instantánea para cenar viendo la tele. Y con ello las familias se dieron cuenta de que no necesitaban reunirse para comer. Vender cenas familiares provocó la extinción de las cenas familiares. Desde entonces no hemos parado de pulverizar el mercado.

A Samuel volvió a sonarle el móvil, otro mensaje de texto.

—Por Dios —dijo Henry—. Los jóvenes y vuestros teléfonos. Míralo de una vez.

—Perdón —dijo Samuel, y se puso a leer el mensaje. Era de Pwnage. Decía: «FLIPA HE ENCONTRADO MUJER D LA FOTO!!!»—. Disculpa, un segundo —dijo Samuel a su padre mientras escribía una respuesta.

qué mujer? qué foto?

la foto d tu madre en los 60!! he encontrado la mujer d la foto!!

en serio??

ven a jezebels ahora mismo te lo cuento todo!!!

—Es como cuando en el trabajo intento mantener una conversación con alguno de nuestros becarios —dijo Henry—. Tenéis la cabeza en dos sitios a la vez. No le prestáis atención de verdad a nada. Y si sueno como un vejestorio me da igual.

—Lo siento, papá, me tengo que ir.

—Sois incapaces de pasar diez minutos sentados sin interrupciones. Andáis siempre ocupadísimos.

—Gracias por la cena, te llamaré pronto.

Samuel se dirigió a toda prisa hacia el sur, al barrio donde vivía Pwnage, aparcó bajo las luces púrpura de Jezebels y entró corriendo en el bar, donde encontró a su colega de *Elfscape* en la barra, viendo la tele, un programa muy conocido sobre excesos gastronómicos.

—¿Has encontrado a la mujer de la foto? —preguntó Samuel al sentarse.

—Sí. Se llama Alice y vive en Indiana, en el culo del mundo.

Le entregó una fotografía, sacada de internet e impresa sobre papel corriente: una mujer en la playa un día de sol, sonriendo a la cámara, con botas de excursionista, pantalón de camuflaje, un sombrero verde ancho y una camiseta en la que ponía «Happy Camper».

—¿Seguro que es ella? —preguntó Samuel.

—Segurísimo. Estaba sentada detrás de tu madre cuando sacaron esa foto de las protestas de 1968. Me lo ha dicho ella misma.

—Increíble —dijo Samuel.

—¿Y quieres saber lo mejor? Tu madre y ella eran vecinas. En la residencia universitaria o algo así.

—¿Y quiere hablar conmigo?

—Ya te he concertado una cita. Te espera mañana.

Pwnage le entregó una copia impresa del breve intercambio de correos electrónicos que había mantenido con Alice, así como la dirección de ésta y la localización de su casa en un mapa.

—¿Cómo la has encontrado?

—Como era Día de Parche, tenía tiempo libre. Ha sido coser y cantar. —Volvió a mirar la tele—. ¡Uau, fíjate! ¿Tú crees que será capaz de comerse todo eso? Yo apuesto a que sí.

Se refería al presentador del programa de televisión, un tipo famoso por su capacidad de ingerir cantidades asombrosas de comida sin desmayarse ni vomitar. Decenas de restaurantes de todo el país tenían colgadas placas con su nombre, al estilo del Salón de la Fama, para conmemorar su victoria sobre algún objeto alimenticio: un chuletón de dos kilos, una hamburguesa tamaño pizza XXL, un burrito que pesaba más que la mayoría de los recién nacidos. Tenía la típica cara hinchada de alguien que acumula medio centímetro extra por todo su cuerpo.

En aquel preciso instante, el presentador hacía comentarios pintorescos mientras el cocinero de lo que parecía ser una cafetería grasienta preparaba tortas de patata sobre una parrilla grande y descolorida: una montaña de patata que convirtió en un cuadrado del tamaño aproximado de un tablero de ajedrez. Encima de la torta de patata, el cocinero amontonó dos puñados de salchicha desmenuzada, cuatro de beicon troceado, ternera picada, varias cebollas a dados y lo que parecía ser cheddar blanco, o mozzarella, o Monterey Jack rallado, tanto queso que la carne quedó sepultada por completo debajo de la masa blanca y medio derretida. En la esquina superior derecha de la pantalla ponía: «11-S: No olvidamos.»

—Te debo una, tío —dijo Samuel—. Muchísimas gracias. Si necesitas algo, sólo tienes que pedírmelo.

—De nada, hombre.

—En serio, ¿puedo hacer algo por ti?

—No, no, tranquilo.

—Bueno, pero si se te ocurre algo, dímelo, ¿vale?

El cocinero estampó seis bolas grandes de nata agria a golpe de espátula encima de la capa blanca de queso y las repartió sobre los gruesos ladrillos de comida. A continuación convirtió toda la pila en un rollo, con la tortita de patata por fuera, la cortó en dos y colocó ambas mitades en una bandeja blanca, donde se sostuvieron en pie. Se abrieron por algunas partes y soltaron vapor y un líquido denso, cremoso y grasiento. El plato se llamaba Rompetripas de las Torres Gemelas. El presentador se sentó en el comedor del restaurante, rodeado de clientes emocionados por salir en la tele. Le pusieron delante aquellos troncos dorados de patata y carne y él pidió un momento de silencio. Todos los presentes agacharon la cabeza. Primer plano del Rompetripas vertiendo aquella masa blanquecina. Entonces la multitud, animada tal vez por alguien fuera de plano, empezó a gritar: «¡Come! ¡Come! ¡Come! ¡Come!» El presentador cogió un cuchillo y un tenedor, hizo un corte en la costra exterior del Rompetripas, sacó una porción de la mezcla interior derretida y se la metió en la boca. Masticó, dirigió una mirada lastimera a la cámara y dijo «Uf, vaya mazacote». La multitud se rió. «Colega, no sé si podré.» Corte a publicidad.

—En realidad —dijo Pwnage— sí que hay algo que puedes hacer por mí.

—Lo que sea.

—Tengo un libro —dijo Pwnage—. Bueno, de hecho es más bien una idea para un libro. Un *thriller* de misterio.

—La historia del detective con poderes paranormales. Me acuerdo.

—Sí, siempre he querido escribir esa historia, pero he tenido que posponerlo porque antes de empezar tenía que completar un montón de tareas. Ya me entiendes, mis lectores esperan que sepa cómo opera la policía y cómo funciona de verdad el sistema judicial, o sea que tendría que acompañar a un agente de policía durante unos días, y eso implica encontrar a un agente, contarle que soy escritor y que estoy trabajando en una novela policíaca y pedirle que me deje acompañarlo unas cuantas noches para familiarizarme con el lenguaje y los procedimientos policiales auténticos. Esas cosas.

—Ya.

—Investigar un poco, vamos.

—Sí.

—Pero bueno, luego pensé que ningún agente al que mandara una carta se creería lo de que soy «escritor», porque nunca he publicado nada, un dato que él descubriría casi con total seguridad, porque los policías saben averiguar cosas. Por lo tanto, antes de contactar con un agente tendré que publicar unos cuantos relatos en revistas literarias y tal vez incluso ganar algunos premios literarios para corroborar lo de que soy «escritor», porque así el agente de policía estaría más predispuesto a dejarme acompañarlo durante su turno.

—Sí, supongo que sí.

—Eso por no hablar de todos los libros sobre percepciones extrasensoriales y otros fenómenos psíquicos paranormales que tendría que leer para darle verosimilitud al texto. De hecho, hay tantísimas cosas que debería terminar antes de empezar siquiera a escribir que me cuesta encontrar la motivación necesaria.

—¿Estás intentando pedirme algo en concreto?

—Si tuviera un editor interesado en mi libro, el agente de policía con el que contactara se creería automáticamente lo de que soy escritor, y además yo tendría un incentivo para empezar a escribir de verdad. Y luego está el dinero del anticipo, claro, que me proporcionaría los fondos que necesito para reformar la cocina.

—O sea, que quieres que le enseñe tu libro a mi editor, ¿no?

—Sí, si no es mucho pedir.

—Ningún problema. Dalo por hecho.

Pwnage sonrió, le dio una palmada en la espalda a Samuel y se volvió de nuevo para mirar al tipo de la tele, que ya se había zampado la mitad del Rompetripas: había devorado uno de los dos troncos gemelos, el otro había perdido ya toda la integridad estructural y había quedado reducido a un cono de escombros pringosos de patata. El presentador dirigió una mirada agotada a la cámara, con la expresión propia de un boxeador aturdido y exhausto que intenta no caer inconsciente. El cocinero explicó que había creado el Rompetripas de las Torres Gemelas años antes para «no olvidar nunca». El presentador atacó el segundo tronco. El tenedor se movía con gran lentitud y temblaba de forma visible. Un espectador preocupado le ofreció un vaso de agua, pero él lo rechazó. Engulló el siguiente bocado. Daba la impresión de detestarse.

Samuel estudió la fotografía de Alice. Se preguntó cómo era posible que la manifestante feroz de 1968 se hubiera convertido en aquella persona, que por lo visto llevaba pantalones militares y camisetas con mensajes irónicos y se paseaba por la playa, feliz y relajada. ¿Cómo era posible que dos personas que parecían tan distintas habitaran un mismo cuerpo?

—¿Has hablado con Alice? —preguntó Samuel.

—Sí.

—¿Y qué te ha parecido? ¿Qué impresión te ha causado?

—La he visto muy interesada en la mostaza.

—¿Mostaza?

—Sí.

—¿Es jerga?

—No, lo digo literalmente —dijo Pwnage—. Está superinteresada en la mostaza.

—No lo entiendo.

—Yo tampoco.

El hombre de la tele, mientras tanto, apuraba los últimos bocados. Estaba agotado, hecho polvo. Tenía la frente apoyada en la mesa y los brazos extendidos, y de no ser por su respiración pesada y su sudoración copiosa, se habría dicho que estaba muerto. La multitud estaba exultante porque casi se había terminado el plato. El cocinero dijo que nadie había estado tan a punto hasta el momento. La multitud empezó a corear «¡USA! ¡USA!». El presentador pinchó el último bocado con el tenedor y, tembloroso, lo sostuvo en lo alto.

4

Alice estaba arrodillada en el suelo blando y esponjoso del bosque de detrás de su casa. Cogió una matita de mostaza y tiró de ella, no muy fuerte, ni tampoco recto, sino más bien con suavidad y retorciéndola, una torsión que liberaba las raíces del suelo terroso sin romperlas. Era lo que hacía casi cada día. Paseaba por los bosques de las dunas de Indiana y los absolvía de la mostaza.

Samuel se encontraba a unos veinte pasos de distancia, observándola. Estaba en el estrecho caminito de grava que atravesaba el bosque y conectaba la cabaña de Alice con su apartado garaje. El camino tenía casi medio kilómetro de longitud y remontaba una colina. Los perros se habían puesto a ladrar al verlo llegar a la loma.

—El problema son las semillas —dijo Alice—. Las semillas de la aliaria pueden durar años.

La mujer había emprendido una cruzada unipersonal por las dunas de la orilla sur del lago Michigan. Aquella variedad concreta y exótica de la mostaza había llegado desde Europa hasta los bosques de Indiana, donde había procedido a aniquilar flores, arbustos y árboles nativos. Si ella no se dedicaba a eliminarla, se adueñaría de todo en unos pocos veranos.

El día anterior había estado leyendo uno de los foros de internet sobre especies invasoras de la zona de Chicago que moderaba ella misma, donde se encargaba de advertir a los usuarios cuando se equivocaban de sección y de trasladar los hilos mal ubicados a otros foros de debate. Le gustaba que todo estuviera limpio y pulcro; se enfrascaba en una especie de poda que era casi una réplica digital de lo que hacía casi todos los días en el bosque, arrancar todo aquello que estaba fuera de lugar. Y como a la mayoría de las páginas web las bombardeaban con una cantidad impensable de spam (sobre todo de pastillas para aumentar la potencia sexual masculina, pornografía o a saber qué, porque algunos anuncios estaban en cirílico), incluso los sitios más modestos y especializados necesitaban moderadores que controlaran activamente los foros y eliminaran publicaciones, anuncios y mensajes de spam no deseados para que la información no terminara asfixiada bajo una avalancha de entradas sin sentido. Alice dedicaba la mayor parte del tiempo que no pasaba con la mostaza, con sus perros o con su compañera, a combatir el caos creciente, a tratar de alcanzar un orden propio de la Ilustración en plena locura del siglo XXI.

Estaba leyendo en el portátil una discusión de su foro sobre especies invasoras cuando vio que alguien llamado Axman había publicado un hilo titulado «Alguien conoce a la mujer de ESTA FOTO?». Estaba casi segura de que era spam, por el uso innecesario de las mayúsculas y porque no tenía nada que ver con el tema de aquel foro en concreto, que era «Madreselva (de Amur, de Morrow, de Bell, de Standish y Tartárica)». Estaba a punto de mandar la publicación al foro Cajón de Sastre y de regañar a Axman por colgarlo donde no tocaba, cuando abrió la imagen en cuestión y, anonadada, se vio a sí misma.

Era una foto tomada en 1968 durante las grandes protestas de aquel año en Chicago. Y ahí estaba ella, con sus viejas gafas de sol y su uniforme de combate, mirando a la cámara. Joder, qué tía más dura era en aquella época. Estaba en el parque, en medio de la revuelta estudiantil. Miles de manifestantes. A su espalda había banderas, pancartas y las siluetas de los viejos edificios de Chicago recortadas contra el horizonte. Y sentada ante ella, Faye. No podía creer lo que estaba viendo.

Escribió a Axman, que la derivó a un tipo raro llamado Pwnage, que a su vez la derivó a Samuel, que la visitó justo al día siguiente.

Permanecía de pie a varios pasos de ella, lejos de aquel matorral frondoso que a ojos del no iniciado parecía una planta normal y corriente, pero que en realidad era una aliaria. Cada rama contenía decenas de semillas que se acumulaban en las suelas de los zapatos, dentro de los calcetines y en los bajos de los vaqueros, y que luego se esparcían al caminar. A Samuel ni le permitió acercarse. Alice llevaba unas enormes botas de plástico hasta las rodillas que parecían apropiadas para pantanos o ciénagas. Iba equipada con unas bolsas de plástico negras con las que envolvía con cuidado cada planta de aliaria para atrapar las semillas que caían cuando las arrancaba del suelo. Cada planta contenía cientos de semillas, y no se le podía escapar ni una. Cuando las bolsas estaban llenas de plantas de mostaza las sostenía de una manera particular —con cautela, a cierta distancia del cuerpo—, como quien sostiene un saco con un gato muerto en su interior.

—¿Cómo te metiste en esto? —preguntó Samuel—. En lo de la mostaza, digo.

—Cuando me mudé aquí descubrí que estaba matando todas las plantas nativas —dijo ella.

La cabaña de Alice se asomaba a una pequeña duna a orillas del lago Michigan, lo más parecido a una casa de playa que se podía tener en Indiana. La había comprado por casi nada en 1986, cuando el lago registraba alturas de récord. El agua llegaba hasta pocos metros del porche. Si el lago hubiera seguido creciendo, se habría llevado la casa.

—Comprar la casa fue un riesgo —dijo Alice—, pero un riesgo informado.

—¿En qué te basaste?

—En el cambio climático —respondió ella—. Veranos más cálidos y secos. Más sequías, menos lluvia. Menos hielo en invierno, más evaporación. Si los científicos del cambio climático estaban en lo cierto, el lago tenía que retroceder. Así que me convertí en fan del cambio climático.

—Debía de ser una sensación... no sé, complicada, ¿no?

—Cada vez que estaba en un atasco imaginaba el dióxido de carbono de todos esos coches flotando en el ambiente y salvando mi casa. Era pura perversión.

En efecto, con el tiempo el lago empezó a retroceder. Y Alice tenía una bonita playa donde antes había agua. Había comprado la casa por diez mil dólares y ahora valía millones.

—Me mudé aquí con mi compañera —dijo Alice—. Eran los ochenta, estábamos hartas de mentir sobre nuestra relación, de decir a los vecinos que éramos compañeras de piso, que ella era mi mejor amiga. Queríamos intimidad.

—¿Dónde está tu compañera?

—Esta semana está de viaje de trabajo. Me he quedado sola con los perros. Tengo tres, todos rescatados de la perrera. No los dejo salir al bosque porque esparcirían semillas de mostaza con las patas.

—Claro.

Alice llevaba el pelo blanco recogido en una coleta. Vestía vaqueros azules metidos dentro de las enormes botas de pescador, una camiseta blanca y sencilla. Demostraba esa falta de atención por el aspecto externo típica de los amantes de la naturaleza, una indiferencia hacia cosas como los cosméticos y el aseo personal que no transmitía una sensación de apatía, sino más bien de trascendencia.

—¿Cómo está tu madre? —preguntó Alice.

—Imputada.

—Ya, aparte de eso.

—Aparte de eso, no tengo ni idea. No quiere hablar conmigo.

Alice pensó en aquella joven callada a la que había tratado tiempo atrás y lamentó que Faye no hubiera podido superar lo que la torturaba. Pero así eran algunas personas, se enamoraban de lo que las hacía desgraciadas. Lo había visto muy a menudo entre sus amigos del movimiento, después de que el movimiento se escindiera y se volviera feo y peligroso. Todos eran siempre desgraciados, y aquella desgracia parecía alimentarlos y nutrirlos. No la desgracia en sí, sino su familiaridad, su constancia.

—Me encantaría poder ayudarte —dijo Alice—. Pero me temo que no tengo gran cosa que contarte.

—Sólo intento entender qué pasó —dijo Samuel—. Mi madre siempre ha ocultado su paso por Chicago. Tú eres la primera persona que conozco que la vio allí.

—Me gustaría saber por qué no hablaba de eso.

—Esperaba que tú pudieras contármelo. Algo le pasó allí. Algo importante.

Tenía razón, claro, pero Alice no parecía dispuesta a concedérselo.

—Quién sabe —dijo, intentando mostrarse distante—. Fue a la universidad durante un mes y se marchó. La universidad no estaba hecha para ella. Le pasa a mucha gente.

—Pero, entonces, ¿por qué iba a mantenerlo en secreto?

—A lo mejor le daba vergüenza.

—No, hay algo más.

—Cuando la conocí, era un alma atormentada —dijo Alice—. Una chica de pueblo. Era lista, pero estaba perdida. Una chica callada. Leía mucho. Ambiciosa y decidida hasta tal punto que seguro que tenía problemas serios con su padre.

—¿A qué te refieres?

—Apuesto a que tenía un padre que siempre estaba decepcionado con ella. Y que sustituyó la ansiedad que le provocaba la decepción de su padre por el impulso de convertirse en alguien especial para todo el mundo. Es lo que los psicólogos denominan «reemplazo». La niña aprende lo que le exigen. ¿Estoy en lo cierto?

—Puede ser.

—En cualquier caso, se marchó de Chicago justo después de las protestas. Ni siquiera pude despedirme de ella, se largó de un día para otro.

—Sí, eso se le da bastante bien.

—¿De dónde has sacado la foto?

—Salió en las noticias.

—Yo no veo las noticias.

—¿Recuerdas quién la hizo? —preguntó Samuel.

—Tengo toda esa semana borrosa, los detalles se confunden unos con otros. No logro distinguir un día del siguiente. En cualquier caso, no, no recuerdo quién la tomó.

—En la foto parece que esté apoyada en alguien.

—Lo más probable es que fuera Sebastian.

—¿Quién es Sebastian?

—Era el editor de un periódico *underground*. El *Chicago Free Voice*. Tu madre lo encontraba atractivo, y a él le atraía cualquiera que le prestara atención. No hacían buena pareja.

—¿Qué fue de él?

—Ni idea. Ha pasado mucho tiempo. Yo abandoné el movimiento en 1968, justo después de esa manifestación. Desde entonces ya no le seguí la pista a nadie.

Las plantas de mostaza que Alice arrancaba medían un par de palmos de alto, tenían hojas verdes en forma de corazón y florecillas blancas. A primera vista parecían unas matas comunes, en absoluto extraordinarias. El problema era que crecían tan deprisa que robaban la luz del sol a las demás plantas que crecían a ras de suelo, incluidos

426

los árboles jóvenes. Tampoco tenían depredadores naturales: los ciervos de la zona comían de todo excepto plantas de la mostaza, lo que les daba vía libre para colonizar los bosques. También producían una sustancia química que mataba unas bacterias del suelo necesarias para el crecimiento de otras plantas. En resumen, un terror botánico total.

—¿Mi madre formó parte del movimiento? —preguntó Samuel—. ¿Era una hippie radical o algo así?

—Yo era una hippie radical —dijo Alice—. Tu madre no, ni mucho menos. Era una chica normal. Se vio arrastrada en contra de su voluntad.

Alice se recordó a sí misma cuando era joven e idealista, cuando se negaba a tener propiedades, a cerrar la puerta con llave o a llevar dinero encima, comportamientos insensatos que de mayor ni siquiera se plantearía. Lo que más la preocupaba en su juventud eran las consecuencias de tener propiedades: la territorialidad, los quebraderos de cabeza, la pérdida potencial, el aspecto que tenía el mundo cuando poseías cosas valiosas: una amenaza constante siempre a punto para arrebatarte lo que era tuyo. Y sí, Alice había comprado aquella casa en las dunas de Indiana, la había llenado con sus cosas, había puesto cerraduras en todas las puertas, había levantado un muro con sacos de arena para contener el avance del lago, se había dedicado a limpiar, lijar y pintar, había contratado a exterminadores de plagas y aparejadores, había echado paredes abajo para levantar otras nuevas, y poco a poco su casa se había ido convirtiendo en una realidad, emergiendo de sí misma como Atenea del mar. Y sí, era cierto que ahora invertía toda aquella energía de los tiempos radicales en cosas como elegir las lámparas de techo perfectas, o conseguir un flujo de trabajo ideal en la cocina, o construir las mejores librerías empotradas, o encontrar la gama de colores más relajante para las paredes del dormitorio principal, que idealmente incluía el mismo azul que tenía el lago cuando ella miraba por la ventana ciertas mañanas de invierno, cuando la superficie del agua era una masa turbia y resplandeciente que (en función de la muestra de pintura que usara) podía ser «azul glaciar», o «azul líquido», o «azul acero», o un azul grisáceo precioso llamado «arco». Y sí, de vez en cuando sentía accesos de culpa y remordimiento al pensar que aquello era lo que le interesaba de verdad, no los movimientos por la paz, la justicia y la igualdad a los que pretendía dedicar su vida cuando tenía veinte años.

Alice había decidido que en torno al ochenta por ciento de las cosas que crees sobre ti mismo a los veinte años resultan ser erróneas. El problema es que no sabes cuál será la pequeña parte que sí se cumpla hasta mucho más tarde.

—¿Quién la arrastró? —preguntó Samuel.

—Nadie —dijo Alice—. Todos. Los acontecimientos de la época. Se dejó llevar. Es que era muy emocionante, ¿sabes?

En el caso de Alice, la pequeña parte de sus creencias que sí se cumplió fue la búsqueda de algo digno de su fe y su devoción. De joven, veía que las familias se encerraban en sus casas e ignoraban los problemas del mundo, y las odiaba por ello: engranajes burgueses de la maquinaria del sistema, masas irreflexivas y aborregadas, cabrones egoístas incapaces de ver más allá de los límites de sus propiedades. Debían de tener el alma pequeña y encogida, pensaba Alice.

Pero entonces maduró y compró una casa y encontró una amante y adoptó unos cuantos perros y administró su tierra e intentó llenar su hogar de amor y de vida y se percató de su error anterior: todas esas cosas no te empequeñecían. De hecho, intuía que todas esas cosas la hacían crecer, que nunca había tenido la sensación de desarrollarse tanto como después de elegir una serie de preocupaciones muy privadas y entregarse a ellas en cuerpo y alma, que, paradójicamente, al reducir sus preocupaciones había aumentado su capacidad para el amor, la generosidad, la empatía y, sí, también la paz y la justicia. Era la diferencia entre amar algo por obligación (porque el movimiento te lo exigía) y amar algo de verdad. Resultaba que el amor real, genuino y espontáneo, creaba espacio para más amor. El amor, cuando se entrega libremente, se duplica y multiplica.

Aun así, no podía evitar sentir una punzada cuando antiguos amigos del movimiento le decían que se había «vendido». Era la peor acusación posible porque, por supuesto, era cierta. Pero ¿cómo podía explicar que no todos los vendidos eran iguales? ¿Que ella no se había vendido al dinero? ¿Que a veces, cuando te vendes, descubres al otro lado una compasión que ella nunca había sentido en sus tiempos de revolucionaria? No podía explicárselo, y ellos tampoco querían oírlo. Se mantenían fieles a todos los viejos principios: drogas, sexo y resistencia. Incluso cuando las drogas empezaron a matarlos de uno en uno, incluso cuando el sexo se volvió peligroso, siguieron acudiendo a lo mismo en busca de algún tipo de respuesta. No se daban cuenta de que su resistencia había empezado a adquirir un aire cómico. La policía los apaleaba y el público aplaudía. Creían que estaban cambiando el mundo, pero lo que hicieron fue ayudar a Nixon a ganar las elecciones. Vietnam les parecía intolerable, pero su respuesta fue volverse intolerables también.

La única cosa menos popular que la guerra en aquella época era el movimiento de quienes se oponían a ella.

Era una verdad evidente, aunque ninguno de ellos la viera, convencidos como estaban de su propia virtud.

Alice había logrado no pensar demasiado en todos esos vínculos con el pasado. En general, pensaba sobre todo en sus perros y en las plantas de mostaza. Excepto cuando sucedía algo que le recordaba su vida anterior, como, por ejemplo, que el hijo de Faye Andresen se presentara en las dunas y empezara a hacer preguntas.

—¿Erais muy íntimas, tú y mi madre? —preguntó éste—. ¿Erais amigas?

—Sí, supongo que sí —dijo ella—. Aunque no nos conocíamos demasiado.

Él asintió. Parecía decepcionado. Esperaba más. Pero ¿qué iba a decirle Alice? ¿Que en todos esos años no había conseguido sacarse a Faye de la cabeza? ¿Que el recuerdo de Faye era una presencia pequeña pero constante y fastidiosa? Porque era la verdad. Había prometido cuidar de Faye, pero las cosas se le habían ido de las manos y había fracasado. Nunca supo qué se había hecho de ella. No la había vuelto a ver.

No hay peor dolor que ése: culpa y remordimiento a partes iguales. Había intentado enterrarlo, junto con el resto de sus errores de juventud, entre las dunas. Y no tenía ninguna intención de desenterrar esas historias ahora, ni siquiera para aquel hombre que las necesitaba de forma tan evidente. El asunto de su madre parecía una astilla que no lograba arrancarse. Alice cogió una matita de mostaza y tiró de ella, no muy fuerte y aplicando una leve torsión para arrancar las raíces. Hacía tiempo que había perfeccionado la técnica. Siguieron así un buen rato, en silencio, sin más ruido que el de las plantas al salir del suelo, los susurros del lago cercano y un pájaro cuyo canto sonaba así: «Uh-uh, uh-uh, uh-uh.»

—Y aunque consigas averiguarlo todo, ¿para qué servirá? —preguntó Alice.

—¿Qué quieres decir?

—Aunque descubras la historia de tu madre, no cambiará nada. El pasado es pasado.

—Supongo que me aportará alguna explicación. Sobre todo lo que ha hecho mi madre. Además, está metida en un lío y a lo mejor puedo ayudarla. El juez parece decidido a meterla en la cárcel. El tío incluso ha aplazado la jubilación sólo para fastidiarla. El honorable Charlie Brown, manda huevos.

Al oír ese nombre, Alice dio un respingo y levantó la mirada de las plantas de mostaza. Dejó la bolsa de basura medio llena en el suelo. Se quitó los guantes, unos guantes de goma especiales a los que no se pegaban las semillas. Se acercó hasta donde estaba Samuel, caminando con grandes pasos torpes por culpa de las botas de vadear.

—¿Se llama así? —preguntó—. ¿Charlie Brown?

—Tronchante, ¿no?

—Ay, Dios —dijo, y se sentó allí mismo, en el suelo—. ¡Oh, no!

—¿Qué pasa? —preguntó Samuel—. ¿Estás bien?

—Escúchame —dijo Alice—, tienes que sacar a tu madre de ahí.

—¿A qué te refieres?

—Tiene que marcharse.

—Ahora sí que estoy seguro de que me ocultas algo.

—Lo conozco —dijo ella—. Conozco al juez.

—Vale. ¿Y?

—Estábamos todos interconectados, en Chicago, en la universidad. El juez y tu madre y yo.

—A lo mejor podrías haber empezado por ahí.

—Tienes que sacar a tu madre de la ciudad, ahora mismo.

—Pero ¿por qué?

—O mejor aún, sácala del país.

—¿Que ayude a mi madre a huir del país? ¿Ése es tu consejo?

—Antes, cuando te he contado por qué me mudé aquí, a Indiana, no he sido totalmente sincera contigo. El motivo real fue ese hombre. Cuando me enteré de que había vuelto a Chicago, decidí marcharme de la ciudad. Le tenía miedo.

Samuel se sentó junto a ella en el césped y se quedaron mirándose, aturdidos.

—¿Qué te hizo? —preguntó él.

—Tu madre se ha metido en un buen lío —dijo Alice—. El juez no se rendirá nunca. Es un tipo implacable y peligroso. Tienes que hacerla desaparecer. ¿Me oyes?

—Es que no lo entiendo. ¿Qué tiene ese juez contra mi madre?

Alice suspiró y miró al suelo.

—Pertenece a la especie de estadounidense más peligrosa que existe: un hombre blanco heterosexual que no consiguió lo que quería.

—Tienes que contarme qué pasó —dijo Samuel—. Con todos los detalles.

A un metro de su rodilla izquierda, Alice vio una matita de mostaza que le había pasado inadvertida hasta aquel momento: brotes de primer año, tréboles sueltos escondidos bajo la hierba. No echaría semillas hasta el verano siguiente, pero cuando lo hiciera crecería por encima de las demás plantas y las mataría a todas.

—Nunca he contado esta historia —dijo Alice—. A nadie.

—¿Qué pasó en 1968? —preguntó Samuel—. Tengo que saberlo, por favor.

Alice asintió con la cabeza. Pasó las manos por la hierba y las briznas finas le hicieron cosquillas en las palmas. Tomó nota mental de volver a expurgar aquel lugar al día siguiente. El problema de la mostaza es que no basta con cortarla. Las semillas pueden durar años. Y siempre vuelve. Hay que erradicarla por completo. Hay que arrancarla de raíz.

SÉPTIMA PARTE

Circle

Finales del verano de 1968

1

Su propia habitación. Llave y buzón propios. Sus libros. Todo era suyo menos el baño. Faye no había pensado en ello. El baño de la residencia, comunitario y apestoso. Agua estancada, suelos sucios, lavabos atascados con pelos, papeleras repletas de compresas, tampones y toallitas marrones arrugadas. Un olor a lenta descomposición que le hacía pensar en un bosque. Faye imaginaba gusanos y hongos debajo del suelo. La prueba del pésimo uso de aquel baño quedaba a la vista: fragmentos de pastillas de jabón pegados a las bandejas, fosilizados. Un váter que estaba siempre atascado. La mugre de las paredes como un cerebro que conservara el recuerdo de cada chica que se había lavado allí. Pensaba que quien prestara suficiente atención al suelo encontraría, preservada bajo las baldosas rosadas, toda la historia del mundo: bacterias, hongos, nematodos y trilobites. Una residencia universitaria era una idea condenada de antemano. ¿A quién se le ocurre encerrar a doscientas chicas en una caja de hormigón? Habitaciones diminutas, baños compartidos, un comedor enorme... Las comparaciones con una cárcel eran inevitables. Aquella residencia era un búnker oscuro y repulsivo. Visto desde fuera, su esqueleto de hormigón parecía el pecho desollado de un mártir: sólo se veían las costillas. Todos los edificios del Circle eran así: construidos al revés, con las entrañas a la vista. A veces, mientras iba a clase, pasaba las manos por aquellas paredes de hormigón que parecían recubiertas de acné y se sentía mal por los edificios, a los que un arquitecto excéntrico había arrancado los intestinos para exponerlos a la vista de todo el mundo. Una metáfora perfecta sobre la vida en una residencia, pensaba.

Fijémonos en este baño, por ejemplo, donde se mezclan los fluidos privados de todas las chicas: la ducha abierta, con sus charcos rancios de agua sucia como gelatina gris. El olor a verdura. Faye llevaba sandalias. Y de haber estado despiertas, sus vecinas habrían sabido por el chancleteo que quien caminaba por el pasillo era ella. Pero no estaban despiertas. Eran las seis de la mañana. Faye tenía todo el baño para ella y podía ducharse a solas. Lo prefería así.

Porque no quería estar allí con las otras chicas, sus vecinas, que se reunían de noche en sus habitaciones minúsculas y se reían, se colocaban y hablaban sobre las protestas, la policía, las pipas que iban circulando, las sustancias con las que expandían sus mentes, las canciones eléctricas que ponían en el tocadiscos y cantaban a gritos en una especie de hemorragia: «*Looks like everybody in this whole round world / They're down on me!*», parece que el mundo entero me tenga manía, se quejaban. Faye oía sus alaridos a través de la pared, una letanía dirigida a un dios terrible. Le parecía inadmisible que aquellas chicas fueran sus vecinas. Beatniks estrafalarias, revolucionarias psicodélicas que tenían que aprender a limpiar el baño después de usarlo, eso opinaba Faye, con la vista clavada en un pegote de papel que había cerca de la pared, casi licuado. Se quitó la bata, abrió el grifo de la ducha y esperó a que el agua saliera caliente.

Todas las noches, las chicas se reían y Faye las escuchaba. Le despertaba la curiosidad que pudieran cantar de aquella manera tan desinhibida. Faye no hablaba con ellas y miraba al suelo cuando pasaban a su lado. Aquellas chicas mordían los bolígrafos en clase y se quejaban de que los profesores sólo soltaban «rollos pasados de moda». Platón, decían, Ovidio, Dante... Capullos, hombres muertos que no tenían nada que enseñar a la juventud actual.

Así era como lo decían, «la juventud actual», como si los universitarios de aquella época fueran una especie nueva, desconectada por completo del pasado y de la cultura que los había engendrado. Y hasta donde Faye era capaz de ver, el mundo de la cultura estaba bastante de acuerdo. Los adultos se quejaban de ellos sin cesar en los programas de actualidad que la CBS dedicaba todas las noches a examinar la «brecha generacional».

Faye se metió bajo el chorro de agua caliente y dejó que la empapara. Un agujero de la alcachofa de la ducha estaba taponado y soltaba un chorro más fino y potente que el resto: lo notaba como una navaja en el pecho.

Durante esos primeros días en la universidad, Faye no hablaba con casi nadie. Cada noche se sentaba a solas y hacía los deberes, subrayaba los fragmentos clave y escribía notas en los márgenes, mientras escuchaba las carcajadas de las chicas en la habitación contigua. Los panfletos de la universidad no mencionaban nada de eso. Se suponía que el Circle era célebre por su reclamo de excelencia, su rigor académico y la modernidad de su campus. Pero nada de eso resultó ser del todo cierto. El campus, en concreto, era un horror inhumano de hormigón: gracias a sus edificios de hormigón y senderos de hormigón y paredes de hormigón, el lugar resultaba tan cómodo y acogedor como un aparcamiento. No había hierba por ninguna parte, sólo edificios de hormigón cubiertos de cicatrices y estrías que evocaban la pana, o tal vez el interior de una ballena. Algunos fragmentos de hormigón se desprendían y dejaban a la vista las barras metálicas de refuerzo, oxidadas. Los mismos patrones arquitectónicos básicos se repetían hasta la saciedad en una estructura sin rostro. Todas las ventanas medían apenas unos centímetros de ancho. Aquellos edificios inmensos parecían cernerse sobre los estudiantes con intenciones carnívoras.

Era el tipo de lugar que sería lo único que sobreviviría si caía una bomba atómica.

Era imposible orientarse en el campus, ya que todos los edificios se parecían entre sí y en consecuencia las indicaciones resultaban confusas y carecían de sentido. La pasarela elevada a la altura del primer piso que recorría el campus entero y que los folletos publicitarios pintaban como algo fantástico («una autopista peatonal en el cielo») en realidad era lo peor del Circle. La publicidad la presentaba como un elemento destinado a fomentar la comunidad y la amistad entre estudiantes, pero lo que solía pasar era que alguien iba por la pasarela, veía a un amigo que pasaba por debajo y ambos se ponían a gritar y gesticular para saludarse, sin poder hablar. Faye lo veía a diario: amigos que alzaban las manos para saludarse, pero terminaban alejándose apenados. Además, la pasarela nunca era el camino más corto entre dos puntos, y los accesos para entrar o salir de ella estaban tan distanciados entre sí que quien quería usarla terminaba caminando el doble, y encima en agosto el sol de mediodía calentaba aquella estructura de hormigón hasta tal punto que se habrían podido asar crepes en ella. En consecuencia, la mayoría de los estudiantes usaban las aceras y todo el alumnado intentaba abrirse paso a empujones por unos pasillos estrechos, siempre oscuros y sombríos porque la pasarela bloqueaba la luz del sol, amén de abarrotados y claustrofóbicos por culpa de los enormes postes de hormigón que la sostenían.

El rumor de que el campus del Circle lo había diseñado el Pentágono para inculcar el terror y la desesperación entre los estudiantes no podía descartarse por completo.

A Faye le habían prometido un campus propio de la era espacial, pero se encontró con un lugar donde la superficie de todos los edificios evocaba las carreteras de gravilla de su pueblo. Le habían prometido un alumnado motivado y estudioso, pero se encontró con las chicas del cuarto contiguo, menos preocupadas por lo académico que por colocarse, colarse en los bares, conseguir bebidas gratis y follar, y que hablaban de ello sin cesar, pues era uno de sus dos temas preferidos. El otro eran las manifestaciones. Faltaban pocas semanas para la manifestación que debía coincidir con la Convención Nacional Demócrata. Cada vez estaba más claro que en Chicago iba a producirse una gran batalla, la apoteosis de aquel año. Las chicas hablaban de sus planes, emocionadas: una marcha de mujeres por Lake Shore Drive, una protesta en forma de música y amor, cuatro días de revolución, orgías en el parque, la perfección de la argentada voz humana en un solo cántico; llegaremos a esos jóvenes blanquitos, vamos a reventar el espectáculo de la convención en el anfiteatro, vamos a clavar un pincho enorme en el ojo de este país, recuperaremos las calles. Y a toda esa gente que lo ve por la tele... Los vamos a antiamericanizar, tía. Con toda esa energía, pararemos la guerra.

A Faye le resultaban muy ajenas todas esas inquietudes. Se enjabonó el pecho, los brazos y las piernas. La espuma la hizo sentir como un fantasma o una momia, o como cualquier otra cosa blanca y temible. El agua de Chicago era distinta del agua de su pueblo, y por mucho que se aclarara, nunca lograba quitarse todo el jabón. Siempre le quedaba una fina película sobre la piel. Con qué facilidad y suavidad se deslizaban sus manos sobre las caderas, las piernas, los muslos. Cerró los ojos. Pensó en Henry.

Las manos de Henry sobre su cuerpo junto a la orilla del río durante la última noche de Faye en Iowa. Estaban frías y endurecidas, y cuando se las metió por debajo de la camiseta y le apretó el vientre con ellas, Faye tuvo la sensación de que eran guijarros del lecho del río. Contuvo el aliento. Él se detuvo. Faye no quería que se detuviera, pero no podía decírselo si se quería comportar como una dama. Y él detestaba que Faye no se comportara como una dama. Esa noche, Henry le dio un sobre y le pidió que no lo abriera hasta que llegara a la universidad. Dentro había una carta. Faye temía que fuera otro poema, pero se encontró con un par de versos que la dejaron sin aliento: «vuelve a casa / cásate conmigo». Entretanto, él se había alistado en el ejército, tal como le había dicho. Había prometido que iría a Vietnam, pero sólo había llegado hasta Nebraska. Hacía prácticas como antidisturbios, preparándose para los altercados civiles que pronto se iban a producir de manera inevitable. Practicaba clavando la bayoneta en muñecos rellenos de arena y vestidos como hippies. Aprendió a lanzar gases lacrimógenos. A cargar en formación de falange. Volverían a verse el día de Acción de Gracias, y Faye temía el reencuentro. Porque no tenía respuesta para su proposición. Había leído su carta una sola vez y la había escondido como si fuera un objeto de contrabando. De lo que sí tenía ganas, en cambio, era de volver a encontrarse con él a orillas del río, a solas, y de que él intentara tocarla de nuevo. Se había sorprendido pensando una y otra vez en eso aquellas mañanas desoladas, bajo la ducha. Fingiendo que sus manos eran las de otra persona. Tal vez las de Henry. Para ser más precisos, tal vez las manos de un hombre abstracto: en su imaginación, Faye no conseguía verlo, pero sí notaba su presencia, un calor masculino y sólido que se ceñía contra ella. Pensaba en ello mientras sentía el jabón sobre su cuerpo, el agua resbaladiza, el olor del champú al aplicárselo en el pelo. Se volvió para aclarárselo, abrió los ojos y, en el otro extremo del baño, junto al lavamanos, vio a una chica que la miraba.

—¡Perdón! —exclamó Faye, porque era una de «esas chicas».

Se llamaba Alice. Su vecina. Alice, con su pelo largo y su cara de mala, sus gafas de sol con montura plateada colocadas en la punta de la nariz para poder dedicarle justo en ese momento, por encima de ellas, una mirada directa, curiosa y temible.

—¿Por qué me pides perdón? —preguntó Alice.

Faye cerró el grifo y se cubrió con la bata.

—Tía —dijo Alice, sonriendo—, eres demasiado.

La tal Alice era la más loca de todas. Con su chaqueta de camuflaje verde y sus botas negras, budista morenita y enloquecida, la había visto alguna vez sentada encima de una mesa del bar con las piernas cruzadas y salmodiando frases sin sentido. Faye había oído historias sobre Alice: que las noches del fin de semana hacía autoestop hasta Hyde Park, donde conocía a chicos, se drogaba y se metía en dormitorios de desconocidos, de los que salía aún más complicada.

—Nunca hablas con nadie —dijo Alice—. Siempre estás sola en tu cuarto. ¿Qué haces ahí dentro?

—No sé. Leer.

—Leer. ¿Qué lees?

—Muchas cosas.

—¿Lees para las clases?

—Sí, supongo.

—Lees lo que los profesores te dicen que leas. Sacas buenas notas.

Entonces Faye pudo fijarse en ella, en los ojos inyectados en sangre, el pelo enmarañado, la ropa arrugada y maloliente, esa mezcla hedionda de tabaco, marihuana y sudor. Faye entendió que Alice no se había acostado aún. Eran las seis de la mañana y acababa de regresar de la odisea del amor libre que aquellas chicas perseguían por las noches.

—Leo poesía —dijo Faye.

—Ah, ¿sí? ¿De qué tipo?

—De todos los tipos.

—Vale. Recítame un poema.

—¿Eh?

—Recita un poema. El que sea. Como lees tanto, no debería costarte. Vamos.

Alice tenía en la mejilla una mancha en la que Faye no había reparado hasta entonces: un círculo rojo y morado justo debajo de la piel. Un moratón.

—¿Estás bien? —le preguntó Faye—. Tienes la cara...

—Estoy bien. Genial. No es cosa tuya.

—¿Te han pegado?

—¿Y a ti qué te importa?

—Vale —dijo Faye—. Como quieras. Me tengo que ir.

—Eres un poco borde, ¿no? —dijo Alice—. ¿Nos tienes manía, o qué te pasa?

Otra vez la letra de la canción: manía. Ponían aquella maldita canción todas las noches. «*Everybody in this whole round world!*» En todas las partes del mundo entero, cantaban cuatro o cinco veces seguidas, desafinando, «*They're down on me!*». ¡Me tienen manía! Como si las chicas necesitaran que esa gente, toda esa gente que conformaba el mundo entero, les diera con su manía una razón para cantar.

—No, no te tengo manía —dijo Faye—. Lo que pasa es que no pienso pedirte perdón.

—¿Pedirme perdón por qué?

—Por hacer los deberes. Por sacar buenas notas. Estoy harta de sentirme mal por eso. Hasta luego.

Faye se marchó del baño, regresó a su habitación chancleteando, se vistió y se sintió tan cargada de veneno y de rabia abstracta que se sentó en la cama, se rodeó las rodillas con los brazos y empezó a balancearse. Le dolía la cabeza. Se recogió el pelo y se puso sus enormes gafas redondas, que de repente le parecían una compleja máscara veneciana. Se miró al espejo frunciendo el ceño. Ya estaba metiendo sus libros en la mochila cuando Alice llamó a la puerta.

—Lo siento —dijo Alice—. Mi actitud no ha sido nada fraternal. Acepta mis disculpas, por favor.

—Olvídalo.

—Déjame compensarte. Te invito a salir esta noche. Hay una reunión y quiero que vengas.

—No creo que haga falta.

—Bueno, es una reunión secreta. No se lo digas a nadie.

—En serio, no tienes por qué.

—Pasaré a buscarte a las ocho —dijo Alice—. Hasta luego.

Faye cerró la puerta y se sentó en la cama. Se preguntó qué habría visto Alice en la ducha, mientras Faye pensaba en Henry, en las manos de Henry sobre su cuerpo. Qué traidor era el cuerpo, qué manera tan descarada de delatar todos los secretos de la mente.

La carta de Henry estaba escondida en la mesita de noche, en el cajón de abajo, al fondo de todo. La había metido dentro de un libro. *El paraíso perdido.*

2

Se reunían en la oficina del *Chicago Free Voice*, un pequeño panfleto impreso de forma irregular que se autodenominaba «el periódico de la calle». Alice guió a Faye por un callejón oscuro, a través de una puerta sin placa y por un tramo estrecho de escalera, hasta una sala con un letrero en la entrada que decía: «¡ESTA NOCHE! SEXUALIDAD FEMENINA Y AUTODEFENSA.»

Alice dio unos golpecitos con un dedo en el letrero y dijo:

—Dos caras de la misma moneda, ¿no?

No había hecho nada por intentar ocultar el moratón de la mejilla.

La reunión ya había empezado cuando llegaron. La sala estaba abarrotada, con tal vez dos docenas de mujeres, y olía a alquitrán y a queroseno, a papel viejo y a polvo. Una cálida neblina de tinta, cola y alcohol flotaba en el ambiente. El olfato iba detectando olores a la deriva: betún, aceite de linaza, aguarrás. Una vaharada de disolvente y aceite despertó en la memoria de Faye el recuerdo de los garajes y cobertizos de Iowa, donde sus tíos pasaban largas tardes reparando coches que llevaban décadas en desuso: los compraban por poco dinero en subastas y los restauraban lentamente, pieza a pieza, año a año, cuando encontraban el tiempo y la motivación necesarios. Pero así como sus tíos decoraban sus garajes con logos de marcas deportivas y chicas de calendario, en aquella oficina había una bandera del Vietcong colgada en la pared más larga, y octavillas de ediciones antiguas del *Free Voice* en cada rincón: «CHICAGO ES UN CAMPO DE CONCENTRACIÓN», decía un titular; «ES EL AÑO DE LOS ESTUDIAN-

TES», decía otro; «LUCHEMOS CONTRA LA PASMA EN LA CALLE», etcétera. Una fina película oscura cubría las paredes y el suelo, como un escudo de carbón que daba un tono gris verdoso a la luz de la sala. Faye se notaba la piel pegajosa y cubierta de arenilla. Las zapatillas deportivas se le mancharon enseguida.

Las mujeres estaban sentadas en círculo, algunas en sillas plegables, otras con la espalda apoyada en la pared. Había chicas blancas y chicas negras, todas con gafas de sol, chaquetas militares y botas de combate. Faye se sentó detrás de Alice y prestó atención a la mujer que hablaba en esos momentos.

—Pegadle —dijo ésta, apuntando al aire con un dedo—, mordedle y gritad con todas vuestras fuerzas. Y, cuando lo hagáis, gritad «¡fuego!». Le rompéis las rótulas. Le dais puñetazos en las orejas para reventarle los tímpanos. Tensáis los dedos y le sacáis los ojos. ¡Sed creativas! Hundidle la nariz en el cerebro. Las llaves y las agujas de tejer también pueden ser armas si las agarráis con fuerza. Encontrad una piedra por ahí y aplastadle la cabeza. Si sabéis kung fu, recurrid al kung fu. No hace falta decir que tenéis que darle rodillazos en la entrepierna una y otra vez.

Las mujeres del círculo asentían, aplaudían y animaban a la oradora con gritos de «¡eso es!» y «¡ahí, ahí!».

—Le pegáis un rodillazo y gritáis: «¡No eres un hombre!» Doblegad su voluntad. Los hombres os atacan porque creen que pueden hacerlo. Pegadle un rodillazo en las pelotas y gritad: «¡No, no puedes!» No confiéis en que otros hombres vayan a ayudaros. En el fondo de sus corazones, todos quieren que os violen. Porque eso confirma que necesitáis su protección. Violadores de sillón, eso es lo que son.

—¡Ya te digo! —exclamó Alice, y otra mujer aulló.

Faye no sabía cómo ponerse. Estaba tensa y nerviosa. Miró a las demás mujeres e intentó adoptar, como ellas, una mala postura que pareciera espontánea mientras la oradora empezaba a rematar su discurso.

—Para los hombres, la violación es una confirmación por vía indirecta de su potencia y su virilidad, y por eso nunca harán nada para detenerla. A menos que nosotras los obliguemos. Por eso propongo que nos plantemos. No más maridos. No más bodas. No más hijos. Hasta que se acaben las violaciones. De una vez por todas. ¡Boicot reproductivo total! Detendremos la civilización por la fuerza.

La mujer se llevó una gran ovación, las otras se levantaron y le dieron palmadas en la espalda, y Faye estaba a punto de unirse a la ovación cuando, de un rincón oscuro de la sala, llegó un estruendoso crujido de metal. Todas se volvieron y Faye lo vio por primera vez.

Se llamaba Sebastian. Llevaba un mandil blanco cubierto de alquitrán, con manchurrones grises de frotarse las manos en él. La mata de pelo negro enredado le cayó sobre los ojos cuando dirigió una mirada avergonzada al grupo.

—¡Perdón! —dijo.

Estaba detrás de una máquina que parecía una locomotora, hecha de hierro forjado, negro y reluciente de grasa, llena de husos plateados y engranajes dentados. La máquina zumbaba y vibraba, y de vez en cuando se oía el golpe seco de alguna pieza metálica que caía por los conductos de sus entrañas, como si alguien hubiera lanzado un centavo encima de una mesa. El hombre (que era joven y tenía la piel aceitunada y aspecto alicaído) extrajo un fajo de papeles de la máquina y Faye se dio cuenta de que el aparato era una imprenta y los papeles, un número del *Free Voice*.

—¡Eh, Sebastian! —le gritó Alice—. ¿Qué hay?

—La edición de mañana —dijo él, sonriendo y acercando el papel a la luz.

—¿Qué lleva?

—Cartas al editor. Tenía muchas acumuladas.

—¿Y son buenas?

—Vais a alucinar —dijo mientras cargaba más papel en la máquina—. Lo siento. Haced como si no estuviera.

Todas le dieron la espalda y la reunión volvió a empezar, pero Faye se quedó mirando a Sebastian. Lo miró mientras ajustaba palancas y manivelas, mientras hacía bajar el cabezal de la máquina para estampar la tinta sobre el papel, mientras apretaba los labios con gesto de concentración, con el cuello de la bata blanca manchado de verde oscuro. Y Faye estaba pensando que parecía un científico encantadoramente loco y que se sentía conectada a él con esa afinidad mutua que se da a veces entre desconocidos, cuando oyó que alguien del grupo decía algo sobre «orgasmos». Se volvió para ver quién hablaba: era una mujer alta, con una cascada de pelo rubio que le caía por la espalda, un collar de cuentas en el cuello, una camiseta rojo chillón con un escote pronunciado. Estaba inclinada hacia delante y haciendo preguntas sobre orgasmos: ¿sólo se podían tener en una posición? Faye no se podía creer que hubiera dicho algo así delante de un chico. A sus espaldas, la máquina de Sebastian aporreaba el papel, palpitando como un corazón. Alguien sugirió que era posible tener orgasmos en dos, tal vez incluso tres posiciones. Otra persona dijo que los orgasmos eran una ficción, un invento de los médicos «para hacernos pasar vergüenza». ¿Vergüenza de qué? De que los nuestros no sean como los de los chicos. Todas asintieron. Siguieron con la conversación.

Alguien sugirió que era posible llegar al orgasmo cuando ibas colocada de marihuana, y a veces también de ácido, pero casi nunca de heroína. Alguien dijo que de todos modos el sexo era mejor si estabas sobria. El novio de una de las mujeres no podía mantener relaciones si no se emborrachaba. Hacía poco, el novio de otra le había pedido que se hiciera una ducha vaginal. Había otro que, después del sexo, se pasaba una hora limpiando el dormitorio con una mopa y germicida. Otro se refería a su polla como «el señor Ñaca-Ñaca». Otro, mientras no se casaran, sólo quería mamadas.

—¡Amor libre! —dijo una de las mujeres, y todas rieron.

Porque a pesar de lo que decían los periódicos no era la época del amor libre. Era la época de la literatura sobre el amor libre, una época en la que el amor libre era objeto de condena generalizada, escasa práctica y fantástica promoción. Las fotos de mujeres con los pechos desnudos bailando en público en Berkeley obtuvieron tanta crítica como distribución. La noticia sobre el escándalo del sexo oral en Yale llegó a todos los dormitorios del país. Todo el mundo había oído hablar de la chica de Barnard que vivía con un chico con el que ni siquiera se había casado. La región pélvica de las universitarias capturaba la imaginación. Se contaban historias de hijas castas que se habían convertido en unas pervertidas en apenas un semestre. Las revistas condenaban la masturbación en sus artículos, el FBI advertía contra el orgasmo clitoriano y el Congreso investigaba los peligros de la felación. Las autoridades nunca habían sido tan extraordinariamente explícitas. Enseñaron a las madres a detectar los síntomas de la adicción al sexo, a los niños se les aconsejaba evitar aquel placer criminal que destruía el alma. La policía sobrevolaba las playas en helicóptero para pescar a las mujeres con los pechos al aire. La revista *Life* dijo que las chicas golfas tenían envidia de los penes y estaban convirtiendo a los hombres de verdad en mariposones. *The New York*

Times afirmaba que la fornicación excesiva volvía psicóticas a las chicas. Los chicos buenos de clase media se volvían maricas, drogatas y beatniks y dejaban los estudios. Era la verdad. Lo habían dicho en el programa de Cronkite. Los políticos prometían mano dura. Le echaban la culpa a la píldora, a los padres progres y permisivos, a la creciente tasa de divorcios, a las películas obscenas, a los clubes de gogós, al ateísmo. La gente negaba con la cabeza, horrorizada ante aquella juventud desbocada, y acto seguido se ponía a buscar más historias sórdidas, las encontraba y las leía hasta la última coma.

El barómetro de la salud del país parecía consistir en lo que los hombres de mediana edad pensaban sobre la actitud de las universitarias.

Sin embargo, para las chicas, no era la época del amor libre. Era la época del amor torpe, avergonzado, nervioso e ignorante. Nadie escribía sobre eso, sobre cómo las chicas del amor libre se reunían, preocupadas, en salas oscuras como aquélla. Habían leído todas las noticias y se las habían creído, y por lo tanto creían que estaban haciendo algo malo. «Yo quiero ser moderna, pero no quiero que mi novio se folle a todas esas otras mujeres», decían muchas, muchas chicas que descubrieron que el amor libre no se había liberado de los viejos argumentos: celos, envidia y poder. Era la versión sexual del gato por liebre: el amor libre no estaba a la altura de todo el bombo que le daban.

—Si no quiero acostarme con alguien, ¿significa eso que soy una mojigata? —preguntó una de las mujeres de la reunión.

—Si no quiero desnudarme en una manifestación, ¿soy una mojigata? —preguntó otra.

—Si te quitas la camiseta en los actos de protesta, los hombres creen que eres una chica moderna.

—Todas esas chicas desnudas en Berkeley, con flores en las manos...

—Venden muchos periódicos.

—Posando con pintura psicodélica en las tetas.

—¿Qué tipo de libertad es ésa?

—Sólo lo hacen para hacerse famosas.

—No son libres.

—Lo hacen por los hombres.

—¿Por qué otra razón iban a hacerlo?

—No hay otra razón posible.

—A lo mejor les gusta —dijo una voz nueva, una voz baja, y todo el mundo se volvió para comprobar quién había hablado: era la chica de las gafas redondas y raras, que hasta entonces había guardado un silencio poco natural. Faye se puso colorada y clavó la mirada en el suelo.

Alice se volvió y se la quedó mirando.

—¿Por qué iba a gustarles? —preguntó.

Faye se encogió de hombros. Ella misma se había sorprendido al hablar, y más aún para decir eso. Quería retirarlo de inmediato, recuperar sus palabras y volver a metérselas en la bocaza. «A lo mejor les gusta», vaya por Dios, ay, señor. Las chicas la miraban, expectantes. Se sentía como un pajarillo herido en una sala llena de gatos.

Alice ladeó la cabeza y preguntó:

—¿A ti te gusta?

—A veces. No sé. No.

Se había dejado llevar. Se había embalado: con tanta conversación sobre sexo y todas aquellas chicas tan emocionadas, se había visto delante del ventanal de su casa, imaginando que un desconocido oscuro pasaba caminando y la veía, y le había salido aquello, se le había escapado. «A lo mejor les gusta.»

—¿Te gusta montar el numerito para los hombres? —preguntó Alice—. ¿Exhibir las tetas para gustarles?

—No me refería a eso.

—¿Cómo te llamas? —preguntó alguien.

—Faye —dijo ella, y las chicas aguardaron, observándola.

Faye deseaba con todas sus fuerzas salir corriendo de allí, pero eso habría atraído mucha más atención. O sea que se quedó sentada, hecha un ovillo tenso, tratando de pensar en algo que decir. Y ése fue el momento en el que Sebastian emergió de entre las sombras y la salvó.

—Siento interrumpir —dijo—, pero tengo que anunciaros algo.

Por suerte, al oír esas palabras las demás chicas se olvidaron de Faye. Ella se quedó ahí sentada, hirviendo por dentro mientras escuchaba a Sebastian, que hablaba sobre una manifestación inminente, y decía que el ayuntamiento les había denegado el permiso para ocupar el parque, pero que iban a hacerlo de todos modos.

—Aseguraos de decírselo a todos vuestros amigos —dijo—. Traed a todo el mundo. Va a haber cien mil personas o más. Vamos a cambiar el mundo. Vamos a poner fin a la guerra. Nadie irá a trabajar. Ni a la universidad. Vamos a paralizar la ciudad. Habrá música y bailes en todos los semáforos. La pasma no puede pararnos.

Al oír la palabra «pasma», los de la pasma se rieron.

Porque estaban escuchando.

Estaban apretujados en un pequeño despacho conocido como la «sala de guerra», unos cuantos kilómetros más al sur, en el sótano del International Amphitheater, donde, por encima de las interferencias, los agentes escuchaban las proclamas de Sebastian y la vana conversación de las chicas. Tomaban nota en sus libretitas mientras comentaban lo tontos que eran los universitarios. ¿Cómo podían ser tan confiados? ¿Cuánto tiempo hacía que tenían micrófonos ocultos en las oficinas del *Chicago Free Voice*? ¿Cuántos meses? Y aquellos críos seguían sin sospechar nada.

Fuera del anfiteatro estaban los mataderos, los famosos establos de Chicago, donde la policía oía los bramidos de los animales, los últimos vagidos de terneros y de cerdos. Algunos policías, interesados, echaban un vistazo por encima de las verjas y veían cadáveres arrancados del suelo con ganchos y grúas, arrastrados hasta la muerte y descuartizados, suelos cubiertos de entrañas y excrementos, hombres que cortaban cuellos y extremidades a hachazos incansables. Todo aquello les parecía apropiado. Los cuchillos curvados de carnicero brindaban a los policías una claridad y una pureza de intención que confería a su trabajo una metáfora orientadora, tácita pero útil.

Escuchaban y anotaban cualquier cosa, cualquier amenaza imputable, cualquier apelación a la violencia, cualquier signo de agitación externa o de propaganda comunista. Y aquella noche les había ofrecido algo especial, un nombre que nadie había mencionado antes, alguien nuevo: «Faye.»

Miraron al nuevo agente, que escuchaba desde un rincón, libreta en mano, recién ascendido de policía de barrio a la Brigada Roja: el agente Charlie Brown. Éste asintió y anotó aquel nombre.

La Brigada Roja era la unidad secreta de inteligencia antiterrorista de la jefatura de policía de Chicago, creada en los años veinte para espiar a los líderes de los sindicatos, ampliada en los cuarenta para espiar a los comunistas y luego concentrada en las amenazas contra la paz nacional por parte de los izquierdosos radicales, sobre todo estudiantes y negros. Era un trabajo glamuroso, y Brown era consciente de que algunos de los demás agentes, los más veteranos, veían su ascenso con escepticismo. Era joven, estaba hecho un manojo de nervios y hasta entonces su breve carrera carecía de distinciones: de momento, había hecho poco más que trincar a jóvenes hippies pasados de rosca por infracciones menores. Merodear. Cruzar la calle de forma imprudente. No respetar el toque de queda. Contravenir la vaga legislación sobre obscenidad en público. Su objetivo como policía de barrio era hacerse tan pesado que terminaran rindiéndose, que los hippies se cansaran y se largaran a otro barrio o, mejor aún, a otra ciudad. Así, Chicago se libraría de la que todos coincidían en afirmar que era la peor generación de la historia. Claramente la peor, aunque fuera la suya. Él no era mucho mayor que los jóvenes a quienes trincaba. Sin embargo, el uniforme le hacía sentirse mayor, el uniforme, el pelo corto, tener mujer e hija y preferir los lugares tranquilos, como los bares sin demasiada música, donde apenas se oía el murmullo de las conversaciones y el chasquido ocasional de las bolas de billar. Y la iglesia, ir a misa y coincidir allí con los otros policías de barrio: era una hermandad. Eran católicos, chicos de barrio. Cuando se veían, se saludaban con una palmada en la espalda. Eran buenos tipos, bebían pero no demasiado, se portaban bien con sus mujeres, arreglaban la casa, construían cosas, jugaban al póker, pagaban la hipoteca. Sus esposas se conocían, sus hijos jugaban juntos. Vivían en el barrio desde hacía una eternidad. Sus padres habían vivido allí y sus abuelos también. Eran de ascendencia irlandesa, polaca, alemana, checa, sueca, pero ahora eran de Chicago al cien por cien. Tenían pensiones de funcionarios locales, lo que los convertía en un buen partido para las chicas del barrio que buscaban echar raíces. Se querían unos a otros, amaban su ciudad, amaban Estados Unidos, y no de forma abstracta, como cuando a los niños se les pide en el colegio que pronuncien el juramento de fidelidad, sino de corazón: porque eran felices, estaban saliendo adelante, trabajando duro, criando a sus hijos, mandándolos al puñetero colegio. Habían visto a sus padres criarlos a ellos y, como a la mayoría de los chicos, les preocupaba no estar a la altura. Pero ahí estaban, en la brecha, y daban gracias a Dios y a Estados Unidos y a la ciudad de Chicago. No habían pedido gran cosa, pero lo que habían pedido se les había concedido.

Era difícil no implicarse de forma personal. Cuando un nuevo elemento maligno llegaba al barrio, era difícil no tomárselo como un asunto personal. Porque lo era. El abuelo del agente Brown se había instalado en aquel barrio de muy joven. Se llamó Czeslaw Bronikowski hasta que llegó a Ellis Island, donde le dieron el nombre de Charles Brown, un nombre que desde entonces había ido pasando al primogénito de cada generación de su familia. Y aunque el agente Brown habría preferido ahorrarse las bromitas sobre su nombre cuando los chicos empezaron a leer la maldita tira cómica, más o menos en primero de primaria, la verdad era que le encantaba: era un buen nombre, un nombre americano, que condensaba el pasado y el futuro de su familia.

Era un nombre que encajaba.

O sea que cuando un drogata llegado de fuera, un rufián pacifista, un hippie peludo, se pasaba el día sentado en la acera matando del susto a las abuelitas, se lo tomaba como algo personal, sí. ¿Por qué no podían adaptarse? Lo de los negros por lo menos era razonable. Si esa gente no apreciaba particularmente América, en fin, podía llegar a entenderlo. Pero aquellos jóvenes, aquellos chavales blancos de clase media con sus eslóganes antiamericanos... ¿qué se habían creído?

Así que su trabajo era muy sencillo: identificar y hostigar a los elementos perniciosos de la ciudad hasta donde se lo permitía la ley. Hasta donde podía llegar sin arriesgar su pensión ni avergonzar de manera pública al ayuntamiento o al alcalde. Y sí, a veces salía alguien por la tele, por lo general algún imbécil de la costa Este que no tenía ni puta idea de lo que decía, a opinar que los polis de Chicago eran violentos o brutales, o que obstaculizaban el ejercicio de los derechos garantizados en la Primera Enmienda. Pero nadie prestaba demasiada atención a eso. Había un dicho: a los problemas de Chicago, soluciones de Chicago.

Por ejemplo, si un beatnik se paseaba por su distrito a las dos de la madrugada, era bastante fácil trincarlo por violar el toque de queda. Todo el mundo sabía que la mayoría de esos tipos no llevaban ningún tipo de identificación encima, de modo que cuando decían: «A mí el toque de queda no me afecta, madero», él podía responder: «Demuéstralo.» Y no podían. Así de fácil. O sea que pasaban unas horas bien incómodas en el calabozo mientras asimilaban el mensaje: no eres bienvenido en esta ciudad.

Y ése había sido un trabajo aceptable para el agente Brown: era consciente de sus talentos y de sus límites, no era ambicioso. Se daba por contento con su trabajo como policía de barrio hasta que, casi por accidente, conoció a una líder del movimiento hippie y se ganó su confianza. Cuando comunicó a sus superiores que había «establecido contacto con una líder de los estudiantes radicales» que le brindaba «acceso al círculo más íntimo del mundo *underground*» y pidió que lo trasladaran a la Brigada Roja (más en concreto, a la división de investigación de actividades antiamericanas en el Chicago Circle), éstos accedieron a regañadientes. (Ningún otro miembro del cuerpo había logrado infiltrarse en el Circle; aquellos universitarios olían a un poli de incógnito a la legua.)

La Brigada Roja colocaba micrófonos en habitaciones y pinchaba teléfonos. Sacaba fotos a escondidas. Intentaba molestar tanto como fuera posible a los radicales contrarios a la guerra. Para Brown, no era más que una ampliación de las tareas que llevaba a cabo en la calle (molestar y arrestar hippies), sólo que ahora lo hacía en secreto y usando tácticas que cuestionaban los límites de la legalidad interpretada de forma literal. Por ejemplo, asaltaron el despacho de los Estudiantes por una Sociedad Democrática, robaron los archivos, rompieron máquinas de escribir y pintaron «BLACK POWER» con espray en las paredes para despistar a los chicos. Parecía más bien discutible, sí, pero en el fondo la única diferencia entre su trabajo anterior y el actual era metodológica. La aritmética moral le parecía la misma.

A los problemas de Chicago, soluciones de Chicago.

Y ahora le habían regalado un nuevo nombre que investigar, un nuevo elemento radical recién llegado al Circle. Anotó el nombre en su libreta y, junto a éste, puso un asterisco. Muy pronto conocería a la tal Faye.

3

Faye, al aire libre, sobre el césped, con la espalda apoyada contra un edificio, a la sombra de un arbolito del campus, se posó el panfleto con delicadeza en el regazo. Alisó los pliegues y las esquinas, que habían empezado a enroscarse. El papel no tenía el tacto habitual de los periódicos: era más rígido y más grueso, casi parecía encerado. La tinta se emborronaba y le manchaba los dedos. Se limpió las manos con la hierba. Echó un vistazo al membrete («*Editor jefe: Sebastian*») y sonrió. Que Sebastian usara tan sólo su nombre propio le parecía una insolencia y, al mismo tiempo, un gesto triunfal. Había adquirido la fama suficiente para tener un solo nombre en público, como Platón, Voltaire, Stendhal o Twiggy.

Abrió el panfleto. Era la edición que Sebastian estaba imprimiendo la noche anterior, llena de cartas al editor. Empezó a leer.

Querido Chicago Free Voice:

¿Os gusta esconderos de la pasma y de toda esa gente que nos mira mal y nos deja como un trapo? ¿Por la ropa y el peinado que llevamos? O sea, a mí antes sí, pero ya no y ahora hablo con ellos. Intento caerles bien y me hago amigo suyo y entonces les digo que fumo hierba. Y si les caes bien de vez en cuando fuman contigo y te escuchan. Ayudarás a sumar a una persona más a nuestras filas siempre en aumento creo que el cincuenta por ciento de Estados Unidos lo está haciendo y los agentes de estupefacientes nos consideran a todos carne de loquero ja ja.

Era un día cálido y luminoso, con muchos insectos. Unas mosquitas diminutas volaban ante su cara, puntitos negros entre sus ojos y el panfleto, como si los signos de puntuación huyeran. Faye los espantó. Estaba sola, no había nadie cerca. Había encontrado un lugar silencioso en la parte nordeste del campus, un poco de césped separado de la acera por un seto pequeño, detrás del nuevo edificio de Ciencias de la Conducta, sin duda el más odiado de todo el campus del Circle. Era el edificio del que hablaban todos los folletos de la universidad, el que estaba diseñado según los principios geométricos de la teoría de campos, una nueva arquitectura llamada a terminar con la «tiranía del ángulo recto» de la arquitectura anticuada, según aseguraban. Una arquitectura moderna que abandonaba el cuadrado a favor de una matriz sobrepuesta de octágonos inscritos en círculos.

Los folletos no explicaban por qué era mejor eso, desde el punto de vista filosófico, que los ángulos rectos. Pero a Faye no le costaba imaginárselo: los ángulos rectos eran viejos, tradicionales, antiguos y, por ende, malos. Faye tenía la sensación de que, en aquel campus, el peor defecto, tanto para los edificios como para los estudiantes, era ser cuadrado.

Así que el edificio de Ciencias de la Conducta era moderno y tenía muchos ángulos, lo que en la práctica lo convertía en un caos desconcertante. La interconexión de los panales no seguía una lógica intuitiva, los pasillos avanzaban en zigzag y serpenteaban de tal modo que cada diez pasos te veías obligado a escoger qué dirección tomar. La clase de poesía de Faye se impartía en aquel edificio, y el mero hecho de encontrar el aula suponía ya un reto tanto para su paciencia como para su sentido de la orientación. Había escaleras que iban a morir a la nada, a una pared o una puerta cerrada, y otras que terminaban en pequeños rellanos donde se cruzaban varias escaleras más, todas ellas de aspecto idéntico. Algo que parecía una vía muerta llevaba en realidad a una zona nueva cuya mera existencia Faye no habría podido predecir. Desde la segunda planta se veía la tercera, pero no había ninguna forma evidente de acceder a ella. El hecho de que todo estuviera construido en círculos y ángulos oblicuos prácticamente garantizaba que cualquiera pudiera perderse y, de hecho, todos los que entraban en aquel edificio por primera vez adoptaban la misma expresión de perplejidad al intentar orientarse en un espacio donde los conceptos de izquierda y derecha no significaban casi nada.

Más que un lugar donde los alumnos estudiaban Ciencias de la Conducta parecía un centro donde los especialistas en Ciencias de la Conducta pudieran estudiar a los alumnos para ver cuánto tiempo eran capaces de soportar aquel ambiente absurdo antes de enloquecer por completo.

En consecuencia, la mayor parte de los estudiantes lo evitaban en la medida de lo posible, y por eso era un buen lugar para Faye cuando quería estar a solas y leer.

¿Vosotros creéis que estáis locos? Lo digo porque formáis parte de ese cincuenta por ciento, ¿no? Quiero decir que todos fumáis hierba, ¿no? Yo fumo. Y trabajo tan duro, o casi, como el resto de mis colegas de la oficina de Correos. Y todos mis compañeros saben que me coloco, o sea, están siempre preguntándome si creo que no sé qué caja de té huele a hierba. Hoy he encontrado una que sí y casi todos han querido olerla. Entonces la hemos envuelto y la hemos enviado. La persona a la que iba dirigida ya debe de haberla recibido. Es posible que ya esté disfrutando de su paquete. Y también que esté leyendo mis palabras. Hola, amigo.

Un movimiento distante la distrajo, y levantó la mirada, preocupada. Porque si alguno de sus profesores la veía leyendo el *Chicago Free Voice*, si cualquiera de los funcionarios universitarios que administraban su beca la pescaba leyendo el «periódico de la calle», pronarcóticos, proVietcong y *antiestablishment*... En fin, pensaría una serie de cosas muy desafortunadas sobre ella.

Por eso su mente se desconectó de la lectura en cuanto la visión periférica le advirtió de que se acercaba una figura caminando por la acera, al otro lado del seto. Sin embargo, supo a primera vista que no se trataba ni de un profesor ni de un administrador. Demasiada melena. «Greñas» era la palabra al uso, aunque en realidad el pelo de aquel chico había superado con creces el estadio de las greñas y se había convertido ya en una verdadera mata. Una mata silvestre. Lo vio acercarse y hundió la cara en el periódico para que no pareciera que lo estaba observando y, a medida que se aproximaba, sus rasgos fueron definiéndose y Faye se dio cuenta de que lo conocía. Era el chico de la noche anterior. El de la reunión. Sebastian.

Faye se apartó el pelo de la cara y se secó el sudor de la frente. Levantó el panfleto para ocultar su rostro. Pegó la espalda a la pared y agradeció que el edificio tuviera tantos salientes y ángulos. A lo mejor pasaba de largo.

Yo prefiero fumarme un porro con un poli que seguir huyendo de él. A ver, ¿vosotros no? ¿No os gustaría que todo el mundo lo prefiriera? ¡Nada de peleas, nada de guerras! Sólo un montón de personas felices. Menudo delirio, ¿no?

Con la cabeza hundida en el panfleto, se dio cuenta de que era una maniobra algo patética, propia de un avestruz. Oía los pasos de Sebastian sobre el césped. Le pareció que la temperatura de su rostro aumentaba en unos cinco grados. Notó el sudor en las sienes y se lo secó con los dedos. Agarró el panfleto aún con más fuerza y se lo acercó aún más.

¿Qué os parecería a vosotros, amigos míos, si todos, y digo TODOS, nos lleváramos bien? Por lo menos diez millones de personas, bueno quizá nueve millones. A mí desde luego me encantaría daros la mano a todos. ¡Lo único que necesitamos es un lugar donde montar un Festival del Colocón enorme y que se enteren de cuántos somos en realidad!

Los pasos se detuvieron. Luego arrancaron de nuevo y se acercaron más. Sebastian se dirigía hacia ella, y Faye respiró, se secó el sudor de la frente y esperó. Él seguía acercándose, estaba a tres metros, tal vez dos. El papel le impedía verlo, pero Faye sentía su presencia. Era absurdo fingir lo contrario. Bajó el panfleto y lo vio ahí delante, sonriendo.

—¡Hola, Faye! —dijo.

Se acercó de un salto y se sentó a su lado.

—Sebastian —dijo ella, lo saludó con un gesto de la cabeza y le dedicó su sonrisa más genuina.

Él tenía un aspecto muy apuesto. Profesional, incluso. Parecía complacido de que ella se acordara de su nombre. La bata de laboratorio de científico loco había desaparecido y ahora llevaba una chaqueta normal (de un beis neutro, de pana) y una camisa blanca lisa, una corbata azul marino estrecha y zapatos marrones. Estaba presentable, aceptable, excepto tal vez por el pelo (demasiado largo, demasiado despeinado, demasiado voluminoso), pero con pinta de buen chico de todos modos, de chico que podías, tal como estaba, presentar a tus padres.

—Tu periódico está bastante bien —dijo Faye, buscando ya en aquel momento la forma de caerle lo mejor posible, de congraciarse con él: mostrarse solidaria, halagarlo—. Esa carta del tipo de la oficina de Correos... Creo que tiene parte de razón. Es bastante interesante.

—Dios, ¿te imaginas a un tío así organizando un festival? ¿Con diez millones de personas? Sí, claro.

—No creo que quiera organizar un festival —dijo Faye—. Creo que quiere saber que no está solo. Me parece que está muy solo.

Sebastian le lanzó una mirada de sorpresa fingida: ladeó la cabeza, arqueó una ceja y sonrió.

—Pues a mí me pareció un pirado.

—No. Busca a personas con las que pueda comportarse tal como es. Como todos, ¿no?

—Ajá...—dijo Sebastian, y se la quedó mirando un momento—. Tú eres distinta, ¿no?

—No sé a qué te refieres —respondió ella, y se secó el sudor de la frente.

—Eres sincera —dijo Sebastian.

—Ah, ¿sí?

—Callada, pero sincera. No hablas mucho, pero cuando lo haces dices lo que piensas. La mayoría de la gente que conozco habla sin parar, pero nunca dice nada auténtico.

—Gracias. Supongo.

—Ah, y tienes tinta por toda la cara.

—¿Cómo?

—Tinta —repitió él—. Por toda la cara.

Faye se miró las yemas de los dedos, ennegrecidas por el panfleto, y entendió a qué se refería.

—Oh, no... —dijo, y buscó su estuche de maquillaje en la mochila.

Abrió el neceser, se miró en el espejo y vio el alcance de lo sucedido: tenía la frente, las mejillas y las sienes cubiertas de líneas negras allí donde se había secado el sudor con los dedos. Era la clase de situación que podía destrozarle el día entero, la clase de situación que por lo general desencadenaba la opresión, el pánico: hacer una estupidez delante de un extraño.

Pero en realidad sucedió algo distinto, algo sorprendente. Faye no tuvo un ataque, sino que se echó a reír.

—¡Parezco un dálmata! —dijo, y se rió.

No sabía de qué se reía.

—La culpa es mía —dijo Sebastian, y le pasó un pañuelo—. Tendría que usar una tinta mejor.

Faye se limpió las manchas.

—Sí —dijo—. Es culpa tuya.

—Acompáñame —propuso él. La ayudó a levantarse y, juntos, se alejaron de la sombra del árbol, Faye con la cara ya limpia y reluciente—. Qué divertida eres —dijo.

Faye se sintió ingrávida, exultante, incluso un poco coqueta. Nunca la habían definido como «divertida».

—Y tú tienes muy buena memoria —dijo ella.

—¿Yo?

—Te has acordado de mi nombre.

—Ah, bueno, es que se me quedó grabado. Por lo que dijiste en la reunión.

—Lo dije sin pensar. Se me escapó.

—Pero tenías razón. Era una observación relevante.

—¡Qué va!

—Sugeriste que a veces la gente quiere cosas en el terreno sexual que entran en conflicto con las que quiere en el plano político, y eso hizo que todas se sintieran incómodas. Además, ese grupo tiende a cebarse con las tímidas. Tuve la sensación de que estabas en un apuro.

—Yo no soy tímida —dijo ella—, es sólo que... —Guardó silencio para encontrar la palabra apropiada, la forma correcta e inteligible de expresarlo, pero al final se saltó la explicación—. Gracias por intervenir —dijo—. Te lo agradezco.

—De nada —dijo Sebastian—. Vi tu *maarr*.

—¿Mi qué?

—Tu *maarr*.

—¿Qué es el *maarr*?

—Lo aprendí en el Tíbet —dijo él—, en una visita a los monjes de uno de los grupos budistas más antiguos del planeta, a los que conocí en un viaje. Quería hablar con ellos porque han encontrado la solución al problema de la empatía humana.

—No sabía que ése fuera un problema que requería una solución.

—Sí, claro que sí. El problema es que en realidad nunca la sentimos. La empatía, digo. La mayoría de las personas creen que se trata de entender al otro o identificarse con él, pero hay algo más. La empatía real consiste en sentir físicamente los sentimientos de otro, de un modo que no se experimenta sólo en el cerebro, sino en todo el cuerpo. Tu cuerpo vibra como un diapasón ante la tristeza y el sufrimiento ajeno; por ejemplo, lloras en el funeral de alguien a quien no conoces, sientes hambre real cuando ves a un niño hambriento, te entra vértigo viendo a un acróbata, etcétera.

Sebastian miró a Faye de reojo para ver si le interesaba.

—¿Y qué más? —dijo ella.

—Vale. Bueno, si aplicamos este principio hasta las últimas consecuencias, la empatía se convierte en una persecución, una condición imposible porque cada uno tiene su ego, hemos alcanzado la individuación, no podemos ser de verdad otra persona. Y ése es el gran problema de la empatía: es posible acercarse a ella, pero no realizarla por completo.

—Como la velocidad de la luz.

—¡Exacto! La naturaleza tiene ciertos límites que siempre quedarán fuera de nuestro alcance, uno de los cuales es la empatía humana absoluta. Pero los monjes budistas han resuelto el problema con el *maarr*.

Faye lo escuchaba embelesada. Que un chico dijera esas cosas. ¡A ella! Nadie le había hablado nunca así. Le entraron ganas de abrazarlo y echarse a llorar.

—Piensa en el *maarr* como el trono de las emociones —dijo Sebastian—, ubicado en un lugar profundo de tu cuerpo, cerca del estómago. Todo el deseo, todo el anhelo, todos los sentimientos de amor, de compasión y de lujuria, todas las necesidades y afanes secretos de una persona están contenidos en el *maarr*.

Faye se puso una mano abierta sobre el vientre.

—Sí —dijo Sebastian, sonriendo—. Justo ahí. «Ver» el *maarr* de alguien es reconocer su deseo, sin preguntar, sin que te lo pidan, y hacer algo al respecto. Esa última parte es esencial: el acto de «ver» sólo se completa si «haces algo al respecto». O sea que un hombre «ve» los deseos de una mujer cuando responde a ellos sin que ella se lo pida. Una mujer «ve» el *maarr* de un hombre hambriento cuando lo alimenta de forma espontánea.

—Vale —dijo Faye—, ya lo entiendo.

—Y este sentido activo de la empatía es lo que me gusta tanto, la idea de que debemos hacer algo más que relacionarnos en silencio con otro ser humano. También debemos «hacer que suceda algo».

—La empatía sólo se logra a través de las acciones —dijo Faye.

—Eso es. Por eso en la reunión, cuando vi que el grupo empezaba a criticarte, desvié su atención, y así fue como vi tu *maarr*.

Faye ya iba a darle las gracias cuando llegaron a un claro y, un poco más adelante, vio a un grupo de gente y oyó cánticos. Ya había oído algo mientras caminaban, mientras rodeaban el exterior del edificio de Ciencias de la Conducta en el sentido contrario al de las agujas del reloj, siguiendo la ruta zigzagueante que se hacía necesaria en aquel campus, donde muy pocos caminos llevan de un lugar a otro de forma directa. El ruido había ido subiendo de intensidad a medida que Sebastian contaba su historia sobre la empatía, los monjes y la visión del *maarr*.

—¿Qué es ese ruido? —preguntó Faye.

—Ah, es la manifestación.

—¿Qué manifestación?

—¿Cómo que «qué manifestación»? Pero ¡si hay carteles por todas partes!

—Será que no me he fijado...

—Es la manifestación contra ChemStar —dijo él.

Fueron a dar al patio de la monolítica estructura del University Hall, el edificio central de la universidad y el más alto e intimidante de todo el campus, con diferencia.

Así como la mayoría de los edificios del Circle eran estructuras achaparradas de tres pisos, el University Hall era un monstruo de treinta plantas. Se veía desde todas partes, se elevaba por encima de los árboles, más grueso en la parte superior que en la base: anónimo, cuadriculado, tiránico. Parecía que hubieran construido un exoesqueleto beis de hormigón alrededor de un edificio algo más pequeño y marrón. Como en todas las demás estructuras del campus, las ventanas eran demasiado estrechas para que cupiera un cuerpo por ellas. Excepto, eso sí, las del piso superior. Las únicas ventanas de todo el campus que parecían lo bastante grandes para poder tirarse desde allí estaban situadas, sospechosa y casi seductoramente, en el punto más alto, la última planta del University Hall, un detalle que algunos de los alumnos más cínicos consideraban maligno y siniestro.

Había decenas de estudiantes en la manifestación: barbudos, con el pelo largo, cabreados, gritaban al edificio y a la gente que había dentro (administradores, burócratas, el presidente de la universidad), y alzaban pancartas con el logo de ChemStar manchado de sangre, ese logo que Faye conocía tan bien. Era el mismo que su padre llevaba bordado con colores vivos en el uniforme del trabajo, justo encima del pecho: el logo con la C y la S encadenadas.

—¿Qué pasa con ChemStar? —preguntó Faye.

—Que producen napalm —dijo Sebastian—. Matan a mujeres y niños.

—¡Qué va!

—Es la verdad —dijo Sebastian—. Y la universidad compra sus productos de limpieza, por eso protestamos.

—¿En serio producen napalm? —preguntó ella.

Su padre nunca lo había mencionado. De hecho, nunca hablaba del trabajo, nunca contaba qué hacía allí.

—Es un compuesto de benceno y poliestireno —explicó Sebastian— que una vez transformado en gelatina y mezclado con gasolina se convierte en una pasta pegajosa y muy inflamable que se usa para despellejar con fuego a los del Vietcong.

—Ya sé qué es el napalm —señaló Faye—. Pero no sabía que ChemStar lo produjera.

No se le pasó por la cabeza contarle a Sebastian, ni entonces ni en ningún otro momento, que su infancia y su educación se habían financiado con un salario que salía de la planta de ChemStar.

Sebastian, mientras tanto, observaba la manifestación. Daba la impresión de no haber percibido la ansiedad de Faye. (Había dejado de ver su *maarr*.) Más bien se concentró en dos periodistas que había junto a los manifestantes: un reportero y un fotógrafo. Ni el reportero escribía nada ni el fotógrafo tomaba fotos.

—No ha venido suficiente gente —dijo—. No saldrá en los periódicos.

Tal vez había una treintena larga de manifestantes, muy ruidosos, que caminaban en círculo alzando pancartas y gritando: «¡Asesinos, asesinos!»

—Hace unos años, una manifestación de una docena de personas habría merecido unas líneas en la página seis —dijo Sebastian—. Pero ahora, después de tantas protestas, los criterios han cambiado. Cada nueva protesta hace que la siguiente parezca más ordinaria. Ése es el gran defecto del periodismo: que cuanto más pasa una cosa, menos noticiable es. Eso nos condena a seguir la misma trayectoria que el mercado bursátil: la del crecimiento sostenido e imparable.

Faye asintió con la cabeza. Estaba pensando en el cartel publicitario de ChemStar que había en su pueblo: «HACEMOS REALIDAD NUESTROS SUEÑOS.»

—Supongo que hay una forma de asegurarse de que esto salga en los periódicos —dijo Sebastian.

—¿Cuál?

—Que detengan a alguien. Siempre funciona. —Se volvió hacia ella—. Me ha encantado hablar contigo, Faye —dijo.

—Gracias —respondió ella distraída, pues seguía pensando en su padre y en cómo olía cuando volvía del trabajo: a gasolina y a algo más, un olor denso y sofocante, como a gas de tubo de escape, a asfalto caliente.

—Espero volver a verte pronto —dijo Sebastian, y echó a correr hacia la multitud.

—¡Espera! —gritó Faye sobresaltada, pero él siguió corriendo hasta llegar a un coche patrulla aparcado cerca de los manifestantes.

Se encaramó al maletero, trepó hasta el techo y levantó los dos puños. Los estudiantes lo vitorearon entusiasmados. El fotógrafo empezó a sacar fotos. Sebastian se puso a saltar y a abollar la carrocería del coche, y entonces se volvió hacia Faye. Le sonrió y le sostuvo la mirada hasta que los policías lo agarraron, cosa que hicieron enseguida, para derribarlo, ponerle las esposas y llevárselo.

4

Sebastian aterrizó en el coche patrulla, pero aterrizó con fuerza. Con la mandíbula. La policía fue brutal. Faye lo imaginaba en el calabozo en aquel momento, una masa cubierta de moratones. Necesitaría que alguien le aplicara hielo en la mandíbula, quizá que le cambiaran la venda, un masaje en la espalda magullada. Faye se preguntó si tendría a alguien que le hiciera todo eso, alguien especial. Y descubrió que esperaba que no.

Tenía los apuntes de clase esparcidos por toda la cama. Estaba leyendo a Platón, *La República*. Los diálogos. Había terminado las lecturas obligatorias, había devorado todo el material sobre la caverna alegórica de Platón, las personas alegóricas que vivían en la caverna alegórica y que veían sólo las sombras del mundo real y creían que esas sombras eran el mundo real. El argumento central de Platón era que a veces nuestro mapa de la realidad y la verdadera realidad no encajan.

Había terminado los deberes y estaba leyendo el único capítulo de todo el libro que el profesor no les había mandado leer, algo que le parecía curioso. Pero a mitad del capítulo, Faye entendió por qué. En ese texto, Sócrates enseñaba a un grupo de viejos a atraer a chicos jóvenes. Para acostarse con ellos.

¿Cuál era su consejo? Nunca halagues al chico, decía Sócrates. No intentes mostrarte romántico ni hacerle perder la cabeza. Cuando halagas a un chico guapo, decía, éste se forma una opinión tan alta de sí mismo que se hace más difícil seducirlo. Te conviertes en un cazador que ahuyenta a su presa. La persona que se refiere a una persona atractiva como «atractiva» sólo consigue volverse más fea. Es mejor no halagar al otro. Es preferible, tal vez, actuar con un poco de malicia.

Faye se preguntó si era verdad. Sabía que cada vez que Henry le decía que era guapa, ella lo consideraba más patético. Detestaba reaccionar así, pero a lo mejor Sócrates tenía razón. A lo mejor era preferible que el deseo fuera tácito. No estaba segura. A veces Faye habría querido vivir una vida paralela a la suya, una vida exactamente igual, pero en la que hubiera tomado otras decisiones. En esa otra vida no tendría que preocuparse tanto. Podría decir lo que quisiera, hacer lo que quisiera, besar a los chicos sin preocuparse por su reputación, ver películas con desenfreno, dejar de obsesionarse por los exámenes y los deberes, ducharse con el resto de las chicas, llevar ropa extremada y sentarse a la mesa de los hippies para divertirse. En esa otra vida más interesante, Faye no pensaría en las consecuencias, y eso le parecía hermoso, encantador y, en cuanto se lo planteó con objetividad durante diez segundos, absurdo. Totalmente fuera de su alcance.

Por eso, el gran éxito del día (el agradable y sincero aturullamiento que había sentido con Sebastian) suponía un verdadero avance. Había hecho algo ridículo delante de un chico y se lo había tomado a risa. Después de mancharse toda la cara de tinta, no se había horrorizado, ni siquiera había sentido un poquito de horror, ni le había dado por obsesionarse más adelante, no estaba asqueada, no se había puesto a revivir la escena mentalmente una y otra vez. Decidió que necesitaba averiguar más cosas sobre Sebastian. No sabía qué iba a decir, pero necesitaba averiguar más cosas. Y sabía adónde tenía que ir.

Alice vivía en la habitación contigua, un cuarto grande al fondo del pasillo, junto a la salida de incendios, que se había convertido en refugio para estudiantes pasotas, sobre todo chicas, casi todas como las que Faye había conocido en la reunión, que se quedaban despiertas hasta tarde gritando al son del tocadiscos y fumando hierba. Cuando Faye asomó la cabeza (la puerta estaba casi siempre abierta), varias caras se volvieron hacia ella, pero ninguna era la de Alice. Le dijeron que a lo mejor la encontraría en la oficina de Abogados del Pueblo, donde tenía un empleo no remunerado llevando la contabilidad.

—¿Qué es Abogados del Pueblo? —preguntó Faye, y las chicas se miraron y esbozaron una sonrisa maliciosa.

Faye se dio cuenta de que acababa de ponerse en evidencia, de que aquella pregunta delataba que era una mojigata. Le pasaba cada dos por tres.

—Ayudan a la gente que arrestan en manifestaciones —explicó una de las chicas.

—A salir de la cárcel —añadió otra.

—Ah —dijo Faye—. ¿Y ayudarán a Sebastian?

Volvieron a sonreír, de la misma forma que antes. Una conspiración nueva, otra parte del planeta que era obvia para todo el mundo menos para Faye.

—No —contestó una de las chicas—. Él tiene sus propios métodos. No te preocupes por Sebastian: lo arrestan y sale al cabo de una hora. Nadie sabe cómo lo consigue.

—Es mago —añadió otra de las chicas.

Le dieron la dirección de Abogados del Pueblo, que resultó estar en una ferretería embutida en el primer piso de un destartalado y sofocante edificio de apartamentos de dos plantas, un edificio que tal vez en su día fuera una resplandeciente residencia victoriana, pero que desde entonces había quedado dividido en un rompecabezas de locales comerciales y viviendas. Faye buscó algún cartel o puerta, pero sólo vio estanterías atestadas de los típicos objetos de ferretería: clavos, martillos, mangueras. Se preguntó si las chicas le habrían dado una dirección equivocada, si le estarían tomando el pelo. El suelo de madera crujió y Faye se dio cuenta de que estaba lleno de surcos e inclinado hacia las estanterías más pesadas. Ya iba a marcharse cuando el propietario, un tipo alto y delgado con el pelo blanco, le preguntó si podía ayudarla.

—Busco el despacho de Abogados del Pueblo —dijo.

Él se la quedó mirando durante un momento incómodo, como si la sopesara.

—¿Tú?

—Sí. ¿Es aquí?

Le dijo que estaba en el sótano del edificio, al que se accedía por una puerta situada en el callejón de la parte trasera. Así que Faye se encontró llamando a una puerta de madera marcada tan sólo con las iniciales de la organización, en un callejón vacío salvo por media docena de contenedores que se cocían al sol.

La mujer que abrió (que seguramente no era mayor que la propia Faye) le dijo que no había visto a Alice en todo el día, pero sugirió que a lo mejor la encontraría en un lugar llamado Casa de la Libertad. O sea que Faye tuvo que volver a someterse a todo el ritual: admitir que en realidad no sabía qué era la Casa de la Libertad, soportar la mirada incómoda y la vergüenza de ignorar algo que sabía todo el mundo, y escuchar la explicación de la chica, que le contó que la Casa de la Libertad era un refugio para chicas que huían de casa y que Faye no podía revelar su ubicación a ningún hombre, jamás.

Así fue como Faye encontró a Alice en un edificio de ladrillo visto de tres pisos que, por lo demás, no tenía nada de extraordinario, en un apartamento de la planta superior, sin ningún tipo de indicación, al que sólo se podía acceder si llamabas a la puerta con la combinación secreta de golpes con los nudillos (que, por cierto, equivalía a «SOS» en código Morse), en un salón espartano decorado sobre todo con muebles dispares, sin duda de segunda mano o procedentes de alguna donación, pero que resultaba un poco más acogedor gracias a varios adornos de ganchillo o de punto, y donde encontró a Alice sentada en el sofá, con las piernas encima de la mesita del café, leyendo la revista *Playboy*.

—¿Qué haces leyendo *Playboy*? —preguntó Faye.

Alice le dedicó una de aquellas miradas impacientes y fulminantes que dejaban clarísimo la poca gracia que le hacían sus preguntas idiotas.

—Por los artículos —dijo.

Alice daba tanto miedo porque parecía que le importaba un comino si caía mejor o peor. Daba la impresión de que no dedicaba ni una pizca de energía mental a adaptarse a los demás, a satisfacer sus deseos, expectativas y ansias, o su necesidad básica de decoro, modales y etiqueta. Faye, en cambio, opinaba que todo el mundo debería intentar gustar a los demás, no por vanidad, sino porque el deseo de gustar constituía un lubricante social esencial. En un mundo que carecía de un dios vengativo, el deseo de gustar y encajar era el único método de control del comportamiento humano, le parecía a Faye, que no estaba segura de si creía en un dios vengativo, pero sí sabía a ciencia cierta que Alice y sus amigas eran ateas hasta la médula. Podían ser tan groseras como quisieran, sin tener que preocuparse por si recibían un castigo en el más allá. Era apabullante. Como estar encerrado en una habitación con un perro grande e impredecible: ese miedo latente, constante.

Alice soltó un suspiro profundo, como si intuyera que esa conversación iba a suponerle un gran desgaste mental. Era casi como si Alice diera por sentado que Faye le haría perder el tiempo, y a ella le tocara demostrar lo contrario.

—Fíjate en esta mujer —dijo Alice.

Puso los pies en el suelo, dejó la revista encima de la mesita y la abrió por el póster central. La imagen, de orientación vertical, ocupaba tres páginas enteras. Cuando Faye logró sobreponerse a la conmoción inicial, a aquel primer salto mortal que le dio el estómago al encontrarse mirando algo que estaba segura de que no debería mirar, lo primero que pensó, ladeando la cabeza para ver mejor, fue que la joven de la foto transmitía una sensación de frío. De frío físico. Estaba en una piscina, medio vuelta de espaldas a la cámara, girando la cintura para que el torso le quedara de perfil. Estaba en medio del agua, absolutamente turquesa, y sujetaba un juguete inflable (un cisne), lo abrazaba por el cuello y se lo acercaba a la mejilla, como si tal vez así pudiera encontrar algo de calor. Estaba desnuda, claro. Tenía la piel del trasero y de la parte inferior de la espalda áspera y rugosa, como un cocodrilo, a causa de la carne de gallina. Le resbalaban gotas de agua por el culo y los muslos, que se hundían unos centímetros en el agua, pero no más.

—¿Qué estoy viendo? —preguntó Faye.

—Pornografía.

—Ya, pero ¿por qué?

—Creo que ésta es bastante guapa.

La chica del póster. Miss Agosto, decía en una esquina. Tenía la piel rosada, con algunas manchitas oscuras por el frío, tal vez, o porque se adivinaban las venas bajo la piel. Le caía agua por la espalda, unas cuantas gotitas se le adherían al brazo, pero no las suficientes para aparentar que había estado nadando; a lo mejor el fotógrafo la había rociado para lograr aquel efecto.

—Transmite tranquilidad —dijo Alice—, un discreto encanto. Estoy segura de que es una mujer capaz, incluso poderosa. El problema es que no tiene ni idea de lo que puede lograr.

—Pero te gusta su aspecto.

—Es muy guapa.

—He leído por ahí que es mejor no halagar a alguien por su aspecto —dijo Faye—. Que eso te menoscaba.

Alice frunció el ceño.

—¿Quién lo dice?

—Sócrates. Por medio de Platón.

—Desde luego... —dijo Alice—, mira que eres rara, a veces.

—Lo siento.

—No tienes por qué disculparte.

Miss Agosto no llegaba a sonreír del todo. Más bien tenía la sonrisa forzada y mecánica de alguien obligado a sonreír cuando está pasando mucho frío. El rostro lleno de pecas por el sol. Dos gotas de agua pendían del pecho derecho. Si caían, irían a parar al vientre desnudo. Faye lo notó, sintió el frío.

—La pornografía es un problema para todo el proyecto de la Ilustración —dijo Alice—. Si unos hombres que en todo lo demás parecen racionales, educados, cultos, morales y éticos todavía necesitan mirar esto, ¿cuánto hemos avanzado realmente? Los conservadores quieren eliminar la pornografía prohibiéndola. Los progres también quieren eliminarla, pero generando personas tan ilustradas que ya no la necesiten. Represión contra educación. El policía y el profesor. Ambos tienen el mismo objetivo, el puritanismo, pero recurren a herramientas distintas.

—Todos mis tíos están suscritos —dijo Faye, señalando la revista—. Y la dejan a la vista, encima de la mesita del café.

—Dicen que en realidad la revolución sexual no tiene que ver con el sexo, sino con la vergüenza.

—Esta chica no parece muy avergonzada —dijo Faye.

—Esa chica no parece nada. No estamos hablando de su vergüenza, sino de la nuestra.

—¿Tú tienes vergüenza?

—Digo «nuestra» en general, hablo de un nosotros abstracto.

—Ah.

—Del Espectador, con E mayúscula. Del Mirón, con M mayúscula. No de nosotras en particular, de ti y de mí.

—Pues yo sí tengo vergüenza —dijo Faye—. Un poco, supongo. No quiero, pero la tengo.

—¿Y eso por qué?

—No quiero que nadie sepa que he visto esto. A lo mejor piensan que soy rara.

—Define «rara».

—Que estaba mirando fotos de chicas. A lo mejor piensan que me gustan las chicas.

—¿Y te preocupa lo que piensen?

—Sí, claro que sí.

—Pero eso no es vergüenza. Tú crees que lo es, pero te equivocas.

—¿Y qué es?

—Miedo.

—Vale.

—Odio contra ti misma. Alienación. Soledad.

—Eso no son más que palabras.

Luego estaba también la extrañeza de tener la revista ahí, colocada entre las dos, de su condición de objeto: las arrugas de la fotografía, las ondulaciones de las páginas, la forma en que el brillo de las páginas reflejaba la luz, la sensibilidad a la humedad ambiente de aquel papel que se curvaba. Una de las grapas que mantenían la revista encuadernada sobresalía del brazo de Miss Agosto, como si la chica hubiera recibido un impacto de metralla. Las ventanas del apartamento estaban abiertas, un pequeño ventilador eléctrico ronroneaba cerca de ellas y las páginas centrales se agitaban y temblaban con el aire cambiante, animando la fotografía: parecía que Miss Agosto se moviera, se crispara, que tratara de mantenerse quieta en el agua fría sin lograrlo.

—Los hombres del movimiento no paran de soltar esos rollos —dijo Alice—. Si no quieres follar con ellos se preguntan por qué tienes tantos complejos. Y si no quieres quitarte la camiseta te dicen que no te avergüences de ti misma. Como si por no dejar que te soben las tetas no formaras parte legítima del movimiento.

—¿Sebastian hace esas cosas?

Alice se quedó callada y la miró de reojo.

—¿Por qué preguntas por Sebastian?

—Por nada. Curiosidad, nada más.

—Curiosidad.

—Lo encuentro... En fin, interesante.

—¿Interesante en qué sentido?

—Hemos pasado una tarde muy agradable. En el patio.

—Ay, Dios.

—¿Qué?

—Estás colada por él.

—No.

—Piensas en él.

—Me parece interesante, nada más.

—¿Te lo quieres tirar?

—Yo no lo diría así.

—Te lo quieres follar, pero antes quieres asegurarte de que vale la pena. Por eso has venido, para que te cuente cosas de él.

—Hemos tenido una conversación agradable y luego lo han arrestado en la manifestación contra ChemStar, ya está. Y estoy preocupada por él. Es mi amigo y me preocupa.

Alice se inclinó hacia delante y apoyó los codos en las rodillas.

—¿No tienes novio en tu pueblo?

—No creo que eso sea relevante.

—Pero lo tienes, ¿verdad? Las chicas como tú siempre tenéis novio. ¿Dónde está ahora mismo? ¿Esperándote?

—Está en el ejército.

—¡Vaya, vaya! —dijo Alice, frotándose las manos—. ¡Ésta sí que es buena! Tu novio se va a ir a Vietnam y tú quieres tirarte a un manifestante antibelicista.

—Mira, vamos a dejarlo.

—Y no a un manifestante cualquiera, sino al manifestante por excelencia.

Alice aplaudió con ironía.

—Cállate —dijo Faye.

—Sebastian tiene una bandera del Vietcong colgada en su habitación. Dona dinero al Frente de Liberación Nacional. Todo eso lo sabes, ¿verdad?

—No es asunto tuyo.

—A tu novio le pegarán un tiro. Y Sebastian habrá pagado las balas. Ése es el chico que has elegido.

Faye se levantó.

—Me voy.

—¿Por qué no aprietas el gatillo tú misma? —añadió Alice—. Qué rastrera.

Faye le dio la espalda y salió enfadada del apartamento, apretando los puños y con los brazos rígidos a los lados.

—¡Ahora sí! —gritó Alice—. Esto sí es vergüenza. Vergüenza de verdad. Esto es lo que se siente, chiquilla.

Lo último que vio Faye cuando cerró la puerta de golpe fue que Alice volvía a colocar los pies encima de la mesita de centro y se ponía a hojear de nuevo las páginas de la revista *Playboy*.

5

Ni taxímetros ni billetes de metro. Alice creía en la libertad, en el movimiento libre, en ser libre: allí mismo, a las cinco de la madrugada, caminando bajo la luz púrpura, fría y húmeda de Chicago. El sol empezaba a despuntar sobre el lago Michigan y en las fachadas de los edificios brillaba su tenue luz rosada. Algunas tiendas de comida habían empezado a abrir y los comerciantes limpiaban a manguerazos la acera, donde aterrizaban como sacos de grano los fardos de periódicos lanzados desde los camiones. Alice se fijó en un titular («NIXON, CANDIDATO REPUBLICANO A LA PRESIDENCIA») y escupió. Inhaló el aroma matutino de la ciudad, su aliento al despertar, el olor a asfalto y a aceite de motor. Los comerciantes la ignoraban. Veían su indumentaria (la chaqueta militar verde y ancha, las botas de piel y los vaqueros ajustados y llenos de desgarrones) y su pelo negro alborotado, su mirada indiferente por encima de las gafas de sol plateadas, y deducían correctamente que no era una clienta potencial. No llevaba dinero. No valía la pena ser cortés con ella. A Alice le gustaba la transparencia de aquellas interacciones, la carencia total de engaños entre el mundo y ella.

Nunca llevaba bolso porque si llevaba bolso podía sentir la tentación de guardar las llaves dentro, y si guardaba las llaves podía sentir la tentación de cerrar la puerta, y si empezaba a cerrar la puerta podía sentir la tentación de comprar cosas que luego debería guardar bajo llave: ropa comprada en tiendas de verdad, en lugar de prendas hechas a mano o robadas (por ahí empezaría todo), y luego zapatos, vestidos, joyas, montañas de chismes seguidas de más trastos, y una tele, primero una pequeña, después una más grande, y después otra, una para cada habitación, y revistas, libros de cocina, una batería de cocina, fotos enmarcadas en las paredes, un aspirador, una tabla de planchar, prendas dignas de ser planchadas, alfombras dignas de ser aspiradas, y estanterías, estanterías y más estanterías, una habitación más grande, un apartamento, una casa, un garaje, un coche, cerraduras para el coche y cerraduras para las puertas, múltiples cerraduras y barrotes en las ventanas que al final terminarían de rematar la prisión en la que la casa se habría convertido hacía tiempo. Todo aquello supondría un cambio fundamental en su posición respecto al mundo: de invitarlo a pasar, a impedirle la entrada.

Era una de esas noches que no habrían sucedido si Alice tuviera bolso, o llaves, o dinero, o complejos a la hora de enrollarse con todo tipo de extraños. Buscaba subidones gratis y los encontraba con mucha rapidez, con mucha facilidad: en el centro de la ciudad dos hombres la habían invitado a su sucio apartamento, donde habían bebido whisky mientras escuchaban discos de Sun Ra, y Alice había bailado con ellos, contoneando las caderas, y cuando uno perdió el conocimiento, ella se besuqueó tiernamente con el otro hasta que se les terminó la hierba. Aquella música no podía tararearse, ni siquiera podía bailarse, pero era perfecta para besarse. Todo muy divertido hasta que el tipo se desabrochó los pantalones y le dijo: «¿Te apetece tener algo en la boca?» A Alice le pareció patético que el tío ni siquiera le pidiera correctamente lo que quería, que ni siquiera fuera capaz de llamar a las cosas por su nombre. Él se llevó una sorpresa cuando Alice se lo dijo. «Creía que eras una mujer liberada», le contestó, lo que en realidad significaba que ella debía acceder a todos sus deseos y, para colmo, hacerlo a gusto.

Tales eran las expectativas de la Nueva Izquierda.

Alice todavía notaba la marihuana en el cuerpo, en las piernas, sentía las piernas como zancos, más rígidas, delgadas y largas que cuando estaba sobria. Mientras se dirigía paso a paso hacia el oeste de la ciudad, atravesando los barrios del centro y de vuelta al Circle, Alice se movía con unos andares de payasa que la hacían amar su cuerpo, pues lo sentía en funcionamiento, notaba todas sus partes diversas y prodigiosas.

Estaba poniendo a prueba sus piernas cuando el poli la vio. Iba cruzando a la pata coja un callejón donde él había escondido el coche patrulla cuando la llamó:

—Eh, guapa, ¿adónde vas?

Alice se detuvo. Se volvió hacia la voz. Era él. El pasma del nombre ridículo: Charlie Brown.

—¿Qué haces por aquí a estas horas, muñeca? —dijo el poli.

Era grande como una avalancha, un poli con cara de calabaza obsesionado con castigar infracciones insignificantes: mendigar, ensuciar la calle, cruzar por donde no se podía, saltarse el toque de queda. Últimamente los policías habían empezado a pararlos por infracciones menores, a pararlos y cachearlos en busca de cualquier elemento prohibido, cualquier cosa que justificara su detención. La mayoría de los polis eran idiotas, pero aquél era diferente. Aquél era interesante.

—Ven aquí —dijo el poli. Estaba apoyado en el capó de su coche patrulla, con una mano en la porra. Estaba oscuro. El callejón era una caverna—. Te he hecho una pregunta —añadió—. ¿Qué haces?

Alice se acercó, se detuvo justo donde él no podía alcanzarla y levantó la mirada hacia la mole enorme, imponente, de aquel tipo. El poli llevaba un uniforme azul claro, casi celeste, de manga corta, que le quedaba pequeño. Su pecho era como un barril de cerveza que amenazaba con hacer saltar los botones. Tenía un bigote rubio tan claro que para distinguirlo había que estar muy cerca. Su insignia era una estrella plateada de cinco puntas justo encima del corazón.

—Nada —dijo ella—. Voy a casa.

—Vas a casa, ¿eh?

—Sí.

—¿A las cinco de la madrugada? ¿A pie? ¿Seguro que no estás haciendo algo ilegal?

Alice sonrió. El poli se estaba ciñendo al guión que ella le había dado. Una de las pocas cosas que admiraba del agente Brown era su tenacidad.

—Que te jodan, poli —contestó.

En ese momento, él se abalanzó sobre ella, la agarró por el cuello y la acercó a él, le pegó la cara, hundió la nariz en su cuero cabelludo e inspiró sonoramente justo por encima de la oreja de Alice.

—Hueles a hierba —le dijo.

—¿Y qué?

—Que voy a tener que cachearte.

—Para eso necesitas una orden —dijo Alice, y él soltó una carcajada que sonó falsa, sin duda, pero ella le agradeció que por lo menos lo intentara.

Entonces el agente le dio la vuelta, le dobló un brazo hacia la espalda y la obligó a adentrarse más en el callejón, donde la echó sobre el maletero del coche patrulla. Ya habían pasado por eso una vez, un par de noches antes, y habían llegado hasta aquel punto, a echarla encima del coche, antes de que Brown se saliera del personaje. La había empujado contra el maletero con demasiada fuerza (en realidad ella le había permitido hacerlo, había distendido el cuerpo en el momento clave), la mejilla de Alice había chocado contra el metal y la joven se había quedado un poco aturdida, que es justo lo que quería, escapar de su mente un breve instante.

Pero él se había asustado al ver que se golpeaba la cara de aquella forma. Le había salido un moratón casi de inmediato.

—¡Cerdito! —había gritado, y ella lo había regañado por usar la contraseña y había tenido que explicarle que estaba reservada para ella, que no tenía ningún sentido que la usara él.

Él se había encogido de hombros, le había dirigido una mirada de arrepentimiento y le había prometido hacerlo mejor la próxima vez.

He aquí lo que Alice le había pedido al agente Brown: que diera con ella una noche cualquiera, cuando no se lo esperara, y que actuase como si no se conocieran y, por supuesto, como si no llevaran todo el verano liados. Que se comportara como si ella fuera una hippie más y él un poli despiadado más, que se la llevara a un callejón oscuro, la lanzara contra el maletero de su coche patrulla, le arrancara la ropa e hiciera lo que quisiera con ella. Eso es lo que quería.

Al agente Brown le inquietó mucho esa petición. Se preguntaba por qué demonios quería algo así. ¿Por qué no podían echar un polvo normal y corriente en el asiento trasero del coche? Y ella le dio la única respuesta que importaba: porque el polvo en el asiento trasero del coche ya lo había probado, y en cambio eso aún no lo conocía.

Ahora, con la cara pegada al coche, con la mano de Brown apretándole el cuello con fuerza... Parecía que esa vez sí llegaría al final, y tampoco es que ella lo estuviera disfrutando del todo; más bien confiaba en que bien pronto empezaría a disfrutar si él se mantenía en su papel.

El agente Brown, por su parte, estaba muerto de miedo.

Muerto de miedo por si le hacía daño, pero también muerto de miedo de no hacérselo, o de no hacérselo como debía, de no estar a la altura, muerto de miedo de que, si no era lo bastante bueno en las perversiones que ella requería, Alice se largara y lo dejara plantado. Eso era lo que más lo aterrorizaba, que Alice perdiera el interés y se marchara.

Así se sentía él cada vez. Cuantos más encuentros de ese tipo tenía con Alice, más aumentaban su paranoia y su miedo a perderla. Y era consciente de ello. Sabía que estaba sucediendo, pero era incapaz de detenerlo. Tras cada encuentro, la idea de que pudiera ser el último le resultaba más devastadora e insoportable.

Así los llamaba, para sí, dentro de su cabeza: «encuentros».

Porque era una palabra que sonaba pasiva y casi accidental. Te «encuentras» con un desconocido en un callejón. Te «encuentras» con un oso en el bosque. Sonaba como si sucediera por casualidad, y desde luego no con la minuciosa planificación previa que, en realidad, exigían sus encuentros. La palabra «encuentro», además, no sugería que estuviera engañando a su mujer con una premeditación agresiva, aunque eso era lo que estaba haciendo, ni más ni menos. De buena gana. Y a menudo.

Cuando pensaba en la posibilidad de que su mujer descubriera su secreto, se avergonzaba. Cuando imaginaba cómo sería admitir ante ella no sólo lo que había hecho, sino además que lo había hecho de forma calculada y por la espalda, sentía vergüenza y asco, sí, pero también una especie de recriminación y de rabia justificada contra ella, una sensación de que él no tenía nada que reprocharse, pues se había visto empujado a los brazos de Alice por una esposa que, desde el nacimiento de su hija, había cambiado.

El cambio había sido drástico y fundamental. Se había iniciado cuando su mujer empezó a llamarlo Papá, a lo que él había reaccionado llamándola Mamá, convencido de que se trataba de una broma, de un juego entre los dos, en pleno intento de acostumbrarse a sus nuevos papeles, del mismo modo que ella se había pasado la luna de miel llamándolo Marido. ¡Qué formal, qué exótico y extraño sonaba de pronto aquello! «¿Vienes a cenar, mi querido Maridito?», le preguntaba todas las noches durante la semana posterior a su boda, y luego se dejaban caer en la cama entre risitas, ya que ambos se sentían demasiado jóvenes e inmaduros para llamarse Marido y Mujer.

Por eso, cuando tras el nacimiento de su hija, todavía en el hospital, empezaron a llamarse Mamá y Papá, él creyó que se trataba una vez más de una broma, algo temporal.

Pero habían pasado cinco años y ella seguía llamándolo Papá. Y él seguía llamándola Mamá. Ella nunca le había pedido explícitamente que la llamara así, pero muy poco a poco fue dejando de responder a otros nombres. Era extraño. La llamaba desde otra habitación: «¿Cariño?» Nada. «¿Querida?» Nada. «¿Mamá?» Y entonces aparecía, como si sólo fuera capaz de oír aquella palabra. A Charles le daba reparo que ella lo llamara Papá, pero casi nunca lo mencionaba, excepto en sugerencias furtivas aquí y allá: «No tienes que llamarme así si no quieres», le decía él. «Pero es que sí quiero», respondía ella.

Y luego estaba también el tema del sexo, que había desaparecido por completo, al menos entre ambos, un hecho que él achacaba al nuevo patrón nocturno de la familia, en virtud del cual su hija dormía con ellos, entre ellos, en la cama. Charles no recordaba haber accedido. Había sucedido así, sin más. Y él sospechaba que la principal beneficiaria de aquella medida ni siquiera era la niña, sino Mamá. Que a Mamá le gustaba dormir así porque por la mañana su hija se le echaba encima y la cubría de besos y le decía que era guapa. Y él tenía la sensación de que Mamá no quería renunciar a aquella ceremonia diaria.

De hecho, había ¡entrenado a su hija para que se comportara de esa forma!

No a propósito, por lo menos al principio. Pero desde luego había sido Mamá quien había ritualizado aquel comportamiento, que empezó de forma inocente cuando una mañana, su hija, aún medio dormida y con los párpados pegados, dijo: «Eres guapa, mamá.» Qué mona. Mamá la abrazó y le dio las gracias. Todo muy inocente. Pero al cabo de unas cuantas mañanas, Mamá preguntó: «¿Todavía me ves guapa?», y la niña contestó con un «¡Sí!» entusiasta. No fue tan raro como para merecer un comentario, pero sí para tomar nota mental de ello en silencio. El episodio se repitió unas mañanas más adelante, cuando Mamá le preguntó a la niña: «¿Qué se le dice a Mamá por la mañana?», y la pequeña, muy razonablemente, respondió: «¿Buenos días?» Pero Mamá dijo que no y siguió interrogándola hasta que la pobre cría dio con la respuesta correcta: «¡Qué guapa eres!»

Eso ya fue más raro.

Más raro todavía fue lo que ocurrió la semana siguiente, cuando Mamá llegó a castigar a la niña por no decirle que era guapa, la dejó sin panqueques ni dibujos animados, que eran la tradición de cada sábado por la mañana, y la mandó a ordenar su habitación. Y cuando la niña le preguntó por qué entre lágrimas de decepción y Mamá contestó: «Esta mañana no me has dicho que soy guapa», a él le pareció raro de verdad.

(Ni que decir tiene que cuando él le decía a su mujer que era guapa, ella entornaba los ojos y señalaba una nueva parte de su cuerpo donde en los últimos tiempos habían aparecido arrugas o grasa.)

Charles empezó a trabajar en el turno de noche. Así evitaba la cascada de besos y halagos vacíos que ya se había convertido en la forma normal y habitual de empezar el día. Dormía durante el día, con toda la cama para él. Por la noche salía a patrullar, y así fue como se encontró con Alice.

Al principio le pareció como todas las demás, destacable tan sólo porque llevaba gafas de sol en plena noche. La vio caminando por la calle y le pidió la documentación. No la llevaba encima, como era de esperar, de modo que le puso las esposas, la echó contra el coche patrulla y la cacheó en busca de drogas, algo que uno de cada tres de esos hippies idiotas llevaban ni más ni menos que en los bolsillos.

Pero Alice no llevaba nada: ni drogas, ni dinero, ni maquillaje, ni llaves. Supuso que era una vagabunda. Se la llevó al calabozo, la dejó allí y la olvidó de inmediato.

A la noche siguiente Alice estaba justo en el mismo lugar.

Justo a la misma hora. Vestida exactamente igual: chaqueta militar verde y gafas de sol casi sobre la punta de la nariz. Esta vez no caminaba, sino que permanecía parada en la acera como si estuviera esperándolo.

Detuvo el coche junto a ella.

—¿Qué haces? —le preguntó.

—Violar el toque de queda —contestó Alice.

Le clavó una mirada desafiante, erguida y rígida, con ademán de rabia y resistencia abstractas.

—¿Quieres volver a pasar por esto? —preguntó él.

—Haz lo que tengas que hacer, poli.

O sea que la esposó y la empujó contra el coche de nuevo. Una vez más, no llevaba nada encima. Se pasó todo el trayecto hasta la comisaría mirándolo fijamente. La mayoría de las personas se acurrucaban junto a la puerta, abatidas, casi como si quisieran esconderse. Pero aquella chica no. Su mirada lo ponía nervioso.

Al día siguiente volvió a verla, en el mismo lugar, a la misma hora. Estaba apoyada en la pared de un edificio de ladrillo, con una rodilla levantada y las manos en los bolsillos.

—Hola —la saludó él.

—Hola, poli.

—¿Otra vez violando el toque de queda?

—Entre otras cosas.

Aquella chica le daba un poco de miedo. No estaba acostumbrado a que la gente reaccionara así. Los frikis y los hippies eran insoportables, desde luego, pero por lo menos podías contar con que se comportaran de forma racional. No querían ir a la cárcel. No querían que los acosaran. Aquella chica, en cambio, emanaba una especie de peligro, una actitud entre insinuante y encarnizada que a él le resultaba rarísima e impredecible. Y tal vez un poco excitante.

—¿Vas a ponerme las esposas?

—¿Estás creando problemas?

—Podría. Si es imprescindible.

Al día siguiente, Brown tenía la noche libre, pero le cambió el turno a un compañero. La chica estaba otra vez allí, en el mismo sitio. Pasó por delante con el coche una vez, y luego otra. Ella lo siguió con la mirada. Para cuando dio la tercera vuelta a la manzana, Alice estaba riéndose de él sin ningún disimulo.

Echaron el primer polvo en el asiento trasero de su coche patrulla. Alice estaba en su lugar de siempre, a la hora de siempre. Se limitó a señalar el callejón y decirle que aparcara el coche allí. Él lo hizo. Estaba oscuro, el coche quedaba oculto casi por completo. Le dijo que se metiera con ella en el asiento trasero. Él lo hizo. No estaba acostumbrado a recibir órdenes de chicas, y menos aún de hippies callejeras. Tuvo una breve reticencia al principio, pero se evaporó en cuanto ella se sentó a su lado, cerró la puerta y le quitó el cinturón, que cayó al suelo del coche con estrépito, pues llevaba la radio, la porra y la pistola. Un golpe seco y un repique de metales contra el chasis. Alice ni siquiera intentó besarlo. Daba la impresión de no querer, aunque él sí la besó: era lo más caballeroso, besarla y acariciarle la cara con los dedos, con la esperanza de que ese gesto transmitiera consideración y afecto humano, que él quería algo más que tirársela, aunque en ese momento tirársela era lo que más quería, más que cualquier otra cosa. Ella le bajó los pantalones de un tirón y todos los pensamientos del agente Brown sobre su mujer, sus colegas de la comisaría, el comisario, el alcalde y la remota posibilidad de que alguien pasara por ahí y los sorprendiera se desvanecieron.

Más que hacerlo «juntos», fue Alice quien tuvo una vigorosa experiencia sexual en la que él, allí tumbado, también participaba en cierta medida.

Al terminar, y después de salir del coche, ella se volvió, le dedicó aquella sonrisa traviesa y le dijo: «Nos vemos, poli.» Y él pasó el resto del turno obsesionado con qué habría querido decirle. «Nos vemos.» No «hasta la próxima», ni «hasta mañana». Ni siquiera «hasta luego». Había dicho «nos vemos», la fórmula más evasiva y menos comprometida con el futuro que podría haber utilizado.

Cada encuentro seguía más o menos el mismo patrón emocional básico: un alivio enorme por el regreso de Alice, seguido por la ansiedad interminable de que tal vez ya nunca volvería.

Porque él necesitaba que volviera. Desesperadamente. Terriblemente. Se sentía como si tuviera el pecho y el vientre sujetos por una única pinza de tender que ella podía arrancarle por el mero hecho de no aparecer. Se imaginaba que si un día llegaba al lugar de siempre y no la encontraba le estallarían las entrañas como un globo de agua. Su rechazo sería letal. Lo sabía. Eso lo llevó a realizar una petición laboral cuestionable desde el punto de vista moral, pero, al menos en su mente, totalmente necesaria: pidió que lo reasignaran a la Brigada Roja.

A partir de entonces, su trabajo a tiempo completo consistía en espiar a Alice, algo fantástico, pues le permitía saber dónde estaba la chica en todo momento y, todavía mejor, le brindaba una excusa más o menos plausible si alguien los pescaba. No tenía un lío con ella; se estaba infiltrando.

Instaló micrófonos en su habitación. La fotografió entrando y saliendo de varios locales donde la policía sabía que se celebraban reuniones subversivas. Y se sentía más liberado cuando se la tiraba. Es decir, hasta que ella le pidió que le hiciera algunas cosas que a él le parecían más que raras.

—Fóllame con las esposas puestas —le dijo la primera vez que pasaron del sexo estándar en el asiento trasero del coche a algo más excéntrico.

Charles preguntó por qué diablos iba a querer algo así y ella le dirigió aquella mirada fulminante, sarcástica y devastadora que él tanto detestaba.

—Porque nunca lo he probado esposada —dijo.

Pero a él no le pareció un buen motivo. Se le ocurrían un millón de cosas que no había probado nunca y por las que no sentía el mínimo interés.

—¿Te gusta follar conmigo? —le preguntó ella.

Él se detuvo. No lo soportaba, tanto hablar sobre sí mismo y sus sentimientos. Una de las ventajas de la metamorfosis de su mujer después de tener a la niña era que había dejado de hacerle preguntas personales. Se dio cuenta de que llevaba años sin tener que expresar verbalmente sus sentimientos.

Sí, le dijo. Le gustaba hacerle el amor, y ella se rió, se burló de lo cursi que era la expresión «hacer el amor». Charles se sonrojó.

—¿Y se te había ocurrido alguna vez que te lo pasarías bien tirándote a una beatnik friki como yo? —preguntó.

—No.

Ella se encogió de hombros, como diciendo «está claro que tengo razón». Levantó las manos hacia él, le ofreció las muñecas y él le puso las esposas a regañadientes.

La siguiente vez volvió a pedírselas.

—Y procura ser un poco más brusco —dijo.

Él le pidió que concretara.

—Pues no sé —dijo ella—. No seas tan delicado.

—No estoy seguro de qué quiere decir eso en la práctica.

—Aplástame la cara contra el coche o algo así.

—¿«O algo así»?

Y siempre era lo mismo: Alice le pedía algo nuevo y raro, algo que Brown no había hecho nunca y que tal vez ni siquiera se había planteado hacer, algo que le daba repelús y que le despertaba todo tipo de miedos al pensar que no iba a ser capaz de hacerlo (al menos, a la altura de los requisitos de Alice), así que se resistía, hasta que al final su temor a decepcionar a Alice o a perderla podía más que su vergüenza y su pánico, y hacía de tripas corazón y se prestaba a cualquier acto sexual que ella deseara, cohibido en todo momento y sin llegar a disfrutar de verdad, pero consciente de que la alternativa era peor, mucho peor.

—¿Quieres enseñarme algo? —le preguntó aquella noche a Alice mientras le aplastaba el vientre contra el coche y apoyaba todo su peso sobre ella.

—No.

—¿Llevas algo en los vaqueros? Es mejor que lo confieses.

—No, de verdad.

—Ya veremos.

Alice notó que le metía las manos en los bolsillos, delanteros y traseros, que los volvía del revés, pero no encontró más que una brizna de tabaco viejo. Le cacheó las piernas, le palpó primero la cara exterior de los muslos, luego la interior.

—¿Lo ves? —dijo ella—. No hay nada.

—Cállate.

—Suéltame.

—Cierra el pico.

—Eres un poli de mierda —le dijo ella.

Él le aplastó la cara con más fuerza contra el frío metal del coche patrulla.

—Vuelve a decir eso —la desafió—. A ver si te atreves.

—Eres un poli de mierda y un capado —dijo.

—Capado, ¿eh? —dijo él—. Te vas a enterar.

Entonces se inclinó sobre ella y, con un tono unas diez octavas más agudo y cargado de ternura y afecto, le susurró al oído:

—¿Lo estoy haciendo bien?

—¡No te salgas del personaje! —lo riñó ella.

—Vale —dijo él—, como quieras.

Y Alice notó que le tiraba de los pantalones y empezaba a bajárselos. Sintió que la chapa del maletero del coche patrulla cedía un poco en el punto contra el que él le aplastaba la mejilla. Y a continuación notó el aire matutino cuando él terminó de bajarle los pantalones y le separó las piernas a patadas para dejarla bien abierta y poder penetrarla con facilidad. Entonces la penetró, apretó con fuerza hasta que logró abrirse paso, y ella lo sintió hincharse en su interior, cada vez más grueso y voluminoso, antes de empezar a empujar. A gemir y a empujar, un gimoteo como de cachorro cada vez que la embestía. Sin ritmo. Una cadencia caótica y espasmódica que terminó enseguida, pasados uno o dos minutos, con un catastrófico empellón final.

Y un rápido encogimiento. A Brown se le aflojó todo el cuerpo, su tacto se volvió delicado. La soltó y ella se levantó. El agente le pasó los vaqueros que le había quitado y clavó la mirada en el suelo con timidez. Alice sonrió y se enfundó los pantalones. Los dos se sentaron detrás del coche patrulla, apoyados el uno en el otro y recostados en el parachoques.

—¿Demasiado brusco? —preguntó él al final.

—No —dijo Alice—. Ha estado bien.

—Me preocupaba que fuera demasiado brusco.

—Ha estado bien.

—Porque la última vez me pediste que fuera más brusco.

—Ya lo sé —dijo ella.

Rotó la espalda, primero hacia un lado y luego hacia el otro, y se tocó el punto de la mejilla que se había aplastado contra el maletero del coche patrulla, el lugar del cuello por el que él la había agarrado.

—¿Por qué tienes que ir siempre sola por ahí? —preguntó él—. No es seguro.

—Es totalmente seguro.

—Hay gente muy peligrosa en la calle —dijo él, la rodeó con sus amplios brazotes y la estrujó con fuerza justo donde le dolía.

—¡Ay!

—Dios —dijo él, y la soltó enseguida—. Soy un idiota.

—No pasa nada. —Le dio unas palmaditas en el brazo—. Tengo que ir tirando.

Alice se levantó. Notó que la zona húmeda de sus vaqueros se enfriaba. Quería volver a casa. Quería ducharse.

—Deja que te lleve —dijo Brown.

—No, nos vería alguien.

—Te dejaré a un par de calles de la residencia.

—No hace falta —insistió ella.

—¿Cuándo volveré a verte?

—Ah, sí, hablemos de eso. La próxima vez me gustaría probar algo nuevo —dijo Alice, y a él le dio un vuelco el corazón: ¡habría una próxima vez!—. La próxima vez quiero que me estrangules.

Brown sintió que las mariposas de su estómago se desvanecían.

—Perdón, ¿qué?

—No digo que me estrangules de verdad —dijo ella—. Sólo que me pongas una mano aquí y finjas que me estrangulas.

—¿Que lo finja?

—Bueno, si además quieres apretar un poco, mejor todavía.

—¡Dios! —exclamó él—. No pienso hacerlo.

Ella frunció el ceño.

—¿Por qué? ¿Qué problema tienes?

—¿Yo? ¡El problema lo tienes tú! Te he oído bien, ¿no? ¿Que te estrangule? No, eso es pasarse de la raya. ¿Por qué demonios iba a hacer algo así?

—Ya lo hemos hablado mil veces. Porque no lo he probado nunca.

—No. No es por eso. Ésa es una buena razón para probar el teriyaki. No es una razón para estrangularte, joder.

—Pues no tengo otra.

—Si quieres que lo haga, necesito más explicaciones.

Era la primera vez que le plantaba cara de verdad, y se arrepintió de inmediato. Le preocupaba que Alice se limitara a encogerse de hombros y largarse sin más. Como en la mayoría de las parejas disfuncionales, había un desequilibrio entre ambos en cuanto a quién necesitaba más la relación. Aunque no hablaban de ello, se daba por hecho que ella podía largarse en cualquier momento sin apenas sentirlo, mientras que él quedaría destrozado. Hecho un guiñapo por el rechazo. Porque sabía que no volvería a pasarle algo así en la vida. Nunca volvería a encontrar a una mujer como Alice. Y cuando ella se marchara, él se vería obligado a regresar a su vida de siempre sabiendo, precisamente gracias a Alice, que era aburrida y yerma.

Su reacción ante Alice era en realidad una reacción ante las exigencias de la monogamia y de la mortalidad.

Alice se quedó cavilando un momento. Charles nunca la había visto tan pensativa. Parte de la seguridad en sí misma que transmitía se basaba en que parecía saber con exactitud qué quería decir en todo momento, de modo que aquel titubeo era extraño e impropio de ella. Al final se recompuso, lo miró por encima de aquellas gafas de sol que no se quitaba nunca y soltó un suspiro profundo, quizá exasperado.

—Te lo voy a explicar —dijo—. A mí el sexo normal con chicos no me interesa —dijo—. Lo de siempre, quiero decir. Para la mayoría de los chicos el sexo es como jugar al millón. Como si se tratara de darles a las mismas palancas una y otra vez. Es un aburrimiento.

—Yo nunca he jugado al millón.

—Da lo mismo. Vale, voy a usar otra analogía: imagina que tus colegas se comen un pastel. Y que luego te dicen que el pastel estaba riquísimo. Pero cuando lo pruebas tú, te sabe a papel y cartón. Es horrible. Y sin embargo a todos tus amigos les ha encantado. ¿Cómo te sentirías?

—Decepcionado, supongo.

—Y desquiciado. Sobre todo si te dijeran que el pastel no tiene la culpa. Que el problema es tuyo. Que no te lo has comido como debías. Ya sé que estoy forzando un poco la metáfora.

—O sea que ¿para ti yo soy un trozo de pastel nuevo?

—Yo sólo quiero que me hagan sentir algo.

—¿Les has hablado de mí a tus amigos?

—¡Ja! ¡Ni de coña!

—Sería humillante. Te avergüenzas de mí.

—A ver, en la vida real soy una anarquista antiautoritaria. Y sin embargo, hay una parte eléctrica en mi interior que desea que un poli la domine sexualmente. Yo prefiero dejarme llevar sin juzgar. Pero creo que mis amigos no lo entenderían.

—Todas estas cosas que hacemos —dijo él—, las esposas, la brusquedad... En fin, ¿funcionan?

Alice sonrió. Le acarició la mejilla con suavidad, el gesto más delicado que había tenido con él.

—Eres un buen hombre, Charlie Brown.

—No digas eso, sabes que lo detesto.

Ella le dio un beso en la coronilla.

—Ve a luchar contra el crimen.

Alice notó la mirada del agente sobre ella al marcharse. Notó los moratones en el cuello y en la mejilla. Y mientras se alejaba, notó que un pegote de él, frío y resbaladizo, le salía de dentro.

6

Era un susurro que recorría el campus, propagado entre estudiantes emocionados. Era un secreto que no se compartía con los cadetes probélicos del Cuerpo de Entrenamiento de Oficiales de Reserva, ni con los machotes de las fraternidades, ni con las alumnas nuevas que buscaban marido. Sólo a los estudiantes más comprometidos, a los más sinceros, se les permitía oírlo: algunos días concretos, en un aula concreta, en las profundidades del confuso laberinto del edificio de Ciencias de la Conducta, durante una hora entera, la guerra se terminaba oficialmente.

Durante aquella hora, en aquella aula, Vietnam no existía. Allen Ginsberg, el gran poeta recién llegado de la costa Este, los guiaba y empezaba todas las clases con las mismas palabras: «La guerra ha terminado oficialmente.» Entonces los estudiantes repetían las palabras, y volvían a repetirlas al unísono, y la armonía de sus voces hacía que esas palabras sonaran más reales. Ginsberg les decía que el lenguaje tiene poder, que el pensamiento tiene poder y que liberar esas palabras en el universo podía desencadenar una cascada que las convertiría en hechos.

—La guerra ha terminado oficialmente —dijo Ginsberg—. Repetidlo hasta que las palabras pierdan el sentido y se conviertan en meros objetos físicos que emanan del cuerpo, porque los nombres de los dioses que se usan en un mantra son idénticos a los dioses en sí. Esto es muy importante —dijo, levantando un dedo—. Si decís «Shiva», no estáis invocando a Shiva, estáis «produciendo» a Shiva, creador y protector, destructor y ocultador; la guerra ha terminado oficialmente.

Faye lo contemplaba desde el fondo del aula, sentada en el sucio suelo de linóleo, como todos los demás: contemplaba el balanceo de su colgante plateado con el símbolo de la paz, sus ojos beatíficamente cerrados detrás de las gafas de carey y su pelo, aquella mata de pelo negro y enredado que se había ido retirando de la coronilla, ahora lisa, hacia las mejillas y la mandíbula, una barba que se estremecía cuando él se estremecía, que oscilaba y se mecía mientras entonaba plegarias, como los feligreses en las iglesias más entusiastas, a las que se entregaba con todo su cuerpo, con los ojos cerrados y las piernas cruzadas, sentado en la alfombra especial que llevaba consigo a las clases.

—Una vibración corporal, como hacen en las llanuras de África —dijo Ginsberg, que con un armonio y unos platillos de dedo tocaba la música a la que todos acompasaban sus cánticos—. O en las montañas de la India, o en cualquier otro lugar donde no haya televisores que vibren por nosotros. Todos hemos olvidado cómo se hace, excepto tal vez Phil Ochs cuando cantó «The War Is Over» durante dos horas enteras, un mantra más poderoso que todas las antenas de la CBS, que todas las octavillas impresas para la Convención Nacional Demócrata, que diez años llenos de discursos políticos vacíos.

Los alumnos, sentados en el suelo con las piernas cruzadas, se mecían siguiendo un ritmo interior. Parecía un aula llena de peonzas. Apartaban los pupitres y los colocaban a lo largo de las paredes. Alguien colgaba una chaqueta encima de la ventanilla de la puerta, de modo que si pasaba algún administrador, algún miembro de seguridad del campus o algún profesor no tan enrollado, no pudiera verlos.

Faye sabía que el cántico de «la guerra ha terminado oficialmente» terminaría desembocando en «Hare Krishna, Hare Rama», y que luego acabarían la clase con la vocal sagrada: «om». Así era como habían transcurrido todas sus clases hasta el momento, y a Faye le entristecía pensar que lo único que iba a aprender del gran Allen Ginsberg sería eso: a balancearse, a canturrear, a gruñir. Ahí estaba el hombre cuyos poemas se le habían grabado a fuego. El primer día de clase, mientras esperaba sentada en su silla, había temido quedarse muda en su presencia. Sin embargo luego, al verlo, se había preguntado qué se había hecho del hombre pulcro que aparecía en la foto de sus poemarios. Ni rastro de su chaqueta de *tweed*, ni de su elegante peinado: Ginsberg había abrazado por completo los emblemas más obvios de la contracultura, y al principio Faye se llevó una decepción

486

ante la falta de creatividad que aquel gesto implicaba. Sin embargo, pasado el tiempo, lo que sentía era más bien un puro enojo. Tenía ganas de levantar la mano y preguntar «¿Algún día aprenderemos algo sobre..., en fin, sobre poesía?», y lo habría hecho de no ser porque parecía obvio que a los demás no les iba a gustar. Porque a sus compañeros de clase no les importaba la poesía, les importaba la guerra y lo que querían decir sobre la guerra, y cómo iban a detener la guerra. Sobre todo les importaban las manifestaciones antibélicas durante la inminente Convención Nacional Demócrata, para la que ya sólo quedaban unos días. Y todos coincidían en que sería algo gigantesco. No se lo iba a perder nadie.

—Si la policía ataca —dijo Ginsberg—, sentaos en el suelo y decid «om», que vean qué pinta tiene la paz.

Los alumnos se balanceaban y canturreaban. Unos cuantos abrieron los ojos e intercambiaron miradas, en una especie de comunicación telepática: «Como venga la poli, yo no me siento, yo salgo por patas, qué coño.»

—Tendréis que hacer acopio de valentía —dijo Ginsberg, como si les hubiera leído el pensamiento—. Pero la única respuesta a la violencia es su cara opuesta.

Los alumnos cerraron los ojos.

—Se hace así —dijo—. Vamos a practicar. ¿Lo sentís? Obviamente, se trata de una experiencia subjetiva, que son las únicas que importan. Lo objetivo no se puede sentir.

Faye sacaba sobresalientes en las demás asignaturas: en Economía, en Biología, en Clásicas... Todavía no había fallado una sola pregunta en los exámenes semanales. Pero ¿en Poesía? Ginsberg no parecía tener intención de ponerles nota. Y así como a la mayoría de los estudiantes les parecía una liberación, a Faye le alteraba el equilibrio. ¿Cómo debía actuar si no sabía con qué criterio la evaluaban?

Así pues, intentaba entregarse todo lo posible a la meditación, al mismo tiempo que se sentía intensamente cohibida por el aspecto que tenía mientras meditaba. Intentaba salmodiar y balancearse, comprometida al cien por cien, para sentir lo que Ginsberg afirmaba que debía sentir: cómo se le ensanchaba el alma y se le liberaba la mente. Aun así, cada vez que empezaba a meditar en serio, se le pasaba por la mente una idea espinosa: que lo estaba haciendo mal y todo el mundo se daría cuenta. Temía abrir los ojos y que toda la clase estuviera mirándola o riéndose de ella. Intentaba descartar ese pensamiento, pero cuanto más meditaba, más fuerza cogía la idea, hasta que se sentía tan abrumada por la ansiedad y la paranoia que ya no podía ni seguir sentada.

Entonces abría los ojos, se daba cuenta de que era una tontería y volvía a empezar todo el proceso.

Pero esta vez se prometió hacerlo bien. Habitar el momento sin ninguna inhibición, sin inseguridad. Fingiría estar totalmente sola.

Aunque no lo estaba.

Entre los desconocidos anónimos del aula, unos cinco pasos a su izquierda y un par de filas más adelante, estaba Sebastian. Era la primera vez que lo veía desde el arresto de días atrás, y en aquel momento era plenamente consciente de su presencia. Estaba esperando a ver si había reparado en ella. Cada vez que abría los ojos se le escapaba una mirada hacia el mismo sitio, hacia él. Parecía que aún no la había visto o, si lo había hecho, parecía que no le importaba.

—¿Cómo se hace para ensanchar el alma? —preguntó entonces Ginsberg—. Así: experimentamos nuestros sentimientos de verdad y luego repetimos. Cantamos hasta que la letanía se vuelve automática y nos permite sentir lo que permanecía soterrado todo este tiempo. «Ensanchar el alma» no quiere decir que la agrandemos, como quien añade una habitación a una casa. La habitación ha estado siempre ahí, sólo que es la primera vez que entramos en ella.

Faye imaginó lo que pasaría si Ginsberg entrara en el garaje de alguno de sus tíos de Iowa, con esa barba enorme y estrafalaria y ese colgante con el símbolo de la paz. Menuda fiesta para sus tíos.

Y no obstante, incluso a su pesar, la estaba persuadiendo. Sobre todo con aquella exhortación a la calma y el silencio.

—Tenéis demasiadas cosas en la cabeza —dijo—. Hay demasiado ruido ahí dentro.

Y Faye tenía que admitir que en su caso eso era cierto prácticamente a todas horas, todo el día, siempre la comezón constante de la culpa.

—Cuando cantéis, pensad sólo en el cántico, pensad sólo en vuestra respiración. Vivid en vuestra respiración.

Y Faye lo intentaba, pero si no era la preocupación lo que la sacaba del trance, era el impulso de mirar a Sebastian para ver qué hacía, si lo lograba, si era capaz de salmodiar, de tomarse todo aquello en serio. Quería observarlo. En aquel grupo, en el que tanto abundaba la cara más fea de la contracultura (barbas ásperas, bigotes con motas de saliva, cintas del pelo manchadas de sudor, chaquetas y pantalones vaqueros llenos de desgarrones, ridículas gafas de sol bajo techo, las malditas boinas militares y aquel olor intenso a almizcle y tabaco de las tiendas de segunda mano), Sebastian era tal vez el hombre más apuesto del aula, pensó Faye, con un punto de objetividad. El pelo liso y cuidadosamente descuidado. Bien afeitado. Un toque de ricura infantil. La cabeza de champiñón. La forma de apretar los labios cuando se concentraba. Faye se empapó de todo eso y luego cerró los ojos e intentó una vez más alcanzar la paz mental absoluta.

—Dejad de interesaros tanto en vosotros mismos —dijo Ginsberg—. Si sólo os interesáis en vosotros, estáis atrapados en vosotros mismos, estáis atrapados en vuestra propia muerte.. Es lo único que tenéis.

Tocó los platillos de dedo y dijo «Ommmmm», y los alumnos lo repitieron, soltaron todos sus «Ommmmm» desiguales, discordantes, desafinados y sin ritmo.

—Vuestro yo no existe —dijo Ginsberg—. Sólo existen el universo y la belleza. Sed la belleza del universo y la belleza penetrará en vuestra alma. Una vez allí, crecerá y crecerá, tomará el control, y al morir seréis la belleza.

Faye estaba empezando a visualizar (tal como le habían enseñado) la luz blanquísima y prístina de la conciencia total, la paz-nirvana en la que (tal como le habían enseñado) el cuerpo ya no genera sonidos ni significados, sino una sensación de dicha perfecta, cuando sintió la presencia de alguien cerca de ella, muy cerca, alguien que la molestaba al sentarse dentro de su burbuja de espacio personal, rompía el hechizo y la devolvía una vez más al nivel mundano de la carne y las preocupaciones. Así pues, exhaló un suspiro profundo, pasivo-agresivo, y se sacudió con la esperanza de dejar claro que acababan de interrumpirle el flujo mental. Volvió a intentarlo: la luz blanca, la paz, el amor, la dicha. Toda la sala estaba diciendo «Ommmmm» cuando sintió que su nuevo vecino se le acercaba todavía más y le pareció percibir su presencia cerca de la oreja y oyó su voz, un susurro, que decía:

—¿Has alcanzado ya la belleza perfecta?

Era Sebastian. Al constatarlo, impresionada, se sintió como si, durante un instante, estuviera llena de helio. Tragó saliva.

—Dímelo tú —contestó, y él soltó un resoplido, una carcajada contenida y ahogada. Le había hecho reír.

—Yo diría que sí —susurró—. La belleza perfecta. Lo has logrado.

Faye notó que se le extendía el rubor por las mejillas y sonrió.

—¿Y tú? —preguntó.

—Yo no existo —dijo él—. Sólo existe el universo.

Se estaba burlando de Ginsberg. Menudo alivio para Faye. Sí, pensó, qué estúpido era todo aquello.

Sebastian se acercó más, casi se le pegó a la oreja. Faye lo sintió, notó aquella electricidad en la mejilla.

—Recuerda, estás totalmente tranquila y en paz —le susurró.

—Vale —dijo ella.

—Nada puede alterar tu calma perfecta.

—Sí —dijo ella.

Y entonces lo notó, notó que la lengua de Sebastian le lamía con gran suavidad la punta del lóbulo de la oreja. Estuvo a punto de soltar un aullido en medio de la meditación.

—Pensad en un momento de calma perfecta —dijo Ginsberg, y Faye intentó recuperar la compostura concentrándose en su voz—. A lo mejor en un prado de los Catskills —siguió diciendo—, en ese instante en el que los árboles cobraron vida como en un cuadro de Van Gogh. O mientras escuchabais a Wagner en el tocadiscos y la música se tornó inquietantemente sexy y llena de vida. Pensad en ese momento.

¿Se había sentido así alguna vez? ¿Había vivido algún momento trascendente, perfecto?

Sí, pensó, lo había vivido. Justo entonces. Aquél era el momento.

Y lo estaba habitando.

7

Alice solía quedarse los lunes por la noche a leer a solas en su habitación. Las chicas que se apelotonaban allí con ella casi todas las demás noches para cantar con entusiasmo al ritmo del tocadiscos y fumar hierba en unos narguilés de dimensiones intimidantes desaparecían los lunes, seguramente para recuperarse. Y pese a la retórica que mantenía en público, pese a su postura en contra de los deberes por considerarlos como una herramienta de opresión, Alice aprovechaba las noches de los lunes para leer. Uno de sus muchos secretos era que hacía los deberes, que estudiaba y leía libros siempre que se quedaba a solas, los consumía con rapidez y energía. Y no los libros que uno esperaría de una radical, sino libros de texto. Libros sobre contabilidad, análisis cuantitativos, estadística y gestión de riesgo. Aquellas noches, incluso la música que salía del tocadiscos era distinta. No era el folk-rock estridente del resto de la semana, sino música clásica, suave y reconfortante: sonatas de piano y suites de violonchelo, melodías relajantes e inofensivas. Tenía una vertiente distinta por completo, podía pasar horas enteras sentada en la cama, increíblemente quieta, moviéndose sólo para pasar página cada cuarenta y cinco segundos. En esos momentos transmitía una serenidad que hacía las delicias del agente Brown mientras la observaba desde una habitación oscura de hotel, a dos mil metros de distancia, a través del telescopio de alta potencia decomisado por la Brigada Roja, escuchando su música y el crujido de las páginas a través de la radio sintonizada con la frecuencia de banda alta del micrófono oculto que había instalado en su habitación unas semanas antes, encima de la lamparita del techo, para sustituir el anterior, colocado debajo de la cama, que ofrecía un sonido de calidad inaceptable, ahogado y lleno de ecos.

Todavía era un novato en eso del espionaje.

Llevaba una hora observándola leer cuando se oyeron unos golpes fuertes y decididos en la puerta. Brown experimentó un instante de incertidumbre, pues no sabía si habían llamado a la puerta de su habitación de hotel o a la de Alice. Se quedó inmóvil, a la escucha. Se sintió aliviado cuando Alice bajó de la cama de un salto y abrió la puerta.

—Ah, hola —dijo.

—¿Puedo pasar? —preguntó una voz nueva.

Una chica. Una voz de chica.

—Sí, claro. Gracias por venir —dijo Alice.

—He recibido tu nota —explicó la chica.

Brown la reconoció. Era aquella alumna de primer año, la vecina de las gafas redondas y grandes: Faye Andresen.

—Quería pedirte perdón —dijo Alice—. Por cómo me comporté en la Casa de la Libertad.

—No pasa nada.

—No, sí pasa. Siempre te hago lo mismo. Debería dejar de hacerlo. No es nada fraternal. No debería haberte avergonzado de esa manera. Lo siento mucho.

—Gracias.

Era la primera vez que el agente Brown oía a Alice disculparse o dar muestras de arrepentimiento.

—Si quieres tirarte a Sebastian, es cosa tuya —dijo.

—Es que yo no he dicho que quiera tirarme a Sebastian —repuso Faye.

—Si quieres que Sebastian te eche un polvo, es tu problema.

—Yo no lo diría así, pero bueno...

—Si quieres que Sebastian te la meta hasta que veas las estrellas...

—¡Ya vale!

Se echaron a reír las dos. Brown lo anotó en su libreta: «Se ríen.» Aunque no sabía por qué, o en qué sentido podría resultar relevante cuando, más adelante, revisara sus notas. La formación básica de la Brigada Roja en materia de vigilancia había sido exasperantemente breve y vaga.

—¿Y qué tal con Sebastian? —quiso saber Alice—. ¿Ha intentado algo ya?

—¿Qué quieres decir con «intentado algo»?

—¿Te ha tirado los trastos? ¿Se ha mostrado más cariñoso de la cuenta últimamente?

Faye se la quedó mirando un momento, mientras hacía un simple cálculo mental.

—¿Qué has hecho?

—¿Eso es un sí?

—¿Le has contado algo? —preguntó Faye—. ¿Qué le has contado?

—Sólo le he transmitido tu interés especial por él.

—Ay, Dios.

—Tu singular fascinación por él.

—Ay, no.

—Tus sentimientos especiales, secretos.

—¡Exacto, secretos! ¡Era mi secreto!

—He acelerado el proceso. Me pareció que te lo debía, después de comportarme como una mojigata en la Casa de la Libertad. Ahora estamos en paz. De nada.

—¿Cómo que estamos en paz? ¡Si encima resultará que me has hecho un favor!

Faye empezó a caminar de un lado a otro de la habitación. Alice se sentó en la cama con las piernas cruzadas, se lo estaba pasando bien.

—Tú ibas a sufrir y languidecer de deseo en silencio —dijo Alice—. Admítelo. No le ibas a decir nada.

—Eso no lo sabes. Y no pensaba languidecer de deseo.

—O sea que algo ha intentado. ¿Qué ha hecho?

Faye se detuvo y miró a Alice, que parecía estar mordiéndose los carrillos por dentro.

—Me lamió la oreja durante la clase de meditación.

—Qué sexy.

«Le lamió la oreja», anotó Brown en su libreta.

—Y ahora quiere que vaya a verlo —dijo Faye—. A su casa. El jueves por la noche.

—La noche antes de la manifestación.

—Sí.

—Qué romántico.

—Sí, supongo.

—Supongo no, ¡es increíblemente romántico! Será el día más importante de la vida de Sebastian. Será una manifestación peligrosa, habrá disturbios. Podrían hacerle daño, herirlo, matarlo. ¿Quién sabe? Y quiere pasar su última noche en libertad contigo.

—Pues sí.

—Es que... ¡Ni Victor Hugo!

Faye se sentó al escritorio de Alice y clavó la vista en el suelo.

—Pero es que tengo novio, ¿sabes? En el pueblo. Se llama Henry. Y quiere casarse conmigo.

—Ajá. ¿Y tú quieres casarte con él?

—Quizá, no sé.

—Esa indiferencia suele significar que no.

—No es indiferencia, es que todavía no lo he decidido.

—O deseas casarte con él más que nada en el mundo, o dices que no. Es así de simple.

—No, no es simple —dijo Faye—. Ni mucho menos. Es que no lo entiendes.

—Pues explícamelo.

—Vale, a ver. Imagina que tienes mucha sed. Te estás muriendo de sed. Y sólo puedes pensar en un buen vaso de agua. ¿Vale?

—Vale.

—Fantaseas con ese vaso de agua, y en tu mente la fantasía es de lo más vívida, pero no te sacia la sed.

—Porque no puedes beberte el vaso de agua imaginario.

—Exacto. O sea que miras a tu alrededor y ves un charco turbio, aceitoso, de agua y barro. No se parece mucho a aquel vaso de agua, pero por lo menos es líquido. Y es real, mientras que el vaso de agua no lo es. O sea que eliges el charco embarrado, aunque en realidad no es lo que querrías. Y por eso estoy con Henry, resumiendo.

—Y, en cambio, Sebastian...

—Creo que él es el vaso de agua.

—Alguien tendría que convertir todo eso en una canción country.

—O sea que no quiero cagarla con Sebastian. Y me preocupa que quiera, en fin, ya sabes... —Faye hizo una pausa para buscar la palabra apropiada—. Tener relaciones.

—Follar, quieres decir.

—Sí.

—Vale, ¿y?

—Pues que he pensado que a lo mejor...

Se produjo un silencio breve, cargado. Faye se miró las manos; Alice miró a Faye. Estaban las dos sentadas en la cama, encuadradas a la perfección en el visor del telescopio del agente Brown.

—Quieres un consejo —dijo al fin Alice.

—Sí.

—Que yo te dé algún consejo.

—Sí.

—Sobre cómo follar.

—Eso es.

—¿Y por qué das por hecho que soy una experta en el tema?

Brown sonrió. Qué guasona, la hippie.

—Uy —dijo Faye, y le cambió la cara de golpe—. No pretendía insinuar que...

—Por Dios, relájate un poco.

—Lo siento.

—Ése es tu problema. ¿Quieres un consejo? Tienes que relajarte.

—No estoy segura de saber hacerlo. Relajarme, digo.

—Sólo tienes que, no sé, relajarte. Tú respira.

—No es tan fácil. Una vez los médicos trataron de enseñarme técnicas de respiración, pero en algunas situaciones me pongo muy nerviosa y no puedo.

—¿No puedes qué? ¿Respirar?

—Respirar correctamente.

—Pero ¿qué pasa? ¿Tienes algún problema en la cabeza? Intentas relajarte y respirar, pero no puedes. ¿Por qué?

—Es complicado.

—Explícamelo.

—Vale, muy bien, lo primero que siento cuando empiezo mis ejercicios de respiración es vergüenza. De entrada, me da vergüenza tener que practicar para respirar. No sé, es como si ni siquiera fuera capaz de hacer bien la cosa más sencilla y elemental. Como si fuera otro fracaso más.

—Vale —dijo Alice—. ¿Qué más?

—Y después, cuando empiezo a respirar de verdad, me preocupa no estar haciéndolo bien, que mi respiración sea defectuosa o algo así. Que no sea perfecta. No tener la «técnica de respiración ideal», que no sé ni qué es, pero seguro que existe. Y si no lo hago bien, siento que estoy fracasando, y no sólo en las técnicas de respiración, sino en general. Siento que soy una fracasada en la vida si ni siquiera soy capaz de hacer eso. Y cuanto más pienso en cómo debo respirar, más me cuesta respirar, hasta que tengo la sensación de estar a punto de hiperventilar, desmayarme o algo así.

Brown anotó esa palabra en su libreta: «Hiperventilar.»

—Y entonces empiezo a pensar que, si me desmayo, alguien me encontrará y se montará un lío y tendré que explicar por qué he perdido el conocimiento sin motivo alguno, y tener que explicarle eso a alguien es una estupidez, porque el otro cree que está siendo un héroe, que me está salvando de una lesión importante, de un fallo cardíaco o algo así, y cuando descubre que lo único que me pasa es que he perdido los nervios respirando, en fin, se lleva una decepción. Se les nota en la cara, te miran en plan: «Ah, ¿sólo eso?» Y entonces empiezo a ponerme histérica por no haber estado a la altura de lo que esperaban, por no sufrir una enfermedad grave o una lesión seria, porque resulta que mis problemas, según una lógica perversa, no son lo bastante graves como para merecer una atención que ya se arrepienten de haber prestado. Y aunque no llegue a pasar nada de eso, yo lo veo todo en mi cabeza y la mera posibilidad de que ocurra me provoca tanta ansiedad que ya es como si hubiera pasado. Tengo la sensación de experimentarlo de verdad, ¿sabes? Como si algo pudiera parecer real aunque no ocurra. Seguro que crees que estoy loca.

—Sigue contando.

—Vale, bueno, pues incluso si logro cierto grado de paz y relajación aplicando milagrosamente las técnicas de respiración de manera correcta, resulta que sólo disfruto de esa felicidad unos diez segundos y ya empiezo a preguntarme cuánto rato va a durar esa relajación tan buena. Y entonces me preocupo porque pienso que no seré capaz de hacerla durar lo suficiente.

—¿Lo suficiente para qué?

—No sé, para conseguirlo. Para hacerlo bien. Y con cada segundo que paso sintiéndome objetivamente feliz, estoy un segundo más cerca de fracasar y de volver a ser mi yo esencial. La metáfora que me viene a la mente para explicar esa sensación es la de estar caminando sobre una cuerda floja sin principio ni final. Cuanto más rato pasas ahí arriba, más energía necesitas para no caer. Y al final te asalta una especie de melancolía y una sensación de fatalidad, porque por muy buen funambulista que seas, tarde o temprano caerás. Sólo es cuestión de tiempo. Está garantizado. Por eso, en lugar de disfrutar de la sensación de relajación y felicidad, me entra un miedo enorme al momento en que dejaré de sentirme feliz o en paz. Y ese miedo, claro, es justo lo que aniquila la felicidad.

—Por Dios.

—Eso es lo que me pasa por la cabeza de forma más o menos constante. Por eso, cuando me dices «Tú respira», creo que para ti y para mí no significa lo mismo.

—Sé qué necesitas —dijo Alice. Rodó por encima de la cama, abrió el cajón inferior de su mesita de noche y rebuscó entre lo que parecían varias bolsas de papel marrón hasta encontrar la que buscaba. Entonces le dio la vuelta y, cuando la sacudió, cayeron dos pastillitas rojas—. De mi inventario personal —añadió. El agente Brown pensó en anotarlo, pero al final no lo hizo: nunca escribía nada que pudiera incriminarla—. La botica de Alice —dijo ella.

—¿Qué es?

—Algo que te ayudará a relajarte.

—No, creo que paso.

—No es peligroso. Sólo te calma un poco la cabeza, reduce las inhibiciones.

—No lo necesito.

—Claro que lo necesitas. ¡Eres la Gran Muralla de las Inhibiciones!

—No, gracias.

Brown se preguntó qué serían. Las pastillas. ¿Psilocibina, mescalina, semillas de campanilla? Tal vez metanfetamina, DMT, STP o algún tipo de barbitúrico.

—Escucha —dijo Alice—, ¿te apetecería pasar una velada agradable con Sebastian?

—Sí, pero...

—¿Y crees que podrías hacerlo en tu estado mental actual?

Faye se lo pensó.

—Podría proyectar la apariencia externa apropiada. Creo que Sebastian creería que me lo estoy pasando bien.

—Vale, pero ¿y por dentro?

—Me costaría mucho contener el miedo y el pánico.

—Pues entonces las necesitas. Si te interesa lo más mínimo pasártelo bien de verdad. No por él, sino por ti.

—¿Qué se siente?

—Te sientes como en un día soleado. Como si estuvieras paseando en un día soleado sin ningún tipo de preocupación.

—Yo nunca me he sentido así, jamás.

—Los efectos secundarios son que te pone la boca pastosa. Y tienes sueños raros. Alucinaciones leves, aunque eso es muy poco habitual. Hay que tomarlas con el estómago lleno. Vamos.

Alice cogió a Faye de la mano y salieron de la habitación. Probablemente irían a la cafetería, que a aquellas horas de la noche debía de estar casi vacía. La única comida disponible serían los cereales de desayuno o los restos fríos de la cena. Pastel de carne. La investigación de Brown era limitada pero exhaustiva. Conocía los hábitos de aquella residencia como los de su propia casa, donde faltaban unas seis horas para que su mujer se despertara con los besos y los halagos de su hija. Se preguntó qué parte de ella era capaz de disfrutar sinceramente de esos halagos, sabiendo que eran fruto de la intimidación y la coacción. Imaginó que nueve décimas partes. Casi por completo. Pero esa parte restante, pensó, tenía que ser dolorosa.

Esperaba que en ese momento, en la cafetería, las chicas estuvieran hablando de él. Esperaba que Alice le revelara a Faye que tenía una relación floreciente con un poli y que, muy a su pesar, se estaba enamorando de él. Una de las cosas más deprimentes de aquella tarea de vigilancia nocturna era darse cuenta de lo poco que Alice hablaba de él, de lo poco que parecía pensar en él cuando no estaban juntos. Más bien nunca, para ser exactos. Nunca hablaba de él. Ni una sola vez. Incluso después de sus encuentros, cuando regresaba a la residencia y se duchaba, si hablaba con alguien era siempre de cosas mundanas: de la universidad, de las protestas, de cosas de chicas. Últimamente, el tema de conversación principal era la manifestación sólo para mujeres que Alice estaba organizando para el viernes: tenían planeado marchar hasta Lake Shore Drive sin pedir permiso ni nada, cortar el tráfico y caminar a sus anchas. Alice hablaba de ello sin parar. En cambio, a él no lo había mencionado ni una sola vez. Cuando no estaba con ella era como si no existiera, y eso le dolía porque él pensaba en ella casi todo el tiempo. Cuando se compraba ropa pensaba en cómo impresionar a Alice. Cuando asistía a las reuniones diarias de la Brigada Roja, esperaba oír algo que tuviera que ver con ella. Cuando veía las noticias en la tele, con su mujer, imaginaba que era Alice quien estaba a su lado. Era como si él fuera la aguja de una brújula que siempre señalaba hacia ella.

Se fijó en las luces de la orilla, más allá de la residencia de estudiantes, y en la inmensa extensión gris del lago Michigan, un vacío cálido y resplandeciente. Los puntitos del cielo eran aviones que se aproximaban al aeropuerto de Midway. En muchos de ellos ya viajaban los equipos de avanzadilla de senadores y embajadores, numerosos presidentes de juntas de administración y líderes de grupos de presión empresariales, dirigentes demócratas, periodistas, jueces y el vicepresidente, cuyo itinerario era un secreto que la Casa Blanca no había compartido ni con la policía.

Brown se sentó en la cama y esperó. Se arriesgó a encender una luz para leer el periódico, cuya primera página estaba dedicada por completo a la convención y a las protestas que la rodeaban. Se sirvió un whisky del minibar, a sabiendas de que el hotel se lo proporcionaría gratis, del mismo modo que los restaurantes de la ciudad invitaban a café a la policía. El trabajo tenía sus ventajas.

Debió de dormirse, porque lo despertaron unas carcajadas. Las chicas se reían. Tenía la cara encima del periódico arrugado, la boca pastosa. Apagó la lamparita de lectura y recuperó su posición detrás del telescopio con movimientos desgarbados, balanceando los brazos, arrastrando los pies por la moqueta. Se sentó y sacudió la cabeza para tratar de desembarazarse del sueño. Tuvo que frotarse los ojos varias veces antes de poder ver algo a través del telescopio. Notaba el estómago vacío, ácido. Aquellos turnos de noche lo estaban matando.

Las chicas habían vuelto. Estaban en la cama, sentadas de frente. Se reían de algo. Brown tuvo que limpiarse las legañas. Era extraño, pero la imagen del telescopio estaba desenfocada, como si los edificios se hubieran separado, despacio, mientras él dormía. Ajustó los visores. La imagen de las chicas osciló y se meció, provocándole un ligerísimo mareo, como cuando intentaba leer en el asiento trasero de un coche.

—Hay tantas cosas en tu interior —dijo Alice tras recuperarse de un ataque de risa, y le acarició el pelo a Faye—. Tanta felicidad.

Faye todavía se reía, en voz baja.

—No es verdad —dijo, y apartó la mano de Alice de un cachete—. Esto no es real.

—Te equivocas: esto es más real. Recuérdalo. Éste es tu verdadero yo.

—Pues a mí no me lo parece.

—Porque te estás encontrando con tu verdadero yo por primera vez. Es normal que te resulte extraño.

—Estoy cansada —dijo Faye.

—Debes recordar esta sensación y encontrar el camino de vuelta a ella cuando estés sobria. Es como un mapa. Ahora mismo estás muy feliz. ¿Por qué no estás siempre así de feliz?

Faye miró el techo.

—Porque me persigue un espíritu —dijo.

Alice se rió.

—Hablo en serio —insistió Faye. Se incorporó y se abrazó las rodillas—. Teníamos un espíritu en el sótano de casa. Un espíritu del hogar. Y yo lo ofendí. Y ahora me persigue. —Se volvió para ver cómo reaccionaba Alice—. No se lo había contado a nadie —continuó—. Seguro que no me crees.

—Te estoy escuchando.

—El espíritu vino de Noruega con mi padre. Antes era su espíritu, pero ahora es mío.

—Deberías devolverlo.

—¿Adónde?

—Al lugar del que salió. Así es como te libras de un espíritu: devolviéndolo a su casa.

—Estoy muy cansada —dijo Faye.

—Ven, te ayudaré.

Faye se tendió con torpeza en la cama. Alice le quitó las gafas y las dejó encima de la mesita de noche con cuidado. Fue hasta los pies de la cama, le desabrochó las deportivas y tiró de ellas con suavidad hasta quitárselas. Le quitó también los calcetines, hizo dos bolas con ellos y las metió dentro de las zapatillas, que dejó junto a la puerta, con las puntas mirando hacia fuera. Sacó una manta fina de debajo de la cama, cubrió a Faye con ella y remetió los bordes bajo su cuerpo. Entonces se quitó los zapatos, los calcetines y los pantalones y se echó junto a Faye, se acurrucó contra ella y le acarició el pelo. Brown nunca había visto a Alice comportarse con tanta delicadeza. Desde luego, era mucho más delicada de lo que jamás lo había sido con él. Era una faceta de Alice totalmente nueva.

—¿Tú tienes novio? —preguntó Faye.

Hablaba arrastrando las palabras: estaba colocada, o a punto de dormirse, o ambas cosas.

—No quiero hablar de chicos —dijo Alice—. Quiero hablar de ti.

—Eres demasiado guay para tener novio. Tú nunca harías algo tan cuadriculado como tener novio.

Alice se rió.

—Sí tengo —dijo, y a dos mil metros de allí el agente Brown soltó un graznido de entusiasmo—. Más o menos. Tengo un amigo con el que mantengo relaciones íntimas con asiduidad, así lo definiría yo.

—¿Y por qué no lo llamas «novio», sin más?

—Prefiero no poner nombre a las cosas —dijo Alice—. En cuanto las nombras, en cuanto explicas y racionalizas tu deseo, lo pierdes, ¿sabes? En cuanto intentas concretar tu deseo, éste te limita. Para mí es mejor ser libre y estar abierta. Responder a los deseos, sin pensar ni juzgar.

—Ahora mismo suena divertido, pero seguramente será por esas pastillas rojas.

—Déjate llevar —dijo Alice—. Es lo que hago yo. Por ejemplo, ¿ese tío que te decía? ¿Mi amigo? No siento nada especial por él. No tengo ningún compromiso con él. Lo utilizaré hasta que deje de parecerme interesante. Así de simple.

Al otro lado de la calle, Brown sintió que se le caía el alma a los pies.

—Siempre estoy buscando a alguien más interesante —dijo Alice—. A lo mejor eres tú.

Faye contestó con una especie de gruñido adormilado:

—Mmm.

Alice alargó el brazo por encima de ella y apagó la luz.

—Tú, tus preocupaciones y tus secretos —dijo—. Podría montar un numerito sobre ti. Te encantaría.

La cama chirrió cuando una de las dos se estiró.

—Eres muy guapa, ¿lo sabes? —dijo Alice en la oscuridad—. Eres preciosa y no tienes ni idea.

El agente Brown subió el volumen de los altavoces. Se metió en la cama y se abrazó a una almohada. Se concentró en la voz de Alice. Últimamente había tenido pensamientos nuevos y aterradores, ensoñaciones en las que dejaba a su mujer y convencía a Alice para que huyera con él. Podían empezar una vida nueva en Milwaukee, por ejemplo, en Cleveland, en Tucson, o donde quisieran. Fantasías desbocadas tras las que se sentía al mismo tiempo culpable y entusiasmado. En casa, su mujer y su hija estarían durmiendo en la misma cama. Seguirían haciéndolo durante años.

—No te vayas, por favor —dijo Alice—. Todo irá bien.

Hasta que llegó Alice, Brown ni siquiera era consciente de que a su vida le faltaba una parte esencial, sólo se había dado cuenta al tenerla de repente. Y ahora que la tenía no pensaba soltarla.

—Quédate todo el tiempo que quieras —oyó decir a Alice, e hizo un esfuerzo enorme por imaginar que no hablaba con Faye—. No me iré a ninguna parte. Estaré aquí, a tu lado.

Brown intentó fingir que se lo decía a él.

8

El día anterior a los disturbios, el tiempo cambió. La temperatura estival de Chicago se suavizó un poco y el ambiente se volvió primaveral y agradable. La gente pudo dormir bien, quizá por primera vez desde hacía semanas. A primera hora de la mañana apareció una capa de rocío fina y resbaladiza sobre el suelo. El mundo estaba vivo y bien lubricado. Había una sensación general de esperanza y optimismo, algo intolerable en una ciudad que se preparaba para la batalla: las patrullas de la Guardia Nacional llegaban a miles en camiones verdes, la policía limpiaba sus escopetas y sus máscaras antigás, los manifestantes ensayaban sus técnicas de evasión y defensa personal y acumulaban proyectiles de distinta naturaleza para lanzarlos contra los agentes. Todos tenían la impresión de que un enfrentamiento de aquellas proporciones merecía un día más desapacible. Su odio debería incendiar el aire, pensaban. ¿Quién podía sentirse revolucionario con aquel sol tan agradable en la cara? Al contrario, en la ciudad reinaba el deseo. El día anterior a la protesta más importante, más espectacular y más violenta de 1968, la ciudad estaba saturada de anhelo.

Los delegados demócratas habían llegado. La policía los había escoltado hasta el hotel Conrad Hilton, donde se congregaron, nerviosos, en el Haymarket Bar de la planta baja y tal vez se excedieron con la bebida e hicieron cosas que no solían hacer en circunstancias no tan extraordinarias. Descubrieron que el arrepentimiento era algo flexible y relativo. Los que no solían entregarse a los excesos alcohólicos en público ni practicar la promiscuidad sexual descubrieron que aquel ambiente particular favorecía ambas posibilidades. Chicago estaba a punto de estallar. Estaba en juego la presidencia. Estados Unidos, el país que tanto admiraban, se estaba desmoronando. Ante aquella calamidad, un puñado de aventuras extramaritales parecían un simple ruido de fondo, demasiado quedo para siquiera prestarle atención. Los camareros mantuvieron el bar abierto hasta mucho más allá de la hora de cierre. El bar estaba abarrotado y las propinas eran buenas.

Fuera, al otro lado de Michigan Avenue, la policía montada patrullaba por el parque. En teoría, su tarea consistía en buscar agitadores y saboteadores. Lo que encontraban, sin embargo, eran parejas en los arbustos, debajo de los árboles y en la playa, jóvenes en diversos grados de desnudez culebreando unos sobre otros, tan absortos que ni siquiera oían los cascos de los caballos cuando se acercaban. Se morreaban (o algo más), hacían cosas indecibles en pleno Grant Park, en la orilla del lago Michigan. Los policías les mandaban circular y los jóvenes obedecían, aunque los chicos tenían que caminar incómodos, como patos. Y a los policías tal vez les habría hecho gracia, de no ser por la sospecha de que esos mismos chicos volverían al día siguiente para gritar, protestar y lanzar objetos, para terminar aporreados a manos de aquellos mismos policías. Aquella noche, todo era carnal. Al día siguiente sería una carnicería.

Incluso Allen Ginsberg encontró unos momentos de alivio para su melancolía. Estaba desnudo, sentado en la cama de un camarero veinteañero y flacucho de ascendencia griega al que había descubierto esa misma tarde, en el restaurante donde solía reunirse con los líderes juveniles que se dedicaban a conspirar y a planear. Se preguntaban cuántas personas acudirían a la manifestación. ¿Cinco mil? ¿Diez mil? ¿Cincuenta mil? Ginsberg les había contado una historia.

—Dos hombres entraron en un jardín —dijo—. El primero empezó a contar los mangos, y los frutos que llevaba cada árbol, y a calcular el valor aproximado del vergel. El segundo cogió un fruto y se lo comió. ¿Cuál creéis que fue el más listo de los dos?

Los chicos se lo quedaron mirando con ojos de corderito.

—¡Comeos los mangos! —exclamó Ginsberg.

No lo entendieron. La conversación viró hacia la gran crisis del día: al final, el ayuntamiento les había denegado el permiso para manifestarse en el centro de la ciudad, desfilar por las calles y dormir en el parque. Una multitud de personas llegaría a la ciudad al día siguiente y no tenía más sitio que el parque para dormir. Por supuesto que iban a dormir allí, por supuesto que iban a manifestarse, y por eso debatían qué probabilidades había de que se produjera una intervención policial ahora que carecían de las credenciales y los permisos necesarios. Decidieron que las probabilidades eran del cien por cien. Ginsberg intentaba prestar atención, pero apenas podía fijarse en nada que no fuera el camarero, que le recordaba a un marinero al que una noche, en Atenas, paseando por las calles del casco antiguo bajo la Acrópolis, blanca como un esqueleto, había visto besar con gesto serio y delicado los labios de un joven prostituto, a la vista de todos, en el país de Sócrates y Hércules, rodeados por todas partes de estatuas musculosas y tan pulidas que parecían de nata sólida. El camarero tenía la misma cara que aquel marinero, el mismo aire de libertino. Llamó su atención, le preguntó cómo se llamaba, se lo llevó a su habitación y lo desnudó: un chico delgado con un pollón enorme. Porque siempre era así, ¿no? Al terminar se acurrucó con el chico bajo las sábanas y le leyó unos poemas de Keats. Al día siguiente empezaría la guerra, pero aquella noche tocaba Keats, tocaba una ventana abierta por la que entraba una brisa agradable, tocaba aquel chico y su manera de sujetarle la mano, apretando con suavidad como si examinara una pieza de fruta. Era todo demasiado bonito.

Faye, mientras tanto, se estaba lavando. Se había comprado varias revistas para jovencitas y algo que todas recomendaban a las recién casadas antes de «llegar hasta el final» era frotarse con vigor, a conciencia y sin compasión con diversos artículos rugosos: trapos suaves, esponjas porosas, lijas esmeriladas, piedra pómez. Se había gastado la mayor parte de su presupuesto semanal para comida en cosas que le brindaran suavidad por todo el cuerpo y una fragancia tentadora. Había pensado en los pósteres de la clase de economía doméstica del instituto por primera vez desde hacía meses. La distancia no reducía lo horribles que le parecían, ahora que iba a «ir hasta el final». Faltaba poco para que llegara Sebastian, y Faye aún estaba frotando, aún tenía que aplicarse diversos ungüentos aromáticos y le daba miedo que picaran; también unas gelatinas que olían tanto a rosas y a lilas que le hacían pensar en una funeraria, en los ramos de flores que disponían las funerarias para disimular el olor químico de la muerte, que asomaba siempre por debajo. Faye había comprado perfumes, desodorantes, irrigadores, sales con las que se suponía que debía bañarse, jabones con los que se suponía que debía frotarse y colutorios mentolados que escocían, con los que se suponía que debía enjuagarse y hacer gárgaras. Empezaba a darse cuenta de que había calculado mal el tiempo que tardaría en pasarse la piedra pómez, ponerse champú, frotar y lavar, y eso por no hablar de irrigaciones, o de aplicarse los disolventes y ungüentos que había comprado. El suelo de su dormitorio estaba cubierto de cajitas de cartón rosa. No le iba a dar tiempo de hacerlo todo antes de que llegara Sebastian. Todavía tenía que pintarse las uñas, echarse laca en el pelo y elegir una buena combinación de sujetador y suéter. Esas cosas no eran negociables, no podía saltárselas. Terminó con los callos del pie izquierdo y decidió pasar de la piedra pómez en el derecho. Si Sebastian se daba cuenta de que tenía callos en un pie, pero no en el otro, con un poco de suerte no lo mencionaría. Se propuso dejarse los zapatos puestos hasta el último momento: esperaba que a esas alturas él ya no prestara atención a los pies. Cuando lo pensaba, cuando pensaba en hacerlo de verdad, se le revolvía el estómago. Volvió a concentrarse en sus nuevos productos de belleza, que la ayudaban a continuar viendo el sexo como algo vago y abstracto, seguro, una especie de noción publicitaria, en vez de algo que iba a hacer su cuerpo. Durante su cita. Aquella misma noche.

Tenía tres tonos diferentes de esmalte de uñas, los tres variaciones del púrpura: uno llamado «ciruela», otro llamado «berenjena» y el púrpura más conceptual, llamado «cosmos», que fue el que acabó eligiendo. Se pintó las uñas de los pies, hizo aquello de ponerse algodoncitos entre los dedos y caminar por el dormitorio sobre los talones. Las tenacillas para rizar el pelo se estaban calentando. Con una esponja se aplicó en la cara unos polvos color crema sacados de unos tarritos de cristal. Se limpió las orejas con bastoncillos. Se arrancó algunos pelos de las cejas. Se cambió la ropa interior blanca por ropa interior negra. Volvió a ponerse la blanca y luego otra vez la negra. Abrió las ventanas para oler el aire fresco de la ciudad y, como todos los demás, se sintió esperanzada y optimista, sensualmente carnal.

A lo largo y ancho de la ciudad, todo el mundo hacía lo mismo. Y tal vez en ese momento hubo una oportunidad que, de haberse aprovechado, habría contribuido a evitar todo lo que sucedió a continuación. Si todos los involucrados se hubieran llenado los pulmones de aquel fértil aire primaveral y se hubiesen dado cuenta de que era una señal... En ese caso, quizá el alcalde habría concedido los permisos que los manifestantes llevaban meses solicitando y éstos se habrían reunido pacíficamente y nadie habría lanzado nada ni provocado a nadie y los policías habrían podido quedarse pasmados, mirando desde lejos, y todos habrían dicho lo que querían decir para regresar luego a sus casas sin moratones ni contusiones ni arañazos ni pesadillas ni cicatrices.

Tal vez se dio ese momento, pero entonces ocurrió lo siguiente:

Acababa de llegar a Chicago a bordo de un autocar procedente de Sioux Falls: veintiún años, vagabundo errante, probablemente en la ciudad por la manifestación, aunque nunca lo sabremos a ciencia cierta. Iba bien desharrapado: una chupa de cuero vieja con el cuello agrietado, una bolsa de lona desastrada y remendada con cinta adhesiva, zapatos marrones con marcas visibles por los muchos kilómetros caminados, y unos vaqueros mugrientos y acampanados, el estilo preferido en aquella época entre los jóvenes. Pero si la policía lo identificó como enemigo debió de ser por el pelo: largo y enredado, le llegaba por debajo del cuello de la chaqueta. Se lo apartaba de los ojos con un gesto que los conservadores más recalcitrantes siempre consideraban afeminado de verdad. Afeminado y amariconado de verdad. Por algún motivo, aquel gesto en concreto les daba muchísima rabia. Se apartó el pelo de los ojos y tiró de un mechón que se le había quedado pegado al bigote y a la barba áspera como si fuera velcro. Para los polis, se parecía a todos los demás hippies de la ciudad. Para ellos, el pelo largo ponía el punto final a cualquier posibilidad de conversación.

Pero él no era de la ciudad. No tenía la actitud predecible de la contracultura de la zona. Pueden decirse muchas cosas de los izquierdistas de Chicago, pero por lo menos se dejaban arrestar sin montar el número. Es posible que llamaran de todo a los policías, pero su reacción habitual a las esposas era una flojera molesta, a veces incluso llevada al extremo de una flacidez que afectaba al cuerpo entero.

Aquel joven de Sioux Falls, en cambio, hablaba un idioma distinto. Y le había pasado algo por el camino, algo real y oscuro. Nadie sabía por qué estaba en Chicago. Había ido solo. A lo mejor había oído hablar de la protesta y quería tomar parte en un movimiento que debía de haberle parecido muy lejano cuando estaba en Sioux Falls. No es difícil imaginar la soledad que debía de sentir, con aquel aspecto, en un lugar como Dakota del Sur. A lo mejor lo habían acosado y humillado, había tenido que soportar burlas y palizas. A lo mejor había tenido que protegerse demasiadas veces de la policía o de los Ángeles del Infierno (los autoproclamados defensores de la cultura del «si no te gusta, te largas»). A lo mejor se había cansado.

La verdad es que nadie sabía qué le había pasado, qué lo había impulsado a esconder un revólver en el bolsillo de su chupa de cuero gastada. Nadie sabía por qué, cuando lo paró la policía, sacó la pistola del bolsillo y disparó.

Tal vez ignoraba cuál era la situación en Chicago en aquellos momentos. Que la policía se estaba tomando en serio cualquier amenaza, por absurda que fuera. Que los agentes estaban al límite, que hacían turnos dobles, triples. Que los hippies habían amenazado con colocar a todos los habitantes de Chicago echando LSD en los depósitos de agua potable de la ciudad y que, aunque se habrían necesitado cinco toneladas de LSD para cumplir esa amenaza, había policías apostados en todas las estaciones de bombeo de la red municipal de agua. Que la policía ya estaba patrullando el Conrad Hilton con perros expertos en la detección de bombas porque los hippies habían amenazado con hacer volar el hotel donde se alojaban el vicepresidente y todos los delegados. Corría el rumor de que los hippies pretendían hacerse pasar por chóferes en el aeropuerto para secuestrar a las esposas de los delegados, drogarlas y mantener relaciones inapropiadas con ellas, de modo que los policías las escoltaban directamente desde la pista de aterrizaje. Había tantas amenazas, tantos escenarios posibles, tantas opciones, que era imposible responder a todo. ¿Cómo impedir, por ejemplo, que los hippies se afeitaran las barbas, se cortaran el pelo, se vistieran bien y consiguieran credenciales falsas para acceder al Anfiteatro Internacional y poner una bomba? ¿Cómo impedir que se reunieran en masa y se dedicaran a volcar coches en la calle, como habían hecho en Oakland? ¿Cómo impedir que levantaran barricadas y se apropiaran de bloques enteros, como habían hecho en París? ¿Cómo impedir que ocuparan un edificio, igual que habían hecho en Nueva York, y cómo sacarlos luego del edificio delante de un montón de periodistas que sabían que las falsas acusaciones de brutalidad policial vendían periódicos? Era la triste lógica del antiterrorismo lo que los mantenía en jaque: la policía tenía que estar preparada para todo, pero a los hippies les bastaba con tener éxito una sola vez.

Así pues, montaron un perímetro de alambre de púas alrededor del anfiteatro y llenaron el edificio de policías de paisano que busca-

ban agitadores, y pedían las credenciales a cualquiera que no pareciera afín a la administración del momento. Sellaron las alcantarillas.
Hicieron despegar los helicópteros. Colocaron francotiradores en las
azoteas de los edificios altos. Prepararon el gas lacrimógeno. La Guardia Nacional hizo acto de presencia. Recurrieron a los uniformes antidisturbios. Se enteraron de que los tanques rusos habían tomado las
calles de Praga aquella misma semana, y un grupito menor y problemático les declaró su envidia y admiración. «Sí, así se hace, joder»,
pensaron. Una fuerza arrolladora.

Pero nuestro hombre de Sioux Falls no podía saber nada de eso.

Porque de haberlo sabido se lo habría pensado dos veces antes
de sacar el arma del bolsillo. Cuando el coche patrulla pasó a su lado
aquella noche, en aquel momento de limpieza y claridad que permitía
contemplar todas las estrellas sobre Michigan Avenue, y el coche se
detuvo y los dos polis salieron con sus camisas de manga corta azul
claro, se encaminaron hacia él con todo tipo de artilugios colgando
del cinturón y dijeron alguna vaguedad sobre la violación del toque de
queda y le preguntaron si llevaba algún tipo de documento identifi-
cativo, de haber sabido lo que estaba pasando en todo Chicago en ese
preciso instante, habría preferido pasar unas noches en la cárcel por
posesión y ocultación de un arma de fuego no registrada. Pero había
hecho aquel horrible trayecto de treinta horas en autocar hasta Chicago, y tal vez llevara toda la vida esperando aquella protesta, tal vez
se tratara de una especie de punto de inflexión para él, tal vez la idea
de perderse toda la manifestación le resultara demasiado dolorosa, tal
vez detestara la guerra con todas sus fuerzas, y a lo mejor no quería
perder su pistola, que quizá fuera su única fuente de seguridad, después de una dura adolescencia en las dos Dakotas, donde siempre era
diferente y estaba solo. En su cabeza, la cosa iba así: sacaría la pistola,
dispararía un tiro de advertencia y mientras los policías corrían a ponerse a cubierto, él se esfumaría por algún callejón oscuro y escaparía.
Así de fácil. A lo mejor ya lo había hecho antes. Era joven, podía
correr, llevaba toda la vida corriendo.

Pero resultó que los policías no se pusieron a cubierto. No le dieron ocasión de escapar. Nada más oír la detonación, desenfundaron
sus revólveres y le dispararon. Cuatro veces en el pecho.

Enseguida corrió la voz, de la policía al Servicio Secreto, a la
Guardia Nacional, al FBI: los hippies iban armados. Estaban pegando

tiros. Eso empeoraba la situación de manera radical. Todos coincidieron en afirmar que, a un día del inicio de la protesta, aquél era un pésimo augurio.

Los estudiantes preguntaron entre sus filas si esperaban a alguien que llegaba de Sioux Falls. ¿Quién era ese tipo? ¿Qué estaba haciendo allí? Se celebraron varios homenajes espontáneos con velas encendidas en honor a aquel joven que podría haber sido como un hermano para ellos. Cantaron «We Shall Overcome» y cada uno se preguntó en la intimidad si estaba dispuesto a morir por la causa. La protesta de aquel chico, pensaron, era más importante que todos los disturbios que había habido a lo largo del año: más importante por su carácter privado, íntimo, por el riesgo que entrañaba. Les partía el corazón que hubiera muerto en Chicago de esa manera, sin que nadie supiera siquiera su nombre todavía.

Cuando Sebastian se enteró de la noticia estaba en la oficina del *Chicago Free Voice* concediendo una entrevista a la CBS. Sonó el teléfono y le dijeron que habían disparado a alguien, un vagabundo de Dakota del Sur. Y el primer impulso de Sebastian, lo primero que se le ocurrió involuntariamente, fue que no podía haber sucedido en un momento más oportuno. Los reporteros de la CBS estaban allí, aquello era oro. O sea que montó en cólera y anunció a los periodistas que «la pasma acaba de asesinar a un manifestante a sangre fría».

Eso sí logró atraer su atención.

Cada vez que contaba la noticia, su retórica era más incendiaria: «Han asesinado a uno de nuestros hermanos por cometer el delito de discrepar con el presidente», declaró al *Tribune*. «La policía mata de forma tan indiscriminada como las bombas en Vietnam», declaró a *The Washington Post*. «Chicago se está convirtiendo en la avanzadilla occidental de Estalingrado», declaró a *The New York Times*. Organizó más marchas con velas encendidas y comunicó a los equipos de televisión y fotógrafos dónde se celebrarían, enviando a cada cadena a una ubicación diferente para que todos creyeran que se trataba de una exclusiva. A los periodistas les gustaba enterarse bien de una noticia, pero más todavía ser los primeros en enterarse.

Ése era su trabajo, echar leña al fuego.

Sebastian era quien, durante los meses previos a la protesta, había publicado en el *Free Voice* aquellas historias extravagantes que insinuaban la posibilidad de echar LSD en los depósitos de agua municipales,

510

secuestrar a las esposas de los delegados o poner bombas en el anfitea-tro. Que en realidad nadie se hubiera planteado siquiera llevar a cabo esos planes era irrelevante. Había aprendido una cosa importante: lo que se imprimía se convertía en la verdad. Había inflado al máxi-mo el número de manifestantes que se esperaban en Chicago, y luego había sentido una punzada de orgullo al ver que el alcalde movilizaba a la Guardia Nacional. El mensaje estaba calando. Y eso era lo que le interesaba: el mensaje, el relato. En su imaginación, lo que veía era un huevo que debía proteger, empollar, mimar y cuidar, un huevo que, si él hacía las cosas bien, crecería hasta adquirir dimensiones de cuento de hadas, brillaría y flotaría sobre sus cabezas y se convertiría en un faro.

Pero sólo entonces, el día anterior a las protestas, empezó a com-prender las implicaciones de todo su trabajo. Los jóvenes acudían a Chicago. Algunos recibirían los palos y las palizas de la policía. A algu-nos los matarían. Eso era más o menos inevitable. Lo que hasta aquel momento había sido ilusión, fantasía y bombo, un ejercicio destinado a moldear la opinión pública, al día siguiente se convertiría en realidad. Era una especie de nacimiento, y sólo de pensarlo le daban temblores. Y ahí estaba, solo, haciendo lo último que se esperaría de alguien tan audaz, seguro y valeroso como Sebastian: estaba sentado en su cama, llorando. Porque entendía lo que iba a suceder al día siguiente, en-tendía a la perfección cuál había sido su extraño papel en todo aque-llo, sabía que todo lo ocurrido hasta entonces estaba hecho, no podía cambiarse, quedaba cincelado ya en la piedra de un pasado indignante.

Esa noche, Sebastian era un faro de arrepentimiento. Por eso es-taba llorando. Tenía que dejar de pensar en ello. Se acordó vagamente de que tenía una cita. Se echó agua en la cara, se puso una chaqueta, se miró en el espejo y se dijo: «Cálmate.»

Que era justo lo mismo que se estaba diciendo cierto agente de policía en otro lugar de la ciudad, sentado en el parachoques trasero de su coche patrulla, aparcado en el callejón oscuro de siempre, sen-tado junto a Alice, que parecía estar rompiendo con él. «Cálmate», pensaba.

Como el resto de la ciudad, aquella noche el agente Brown espe-raba echar un polvo. Pero cuando Alice llegó, en vez de meterse en el coche y hacer alguna petición estrafalaria, se sentó con pesadez en el maletero y dijo:

—Creo que tendríamos que dejarlo.

—¿El qué? —preguntó él.

—Todo. Lo nuestro. Nuestra aventura.

—¿Puedo preguntar por qué?

—Quiero probar algo nuevo —dijo Alice.

Brown reflexionó un momento sobre aquellas palabras.

—Quieres decir que quieres probar a alguien nuevo —puntualizó.

—Bueno, sí —dijo Alice—. He conocido a alguien, tal vez. Alguien interesante.

—Y rompes conmigo por esa persona nueva.

—Técnicamente, para romper tendríamos que tener algo que pudiera romperse, algún tipo de compromiso mutuo que, como es obvio, no existe.

—Pero...

—Pero nada.

El agente Brown asintió. Se quedó mirando un perro que rebuscaba entre la basura de un restaurante en el extremo opuesto del callejón. Uno de los muchos perros callejeros de la ciudad, con algo de pastor alemán, pero diluido y mitigado por una espiral de otras razas. El animal sacó una bolsa de basura negra del contenedor volcado y la desgarró con los dientes.

—O sea, que de no ser por esa persona nueva no estarías rompiendo conmigo, ¿no? —dijo.

—Eso es irrelevante, porque sí hay otra persona.

—Dame el capricho. Sígueme la corriente. Si esa persona nueva no existiera, no tendrías ningún motivo para poner fin a nuestra aventura.

—Vale. Sí. Es una observación razonable.

—Quiero que sepas que creo que estás cometiendo un error —dijo.

Ella le dirigió una de esas miradas condescendientes que él no soportaba, una mirada que le daba a entender que ella era la interesante y la enrollada de los dos, y que él estaba atrapado en un agujero burgués de clase media del que no había escapatoria posible.

—¿Qué puede darte esta persona nueva que no te dé yo? —preguntó.

—No lo entiendes.

—Puedo cambiar. ¿Quieres que haga algo distinto? Sólo tienes que pedírmelo. No tenemos por qué encontrarnos tan a menudo. Podríamos encontrarnos cada quince días. O una vez al mes. ¿Quieres que sea más brusco? Puedo ser más brusco.

—Esto ya no es lo que quiero.

—Podemos seguir siendo algo, en fin, libre. Informal. Puedes estar con esa persona nueva y también conmigo, ¿no?

—No funcionaría.

—¿Por qué no? No me has dado ni un buen motivo.

—No quiero seguir contigo. ¿No te parece un buen motivo?

—No. Ni mucho menos. Porque no es una explicación. ¿Por qué no quieres que sigamos? ¿Qué he hecho mal?

—Nada. No has hecho nada mal.

—Pues ya está. No puedes castigarme así.

—No pretendo castigarte. Pretendo ser sincera.

—Pero la consecuencia es que me castigas. Y eso no es justo. He hecho todo lo que me has pedido, incluso las cosas más grotescas. Lo he hecho todo, o sea que ahora no puedes largarte así porque sí.

—¿Quieres dejar de lloriquear? —dijo Alice. Se levantó del maletero y se alejó unos pasos. Aquel movimiento repentino atrajo la atención del perro, que se puso tenso y evaluó las intenciones de la chica al tiempo que protegía sus sobras—. ¿Puedes comportarte como un hombre, por favor? Lo nuestro se ha terminado.

—Todo lo que hemos hecho juntos, todas esas cosas raras, equivalen a una promesa. Aunque nunca la formularas en voz alta. Y ahora la estás rompiendo.

—Vuelve a casa con tu mujer.

—Te quiero.

—Venga, no me jodas.

—Es la verdad. Te quiero. Y te lo vuelvo a decir: te quiero.

—No me quieres. Sólo te da miedo estar solo y aburrido.

—Nunca he conocido a nadie como tú. No te vayas, por favor. No sé qué voy a hacer. Acabo de decirte que te quiero. ¿No significa nada para ti?

—¿Puedes parar de una vez, por favor?

Alice tuvo la sensación de que Brown estaba a punto de hacer algo trascendental: romper a llorar o recurrir a la violencia. Con los hombres nunca se sabía. Al otro lado del callejón, el perro parecía satisfecho de constatar que aquella mujer no estaba interesada en sus sobras y empezó de nuevo a comer hamburguesas desechadas, patatas fritas frías y lacias, ensalada de col y bocadillos de atún a una velocidad atroz que probablemente le provocaría vómitos.

—A ver —dijo Alice—, ¿quieres un buen motivo? Aquí lo tienes. Quiero probar algo nuevo. Es el mismo motivo por el que empecé contigo. Quiero probar algo que no he probado nunca.

—¿Y qué es, exactamente?

—Las chicas.

—Ya. Venga, hombre.

—Quiero probarlo con una chica. Es algo que me motiva mucho.

—Dios mío —dijo él—. Por favor, dime que no te ha dado por pensar que de pronto eres bollera. Dime que no me he estado tirando a una bollera.

—Muchas gracias por los buenos ratos. Y que te vaya muy bien.

—No será tu vecina, ¿no? ¿Cómo se llama? Faye, ¿verdad?

Ella se lo quedó mirando, confundida, y él se rió.

—¡No me digas que es ella! —exclamó.

—¿De qué conoces a Faye?

—Es la chica con la que pasaste la noche. La del lunes, ¿no? No me digas que te has enamorado de ella.

Todo en Alice pareció crisparse y tensarse de repente. Cualquier rastro de ternura o receptividad que pudiera haber sentido por él desapareció de golpe. Apretó los dientes y cerró los puños.

—¿Y tú cómo coño sabes eso? —le preguntó.

—Por favor, dime que no me estás dejando por Faye Andresen —dijo él—. Porque tendría guasa.

—Me has estado espiando, ¿verdad? Eres un psicópata de mierda.

—Tú no eres bollera, de eso estoy seguro. Me habría dado cuenta.

—Se acabó. No pienso volver a hablarte en la vida.

—Eso no va a pasar —dijo él.

—Ya lo verás.

—Si te largas, te arresto. Y a Faye también. Os haré la vida imposible. A las dos. Te lo juro. Te tengo pillada. ¡Esto no se termina hasta que yo lo diga!

—Les contaré a tus amigos polis lo mucho que te gustaba follar conmigo. Se lo contaré a tu mujer.

—Podría hacerte matar, joder. Así de fácil —dijo, chascando los dedos—. Está chupado.

—Adiós.

Se alejó del coche patrulla. Notó un escalofrío en la espalda, como si esperara algo: una persecución, una porra, una bala. Ignoró todas las alarmas internas que le decían que se diera la vuelta para ver qué estaba haciendo él. Oía sus propios latidos en los oídos. Tenía los puños cerrados con tanta fuerza que no habría podido abrirlos ni queriendo. Todavía le quedaban veinte pasos para llegar a la calle cuando lo oyó: el sonido penetrante de un disparo.

Brown había disparado su arma. Alguien había disparado un arma. Alguien había recibido un tiro.

Alice se dio la vuelta, esperando ver el cadáver del poli en el suelo, sus sesos esparcidos por la pared. Pero ahí estaba, con la mirada fija en el cubo de la basura de detrás del restaurante. Y entonces Alice comprendió lo que había pasado. No se había pegado un tiro. Se lo había pegado al perro.

Alice echó a correr. Tan rápido como pudo. Ya estaba a dos manzanas del callejón cuando el coche patrulla de Brown la adelantó con estrépito. La dejó atrás y aceleró hacia el oeste, hacia el campus del Circle y la residencia de estudiantes, donde Faye, limpia, aseada, perfumada, maquillada y vestida con su ropa más elegante, esperaba la llegada de Sebastian. Alice le había dado otras dos pastillas rojas, y Faye se las había tomado antes de empezar su ritual de belleza. El calor y el optimismo de las pastillas ya habían empezado a expandirse. La excitación de Faye en aquel momento era insoportable. Después de haberse sentido sola toda la vida, de que todos dieran por hecho que se casaría con un hombre al que no amaba de verdad, estaba esperando a un chico que parecía un príncipe de cuento. Si la vida de Faye era una pregunta, Sebastian era algo así como su respuesta. Se le habían pasado los nervios y ahora estaba encantada. A lo mejor era por las pastillas, pero ¿a quién le importaba? Se imaginaba una vida con Sebastian, una vida de arte y poesía en la que debatirían las virtudes de movimientos y escritores —ella defendería la obra temprana de Allen Ginsberg; él, desde luego, preferiría la tardía— y escucharían música, viajarían, leerían en la cama y harían todas las cosas que las chicas de clase trabajadora de Iowa nunca podían hacer. Faye fantaseaba con irse a vivir a París con Sebastian y luego volver a casa y demostrarle a la señora Schwingle quién era sofisticada de verdad, demostrarle a su padre que sí era especial, y mucho.

Parecía el principio de la vida que de verdad quería.

Por eso se puso eufórica cuando sonó el teléfono y desde la recepción le dijeron que tenía una visita. Salió de su habitación y bajó la escalera hasta el vestíbulo de la planta baja, donde descubrió que el visitante no era Sebastian. Era un policía.

No es difícil imaginar la cara que se le quedó en aquel momento. Cuando aquel poli corpulento con el pelo rapado le puso las esposas. Cuando se la llevó de la residencia en silencio mientras todos la miraban y ella lloraba: «¿Qué he hecho?» ¿Cómo pudo soportar aquel tipo verla con el corazón destrozado? ¿Cómo pudo obligarla a subir a la parte trasera del coche patrulla? ¿Cómo pudo pasarse todo el trayecto hasta el centro llamándola puta?

—¿Quién es usted? —repetía Faye una y otra vez. El agente se había quitado la placa y la identificación con el nombre—. Esto es un error. ¡Yo no he hecho nada!

—Eres una puta —dijo él—. Una puta asquerosa.

¿Cómo pudo arrestarla? ¿Cómo pudo denunciarla por prostitución? ¿Cómo pudo llegar hasta el final? Cuando la fotografiaron, Faye intentó adoptar una expresión calmada y desafiante, pero aquella noche, en la celda del calabozo, sintió que le iba a dar un ataque tan fuerte que se acurrucó en un rincón y respiró, y rezó por no morir allí. Rezó para salir de allí. «Por favor —le dijo a Dios, o al universo, o a quien fuera, llorando, meciéndose y escupiendo en el suelo frío y húmedo—. Por favor, ayúdame.»

OCTAVA PARTE

Busca y captura

Finales del verano de 2011

1

El juez Charles Brown se despertó antes del amanecer. Siempre antes del amanecer. Su mujer dormía en la cama, a su lado. Se quedaría allí durmiendo dos o tres horas más. Había sido así desde que se casaron, cuando él todavía era policía de barrio en Chicago y hacía el turno de noche. Sus horarios casi nunca coincidían en aquella época, y así se había mantenido todos esos años: se había convertido en un hábito, en lo normal. Hacía poco había estado pensando en ello, por primera vez en mucho tiempo.

Salió de la cama, se sentó en la silla de ruedas y se desplazó hasta la ventana. Contempló el cielo, todavía azul marino, pero cada vez más lleno de color. Debían de ser las cuatro, cuatro y cuarto, algo así. Vio que era día de recogida de basuras. Había contenedores en la calle. Y detrás de los contenedores, aparcado junto a la acera, justo delante de su casa, había un coche.

Qué raro.

Allí nunca aparcaba nadie. No podía ser un vecino. Sus vecinos estaban demasiado lejos. Uno de los motivos por los que había terminado comprando allí, en aquella circunscripción concreta, era que se trataba de una réplica de la vida privada en el bosque. Delante de su casa, al otro lado de la calle, había una arboleda de arces azucareros. Los vecinos quedaban lejos, ocultos tras dos hileras de robles: una en su lado de la división, la otra en el de ellos.

Echó un vistazo a la pantalla que había junto a la cama, donde había instalado los mandos de control del complejo sistema de seguridad de la casa: no había ninguna puerta abierta, ninguna ventana rota, ningún movimiento. Las imágenes de sus distintas cámaras de videovigilancia no mostraban nada fuera de lo normal.

Brown se dijo que sería cosa de algún adolescente. Siempre eran un buen chivo expiatorio. Probablemente, un chico que visitaba en secreto a alguna chica de la calle. Aquella noche, en alguna parte del barrio, estaba teniendo lugar un desfloramiento apasionado y rápido. Pues muy bien.

Bajó en ascensor a la cocina de la planta baja. Pulsó el botón de la cafetera, que burbujeó y soltó un chorrito obedientemente. Su mujer la había dejado preparada la noche anterior. Era un ritual que mantenían. Una de las pocas cosas que le recordaban que vivía con otra persona. No se veían casi nunca. Él se iba a trabajar antes de que ella se despertara; ella se iba a trabajar antes de que él volviera.

No es que se evitaran a propósito, es que las cosas habían salido así.

Cuando Brown dejó el cuerpo de policía para estudiar Derecho (hace ya unos cuarenta años), su mujer pidió el turno de noche en el hospital. En aquella época estaban criando a su hija y llegaron a ese acuerdo para que siempre hubiera alguien en casa con ella. Pero esos horarios ni siquiera cambiaron cuando su hija se hizo mayor y se marchó de casa. Se habían acomodado. Ella le dejaba algo a punto para comer. Le preparaba la cafetera por la noche porque sabía que él detestaba tener que liarse con el filtro y el molinillo a las cuatro de la madrugada, a esas horas le parecía demasiado pedir. Él le agradecía que siguiera teniendo esos gestos de generosidad. Durante los fines de semana se veían más a menudo, siempre y cuando él no pasara el día encerrado en su despacho estudiando documentos, precedentes, dictámenes, revistas legales y jurisprudencias varias. Entonces aprovechaban para ponerse al día de aquellas vidas independientes y totalmente separadas que llevaban en paralelo y se hacían promesas vagas sobre todas las cosas que harían juntos cuando se jubilaran.

Llegó con la silla de ruedas hasta el despacho, café en mano, y encendió el televisor. Otro ritual matutino: ver las noticias. Quería saber todo lo que pasaba en todas partes antes de ir a trabajar. A la vista de su edad, la gente siempre buscaba signos de debilitamiento, esperaba su inevitable declive. Recordaba que cuando él todavía era un joven fiscal había jueces de cierta edad que se iban abandonando a medida que se acercaban a la jubilación. Dejaban de seguir las noticias y la política local, desatendían las cantidades ingentes de lectura que exigía aquel trabajo. Empezaban a comportarse como científicos locos: megalómanos impredecibles, con una confianza absoluta en sus capacidades menguantes, que trataban el tribunal como si fuera su laboratorio personal. Se había prometido que él no se convertiría en eso. Veía las noticias todas las mañanas y recibía el periódico a domicilio, aunque leer la edición impresa del periódico ya era más bien pintoresco.

Pero últimamente las noticias siempre hablaban de lo mismo: de la campaña presidencial. Todavía faltaba bastante para las elecciones, aunque nadie lo habría dicho al ver los telediarios, al ver cómo salivaban con las primarias, con la decena aproximada de candidatos que habían establecido residencia permanente tanto en los canales de noticias por cable como en Iowa, donde al cabo de unos tres meses iba a celebrarse la primera votación para nombrar al candidato. Entre todos ellos, Sheldon Packer, «el gobernador», partía con cierta ventaja según varias encuestas, sondeos y expertos que debatían sobre si la popularidad del gobernador obedecía a una burbuja de simpatía provocada por la agresión y tardaría poco en estallar. De momento, parecía que la agresión de Faye Andresen era lo mejor que podía haberle pasado.

Eso era lo que le esperaba al país durante el año siguiente. Doce meses de discursos enlatados, meteduras de pata, anuncios, agresiones y estupidez, una estupidez atroz que bordeaba lo inmoral. Era como si cada cuatro años todos los canales de noticias perdieran la perspectiva por completo. Y luego se gastaban miles de millones de dólares para lograr lo que ya era inevitable: que la elección acabara dependiendo de un puñado de votantes indecisos del condado de Cuyahoga, en Ohio. Porque así lo dictaba la aritmética electoral.

¡Viva la democracia!

Las dos palabras más empleadas en la televisión para describir la campaña de Packer parecían ser «rumor» e «impulso». En los mítines, Packer comentaba que el reciente atentado fallido contra su vida lo había reafirmado todavía más en su determinación. Aseguraba que no se dejaría amilanar por los matones progres. En sus actos de campaña sonaba el estribillo de «Break My Stride». El nuevo gobernador de Wyoming le había concedido el Corazón Púrpura honorífico. Los contertulios de los canales por cable señalaban que «seguía adelante con su campaña, asumiendo un tremendo riesgo personal con gran valentía» o, por el contrario, que se empeñaba en «sacarle todo el jugo posible a aquel episodio sin importancia, con una gran falta de sensibilidad». No parecía existir ninguna postura intermedia. Ponían una y otra vez el vídeo de Faye Andresen lanzando piedras contra el gobernador. En un canal aseguraban que aquello demostraba la existencia de una conspiración de progres y señalaban a algunos de los presentes entre el gentío del parque como posibles colaboradores y cómplices del acto. En otro canal afirmaban que cuando el gobernador se ponía a cubierto y huía de las piedras parecía «muy poco presidencial».

Al juez Brown le hacía muy feliz que los telediarios no pudieran mencionar al gobernador Packer sin referirse también al juicio contra Faye Andresen. Le hacía sentirse importante. El gobernador seguía «liderando las encuestas después de la brutal agresión contra él en Chicago», decían. Pues claro, los motivos eran de lo más simple: la agresión lo había hecho más famoso y la fama tiende a atraer más fama. Como sucede con la riqueza, la fama se retroalimenta, pues es una especie de riqueza social, algo así como una opulencia conceptual. Una de las muchas ventajas de encargarse del juicio contra Faye Andresen era que también el juez Brown obtenía algo de fama. Otra era que le permitía aplazar la jubilación hasta que se pronunciara un veredicto. Por lo menos un año más, suponía.

Ésos no eran los motivos principales por los que había aceptado el caso, pero formaban parte de la decisión, del panorama general. El motivo principal, por supuesto, era que Faye Andresen se merecía cualquier desgracia que le sucediera. ¡Menudo caramelo de caso! Era como un regalo de jubilación anticipado, su oportunidad de vengarse, la recompensa justa después de tanto sufrimiento.

La jubilación, ¡por Dios! ¿Qué iban a hacer él y su mujer juntos, cuando se jubilara?

Estaban todos los clichés habituales: tenían que viajar, les decía su hija. Y sí, a lo mejor iban a París, a Honolulu, a Bali o a Brasil. A donde fuera. Todos los lugares sonaban igual de horribles porque lo que nunca se mencionaba respecto a los viajes de los jubilados era que, para que funcionaran, por lo menos tenías que soportar a la persona con la que viajabas. Y él se imaginaba todo el tiempo que iban a pasar juntos, en aviones, en restaurantes, en habitaciones de hotel. No podrían huir el uno del otro. Lo mejor de la situación actual era que siempre podían achacar su aislamiento mutuo al trabajo. Si se veían tan poco era porque tenían unos horarios muy exigentes, no por el rencor que cada uno sentía por el otro.

Con qué facilidad puede una fachada convertirse en tu vida, en la verdad sobre tu vida.

Se imaginaba en París con su mujer, intentando mantener una conversación. Ella le soltaría discursitos sobre el innovador sistema sanitario de aquel país, él le ofrecería disquisiciones similares sobre la jurisprudencia francesa. Eso les permitiría pasar un día, tal vez dos. Luego empezarían a charlar sobre lo que tuvieran delante en ese momento: las encantadoras calles parisinas, el tiempo, los camareros o el hecho de que la luz natural duraba hasta pasadas las diez. Los museos serían una buena opción, porque allí era obligatorio guardar silencio. Pero un día estarían en un restaurante mirando la carta y ella diría lo que le parecía apetecible y él diría lo que le parecía apetecible a él y mirarían los platos del resto de los comensales y señalarían los que también les parecían apetecibles y comentarían la posibilidad de cambiar de opinión sobre lo que pensaban pedir y verbalizarían el debate interno que la gente suele mantener cuando pide comida en un restaurante, con el único propósito de llenar los minutos, de rellenar el silencio de cháchara ociosa para no tener que llegar a decir lo que nunca decían, pero siempre pensaban: que de haber pertenecido a una generación para la que el divorcio fuera algo más aceptable, lo habrían dejado hacía muchísimo tiempo. Llevaban décadas evitando ese tema, como si hubieran llegado a un acuerdo tácito: eran quienes eran, habían nacido cuando habían nacido, les habían enseñado que el divorcio era algo malo y reprobaban sin disimulo que se divorciaran otras parejas, más jóvenes, al tiempo que en secreto envidiaban la capacidad de dichas parejas para separarse y casarse de nuevo y volver a ser felices.

¿De qué les servía aquella beatería? ¿A quién beneficiaba?

Ella nunca le había perdonado la lujuria de su juventud, sus deslices tempranos. Nunca se lo había perdonado, pero tampoco hablaba nunca de ello, sobre todo desde el accidente que lo había dejado en silla de ruedas, lo cual había sido una solución eficaz. Sí, Dios lo había castigado por su lascivia, y su mujer había prolongado el castigo durante décadas, y ahora él se dedicaba profesionalmente a castigar a los demás. Se le daba bien. Había aprendido de los mejores.

No, no viajarían. Lo más probable era que cada uno se encerrase con un pasatiempo distinto y que también en la jubilación trataran de reproducir lo mejor que pudieran la vida que habían llevado mientras trabajaban. Cada uno se retiraría a una planta distinta de aquella casa enorme. Era una vida incómoda, sí, una vida dolorosa. Pero estaban acostumbrados a ella. Por eso les daba menos miedo que lo que pudiera suceder si un día por fin reconocían todo su rencor y su odio y empezaban a hablar.

A veces, lo que evitamos a toda costa no es el dolor, sino el misterio.

Ya se había bebido media cafetera cuando oyó pasar el camión de reparto del periódico y el aterrizaje suave del periódico en el caminito de acceso a su casa. Abrió la puerta y bajó por la breve rampa de entrada, que lo dejó en la acera, y aprovechó la inercia para llegar hasta el camino de acceso, donde lo esperaba el periódico, metido en su bolsita impermeable de plástico naranja. Se fijó en el coche, que seguía allí. Era un sedán corriente que podía ser de cualquier marca, extranjera o nacional. De color marrón claro y con el parachoques frontal ligeramente abollado, pero por lo demás inofensivo y anónimo por completo, uno de esos coches en los que ni te fijarías en la carretera, un vehículo que los vendedores presentaban a las familias como una opción «razonable». El adolescente le ha cogido el coche a su padre, pensó Brown. Más le valía largarse pronto, pues el resto del barrio empezaría a despertar pronto. En menos de una hora aquello se llenaría de gente haciendo footing y sacando al perro, alerta a la presencia de extraños, y más aún a la de un chico adolescente que paseaba por la calle con satisfacción poscoital.

Pero cuando el juez Brown se agachó para recoger el periódico, algo le llamó la atención, algo entre los árboles, un leve movimiento. Empezaba a clarear, pero los edificios todavía estaban oscuros, los árboles de detrás del coche seguían siendo negros. Miró fijamente hacia allí buscando confirmación: ¿de verdad se había movido algo? ¿Había alguien allí, espiándolo? Buscó una figura humana.

—Le estoy viendo —dijo, aunque no veía nada.

Empujó la silla hasta la calle y en ese momento salió una figura de detrás de los árboles.

Brown se detuvo. Tenía enemigos. Todos los jueces los tenían. ¿Quién era el traficante de poca monta, el proxeneta, el drogata que estaba al otro lado de la calle esperando el momento para vengarse? Había demasiados. Pensó en su arma, su viejo revólver, inútilmente guardado en la mesita de noche del primer piso. Pensó en llamar a su mujer, pedirle ayuda. Se sentó lo más erguido posible y adoptó la expresión más tranquila, severa y temible que pudo en ese momento.

—¿Le puedo ayudar en algo? —dijo.

La figura se acercó y salió a la luz: un joven de treinta y tantos años con expresión mortificada y acobardada, una mirada que Brown reconocía a la perfección después de tantos años trabajando en el sistema de justicia criminal: la expresión avergonzada de alguien al que acababan de pescar en una falta. Aquel tipo no era un drogata en busca de venganza.

—Usted es Charles Brown, ¿verdad? —dijo el hombre.

Tenía una voz juvenil, un poco estridente.

—Sí —dijo Brown—. ¿Ese coche es suyo?

—Ajá.

—¿Y usted estaba escondido detrás de un árbol?

—Sí, más o menos.

—¿Puedo preguntarle por qué?

—Me temo que no tengo una respuesta satisfactoria.

—Inténtelo.

—Ha sido una decisión impulsiva. Supongo que quería verle, saber algo más sobre usted. La verdad, tenía mucho más sentido en mi mente que ahora que intento explicarlo.

—Volvamos a empezar. ¿Por qué está espiando mi casa?

—He venido por Faye Andresen.

—Ah —dijo Brown—. ¿Es periodista?

—No.

—¿Abogado?

—Dejémoslo en que soy una parte interesada.

—Venga, hombre. Ya he memorizado la matrícula de su coche, la voy a comprobar en cuanto vuelva a entrar en casa. Las evasivas no le van a servir de nada.

—Quería hablar con usted sobre el caso de Faye Andresen.

—Normalmente eso se hace en el juzgado.

—Me preguntaba si sería posible, en fin, que retirara todos los cargos contra ella.

Brown se rió.

—Que retire todos los cargos. Claro.

—Y que la deje en paz, tal vez.

—Tiene gracia. Es usted muy gracioso.

—Porque la verdad es que Faye nunca hizo nada malo —añadió el hombre.

—Aparte de tirarle piedras a un candidato a la presidencia.

—No, no me refiero a eso. Hablo del año sesenta y ocho. No le hizo nada malo. A usted.

Brown consideró un momento aquellas palabras. Frunció el ceño y escudriñó a aquel hombre.

—¿Qué cree saber?

—Sé todo lo que pasó entre usted y ella —dijo el tipo—. Sé lo de Alice.

A Brown se le formó un nudo en la garganta al pensar en ella.

—¿Conoce a Alice? —preguntó.

—He hablado con ella.

—¿Dónde está?

—Eso no se lo voy a decir.

A Brown se le tensó la musculatura del mentón: lo notaba, era un viejo tic, era como si el rostro se le quedara constreñido, osificado, cada vez que pensaba en Alice y en todo lo que había pasado en su día, un hábito que, ya de mayor, le había provocado una disfunción bastante dolorosa de la articulación de la mandíbula. Su recuerdo de Alice nunca se había desvanecido, más bien se había ido convirtiendo en una reserva de culpa y remordimiento, de deseo y rabia, con varias décadas de profundidad. Conservaba un recuerdo táctil tan poderoso de su cuerpo que al aparecer aquella vieja fotografía suya en la televisión había vuelto a sentir durante un instante la excitación que lo asaltaba en su día cuando se la encontraba caminando por la calle a altas horas de la noche.

—Entonces supongo que ha venido a chantajearme, ¿no? —dijo Brown—. Yo dejo en paz a Faye Andresen y a cambio usted no filtra su información a la prensa. ¿Es eso?

—La verdad es que no me lo había planteado.

—¿Quiere dinero, además?

—Sé que esto se me da fatal —dijo el hombre—. Acaba de ocurrírsele un plan mucho mejor que el mío. En realidad yo sólo venía a espiarlo.

—Pero ahora se está planteando el chantaje. ¿Se puede decir así? Me está amenazando con chantajearme. Está amenazando a un juez.

—Un momento, espere. Que conste que yo no he dicho nada de eso. Está poniendo palabras incriminadoras en mi boca.

—¿Y qué le contaría a la prensa? ¿Cómo explicaría lo que pasó? Me encantaría oír su historia.

—Pues no sé, supongo que la verdad. Que usted tenía una aventura con Alice y que Faye la frustró. Y que lleva años esperando para poder vengarse. Y que por eso aceptó el caso.

—Ajá. Pues que tenga suerte tratando de demostrarlo.

—Si se lo contara a todo el mundo, y no he dicho que vaya a hacerlo, lo digo en condicional, es sólo una hipótesis, para usted sería un bochorno público. La prensa lo juzgaría y lo condenaría. Lo apartarían del caso.

Brown sonrió y entornó los ojos.

—Escúcheme bien. Soy juez del circuito del condado de Cook. Desayuno a menudo con el alcalde. El Colegio de Abogados de Chicago me nombró Hombre del Año. No tengo ni puta idea de quién es usted, pero por la porquería de coche que lleva apuesto a que nadie lo ha nombrado nunca hombre del año.

—Vale, ¿y?

—Que si todo se reduce a mi palabra contra la suya, estoy bastante seguro de cuál será el resultado.

—Pero Faye no le hizo nada. No puede mandarla a la cárcel por algo que no hizo.

—Me arruinó la vida. Me dejó en silla de ruedas.

—Pero ¡si ni siquiera sabía quién era usted!

—Ya se lo advertí a Faye en su momento: «Que no te pille nunca en Chicago.» Eso fue lo que le dije. Y soy un hombre de palabra. ¿Y ahora usted tiene las agallas de venir aquí a decirme qué debo hacer con ella? Déjeme explicarle lo que va a pasar. Voy a hacer todo lo que esté en mis manos para que le caiga la peor condena posible. Y luego me sentaré a ver cómo se pudre entre rejas.

—¡Eso es una locura!

—Y más le valdría no intentar impedírmelo.

—¿O qué?

—¿Sabe cuál es la pena por amenazar a un juez?

—¡Que yo no lo he amenazado!

—Eso no es lo que parecerá. Lo que se verá desde esa cámara de seguridad del porche es que primero se ha escondido detrás de los árboles, algo muy sospechoso. Y que luego, cuando yo he salido de casa, se me ha acercado en actitud amenazante.

—¿Tiene una cámara de seguridad?

—Tengo nueve cámaras de seguridad.

Al oír eso, el tipo se dirigió hacia su coche, montó en él y arrancó. El motor del coche rugió débilmente. Entonces la ventana del conductor bajó con un zumbido eléctrico.

—Alice tenía razón —dijo el tipo—. Usted es un psicópata.

—No se interponga en mi camino.

Entonces el coche empezó a circular y Brown lo vio llegar al final de la calle, girar y alejarse con las luces apagadas.

2

Faye estaba apoltronada en el sofá, viendo la tele con los ojos vidriosos y expresión indolente. Detrás de ella, Samuel caminaba nervioso por el apartamento, de la cocina hasta el sofá y vuelta atrás, sin dejar de observarla. Ella iba cambiando de canal, le concedía entre uno y cinco segundos a cada nuevo programa. Si daban anuncios, se los saltaba de inmediato. Al resto de las cadenas les daba un instante para que la impresionaran. Y entonces, clic. El pequeño televisor estaba encima de la repisa de la chimenea en desuso del apartamento. Samuel habría jurado que aquel televisor no se encontraba ahí durante su primera visita.

Fuera, el sol de media mañana brillaba con fuerza sobre el lago Michigan. A través de las ventanas abiertas, Samuel oía algún bocinazo lejano. El rugido habitual de la ciudad en un día laborable. Al oeste, veía el tráfico de la autovía Dan Ryan, que se arrastraba a su habitual ritmo viscoso. Se había presentado allí directamente después de su desafortunado encontronazo con el juez Brown. Samuel había decidido que tenía que avisar a su madre, decirle lo que sabía sobre el juez. Había llamado al timbre del apartamento, dos veces, tres, y estaba a punto de ponerse a tirar piedras a las ventanas de Faye, en el tercer piso, cuando do la puerta principal se abrió al fin con un chasquido. Al subir se había encontrado a su madre así: callada, distraída y un poco aturdida.

Faye se topó con un *reality* en el que una pareja renovaba su cocina, y eso pareció atraer su atención.

—Se supone que este programa va sobre reformas domésticas —dijo—, pero en realidad la gracia está en ver a estos dos barriendo las cenizas de su matrimonio acabado.

El programa alternaba vídeos de las desgracias provocadas por la ineptitud de la pareja con el bricolaje y entrevistas donde cada uno se quejaba en privado del otro. El marido (demasiado entusiasta con el mazo) hacía un boquete en una pared, creyendo equivocadamente que había que derruirla. Corte a un vídeo de la mujer quejándose de que el marido nunca la escuchaba y era incapaz de seguir instrucciones. Corte a un vídeo del marido examinando los daños y proclamando con falsa autoridad: «No pasa nada, cálmate un poco.»

—Estos dos se odian con todas sus ganas —dijo Faye—. Utilizan su cocina como Estados Unidos utilizó Vietnam.

—Ese televisor no estaba aquí durante mi primera visita —dijo Samuel—. Estoy casi seguro.

Faye no respondió y siguió mirando hacia delante con la vista perdida. Un minuto entero. Durante el que vio un vídeo del marido pegándole patadas a un panel de yeso, que rompió e hizo salir volando hasta el otro extremo de la cocina y, aunque aterrizó a más de tres metros de su mujer, ella le gritó como si su vida corriera peligro: «¡Oye, que estoy aquí!» Entonces Faye parpadeó y negó con la cabeza como si saliera de un trance, miró a Samuel y dijo:

—¿Eh?

—¿Estás colocada? —preguntó él—. Te has tomado algo, ¿no?

Ella asintió.

—Unas pastillas, por la mañana.

—¿Qué pastillas?

—Propanol para la presión sanguínea. Benzodiazepina para los nervios. Aspirinas. Y algo más que en un principio se desarrolló para tratar la eyaculación precoz masculina, pero que ahora se usa para combatir la ansiedad y el insomnio.

—¿Lo haces muy a menudo?

—No, a menudo no. Te sorprenderías de la de medicamentos que en un principio se desarrollan para tratar problemas sexuales de los hombres. Son el motor de casi toda la industria farmacéutica. Gracias a Dios por las disfunciones sexuales masculinas.

—¿Y se puede saber por qué necesitabas todo eso esta mañana?

—Ha llamado Simon. Te acuerdas de Simon, ¿verdad? Mi abogado.

—Sí, me acuerdo.

—Tenía noticias. Al parecer la fiscalía ha decidido ampliar los cargos contra mí. Han incorporado acusaciones nuevas. Actos de terrorismo doméstico. Amenazas terroristas. Cosas así.

—Es broma, ¿no?

Faye cogió una libreta que había quedado encajada entre los cojines del sofá y leyó:

—Actos peligrosos contra la vida humana que generan miedo, terror o intimidación, o que pretenden influir en la política de un gobierno a través de la intimidación y el chantaje.

—Me parece un poco exagerado.

—El juez Brown ha convencido a la fiscalía para que añadiera esos cargos. Supongo que esta mañana habrá llegado al trabajo con muchas ganas de meterme en la cárcel para el resto de mi vida.

Samuel sintió que se le helaban las entrañas. Sabía muy bien qué había provocado aquel exceso de celo por parte del juez, pero en ese momento no podía soportar la idea de contárselo a su madre.

—O sea que hoy estoy inquieta —dijo Faye—. Y angustiada. De ahí las pastillas.

—Entiendo.

—Ah, por cierto, Simon me ha dicho que no hable contigo.

—Sinceramente, tengo muchas dudas sobre las aptitudes legales de ese tío.

—Él duda de tus motivaciones.

—Bueno —dijo Samuel mientras se miraba los zapatos—. Gracias por dejarme pasar.

—Me ha sorprendido que quisieras verme, sobre todo después de la última vez que viniste. La reunión con Simon. No debió de ser agradable para ti. Lo siento.

Fuera, Samuel oyó el chirrido de un tren que frenaba, las puertas que se abrían deslizándose, el timbre de aviso y la voz enlatada del convoy que decía: «Cerrando puertas.» Samuel se dio cuenta de que era la primera vez que su madre se disculpaba con él por algo.

—¿Por qué has venido? —dijo Faye—. Así, sin avisar y de improviso.

Samuel se encogió de hombros.

—No lo sé.

En la tele, estaban preguntándole al marido por qué había mandado a su mujer a una tienda de material de reformas gigantesca a comprar una herramienta que no existe: una mordaza para encimeras.

—Estos dos son incapaces de reparar su relación —dijo Faye—, de modo que reparan la mayor metáfora de su relación.

—Necesito un poco de aire fresco —repuso Samuel—. ¿Vamos a dar una vuelta?

—Vale.

Samuel se acercó al sofá y le tendió la mano para ayudarla a levantarse y, cuando ella se la agarró, él notó los dedos finos y fríos y se dio cuenta de que era la primera vez en años que se tocaban. El primer contacto físico entre ambos desde que ella le dio un beso en la frente y hundió el rostro en su pelo la mañana en que se marchó, cuando él le prometió que escribiría libros y ella le prometió que los leería. Samuel no se esperaba que darle la mano para ayudarla a levantarse le provocara aquella reacción, pero se le encogió el corazón. No tenía ni idea de que necesitara algo así.

—Sí, tengo las manos frías —dijo Faye—. Es un efecto secundario de la medicación.

Se levantó y fue a por unos zapatos arrastrando los pies.

Cuando salieron del apartamento, pareció despejarse y animarse un poco. Era un día agradable de finales de verano. Las calles estaban prácticamente vacías y silenciosas. Se dirigieron hacia el este, hacia el lago Michigan. Su madre le explicó que los inmuebles de aquel barrio en concreto se estaban poniendo por las nubes justo antes de la crisis. La zona formaba parte del distrito que, a finales del siglo pasado, concentraba los mataderos y la distribución de productos cárnicos de la ciudad. Luego había pasado al abandono durante muchos años, hasta hacía poco, cuando los almacenes habían empezado a convertirse en *lofts* modernos. Pero las obras de reforma se habían interrumpido con el colapso del mercado inmobiliario. La mayor parte de los inversores se habían retirado. Las reformas se habían quedado a medias, los edificios, a medio transformar. Algunos de los edificios más altos todavía estaban rodeados de grúas ociosas. Faye le contó que solía mirarlas por la ventana y ver cómo descargaban los palés de pladur y hormigón. En su día, había una de esas grúas en cada edificio de la calle.

—Como pescadores sobre una charca —dijo—. Eso es lo que parecían.

Sin embargo, ya habían desmontado la mayoría de las grúas y las que seguían ahí llevaban varios años sin moverse. Así que el barrio, justo cuando se iba a convertir en residencial, se había quedado vacío. Faye le explicó que se había mudado allí porque los alquileres eran bajos y porque así no tenía que relacionarse con nadie. La llegada de los inversores le había supuesto una conmoción y había tenido que contemplar, enojada, cómo se dedicaban a bautizar los edificios: el Embassy Club, el Haberdasher, el Wheelworks, el Landmark, el Gotham. Faye sabía que cuando a un edificio le ponían un nombre sofisticado, no tardaban en llegar los insoportables. Jóvenes profesionales. Dueños de perros. Gente con cochecitos. Abogados y sus tristes esposas. Restaurantes que emulaban *trattorias* italianas, bistrós franceses y bares de tapas españoles con un estilo discreto y convencional que rehuía cualquier riesgo. Comercios de comida orgánica, *fromageries* y tiendas de bicicletas de piñón fijo. Había visto la conversión de su barrio en eso, en el nuevo enclave yuppie de la ciudad. Le preocupaba el alquiler. Le preocupaba tener que hablar con los vecinos. Cuando el mercado inmobiliario se fue al traste y los inversores desaparecieron y los letreros con los nombres sofisticados empezaron a desmoronarse entre la nieve, Faye lo celebró. Paseaba sola por las calles vacías, exultante, deleitándose en esa apetencia especial del ermitaño por el aislamiento y la propiedad exclusiva. ¡La manzana abandonada era suya! Le producía un placer enorme.

Necesitaba que el alquiler no subiera, porque de lo contrario no podría conservar su oficio, que resultó ser la lectura de poesía a niños, hombres de negocios, pacientes que se recuperaban de operaciones y presidiarios. Un proyecto benéfico unipersonal. Llevaba años haciéndolo.

—Antes creía que quería ser poeta —dijo—. De joven.

Habían llegado a un barrio con más vida: una calle principal, gente paseando, unos cuantos bares. Era un lugar todavía no gentrificado, pero Samuel atisbó ya el primer síntoma: un café con un cartel de wifi gratis.

—¿Y por qué no lo hiciste? —preguntó—. ¿Por qué no te hiciste poeta?

—Lo intenté —dijo—. Pero no se me daba muy bien.

Le explicó que había renunciado a escribir poesía, pero no a la poesía en sí. Había fundado una organización sin ánimo de lucro

533

para acercar la poesía a escuelas y prisiones. Si no podía escribirla, se decantaría por la segunda mejor opción.

—Los que no saben hacer las cosas —dijo—, las administran.

Sobrevivía gracias a pequeñas subvenciones de grupos artísticos y del gobierno federal, subvenciones que siempre parecían precarias, siempre en el punto de mira de los políticos, siempre a punto de evaporarse. En los años de prosperidad previos a la recesión, varios bancos y bufetes de abogados de la zona la habían contratado para brindar «inspiración poética diaria» a sus empleados. Empezó a montar seminarios de poesía en congresos de negocios. Aprendió el idioma de los ejecutivos de rango medio, que consistía sobre todo en convertir nombres absurdos en verbos absurdos: incentivizar, maximizar, calendarizar, externalizar. Preparó PowerPoints sobre el «aprovechamiento de la inspiración poética para maximizar la comunicación con el cliente». PowerPoints sobre la «externalización del estrés y la reducción de los factores de riesgo de la violencia en el puesto de trabajo a través de la poesía». Los vicepresidentes júnior que la escuchaban no tenían ni idea de qué les estaba contando, pero sus jefes se lo tragaban todo. Eso era antes de la crisis, cuando los grandes bancos todavía repartían dinero a diestro y siniestro.

—Les cobraba quince veces más que a las escuelas y pagaban sin inmutarse —dijo—. Después doblé mis honorarios y ni siquiera se dieron cuenta. Una locura, porque mis talleres eran una patraña. Me lo inventaba todo sobre la marcha. Siempre creía que terminarían pillándome, pero nunca lo hicieron. Me seguían contratando una y otra vez.

Hasta que llegó la crisis, claro. Cuando quedó claro lo que estaba pasando (que la economía global se había ido más o menos a la mierda), aquellos contratos desaparecieron de la noche a la mañana, junto con los vicepresidentes júnior, que acabaron casi todos despedidos sin previo aviso, un viernes, por decisión de los mismos directivos que apenas un año antes querían brindarles una vida llena de belleza y poesía.

—Por cierto —dijo Faye—, la primera vez que viniste de visita escondí el televisor. Tenías razón.

—Lo escondiste. ¿Por qué?

—Una casa sin televisor transmite un mensaje bastante claro. Quería mejorar el nivel de ascetismo zen. Quería que pensaras que era una mujer sofisticada. Ya puedes demandarme.

Siguieron caminando. Estaban volviendo al barrio de su madre, que lindaba al este con un puente elevado sobre un nudo de vías de tren que dividían la ciudad como una cremallera. Suficientes vías para mantener los viejos mataderos bien surtidos de pienso y animales, para trasladar la escoria hasta las viejas fundiciones y, en tiempos modernos, para dar servicio a los millones de residentes de la periferia que cogían el tren todos los días para ir a trabajar al centro de la ciudad. Una ancha vía de comunicación cuyos muros de contención estaban totalmente cubiertos de grafitis, por los *tags* y *retags* de los intrépidos jóvenes de la ciudad, que debían de haber saltado desde el puente porque el único acceso alternativo a la explanada era una gruesa valla metálica coronada por alambre de púas.

—Esta mañana he ido a ver al juez —dijo Samuel.

—¿A qué juez?

—A tu juez. El juez Brown. He ido a su casa. Quería verlo de cerca.

—¿Has ido a espiar a un juez?

—Sí, supongo que sí.

—¿Y?

—No puede caminar. Va en silla de ruedas. ¿Te dice algo eso?

—No, ¿por qué? ¿Debería?

—No sé, es sólo que... Bueno, eso. Es un hecho inesperado. El juez es un discapacitado.

Los grafitis tenían un componente que a Samuel le parecía romántico. Sobre todo en lugares peligrosos. Que un escritor se expusiera a sufrir lesiones para escribir unas palabras tenía un componente romántico.

—¿Y qué te ha parecido? —dijo Faye—. El juez, digo.

—Me ha parecido un hombre pequeño y rabioso. Pero el tipo de hombre pequeño que debió de ser grande en su día y luego se ha ido encogiendo. Blanco. Paliducho. Con una piel fina como el papel de fumar, casi traslúcida.

Claro que los grafiteros nunca escribían nada importante. Sólo sus nombres repetidos hasta la saciedad, cada vez más grandes, llamativos y coloridos. De hecho, pensándolo bien, empleaban la misma estrategia que las cadenas de comida rápida en las vallas publicitarias de todo el país. Simple autopromoción. Más ruido, eso era todo. No escribían porque necesitaran desesperadamente decir algo, tan sólo anunciaban su marca. Tanto colarse en todas partes y tanto correr riesgos para acabar produciendo algo que no hacía más que regurgitar la estética dominante. Era deprimente. Incluso la subversión había terminado subvertida.

—¿Has hablado con él?

—No tenía intención de hacerlo —dijo Samuel—. Sólo pretendía observarlo, recabar información. Era una simple operación de vigilancia. Pero me ha visto.

—¿Y puede ser que vuestra conversación tenga algo que ver con que esta mañana se hayan ampliado los cargos contra mí?

—Supongo que sí.

—Supones que puede ser que hayas provocado que me acusen de terrorismo interno. ¿Es eso lo que estás diciendo?

—Tal vez.

Habían llegado a la manzana de Faye. Samuel se dio cuenta de que casi estaban en su casa por los edificios que parecían atrapados en un bucle temporal de ciencia ficción: las primeras plantas representaban el futuro, las de más arriba el pasado. Edificios medio derruidos y sin ventanas, encima de escaparates relucientes y vacíos, con cristaleras de un verde azulado y con los acabados de plástico blanco reluciente característicos de la electrónica de la era de la información. El ajetreo habitual de la ciudad había dejado paso al silencio rotundo de aquel barrio. Una bolsa de la compra vacía avanzaba a saltos por la calle, propulsada por el viento del lago.

—Tengo que contarte algo —dijo Samuel—. Sobre el juez.

—Vale.

—Es el que te arrestó. En 1968.

—¿De qué hablas?

—El policía que te arrestó la noche antes de la protesta. Era Charles Brown, el juez. El mismo tío. Te arrestó aunque no habías hecho nada.

—Ay, Dios mío —dijo Faye. Se lo quedó mirando y lo agarró del brazo.

—Me ha dicho que fuiste tú quien lo dejó en silla de ruedas. Que tú tienes la culpa de que esté discapacitado.

—Eso es ridículo. ¿Cómo sabes todo esto?

—He localizado a Alice. ¿Te acuerdas de ella? ¿Tu vecina en la residencia?

—¿Has hablado con ella?

—Me ha contado todo lo que pasó cuando estuviste en el Circle.

—¿Por qué te ha dado por hablar con esa gente?

—Alice dice que tienes que largarte del país. Ahora mismo.

Al doblar la esquina vieron un extraño bullicio delante del edificio de Faye: había una furgoneta enorme de los SWAT, el cuerpo de operaciones especiales de la policía, aparcada junto al coche de Samuel, cerniéndose sobre éste como un oso que protege su cena. Unos cuantos agentes salieron del edificio de Faye y montaron en la furgoneta por la puerta trasera, que estaba abierta. Iban vestidos de negro, con chaleco antibalas de aspecto militar, casco, gafas y metralletas pegadas al pecho.

Samuel y su madre se escondieron detrás de la esquina.

—¿Qué está pasando aquí? —preguntó Faye.

Samuel se encogió de hombros.

—¿Hay alguna otra forma de entrar en tu casa? —preguntó.

Ella asintió y él la siguió calle abajo hasta un callejón vacío y una puerta roja oxidada que había junto a varios contenedores. Subieron la escalera en silencio, y en silencio aguzaron el oído hasta que oyeron que el último policía abandonaba el edificio. Esperaron unos diez minutos más para ir sobre seguro y luego salieron del hueco de la escalera y avanzaron por el pasillo hasta la puerta del apartamento, que encontraron hecha trizas, tirada en el suelo en un ángulo peculiar, conectada al marco tan sólo por la bisagra inferior, retorcida y medio arrancada.

Dentro del apartamento, los muebles estaban volcados y destrozados. Los cojines del sofá, despedazados. El colchón de la cama estaba tirado en el suelo y tenía en el centro un desgarrón largo por donde habían extraído el relleno, una incisión de arriba abajo que no parecía fruto de un registro, sino más bien de una autopsia. Había relleno de colchón por todas partes. Los libros que un rato antes ocupaban las estanterías estaban ahora esparcidos por el suelo y doblados. Los armarios de la cocina habían quedado abiertos, y todos los utensilios tumbados o rotos. El cubo de la basura también estaba volcado y todo su contenido desparramado. Las esquirlas de cristal crujían bajo sus zapatos.

Se estaban mirando, anonadados, cuando oyeron un ruido procedente del baño: un rumor de agua, un grifo que se abría y se cerraba.

A continuación se abrió la puerta y de dentro, secándose las manos en los pantalones, surgió Simon Rogers.

Al verlos, sonrió.

—¡Hombre! ¡Buenas! —exclamó.

—Simon —dijo Faye—, ¿qué ha pasado?

—Ah —dijo él, e hizo un gesto con la mano—, ha venido la policía.

3

Era el día en que iba a dejar *Elfscape*.

Era el día en que iba a dejar de jugar para siempre, eso era lo que Pwnage había decidido el día anterior, en realidad, cuando se había sentado ante el ordenador con la promesa de dejar *Elfscape*, pero entonces había descubierto que primero tenía que resolver varios asuntos para «dejarlo todo en orden», por así decirlo, antes de consignar sus avatares, equipados y armados hasta los dientes, al olvido digital, sobre todo despedirse de las decenas de compañeros de hermandad, a quienes había terminado tomando cariño y un afecto cargado de responsabilidad y paternalismo, algo así como lo que un monitor de campamento de verano podría acabar sintiendo por los chicos que tiene a su cargo, y Pwnage sabía que si desaparecía sin decir adiós sus compañeros lo vivirían como una traición brusca y personal, una pérdida que no les permitiría pasar página y que amenazaría su sensación de que el mundo era un lugar predecible, comprensible y fundamentalmente justo y bueno (de hecho, algunos de sus compañeros de hermandad tenían edad para ir de campamento de verano, y a ésos en particular Pwnage no habría querido traicionarlos ni hacerles daño por nada del mundo), de modo que nada más empezar a jugar, el día anterior por la mañana, había decidido que no podía dejar el juego y borrar su cuenta sin chatear antes de forma privada y personal con todos ellos, sin despedirse de los muchos jugadores habituales de *Elfscape* con quienes había pasado unas doce horas al día jugando durante los últimos años, lo que lo obligó a escribir una sentida nota de agradecimiento a cada jugador, en la que también les explicaba que no iba a tener tiempo para jugar a *World of Elfscape* porque pensaba dedicar toda su atención a una nueva carrera, a convertirse en «un escritor famoso de novelas policíacas de misterio», y que iba a contar con los servicios de un importante editor de Nueva York en cuanto terminara el primer borrador de una novela, por lo que debía centrar todos sus esfuerzos en la escritura, dedicarse al cien por cien a ello, y eso lo obligaba a dejar *Elfscape*, porque su horario habitual de *Elfscape* interfería con sus planes de escritura, sobre todo las misiones diarias, los cientos de misiones que completaba cada mañana con todos sus avatares durante cinco monótonas horas, tras las que se prometía que al día siguiente pasaría de las misiones y aprovecharía ese tiempo para darle un buen impulso a la novela, pues imaginaba que podría escribir unas dos páginas por hora (una ambición razonable según varias páginas web de autoayuda para escritores de novelas), o sea, unas diez páginas al día, y que a ese ritmo terminaría la novela policíaca en un mes, dedicándole apenas el tiempo que por lo general invertía en las tareas de mantenimiento en *Elfscape*, y ese ánimo firme y resuelto se sostenía hasta la mañana siguiente, cuando se ponía a escribir la novela, pero sólo podía pensar en todas las misiones diarias que se habían desbloqueado y volvían a estar disponibles, y al final llegaba a un pacto consigo mismo en virtud del cual (para quitarse las misiones de la cabeza y poder concentrarse de verdad en escribir la novela) se tomaría un descanso y completaría las misiones sólo con su personaje principal, y si sus diversos personajes secundarios no tenían acceso a las fantásticas recompensas del juego, qué se le iba a hacer, era el precio a pagar por convertirse en un escritor famoso de *thrillers* de misterio, pero al terminar las veinte misiones con su avatar principal le entraba una desconcertante fatiga mental, sentía que acababan de amasarle el cerebro como si fuera un pan, que se lo habían aplastado y apretado hasta dejarlo blando, un estado desde luego nada propicio para producir literatura de calidad, de modo que seguía jugando y completaba las misiones diarias también con el resto de los personajes, y cinco horas más tarde se sentía igual de asqueado consigo mismo que el día anterior, y volvía a prometerse que al día siguiente pasaría de las misiones diarias y trabajaría en la novela, todo el día, una idea que nunca le parecía igual de poderosa a la mañana siguiente, cuando el ciclo se repetía, hasta que por fin tuvo que admitir que la única manera de escribir aquella novela era abandonando el juego por completo y eliminando todos sus personajes, una decisión apocalíptica sin vuelta atrás, aunque antes de eso, por supuesto, tenía que despedirse de todos sus amigos, personas que, cuando les anunciaba que lo dejaba para dedicarle más tiempo a su libro, al principio solían responder con un «NOOOOOOOOOOOO!!!!!!!!!!!!» (una reacción que, para ser sincero, le encantaba), seguido de su convencimiento de que el libro iba a ser un éxito total, y aunque no sabían ni de qué iba la novela ni cómo se llamaba Pwnage en realidad, a él le encantaba que le dijeran que su éxito futuro era inevitable, y eso lo mantenía pegado a la silla durante horas, esperando a que todos sus amigos de *Elfscape* se conectaran de uno en uno para poder darles la noticia y repetir una versión de la misma conversación que ya había tenido unas veinte veces, permaneciendo siempre en una postura idéntica, sentado encima de una pierna doblada durante tanto tiempo que se le marcaba en la piel de la pantorrilla el surco profundo de las líneas de su silla de imitación de cuero, al tiempo que en la cara interior iba desarrollando lo que un médico habría denominado una «trombosis venosa profunda» o, en otras palabras, un coágulo que le provocaba rojez e hinchazón en la pierna y un ligero dolor e hipersensibilidad, un calor y una incomodidad que tal vez habría percibido si la pierna no hubiera superado con creces la fase de cosquilleos y pinchazos y se le hubiera dormido por completo, casi anestesiada por tanta compresión prolongada mientras él se despedía de sus amigos, les contaba que iba a eliminar su cuenta y a menudo se enzarzaba con ellos en una última misión o asaltaban juntos alguna mazmorra, «por los viejos tiempos», como decían, y lo sorprendía la nostalgia que le provocaba aquello —y ése, de hecho, era uno de los motivos por los que se le había olvidado mover las piernas, levantarse, estirarse o hacer cualquier cosa que facilitara la circulación de la sangre en la parte inferior del torso o en cualquier otra parte del cuerpo excepto los pulgares y los dedos estrictamente necesarios para jugar a aquel videojuego de forma eficaz—, la nostalgia de ver que sus amigos querían revisitar escenas de victorias pasadas, con las mismas ganas con las que algunas personas acudían a las reuniones con antiguos compañeros de instituto, de modo que con cada amigo del juego repetía alguna aventura que habían compartido semanas o meses atrás, y eso le dio a Pwnage la idea de que quería visitar por última vez todos los lugares del inmenso mapa de *Elfscape* que le gustaban, de los que guardaba algún recuerdo importante, que habían sido relevantes de algún modo en su evolución como jugador serio, algo así como un «tour de despedida» de todos los lugares con los que se había familiarizado y que adoraba, una idea a la que desde luego tendría que dedicar horas y horas —los desarrolladores del juego presumían mucho de las dimensiones y proporciones de su mundo virtual, y aseguraban que si el mundo de *Elfscape* fuera real, tendría ni más ni menos que el tamaño aproximado de la luna—, de modo que visitó el Bosque de Silverglade (el lugar donde su avatar murió por primera vez, en el nivel ocho, víctima de unas panteras que lo iban acechando) y las Cuevas de Jedenar (donde había estado a punto de pringar a manos de una banda de demonios) y el Santuario de Aellena (por la fantástica banda sonora que se oía allí dentro) y la Playa de Wyrmmist (donde se encontró con su primer dragón) y las Ruinas de Gurubashy (donde mató a su primer orco), etcétera, etcétera, encandilado por todos esos lugares de nombres peculiares, volando de un lugar a otro con su rapidísimo grifo volador, y luego recordó lo interesante que le parecía todo cuando era nuevo en el juego y todavía no había conseguido ningún animal al que montar o con el que volar y tenía que caminar campo a través, atento a todo y fijándose en cómo un ecosistema daba paso a otro, y echó de menos la simplicidad y la ingenuidad de aquellos días, de modo que dejó su grifo aparcado en el extremo más septentrional del continente más grande del mundo y empezó a caminar hacia el sur, primero a través de la tundra blanca y nevada de los Glaciares de Wintersaber, las Montañas de Timberfrost y el Desfiladero de Frost-Thistle, donde sufrió unos cuantos ataques esporádicos de ñus y osos polares, por cuevas controladas por una raza de yetis semisensibles con quienes había trabado amistad, y siguió rumbo al sur, caminando y de vez en cuando tomando capturas de pantalla, igual que toman fotos los turistas, y viendo que los jugadores orcos huían de él como si los llevara el diablo porque conocían su nombre y su reputación lo precedía, y a esas alturas la noticia de que el jugador de élite más dominante de *Elfscape* iba a retirarse corría ya por todos los foros del juego y Pwnage no paraba de recibir mensajes privados que le preguntaban si era cierto y le suplicaban que reconsiderara su decisión, mensajes que realmente tenían el efecto de hacerle cambiar de opinión, pues de pronto era consciente de que con toda probabilidad era mucho más popular, querido y comprendido como avatar de *Elfscape* de lo que jamás lograría serlo como ser humano en la vida real, y eso le causó tristeza y algo muy parecido al pánico, y le recordó la ansiedad que había experimentado durante el último Día de Parche, cuando no había podido conectarse a *Elfscape* durante casi un día entero y había estado dando vueltas por todas las habitaciones de la casa y había pasado horas con la vista fija en el buzón de correos, de modo que mientras se dirigía hacia el sur a través del inmenso territorio de *Elfscape*, lo asaltó un estrés devastador y excesivo y el temor de que si llevaba hasta las últimas consecuencias todo aquel asunto de dejar el videojuego, cada día sería como aquel último Día de Parche, y esa constatación lo empapó como una lluvia fría y sintió que tanto su fuerza de voluntad como su compromiso con el plan se diluían, de tal modo que se convenció de que sólo lograría abandonar *Elfscape* de verdad si sus avatares dejaban de ser personajes de élite supermolones que gozaban del amor y el apoyo de todos, y la única forma de conseguir eso consistía en librarse de todo el botín por el que había trabajado sin descanso, una idea basada en que sin aquel botín épico sería menos admirado, amado y popular y, por lo tanto, tendría más probabilidades de abandonar el juego, además de que le resultaría tan frustrante volver a la base de la cadena trófica después de tanto tiempo en la cúspide, tan desesperante tener que recuperar otra vez todos esos tesoros, tan absurdo, que preferiría abandonar, así que anunció a sus compañeros de hermandad que iba a regalar todas sus pertenencias y que si salían a su encuentro durante su larga caminata hacia el sur les daría algo verdaderamente guay y valioso, y pronto una cohorte de jugadores menores empezó a seguir sus pasos en una especie de procesión —en este punto es importante señalar que el trombo profundo de su pierna se había incorporado al riego sanguíneo mientras él experimentaba su epifanía, anunciaba la noticia a sus compañeros de hermandad y cambiaba de postura para sentarse encima de la otra pierna, y que ahora avanzaba despacio por el sistema circulatorio, un pequeño grumo duro del tamaño de una canica desplazándose por su cuerpo, que unas veces se manifestaba como una opresión y otras como un pinchazo doloroso, pero que en realidad no se distinguía en nada del ruido biológico humano al que Pwnage estaba sometido en todo momento, dolores provocados por un cansancio y una inmovilidad casi constantes y por sobrevivir con una dieta a base sobre todo de cafeína y comida procesada congelada y calentada en el microondas, un estado que le provocaba pinchazos frecuentes por todo el cuerpo y por eso los pinchazos que notaba en aquel momento, causados por aquel nuevo coágulo móvil, no le parecían algo fuera de lo común, ya que sentía algún tipo de dolor agudo casi a todas horas, y además los pinchazos quedaban mitigados por el hecho de que muy pocas veces era capaz de recordarlos, ya que el lóbulo frontal y el hipocampo de su cerebro habían quedado gravemente atrofiados por la falta de sueño, la malnutrición y un nivel de exposición a las pantallas de ordenador que al parecer es peligroso, aunque los científicos todavía no saben por qué, o sea que cada vez que notaba un pinchazo, su cerebro, agotado y sobrecargado hasta la enfermedad, expulsaba esa información, de manera que cuando volvía a experimentar aquel dolor intenso y agudo, horrible, era como si lo sufriera por primera vez, tomaba nota mental de ello y se decía que, si volvía a pasarle, desde luego buscaría algún tipo de ayuda de alguna clase de profesional de la salud a lo largo de la siguiente semana, o así, tal vez—, y cuando sus amigos se reunieron a su alrededor, él empezó a repartir primero su oro, las numerosas monedas de oro, plata y cobre robadas de los cadáveres de orcos asesinados, saqueadas de cofres del tesoro protegidos por dragones y obtenidas en la casa de subastas del servidor, donde había aprendido a manipular los intercambios de materias primas y a aprovechar su riqueza para generar todavía más riqueza, ejerciendo un control casi monopolístico sobre la cadena de suministro de *Elfscape*, aunque era consciente de que todo aquel oro tenía valor en el mundo real, de que había gente que vendía su oro de *Elfscape* en páginas de subastas del mundo real a otros jugadores a cambio de dólares americanos reales, y aunque sabía que un economista de Stanford incluso había creado una herramienta de conversión de oro de *WoE* a dólares, según la cual, si no se equivocaba, habría podido vender su oro y sacar por lo menos tanto dinero como el que ganaba cuando trabajaba en la tienda de fotocopias, algo que no haría nunca, porque *Elfscape* era una diversión, y sabía por experiencia que los trabajos no lo eran (aunque, si lo pensaba bien, debía admitir que jugar a *Elfscape* tampoco era divertido al cien por cien, ya que cada día de juego empezaba con cinco horas en las que debía completar las mismas misiones repetidas una y otra vez hasta que adquirían la monotonía típica de un trabajo manual, algo que no era entretenido, desde luego, pero que desbloqueaba recompensas que le permitirían divertirse más tarde, cuando las utilizara, salvo que cuando al fin conseguía esas recompensas los desarrolladores del juego sacaban un parche nuevo que desbloqueaba recompensas nuevas que eran un poco mejores que las viejas recompensas, o sea que incluso mientras conseguía dichas recompensas sabía que ya estaban devaluadas, pues había otras mejores despuntando en el horizonte y, si lo pensaba realmente bien, debía admitir que la mayor parte de su experiencia de juego en *Elfscape* consistía en prepararse para una diversión que no llegaba a experimentar nunca, aparte de en las incursiones en las que, junto con sus compañeros de hermandad, derrotaba a un enemigo extremadamente maligno y se llevaban algún botín guay, pero incluso en esos casos sólo resultaba divertido las primeras veces que lo lograban, después todo quedaba reducido a un simple ejercicio repetitivo que ya no comportaba ningún tipo de diversión en sí y que en realidad generaba un estrés y una rabia considerables si una semana la hermandad fracasaba en alguna misión que hubiera completado con éxito la semana anterior, de tal forma que la mayoría de las noches sus incursiones consistían no tanto en divertirse como en tratar de evitar la rabia, algo que le hizo llegar a la conclusión de que la diversión debía de estar produciéndose en otra parte, tal vez ni siquiera en los propios momentos específicos de juego, sino en la actitud general y abstracta de estar jugando, ya que estar conectado a *Elfscape* le proporcionaba una profunda sensación de bienestar, control y pertenencia que no experimentaba en ningún otro lugar del mundo real y que tal vez fuera lo que él interpretaba como «diversión»), lo que en resumen significaba que Pwnage poseía, efectivamente, una fortuna enorme y que cuando empezó a desprenderse de ella en fracciones de mil monedas de oro tuvo que repartirla entre varias decenas de jugadores antes de terminar de vaciar la talega, lo que lo hizo sentirse como Robin Hood paseando por el bosque y repartiendo su fortuna entre los necesitados, y cuando se le terminó el dinero empezó a donar su equipamiento, haciendo clic al azar sobre los miembros de la enorme multitud congregada a su alrededor y regalándoles sus armas, sus espadas largas y sus sables, sus dagas, machetes, floretes, puñales, facas, bayonetas, hoces, cimitarras, punzones, hachas, garrotes, guadañas, martillos, almádenas, mazas, picos, chuzos, mandobles, picas, lanzas, albardas y un arma misteriosa que ni siquiera recordaba haber conseguido, llamada «flamberga», y cuando ya no le quedaron más armas que regalar se puso a repartir su armadura, las distintas piezas de cota de malla y de plancha que había ganado y saqueado, aquellas espalderas acojonantes, cubiertas de pinchos, las grebas cubiertas de alambre de púas, el espectacular casco con cuernos de toro que le hacía parecer el maldito minotauro (su generosidad ya se estaba volviendo legendaria, puesto que varios jugadores iban grabando vídeos de la larga caminata de Pwnage hacia el sur y publicándolos en internet con títulos como «JUGADOR ÉPICO REGALA TODO SU BOTÍN!»), y al principio Pwnage sentía intensas punzadas de arrepentimiento por estar regalando todas sus cosas, porque le encantaban sus cosas y porque era consciente del tiempo y esfuerzo que había invertido en lograr cada uno de aquellos objetos (sólo el casco con la cabeza de toro le había llevado dos meses), pero aquella ansiedad pronto se convirtió en una inesperada sensación de calma, bienestar espiritual y generosidad, e incluso de calidez y paz interior (es posible que esa respuesta fuera consecuencia del agotamiento, ya que a esas alturas llevaba ya treinta horas seguidas jugando a *Elfscape*) mientras iba deshaciéndose de todas sus posesiones, seguido por sus numerosos admiradores, y sentía que tal vez estuviera sirviendo de inspiración a toda esa gente, y que a lo mejor debería decir algo importante y sabio, y se preguntó si no tenía Buda una historia como ésa, o a lo mejor era Gandhi, o Jesús, una historia sobre desprenderse de todo y echar a andar —todo aquello le resultaba muy familiar—, y poco a poco Pwnage empezó a ver aquel episodio no como un intento desesperado de abandonar un juego al que su falta de fuerza de voluntad lo mantenía enganchado, sino como un viaje altruista y espiritual de renuncia, como si estuviera haciendo algo bueno e importante, una obra de caridad, y convirtiéndose en un modelo para toda esa gente, y esa sensación potente y agradable se prolongó hasta que la multitud empezó a disiparse, algo que ocurrió cuando quedó claro que ya se había deshecho de todo el botín y la gente empezó a mandarle mensajes privados preguntándole: «¿Ya está? ¿No tienes nada más?», y él se dio cuenta de que no estaban ahí para acompañarlo en su largo viaje metafísico, sino que sólo querían juguetes nuevos con los que divertirse, y a Pwnage le cabreó aquel materialismo vulgar hasta que recordó que la decisión de regalar todas sus posesiones buscaba precisamente eso, que la gente lo abandonara y él no se sintiera tentado a seguir jugando a *Elfscape* debido a la drástica disminución de su popularidad, pero ahora que había sucedido, ahora que lo habían abandonado de verdad, ahora que caminaba por el campo abierto sin armas ni armaduras ni oro ni amigos, apenas un elfo con taparrabos, patético, débil, no le apetecía mucho dejarlo, así que siguió caminando hacia el sur hasta llegar al final del continente, una meseta rocosa con vistas al océano, y supo que había llegado al final de su viaje y supo que era el momento de desconectarse, eliminar su cuenta y empezar a vivir su vida real, escribir su novela, convertirse en un escritor de éxito, recuperar a Lisa, empezar a hacer régimen y llevar a cabo todos los cambios radicales que necesitaba para vivir como quería hacerlo, y aunque no se le ocurría ni una sola excusa para seguir en el juego, y aunque en aquel estado de pobreza y desnudez totales su avatar no podía hacer nada en absoluto, no fue capaz de desconectarse y siguió contemplando el océano digital, pues la idea de dejar el juego y volver al mundo real lo llenaba de miedo, un miedo más intenso que el que la mayoría de los adultos humanos funcionales experimentarán en su vida, fruto de los graves problemas de fisiología cerebral y de reorganización de las microestructuras neuronales que se habían producido en el interior de su cráneo durante aquellos excesos con *Elfscape*, propios de un adicto, que, además de consecuencias físicas inevitables como el aumento de peso, la pérdida de masa muscular, la fatiga en la espalda y un nudo semipermanente en la parte posterior de la caja torácica que parecía estar relacionado con el uso repetitivo del ratón con la mano derecha, también habían causado una degeneración grave del tejido de la corteza cingulada anterior rostral, una región de la parte delantera del cerebro que actúa como si fuera un reclutador que implica a las zonas más racionales del cerebro en situaciones de conflicto (algo así como cuando una persona muy impulsiva está desesperada y acude a amigos más juiciosos en busca de consejos objetivos y algo de perspectiva), necesaria para el control cognitivo y de los impulsos, pero esa región en el caso de Pwnage había empezado a apagarse por completo, como cuando se retiran todas las luces de Navidad en una casa, había empezado a desactivarse, que es lo que sucede en el cerebro de los adictos a la heroína cuando les ofrecen heroína: su corteza cingulada anterior se inhibe y las partes «inteligentes» de su cerebro no participan en el proceso de toma de decisiones, de tal forma que sus cerebros no les brindan ni la más mínima ayuda para sobreponerse a sus impulsos más elementales, primarios y autodestructivos, precisamente cuando para derrotar dichos impulsos necesitarían el máximo de ayuda posible, que era justo lo mismo que le pasaba a Pwnage mientras contemplaba el océano: recordaba en el plano funcional su deseo de abandonar *Elfscape*, pero no había ninguna parte de su cerebro que lo empujara de forma activa a hacerlo, a lo que se sumaba el problema de la disminución del volumen de la materia gris en varios haces neuronales de la corteza orbitofrontal (responsables de la orientación y la motivación), y esa atrofia provocaba que su cerebro, pese a ser consciente de la existencia de un objetivo, no ofreciera ninguna ayuda para lograr dicho objetivo y se limitara a divisarlo en el horizonte y constatar su presencia tal como los granjeros del Medio Oeste constatan la llegada de la lluvia («Pues sí, vienen lluvias»), lo cual constituía otra de las trampas neurobiológicas de *Elfscape*, pues cuanto más tiempo dedicaba al juego, más le costaba a su cerebro computar objetivos que no fueran inmediatos y a corto plazo, es decir, ni más ni menos que los objetivos del propio *Elfscape* —el juego estaba diseñado para recompensar a los jugadores cada hora o cada dos horas con algún nuevo tipo de botín molón, con un ascenso de nivel o con la obtención de algún otro logro, todo ello acompañado por una fanfarria de trompetas y animaciones de fuegos artificiales—, y acostumbrarse a ese tipo de objetivos insidiosos, mínimos y circunscritos al futuro inmediato hacía que al cerebro cualquier objetivo a largo plazo que requiriera planificación, disciplina y fortaleza mental (como escribir una novela o empezar un nuevo régimen) le pareciera una tarea insondable, por no mencionar los problemas que registraba el brazo posterior de la cápsula interna de su cerebro, la única parte del cerebro de Pwnage que se había reforzado durante su ingente e implacable adicción a *Elfscape*, donde la corteza motora primaria enviaba los axones encargados de controlar la motricidad fina de los dedos, y Pwnage tenía una motricidad dactilar fina excelente que le permitía operar su ratón multibotón con la mano derecha y un teclado occidental completo de 104 teclas con la izquierda, al mismo tiempo que mantenía un mapa mental de todo ello para poder pulsar cualquiera de esos cientos de teclas y botones en una fracción de segundo y sin tener que mirar siquiera, un comportamiento que había alterado la estructura física de su cerebro e incrementado muchísimo el grueso de los axones de la cápsula interna, algo que suponía un problema desde el punto de vista evolutivo, ya que unas fibras destinadas al control dactilar tan enormes nunca habían sido necesarias (nuestros antepasados humanos no disponían de nada equivalente a un ratón de *gamer* con quince botones), de modo que el área disponible dentro de la cápsula era limitada y bastante poco flexible en caso de crecimientos inesperados, lo que significaba que la gigantesca materia blanca que controlaba los dedos de Pwnage estaba reduciendo el espacio disponible para otros tejidos cerebrales esenciales, sobre todo las vías de comunicación entre las regiones frontal y subcortical del cerebro, que rigen las decisiones ejecutivas y que, entre otras cosas, ayudan a inhibir comportamientos inapropiados, lo que podría haber explicado la actitud de Pwnage en la tienda de comida orgánica en particular así como su actitud a lo largo del último año en general, su lento consumirse delante del ordenador, la falta de sueño, su dieta, sus delirios de grandeza sobre convertirse en un escritor famoso y recuperar a Lisa, las pequeñas convulsiones parciales de las que ni siquiera era consciente, causadas por la falta de sueño, por las luces parpadeantes del ordenador o por los desequilibrios químicos graves relacionados con la nutrición (o probablemente por la combinación de esos tres factores), que se manifestaban físicamente en una pérdida de sensibilidad en varias extremidades, en la necesidad repentina de rascarse y en la aparición de destellos en la región periférica de la visión, síntomas para los que Pwnage podría haber buscado opinión médica si no hubiera dejado de funcionarle del todo la corteza dorsolateral prefrontal, la parte del cerebro responsable de las decisiones y del control de las emociones, y que en el caso de las personas que llevaban a cabo múltiples tareas de manera simultánea pasaba a un estado latente en lo que podrían denominarse momentos de «sobrecarga de información», una latencia durante la cual los centros emocionales del cerebro asumían el control ejecutivo, lo que, a nivel neuronal, equivalía a darle las llaves de un montacargas a un niño de seis años, y la mente de Pwnage estaba sin duda sobrecargada, ya que tenía la pantalla del ordenador llena con las ventanitas de varios complementos de software que le informaban en tiempo real y en todo momento del estado de salud de su oponente y de los movimientos disponibles de su propio personaje, con varios temporizadores en modo de cuenta atrás que le indicaban cuándo volverían a estar disponibles otros movimientos, los ataques que en ese momento provocarían el daño matemáticamente más alto posible, el estatus de cada uno de sus compañeros durante la batalla, el daño por segundo total ocasionado por su equipo, con una perspectiva a vista de pájaro del escenario del combate con los principales jugadores diferenciados por colores en función de su papel en la lucha, y todo ello además del juego en sí, que discurría detrás de todas esas ventanas parpadeantes y brillantes, y teniendo en cuenta que Pwnage no sólo controlaba lo que pasaba en aquella pantalla —algo que de por sí habría bastado para provocar poco menos que una crisis psicótica a un campesino medio del siglo XVIII, acostumbrado a una vida mucho más lenta—, sino que además solía jugar con varios personajes a la vez, en lo que se conoce como *multiboxing*, y controlaba los acontecimientos en seis pantallas de ordenador distintas a la vez, el resultado era que procesaba mucha más información por segundo que todos los controladores aéreos del aeropuerto O'Hare juntos, lo que hacía que aquella parte tan sensible y lógica de su cerebro sacara la bandera blanca y se rindiera y permitiera que los centros emocionales de Pwnage desconectaran fácilmente lo poco que quedaba de su mente lógica, racional y disciplinada, de modo que, en pocas palabras, cuanto más jugaba a *Elfscape*, más imposible le resultaba dejar de jugar a *Elfscape*, una dinámica que iba mucho más allá de superar un mal hábito y que se adentraba en problemas de morfología cerebral y en un tipo de desfiguración neurológica tan completa que la mente de Pwnage no le permitía de ninguna forma dejar de jugar a *Elfscape*, algo de lo que empezó a darse cuenta mientras estaba en el límite meridional del continente preguntándose qué debía hacer a continuación y, al no encontrar respuesta, se quedó allí inmóvil, hasta que al fin empezó a sonar una de las alarmas que saltaban cuando tenía a un enemigo cerca y la cámara del juego rotó automáticamente hacia atrás para mostrarle a un orco que lo espiaba desde muy lejos, una situación en la que por lo general habría hecho lo siguiente: cargar contra el orco, aplastarlo con el escudo y atizarle con su hacha de tamaño desproporcionado hasta matarlo, y aunque en aquel momento no tenía ni escudo, ni hacha, ni nada con lo que atacar al orco, intentó atacarlo por instinto pero no pudo, algo se lo impedía, estaba mareado y desfallecido, sentía náuseas, y se dio cuenta de que no podía mover los brazos ni, de hecho, respirar (aquí vale la pena mencionar que el coágulo que se le había formado en la pierna ya era una embolia pulmonar en estado avanzado que bloqueaba el flujo sanguíneo a los pulmones y le provocaba un considerable dolor en el pecho cada vez que respiraba, combinado con un deseo desesperado de respirar más, que Pwnage experimentó casi como si se hubiera apagado la luz de golpe, casi como si el sol se hubiera puesto de repente, saltándose el ocaso y zambulléndose directamente en la oscuridad de la noche), y al ver que Pwnage no lo atacaba, el jugador orco empezó a acercarse, ganando confianza, avanzando uno o dos pasos cada vez, poniéndolo a prueba, preparado para echar a correr, hasta que por fin se encontró dentro del radio de acción de Pwnage, que deseaba atacarlo con todas sus fuerzas, pero no podía moverse, paralizado por lo que percibía como el peso de un yunque en el pecho, y al ver que Pwnage no se movía el jugador orco desenvainó una pequeña daga y —tras un breve instante durante el que seguramente se preguntó si aquello era una buena idea o si se trataba de una trampa del jugador elfo más famoso del servidor— el orco lo apuñaló una vez, dos veces, tres, y el elfo de Pwnage se quedó ahí plantado, balanceándose con su taparrabos y recibiendo las puñaladas, mientras saltaban alarmas por todas partes y su barra de vida no paraba de bajar, y él no podía hacer más que mirar, horrorizado e incapaz de moverse, mientras la oscuridad se cernía sobre él y su campo de visión se reducía y perdía todo el control de sus funciones motoras y los labios y los dedos se le ponían azules, y al final, después de recibir innumerables heridas, su guerrero elfo cayó muerto, y Pwnage vio que el orco bailaba sobre su cadáver caído y la última imagen que vio antes de que se le apagaran las luces por completo fue un mensaje del jugador orco que decía: «OH DIOX MUERDE EL P0LV0 PAL1RD00 JAJAJAJALOL!!!!!!!!», y Pwnage decidió que recuperaría todos sus tesoros y se haría el doble de poderoso que antes sólo para perseguir a aquel puto orco y matarlo una y otra vez, y que empezaría en cuanto pudiera volver a mover las piernas y los brazos y a respirar y, ya puestos, también a ver, e incluso mientras todos sus sistemas iban colapsando de forma catastrófica y en cascada, su cerebro seguía indicándole que su prioridad número uno en aquel momento era matar a aquel orco, algo que no podría hacer nunca, porque aquél era el día en que iba a dejar *Elfscape* y, como su mente no se lo permitía, había tenido que hacerlo su cuerpo por él.

4

Simon Rogers caminaba arriba y abajo por el apartamento destrozado de Faye, con cuidado para no pisar los escombros mientras les explicaba que había una serie de leyes que permitían todo aquello (al decir «todo aquello» hizo un gesto amplio con los brazos, en referencia a la profanación y el destrozo general del apartamento), ciertos decretos aprobados después del 11-S que regulaban los registros de sospechosos de terrorismo y el uso admisible de la fuerza militar.

—Básicamente —dijo—, la policía puede enviar a un grupo del SWAT siempre que quiera y nosotros no tenemos forma de impedirlo, evitarlo, revocarlo ni corregirlo.

Faye estaba en la cocina, en silencio, removiendo un té en la única taza que había quedado intacta.

—¿Qué buscaban? —preguntó Samuel.

Les pegó un puntapié a los restos del televisor, que había quedado partido en una especie de demostración de fuerza bruta, sus tripas electrónicas esparcidas por el suelo.

Simon se encogió de hombros.

—Es el protocolo, señor. Como su madre está acusada de terrorismo interno, tienen permiso para hacerlo. Entonces, van y lo hacen.

—Pero mi madre no es una terrorista.

—No, pero como la han acusado según una ley creada para los agentes de células durmientes de al-Qaeda, tienen que tratarla como si pudiera ser uno de ellos.

—Hay que joderse.

—La ley se redactó en un momento en el que la población no estaba muy interesada en la Cuarta Enmienda. Ni en la Quinta Enmienda, de hecho. Ni en la Sexta, ya que estamos. —Sofocó una risita—. O en la Octava.

—Pero ¿no necesitan algún motivo específico para poder registrar la casa? —preguntó Samuel.

—Sí, pero pueden mantenerlo en secreto.

—¿Y una orden judicial?

—También, pero está sellada.

—¿Quién les da permiso?

—Eso es confidencial, señor.

—¿Y hay alguien que supervise todo esto? ¿Alguien a quien podamos apelar?

—Existe un proceso de *habeas corpus*, pero está clasificado. Por razones de seguridad nacional. En el fondo, señor, debemos confiar en que el gobierno actúa pensando en nuestro interés. Me permito señalar también que este tipo de registros no son obligatorios, sino que quedan a discreción del tribunal. No tenían por qué hacerlo. Y me consta que el fiscal no lo ha solicitado.

—O sea, que ha sido el juez.

—Técnicamente, ésa es una información que no se pone a disposición del público. Pero sí, ha sido el juez Brown. Podemos deducir que lo ha solicitado él en persona.

Samuel miró a su madre, que estaba contemplando el interior de la taza de té. Parecía menos interesada en tomárselo que en removerlo enérgicamente. La cuchara de madera que usaba golpeaba los laterales de la taza con suavidad.

—¿Y qué vamos a hacer? —preguntó Samuel.

—Estoy preparando una defensa vigorosa, señor, contra estas nuevas acusaciones. Creo que puedo convencer al jurado de que su madre no es una terrorista.

—¿En qué se basará?

—En primer lugar, en que el objetivo de la amenaza terrorista, el gobernador Packer, no sintió terror.

—Va a llamar a declarar al gobernador Packer.

—Sí. Estoy seguro de que no querrá admitir en público que sintió terror. De su madre. Y menos aún durante una campaña presidencial.

—¿Y ya está? ¿Ésa es su defensa?

—También argumentaré que su madre se limitó a hacer un gesto amenazante, pero no expresó ninguna amenaza terrorista de forma verbal, electrónica, por televisión ni por escrito, lo cual, por motivos enrevesados, constituye una circunstancia atenuante. Con ello espero que logremos reducir la condena de cadena perpetua a sólo diez años en una prisión de máxima seguridad.

—Pues a mí no me parece una victoria.

—Debo admitir que me siento más cómodo con las leyes de libertad de expresión. Las defensas contra cargos de terrorismo no son mi fuerte.

Los dos se volvieron para mirar a Faye, que seguía contemplando su taza sin reaccionar en ningún momento.

—Disculpen —dijo el abogado, y se abrió paso entre las montañas de almohadas destripadas, cojines de sofá y prendas de ropa todavía sujetas por sus perchas, y se metió en el baño.

Samuel se dirigió a la cocina provocando un chirrido de cristales rotos con cada paso. Había comida esparcida por toda la encimera, donde la policía había vaciado la despensa: café molido, cereales, salvado de avena y arroz. Habían apartado y desenchufado la nevera, de cuyo interior caía un chorrito de agua que iba formando un charco en el suelo. Faye sujetaba la taza, que era de barro y parecía hecha a mano, contra el pecho.

—¿Mamá? —le dijo Samuel. Se preguntó qué estaría sintiendo Faye en aquel momento teniendo en cuenta la cantidad de ansiolíticos potentes que se había tomado por la mañana—. ¿Hola? —insistió.

En aquel momento, Faye parecía estar aturdida, ajena a todo. Incluso su forma de remover el té era automática y mecánica. Samuel se preguntó si el impacto de aquel registro policial le había provocado algún tipo de fuga disociativa.

—Mamá, ¿estás bien? ¿Me oyes?

—Esto no tenía que pasar —dijo al final—. No tenía que ser así.

—Dime que estás bien.

Faye siguió removiendo el té con la vista clavada en el interior de la taza.

—Qué estúpida he sido... —dijo.

—¿Tú has sido estúpida? ¡Todo esto es culpa mía! —exclamó Samuel—. Soy yo quien ha ido a ver al juez y lo ha empeorado todo. Lo siento mucho, de verdad.

—He tomado un montón de decisiones estúpidas —dijo Faye, negando con la cabeza—. Una tras otra.

—Oye, tenemos que pensar un plan. Alice dijo que teníamos que sacarte de la ciudad, a lo mejor incluso del país.

—Sí, empiezo a creerla.

—Sólo durante una temporada. Si Brown va a jubilarse pronto, ¿por qué no esperar? Asegurémonos de que se entere de que el juicio se va a retrasar muchos años. Librémonos de él, que te asignen otro juez.

—¿Y adónde iríamos? —preguntó Faye.

—No sé. A Canadá. Europa. Yakarta.

—No, no podemos salir del país —dijo Faye, dejando la taza en la encimera—. Me han acusado de terrorismo. Es imposible que me dejen subir a un avión.

—Tienes razón.

—Supongo que tendremos que confiar en Simon.

—Confiar en Simon. Espero con sinceridad que ésa no sea nuestra mejor opción...

—¿Qué más podemos hacer?

—Alice me aseguró que ese juez no se rendirá nunca. Se muere de ganas de meterte entre rejas para siempre, no es broma.

—No tengo la sensación de que sea broma.

—Me ha dicho que va en silla de ruedas por tu culpa. ¿Qué le hiciste?

—Nada. No tengo ni idea de a qué se refiere. En serio.

Entonces se oyó un ruido de tuberías procedente del baño y Simon salió con los brazos del blazer cubiertos de gotitas de agua.

—Profesor Anderson, señor, me alegro de que esté aquí. En realidad quería hablar con usted. Sobre lo de la carta. La carta al juez en la que habrá estado trabajando sin descanso, imagino.

—Sí. Claro. ¿Qué pasa con la carta?

—De entrada, quería agradecerle personalmente todo el esfuerzo y el tiempo que por supuesto ya debe de haber dedicado a ese asunto. Pero tengo que comunicarle que ya no necesitamos sus servicios.

—¿Mis servicios? Cualquiera diría que me está despidiendo.

—Sí. En fin, esa carta que está escribiendo... Ya no la necesitaremos.

—Pero mi madre está metida en un lío enorme.

—Sí, desde luego que sí, señor.

—Necesita mi ayuda.

—Necesita la ayuda de alguien, señor, sin duda. Pero seguramente no la suya. Ya no.

—¿Por qué no?

—¿Cómo se lo digo con delicadeza? Es sólo que me he convencido, señor, de que no se encuentra usted en condiciones de ayudarla. De hecho, lo más probable es que empeore las cosas. Me refiero al escándalo, claro.

—¿Qué escándalo?

—El de la universidad. Terrible, señor.

—Simon, ¿de qué demonios está hablando?

—Ah, ¿todavía no se ha enterado? Ay, Dios. Lo siento mucho, señor. Parece que siempre me toca a mí darle las malas noticias, ¿no? Ja, ja. A lo mejor debería revisar su correo electrónico más a menudo. O ver las noticias locales.

—¡Simon!

—Muy bien, señor. Pues por lo que se ve ha aparecido una nueva organización estudiantil que está recibiendo mucha atención en su universidad. Por lo visto, el objetivo de dicha organización, su singular *raison d'être*, es conseguir que lo despidan.

—¿En serio?

—Tienen su propia página web, que está circulando con regodeo entre sus alumnos, actuales y antiguos. Se ha convertido usted en la definición de manual de lo que los expertos en relaciones públicas denominan una persona «tóxica». De ahí que ya no necesitemos que responda por su madre.

—Pero ¿por qué quieren despedirme mis alumnos?

—Tal vez sea mejor que lo vea usted mismo.

Simon sacó un portátil de su maletín y abrió una página web: una nueva organización de estudiantes llamada S.A.F.E. (Students Against Faculty Extravagance, siglas que manifestaban su desaprobación por las extravagancias en el claustro), que denunciaba el despilfarro del dinero de los contribuyentes por parte de los profesores universitarios. ¿Sus pruebas? Un tal Samuel Anderson, profesor de Lengua y Literatura, que, según la página web, «abusaba de sus privilegios informáticos»:

Durante un procedimiento de mantenimiento rutinario, el Centro de Apoyo Informático ha descubierto registros que muestran que el profesor Anderson utiliza su ordenador para jugar a «World of Elfscape» durante un número de horas realmente escandaloso todas las semanas, en lo que constituye un uso por completo inaceptable de los recursos de la universidad.

También habían organizado una campaña de envío de cartas que había llamado la atención de la decana, la prensa y la oficina del gobernador. El asunto iba a pasar a manos del comité disciplinario de la universidad, que iba a celebrar una audiencia plenaria.

—Mierda —dijo Samuel, ante la perspectiva de tener que explicar qué era *Elfscape* a un comité de profesores de Filosofía, Retórica y Teología con el pelo blanco y sin ningún tipo de sentido del humor.

La idea de justificar ante sus colegas por qué llevaba una segunda vida tan sólida como «ladrón élfico» le hizo romper a sudar de inmediato. Por Dios.

La página web citaba unas declaraciones de la presidenta de S.A.F.E., que aseguraba que los alumnos tenían derecho a controlar de forma férrea a los miembros del claustro que despilfarraban el dinero de sus matrículas. El nombre de la estudiante que presidía la asociación era, cómo no, Laura Pottsdam.

—A la mierda —dijo Samuel, y cerró el portátil de golpe.

Se acercó a los ventanales de la pared norte del apartamento y contempló la silueta irregular de la ciudad.

Recordó el ridículo consejo de Periwinkle: declararse en bancarrota y mudarse a Yakarta. De pronto aquella idea le sonaba bastante bien.

—Creo que es hora de que me largue —dijo.

—¿Disculpe, señor?

—Es hora de que coja un avión y me largue —dijo Samuel—. De que abandone mi trabajo, mi vida y el país. De que empiece de nuevo en otro sitio.

—Por supuesto, es usted libre de hacerlo, señor. Pero su madre debe quedarse aquí y enfrentarse a las acusaciones dentro de los límites estrictos de la ley.

—Ya lo sé.

—Los diversos juramentos que he hecho me impiden aconsejarle a una persona acusada de un delito que huya de la jurisdicción.

—No importa —dijo Samuel—. De todos modos no puede marcharse. Su nombre figurará en la lista de personas que no pueden subir a un avión.

—Ah, no, señor. Todavía no constará en esa lista.

Samuel se dio la vuelta. El abogado estaba guardando su portátil con mucho cuidado en el bolsillo especial de su maletín.

—Simon, ¿a qué se refiere?

—La lista de personas que no pueden volar la administra el Centro de Vigilancia Terrorista, el TSC, que curiosamente forma parte de la División de Seguridad Nacional del FBI, que se encuentra bajo los auspicios del Departamento de Defensa. Al contrario de lo que mucha gente cree, la lista no la controla la Administración de Seguridad del Transporte, la TSA, que forma parte del Departamento de Seguridad Nacional. ¡Se trata de dos departamentos totalmente diferentes!

—Vale. ¿Y qué?

—Pues que un nombre tan sólo puede incorporarse a esa lista a petición de un funcionario gubernamental del Departamento de Justicia, de Seguridad Nacional, de Defensa, del Estado, de Correos o de una serie de agencias privadas, y como cada uno de esos organismos se rige según criterios, directivas, reglas y procesos distintos, por no mencionar sus respectivos documentos y formularios, a menudo incompatibles con los documentos y formularios equivalentes de otros organismos administrativos, el TSC tiene que filtrar, evaluar y estandarizar cada petición individual. Un proceso que resulta todavía más complejo si tenemos en cuenta que cada organismo y departamento usa su propio software particular. Así, por ejemplo, el Tribunal del Circuito del Condado de Cook utiliza un sistema operativo Windows que como mínimo está tres versiones anticuado, mientras que el FBI y la CIA tienden a preferir Linux, creo. Y lograr que esos dos sistemas se comuniquen... ¡tela marinera!

—Al grano, Simon.

—Desde luego, señor. Lo que intento decirle es que la información sobre el estatus de terrorista de su madre debe procesarla el Primer Distrito Municipal del Tribunal del Circuito del Condado de Cook, que luego la pasa a la oficina regional del FBI, que a continuación la envía al TSC, donde se somete a la evaluación y aprobación de la Sección Operativa y el Grupo de Análisis Táctico, dos comités participados por miembros de todos los organismos gubernamentales. Entonces la información llega al Departamento de Seguridad Nacional, que a su vez la transfiere a la TSA mediante un proceso que seguramente incluya el uso de un fax, todo ello antes de que la prohibición de subir a un avión esté disponible para el personal de seguridad de todos y cada uno de los aeropuertos.

—O sea que, resumiendo, mi madre no está en la lista de personas que no pueden volar.

—No está en la lista negra «todavía». Todo este proceso suele tardar unas cuarenta y ocho horas de principio a fin. Más si es viernes.

—O sea que, hipotéticamente, si quisiéramos salir del país podríamos, siempre y cuando lo hiciéramos hoy.

—Eso es, señor. No olvide que estamos tratando con unas burocracias enormes cuyo personal está, por lo general, tan mal pagado que da vergüenza.

Samuel miró a su madre, que le devolvió la mirada y, tras un instante en el que pareció considerar la gravedad de la situación, asintió con la cabeza.

—¿Simon? —dijo Samuel—. Muchísimas gracias. Nos ha sido de gran ayuda.

5

En el Aeropuerto Internacional O'Hare, terminal cinco, la gente hacía diversas colas en silencio: colas para comprar los billetes, colas para facturar el equipaje, colas para pasar el control de seguridad, colas que avanzaban a un ritmo tan lento, reticente y francamente poco americano que obligaba a todos los viajeros a imbuirse de la desorientadora combinación de melancolía y caos de la terminal. El olor a humo de combustión de los taxis que esperaban en el exterior y el olor a carne que llevaba todo el día hirviéndose en el puesto de Gold Coast Dogs del interior. Grandes éxitos del hilo musical interpretados con saxo llenaban el espacio auditivo entre avisos de seguridad. Televisores que emitían noticias de aeropuerto, distintas, a saber por qué, de las noticias normales. A Samuel le pareció decepcionante que aquélla fuera la primera impresión que los extranjeros se llevaban de Estados Unidos, y que lo que el país les ofreciera fuese un McDonald's (cuyo gran mensaje para las multitudes recién llegadas parecía ser que el McRib había vuelto) y una tienda especializada en artilugios de utilidad cuestionable: memorias USB para vídeo en HD, sillas de masaje *shiatsu*, lámparas inalámbricas de lectura que se activaban por Bluetooth, un artilugio para bañarse los pies en agua caliente, calcetines compresores, abrebotellas automáticos, cepillos motorizados para limpiar la barbacoa, sofás ortopédicos para perro, chalecos para gato, pulseras para perder peso, pastillas para prevenir las canas, paquetes de comida isométrica de sustitución, minidosis de batidos de proteínas, plataformas giratorias para el televisor, soportes para utilizar sin manos los secadores de pelo, una toalla de baño con la palabra «Cara» en un extremo y «Culo» en el otro.

He aquí lo que somos.

Baños masculinos donde no tenías que tocar nada aparte de a ti mismo. Dispensadores automáticos que defecaban pegotitos de jabón rosado en la palma de la mano. Lavamanos que no soltaban agua suficiente para lavarte. Los mismos mensajes de alerta sobre el nivel de amenaza emitidos hasta la saciedad. Las mismas instrucciones de seguridad (vacíe los bolsillos, quítese los zapatos, portátiles fuera de las bolsas, geles y líquidos en bolsas separadas) repetidas tantas veces que al final la gente dejaba de oírlas. Y todo tan reflexivo y automático, tan interiorizado y lento, que los viajeros desconectaban un poco y jugaban con sus móviles y se limitaban a soportar una prueba singularmente moderna y propia del primer mundo que no es «difícil» *per se*, pero sí agotadora. Debilita el espíritu. Todos reprimían un lamento doloroso ante la sospecha de que, como pueblo, podríamos hacerlo mucho mejor. Pero no es el caso. Había veinte personas haciendo cola para los McRibs, en actitud silenciosa, solemne.

—Me está invadiendo una oleada de pesimismo acerca de nuestro plan —le dijo Faye a Samuel mientras hacían cola en el control de seguridad—. Es decir, ¿en serio crees que nos van a dejar pasar? En plan «Ah, sí, señora Fugitiva de la Justicia, por aquí, por favor».

—No grites tanto —dijo Samuel.

—Se me está empezando a pasar el efecto de los medicamentos. Siento que la ansiedad vuelve a mí dando brincos como un perro perdido.

—Somos pasajeros normales a punto de disfrutar unas vacaciones normales.

—Unas vacaciones normales en un país con unas leyes de extradición muy estrictas, espero.

—No te preocupes. Recuerda lo que nos ha contado Simon.

—Siento que mi confianza en nuestro plan se está desintegrando. Es como si alguien hubiera cogido nuestro plan y lo hubiera pasado por un rallador de queso, eso es lo que siento.

—Por favor, deja de hablar y relájate.

Habían ido en taxi al aeropuerto y habían comprado billetes de ida para el primer destino internacional disponible, un vuelo directo a Londres. Les habían entregado las tarjetas de embarque sin ningún problema. Habían facturado el equipaje, también sin problemas. Estaban haciendo cola en el control de seguridad. Y cuando al fin entregaron sus billetes y pasaportes a un agente de la TSA vestido con el uniforme azul, cuya tarea consistía en inspeccionar visualmente sus fotografías, pasar los billetes por el lector de códigos de barras, esperar a que el ordenador emitiera un sonido agradable y se encendiera una luz verde, resultó que el sonido que emitió el ordenador no tuvo nada de agradable. De hecho, se oyó un zumbido estridente, semejante a la bocina que indica el final de un partido de baloncesto, un sonido que transmitía autoridad e irreversibilidad. Y por si quedaba alguna duda acerca del significado de aquel sonido, se encendió una luz roja.

El agente de seguridad se enderezó en su silla, sorprendido por el veredicto negativo de su ordenador. Un inesperado momento de drama en la terminal cinco.

—¿Pueden aguardar ahí un momento? —les pidió, señalando una zona de espera vacía, delimitada tan sólo por unas tiras sucias de cinta adhesiva violeta pegadas al suelo.

Mientras esperaban, los demás viajeros los miraron una o dos veces, pero enseguida regresaron a sus teléfonos. En el televisor que había sobre sus cabezas estaba sintonizado el canal de noticias del aeropuerto, que en ese momento emitía un reportaje sobre el gobernador Packer.

—Saben quién soy —susurró Faye al oído de Samuel—. Que soy una prófuga. Que quiero escaparme.

—Ninguna de esas dos cosas es cierta.

—Lo saben, claro que sí. Estamos en la era de la información. Todos tienen acceso a los mismos datos. Seguro que ahora mismo nos están vigilando desde una sala llena de pantallas de televisión. En Langley o en Los Álamos.

—Dudo mucho que te consideren una amenaza tan seria.

La cola iba avanzando despacio a través del control de seguridad: gente que se quitaba los zapatos y los cinturones, que se plantaba dentro de unos tubos de plástico transparente, con las manos por encima de la cabeza, mientras unos brazos metálicos grises les examinaban todo el cuerpo, sondeándolos.

—Éste es el mundo que nos dejó el 11-S —dijo Faye—. El mundo de la posprivacidad. La ley sabe dónde estoy en todo momento. Y no me dejarán volar, claro que no.

—Relájate. Todavía no sabemos qué pasa.

—Ni a ti tampoco. Te arrestarán por complicidad.

—¿Complicidad con qué? ¿Con unas vacaciones?

—No se creerán que nos vamos de vacaciones.

—Instigar y secundar un fin de semana en el extranjero. El delito del siglo, vamos.

—Ahora mismo nos están observando en unos cuantos televisores y pantallas de ordenador. Seguramente en el sótano del Pentágono. Con imágenes de todos los puertos del mundo. Montones de cables de fibra óptica. Software de reconocimiento facial. Tecnología que ni sabemos que existe. Seguro que me están leyendo los labios ahora mismo. El FBI y la CIA trabajando codo con codo con las autoridades locales. Es lo que siempre dicen en las noticias.

—Esto no son las noticias.

—Todavía.

Un hombre con una carpeta sujetapapeles había empezado a hablar en voz baja con el agente de seguridad y, de vez en cuando, los miraba. Parecía salido de otra era (corte de pelo militar y geométrico, camisa blanca de manga corta y corbata estrecha de color negro, mentón cuadrado y ojos de un azul clarísimo), como si antes de dedicarse a aquello hubiera sido astronauta del *Apolo*. Colgado en el bolsillo del pecho llevaba lo que parecía una insignia, pero que, visto de más cerca, resultó ser una tarjeta plastificada con la foto de una insignia.

—Está hablando de nosotros —dijo Faye—. Está a punto de pasar algo.

—No pierdas la calma.

—¿Te acuerdas de la historia que te conté? ¿Sobre el Nix?

—¿Cuál era?

—La del caballo.

—Ah, sí. El caballo blanco que recogía a niños y a continuación los ahogaba.

—Ésa, sí.

—Una historia perfecta para un chaval de nueve años, por cierto.

—¿Recuerdas la moraleja?

—Que las cosas que más queremos son las que más daño pueden hacernos.

—Sí. Que una persona puede ser el Nix de otra. A veces sin siquiera saberlo.

—Vale, ¿y qué?

El hombre del sujetapapeles había empezado a caminar hacia ellos.

—Pues que eso era yo para ti —dijo Faye—. Yo era tu Nix. Tú me querías más que a nada, y yo te hacía daño. Una vez me preguntaste por qué os abandoné a tu padre y a ti. Fue por eso.

—¿Y te ha dado por contármelo en este momento?

—Quería hacerlo antes de que sea demasiado tarde.

El hombre del sujetapapeles traspasó la cinta violeta y entonces carraspeó.

—Bueno, parece que tenemos un problemilla —dijo en un tono exageradamente animado, como uno de esos teleoperadores de atención al cliente con los que te topas a veces y que parecen hipermotivados por su trabajo. No estableció contacto visual con ninguno de los dos, sino que mantuvo la vista clavada en lo que fuera que llevase en el sujetapapeles—. Al parecer su nombre consta en la lista de usuarios que no pueden volar.

El tipo parecía incómodo por tener que comunicar aquella noticia, como si fuera culpa suya.

—Sí, lo siento —dijo Faye—. Debería haberlo imaginado.

—No, no, usted no —dijo el hombre extrañado—. Quien está en la lista es él.

—¿Yo? —preguntó Samuel.

—Sí, señor. Eso pone aquí —dijo el hombre, dando unos golpecitos en el sujetapapeles—. Samuel Andresen-Anderson. Prohibición total de subir a un avión.

—¿Y qué pinto yo en esa lista?

—Pues... —El hombre hojeó las páginas como si las leyera por primera vez—. ¿Ha estado en Iowa hace poco?

—Sí.

—¿Visitó la planta de ChemStar durante su estancia?

—Me pasé por ahí, sí.

—Y, esto... —aquí bajó la voz, como si estuviera diciendo algo obsceno—, ¿sacó fotografías de la planta?

—Un par, sí.

—Ah —dijo el tipo, y se encogió de hombros como si la respuesta fuera evidente—. Pues ya está.

—¿Por qué sacaste fotos de ChemStar? —preguntó Faye.

—Eso —dijo el hombre del sujetapapeles—, ¿por qué?

—No sé. Por nostalgia.

—¿Sacó fotos nostálgicas de una fábrica? —preguntó el hombre, y frunció el ceño con escepticismo. No se lo tragaba—. ¿Quién hace algo así?

—Mi abuelo trabaja ahí. Bueno, trabajaba.

—Esa parte es verdad —dijo Faye.

—¿Esa parte? Todo es verdad. Fui a visitar a mi abuelo y saqué fotografías de todos los sitios de mi infancia. La vieja casa, el viejo parque y, sí, la vieja fábrica. Creo que la pregunta apropiada es: ¿por qué estoy en una lista negra por sacar fotos de una planta de procesamiento de maíz?

—Bueno, en ese tipo de instalaciones se usan productos químicos bastante tóxicos. Y ésa está justo al lado del Misisipi. Digamos que su presencia generó —y aquí levantó dos dedos como para remedar unas comillas— inquietudes de seguridad nacional.

—Ajá.

El hombre pasó otra página del sujetapapeles.

—Aquí dice que lo vieron por el circuito cerrado de televisión y que huyó al ver que se acercaban los guardias de seguridad.

—¿Que huí? Yo no huí, me fui. Ya había hecho las fotos. No vi a nadie de seguridad.

—Eso es justo lo que yo diría si me acusaran de huir —le dijo el hombre a Faye, que asintió con la cabeza.

—Sí —dijo ella—. Es verdad.

—¿Quieres dejar de hacer eso? —dijo Samuel—. Y ahora ¿qué? ¿No voy a poder volar nunca más? ¿Es eso lo que me está diciendo?

—Yo sólo digo que no va a poder volar hoy. Pero puede pedir que excluyan su nombre de la lista. A través de una página web.

—¿Una página web?

—O llamando a un número gratuito, si lo prefiere —añadió el hombre—. El tiempo de espera medio es de entre seis y ocho semanas. Y ahora me temo que debo acompañarlo fuera del aeropuerto.

—¿Y mi madre?

—Ella puede hacer lo que quiera. No está en la lista.

—Entiendo. ¿Puede darnos un segundo?

—¡Por supuesto! —dijo el hombre.

Se colocó un paso más allá de la cinta morada y les dio la espalda, aunque no del todo, cruzó las manos sobre el vientre y empezó a balancearse hacia delante y hacia atrás, como si estuviera silbando una canción con la que mecerse.

—Olvidémonos de todo esto —susurró Faye—. Volvamos a casa. Que el juez haga lo que quiera. Me lo he buscado.

Samuel pensó en la cárcel que esperaba a su madre, o en su propio regreso a la normalidad: perdería su trabajo, seguiría endeudado y solo, pasando los días sumido en una neblina digital.

—Tienes que marcharte —dijo—. Yo te iré a buscar, en cuanto pueda.

—No seas tonto —dijo Faye—. ¿Sabes qué te hará el juez?

—Mucho menos que a ti. Te tienes que ir.

Ella se lo quedó mirando un momento, dudando si llevarle la contraria.

—No discutas —dijo Samuel—. Vete.

—Vale —dijo ella—, pero no vamos a montar un numerito sentimentaloide entre madre e hijo, ¿no? No vas a llorar, ¿verdad?

—No voy a llorar.

—Es que nunca sabía qué hacer cuando llorabas.

—Que vaya bien el vuelo.

—Espera —dijo ella, y lo agarró del brazo—. Si hacemos esto, tenemos que cortar por lo sano. No podremos comunicarnos durante una buena temporada. Silencio absoluto.

—Lo sé.

—Por eso te pregunto: ¿estás preparado? ¿Lo soportarás?

—¿Me estás pidiendo permiso?

—Para abandonarte, sí. De nuevo. Por segunda vez. Sí, te estoy pidiendo permiso.

—¿Y adónde irás?

—No lo sé —dijo Faye—. Ya lo decidiré en Londres.

En el televisor que había encima de sus cabezas, la cadena de noticias del aeropuerto volvió de la publicidad y emitió un segmento sobre la campaña presidencial de Packer. Al parecer, el gobernador llevaba ventaja en Iowa, dijeron. El ataque de Chicago había impulsado mucho su popularidad.

Faye y Samuel se miraron.

—¿Cómo nos metimos en esto? —preguntó él.

—Es culpa mía —dijo ella—. Lo siento.

—Vete —dijo él—. Te doy permiso. Lárgate de aquí.

—Gracias —dijo Faye.

Levantó la maleta y lo miró un momento, luego volvió a dejarla en el suelo, se acercó a él, lo rodeó con los brazos, hundió la cara en su pecho y lo estrechó con fuerza. Fue un gesto tan impropio de ella que Samuel no supo cómo reaccionar. Faye respiró hondo, como si estuviera a punto de zambullirse en el agua, y lo soltó enseguida.

—Pórtate bien —le dijo, y le dio una palmada en el pecho.

Levantó de nuevo la maleta y volvió al puesto del agente de la TSA, que la dejó pasar sin impedimentos. El hombre del sujeta-papeles le preguntó a Samuel si estaba preparado para marcharse. Samuel miró a su madre y sintió un leve temblor por aquel súbito abrazo. Se llevó la mano al lugar donde ella había apoyado la cabeza.

—¿Señor? —insistió el tipo del sujetapapeles—. ¿Está listo?

Samuel ya iba a contestar que sí cuando oyó un nombre que le sonaba, dos palabras que emergieron de pronto entre el ruido omnipresente y por lo general prescindible del aeropuerto. Las palabras habían salido del televisor que tenían encima: «Guy Periwinkle.»

Samuel levantó la mirada para asegurarse de que lo había oído bien, y entonces lo vio: Periwinkle en la tele, sentado en el estudio, hablando con los presentadores. Debajo de su nombre ponía «Asesor de campaña de Packer». Le estaban preguntando qué le había llevado a aceptar aquel trabajo.

«A veces el país cree que se merece un azote, otras quiere que lo abracen —dijo Periwinkle—. Cuando quiere que lo abracen, vota demócrata. Y creo que ahora mismo más bien toca un azote.»

—Tenemos que marcharnos, señor —dijo el hombre del sujeta-papeles.

—Un segundo.

«Los conservadores tienden a creer más que el resto que necesitamos un azote. Interprétenlo como quieran. —Periwinkle rió. Los presentadores rieron. Tenía un don natural para la televisión—. En estos momentos, el país se ve a sí mismo como un niño que se ha portado mal —añadió—. Cuando la gente vota, lo que hace en el fondo es proyectar algún tipo de trauma infantil. Tenemos numerosos estudios que lo sugieren.»

—Tenemos que irnos ya, señor.

El tipo del sujetapapeles se estaba poniendo nervioso.

—De acuerdo, vamos —dijo Samuel, y se dejó escoltar lejos del televisor y hasta las puertas de salida.

Sin embargo, justo antes de salir se dio la vuelta. Se volvió a tiempo para ver cómo su madre recogía sus pertenencias al otro lado del control de seguridad. Y ella no lo buscó con la mirada, no lo saludó con la mano. Se limitó a recuperar sus cosas y marcharse. Y así, por segunda vez en su vida, Samuel tuvo que soportar la imagen de su madre alejándose, desapareciendo para no volver.

NOVENA PARTE

Revolución

Finales del verano de 1968

1

El bar de la planta baja del Conrad Hilton está separado de la calle por unos ventanales de cristal grueso, emplomado, que ahogan cualquier ruido, salvo que se trate de una sirena o de un grito muy cercano. La entrada principal del Hilton está vigilada por una falange de policías, controlados a su vez por una gran cantidad de agentes del Servicio Secreto, y entre todos se aseguran de que quienes acceden al hotel estén acreditados y no supongan ninguna amenaza: los delegados, sus esposas, el personal de campaña, los candidatos, Eugene McCarthy y el vicepresidente, están todos allí, y también algunos famosillos del mundo artístico, entre los que por lo menos un par de polis son capaces de distinguir a dos: Arthur Miller y Norman Mailer. Hoy el bar está lleno de delegados y las luces tenues buscan generar el ambiente de intimidad necesario para lubricar el proceso político. En los reservados hay grupitos de hombres de aspecto severo que hablan en susurros, hacen promesas, intercambian favores. Todo el mundo tiene un cigarrillo en la mano, y la mayoría también un martini, y suena música de jazz y de big band (estilo Benny Goodman, Count Basie, Tommy Dorsey) a un volumen lo bastante alto para que no se oigan las conversaciones próximas, pero no tanto como para que la gente se vea obligada a gritar. El televisor de encima de la barra emite las noticias de la CBS. Al pasar junto a la barra, los delegados reconocen a sus amigos y les chocan la mano o les dan una palmada en la espalda, porque la gente que acude a estos eventos es casi siempre la misma. Los ventiladores del techo giran a la velocidad justa para elevar el humo de los cigarrillos y dispersarlo.

Las personas ajenas al proceso político se quejan a veces de que las decisiones reales se toman en salones oscuros y llenos de humo, y éste es uno de esos salones.

En la barra hay dos tipos a quienes nadie se acerca ni toca las pelotas: gafas de sol de espejo, traje negro, sin duda miembros del Servicio Secreto, fuera de servicio, viendo las noticias mientras toman una bebida transparente. El runrún de la sala disminuye un instante cuando un hippie logra superar el cordón policial y echa a correr por Michigan Avenue hasta que lo placan justo delante de la cristalera del bar, donde todos los clientes (todos excepto los dos miembros del Servicio Secreto) dejan lo que estaban haciendo para contemplar la escena, deformada por el cristal emplomado, cuando los agentes de policía, con sus uniformes azul claro, se echan encima del pobre tipo y le golpean la espalda y las piernas con las porras, y allí dentro nadie oye nada, excepto de vez en cuando al viejo Cronkite hablando en la CBS y a Glenn Miller tocando «Rhapsody in Blue».

2

Varios pisos más arriba, en la suite de la última planta del Conrad Hilton, el vicepresidente Hubert H. Humphrey quiere darse otra ducha.

Será la tercera del día, la segunda desde que ha vuelto del anfiteatro. Le pide a la camarera que abra el agua y los miembros de su plantilla lo miran extrañados.

Han ido al anfiteatro por la mañana para que Triple H pudiera practicar su discurso. A los miembros de su equipo les gusta llamarlo «Triple H», pero los agentes del Servicio Secreto se niegan y suelen llamarlo «señor vicepresidente». Él lo prefiere. Han ido al anfiteatro para que pudiera subir al podio e imaginar al público, visualizar su discurso y buscar pensamientos positivos, tal como le pedían sus asesores, imaginar a la multitud en aquel espacio enorme, tan grande que podría albergar a todos los habitantes de su pueblo natal y a varios miles de personas más, y estaba ahí arriba, repasando su discurso mentalmente y saboreando las frases pensadas para arrancar aplausos y buscando pensamientos positivos y repitiéndose «Todos quieren que gane, todos quieren que gane», pero en realidad sólo podía pensar en aquel olor. El olor inconfundible a heces de animal, con un fondo a sangre y productos de limpieza, esa nube que flota sobre los corrales. Menudo lugar para celebrar una convención.

El olor sigue impregnándole la ropa, aunque se la haya cambiado. Lo nota en el pelo y bajo las uñas. Si no consigue librarse de ese olor, cree que se volverá loco. Necesita otra ducha, y a la mierda lo que piense su equipo.

3

Mientras tanto, un piso por debajo del nivel del suelo, Faye Andresen contempla las sombras en la pared. Resulta que ésta no es la prisión oficial y permanente de la ciudad, sino una sala de detención improvisada que parece haberse instalado a toda prisa en un trastero del Conrad Hilton. Las celdas no están hechas con barrotes de hierro, sino con valla metálica. Está sentada en el suelo desde el último ataque de pánico, que la ha consumido durante buena parte de la noche. Le tomaron fotografías y las huellas dactilares, la arrastraron hasta esa celda y después cerraron la puerta, y ella suplicó en la oscuridad, aseguró que se trataba de un terrible error y lloró pensando en el momento en el que su familia se enteraría de que la habían arrestado (por «prostitución», por Dios), y tembló de terror, y no pudo hacer nada más que acurrucarse hecha un ovillo en un rincón y escuchar el latido rígido de su corazón y convencerse de que no se estaba muriendo, aunque estaba segura de que eso era lo que se sentía al morir.

Sin embargo, después del tercer o tal vez cuarto ataque, la invadió una calma extraña, una resignación singular, acaso por el agotamiento. Estaba exhausta. Notaba en todo el cuerpo los espasmos y la tensión provocados por aquella noche de miedo. Se había echado boca arriba, pensando que a lo mejor se dormiría, pero se luego se quedó contemplando la oscuridad hasta que el brillo del amanecer se filtró en la sala a través de la única ventana del sótano. Es una luz gris azulada y pálida, de aspecto enfermizo, como la luz de pleno invierno, dispersa, borrosa, velada tras varias capas de cristal esmerilado. No ve la ventana, pero sí la luz que proyecta en la pared opuesta. Y las sombras de las cosas que pasan por delante de ella. Primero algunas personas sueltas, luego mucha gente y al fin una masa en plena marcha.

Entonces se abre la puerta y entra el policía que la arrestó ayer por la noche (un tipo grandullón con el pelo rapado, que sigue sin llevar placa, nombre, ni nada que permita identificarlo). Faye se levanta.

—Básicamente, tienes dos opciones —dice el policía.

—Esto es un error —dice Faye—. Un gran malentendido.

—Opción número uno: te marchas de Chicago de inmediato —continúa el policía—. Opción número dos: te quedas en Chicago y vas a juicio por prostitución.

—Pero si no he hecho nada.

—Además, estás colocada. Ahora mismo estás bajo el efecto de narcóticos ilegales. Esas pastillas rojas que te tomaste. ¿Qué crees que va a pensar tu papaíto cuando descubra que eres una furcia y una adicta?

—¿Quién es usted? ¿Qué le he hecho yo?

—Si te largas de Chicago, todo esto quedará olvidado. Estoy intentando explicarte la situación tan llanamente como puedo. Si te largas, no te pasará nada. Pero como vuelva a pillarte por Chicago, te prometo que te arrepentirás el resto de tu vida.

El poli sacude la valla metálica para comprobar su solidez.

—Te doy el fin de semana para que te lo pienses —añade—. Volveré a verte cuando se terminen las manifestaciones.

Se marcha y cierra la puerta a su espalda, y Faye se sienta y vuelve a contemplar las sombras. Por encima de ella, la gran manifestación ya está en marcha, piensa al ver las siluetas que se proyectan sobre la pared de enfrente. Esas sombras delgadas que parecen tijeras del revés abriéndose y cerrándose tienen que ser piernas, piensa. Personas manifestándose. El ayuntamiento debe de haber cedido, debe de haber dado permiso para la protesta. A continuación oye un rumor y las ventanas se cubren de unas sombras grandes y le da por imaginar que son camionetas llenas de estudiantes que acuden a la manifestación haciendo ondear sus banderas de la paz hechas en casa. Se alegra por ellos, se alegra de que Sebastian y los demás se hayan salido con la suya, de que la manifestación más grande del año (de la década) vaya a celebrarse a pesar de todo.

4

Pero las sombras en realidad no son de estudiantes que se manifiestan, sino de furgonetas de la Guardia Nacional llenas de soldados armados con rifles con bayoneta. No hay marcha de protesta. El ayuntamiento no ha cedido. Las sombras que ve Faye las proyectan policías que corren de aquí para allá para contener a la turba de manifestantes que gritan y se agolpan al otro lado de la calle. Por si a alguno de ellos le entran ganas de iniciar la marcha, las furgonetas para el transporte de tropas tienen unas jaulas cubiertas de alambre de púas montadas en las rejillas delanteras para demostrarles hasta qué punto su presencia en las calles no es bienvenida.

Se reúnen por millares en Grant Park, donde Allen Ginsberg está sentado sobre la hierba, escuchando, cruzado de piernas y con las palmas vueltas hacia el universo. A su alrededor los jóvenes gritan y hacen la revolución. Dirigen su ira y sus maldiciones contra el estado policial estadounidense, el FBI, el presidente, los asesinos burgueses materialistas sin sexo ni alma, contra sus bombas, que caen por millones de toneladas y derraman la muerte sobre campesinos y niños. «Es hora de sacar la guerra a las calles —exclama un joven por un megáfono—. ¡Vamos a bloquear Chicago! ¡A la mierda la poli! ¡Y cualquiera que no esté con nosotros es un poli blanquito burgués!»

Ginsberg tiembla al oírlo. No quiere arrastrar a esos críos a la guerra, la tristeza, la desesperación, las porras ensangrentadas de la policía y la muerte. La mera idea le desgarra las entrañas como un alambre de púas. No se puede reaccionar a la violencia con violencia. Sólo una máquina piensa así. O un presidente. O un monoteísmo vengativo. Basta imaginar, en cambio, a diez mil jóvenes desnudos sujetando carteles que digan: «POLICÍAS, NO NOS HAGÁIS DAÑO. NOSOTROS TAMBIÉN OS QUEREMOS.»

O sentados en el suelo, cruzados de piernas y con coronas de flores, enarbolando banderas de un blanco puro y cantando poemas gloriosos de nirvana al sagrado Creador. Ésa es la otra forma de reaccionar a la violencia, con belleza, y Ginsberg quiere decirlo. Quiero acercarse al joven del megáfono y decirle: «¡Tú eres el poema que estás pidiendo!» Quiere calmarlos. «Sólo se puede avanzar como lo hace el agua.» Sin embargo, sabe que con eso no basta, que no es lo bastante radical para calmar el apetito salvaje de los jóvenes. De manera que Ginsberg se acaricia la barba, cierra los ojos, se acomoda en el interior de su cuerpo y responde de la única forma que puede, con un mugido profundo desde el fondo del estómago, la gran Sílaba, el sonido sagrado del universo, la perfección de la sabiduría, el único sonido que vale la pena emitir en un momento como éste: «Ommmmmm.»

Siente el cálido aliento divino en la boca, el elevado aliento musical que le brota de los pulmones y la garganta, las entrañas y el corazón, el estómago, los glóbulos rojos y los riñones, de la vesícula, las glándulas y las piernas larguiruchas sobre las que está sentado, la Sílaba emana de todos esos sitios. Si escuchas en silencio y con atención, si conservas la calma y ralentizas tu corazón, oyes la Sílaba en todo (en las paredes, en la calle, en los coches, en el alma, en el sol) y de pronto ya no estás cantando. De pronto el sonido se introduce en tu piel y simplemente oyes que tu cuerpo emite el sonido que siempre ha emitido: «Ommmmmm.»

Los niños con un exceso de educación tienen problemas con la Sílaba. Porque piensan con la mente y no con el cuerpo. Piensan con la cabeza y no con el alma. La Sílaba es lo que queda cuando abandonas tu mente, cuando restas el Gran Tú. A veces a Ginsberg le gusta ponerlos por parejas, imponerles las manos sobre las cabezas y decirles «Estáis casados», y entonces pedirles que imaginen qué sucede después, durante la luna de miel. Porque por mucho que hablen del amor libre, necesitan desesperadamente la corrupción de otros cuerpos. Necesitan desesperadamente salir de sus cerebros. Le dan ganas de gritarles: «¡Tenéis el alma de plomo!» Quiere que levanten sus cabezas poseídas y se entreguen a la gozosa devoción. Aquí están, intentando murmurar la Sílaba, pero lo hacen mal. Porque la abordan como si fuera una rata de laboratorio o un poema: pretenden desmontarla, diseccionarla y explicarla, exponer sus vísceras. Creen que la Sílaba es un ritual, algo figurativo, un símbolo de Dios, pero se equivocan. Cuando flotas en el océano, el agua no simboliza la humedad. Simplemente está ahí, haciéndote flotar. Y eso es la Sílaba, el bramido profundo del universo, como el agua, omnipresente, infinita, perfecta, la caricia de la mano de Dios en el lugar más noble, el lugar más exaltado, lo eminente, la cúspide, lo más alto, la octava.

«Ommmmmm», dice Ginsberg.

5

Y por encima de todos ellos, un helicóptero sale disparado hacia el norte cuando llega la noticia de que ha empezado una marcha ilegal improvisada por Lake Shore Drive: un grupo de chicas que desfilan gritando con el puño en alto por el centro de la calzada, dando palmetazos en los parabrisas de los coches para invitar a los conductores a unirse a su marcha hacia el sur, aunque los conductores se niegan sin excepción.

El helicóptero llega hasta ellas y las enfoca con la cámara, y la gente que lo está viendo por la tele —gente como el padre de Faye y varios de sus fornidos tíos, que en este momento están reunidos en una sala de estar de su pequeño pueblo fluvial de Iowa, a trescientos kilómetros de Chicago, pero conectados con la ciudad a través de la televisión— dice: «¿Sólo hay chicas?»

Pues sí, en este grupo concreto de estudiantes radicales que se manifiestan son todas chicas, sí. O eso parece. Como algunas llevan las caras cubiertas con pañuelos, no es fácil saberlo. Otras llevan unos peinados que hacen que los tíos de Faye digan «Ésa parece un hombre». Ahora mismo están en casa del que tiene el mejor televisor (un aparato Zenith a color de veintitrés pulgadas, grande como un pedrusco y que se enciende con un zumbido eléctrico) y quieren que sus amigos y sus esposas vean lo mismo que ellos. Que oigan lo mismo que ellos. Porque ¿qué están gritando esas chicas? ¡Gritan gilipolleces sin sentido! Gritan: «¡Ho! ¡Ho! ¡Ho Chi Minh!» y clavan el puño en el aire con cada sílaba, sin prestar la menor atención a los bocinazos, sin apartarse siquiera para desbloquear el tráfico, desafiando a los coches a derribarlas como si fueran bolos, algo que a los tíos de Faye les encantaría. Que las atropellaran.

Entonces miran tímidamente a Frank y dicen «Seguro que Faye no está ahí», y Frank asiente y se hace un silencio incómodo y absoluto, hasta que uno de los tíos rompe la tensión diciendo «¿Habéis visto lo que lleva esa tipa?», y todos asienten y sueltan unos cuantos gruñidos de asco, porque no es que los tíos crean que las chicas deben ir vestidas de largo, pero ni tanto ni tan poco. Comparadas con éstas, las chicas que se manifestaron ante el recinto donde elegían a Miss América parecían concursantes de Miss América. Porque, a ver, un ejemplo: esta chica que las lidera y a la que las cámaras no dejan de enfocar porque va a la cabeza de la horda y parece dirigir el avance, ¿qué lleva puesto? En primer lugar, una chaqueta militar, y los tíos coinciden en que es un gesto rastrero e irrespetuoso desde el punto de vista patriótico, y ése es el punto A. El punto B es que las chaquetas militares no favorecen para nada a las chicas, porque están hechas para hombres. Y esa chica sabía que iba a salir por la tele, ¿así quiere mostrarse? ¿Con una chaqueta inapropiada para su género? Lo que los lleva al punto C, en el que se afirma que esa chica, en secreto, por dentro, probablemente quisiera ser un hombre. En cuyo caso, piensan, muy bien, ningún problema, que recluten a esa zorra y la manden a Vietnam como a un hombre, y que atraviese la jungla a la cabeza de un batallón, atenta a las cuerdas trampa, los artefactos sin explotar y los francotiradores, a ver si entonces sigue gustándole tanto Ho Chi Minh.

«Seguro que hace días que no se ducha», dice uno de los tíos. ¿Cuántos días? Apostarían a que unos seis.

Las noticias identifican a la líder como una tal Alice que, según el presentador, es una feminista famosa en el campus, y los tíos resoplan y bufan, y uno dice «Ya te digo», y todos asienten, porque entienden exactamente a qué se refiere.

6

El bar de la planta baja del Conrad Hilton se llama Haymarket, un término que al menos uno de los dos agentes del Servicio Secreto que ahora mismo están sentados a la barra con una bebida sin alcohol en las manos considera históricamente relevante.

—Algo así como los Disturbios de Haymarket —dice el Agente A_____—. ¿O era la Masacre de Haymarket? ¿Te suena?

Pero el agente B_____, que tiene la barbilla justo encima de un vaso de soda en el que le encantaría que hubiera bourbon, niega con la cabeza.

—Pues no —dice—. No me suena.

—Fue en Chicago. En mil ochocientos ochenta y... algo. ¿Una huelga de trabajadores en Haymarket Square? Es un hecho histórico.

—Creía que Haymarket Square estaba en Boston.

—Sí, también hay una. Está a unos dos kilómetros al nordeste de nuestro cuartel general.

—¿Y por qué hacían huelga? —pregunta B_____—. ¿Qué pedían?

—La jornada laboral de ocho horas.

—Dios, ojalá pilláramos una de ésas ahora mismo.

A_____ agita el vaso y el camarero se lo llena. Su bebida preferida cuando no está de servicio es un cóctel muy simple que lleva sirope, zumo de limón y agua de rosas. No todos los establecimientos tienen agua de rosas, pero el Haymarket Bar, al parecer, está bien surtido.

—Lo que sucedió —dice A_____— es que los trabajadores se estaban manifestando, marchando y montando piquetes, y entonces apareció la policía y cargó contra ellos, y en ese momento estalló una bomba.

—¿Víctimas?

—Varias.

—¿Autor?

—Desconocido.

—¿Y lo mencionas ahora porque...?

—Porque ¿no te parece una coincidencia? ¿Que estemos en el Haymarket Bar en este preciso instante?

—En el corazón de la manifestación —dice B_____, y señala con el pulgar a sus espaldas, hacia los miles de manifestantes reunidos al otro lado del cristal emplomado.

—Pues eso.

—Menudo desbarajuste ahí afuera.

El agente A_____ mira de reojo a su compañero.

—Un verdadero maremágnum, podríamos decir.

—Sí, se ha armado un buen belén.

—Un auténtico fárrago.

—En efecto, cien por cien disloque.

—Un tropel.

—Un galimatías.

—Una baraúnda.

Se sonríen y reprimen una carcajada. Brindan con los vasos. Podrían pasarse todo el día así. Fuera, la multitud se agita y hierve.

7

Cuando parece que se abre un hueco con forma oval en la multitud, en realidad es porque hay decenas de personas sentadas. Están contemplando a Allen Ginsberg o acompañándolo en su «Ommmmmm», mientras él mueve la cabeza y da palmas con el rostro vuelto hacia arriba, como si estuviera recibiendo mensajes de los dioses. Para la multitud ansiosa y aterrorizada, sus cánticos tienen un efecto barbitúrico. En su monotonía, empeño y determinación, son el equivalente verbal de los brazos cariñosos de una niñera que te quiere de verdad. Los que se unen a su «Ommmmmm» se sienten mejor con el mundo. Es su armadura, la Sílaba sagrada y articulada. Nadie osaría atacar a alguien que canta «Ommmmmm» sentado en el suelo. Nadie osaría gasearlos.

Esta calma, esta paz, se ha expandido en oleadas hasta los límites exteriores de Grant Park. Algunos manifestantes permanecen de pie, perdidos entre la multitud, y gritan a la policía o arrancan pedazos de acera para arrojarlos contra el Conrad Hilton en un arrebato de rabia y ferocidad indefinidas porque «están cabreadísimos con todo», cuando alguien les toca el hombro por detrás y, al darse la vuelta, se encuentran con una mirada plácida y serena, porque a ellos también los ha tocado la persona que tenían detrás, a quien, a su vez, ha tocado la persona que tenía detrás, una larga cadena que llega nada más y nada menos que hasta Ginsberg, que lo alimenta todo con sus cánticos de alto voltaje.

Tiene paz suficiente para todos.

Sienten que una parte del cántico de Ginsberg fluye por su interior, sienten su belleza, y entonces pasan a formar parte de esa belleza. Los cánticos y ellos son lo mismo. Ginsberg y ellos son lo mismo. Los polis y los políticos y ellos son lo mismo. Y los francotiradores de las azoteas, y los agentes del Servicio Secreto, y el alcalde, y los reporteros, y la gente feliz que llena el Haymarket Bar y que mueve la cabeza al ritmo de una música que no oyen: todos son uno. Una misma luz los atraviesa a todos.

Y así, la calma avanza entre la multitud, en un círculo lento alrededor del poeta, en un movimiento excéntrico que brota de él como las ondas que rizan el agua, como en ese poema de Bash que tanto le gusta: la vieja charca, la noche queda, una rana que salta.

Chof.

8

Las chicas continúan su marcha hacia el sur. Chicas blancas, chicas negras, chicas morenas. Primeros planos de sus caras. Cánticos, gritos. Según los tíos de Faye, hay tres tipos de chicas: chicas larguiruchas con cara de caballo, chicas anchas con cara de magdalena y chicas rellenas con cara de pájaro. La chica que abre la marcha, la tal Alice, tiene mucho de caballo, opinan. (Ja, ja, «tiene mucho de caballo», ja, ja.) Sobre todo de caballo, pero también tiene algo de pájaro. Al menos por lo que alcanzan a ver de su cara, la parte que no queda oculta tras las gafas de sol o el pelo sucio. Dos partes cara de caballo, una parte cara de pájaro, ésa sería su posición en el mapa en 3D de las caras de las chicas.

Aunque lleva un arma, y eso la sitúa en una categoría totalmente distinta. Las caras de las chicas cambian por completo cuando se ponen así de violentas.

En realidad, casi todas las chicas del grupo llevan armas: tablones de madera, algunos con unos clavos oxidados de aspecto funesto en la punta; y piedras y trozos de pavimento; y barras de acero y ladrillos; y bolsas de contenido desconocido, aunque si tuvieran que adivinarlo dirían que llevan mierda y meados, además de sangre menstrual. Qué asco. La televisión asegura que hay rumores de que las radicales han comprado grandes cantidades de limpiahornos y amoníaco. Suena a material para fabricar bombas, aunque los tíos no están seguros al cien por cien de la química de esos procesos. Pero si alguien llevara explosivos hechos con limpiahornos sería una de esas chicas, opinan, porque son las que están acostumbradas a comprar esas cosas.

La CBS ha cortado un momento la conexión con el viejo Cronkite y está emitiendo todas esas imágenes en directo y sin editar. Y la mayoría de los espectadores ponen la CBS para saber qué piensa el viejo Cronkite sobre las cosas, pero ¿qué opinan los tíos de Faye? ¿Sobre la ausencia de Cronkite en este momento? Se alegran. Ese tipo se ha ablandado últimamente, y también se ha vuelto un poco izquierdoso y arrogante con tanto pronunciamiento desde la cima del Monte del Periodismo, o lo que sea. Prefieren recibir las noticias directamente de la fuente, sin diluir.

Sin ir más lejos, estas chicas que marchan hacia el sur por el centro de la calzada. Esto sí es acción. Noticias en estado puro. Sobre todo ahora que un coche patrulla se acerca y, en lugar de dispersarse como deberían, ¡las chicas lo atacan! ¡Aporrean la sirena con bates de béisbol! ¡Rompen las ventanillas a pedradas! Y el pobre agente sale por la puerta del acompañante y, ¡santo cielo, cómo corre el chaval! Vale que sólo son mujeres, pero son unas cien y no se andan con chiquitas. Entonces se reúnen todas alrededor del coche y parecen un montón de hormigas alrededor de un escarabajo, preparadas para devorarlo. Y la líder con cara de caballo grita «¡A la de tres!», ¡y entre todas vuelcan el coche patrulla! ¡Los tíos de Faye no han visto algo tan increíble en su vida! Después de felicitarse por hacer bien su trabajo, las chicas continúan avanzando y cantando, y la sirena del coche patrulla sigue sonando, pero en lugar de hacerlo a todo volumen suena desmoralizada y triste. Gime y lloriquea con un zumbido grave y lastimero. Parece un juguete electrónico a punto de quedarse sin pilas.

Y ahora las chicas llaman al policía, gritan: «¡Ven aquí, poli! ¡Cerdito! ¡Oink, oink!» Es lo mejor que los tíos de Faye han visto por la tele en todo el mes.

9

El hotel Conrad Hilton no queda cerca de la convención. La Convención Nacional Demócrata tendrá lugar en el Anfiteatro Internacional, en los terrenos de los mataderos, unos ocho kilómetros al sur. Pero el anfiteatro es ahora mismo un lugar totalmente inaccesible: lo rodea una alambrada, los soldados de la Guardia Nacional patrullan el perímetro, han sellado todas las bocas del alcantarillado con alquitrán, hay controles policiales en cada esquina, incluso los aviones tienen prohibido sobrevolarlo. En cuanto los delegados se encuentren en el interior, no habrá forma de llegar hasta ellos. De ahí que la manifestación tenga lugar delante del Hilton, donde se alojan todos los delegados.

Y luego está el tema del olor.

Hubert Humphrey no puede pensar en nada más. Ahora mismo su personal está intentando explicarle cómo discurrirá el debate sobre la plataforma a favor de la paz, pero es como si cada vez que volviese la cabeza lo oliera de nuevo.

¿A quién se le ocurrió la idea de celebrar una convención al lado de un matadero?

Los siente, los huele, oye a los pobres animales apiñados, muriendo a centenares cada hora para alimentar a una nación próspera. Llegaban en camiones siendo apenas criaturas; salían en camiones también, descuartizados. Huele el miedo desquiciado de los cerdos, los cerdos que colgaban de ganchos con los estómagos abiertos en una cascada de sangre y vómito de cerdo. El olor del amoníaco puro que utilizaban para limpiar la podredumbre del suelo. Los bramidos y la peste que desprendían las glándulas de los animales en su terror mortal, un terror tan sonoro como visible. El aliento químico de un millón de gritos animales abortados, pestilentes, que irrumpían en la atmósfera como un vapor agrio, denso.

El olor del matadero es a la vez nauseabundo y fascinante. Así es como un cuerpo sintoniza con la pérdida de otro.

Una montaña de estiércol más alta incluso que la alambrada, ¡de cinco metros de altura!, amontonada como un tipi en un arranque de coprofilia, boñigas en estado puro cociéndose al sol. Como una especie de aparición maligna que llega burbujeando desde el pleistoceno. Un fango orgánico que contamina el ambiente encerrado en tela y pelo.

—¿Qué clase de abominación es ésa? —ha preguntado Triple H, señalando el cono de mierda.

Sus agentes de seguridad se han echado a reír. Son hijos de granjeros. Él es hijo de farmacéutico. Sólo entra en contacto con ese tipo de biología cuando ya está procesada y pulverizada. Tenía ganas de hundir la nariz en su propia axila. El olor era más un peso que un gas, como si toda la podredumbre moral del mundo se hubiera materializado y tomado forma ante sus ojos, en Chicago.

—¡Que alguien encienda una cerilla! —ha exclamado uno de los agentes.

Todavía tiene el olor encima. La camarera dice que el aseo está a punto. «Gracias a Dios.» A estas alturas, la ducha tiene, más que nada, un efecto analgésico.

10

Faye lleva más o menos nueve horas en la cárcel cuando se le aparece el espíritu.

Está arrodillada, con las manos juntas, de cara a la pared donde se proyectan las sombras, y le pide ayuda a Dios. Dice que hará cualquier cosa, lo que sea. Por favor, dice balanceándose, haré todo lo que me pidas. Sigue así hasta que se marea y suplica a su cuerpo que la deje dormir, pero cada vez que cierra los ojos se siente como una cuerda de guitarra, enorme, larga, tensa y vibrátil, furiosa. Y es en ese estado intermedio, demasiado agotada para mantenerse despierta, pero demasiado inquieta para dormirse, cuando se le aparece el espíritu. Abre los ojos y nota una presencia cercana y, al mirar alrededor, en la pared más alejada, iluminada por la luz azulada y débil de la ventana, ve una criatura.

Parece un gnomo, tal vez. O un trol pequeño. En realidad, tiene exactamente el mismo aspecto que la figurita del espíritu del hogar que su padre le regaló hace muchos años. El *nisse*. Es pequeño y rechoncho, medirá alrededor de un metro; peludo y con barba blanca, gordo, con cara de hombre de las cavernas. Está apoyado en la pared, cruzado de brazos y piernas, tiene las cejas arqueadas y mira a Faye con escepticismo, como si fuera él quien dudara de la existencia de ella, y no al revés.

Acaso en otro momento, Faye habría sufrido un ataque de pánico ante esa visión, pero su cuerpo está exhausto.

—Estoy soñando, dice.

«Pues despierta», le contesta el espíritu del hogar.

Intenta despertarse. Sabe que lo que casi siempre la saca de sus sueños es darse cuenta de que está soñando, algo que siempre la ha frustrado; los sueños, piensa, son mucho mejores cuando sabes que son sueños. Porque entonces puedes actuar sin consecuencias. Es el único momento sin preocupaciones de toda su vida.

«¿Y bien?», pregunta el fantasma.

—No eres real —dice ella, aunque tiene que admitir que no parece un sueño.

El espíritu del hogar se encoge de hombros.

«Te pasas toda la noche pidiendo ayuda y cuando por fin aparece alguien para ayudarte, lo insultas. Qué típico de ti, Faye.»

—Estoy alucinando —dice ella. Por las pastillas.

«Oye, si no soy bienvenido, si tienes la situación bajo control, que te vaya muy bien. Hay mucha gente ahí fuera que valoraría mi ayuda. —Con un dedo rechoncho señala la ventana, el mundo exterior—. Escúchalos», dice, y en ese preciso instante la gran sala del sótano retumba de ruidos, los sonidos discordantes y solapados de voces de personas que suplican ayuda, que piden protección, voces de jóvenes y viejos, hombres y mujeres, como si de pronto la sala se hubiera convertido en una torre de radio capaz de sintonizar todas las frecuencias del dial al mismo tiempo, y Faye oye a estudiantes que piden que los protejan de la policía, y a policías que piden que los protejan de los estudiantes, y a curas que piden la paz, y a candidatos presidenciales apelando a la fuerza, y a francotiradores que esperan no tener que apretar el gatillo, y a miembros de la Guardia Nacional que miran de reojo sus bayonetas y piden ser valientes, y a gente por todas partes ofreciendo lo que puede a cambio de seguridad: prometiendo que empezarán a ir más a menudo a la iglesia, que serán mejores personas, que no tardarán en llamar a sus padres o a sus hijos, que escribirán más cartas, que darán dinero a la beneficencia, que serán amables con los desconocidos, que dejarán de hacer todas las cosas malas que hacen, que dejarán de fumar, que dejarán de beber, que serán mejores maridos o esposas, toda una sinfonía de bondad que podría surgir a cambio del perdón de este único día aciago.

Y entonces, con la misma rapidez se apagan las voces y vuelve a reinar el silencio en el sótano y el último sonido en desvanecerse es la vibración profunda de alguien que entona: «Ommmmmm.»

Faye se levanta y observa al espíritu del hogar, que se está mirando las uñas con actitud inocente.

«¿Sabes quién soy?», pregunta él.

—Eres el espíritu doméstico de mi familia. Nuestro *nisse*.

«Es uno de mis nombres, sí.»

—¿Hay otros?

Él le dirige una mirada de ojos oscuros, siniestros.

«Todas las historias que te contó tu padre sobre espíritus que parecen piedras, caballos, hojas... Sí, soy yo. Yo soy el *nisse*, yo soy el Nix, por no mencionar el resto de los espíritus, criaturas, demonios, ángeles, troles y demás.»

—No lo entiendo.

«Ya, sería imposible —dice él, y bosteza—. Todavía no lo habéis descifrado. Vuestro mapa está muy equivocado.»

11

Las chicas han cambiado el «¡Ho! ¡Ho! ¡Ho Chi Minh!» por «¡Muerte a los polis! ¡Muerte a los polis!» y los tíos están pegados al televisor, porque las chicas rebosan confianza después de haber logrado volcar el coche patrulla y está claro que se sienten indestructibles, pues se burlan de varios policías que ven mientras siguen avanzando despacio hacia el sur y les gritan «¡Poli, cerdito!» y «¡Oink, oink!» y otras lindezas. Y la razón por la que los tíos de Faye no pueden apartar la vista de la tele, lo que hace que no paren de exclamar «¡Ven, cariño, tienes que ver esto!» y se estén planteando llamar a todos sus amigos para asegurarse de que lo están viendo es que la policía... Y la Guardia Nacional... ¡Están esperando a esas zorras a dos manzanas de allí! Es como una emboscada. Están apostados al oeste de la ruta que siguen las chicas, esperando para rodearlas, echárseles encima y partirlas por la mitad (ja, ja) y las chicas ni se imaginan que eso va a pasar.

Los tíos lo saben gracias a la cámara del helicóptero.

Y ahora mismo esa cámara les parece tan merecedora de agradecimiento como su madre cuando cumplen años. Y piensan que ojalá hubiera alguna forma de grabar para siempre lo que está a punto de suceder y de ver las imágenes de la cámara del helicóptero una y otra vez, y a lo mejor incluirlas en un álbum de recuerdos o en una cápsula temporal, o mandarlas al espacio en un satélite para que los marcianos o quien demonios haya ahí fuera vean lo emocionante que puede ser la puñetera televisión. Porque ¿qué será lo primero que dirán los marcianos cuando aterricen con sus platillos volantes en el césped de la Casa Blanca? Dirán: «Esas chicas se lo habían buscado.»

Alrededor de un centenar de policías antidisturbios esperan a las chicas, y detrás de ellos un batallón de soldados de la Guardia Nacional equipados con máscaras antigás y rifles con putas dagas enganchadas al cañón, y detrás de ellos un monstruoso artilugio de metal con unos surtidores en la parte delantera, como si hubiera aparecido del futuro una de esas máquinas Zamboni que se usan para pulir pistas de hielo, cuya utilidad explican en la tele: gas. Gas lacrimógeno. Cuatro mil litros.

Están apostados detrás de un edificio, aguardando a que las chicas lleguen hasta ellos, y los tíos de Faye están tensos, nerviosos, casi como si estuvieran ahí con los polis o algo así, y piensan que tal vez este momento —aunque en realidad se encuentran a cientos de kilómetros y siguen sentados en un sofá mirando una caja electrónica mientras se les enfría la comida— sea lo mejor que les haya pasado en la vida.

Porque esto es el futuro de la televisión: una sensación puramente combativa. El problema del viejo Cronkite es que trata la televisión como si fuera un periódico, con todas las obligaciones caducas de la prensa escrita.

La cámara del helicóptero da paso a un futuro nuevo.

Más rápido, más inmediato, preñado de ambigüedad: sin mediadores entre el acontecimiento y la percepción del mismo. Las noticias y la opinión de los tíos de Faye sobre las noticias se manifiestan de manera simultánea.

El caso es que la policía ya ha empezado a moverse. Llevan las porras en la mano y los cascos antidisturbios puestos, y corren, esprintan, y cuando las chicas se dan cuenta de lo que está a punto de pasar, su gran manifestación se desintegra como una piedra reventada por un disparo, los guijarros salen volando en todas las direcciones. Algunas chicas se vuelven por donde llegaban, pero un furgón policial y un escuadrón de agentes que ya habían previsto esa reacción les cortan el paso. Otras saltan la barrera que separa el tráfico que va hacia el norte del que va hacia el sur y escapan a toda prisa en dirección al lago. Pero la mayoría están atrapadas en una muchedumbre tan densa que no tienen hacia dónde correr. De modo que tropiezan unas con otras, caen y se revuelcan como una camada de cachorros ciegos, y ellas son las primeras sobre las que se abalanza la policía, les golpean las piernas, los muslos y el espinazo con las porras. Los agentes tumban a esas zorras como si cortaran césped: una segada rápida y las chicas se doblegan y caen. Visto desde arriba, parece una de esas imágenes de los libros de biología del instituto en las que el sistema inmunológico barre a un cuerpo extraño, lo rodea y lo neutraliza en el torrente sanguíneo. Los polis se abren paso entre la muchedumbre y todos se mezclan en una maraña. Los tíos de Faye ven las bocas abiertas de las chicas y piensan que ojalá pudieran oír sus gritos por encima del ruido de la hélice del helicóptero. Los agentes arrastran a las chicas hasta una furgoneta, casi siempre por los brazos, aunque algunos también les tiran del pelo y de la ropa, lo que da un breve momento de vidilla a los tíos, porque puede que esos vestiditos hippies se desgarren y ellos pillen un poco de piel. Hay chicas que pierden ríos de sangre por la cabeza. Otras están aturdidas, sentadas en medio de la calzada, llorando, o desmayadas en la cuneta.

La cámara del helicóptero busca a la líder, Alice, pero se ha escapado corriendo hacia el sur, hacia Grant Park, para reunirse con el resto de los hippies junto al Conrad Hilton, seguramente. Una pena. Habría tenido su gracia verlo. La Guardia Nacional ni siquiera ha entrado en acción todavía. Se limitan a mirar, rifle en mano, con una pinta letal. La gigantesca máquina de gas lacrimógeno, a todo esto, avanza despacio hacia el sur, hacia la multitud reunida en el parque. La mayor parte de las chicas se han dispersado ya por completo. Unas pocas huyen por la orilla del lago, corriendo a toda hostia por la arena ante la mirada atónita de familias y socorristas. El helicóptero de la cámara se dirige ahora hacia el sur para cubrir lo que sucede en el parque, pero en ese momento la maldita CBS da paso otra vez al viejo Cronkite, que está pálido y alterado: es evidente que ha estado viendo las mismas imágenes que los tíos, pero ha llegado a unas conclusiones radicalmente distintas.

«La policía de Chicago es una panda de matones», dice.

¡Manda huevos! ¡Eso sí es una visión sesgada! Uno de los tíos se levanta del asiento y hace una llamada de larga distancia a las oficinas centrales de la CBS. Le da igual lo que vayan a cobrarle, pagará lo que haga falta con tal de que el viejo Cronkite se entere de lo que opina de él.

12

El agente Charlie Brown, sin placa, anónimo, está peinando la multitud en busca de Alice, porque sabe que Alice estará ahí, en esa manifestación exclusivamente femenina, y blande la porra y, en este preciso instante, al entrar en contacto con la frente de una hippie más, se siente como Ernie Banks.

Como Ernie Banks justo después de golpear otra bola que le permitirá completar un *home run*, cuando se produce un diminuto intervalo antes de que el público lo aclame, antes de que él recorra las bases al trote, antes incluso de que abandone el plato del bateador, antes de que alguien logre localizar la bola en el aire y extrapolar su trayectoria y comprender que superará la hiedra de Wrigley Field, tiene que existir un momento en el que la única persona de todo el estadio que sabe que se trata de un *home run* sea el propio Ernie Banks. Incluso antes de levantar la vista y ver alejarse la bola, tiene que haber un momento en el que todavía está con la cabeza gacha, con la vista fija en el punto que ocupaba la bola hace un instante, y en el que la única información de la que dispone es la que sube por el bate y llega hasta sus manos, una percusión que le parece perfecta. Como si la bola no hubiera ofrecido ningún tipo de resistencia, pues la ha golpeado en el centro exacto con el centro exacto del bate. Y antes de que pase nada más se produce un momento en el que se siente como si tuviera un secreto que se muere de ganas de contar a los demás. ¡Acaba de conseguir un *home run*! Pero todavía no lo sabe nadie.

Brown va pensando en todo eso mientras aporrea cabezas de hippies. Hace ver que es Ernie Banks.

Porque es muy difícil lograr un golpe preciso, firme cada vez; un verdadero reto atlético y de coordinación. Brown calcula que tres de cada cuatro golpes terminan acertando sólo de refilón, pues la vibración de la porra se asemeja a un quejido. Las hippies se retuercen. No se puede esperar que se queden quietas mientras las atizan. Son impredecibles. Intentan protegerse con las manos y los brazos. Se apartan en el último segundo.

Calcula que tres de cada cuatro golpes son eso: fallos, *strikes*. Su porcentaje de bateo está en 0,25. No es tan bueno como el de Ernie, pero no deja de ser respetable.

Pero a veces todo se alinea. Anticipa los movimientos de la hippie a la perfección: la sensación de la porra en la mano, el sonido húmedo de la cabeza de la hippie, ese crujido vacío, como el de una sandía al partirse, y el instante en el que la hippie no sabe dónde está ni qué sucede, cuando literalmente no sabe «dónde tiene la cabeza» y el cerebro le rebota dentro del cráneo, y de pronto cae como un árbol sin raíces, se desploma, vomita y se desmaya, y Brown sabe que eso es lo que está a punto de pasar, pero todavía no ha pasado, y le encantaría poder habitar en ese momento para siempre. Quiere capturar ese momento en una postal o un globo de nieve: la hippie a punto de caer, el policía triunfal encima de ella, empuñando la porra que acaba de golpearla y que sigue describiendo el arco con una técnica de swing perfecta, y su cara, que sería igual que la de Ernie Banks después de golpear otra bola justo en el centro: el placer vertiginoso y gratificante del trabajo bien hecho.

13

Faye está agotada. Lleva más de un día sin dormir. Está apoyada en la pared, de espaldas a la sala y tratando de no derrumbarse, a punto de echarse a llorar a causa del esfuerzo.

—Ayúdame —dice.

El espíritu del hogar está sentado en el suelo, fuera de su jaula de metal. Se limpia los dientes con una uña.

«Podría ayudarte —le dice—. Podría ahorrarte todo esto. Si me apeteciera.»

—Por favor —dice Faye.

«Vale. Proponme un trato. Que no sea una pérdida de tiempo. Distráeme un poco.»

Así pues, Faye promete que será mejor persona, ayudará a los necesitados e irá a la iglesia, pero el espíritu del hogar se limita a sonreír.

«¿Y a mí qué me importan los necesitados? —pregunta—. ¿Y a mí qué me importa la iglesia?»

—Daré dinero a la beneficencia —dice Faye—. Me haré voluntaria y daré dinero a los pobres.

«Ufff —se burla el espíritu del hogar, y los labios se le cubren de saliva—. Vas a tener que esforzarte un poco más. Vas a tener que ofrecerme algo sustancioso.»

—Volveré a casa —dice Faye—. Iré un par de años a la escuela preparatoria y volveré a Chicago cuando todo esto haya pasado.

«¿Un par de años de preparatoria? ¿Y ya está? En serio, Faye, esa penitencia ni siquiera empieza a compensar todas las cosas malas que has hecho.»

—Pero ¿qué he hecho?

«Eso es irrelevante. ¿De verdad quieres saberlo? Desobedecer a tus padres. Sentir orgullo. Codiciar. Tener pensamientos impuros. Además, ¿anoche no tenías planeado mantener relaciones fuera del matrimonio?»

Faye agacha la cabeza y admite que sí, porque mentir no serviría de nada.

«Sí, la respuesta es que sí. Además estás colocada. Ahora mismo estás colocada. Y has compartido cama con otra mujer. ¿Tengo que seguir? ¿Quieres oír más? ¿Tengo que mencionar lo que hiciste con Henry en la orilla del río?»

—Me rindo —dice ella.

El espíritu del hogar se rasca la barbilla con una mano rechoncha.

—Debería olvidarme de todo esto —dice Faye—. Volver a casa y casarme con Henry.

El espíritu del hogar arquea una ceja. «Interesante. ¿Y qué más?»

—Me casaré con Henry y lo haré feliz. Me olvidaré de la universidad y seremos normales, como quiere todo el mundo.

El espíritu sonríe, tiene los dientes rotos y serrados, una boca llena de piedras.

«¿Y qué más?», dice.

14

Ahora el viejo Cronkite está entrevistando al alcalde de Chicago, el dictador rufián de carrillos rechonchos. Cronkite le hace preguntas en directo, pero es evidente que el periodista tiene la cabeza en otra parte. Apenas presta atención. No importa. El alcalde es un profesional de los que no hay. No necesita que un periodista le pregunte para soltar la perorata que ha venido a soltar, a saber, la extraordinaria amenaza que los agitadores suponen para la policía, para los estadounidenses de a pie y «nuestra democracia», ya que los radicales venidos de fuera de la ciudad están causando estragos en una localidad respetuosa con la ley como la suya. Parece muy interesado en subrayar lo de «venidos de fuera», probablemente para dejar claro a sus votantes que los problemas que aquejan en ese momento a la ciudad no son culpa suya.

Además, aunque Cronkite estuviera concentradísimo y le hiciera preguntas realmente incisivas, preguntas difíciles, el alcalde se limitaría a recurrir a la típica artimaña de político que no responde la pregunta que le haces, sino la que le gustaría que le hubieras hecho. Y si insistes demasiado y le dices que no ha contestado la pregunta, el que queda como un capullo eres tú. Al menos así es como funciona en televisión. Por importunar a un tipo carismático que lleva rato diciendo cosas que, cuando menos, parecen guardar cierta relación con la pregunta. En cualquier caso, así es como lo ven los espectadores, que tienen la atención dividida entre Cronkite, los niños que corretean de aquí para allá y los bistecs Salisbury, que son el punto álgido de su cena delante del televisor. Si insistes en acosar al político, quedas como un acosador, y Estados Unidos no se reúne ante el televisor para ver a un acosador. Es escalofriante pensar que los políticos han aprendido a manipular la televisión mejor incluso que los profesionales del medio. La primera vez que se dio cuenta de ello, el viejo Cronkite se puso a imaginar qué tipo de personas se dedicarían a la política en el futuro y se estremeció de miedo.

O sea que en apariencia está entrevistando al alcalde, pero en el fondo sabe que en este momento su trabajo tan sólo consiste en ponerle un micrófono delante de la boca para que las noticias de la CBS puedan parecer equilibradas al ofrecer una versión alternativa a las imágenes de brutalidad policial que llevan horas mostrando. O sea que en realidad el viejo Cronkite no está escuchando. A lo sumo observa. Observa cómo el alcalde se esfuerza por echar la cabeza hacia atrás con el cuello, como quien intenta evitar un mal olor, y ese gesto hace que la parte de barbilla que si fuera un gallo llamaríamos el «papo» sobresalga y se sacuda cada vez que habla. Es imposible no fijarse.

O sea que parte de la mente del viejo Cronkite está concentrada en eso, en estudiar cómo se agita la cara de gelatina del alcalde. Pero sobre todo está pensando en otra cosa: piensa ni más ni menos que en volar. Imagina que es un pájaro. Que sobrevuela la ciudad. A tanta altura que todo es oscuridad y silencio. Ahora mismo, ese pensamiento ocupa más o menos tres cuartas partes de la mente de Walter Cronkite. Es un pájaro. Es un ágil pájaro volador.

15

Faye sigue en su oscura celda subterránea, encogida de miedo ante la perspectiva de sufrir otro ataque de pánico, pues siente junto a ella el cálido aliento del espíritu del hogar, que está agarrado a la alambrada, con la cara pegada a la tela metálica, con los ojos negros y saltones, diciéndole lo que quiere de ella: venganza y represalias.

Pero ¿venganza por qué?

A Faye le encantaría que su madre estuviera ahí acariciándole la frente con un paño frío, diciéndole que no se va a morir y abrazándola, y despertarse al día siguiente calentita, tapada con una manta, con su madre al lado porque en algún momento de la noche, mientras velaba sus sueños, se habría quedado dormida.

A Faye no le vendría nada mal esa ternura ahora mismo.

«Sí, pero ¿dónde estaba tu padre cuando lo necesitabas? —pregunta el espíritu—. ¿Dónde está ahora?»

Faye no lo entiende.

«Tu padre es un hombre horrible. Tienes que saberlo.»

—Sí, supongo que lo es. Me echó de casa.

«Ah, claro, porque todo tiene que estar relacionado contigo, ¿no? Por favor, Faye. ¿No te parece un poco egoísta?»

—Vale, entonces ¿por qué es malo? ¿Porque trabaja en Chem-Star?

«Venga. Sabes muy bien a qué me refiero.»

El recuerdo que Faye guarda de su padre es el de un silencio apesadumbrado. A veces con la mirada perdida a lo lejos. Un hombre que se lo queda todo dentro. Sumido siempre en una ligera melancolía, salvo cuando cuenta historias de su país, de la granja familiar, el único tema que parece animarlo.

—Hizo algo en su país, ¿verdad? —dice Faye—. Antes de venirse a Estados Unidos.

«Bingo —dice el espíritu—. Y ahora está recibiendo su castigo, y tú también. Y tu familia seguirá recibiendo ese castigo hasta la tercera o la cuarta generación. Son las reglas.»

—No me parece muy justo.

«¡Ja! ¿Justo? ¿Y qué lo es? El funcionamiento del universo y tu concepto de justicia son cosas muy distintas.»

—Es un hombre desgraciado —dice Faye—. Hiciera lo que hiciese, lo lamenta.

«¿Tengo yo la culpa de que casi todos los habitantes de la Tierra estén pagando por males cometidos por alguna generación anterior? No. La respuesta es que no. No tengo la culpa.»

Faye solía preguntarse qué pasaba ante los ojos de su padre cuando tenía la mirada perdida, cuando pasaba una hora plantado en el jardín contemplando el cielo. Siempre se había referido a su vida antes de llegar a América con una vaguedad exasperante. Sólo hablaba de la casa, aquella casa preciosa de color rojo salmón en Hammerfest. El resto de los detalles estaban prohibidos.

—Alice me contó algo —dice Faye—. Dijo que la forma de librarte de un espíritu es devolviéndolo a su casa.

El espíritu del hogar se cruzó de brazos. «Ésta sí que es buena —dice—. Me encantaría verlo.»

—A lo mejor debería ir a Noruega. Llevarte de vuelta al lugar del que saliste.

«Te desafío a hacerlo. ¿A que no te atreves? Eso sí que sería entretenido. Adelante, ve a Hammerfest y pregunta por Frank Andresen. A ver qué tal te va.»

—¿Por qué? ¿Qué descubriría?

«Es mejor que no lo sepas.»

—Dímelo.

«Yo lo único que digo es que hay misterios del universo que deberían seguir siéndolo.»

—Por favor.

«De acuerdo. Pero te lo advierto: no te va a gustar.»

—Soy toda oídos.

«Descubrirás que eres tan horrible como tu padre.»

—Eso no es cierto.

«Descubrirás que los dos sois idénticos.»

No lo somos.

«Adelante. Inténtalo. Ve a Noruega. Trato hecho. Te sacaré de la cárcel ahora mismo. Pero a cambio tienes que descubrir qué hizo tu padre. Que te diviertas.»

Y justo en ese momento se abre la puerta y la luz de los rutilantes fluorescentes del techo invade la sala, y ahí, recortado en el marco de la puerta, aparece ni más ni menos que Sebastian. Con el pelo revuelto y la chaqueta holgada. La ve y se acerca a ella. Lleva las llaves de la celda en la mano. Abre la puerta, se agacha, la rodea con los brazos y le susurra al oído: «Te voy a sacar de aquí. Vámonos.»

16

A estas alturas el alcalde está casi sermoneando al pobre Cronkite, que tiene un aspecto descorazonado, marchito y triste. Ha habido amenazas, eso dice el alcalde. Intentos de asesinato contra todos los candidatos, amenazas de bomba, incluso amenazas contra él, el alcalde. Parece que el viejo Cronkite en vez de mirar al alcalde se esté fijando en un punto que queda justo detrás de él.

—¿Eso es verdad? —pregunta el agente B_____—. ¿Lo de las amenazas?

—No —dice el agente A_____—. No hay nada creíble.

Lo están viendo en el Haymarket, por el televisor de encima de la barra. El alcalde sujeta el micrófono del viejo Cronkite y bien podría ser él mismo el entrevistador.

«Había planes para asesinar a muchos de los líderes, yo incluido —dice—, y con todos estos rumores sobre asesinatos corriendo por nuestra ciudad, no he querido que pasara en Chicago lo mismo que pasó en Dallas o en California.»

A los agentes del Servicio Secreto no les gusta que saque a relucir a los Kennedy de esta forma. Dan traguitos comedidos a sus cócteles sin alcohol.

—Es mentira —dice el agente A_____—. Nadie trata de asesinarlo.

—Ya, pero ¿qué va a hacer el viejo Cronkite? ¿Llamarlo mentiroso en la tele?

—El viejo Cronkite no parece muy motivado en este caso.

—Si ha de ser por pasión, ya está retirado.

Interrumpen un instante la entrevista al alcalde para mostrar unas imágenes de Michigan Avenue y de lo que parece un tanque militar de tamaño real que avanza por la calle. Vista por la tele, la escena recuerda a la Segunda Guerra Mundial, la liberación de París, por ejemplo. El tanque pasa justo por delante del Hilton y notan la vibración en el estómago, y los políticos reunidos en el Haymarket Bar se acercan a las ventanas emplomadas para verlo traquetear por delante de ellos. Todos excepto los dos agentes del Servicio Secreto de la barra, pues no les sorprende nada lo del tanque (era una posibilidad que se mencionaba en varias circulares «clasificadas» previas a la protesta) y, además, el Servicio Secreto muestra siempre una apariencia imperturbable en público, una disciplina y compostura absolutas, o sea que ven pasar el tanque por la tele, impávidos.

17

Faye lleva toda la noche rezando para que la rescaten, pero ahora que ha llegado un rescatador se oye diciéndole que no.

—¿Cómo que no? —pregunta Sebastian.

Está en cuclillas y le agarra los hombros con las manos, como si estuviera a punto de obligarla a entrar en razón con un zarandeo.

—No me quiero ir.

—¿Qué dices?

—Nada, da igual —dice ella.

Tiene el cerebro nublado, abotargado. Intenta recordar lo que le ha dicho el espíritu del hogar, pero ya ha empezado a desvanecerse. Recuerda la sensación de hablar con el fantasma, pero ya no recuerda su voz.

Mira a Sebastian, que tiene cara de preocupación. Se acuerda de que deberían haber tenido una cita la noche anterior.

—Te dejé plantado, lo siento —dice, y Sebastian se ríe.

—Otra vez será —responde.

La opresión del pecho de Faye va desapareciendo, se le aflojan los hombros, la bilis del estómago se disuelve. Su cuerpo es como un muelle después de saltar. Se está relajando; esto es lo que se siente al relajarse.

—¿Qué estaba haciendo cuando has entrado? —pregunta.

—No sé. Nada.

—¿Estaba hablando con alguien? ¿Con quién hablaba?

—Faye —le dice él, y le pone la mano en la mejilla—. Estabas durmiendo.

18

Pero seguro que Ernie Banks también siente algo más cuando consigue un *home run*. Es probable que la sensación de superioridad profesional vaya unida a un sentimiento más feo, de... ¿cómo llamarlo? ¿Revancha? ¿Venganza? Porque ¿acaso no es cierto que uno de los motivos que empujan a los hombres a la grandeza es en parte la necesidad de restregársela a quienes más daño les han hecho? En el caso de Ernie Banks fueron otros chicos, mayores y más corpulentos, que le decían que era demasiado flaco. O los chicos blancos que no lo dejaban jugar. Las chicas que lo abandonaron por chicos más listos, más corpulentos, más ricos. O sus padres, que le decían que se dedicara a algo mejor. Los profesores que decían que nunca llegaría a nada. Los polis de barrio, siempre suspicaces con él. Y como Ernie no pudo defenderse entonces, se defiende ahora: cada *home run* es una réplica, cada captura imposible tras un sprint por el jardín central forma parte de su reivindicación constante. Cuando suelta el bate y consigue uno de esos impactos deliciosos, ¡toc!, debe de experimentar una profunda satisfacción profesional, claro que sí, pero al mismo tiempo debe de pensar: «Aquí tenéis otra demostración de que os equivocabais, capullos.»

Así que eso también constituye una parte esencial. Eso pasa en la cabeza del agente Brown ahora mismo. Esto es, en parte, una venganza. Un acto de justicia.

Y piensa en las noches con Alice, en los encuentros en el asiento trasero del coche patrulla, y en que ella quería que la tratara con violencia, que la zarandeara y la estrangulara y no tuviera miramientos con ella y le dejara marcas. Y en su propia reacción, en su vergüenza, timidez y recato. No quería hacerlo. Se sentía incapaz, en realidad. Sentía que aquello requería un tipo de hombre distinto por completo: irreflexivo y brutal.

Y sin embargo, allí está, aporreando a las hippies en la cabeza. Resulta que tenía grandes reservas de brutalidad que no había explorado hasta este momento.

En cierto modo, eso lo hace feliz. Es un hombre más completo y complejo de lo que él creía. Se imagina que dialoga con Alice. «No me creías capaz de hacerlo, ¿verdad? —dice mientras le atiza a otra hippie—. ¿No decías que querías que fuera brusco? Pues aquí lo tienes.»

Y supone que para Ernie Banks el mejor *home run* es el que completa cuando las chicas que le rompieron el corazón están en las gradas para verlo. Brown imagina que Alice está viéndolo, justo ahora, en medio de la refriega, presenciando esa nueva vitalidad, su potencia, la brutal dominación masculina. Está impresionada. O lo estará, en cuanto lo vea y compruebe cómo ha cambiado, cómo se ha convertido exactamente en lo que ella necesita ahora mismo: claro que volverá a aceptarlo.

Sacude a una hippie en la mandíbula, oye ese crujido revelador, y resuenan gritos por todas partes, las hippies corren aterrorizadas y uno de los otros polis agarra a Brown por el hombro y le dice «Colega, cálmate un poco», y el agente Brown se da cuenta de que le tiemblan las manos. Se sacuden, en realidad, y las agita en el aire como si estuvieran mojadas. Le da vergüenza y espera que si, en efecto, Alice lo está mirando, no se haya fijado.

Piensa: «Soy Ernie Banks conquistando una base tras otra, la viva imagen de la calma y la serenidad.»

19

Llama la atención que las cosas extraordinarias se vuelvan ordinarias tan deprisa. A estas alturas, los clientes del Haymarket Bar ya ni siquiera pestañean cuando algún proyectil golpea el ventanal de cristal emplomado. Piedras, fragmentos de hormigón e incluso bolas de billar, todos esos objetos han pasado volando por encima de las cabezas del cordón policial y se han estrellado contra los ventanales del bar. La gente de dentro ha dejado de prestarles atención. O si se la prestan, lo hacen con condescendencia: «A los Cubs nos les vendría nada mal un lanzador así.»

Por lo general, los polis logran mantener la protesta a raya, pero de vez en cuando un grupo de manifestantes supera el cordón y un par de chavales se llevan una buena tunda justo delante de las ventanas del Haymarket antes de que los metan a rastras en un furgón policial. Ha pasado ya tantas veces que los del bar han dejado de fijarse. Miran a otro lado con la misma tensión que cuando pasan junto a un vagabundo en la calle.

En la tele, el alcalde está otra vez con el viejo Cronkite, que parece más compungido que nunca.

«Eso sí se lo puedo decir —asegura el periodista—, cuenta usted con un gran número de simpatizantes en todo el país.»

Y el alcalde asiente como un emperador romano ordenando una ejecución.

—Un peloteo patriotero en toda regla —dice el agente A____—. Un acto de *dezinformatsiya* elemental.

Fuera, un agente de policía golpea a un barbudo que lleva una bandera del Vietcong a modo de capa, lo golpea con la culata del rifle en el centro exacto de la capa, y el tipo cae al suelo desparramado, como si se lanzara de cabeza a por la última base, y se golpea de morros contra el grueso ventanal del Haymarket con un crujido sordo que en el local queda ensordecido por el empalagoso saxofón de Jimmy Dorsey.

«Y tengo que felicitarlo, señor alcalde —añade el viejo Cronkite—, por la genuina cordialidad del Departamento de Policía de Chicago.»

Dos policías se abalanzan sobre el barbudo del ventanal y le atizan en la cabeza.

—Es la viva imagen de alguien que se ha rendido —dice el agente A____, que señala a Cronkite.

—Que alguien le dé el toque de gracia, por favor —dice el agente B____, y asiente con la cabeza.

—¿Quieres saber qué cara pone un luchador cuando sabe que ha perdido? Ahí la tienes.

Fuera, entretanto, se llevan al barbudo a rastras y dejan una mancha de sangre y de grasa sobre el cristal.

20

Una gaviota, por ejemplo, piensa el viejo Cronkite. Hace poco fue a ver un partido en Wrigley Park y vio que, en la novena entrada, las masas de gaviotas abandonaban el lago y se reunían en el estadio. Los pájaros iban para dar cuenta de los restos de palomitas y cacahuetes que quedaban debajo de los asientos. Cronkite quedó asombrado de su precisión. ¿Cómo sabían que era la última entrada?

¿Qué aspecto tendría la ciudad desde aquella perspectiva, a vista de gaviota, desde lo alto? Sería un lugar silencioso y tranquilo. Las familias en sus casas, el parpadeo de color gris azulado de los televisores, una luz dorada solitaria en la cocina, aceras vacías a excepción de algún gato callejero, manzanas enteras sin el menor movimiento. Cronkite se imagina sobrevolando todo eso y constatando que todo Chicago, aparte de las pocas hectáreas que rodean el Conrad Hilton Hotel, es el lugar más tranquilo del mundo ahora mismo. Y tal vez ésa sea la noticia. No que haya miles de personas manifestándose, sino que hay millones que no lo hacen. A lo mejor, para conseguir el equilibrio que la CBS persigue, deberían mandar una unidad móvil a los barrios polacos del norte, griegos del oeste y negros del sur, y mostrar que ahí no pasa nada. Enseñar que todos estos manifestantes no son más que un puntito de luz en medio de una oscuridad cada vez más vasta e intensa.

¿Tendría sentido para el público de la televisión? ¿Entendería que una manifestación como ésta se expande y lo engulle todo? Quiere decirles a sus espectadores que la realidad que están viendo en la tele no es la Realidad. Imaginen una única gota de agua: eso es la manifestación. Metan esa gota dentro de un cubo: eso es el movimiento de protesta. Y ahora viertan ese cubo en el lago Michigan: eso es la Realidad. Pero el viejo Cronkite sabe que el peligro de la televisión es que la gente empiece a ver el mundo entero a través de esa gota de agua. Que esa gota solitaria que refracta la luz se convierta en el panorama general. Para mucha gente, lo que vean esta noche condensará todo lo que piensan sobre el movimiento de protesta, el pacifismo y los años sesenta. Y Cronkite tiene la acuciante sensación de que su trabajo consiste en evitar que pasen esa página.

Pero ¿cómo expresarlo bien?

21

Sebastian le da la mano y la saca de esa pequeña cárcel improvisada hasta un pasillo de hormigón completamente anónimo y gris. Sale un agente de policía de una sala y Faye da un respingo al verlo.

—No ocurre nada —dice Sebastian—. Vamos.

El poli pasa junto a ellos y los saluda con una inclinación de la cabeza. Atraviesan unas puertas dobles al final del pasillo y acceden a un espacio decorado de forma extravagante: una gruesa moqueta roja, apliques de pared que proyectan una luz dorada, paredes blancas con molduras elegantes que evocan la aristocracia francesa. Faye ve un letrero en una puerta y cae en la cuenta de que están en el sótano del Conrad Hilton Hotel.

—¿Cómo has sabido que estaba arrestada? —pregunta.

Él se vuelve y esboza una sonrisa de granuja.

—Un pajarito —dice.

La guía por las entrañas del edificio y pasan junto a policías, periodistas y personal del hotel, todos corriendo con prisas de aquí para allá, todos con aspecto ceñudo y grave. Llegan a unas gruesas puertas metálicas que dan al exterior. Las vigilan dos policías más, que saludan a Sebastian con la cabeza y les ceden el paso. Y así es como acceden a un muelle de carga que da a un callejón, al aire libre. El fragor de la protesta es un aullido confuso que parece llegarles de todas las direcciones al mismo tiempo.

—Escucha —dice Sebastian, que ladea la cabeza para levantar una oreja hacia el cielo—. Ha venido todo el mundo.

—¿Cómo lo has hecho? —pregunta Faye—. Hemos pasado justo por delante de esos policías. ¿Por qué no han dicho nada? ¿Por qué no nos han parado?

—Tienes que prometerme algo —dice él, y la agarra por los brazos—. Tienes que prometerme que nunca contarás nada de esto. A nadie.

—Dime cómo lo has hecho.

—Prométemelo, Faye. No puedes mencionar ni una palabra de lo que ha pasado. Diles que he pagado la fianza, nada más.

—Pero no has pagado la fianza. Tenías la llave. ¿Por qué tenías la llave?

—Ni una palabra. Confío en ti. Te he hecho un favor y ahora tienes que devolvérmelo guardando el secreto, ¿vale?

Faye se lo queda mirando un momento y comprende que no es el estudiante radical y sin dobleces por el que lo había tomado. Que esconde misterios, que tiene varias capas. Sabe algo de él que nadie más sabe, tiene un poder sobre él que nadie más tiene. Esa idea le inflama el corazón: es un alma gemela, piensa, otra persona con una vida oculta, insondable.

Faye asiente.

Sebastian sonríe, le toma la mano y la acompaña hasta el sol que brilla al final del callejón, y al doblar la esquina Faye ve a los policías y los militares, ve la barricada y, detrás de la barricada, la masa turbulenta del parque. Ya no son sombras proyectadas en la pared, ahora los ve con todo detalle y en color: los uniformes azul claro de la policía; las bayonetas de los miembros de la Guardia Nacional; los jeeps con bobinas de alambre de púas en el parachoques delantero; la multitud que avanza como una bestia incontrolable y ahora rodea y engulle la estatua de Ulysses S. Grant que hay enfrente del Conrad Hilton, la escultura de un Grant de tres metros montado encima de un caballo de tres metros, la gente que trepa por las patas de bronce hasta el cuello y la grupa y la cabeza del animal, y un joven osado que sigue trepando, que se encarama al propio Grant y se pone en pie encima de sus hombros anchísimos, tambaleante pero erguido, y levanta los dos brazos por encima de la cabeza para hacer un doble símbolo de la paz y desafiar a los policías que acaban de percatarse de lo que pasa y ya se dirigen hacia allí con la intención de obligarlo a bajar. Esto no terminará bien para él, pero el público lo aclama de todas formas, porque es el más valiente de todos, el punto más alto de todo el parque.

Faye y Sebastian dejan atrás el tumulto y se adentran en el anonimato de la multitud.

22

El agente Brown sigue aporreando cabezas, y a su alrededor los policías se han arrancado las placas y las etiquetas con sus nombres. Se han bajado las viseras de los cascos antidisturbios. Son anónimos. Los telediarios no celebran esa novedad.

«La policía aporrea a los manifestantes con impunidad», dicen los periodistas en el noticiario de la CBS. Exigen transparencia, responsabilidades. Aseguran que los policías se han quitado las placas y se han cubierto la cara porque saben que lo que están haciendo es ilegal. Se establecen comparaciones con los tanques soviéticos que entraron en Praga a principios de año, aplastando y apabullando a los pobres checos. El Departamento de Policía de Chicago está actuando de forma idéntica, dicen los periodistas. Es la Checoslovaquia de Occidente. No pasa mucho tiempo antes de que a algún avispado se le ocurra el término «Checago».

«En Estados Unidos es el gobierno quien debe rendir cuentas ante la población, no al revés», afirma un experto en legislación constitucional que simpatiza con el movimiento antibelicista en lo tocante a los policías anónimos.

El agente Brown sigue cargando a mamporro limpio, es el más excitado de los policías y golpea a las hippies en puntos vitales y mortales: el cráneo, el pecho, incluso la cara. Ha sido el primero en aparecer sin placa y sin nombre, y los policías que lo rodean también se han bajado las viseras y se han quitado los nombres, pero no porque quieran acompañarlo en su frenesí. Más bien al contrario. Se han dado cuenta de que su colega está perdiendo un poco la cabeza, pero no pueden pararlo y las cámaras no dejan de sacar fotos a diestro y siniestro, atraídas por cualquier gesto de brutalidad policial, de modo que los agentes que están más cerca de él se guardan las placas y se bajan la visera porque este imbécil está pidiendo a gritos que le quiten la pensión, pero ellos no piensan quedarse sin la suya ni de coña.

<h1 style="text-align:center">23</h1>

Cronkite sabe que éste es el castigo por haber expresado su opinión: esta entrevista con el alcalde y las preguntas blandengues que le está sirviendo en bandeja de plata. Todo por haber dicho que la policía de Chicago era «una panda de matones».

Pero ¡es la verdad! Y eso es lo que les ha dicho a sus productores, que lo acusaban de emitir juicios de valor, lo cual constituye un error, pues son los espectadores quienes deben decidir por sí mismos si los policías son unos matones o no. Él ha contestado que sólo había hecho una observación y que para eso le pagan: para observar e informar. Ellos dicen que ha expresado una opinión. Él argumenta que a veces es imposible separar una observación de una opinión.

A los productores no les ha parecido convincente.

Pero los policías estaban ahí fuera partiendo cráneos con las porras. Se quitaban las placas y los nombres y se bajaban las viseras de los cascos antidisturbios para mantenerse en el anonimato y no tener que rendir cuentas. Machacaban a jóvenes hasta dejarlos inconscientes. Machacaban a miembros de la prensa, a fotógrafos y periodistas, les rompían las cámaras y les robaban las películas. Incluso le habían pegado un puñetazo en el plexo solar al bueno de Dan Rather. ¿Con qué palabra se designa a quienes actúan así? Se les llama «matones», ni más ni menos.

Los productores, sin embargo, seguían en sus trece. Cronkite creía que la policía estaba apaleando a personas inocentes. El equipo del alcalde afirmaba que la policía estaba protegiendo a personas inocentes. ¿Quién tenía razón? Aquello le recordó una vieja historia: un rey le pedía a un grupo de ciegos que describieran un elefante. A uno le presentaba la cabeza del elefante, a otro una oreja, un colmillo, la trompa, la cola, etcétera, y les decía: «Esto es un elefante.»

Después, los ciegos eran incapaces de ponerse de acuerdo sobre qué aspecto tenía un elefante. Discutían entre ellos, exclamando: «¡Los elefantes son así, los elefantes no son asá!» Llegaban a las manos mientras el rey contemplaba el espectáculo, encantado.

Seguramente, tan encantado como lo está ahora mismo el alcalde, imagina el viejo Cronkite mientras le formula otra pregunta blandengue sobre lo bien preparado que está el Departamento de Policía de Chicago, lo heroico que es y el respeto que merece a la opinión pública. Y el brillo de los ojos del alcalde es lo más insufrible que el viejo Cronkite ha visto en su vida, ese destello que lo ilumina cuando sabe que ha derrotado a un oponente digno. Y Cronkite es un oponente digno de verdad. Es de imaginar que entre el equipo del alcalde y los productores de la CBS se han producido largas conversaciones telefónicas, muchas discusiones, muchas amenazas, hasta que se ha alcanzado algún tipo de acuerdo, y que por eso el viejo Cronkite está ensalzando las virtudes de unos hombres a quienes no hace ni tres horas tildaba de matones.

A veces en este trabajo hay que tragar mucha mierda.

24

Hacia el final del día, justo antes del anochecer, se produce una pausa en los altercados. La policía se repliega algo aturdida y avergonzada. Han cambiado las porras por los megáfonos. Piden a los manifestantes que, por favor, abandonen el parque. Los manifestantes los observan y aguardan. La ciudad se siente como un niño pequeño que se ha hecho daño: un crío se pega un golpe en la cabeza y, tras un breve instante en el que todas las señales caóticas de sus sentidos confusos se resuelven en dolor, rompe a llorar. Ahora mismo la ciudad se encuentra en ese breve instante entre el daño y el lamento, entre la causa y el efecto.

La esperanza es que la pausa se prolongue. O por lo menos ésa es la esperanza de Allen Ginsberg: que después de probar esta paz, la ciudad no quiera volver a luchar. En Grant Park reina la calma y él ha dejado sus cánticos y sus «ommmmmm» para pasearse entre la

hermosa multitud. En su bolso siempre lleva dos cosas: el *Libro ti-*
betano de los muertos y una cámara réflex Kodak Retina plateada.
Ahora recurre a la Kodak, que es lo que ha utilizado para documentar
todos los momentos luminosos de su vida, y éste sin duda lo es. Los
manifestantes sentados, riendo y cantando canciones alegres, enarbolando banderas que han hecho ellos mismos y en las que han pintado eslóganes de lo más ingenioso. Quiere escribir un poema sobre todo
ello. Su Kodak es una cámara maltrecha de segunda mano, pero es
robusta, sus entrañas se conservan en buen estado. Le encanta sujetar
su contorno metálico en la mano, las zonas negras de sujeción, rugosas
como de piel de cocodrilo, el ruido metálico de engranajes cada vez
que hace avanzar la película, incluso la pegatina de Made in Germany
estampada con tanta confianza en la parte delantera. Saca una foto de
los reunidos. Pasea entre ellos y sus cuerpos se apartan para dejarlo
pasar, sus rostros se abren al suyo. Y al ver una cara conocida, se detiene y se arrodilla: uno de los líderes estudiantiles, recuerda. El chico
atractivo de piel olivácea. Está sentado junto a una joven de aspecto
agradable, con unas grandes gafas redondas, que apoya la cabeza en
el hombro del chico, exhausta.

Faye y Sebastian. Apoyados el uno en el otro como amantes.
Alice está sentada detrás de ellos. Ginsberg se lleva la cámara al ojo.

El joven le dedica una sonrisa irónica, oblicua, que le rompe el corazón. El obturador se cierra con un clic. Ginsberg se levanta y sonríe
con tristeza. Sigue caminando, devorado por la inmensa multitud, el
día incandescente.

25

El poeta se aleja caminando y Alice le da unos golpecitos a Faye en el
hombro, le guiña un ojo y pregunta:

—¿Os lo pasasteis bien anoche?

Porque Alice no sabe lo que ocurrió, por supuesto.

O sea que Faye le cuenta lo del misterioso policía que la arrestó,
que ha pasado la noche en la cárcel, que ni siquiera sabe cómo se

llama el policía ni qué ha hecho para merecer todo eso, que el policía le ha dicho que se largue de Chicago de inmediato, y Alice está acongojada, porque al instante sabe que se trata del agente Brown. Claro que es él.

Pero no puede contárselo a Faye. Ahora no. ¿Cómo va a admitir en medio de todos estos manifestantes que gritan insultos indignados contra la policía que ha tenido una aventura bastante apasionada con uno de esos polis? Ni hablar.

Alice abraza a Faye con fuerza.

—Lo siento —dice—. Pero no te preocupes. Todo irá bien. No te irás a ninguna parte. No pienso separarme de tu lado, pase lo que pase.

Y ése es el momento en el que la policía rodea los límites del parque y los avisa por medio de los megáfonos: «Tenéis diez minutos para evacuar la zona.»

Una orden ridícula, porque hay unas diez mil personas.

—¿En serio creen que nos vamos a ir todos? —pregunta Alice.

—Seguramente no —responde Sebastian.

—¿Qué piensan hacer? —pregunta Faye mientras echa un vistazo a la terca masa humana que se extiende a su alrededor ocupando el parque—. ¿Echarnos a todos a la fuerza?

Y resulta que sí, que eso es justo lo que van a hacer.

Empieza con una leve explosión de aire comprimido, el estallido débil, casi musical, de una lata de gas lacrimógeno lanzada hacia el parque. Quienes la ven acercarse experimentan una demora singular entre el momento de verla y el de comprender su significado. La lata describe una parábola altísima bajo un cielo demasiado hermoso para darle cabida, y durante una fracción de segundo parece quedar suspendida sobre ellos, una estrella polar para quienes la ven, cuyas brújulas ahora señalan hacia ese objeto, ese cuerpo volador nuevo y extraño, que a continuación inicia su descenso, y los gritos y chillidos empiezan más o menos ahora, cuando los manifestantes que se encuentran en la zona de aterrizaje del proyectil comienzan a asimilar lo que se les viene encima y comprenden que éste es el final *de facto* de la sentada. La lata ya va soltando su contenido y deja una estela de gas naranja a su paso, un cometa en trayectoria de colisión. Y al aterrizar rebota contra el césped como una pelota de golf, levanta un puñado de hierba y se prende. Gira y vomita chorros de humo tóxico, al mismo tiempo que se oyen varios estallidos más, procedentes del

Conrad Hilton, y una o dos más de esas bombas voladoras se precipitan sobre la multitud, y en un abrir y cerrar de ojos la paz y el orden relativos dan paso a la locura. La multitud echa a correr y la policía echa a correr y casi todos los ocupantes del parque rompen a llorar al mismo tiempo. Es el gas, que ataca los ojos y la garganta. Es como si te vertieran aceite hirviendo justo sobre las pupilas, no puedes ni mantener abiertos los ojos, enrojecidos e hinchados, sin que te duelan, por mucho que te los frotes. Y la tos, tan repentina y urgente y asfixiante, un ataque reflejo que sobrepasa toda fuerza de voluntad. La gente llora y escupe y corre hacia cualquier lugar donde no haya gas, lo cual presenta un problema elemental de volumen: han lanzado el gas (a propósito o por accidente, no se sabe) de tal modo que ha caído a la espalda de la mayoría de los manifestantes, y eso significa que la única forma de evitar la agonía es echar a correr en dirección contraria, hacia Michigan Avenue, el Conrad Hilton y el enorme cordón policial, así que el problema de volumen consiste en que hay mucha más gente que quiere estar en Michigan Avenue que espacio en Michigan Avenue para darle cabida.

Se trata del caso típico de una fuerza imparable que se topa con un cuerpo inamovible, la masa corporal de diez mil manifestantes lanzándose de cabeza a las fauces del Departamento de Policía de Chicago.

Y Sebastian va con ellos, arrastrando a Faye de la mano. Y Alice los ve y se da cuenta de que ésa es precisamente la dirección equivocada, que la única manera de huir de la policía es volver atrás, hacia el gas lacrimógeno, hacia la nube que abraza el suelo como una neblina naranja. Les grita que se detengan, pero su voz (desgarrada y afónica de tanto corear, y ahora destrozada por culpa del gas) queda ahogada por el clamor y los gritos de los manifestantes, que corren de aquí para allá chocando unos con otros y dispersándose. Alice observa a Sebastian y a Faye mientras la multitud se agolpa en torno a ellos, pero los pierde entre la turbamulta. Quiere seguirlos, pero algo se lo impide. El miedo, es de suponer. Miedo a la policía, a uno de los agentes en particular.

Decide que se irá a la residencia y esperará a Faye. Y si Faye no vuelve, no parará hasta encontrarla, una mentira cómoda que se cuenta para escapar de la situación inmediata. La verdad es que nunca volverá a ver a Faye. Alice todavía no lo sabe, pero lo intuye y deja de correr. Se da la vuelta hacia la manifestación, el parque. En ese preciso instante Faye está tirando del brazo de Sebastian porque Alice no está con ellos. Faye se detiene y da media vuelta. Mira hacia el lugar de donde han partido. Alberga la esperanza de que la cara de Alice surja del caos, pero entre ambas se interpone una nube de gas anaranjado que bien podría ser un muro de hormigón o un continente.

—Nos tenemos que ir —dice Sebastian.

—Un momento —dice Faye.

Pasan las caras volando, pero ninguna es la de Alice. La gente roza los hombros de Faye, la esquiva, sigue corriendo.

Alice ya está al otro lado de la nube de gas. Divisa el lago. Corre hasta él, se moja los ojos para apaciguar el escozor del gas y sigue corriendo hacia el norte, a lo largo de la orilla; para no llamar la atención, arroja sus gafas de sol preferidas y su chaqueta militar a la arena, se recoge el pelo y hace todo lo posible por parecer una chica burguesa normal y respetuosa con las leyes, un gesto con el que pone punto final para siempre a su carrera como manifestante.

—Tenemos que irnos ahora mismo —dice Sebastian.

Y Faye accede, porque Alice ha desaparecido.

26

Hubert H. Humphrey, en la ducha de la suite presidencial de la última planta, se frota con fuerza debajo de las uñas con la barra de jabón Dove que el hotel pone a disposición de los clientes y que durante la larga ducha ha ido perdiendo su forma de riñón original.

Los agentes asoman la cabeza una y otra vez.

—¿Todo bien ahí dentro, señor vicepresidente?

Es consciente de que hay mucho que hacer y poco tiempo para hacerlo, y de que el plan de su director de campaña no incluía exactamente darse una ducha de noventa minutos. Pero si no se hubiera quitado ese pestazo de encima, no habría servido para nada.

Tiene los dedos más que arrugados, la piel tan sobresaturada que parece que se haya envuelto en una manta afgana holgada. El espejo es opaco y el ambiente denso y húmedo le da un tono verde pizarra.

—Sí, estoy bien —responde al agente.

Pero nada más decirlo se da cuenta de que en realidad no está bien. Porque nota un repentino picor en la garganta, un leve dolor rasposo en la nuez. Ha pasado una hora y media sin decir nada, pero al hablar lo ha notado, el primer indicio de enfermedad. Pone a prueba la garganta —su valiosísima garganta de oro, las cuerdas vocales y los pulmones, esas partes del cuerpo que son lo único que podrá ofrecer cuando dentro de unos días se dirija al país para aceptar la nominación a la presidencia—, emite unas cuantas notas, una simple escala de solfeo, do, re, mi. Y, en efecto, lo siente: el pinchazo de dolor, la quemazón de la fricción, el velo del paladar hinchado.

«Ay, no.»

Cierra el agua, se seca con la toalla, se pone la bata, entra precipitadamente en el área de reunión de la suite y anuncia que necesita vitamina C ¡ya!

Luego, ante la mirada de interrogación del grupo, añade «Creo que tengo la garganta irritada», en el mismo tono solemne que emplearía un médico para decir: «El tumor es maligno.»

Los agentes intercambian una mirada incómoda. Algunos tosen. Uno de ellos da un paso al frente.

—Lo más probable es que no tenga nada en la garganta, señor —dice.

—¿Y usted qué sabe? —responde Triple H—. Necesito vitamina C, y la necesito ahora mismo, maldita sea.

—Lo más probable es que se trate del gas lacrimógeno, señor vicepresidente.

—¿De qué habla?

—Gas lacrimógeno, señor. La clásica arma motivacional que se emplea para dispersar a las multitudes de forma no violenta, señor. Irritante para los ojos, la nariz, la boca y, sí, desde luego, señor, también la garganta y los pulmones.

—Gas lacrimógeno.

—Sí, señor.

—¿Aquí dentro?

—Sí, señor.

—¿En la suite de mi hotel?

—Ha llegado desde el parque, señor. La policía lo está utilizando contra los manifestantes. Y resulta que hoy sopla viento del este...

—A unos doce nudos —añade otro agente.

—Exacto, sí, gracias. Un viento considerable que empuja el gas a través de Michigan Avenue y hasta el hotel, e incluso hasta la última planta, sí. Nuestra planta, señor.

Y ahora Triple H nota que le escuecen y le lloran los ojos, igual que cuando alguien corta cebollas. Se acerca a los ventanales de la suite y contempla el parque, convertido en un caos de jóvenes que corren aterrorizados, policías que los persiguen y nubes de gas anaranjado.

—¿Y esto lo ha hecho la policía? —pregunta.

—Sí, señor.

—Pero ¿no saben que estoy aquí arriba?

Y ésa es casi la gota que colma el vaso para el pobre Hubert H. Se suponía que ésta debía ser su convención, su momento. ¿Por qué ha tenido que suceder todo esto? ¿Por qué siempre termina todo así? Y de pronto vuelve a tener ocho años y está en Dakota del Sur y Tommy Skrumpf vuelve a fastidiarle la fiesta de cumpleaños sufriendo un ataque epiléptico allí mismo, en el suelo de la cocina, y los médicos se llevan a Tommy y los padres se marchan a sus casas con sus hijos y con los regalos que tenían que ser para Hubert sin abrir; una pequeña parte nada generosa de sí mismo estalló aquella noche y Hubert se echó a llorar, pero no por temer la muerte de Tommy, sino por desearla. Y acto seguido tiene diecinueve años y acaba de terminar su primer año de universidad, y ha sacado buenas notas y le gusta, la universidad se le da bien, y ha hecho amigos y se ha echado novia y su vida empieza por fin a tomar forma, y justo entonces sus padres le dicen que tiene que volver a casa porque se han quedado sin dinero. De modo que vuelve a casa. Y acto seguido es 1948 y acaba de salir elegido para el Senado de Estados Unidos por primera vez, y entonces su padre va y se muere. Y ahora aquí está, a punto de que lo nominen a la presidencia y a su alrededor todo son altercados, gas lacrimógeno, mataderos, mierda y muerte.

¿Por qué siempre le pasa lo mismo? ¿Por qué tiene que pagar todos sus triunfos con tristeza y con sangre? Todas sus victorias terminan con pena. En cierto modo, sigue siendo aquel niño de ocho años decepcionado que alimentaba malos pensamientos contra Tommy Skrumpf. Aquel día todavía le escuece hasta el tuétano.

¿Por qué las mejores cosas de la vida dejan cicatrices tan profundas?

Y ése es justo el tipo de pensamiento negativo y autodestructivo para cuya anulación contrataron asesores de campaña. Repite su mantra para no perder la confianza. «Soy un ganador.» Cancela el pedido de vitamina C. Se viste. Vuelve al trabajo. *Sic transit gloria mundi.*

27

El viejo Cronkite está inclinado hacia la derecha, apoyado en su escritorio en una postura que en televisión pasa por contemplación severa y transmite toda la tenacidad de un hombre cuyo trabajo consiste en dar malas noticias al país; apoyado así y con la cabeza ladeada y mirando a la cámara con una expresión incómoda, como la de los padres cuando insinúan «esto va a dolerme más a mí que a ti», dice: «La convención demócrata está a punto de empezar... —Y tras una larga pausa dramática para darles más efecto a sus siguientes palabras, añade—: En un estado policial.»

«No parece que haya otra forma de expresarlo», dice a continuación, pensando en sus productores, a quienes imagina en este preciso instante meneando la cabeza en la furgoneta de control tras oírle manifestar su opinión una vez más con tanto descaro.

Pero algo tiene que decir a los espectadores que están en sus casas sin entender nada. La centralita de la CBS lleva todo el día echando humo. No recibían tantas llamadas desde el asesinato de Martin Luther King. Sí, claro, ha dicho el viejo Cronkite, es normal que la gente esté enfadada, la policía ha perdido el control.

Sí, los espectadores están enfadados, han respondido los productores, pero no con la policía. Están enfadados con los jóvenes. Echan la culpa a los jóvenes. Aseguran que los jóvenes «se lo han buscado».

Y es cierto que algunos de los manifestantes no caen lo que se dice simpáticos. Se esfuerzan por ofender la sensibilidad ajena. Buscan las cosquillas. Van sucios y descuidados. Pero ésos son sólo una pequeña parte de la masa reunida ahora mismo delante del Hilton. La mayoría de los jóvenes que hay ahí fuera son chicos normales, como cualquier hijo de vecino. A lo mejor se han metido en algo que no acaban de entender, se han dejado arrastrar por algo más grande que ellos. Pero no son delincuentes. No son pervertidos. No son hippies ni radicales. Lo más seguro es que no quieran que los llamen a filas, nada más. Es probable que estén sinceramente en contra de la guerra de Vietnam. Y, por cierto, ¿quién no lo está hoy en día?

Pero resulta que por cada pobre chaval al que le parten la crisma en directo a porrazos, la CBS recibe diez llamadas de apoyo al policía que se los ha dado. Al volver a las oficinas centrales, los reporteros gaseados se han encontrado con un telegrama de alguien que, desde casi dos mil kilómetros de distancia, los acusa de no entender lo que está pasando realmente en Chicago. En cuanto se lo han contado, el viejo Cronkite ha entendido que habían fracasado. Han hablado tanto de los hippies y de los radicales que ahora los espectadores ya no ven nada más. Las zonas grises han dejado de existir. Y al viejo Cronkite se le ocurren dos cosas al mismo tiempo. La primera, que cualquiera que crea que la televisión puede unir al país y fomentar un diálogo real que permita a la gente empezar a entenderse desde la empatía y la compasión es víctima de un delirio absoluto. Y la segunda, que Nixon va a ganar de calle.

28

Exigir a los manifestantes que abandonen el parque sin ofrecerles una ruta evidente para hacerlo es error de planificación por parte de la policía. Ya no es legal reunirse en el parque, pero tampoco es legal cruzar una barricada policial, y todo el perímetro del parque está rodeado de policía. Es el típico pez que se muerde la cola. En realidad, el único lugar donde no hay barricada es un punto situado en el extremo este, junto al lago, justo donde han caído las latas de gas, estúpidamente. Y los manifestantes se acercan en desbandada porque no tienen más opción: no hay ningún otro sitio adonde ir. Los primeros desembocan en Michigan Avenue y se topan con las paredes del Conrad Hilton como olas desbocadas. Rompen contra el hormigón y los ladrillos, donde quedan atrapados, y la policía se da cuenta de que algo ha cambiado en la retórica del día. La situación ha sufrido un giro. Los manifestantes (por número y desesperación) llevan ahora la delantera. Así que la policía carga, los aplasta contra el muro del hotel y vuelve a retroceder.

Sebastian y Faye se encuentran ahí, en alguna parte. Él le agarra la mano con tanta fuerza que le hace daño, pero Faye no se atreve a soltarse. Se siente atrapada dentro de aquella marea humana en movimiento, que la empuja por todas partes y a veces incluso la levanta del suelo y la arrastra, y entonces tiene la sensación de estar nadando o flotando, antes de que vuelva a dejarla en el suelo, y lo que ocupa su mente ahora mismo es conservar el equilibrio, mantenerse en pie, porque están rodeados de gente aterrorizada y ése es el aspecto que tienen diez mil personas presas del pánico: son como animales salvajes, enormes e insensibles. Si se cae, la aplastarán. El terror que le produce esa posibilidad va mucho más allá del terror y se transforma en una especie de apacible claridad. Es una cuestión de vida o muerte. Faye estruja la mano de Sebastian con más fuerza todavía.

La gente corre con pañuelos en la cara, o cubriéndose la boca con la camiseta. No soportan el gas. No pueden quedarse en el parque. Y sin embargo, cada vez ven más claro que esto también ha sido un error, que se han equivocado al correr en esta dirección, pues cuanto más se acercan a la seguridad de la ciudad oscura que se extiende al otro lado de Michigan Avenue, más pequeños son los espacios que pueden ocupar. Se han metido en un embudo de equipamiento pesado, vallas, alambradas y un cordón de agentes de la policía y de la Guardia Nacional de treinta cuerpos de grosor. Y Sebastian intenta llegar a las puertas del Hilton, pero la multitud es demasiado densa y la corriente demasiado fuerte, de modo que terminan desviándose, arrastrados hacia el lateral del edificio, aplastados contra el ventanal de cristal emplomado del Haymarket Bar.

Y ahí es donde los ve el agente Brown.

Lleva un rato observando la multitud, buscando a Alice. Está subido encima del parachoques trasero de una furgoneta de transporte de tropas del Ejército de Estados Unidos, un par de metros por encima de todos los demás, estudiando la muchedumbre, la masa de cascos azul claro del Departamento de Policía de Chicago, que, vistos desde arriba, parecen una agitada colonia de setas venenosas. Y de pronto una cara emerge entre la multitud, junto al bar, una cara de mujer, y en un instante de optimismo, piensa que se trata de Alice, porque es la primera vez en todo el día que reconoce a alguien, y la película que se ha montado (que Alice lo ve aporreando a hippies y en ese instante reconoce en él al hombre brutal que siempre ha querido que fuera) vuelve a reproducirse en su cabeza hasta que, con una decepción terrible, se da cuenta de que no se trata de Alice, sino de Faye.

¡Faye! La chica a la que arrestó anoche. Que debería estar en la cárcel ahora mismo. La razón por la que Alice lo ha dejado.

Zorra de mierda.

Salta hacia la multitud y desenfunda la porra. Empieza a avanzar, se abre paso hacia el ventanal de cristal emplomado contra el que Faye ha quedado atrapada. Entre él y ella hay varias filas de policías y un montón de hippies pestilentes que no pueden moverse y que bracean como atunes en una red de pesca. El agente Brown avanza a empujones y va exclamando: «¡Abrid paso! ¡Por detrás!» Y los policías se alegran de dejarlo pasar, porque así hay un agente más entre ellos y la línea del frente. Y ya se está acercando a la frontera entre policías y manifestantes, una frontera visible por las porras levantadas que bajan de golpe, como los resortes de las teclas de una máquina de escribir cuando se atascan. Cuanto más se acerca, más difícil le resulta moverse. Es como si todo jadeara, como si todos formaran parte de un gran animal enfermo.

Justo en ese momento, un escuadrón de soldados de la Guardia Nacional (uno de los cuales va cargado con un lanzallamas, aunque, afortunadamente, no lo usa) se abre paso entre los manifestantes de Michigan Avenue, los flanquea y aísla efectivamente del resto del rebaño, de tal modo que el pequeño grupo que hay junto al Conrad Hilton queda atrapado: policía a un lado, Guardia Nacional al otro y la pared del hotel a sus espaldas.

No tienen adónde ir.

Faye está aplastada contra el ventanal, tiene el hombro pegado al cristal reforzado. Un poco más de presión, piensa, y estallará; el hombro, claro. Mira el interior del Haymarket Bar a través del ventanal, que parece ondularse y crujir, y ve a dos hombres con traje y corbata negra que le devuelven la mirada. Beben un trago de sus vasos. Sus rostros parecen totalmente inexpresivos. Alrededor de Faye, los manifestantes se retuercen e intentan protegerse. Los golpean en la cabeza, les machacan las costillas con el extremo romo de la porra y cuando caen los arrastran hasta las furgonetas, algo que Faye casi preferiría. Entre recibir un golpe en la cabeza e ir a la furgoneta, ella elige la furgoneta. Pero ni siquiera puede darse la vuelta, y menos aún echarse al suelo, tal es la opresión de los cuerpos que la rodean. La mano de Sebastian se le está escapando. Hay alguien entre ambos, otro manifestante encajado entre Faye y Sebastian haciendo exactamente lo mismo que ellos, es decir, intentar huir, de aplazar la paliza tanto como sea posible. Se trata de algo tan simple e irracional como el instinto de supervivencia. No tienen adónde huir, pero huyen de todos modos. Y Faye debe tomar la decisión ahora mismo, porque si sigue cogiéndole la mano a Sebastian es posible que se le parta el codo por el punto donde el otro tipo está apoyado. Además, así es un objetivo mucho más asequible, puesto que está dando la espalda a los polis. Si diera media vuelta, a lo mejor podría esquivar los porrazos indiscriminados. Así pues, toma la decisión. Suelta la mano de Sebastian. Deja que los dedos sudorosos del chico se escurran y, al hacerlo, siente que él aprieta con más fuerza, que la estruja de verdad, pero no sirve de nada. Faye se suelta. Consigue recuperar el brazo y el hombre que había entre ellos se estampa contra el ventanal de cristal emplomado —que tiembla por el impacto y suelta un crujido como una bota al pisar el hielo— y se vuelve.

Lo primero que ve es al policía que se abalanza hacia ella.

Se miran a los ojos. Es el poli de la noche anterior, el que la arrestó en la residencia. La suya es la primera cara que Faye ve, con ese efecto que parece iluminar las caras de los demás cuando nos están mirando. Es la cara de ese hombre horrible que anoche se negaba a mirarla mientras ella lloraba en el asiento trasero de su coche patrulla pidiéndole, suplicándole que la soltara con la mirada fija en su reflejo en el retrovisor, el hombre que no paraba de repetirle: «Eres una puta.»

Y ha vuelto a dar con ella aquí, ahora.

Su expresión transmite una calma psicótica. Blande la porra con gestos rápidos y desprovistos de toda emoción. Parece que esté cortando el césped, que su único sentimiento con respecto a lo que está haciendo sea que es necesario hacerlo. Y ella se fija en su cuerpo enorme, brutal, y en la fuerza con la que descarga la porra, la velocidad con la que golpea cabezas, costillas y extremidades, y se da cuenta de que su plan para evitar una paliza de la policía esquivando los golpes con agilidad era al mismo tiempo ingenuo e imposible. Este hombre puede hacer lo que quiera. Y ella no puede detenerlo. Está indefensa. Y se le está echando encima.

La reacción de Faye es intentar hacerse muy pequeña. No se le ocurre nada más. Convertirse en un objetivo lo más pequeño posible. Intenta encogerse, replegar los brazos y agachar la cabeza, doblar las rodillas y la cintura hasta quedar por debajo del nivel de la gente que tiene delante.

Una postura que parece de súplica. Se le han disparado todas las alarmas y siente que el ataque de pánico empieza con los síntomas de siempre, como si tuviera un hierro pesado encima del pecho y la estuvieran estrujando desde dentro. «Ahora no, por favor», piensa mientras el policía sigue ensañándose con todo aquel que se interpone entre él y Faye. Y los manifestantes gritan «¡Paz!», o «¡No me estoy resistiendo!», y levantan las manos, con las palmas a la vista en señal de rendición, pero el poli les atiza de todos modos, en la cabeza, en el cuello, en el estómago. Qué cerca está. Ya sólo queda una persona entre Faye y él, un joven enjuto con una barba larga y una chaqueta de camuflaje que enseguida comprende de qué va la cosa y empieza a retorcerse para escabullirse, y Faye se queda sin aire en los pulmones y le entra uno de esos mareos que le provocan temblores, y nota la piel fría y húmeda, y le brota el sudor como una erupción, y pronto tiene la frente empapada, y la boca seca y pastosa, de modo que ni siquiera puede decirle al poli que no haga lo que va a hacer; todo eso sucede mientras lo ve apartar al tipo de la chaqueta de camuflaje y avanzar entre el gentío hasta que tiene a Faye a su alcance, y está intentando inclinarse para llegar hasta ella, levantar la porra en medio de ese caos humano, y entonces todos oyen dos explosiones a sus espaldas, leves estallidos que suenan como si alguien golpeara la boca de una botella vacía con la palma de la mano. Y hasta hoy ese sonido no tenía ningún significado, pero ahora todos los manifestantes son ya veteranos con experiencia y lo reconocen: ese sonido significa gas lacrimógeno. Alguien situado detrás de ellos acaba de lanzar más gas lacrimógeno. Y la multitud reacciona (al sonido y a la inevitable nube de humo que se forma al cabo de un segundo) de forma predecible: les entra el pánico y se alejan en tropel del gas, una oleada de cuerpos que alcanza a Faye en el preciso instante en el que el policía arremete contra ella, y todos se estrellan al mismo tiempo contra el ventanal de cristal emplomado.

Y eso, por fin, resulta ser excesivo para el vidrio. La presión supera su límite de tolerancia.

El ventanal ni siquiera llega a agrietarse; explota de repente en todas las direcciones. Y Faye y el policía y la avalancha de manifestantes que se apretaban contra el cristal caen y se desploman de espaldas sobre la gente, el humo y la música del Haymarket Bar.

29

El día ha sido tan insólito hasta ahora que los clientes del Haymarket Bar tardan un momento en percatarse de que acaba de suceder algo más insólito todavía. El ventanal se hace añicos y manifestantes, policías y grandes fragmentos de cristales afilados se precipitan hacia el interior, y durante un momento se limitan a contemplarlo como si estuvieran viendo la televisión que hay encima de la barra. Experimentan una vaga fascinación. Les atrae lo que ven, pero mantienen la distancia. Son espectadores, no participantes.

De modo que durante un instante, mientras manifestantes y policías forcejean tratando de recuperar el equilibrio en medio de la melé humana formada en el suelo de baldosas blancas y negras del Haymarket, los clientes del bar observan con un interés pasivo, en plan: «Uau.»

«La leche.»

«¿Y ahora qué pasará?»

Lo que pasa ahora es que el gas lacrimógeno penetra en el interior del bar y los policías se cabrean un montón y entran en tromba por esa nueva abertura en el lateral del edificio y llegan corriendo desde el vestíbulo, porque acaba de pasar lo que se suponía que nunca iba a pasar en Chicago: los delegados y los manifestantes están en el mismo espacio, juntos.

Sus órdenes al respecto eran muy claras: debían recibir a los delegados en el aeropuerto, en cuanto bajaran del avión, acompañarlos en coches patrulla al Hilton, llevarlos hasta el anfiteatro y de vuelta en unos enormes autobuses con escolta militar: protegidos, aislados, lejos de los hippies, porque, tal como el alcalde ha repetido a diario en los periódicos y en la tele, «los hippies pretenden perturbar y amenazar nuestra democracia». (La respuesta de los líderes del movimiento de protesta ha sido que una democracia deja de ser democrática cuando hay que proteger a sus representantes de las personas a quienes representan, pero apenas ha merecido atención por parte de la prensa y, desde luego, no ha recibido réplica ni del alcalde ni de su oficina de prensa.)

En todo caso, ahí vienen los policías, rojos de ira, corriendo, moviéndose tan rápido como se lo permite el tintineo de sus cinturones cargados de armas. Y es más o menos entonces cuando los acontecimientos se vuelven muy reales para los clientes del Haymarket Bar. Llorando y tosiendo por el gas, entre zarandeos de los policías que corren de aquí para allá y porrazos extraviados, se dan cuenta de que en realidad no son espectadores de estos sucesos: ya forman parte de ellos. Con esa rapidez penetra la realidad exterior del bar y aniquila la realidad interior: basta el simple estallido de una ventana. El bar es ahora una extensión de la calle.

La línea del frente se ha movido.

¿Cuánto tiempo pasará antes de que la línea vuelva a avanzar? ¿Antes de que la amenaza se extienda también a sus habitaciones del hotel? ¿A sus hogares? ¿A sus familias? Para muchos de ellos, hasta ahora la manifestación era poco más que un teatro callejero, pero de repente los están gaseando a ellos. Imaginan los ladrillos que tal vez algún día atraviesen sus ventanas, imaginan que sus hijas crecerán y se enamorarán de tipos barbudos y melenudos que apestan a humo, y hasta los más pacifistas dan un paso atrás y dejan que la policía cumpla con su brutal cometido.

Todo es caos, en otras palabras. Caos y pánico. Faye cae con una violenta costalada, debajo de varios cuerpos que entrechocan cabezas y mandíbulas, y ve las estrellas y lucha por recuperar el aliento que ha perdido al impactar contra el suelo. Intenta concentrarse en los detalles, ver el suelo cuadriculado más allá de las estrellitas de un púrpura verdoso que le nublan la visión, los fragmentos grandes y pequeños de cristal que hay a su alrededor, algunos de los cuales se deslizan como discos de hockey hielo cuando los golpes y puntapiés de la melé humana que ocupa ahora el bar los desplazan. Le parece que todo está muy lejos. Parpadea. Sacude la cabeza. Ve los pies de los policías que se acercan corriendo a ella, los pies de los clientes que huyen. Se pasa los dedos por la frente y nota un chichón del tamaño de una nuez. Se acuerda del policía que hace un momento se le echaba encima y lo ve caído boca arriba, con medio cuerpo dentro del bar, el otro medio fuera.

30

No se mueve. Mira hacia arriba. Lo que ve es el borde irregular del ventanal emplomado (lo que queda de éste) unos dos metros y medio por encima de él, en el ecuador de su campo de visión. Al norte está el techo de latón del Haymarket Bar. Al sur, el cielo, un atardecer brumoso, vaporoso. Ha dado un giro en el aire mientras caía y al aterrizar de espaldas ha sentido un latigazo de dolor. Está tendido, inmóvil por completo, pensando en lo que siente. Nada, eso es lo que siente.

A su alrededor, los policías van saltando al interior del bar a través de la ventana rota. Siente que tendría que decirle algo a alguno de ellos, pero no sabe qué. Sólo que hay algo que no le cuadra. Y no entiende qué está pasando, pero tiene la sensación de que es importante, más importante que los delegados, los hippies y el bar. Intenta hablarles mientras saltan a su alrededor, por encima de él. Sólo le sale una vocecita fina, débil. «Esperad», dice, pero nadie le hace caso. Irrumpen en el bar para arrancar a los hippies del suelo, lanzarlos a la calle y aporrearlos, aunque tal vez unos cuantos delegados se lleven también algún porrazo, porque está oscuro y no es fácil distinguirlos mientras te dedicas a repartir a diestro y siniestro.

31

Sebastian se ha levantado. Encuentra a Faye en el suelo y la levanta agarrándola del brazo. Faye está mareada, descompuesta, nada le gustaría más que sentarse en uno de esos lujosos reservados del Haymarket que tan cómodos parecen, tomarse un té con miel y tal vez dormir un poco. Por Dios, qué ganas de dormir tiene, incluso ahora, allí, en el centro mundial de la violencia. Sigue viendo estrellas. Debe de haberse llevado un buen golpe en la cabeza.

Sebastian tira de ella, que no se opone. Se deja arrastrar. Pero no la lleva hacia la puerta principal, hacia donde corren varios manifestantes más, ni de vuelta a la calle, sino hacia el fondo del bar, hacia el rincón más alejado, donde están el teléfono público y los baños y una de esas puertas batientes plateadas con una ventanita redonda que da a la cocina. Y se meten ahí, en la cocina industrial del Hilton, que en este momento atiende en pleno frenesí los pedidos del servicio de habitaciones (los clientes del hotel, aterrorizados ante la idea de salir del edificio, piden que les suban la comida), y hay decenas de hombres con delantal y gorro blancos delante de unas parrillas donde crepitan los chuletones y los *filet mignon*, delante de encimeras donde preparan unos sándwiches de alturas inverosímiles y junto a mesas donde abrillantan copas de vino hasta lograr una transparencia perfecta, impoluta. Ven a Sebastian y a Faye, pero no dicen nada. Siguen trabajando. No es su problema.

Sebastian la conduce a través de la bulliciosa y ruidosa cocina, dejan atrás las parrillas y sus lenguas de fuego, los fogones donde se preparan salsas y pastas, la zona de fregaderos y también al encargado de lavar los platos, que tiene la cabeza metida en una nube de vapor, y atraviesan la puerta de atrás y llegan a la zona de las basuras, con sus contenedores y su olor a leche agria y a pollo pasado y, más allá, al callejón, lejos de Michigan Avenue, lejos del ruido y del gas lacrimógeno, y lejos, por fin, del Conrad Hilton Hotel.

32

El agente Brown sigue tendido de espaldas en el suelo, en el hueco del ventanal roto del Haymarket Bar, y empieza a asimilar que no siente las piernas. Al caer ha aterrizado sobre algo afilado y ha notado un dolor punzante cerca del riñón, y ahora no siente nada. Nota un frío, un entumecimiento que se va extendiendo. Intenta levantarse, pero no puede. Cierra los ojos, juraría que está atrapado debajo de un coche. Así es como se siente. Pero cuando vuelve a abrirlos no encuentra a simple vista nada que le impida levantarse.

—Socorro —dice, sin dirigirse a nadie en particular, al aire, primero en voz baja, pero luego con más urgencia—. ¡Socorro!

Ya se han llevado a todos los hippies del bar y los invitados han vuelto a sus habitaciones. Las únicas personas que quedan en la barra son dos agentes del Servicio Secreto, que ahora se le acercan y preguntan «A ver, ¿qué problema tiene, agente?», en un tono de compadreo desenfadado que se desvanece en cuanto intentan ayudarlo a levantarse, pero no pueden, y sacan las manos ensangrentadas.

Al principio Brown piensa que se han cortado con los cristales rotos que tiene debajo, pero entonces se da cuenta de que la sangre no es de los agentes. Es suya. Está sangrando. Sangra mucho.

Pero no puede estar sangrando.

Porque no le duele nada.

—Estoy bien —le dice al agente que se ha sentado a su lado y que le presiona el pecho con una mano.

—Claro, colega. Todo irá bien.

—En serio. No me duele.

—Ajá. Tú quédate donde estás y no te muevas. Vamos a pedir ayuda.

Y Brown oye que ahora el otro agente está hablando por el *walkie-talkie*, diciendo que hay un agente herido y pidiendo que manden una ambulancia de inmediato, y es su forma de decir «de inmediato» lo que le hace cerrar los ojos con fuerza y decir «Lo siento, lo siento», no al agente que tiene junto a él, sino a Dios. O al universo. O a los poderes del karma que estén por ahí en este momento, decidiendo su destino. Se disculpa ante todos ellos: por sus encuentros con Alice, por engañar a su mujer, por engañar a su mujer de una forma tan zafia, a oscuras, en callejones, en su coche, lamenta no haber tenido la fuerza de voluntad necesaria para dejar de hacerlo, ni la disciplina, ni el autocontrol, lamenta todo esto y también no haberse arrepentido hasta ahora, cuando ya es demasiado tarde, y es consciente del frío que le invade la mitad inferior del cuerpo e intuye (aunque no es capaz de sentir) la afilada esquirla de cristal emplomado que ahora mismo tiene incrustada en la médula espinal, y no está seguro de qué le ha pasado con exactitud, pero, sea lo que sea, lo lamenta de veras: que haya pasado, habérselo merecido.

33

Por todo Chicago las iglesias han abierto sus santuarios para cumplir la función de santuarios. Los jóvenes llegan allí gaseados y magullados. Les dan agua, comida y un catre. Después de la violencia de todo el día, algunos casi lloran ante esas pequeñas muestras de amabilidad. Fuera, los disturbios se han escindido, se han descompuesto en enfrentamientos fragmentados y escaramuzas en la calle, unos cuantos policías persiguen a grupos de jóvenes hasta bares y restaurantes, entran y salen del parque persiguiéndolos. No es seguro andar por la calle ahora mismo, y por eso acuden parejas de jóvenes harapientos a sitios como éste, la vieja iglesia de san Pedro de Madison Street, en el centro. Ni siquiera charlan con el resto de los manifestantes, todos acaban de vivir una experiencia similar. Se sientan con actitud compungida. Los curas les llevan cuencos con sopa de lata recalentada y ellos los reciben con un «Gracias, padre», y lo dicen de corazón. Los curas les dan trapos calientes para los ojos, enrojecidos a causa del gas.

Faye y Sebastian están sentados en el primer banco, sumidos en un silencio incómodo, porque hay muchas cosas que decir y no saben cómo decirlas. En lugar de hablar, tienen la vista fija en el altar, el elaborado retablo de piedra y madera de san Pedro en el Loop, el distrito financiero: ángeles de piedra y santos de piedra y un Jesucristo de piedra clavado en una cruz de hormigón, con la cabeza gacha, con dos discípulos de piedra debajo de él, justo debajo de sus axilas, uno que lo contempla con expresión angustiada, el otro que se mira los pies, avergonzado.

Faye se palpa el chichón de la cabeza. Ya casi no le duele, ahora simplemente le fascina, es un bulto extraño y ajeno, una canica dura debajo de la piel. A lo mejor, si sigue toqueteándolo conseguirá resistir la tentación de formular todas esas preguntas que se muere por hacer, preguntas que han empezado a tomar forma durante los últimos veinte minutos, desde que están ahí sentados, ya fuera de peligro, mientras ella ordenaba sus ideas y empezaba a analizar la tarde de forma racional y lógica.

—Faye, escucha —dice Sebastian.

—¿Quién eres realmente? —dice ella, porque no puede resistirse a preguntárselo, por mucho que le fascine el chichón.

Sebastian esboza una sonrisa triste. Se mira los zapatos.

—Bueno...

—Te conocías esos edificios a la perfección —dice Faye—. ¿Cómo es posible? Y luego está lo de la llave. Tenías la llave de mi celda. ¿De qué conocías a los polis del sótano? ¿Qué está pasando?

Sebastian se queda ahí sentado como un niño al que están regañando. Ni siquiera se atreve a mirarla.

A su espalda, Allen Ginsberg acaba de entrar en la iglesia. Camina en silencio de un cuerpo cansado a otro, bendiciendo a los que duermen e imponiendo una mano sobre las cabezas de los que siguen despiertos, diciendo «Hare Rama, Hare Krishna» al tiempo que sacude la cabeza como suele hacerlo, de tal modo que su barba parece un pequeño mamífero tembloroso.

Hace un mes, la aparición de Ginsberg habría suscitado mucha atención. Ahora se ha convertido en parte del paisaje de las protestas, uno de los muchos colores del movimiento. Va de aquí para allá y los chicos le dedican sonrisas agotadas, exhaustas. Él los bendice y sigue adelante.

—¿Trabajas para la policía? —pregunta Faye.

—No —responde Sebastian. Luego se inclina hacia delante y junta las manos como si rezara—. Más bien trabajo con la policía. No se trata de nada oficial. En realidad ni siquiera trabajo con ellos. Es un poco como si trabajáramos en paralelo. Tenemos una especie de acuerdo, una especie de relación de entendimiento mutuo. Unos y otros somos conscientes de una serie de hechos elementales.

—¿Como cuáles?

—Para empezar, que nos necesitamos mutuamente.

—La policía y tú.

—Sí. Los policías me necesitan. Los policías me aman.

—Pues lo que ha pasado hoy ahí fuera no me ha parecido amor —dice Faye.

—Yo caldeo el ambiente, provoco el drama. La policía necesita razones para poder tomar medidas contra la izquierda radical y yo se las proporciono. Publico que vamos a secuestrar a los delegados, o a envenenar el agua potable, o a poner una bomba en el anfiteatro, y eso hace que parezcamos terroristas. Que es justo lo que quiere la policía.

—Y así pueden hacer lo que han hecho esta noche. Gasearnos y aporrearnos.

—Delante de las cámaras de televisión, mientras la gente los aclama desde su casa. Sí.

Faye menea la cabeza.

—Pero ¿qué ganamos ayudándolos? ¿Qué sentido tiene alentar toda esta...? —Hace un gesto que abarca a los jóvenes ensangrentados que se refugian en el santuario—... ¿Esta locura, esta violencia?

—Cuanto más duras son las medidas de la policía —dice Sebastian—, más fuerza cobra nuestro bando.

—¿Nuestro bando?

—El movimiento de protesta —dice él—. Cuantos más palos nos dan los polis, más validez cobran nuestros argumentos. —Se recuesta en el banco y clava la mirada al frente—. En realidad es un plan brillante. Los manifestantes y la policía, los progresistas y los autoritarios, se necesitan unos a otros, se generan unos a otros, porque necesitan de un oponente al que demonizar. La mejor forma de sentir que perteneces a un grupo es inventando otro al que odiar. Por eso lo de hoy es fantástico, desde un punto de vista publicitario.

Detrás de ellos, Ginsberg camina de aquí para allá entre los muchos bancos de san Pedro, bendiciendo en silencio a los que duermen. Faye oye su voz monótona entonando himnos hindúes. Sebastian y ella contemplan el altar, los santos y los ángeles de piedra. Faye no sabe qué pensar de él. Se siente traicionada o, mejor dicho, siente que debería sentirse traicionada: nunca se ha visto a sí misma como integrante del movimiento de Sebastian, pero hay muchas personas que sí, de modo que intenta sentirse traicionada en su nombre.

626

—Faye, escucha —dice Sebastian. Apoya los codos en las rodillas, respira hondo y mira al suelo—. Eso no es toda la verdad. La verdad es que no podía ir a Vietnam.

Las luces del santuario son cada vez más tenues, el goteo de manifestantes por las puertas de la iglesia ha terminado. Hay personas durmiendo en parejas, de tres en tres, de cuatro en cuatro, por todas partes. Pronto, sólo iluminan la iglesia las velas del altar, que desprenden un resplandor anaranjado.

—Le he contado a todo el mundo que he pasado el verano en India —dice Sebastian—. Pero no es cierto. Estaba en Georgia. En un campamento militar. Iban a mandarme a Vietnam hasta que un tipo vino y me ofreció este trato. Un funcionario de la alcaldía, de los que manejan los hilos. Me dijo: «Publica estas historias y te sacamos del ejército.» Como no soportaba la idea de ir a la guerra, acepté el trato. —Mira a Faye con los labios apretados—. Seguro que ahora me odias.

Y sí, a lo mejor debería odiarlo, pero lo que Faye siente en realidad es que se ablanda. Se da cuenta de que en el fondo no son tan diferentes.

—Mi padre trabaja en ChemStar —dice—. La mitad del dinero que me ha permitido venir a la universidad viene del napalm. Supongo que no estoy en condiciones de juzgar a nadie.

Él asiente.

—Todos hacemos lo que tenemos que hacer, ¿no?

—Estoy segura de que yo también habría aceptado el trato —dice Faye.

Siguen mirando el altar hasta que a Faye se le pasa una idea por la cabeza.

—Entonces, cuando dijiste que veías mi *maarr*...

—¿Qué?

—Dijiste que lo habías aprendido de unos monjes tibetanos.

—Sí.

—Mientras estabas en India. Pero no has estado en India.

—Lo leí en *National Geographic*. No eran unos monjes tibetanos. Creo que el artículo iba sobre una tribu aborigen de Australia, ahora que lo pienso.

—¿Sobre qué más me has mentido? —pregunta Faye—. ¿Qué me dices de nuestra cita? ¿De verdad querías tener una cita conmigo?

—Desde luego —dice él con una sonrisa—. Ése sí era yo. Me apetecía de verdad. Te lo prometo.

Ella asiente, pero luego se encoge de hombros.

—No tengo forma de saber si me mientes.

—Pero sí hay otra cosa, en realidad, otra mentirijilla.

—Vale.

—Técnicamente, no es una mentira que te haya contado a ti en concreto. Es más bien una mentira generalizada que le he contado a todo el mundo.

—A ver.

—No me llamo Sebastian. Es un nombre inventado.

Faye se ríe. No puede evitarlo. Ha sido un día tan absurdo que añadir una locura más parece oportuno.

—¿Y eso es lo que tú consideras una «mentirijilla»? —pregunta.

—Digamos que es un nombre de batalla. Lo tomé prestado de san Sebastián. El mártir, ya sabes. La policía necesitaba a alguien contra quien disparar sus flechas, y yo me convertí en ese objetivo. Me pareció un nombre muy apropiado. En verdad no quieres saber mi auténtico nombre.

—No, es verdad —dice Faye—. Todavía no. Ahora mismo no.

—Digamos que no es un nombre de los que movilizan a las tropas.

Ginsberg ha llegado a su altura. Ha recorrido toda la nave serpenteando, pasando por todos los bancos, y por fin ha llegado hasta allí. Se detiene ante ellos y los saluda con una inclinación de la cabeza. Ellos hacen lo mismo. En la iglesia reina un silencio tan profundo que los únicos sonidos son los que hace el poeta: el tintineo de sus collares metálicos, sus murmullos y bendiciones. Les posa una mano en la cabeza, una mano tierna y cálida, un gesto delicado. Cierra los ojos y susurra algo incomprensible, como si les estuviera echando un conjuro secreto. Al terminar, abre los ojos y aparta las manos.

—Acabo de casaros —les dice—. Estáis casados.

Luego se aleja arrastrando los pies y salmodiando en voz baja.

34

—Por favor, no le cuentes a nadie lo que te he dicho —dice el hombre al que conoce como Sebastian.

—No lo haré —responde ella, y sabe que podrá cumplir esa promesa porque ya no va a ver más a esa gente.

A partir de mañana, no vivirá en Chicago ni estudiará en el Circle. Es una certeza que ha ido cristalizando a lo largo del día. No es consciente de haber tomado una decisión; es más bien como si la decisión hubiera estado siempre ahí, ya tomada en su nombre. Éste no es su sitio, y los acontecimientos del día lo demuestran.

Su plan es simple: se marchará al amanecer. Se escabullirá discretamente mientras todos duermen y se marchará. Antes pasará por la residencia. Subirá a su habitación y encontrará la puerta abierta de par en par y las luces encendidas. Dentro, encontrará a Alice dormida en su cama. Faye no la despertará. Se acercará de puntillas a la mesita de noche, abrirá muy despacio el cajón de abajo y sacará algunos libros y la carta en la que Henry le propone matrimonio. Se alejará sin hacer ruido y dirigirá una última mirada a Alice, que sin sus gafas de sol y sus botas militares parecerá otra vez humana, delicada, vulnerable e incluso guapa. Le deseará lo mejor en la vida. Y entonces Faye se irá. Alice ni siquiera sabrá que ha estado allí. Faye cogerá el primer autocar de vuelta a Iowa. Estará casi una hora mirando la carta de Henry, pero al fin la vencerá el cansancio y pasará el resto del trayecto durmiendo hasta llegar a casa.

Ése es el plan. Huirá al amanecer.

Pero para eso todavía faltan horas, y aún sigue ahí, en Chicago, con ese chico, en este momento que parece ajeno al tiempo. El santuario oscuro y silencioso. La luz de las velas. No quiere saber el verdadero nombre de Sebastian porque, piensa, ¿de qué sirve echarlo a perder? Echar a perder el misterio. Hay algo delicioso en su anonimato. Él podría ser cualquiera. Ella podría ser cualquiera. Sabe que se marchará mañana, pero todavía no se ha marchado. Mañana será un día lleno de consecuencias, pero este momento no tiene ninguna. Lo que pase ahora mismo no tendrá repercusiones. Estar al borde del abandono es una delicia. Puede actuar sin preocuparse; puede hacer lo que quiera.

Lo que quiere es agarrarlo de la mano y llevarlo tras las sombras del altar. Lo que quiere es notar la calidez de su cuerpo sobre el de ella. Lo que quiere es ser impulsiva; impulsiva como lo fue con Henry en el parque infantil aquella noche desde la que parece haber transcurrido una eternidad. E incluso mientras lo hace, mientras acerca sus labios a los de él y él se resiste un poco y susurra «¿Estás segura?», y ella le sonríe y dice «No pasa nada, estamos casados», y se echan juntos sobre el suelo de baldosas, es consciente de que sólo en parte lo está haciendo porque quiere. También lo hace para demostrarse algo, que ha cambiado. ¿No se supone que cuando superas una prueba de fuego te conviertes en una persona distinta? ¿En una persona diferente y mejor? El día, sin duda, ha sido un verdadero desafío, y Faye preferiría no seguir siendo la misma persona que antes, con las mismas preocupaciones y dudas triviales. Quiere demostrar que ha superado los terrores del día y que ahora es más fuerte y mejor, aunque ni siquiera está segura de que sea cierto. ¿En qué se nota cuando te haces más fuerte, cuando te vuelves mejor? En la acción, decide. Pues bien, aquí está su acción. Le quita la chaqueta a Sebastian y a continuación se la quita ella. Sentados en el suelo, se descalzan entre risas, porque es imposible quitarse unos zapatos ajustados de forma sexy. Y para Faye eso es la demostración (ante sí misma y también ante el mundo) de que ha cambiado, de que es una mujer que hace cosas de mujer y las hace sin miedo. Le desabrocha el cinturón y le baja los pantalones hasta que su interior asoma por completo. Y en este momento ni siquiera los pósteres de su clase de economía doméstica del instituto tienen poder sobre ella, porque siente la determinación en la piel, y porque el olor que este chico desprende ahora mismo es una mezcla de sudor, humo, almizcle y gases lacrimógenos, y eso la hace sentir que quiere devorarlo, y él quiere devorarla a ella, y si es sincera debe admitir que resulta delicioso y liberador rodar con él, dos cuerpos sucios sobre el suelo liso e impoluto, el suelo de Dios, desde el que sólo tiene que levantar la vista para ver al Cristo de piedra justo encima de ella, con la cabeza gacha, inclinada de tal modo que parece que le esté devolviendo la mirada sin tapujos, su Dios terrible que desaprueba lo que está haciendo en su santa casa, y a ella le encanta, le encanta que esté sucediendo precisamente allí, y sabe que al día siguiente volverá a Iowa y volverá a ser Faye, la Faye de siempre, que regresará a su verdadero yo como un alma que ha estado viajando fuera de su cuerpo, y dirá no a la universidad y sí a Henry, y se convertirá en esposa, una criatura nueva y extraña que guardará en su interior todo lo que ha sucedido esta noche. Nunca se lo contará a nadie, pese a que pensará en ello a diario. Se preguntará cómo es capaz de ser dos personas tan distintas: la Faye real y la otra, la Faye lanzada, agresiva e impulsiva. Anhelará a esta otra Faye. Y a medida que los años vayan acumulándose y sus días se llenen de tareas domésticas e infantiles, pensará en esta noche tan a menudo que empezará a parecerle más real que su vida real. Empezará a creer que su existencia como esposa y madre es la ilusión, la fachada que proyecta al mundo, y que la Faye que cobró vida en el suelo de la iglesia de san Pedro es su yo real y auténtico, y esa convicción echará raíces tan profundas en su interior, la poseerá de forma tan completa que al final arrasará con todo lo demás. Se volverá tan poderosa que no podrá ignorarla. Y para entonces ya no tendrá la sensación de estar abandonando a su marido y a su hijo, sino que le parecerá estar recuperando la vida real que abandonó en Chicago años atrás. Y se sentirá bien, tendrá la sensación de ser honesta consigo misma, con su verdadero yo. Sentirá que ha encontrado a la única y verdadera Faye, por lo menos durante un tiempo, hasta que empiece a echar de menos a su familia y vuelva la confusión.

En la historia de los ciegos y el elefante, lo que suele pasarse por alto es que las descripciones de todos los hombres eran correctas. Lo que Faye no entiende, y tal vez nunca llegue a entenderlo, es que no existe un yo verdadero oculto entre muchos falsos. En realidad hay un yo verdadero oculto entre muchos otros yoes verdaderos. Sí, ella es la estudiante tímida y sumisa y trabajadora. Sí, es la niña miedosa y aterrorizada. Sí, es la seductora osada e impulsiva. Sí, es la esposa y la madre. Y muchas otras cosas también. Su convicción de que sólo una de ellas es la auténtica enturbia la verdad general, igual que les pasaba a los ciegos con el elefante. El problema no era que fueran ciegos, sino que se rindieron demasiado pronto y por eso nunca llegaron a descubrir que existía una verdad más amplia.

Para Faye, esa verdad más amplia, la que sustenta todos los episodios importantes de su vida como la viga que sustenta una casa, es ésta: Faye es la que huye. La que sucumbe al pánico y escapa, la que huyó de Iowa para evitar el escándalo, la que huirá de Chicago hacia la seguridad del matrimonio, la que huirá de su familia y la que finalmente huirá del país. Y cuanto más cree que sólo existe un yo verdadero, más huye para encontrarlo. Es como alguien atrapado en arenas movedizas cuyos esfuerzos por escapar sólo contribuyen a acelerar el hundimiento.

¿Llegará a comprender todo esto? Quién sabe. Verse con claridad a uno mismo es el proyecto de toda una vida.

Pero en este momento todos estos pensamientos le quedan muy lejos. Ahora todo es simple: es un cuerpo en comunión con otro. Y el cuerpo de él es cálido, y se apretuja contra el de ella, y su piel sabe a sal y a amoníaco. Al alba, Faye empezará a usar la cabeza otra vez, pero por ahora es así de simple, tan simple como el sabor. Es un cuerpo que percibe el mundo y todos sus sentidos están colmados.

35

La única persona en la iglesia que sabe lo que están haciendo es Allen Ginsberg, que está sentado con las piernas cruzadas, apoyado en una pared y sonriendo. Los ha visto escabullirse detrás del altar, ha visto sus sombras a la luz de las velas y ha oído el tintineo familiar de un cinturón al desabrocharse. Y que esos dos jóvenes disfruten de su carne sucia y exhausta lo hace feliz. Se alegra por ellos. Le recuerda al poema del girasol que escribió hace tanto tiempo. ¿Cuánto hace? ¿Diez años? ¿Quince? No importa. «No somos nuestra piel mugrienta —escribió—, somos girasoles dorados por dentro, bendecidos por nuestra propia semilla y nuestros cuerpos peludos y desnudos, consumados, que se convierten en elegantes girasoles negros trastornados al anochecer...»

Eso es, piensa. Y cuando cierra los ojos y se entrega al sueño, se siente satisfecho, encantado.

Porque sabe que tenía razón.

DÉCIMA PARTE

Desapalancamiento

Finales del verano de 2011

1

Una vez más, Faye había mentido a su hijo.

Una vez más, había dejado de contarle algo porque le daba vergüenza. En Chicago, en el aeropuerto, él le había preguntado adónde planeaba ir, y ella le había mentido. Le había dicho que no lo sabía, que lo decidiría en Londres. Pero en realidad sabía perfectamente adónde iba: nada más descubrir que viajaría sola, había decidido ir allí, a Hammerfest, en Noruega. A la ciudad natal de su padre.

En las descripciones de su padre, el hogar familiar de Hammerfest era una casa radiante: en el límite de la ciudad, un edificio de madera de tres pisos con vistas al océano, con un embarcadero largo donde la familia podía pasar la tarde pescando y volver con un cubo lleno de truchas árticas, con un prado delante que pasaba el verano entero cubierto de olas doradas de cebada y un pequeño redil para los animales (unas cuantas cabras y ovejas, un caballo), todo ello demarcado por una hilera de hermosos abetos de un verde azulado que acumulaban tanta nieve en invierno que a veces se desprendía de sus ramas con gran estruendo. Todas las primaveras repintaban la casa de un llamativo rojo salmón, después de que los rigores invernales hubieran deslucido la mano del año anterior. Faye recuerda estar sentada a los pies de su padre escuchando sus descripciones e interiorizando esa imagen del pasado familiar que más tarde perfeccionaría en su mente al añadir una cadena de montañas irregulares al fondo y cubrir las playas de la arena volcánica negra que vio una vez en *National Geographic*; cualquier otro elemento hermoso que viera en una película o revista, cualquier lugar que le pareciera rural, idílico y foráneo, todo se incorporaba a aquel lugar, la casa de Hammerfest. En un lento proceso de acumulación infantil, todas sus fantasías se reunían allí. El lugar se convirtió en el depósito de todas las cosas buenas, hasta que al final su imagen combinaba elementos nórdicos, prados franceses, campos de la Toscana y el paisaje de esa fabulosa escena de *Sonrisas y lágrimas* en la que cantan y giran en las verdes colinas de Baviera.

Sin embargo, Faye descubre que el Hammerfest real no se parece en nada a eso. Después de un vuelo breve de Inglaterra a Oslo, seguido de otro vuelo en un De Havilland que parecía demasiado grande para sus propulsores, aterriza en Hammerfest y se encuentra ante un paisaje rocoso y miserable donde sólo pueden crecer los arbustos y matorrales más resistentes y espinosos. Un lugar donde sopla el viento del círculo polar, un viento que arrastra un olor dulzón a petroquímicas. Porque la ciudad vive del gas y del petróleo. Las barcas de pesca quedan empequeñecidas por los ingentes cargueros naranja que transportan gas natural líquido y petróleo crudo a las refinerías repartidas por toda la costa, hasta unos tanques blancos de almacenaje y destilación que, vistos desde el aire, parecen hongos que brotan de algo muerto. Las plataformas marítimas que extraen gas del subsuelo se ven desde la ciudad. No hay campos en los que se mecen los tallos de la cebada, sino solares vacíos llenos de herramientas oxidadas y manchadas de petróleo que ya nadie quiere. Montañas rocosas, escarpadas y cubiertas de líquenes. Nada de playas, tan sólo una costa de peñascos y acantilados inaccesibles que parecen el resultado de algún accidente relacionado con la dinamita. Las casas pintadas con vivos tonos de amarillo y naranja son más un baluarte contra la oscuridad del invierno que una demostración de alegría genuina. ¿Cómo es posible que éste sea el hermoso lugar que imaginaba? Qué ajeno le resulta.

Creía que en la oficina de turismo encontraría a alguien que pudiera ayudarla, pero cuando dijo que buscaba la granja de los Andresen la miraron como si se hubiera vuelto loca. No había ninguna granja Andresen, dijeron. No había ninguna granja, aseguraron. Ella describió la casa y le dijeron que ya no existía ninguna casa así. La habrían destruido en la guerra. ¿Habían destruido aquella casa en concreto? Habían destruido todas las casas. Le dieron un folleto del

Museo de la Reconstrucción. Faye dijo que buscaba una propiedad con bastantes tierras y tal vez algunos abetos y con una casa con vistas al mar. ¿Sabían dónde podía encontrar un lugar así? Le dijeron que aquella descripción era válida para muchos lugares, que fuera a dar una vuelta. ¿Una vuelta? Sí, la ciudad no es muy grande. Y eso es lo que está haciendo. Faye recorre el perímetro de Hammerfest buscando algo que encaje con la descripción de su padre, una granja a las afueras de la ciudad, con vistas al mar. Pasa junto a endebles edificios de apartamentos que parecen acurrucarse juntos para darse calor. No ve prados, ni granjas. Se aleja hacia las afueras, donde el terreno es rocoso y está lleno de hierbajos, donde sólo sobreviven las plantas capaces de echar raíces en la roca, hierbas duras, crujientes, que pasan en estado latente los dos meses de oscuridad que trae consigo el invierno por encima del círculo polar ártico. Faye se siente estúpida. Lleva horas caminando. Estaba convencida de saber lo que le esperaba allí, se había creído del todo su propia fantasía. Tantos años después, sigue cometiendo los mismos errores de siempre. Encuentra un sendero de hierba pisoteada que conduce hasta un cerro próximo y lo sigue, perdida en pensamientos lúgubres, diciendo en voz alta casi cada dos pasos «Pero qué estúpida, qué estúpida». Porque eso es lo que es, estúpida, y todas las decisiones estúpidas que ha tomado la han conducido hasta allí, a ese lugar estúpido, está sola en un camino polvoriento en ese rincón del mundo dejado de la mano de Dios.

«Pero qué estúpida», repite, mirándose los pies, avanzando por la vereda empinada que sube la colina y llega hasta lo alto del cerro, pensando que ir hasta allí ha sido una estupidez, que incluso la ropa que lleva es estúpida: unos zapatitos blancos de suela plana, totalmente inapropiados para caminar por la tundra, y una camisa fina que se abraza al cuerpo, porque aunque es verano, hace fresco. Unas cuantas decisiones estúpidas más en una vida plagada de ellas, piensa. Ha sido una estupidez ir hasta allí. Fue una estupidez volver a contactar con Samuel, de quien se sentía responsable después de haberlo abandonado con Henry, otra estupidez. No, eso no había sido una estupidez, pero casarse con Henry sí lo había sido, y marcharse de Chicago también. Y así sigue la cuenta mientras Faye continúa subiendo la colina, repasando su larga lista de decisiones equivocadas. ¿Cómo había empezado todo? ¿Cómo emprendió el sendero que llevaba a esta vida tan estúpida? No lo sabe. Al volver la vista atrás, sólo ve su viejo deseo de estar sola. De librarse de la gente, de sus juicios y sus vínculos enmarañados. Porque cada vez que ella se involucraba con alguien, las consecuencias eran desastrosas. Se involucró con Margaret en el instituto y se convirtió en la paria del pueblo. Se involucró con Alice en la universidad y terminó arrestada y sumida en la violencia y la destrucción. Se involucró con Henry y le arruinaron la vida al hijo que tuvieron juntos.

En el aeropuerto, al aparecer el nombre de Samuel en la lista de personas que no podían volar, se había sentido aliviada. Ahora se siente mal por ello, pero es la verdad. Había experimentado emociones encontradas: felicidad porque Samuel ya no parecía odiarla y alivio porque no iba a acompañarla. ¿Cómo habría podido soportar todo el vuelo a Londres con él, un océano entero de preguntas? Por no hablar de viajar con él y vivir con él adondequiera que fueran a parar (él parecía inclinarse por Yakarta, por algún motivo). Le costaba mucho —siempre le había costado— soportar que Samuel la necesitara tanto.

¿Cómo podía decirle a Samuel que se iba a Hammerfest por una absurda historia de espíritus? La historia que había oído de niña, la historia sobre el *nisse* que su padre le había contado la noche de su primer ataque de pánico. Esa historia la había acompañado toda su vida y, al mencionar Samuel el nombre de Alice, Faye había recordado algo que su vieja amiga le había dicho hacía años: que la forma de librarse de un espíritu es llevándolo de vuelta a casa.

Otra estupidez, pura superstición. «Pero qué estúpida, qué estúpida», dice.

Es como si estuviera maldita de verdad. Durante todo este tiempo ha pensado que a lo mejor su padre había arrastrado una maldición desde su país natal, un espíritu. Pero ahora piensa que a lo mejor no es que esté maldita, sino que es ella quien propaga la maldición. A lo mejor la maldición es ella. Porque cada vez que se ha acercado a alguien, ha terminado pagándolo. Y quizá sea justo que ahora esté allí, a solas en el lugar más remoto del mundo. Sin nadie con quien involucrarse. Sin más vidas que destruir.

Llega a lo alto del cerro perdida en sus pensamientos, dándoles vueltas a estas ideas amargas, y entonces percibe una presencia. Al levantar la mirada ve un caballo en medio del sendero, unos diez metros más adelante, donde la colina empieza a descender hacia un pequeño valle. Faye da un respingo y se le escapa un «¡Oh!» de sorpresa, pero el caballo no parece sobresaltado. No se mueve. No come. No parece que Faye haya interrumpido nada. Resulta inquietante, como si la hubiera estado esperando. El caballo es blanco y tiene los músculos tensos. Los flancos le tiemblan de vez en cuando. Tiene unos ojos negros y grandes que parecen estudiarla con inteligencia. Lleva un freno en la boca y las riendas alrededor del cuello, pero no está ensillado. Se la queda mirando como si acabara de preguntarle algo importante y estuviera esperando su respuesta.

—Hola —dice ella.

El caballo no le tiene miedo, pero tampoco da muestras de cordialidad. Se limita a concentrar en ella toda su atención. De hecho, da un poco de miedo porque parece que esté esperando a que Faye haga o diga algo, aunque ella no sabe qué. Da un paso hacia el animal, pero éste no reacciona. Otro paso. Nada.

—¿Y tú quién eres? —le pregunta, y mientras pronuncia esas palabras la respuesta brota en su cabeza: es un Nix.

Después de tantos años se le ha aparecido aquí, en este cerro sobre un puerto helado, en Noruega, en la ciudad más septentrional del mundo. Faye ha ido a parar a un cuento de hadas.

El caballo la mira sin pestañear, como diciendo: «Sé quién eres.» Faye se siente atraída, desea tocarlo, acariciarle el costado, subirse a lomos del animal y dejar que haga lo que quiera. Sería un final muy apropiado, piensa.

Se acerca más y el caballo no se inmuta, ni siquiera cuando levanta la mano para acariciarle el rostro. Sigue esperando. Lo acaricia entre los ojos, ese punto que Faye siempre cree que será más mullido de lo que es en realidad, el cráneo está muy cerca de la superficie en esa zona, toda hueso y piel fina.

—¿Me estabas esperando? —le dice junto a la oreja, que es gris y negra con manchas plateadas y parece una taza de porcelana.

Se pregunta si será capaz de montar en su grupa, si sabría saltar tan alto. Ésa sería la parte más difícil. Lo que vendría a continuación sería sencillo. Si el caballo empezara a galopar, alcanzaría el acantilado en apenas diez zancadas. La caída hasta el agua duraría apenas unos segundos. La asombra que el final de una vida tan larga pueda ser tan repentino.

Entonces Faye oye un sonido, una voz que viaja con el viento desde el valle. Ve a una mujer que se acerca caminando hacia ella, gritando algo en noruego. Y justo detrás de ella hay una casa: una pequeña estructura cuadrada con un porche trasero orientado al mar, un caminito que baja hasta un desvencijado embarcadero de madera, un jardín grande en la parte de delante, unos cuantos abetos, un pequeño prado donde pastan varias cabras y ovejas. La casa tiene un tono gris descolorido, pero en los lugares que quedan protegidos del viento (debajo de los aleros y detrás de los postigos de las ventanas) Faye vislumbra restos de pintura antigua, de color rojo salmón.

Por poco se cae al verla. No es como la había imaginado, pero la reconoce de todos modos. Le resulta familiar, como si ya hubiera estado muchas veces allí.

Cuando la mujer llega hasta ella, Faye ve que es guapa y joven, tal vez de la edad de Samuel, con los mismos rasgos llamativos que encuentra constantemente en ese país: piel clara, ojos azules y un pelo largo y liso de ese color tan delicado, entre rubio y algodón. La mujer sonríe y dice algo que Faye no entiende.

—El caballo es tuyo, supongo —dice Faye.

La avergüenza un poco la arrogancia de expresarse en inglés, pero no tiene otra opción.

En cualquier caso, la mujer no parece ofenderse. Ladea la cabeza ante esa nueva información y parece dedicar un momento a procesarla.

—¿Británica? —pregunta entonces.

—Estadounidense.

—Ah —dice la mujer asintiendo, como si eso resolviera un misterio importante—. El caballo se escapa a veces. Gracias por atraparlo.

—En realidad no lo he atrapado. Ya estaba aquí cuando lo he encontrado. Más bien me ha atrapado él a mí.

La mujer se presenta: se llama Lillian. Lleva unos pantalones de espiguilla gris de un material de aspecto resistente, un suéter azul claro y una bufanda de lana que parece hecha a mano. Es la viva imagen del estilo nórdico sin pretensiones: sobrio y elegante. Algunas mujeres pueden llevar una bufanda como si nada. Lillian agarra las riendas del caballo y echan a andar juntas hacia la casa. Faye se pregunta si se tratará de una parienta lejana, una prima tal vez, ya que éste es casi con toda seguridad el lugar que buscaba. Muchos detalles encajan, aunque la versión de su padre fuera un poco exagerada: no hay un campo delante de la casa, sino más bien un jardín; no hay una larga fila de abetos, sino tan sólo dos; no hay un gran muelle que se adentra en el agua, sino un embarcadero de aspecto endeble en el que apenas cabe una canoa. Faye se pregunta si su padre mentía y exageraba a sabiendas, o si en su imaginación, durante los años transcurridos desde su partida, las proporciones de la casa y su majestuosidad fueron creciendo.

Mientras tanto, Lillian le da conversación: le pregunta de dónde proviene, si le está gustando el viaje, qué cosas ha visto. Sugiere restaurantes, lugares que tiene que visitar.

—¿Es tu casa? —le pregunta Faye.

—De mi madre.

—¿Y ella también vive aquí?

—Sí, claro.

—¿Cuánto tiempo lleva viviendo en la casa?

—Casi toda su vida.

El jardín delantero es un hervidero de vida, una gran eclosión de arbustos, hierbas y flores densas y apenas domesticadas. Es un jardín revuelto y excéntrico, un lugar donde se alienta a la naturaleza a crecer en todo su desorden. Lillian conduce el caballo hasta el establo, cierra una verja desvencijada y la amarra con un cordel atado con un nudo. Agradece a Faye la ayuda con el animal.

—Que disfrutes de las vacaciones —le dice.

Y aunque esto es precisamente lo que Faye ha ido a buscar, de pronto se pone nerviosa y le faltan las palabras, no está segura de qué decir, ni de cómo proceder, no sabe cómo explicarlo todo.

—Oye, en realidad no he venido de vacaciones.

—Ah, ¿no?

—Estoy buscando a alguien. A mis antepasados. Mi familia.

—¿Cómo se apellidan? A lo mejor puedo ayudarte.

Faye traga saliva. No sabe por qué está tan angustiada cuando dice:

—Andresen.

—Andresen —repite Lillian—. Es un apellido bastante común.

—Ya, pero es que creo que es aquí. Quiero decir que creo que mi familia vivía aquí, en esta casa.

—En nuestra familia no hay nadie que se llame Andresen, ni que se mudara a América. ¿Estás segura de que era en esta ciudad?

—Mi padre es Frank Andresen. Cuando vivía aquí se llamaba Fridtjof.

—Fridtjof —repite Lillian, y parece que tarda un momento en registrar el nombre, pues levanta la mirada con expresión reconcentrada mientras trata de averiguar por qué le resulta tan familiar. Pero de pronto cae en la cuenta y se vuelve hacia Faye con una mirada penetrante—. ¿Conoces a Fridtjof?

—Soy su hija.

—¡Vaya! —exclama Lillian, y agarra a Faye por la muñeca—. Ven, acompáñame.

Entran en la casa y primero atraviesan una despensa llena de verduras cuidadosamente enlatadas, encurtidas y etiquetadas, luego una cocina cálida donde hay pan o algo parecido en el horno y huele a levadura y a cardamomo, y llegan a una pequeña sala de estar con un suelo de madera que chirría y unos muebles de madera que parecen antiguos y hechos a mano.

—Espera aquí —dice Lillian, antes de soltar la muñeca de Faye y desaparecer por otra puerta.

La sala donde la han dejado es acogedora y está decorada profusamente con mantas, almohadas y fotografías en las paredes. Deben de ser fotos de familia, y Faye las estudia. Ninguna de las personas que ve le resulta familiar, excepto algunos de los hombres, que tienen algo en la mirada que le recuerda a su padre, ¿o se lo está imaginando? La forma de entornar los ojos, la curva de las cejas, el ceño algo fruncido. Hay lámparas y arañas de techo y velas y candelabros por todas partes, seguramente para iluminar el lugar durante la interminable oscuridad del invierno. En una de las paredes hay una gran chimenea de piedra. Otra está llena de libros con sencillos lomos blancos y títulos que Faye no reconoce. Hay también un ordenador portátil que parece un anacronismo en una sala por lo demás tan anticuada. Faye oye a Lillian a través de la puerta; habla con voz suave pero apremiante. Faye no sabe ni una sola palabra de noruego, de modo que para ella esa lengua no es más que una secuencia fonética. Las vocales suenan planas, como si hablaran alemán en un tono menor. Y como la mayoría de los idiomas que no son el inglés americano, le parece demasiado rápido.

Entonces se abre de nuevo la puerta y aparece Lillian seguida de su madre, y al verla Faye tiene la sensación de estar mirándose en un espejo: por los ojos, por la forma en que ambas encorvan los hombros y por el efecto de la edad en sus rostros. La otra mujer también se da cuenta, pues se detiene de forma abrupta al ver a Faye, y las dos se quedan un momento inmóviles, mirándose. Cualquiera que las viera se daría cuenta de que son hermanas. Faye reconoce los rasgos de su padre en la cara de la mujer: los pómulos, los ojos, la nariz. La mujer ladea la cabeza, suspicaz. Tiene una mata de pelo gris que lleva recogida encima de la cabeza con una cinta. Viste camisa negra lisa y unos viejos vaqueros azules, ambos salpicados por restos de diversas actividades domésticas: pintura y masilla, y en los vaqueros, a la altura de las rodillas, barro. Va descalza. Se está secando las manos con un trapo azul marino.

—Me llamo Freya —dice, y a Faye le da un vuelco el corazón.

En todas las historias de espíritus que su padre le contaba, cada vez que salía una chica guapa, él le ponía ese nombre: Freya.

—Lamento molestarte —dice Faye.

—¿Eres hija de Fridtjof?

—Sí. Fridtjof Andresen.

—¿Y eres de Estados Unidos?

—De Chicago.

—Ya ves —dice, sin dirigirse a nadie en particular—, resulta que se fue a América. —Entonces le hace un gesto a Lillian—. Enséñaselo —dice, y Lillian coge un libro de un estante y se sienta en el sofá.

El libro es antiguo, tiene las páginas amarillentas y quebradizas, dos solapas de piel que protegen la cubierta y un broche en la parte delantera. Faye ha visto uno igual antes: la biblia de su padre, la que contenía el árbol genealógico familiar lleno de nombres exóticos que él solía enseñarle al tiempo que chascaba la lengua para dejar clara su desaprobación porque todos habían sido demasiado cobardes para marcharse a América en busca de una vida mejor. La biblia que descansa en el regazo de Lillian es igual, con un árbol genealógico en las primeras dos páginas. Pero así como el de su padre terminaba con Faye, éste muestra lo mucho que ha crecido la familia en Hammerfest. Faye ve que Lillian es hija de Freya, que tuvo otros cinco. Los nietos llenan la siguiente línea, y debajo de ésta ya hay varios biznietos. De hecho, el árbol ha crecido tanto que ocupa una hoja nueva. Encima del nombre de Freya están los de sus padres: Marthe, su madre, y otro nombre, suprimido, tachado con tinta. Freya se acerca, se detiene delante de Faye y se agacha para señalar ese punto.

—Éste era Fridtjof —dice, y su uña marca una media luna sobre la página.

—También es tu padre.

—Sí.

—Pero su nombre está borrado.

—Lo hizo mi madre.

—¿Por qué?

—Porque se comportó como un... ¿cómo se dice?

Mira a Lillian para que la ayude a encontrar la palabra. Le dice algo en noruego y Lillian asiente con la cabeza y dice:

—La palabra que buscas es «cobarde».

—Eso —dice Freya—. Se comportó como un cobarde.

Y mira a Faye para ver cómo reacciona, si sus palabras la ofenden. Freya está tensa, tal vez espere una discusión en la que parece totalmente dispuesta a enzarzarse.

—No lo entiendo —dice Faye—. ¿Un cobarde? ¿Por qué?

—Porque nos dejó. Nos abandonó.

—No. Emigró —indica Faye—. Para intentar buscar una vida mejor.

—Para él, sí.

—Nunca mencionó que tuviera familia aquí.

—Entonces no sabes mucho de él.

—¿Me lo cuentas?

Freya resopla y dirige a Faye una mirada que parece cargada de impaciencia o de desdén.

—¿Todavía vive?

—Sí, pero está perdiendo la cabeza. Es muy mayor.

—¿Qué hizo en Estados Unidos?

—Trabajar en una fábrica. En una planta química.

—¿Y fue feliz?

Faye lo piensa un instante, piensa en todos los momentos en los que vio a su padre solo, guardando las distancias respecto a los demás, solitario, encerrado en una prisión que él mismo se había construido, en las horas que pasaba en el jardín contemplando el cielo.

—No —dice—. Siempre parecía triste. Y solo. Nunca supimos por qué.

Freya parece relajarse al oírlo y asiente con la cabeza.

—Quédate a cenar, pues —dice—. Te contaré la historia.

Y eso hace, mientras comen pan y un guiso de pescado. Es la historia que la madre de Freya le contó cuando fue lo bastante mayor para entenderla. La historia empieza en 1940, la última vez que alguien supo algo de Fridtjof Andresen. Como la mayoría de los jóvenes de Hammerfest, era pescador. Tenía diecisiete años y hacía poco que había dejado atrás los trabajos que les daban a los niños de la dársena: limpiar, destripar y filetear el pescado. Ahora trabajaba en el barco, un empleo mucho mejor en todos los sentidos: más lucrativo, más divertido y mucho más emocionante cuando sacaban las redes llenas de bacalao y fletán, y de esos feos y apestosos peces lobo que todos preferían pescar que destripar. Jornadas enteras en alta mar, durante las que se perdía la noción de los días, porque en verano el sol nunca se pone en el Ártico. Y el orgullo del dominio que alcanzó con los diversos utensilios del gremio, las boyas y las redes, los barriles, los sedales y los anzuelos que se guardaban en el casco del barco. Lo que más le gustaba era montar guardia sentado en lo alto del palo mayor, porque era el que tenía la vista más aguda del barco. Tenía un don, lo decían todos. Avistaba los bancos de pez negro que entraban en la bahía durante todo el verano, y al ver hervir una zona del agua exclamaba «¡Pesca a la vista!», y entonces todos los hombres salían de la cama, se calaban la gorra y ponían manos a la obra. Arriaban las barcas, dos hombres por bote (uno manejaba los remos y el otro la red), y extendían la red entre ellos mientras él dirigía toda la operación desde las alturas, hasta que el banco llegaba a su posición y entonces rodeaban los peces y levantaban triunfalmente aquella masa agitada hasta la cubierta del barco. Aquel control sobre el mar salvaje los hacía sentirse poderosos e imparables incluso cuando navegaban tan cerca de aquella costa tan abrupta que, de no ser ellos tan buenos marineros, condenaría al naufragio a sus embarcaciones.

No se tenía memoria de nadie capaz de distinguir los bancos de peces mejor que Fridtjof. Tenía la vista más aguda de toda la ciudad, algo de lo que alardeaba constantemente, siempre que estaban en el puerto. Decía que el océano era una hoja de papel que sólo él podía leer. Era joven. Tenía algo de dinero. Pasaba mucho tiempo en los bares. Conoció a una camarera llamada Marthe. Tal vez decir que se enamoró de ella no sea lo más preciso. Fue más bien que ambos sentían ciertos deseos adolescentes y que ambos se mostraron dispuestos a satisfacerlos. La primera vez que hicieron el amor fue en el monte, cerca de la casa de la familia de ella: él esperó a que el bar cerrara, la acompañó a casa y se echaron sobre la hierba dura bajo un sol gris blanquecino. Más tarde, ella le mostró las tierras, la gran casa pintada de rojo salmón, el embarcadero que se adentraba en el agua, la larga fila de abetos, el campo de cebada. Aquel lugar le gustaba mucho, dijo Marthe. Era una chica encantadora.

Ese verano llegó la guerra. Todos creían que Hammerfest era un lugar demasiado remoto y que no tenían de qué preocuparse, pero resultó que a los alemanes les interesaba la ciudad para poder interrumpir el transporte marítimo entre los aliados y Rusia, así como para usarla como base de reabastecimiento para sus submarinos. La Wehrmacht se acercaba, ése era el rumor que se extendió por toda la costa de Noruega, de puerto en puerto y de barco en barco. En el barco de Fridtjof los marineros hablaban de huir. Podían llegar hasta Islandia, empezar una nueva vida allí. O seguir adelante. Había formas de llegar de Reikiavik a América, aseguraban algunos. Pero ¿y los submarinos? No le harían ni caso a su barquito de pesca. ¿Y las minas? Fridtjof las detectaría a la legua, decían. No era imposible.

Fridtjof quería creer lo que decían algunos de los más mayores, que a los alemanes les interesaban más los muelles que la ciudad, que dejarían a la gente tranquila siempre y cuando no opusieran resistencia, que su guerra era contra Rusia y Gran Bretaña, no contra Noruega. Pero corrían rumores sobre lo que había pasado en el sur: ataques por sorpresa, pueblos incendiados. Fridtjof no sabía qué pensar. Durante la siguiente recalada en Hammerfest, la tripulación tomaría una decisión: marcharse o quedarse. Quien quisiera quedarse era libre de hacerlo. Quien quisiera arriesgarse a viajar hasta Islandia debía aportar todas las provisiones que pudiera reunir.

El único que no tenía elección era Fridtjof. O por lo menos eso le parecía a él cuando los marineros de más edad se lo llevaban aparte y decían que necesitaban sus ojos. Sólo él era capaz de avistar las minas que tan traicioneras hacían las aguas de más allá de las islas. Sólo él sabía interpretar los remolinos y las corrientes que indicaban la presencia de un submarino. Sólo él era capaz de distinguir las formas de los buques enemigos en el horizonte, a la distancia suficiente para evitarlos. Todos coincidían en que Fridtjof tenía un don. Sin él estarían muertos.

Aquella noche esperó a que el bar cerrara y fue a ver a Marthe. Ella se alegró mucho de verlo. Volvieron a hacer el amor en la hierba y después ella le dijo que estaba embarazada.

—Tendremos que casarnos, claro —dijo Marthe.

—Claro.

—Mis padres dicen que puedes vivir con nosotros. Un día heredaremos la casa.

—Sí. Bien.

—Mi abuela cree que es una niña. Casi nunca se equivoca con estas cosas. Quiero llamarla Freya.

Pasaron gran parte de la noche haciendo planes. Por la mañana, él le dijo que se iban al nordeste, a la pesca del bacalao. Le dijo que volvería al cabo de una semana. Ella sonrió y le dio un beso de despedida. Y no volvió a verlo nunca más.

Freya nació en una población ocupada. Los alemanes habían llegado y expulsado a la mayoría de las familias de sus hogares. Quienes vivían en las casas eran los soldados, mientras que todos los demás se agolpaban en apartamentos, en las escuelas o en la iglesia. Marthe compartía un piso con dieciséis familias más. Algunos de los primeros recuerdos de Freya correspondían a esa época de hambre y desesperación. Vivieron así durante cuatro años, hasta que los alemanes se retiraron. Ese día del invierno de 1944 ordenaron a todos los habitantes de Hammerfest que evacuaran la ciudad. Los que lo hicieron huyeron al bosque. Los que no lo hicieron murieron asesinados. Los alemanes dejaron la ciudad reducida a cenizas. Lo quemaron todo menos la iglesia. Cuando regresó la gente no quedaban más que rocas, escombros y cenizas. Pasaron aquel invierno en las montañas, en cuevas. Freya recuerda el frío y el humo de las hogueras, el humo que los mantenía a todos despiertos, tosiendo y carraspeando. Recuerda vomitar ácido y ceniza en sus manos.

En primavera abandonaron sus refugios y empezaron a reconstruir Hammerfest. Pero no disponían de recursos para convertirlo en lo que había sido, por eso algunas partes de la ciudad tienen hoy ese aspecto, ordinario y anónimo, que no es un testimonio de la belleza, sino de la resiliencia. La familia de Marthe reconstruyó su casa como pudo, e incluso la pintó del mismo color, del mismo rojo salmón, y más tarde, cuando Freya fue lo bastante mayor, Marthe le contó la historia de Fridtjof Andresen, su padre. Nadie había vuelto a saber nada de él después de la guerra. Todos supusieron que había huido a Suecia, como tantos otros. A veces Freya iba a ver los barcos de pesca y lo imaginaba en lo alto de uno de ellos, oteando el océano en su busca. Fantaseaba con su regreso, pero los años pasaron y ella se hizo mayor y formó su propia familia y dejó de desear que regresara y empezó a odiarlo, y luego dejó de odiarlo y empezó simplemente a olvidarlo. Hasta la llegada de Faye, llevaba años sin pensar en su padre.

—Creo que mi madre no lo perdonó nunca —dice Freya—. Fue infeliz casi toda su vida, vivió enfadada con él, o consigo misma. Ya ha muerto.

Pasan unos minutos de las siete y la luz del sol que entra a raudales en la cocina es oblicua, dorada. Freya planta las palmas de las manos en la mesa y se levanta.

—Vayamos al agua —dice—. A ver la puesta.

Le presta un abrigo a Faye y, mientras bajan, le explica que las puestas de sol son muy apreciadas en Hammerfest, porque hay muy pocas. Esta noche la puesta es a las ocho y cuarto. Hace un mes fue a medianoche. Y dentro de un mes oscurecerá a las cinco y media. Y un día, a mediados de noviembre, el sol saldrá sobre las once de la mañana y se pondrá una media hora más tarde, y ya no volverán a verlo durante dos meses.

—Dos meses de oscuridad —dice Faye—. ¿Cómo lo soportáis?

—Te acostumbras —dice Freya—. ¿Qué le vas a hacer?

Se sientan en el embarcadero en silencio, beben café, sienten la brisa fría procedente del mar y contemplan la puesta del sol cobrizo tras el mar de Noruega.

Faye intenta imaginar a su padre sentado a mucha altura del agua, en el mástil más alto de un barco de pesca, con el viento sonrosándole la cara. Piensa en lo que debió de ser para él, en comparación, el trabajo en la planta de ChemStar de Iowa: ajustar diales, anotar números, encargarse del papeleo con los pies plantados en la tierra firme, monótona. Y en lo que iría pensando cuando pusieron rumbo a Islandia, mientras iba perdiendo Hammerfest de vista y dejaba atrás un hogar, a una hija. ¿Cuánto tiempo se arrepentiría? ¿Qué proporciones adquiriría ese arrepentimiento? Faye sospecha que se arrepintió siempre. Que el arrepentimiento se convirtió en su corazón secreto, en lo que enterró en lo más profundo de su ser. Recuerda a su padre como era cuando creía que no lo veía nadie, con la vista perdida a lo lejos. Faye siempre se preguntaba qué veía en esos momentos, y ahora cree que lo sabe. Veía este lugar, a esta gente. Se preguntaba qué habría ocurrido si hubiera tomado una decisión distinta. Era imposible no caer en la similitud de sus nombres: Freya y Faye. Cuando la llamó Faye, ¿pensaba en la otra hija? Cuando pronunciaba el nombre de Faye, ¿oía siempre el eco de aquel otro nombre? ¿Era Faye un mero recordatorio de la familia que había dejado atrás? ¿Intentaba castigarse a sí mismo? Cuando describía la casa de Hammerfest, lo hacía como si hubiera vivido allí, la describía como si fuera suya. Y a lo mejor, en su mente, lo era. A lo mejor junto al mundo real estaba esta fantasía, esta otra vida donde heredaba la granja y la casa rojo salmón. A veces esas fantasías pueden resultar más convincentes que la propia vida, Faye lo sabe bien.

No es necesario que algo pase para que parezca real.

Su padre nunca se mostraba más animado, más alegre, que cuando hablaba de este lugar, y a lo mejor Faye se daba cuenta de ello incluso de niña. Entendía que una parte de su padre estuviera siempre en otro lugar; que cuando la miraba nunca la veía a ella. Y ahora se pregunta si todos sus ataques de pánico y sus problemas eran intentos complejos de llamar su atención, de hacerse ver. Se había convencido de que los espíritus del país de su padre la perseguían porque, aunque no lo entendía en esos términos, a lo mejor intentaba ser Freya para él.

—¿Tienes hijos? —le pregunta Freya, rompiendo un largo silencio.

—Sí, uno.

—¿Y tenéis una buena relación?

—Sí —dice Faye, porque, una vez más, le da vergüenza admitir la verdad. ¿Cómo va a contarle a esta mujer que le hizo a su hijo lo mismo que Fridtjof a ella?—. Muy buena —dice.

—Bien, bien.

Faye piensa en Samuel y en cuando lo vio en el aeropuerto hace unos días, en cuando se despidió de él. En ese momento, la había abrumado una necesidad peculiar: el deseo de abrazarse a él, de sentirlo físicamente presente. Al parecer, lo que más añoraba era su calor. Tantos años después de abandonar a su familia, lo que más anhelaba era esa calidez humana, la forma en que Samuel se metía en su cama por las mañanas cuando lo aterrorizaba alguna de sus pesadillas, o cómo se acurrucaba contra ella cuando tenía fiebre. Cuando la necesitaba de verdad acudía a ella y era como una pequeña caldera, una bolita húmeda y caliente. Ella hundía la cara en él y se empapaba de su olor a niño pequeño, una mezcla de sudor, sirope y hierba. Samuel le daba tanto calor que la piel se le humedecía donde entraba en contacto con él, y Faye imaginaba que el núcleo de su hijo ardía con toda la energía que su cuerpo iba a necesitar para convertirse en el de un hombre. Y ése era el calor que de pronto había anhelado en el aeropuerto. Hace mucho tiempo que no siente algo así. Casi siempre está helada, tal vez por las pastillas, los ansiolíticos, los anticoagulantes y los betabloqueantes. Cuánto frío pasa últimamente.

El sol ya se ha puesto y están contemplando un cielo violeta. Lillian está en la casa encendiendo la chimenea. Freya escucha el murmullo del agua. A mano derecha, costa arriba, hay una isla donde Faye distingue una lengua de luz brillante en medio de la oscuridad creciente.

—¿Qué es eso? —pregunta, señalándola.

—Melkøya —dice Freya—. Es una fábrica. De ahí sacan el gas.

—¿Y esa luz?

—Fuego. Arde siempre, no sé por qué.

Y Faye observa la chimenea que proyecta su llama anaranjada hacia la noche y de repente se siente transportada de vuelta a Iowa, está sentada con Henry en la orilla del Misisipi y contempla el fuego que emana de la planta de nitrógeno. Aquel fuego se veía desde cualquier punto de la ciudad. Ella lo llamaba «el faro». Ha pasado tanto tiempo que parece una vida distinta. Y la súbita reaparición de ese recuerdo latente hace que Faye rompa a llorar. No es un llanto violento, sino ligero y delicado. Piensa en el nombre que le habría dado Samuel (un llanto de Categoría 1) y sonríe. Freya o no se da cuenta de que está llorando o finge no darse cuenta.

—Siento que yo lo tuviera y tú no —dice Faye—. A nuestro padre, digo. Siento que te abandonara. No es justo.

Freya le resta importancia con un gesto de la mano.

—Nos hemos apañado.

—Sé que os echaba mucho de menos.

—Gracias.

—Creo que siempre quiso volver. Que se arrepentía de haberse marchado.

Freya se levanta y contempla el mar.

—Es mejor que no volviera.

—¿Por qué?

—Mira a tu alrededor —dice ella, y abre los brazos para abarcar la casa, la tierra, los animales, Lillian y la chimenea que está encendiendo, la biblia con su inagotable árbol familiar—. No lo hemos necesitado.

Le tiende la mano a Faye y se dan un apretón, un gesto formal que marca el final de la conversación y de la visita de Faye.

—Ha sido un placer conocerte —dice Freya.

—Lo mismo digo.

—Espero que tengas una buena estancia.

—Seguro que sí. Gracias por vuestra hospitalidad.

—Lillian te llevará al hotel en coche.

—No queda lejos. Puedo ir caminando.

Freya asiente y echa a andar hacia la casa. Pero unos pasos más adelante se detiene, se vuelve hacia Faye y la mira con esos ojos sabios que parecen atravesarla y entrever todos los secretos que guarda en su interior.

—Estas viejas historias ya no importan, Faye. Vuelve con tu hijo.

Faye sólo puede asentir con la cabeza y quedarse a ver cómo sube Freya el resto de la pendiente y se mete en su casa. Ella se queda un rato en el muelle antes de marcharse también. Sigue un camino que conduce hasta lo alto del cerro y al llegar al punto donde antes se ha topado con el caballo se vuelve para contemplar el valle y la casa, ahora envuelta en una luz cálida y dorada, con una voluta delgada de humo azulado que se eleva desde la chimenea. A lo mejor éste es justo el lugar donde se plantó su padre. A lo mejor lo que recordaba era esto. A lo mejor ésta es la imagen que veían sus ojos aquellas noches en Iowa, cuando se quedaba contemplando la nada. Un recuerdo del que se nutrió toda la vida, pero también una maldición que lo perseguía. Y entonces Faye se acuerda de esa vieja historia del espíritu que parece una piedra: a medida que lo alejas de la costa va aumentando de peso, hasta que un día resulta insostenible.

Faye imagina a su padre llevándose un pedazo de tierra con él, un recuerdo: de esa granja, de esa familia, su recuerdo de todo ello. Ésa era la «piedra de pique» de sus historias. Se la llevó mar adentro, primero a Islandia y después a América. Y cuanto más se aferraba a ella, más se hundía.

2

¿Por qué será que las habitaciones de hospital empiezan a parecer habitaciones de hotel?, se pregunta Samuel mientras recorre con la mirada las paredes de color beis de esa habitación de hospital, el techo beis, las cortinas beis y una resistente moqueta de aspecto industrial de un color que podría denominarse tostado, trigueño o beis. Los cuadros de las paredes están pensados para ser inofensivos, inocuos y olvidables, tan abstractos que a nadie le invocan recuerdo alguno. Un televisor con mil millones de canales, incluido «HBO GRATIS», según reza el cartelito de cartón que hay encima de la cómoda. Una cómoda de madera de roble de imitación con una biblia dentro. El escritorio esquinero lleno de puertos y enchufes es una «estación de trabajo con conexión inalámbrica», y la contraseña del wifi está impresa en un papel plastificado, arrugado y a punto de romperse por los bordes. El menú del servicio de habitaciones, donde puedes pedir cosas como filetes de pollo rebozado con patatas fritas y batidos y hacer que te lo envíen a cualquier parte del edificio, incluida el ala de enfermedades cardíacas. El mando a distancia pegado al televisor con velcro. El televisor atornillado a la pared y orientado hacia la cama, de modo que parece que sea el aparato el que mira al paciente, y no al revés. Una guía turística de Chicago. El sofá de la pared del fondo de la habitación es en realidad un sofá cama, como constatará cualquiera que se siente con demasiado ímpetu y se estampe contra la rígida estructura de metal. Un radio-reloj digital con números verdes que en este momento indica con su parpadeo que es medianoche.

En medio de la habitación, un médico totalmente calvo explica el caso a un grupo de estudiantes de medicina.

—Nombre del paciente, desconocido —dice—. Sólo disponemos de un alias, esto... ¿Qué pone? ¿Puwan... edge?

El médico mira a Samuel, pidiendo ayuda.

—Pwnage —dice entonces Samuel—. Dos sílabas. Suena como «paunech».

—¿Que va con hache? —pregunta una de las estudiantes.

—Creo que ha dicho «ponche» —dice otro.

El doctor explica a los estudiantes que están de suerte porque es posible que nunca más vuelvan a ver un caso como éste, de hecho él se está planteando escribir un artículo sobre el paciente en el *Diario de Rarezas Médicas*, artículo en el que los estudiantes estarían invitados a participar, claro. Los estudiantes miran a Pwnage con la misma perplejidad admirada que les merecería un camarero si les preparase un cóctel complejo, gratis.

Pwnage lleva tres días seguidos durmiendo. No en coma, ha señalado el doctor. Durmiendo. El hospital lo alimenta por vía intravenosa. Y Samuel debe admitir que Pwnage tiene mejor aspecto: su piel ya no es tan cerosa, tiene la cara menos abotargada y las manchas y sarpullidos que le cubrían el cuello y los brazos se han atenuado y tienen una textura humana más o menos normal. Incluso el pelo parece más sano, mejor «pegado» (es la única forma que se le ocurre a Samuel para describirlo). El médico enumera las diferentes dolencias que presentaba el paciente al ingresar en urgencias:

—Malnutrición, agotamiento, hipertensión maligna, disfunción hepática y renal y un grado de deshidratación tan avanzado que, francamente, no entiendo cómo el paciente no alucinaba con agua de manera más o menos constante.

Los estudiantes toman nota.

La falta de pelo en la cabeza, el rostro y los brazos del médico resulta realmente sobrecogedora y le da aspecto de tiburón. Los estudiantes de medicina llevan carpetas con sujetapapeles y desprenden un olor colectivo a jabón antiséptico y a cigarrillos. El monitor cardíaco conectado a Pwnage mediante una serie de cables y ventosas no emite ningún pitido. Samuel está junto a Axman y no para de lanzarle miraditas rápidas de reojo que espera que Axman no detecte. Samuel ha oído a Axman hablar a través del ordenador cientos de veces durante sus muchas misiones juntos, pero nunca lo había visto en persona, así que está experimentando la dislocación que se produce cuando el elemento visual no encaja con el auditivo, como cuando ves la cara de un famoso de la radio por primera vez y piensas: «¿En serio?» La voz de Axman tiene ese timbre nasal y quejumbroso que, en internet, hace que parezca uno de esos maricas miopes y con la cara llena de granos que son la quintaesencia del estereotipo del *gamer* en línea. Su voz aflautada es el equivalente sonoro a un puñetazo que no duele. El tipo de voz que suena como si un abusón le hubiera hundido la boca en la cavidad nasal hace mucho tiempo.

—...y arritmia cardíaca —continúa el doctor—, cetoacidosis diabética, diabetes, que seguramente ni siquiera sabía que padecía y para la que sin duda no estaba siguiendo ningún tipo de tratamiento, por lo que su sangre tenía la densidad y la consistencia aproximadas de un pudin.

En la vida real, Axman resulta ser un tipo apuesto y vistoso: con su combinación de pantalones cortos ajustados y camiseta de tirantes, los brazos bronceados y musculosos, aunque no en exceso, los zapatos náuticos sin calcetines y el pelo moderadamente rizado y casi despeinado, parece que se haya vestido siguiendo un manual distribuido en exclusiva entre los jóvenes hípsteres gays. No tardará en descubrir el sexo, y entonces se preguntará por qué ha dedicado tanto tiempo a los videojuegos.

—Estábamos todos allí —dice Axman—, en los acantilados del cabo de Mistwater. ¿Sabes dónde digo?

Samuel asiente. Es un lugar del mapa de *Elfscape*, el punto más meridional del continente occidental, el lugar donde al parecer Pwnage sufrió su crisis médica casi terminal. Ahí fue donde Axman se lo encontró, a su avatar, desnudo y muerto, y se fijó en el rato que hacía que Pwnage llevaba LDT, las siglas de «lejos del teclado». Axman sabía que Pwnage casi nunca estaba lejos del teclado, de modo que llamó a las autoridades del mundo real, que fueron a echar un vistazo y, a través de las ventanas, vieron a Pwnage desplomado e inconsciente delante del ordenador.

—Le dije a todo el mundo que viniera a Mistwater —dice Axman en un medio susurro para no interrumpir al doctor—. Lo colgué en internet. «Homenaje con velas a Pwnage.» Vino bastante gente. Unos treinta, a lo mejor. Todos elfos, claro.

—Claro —dice Samuel.

Tiene la sensación de que una de las atractivas estudiantes de medicina está escuchando su conversación disimuladamente, y experimenta la vergüenza que le sobreviene siempre que alguien del mundo real descubre que dedica su tiempo libre a eso: a jugar a *Elfscape*.

—Un montón de elfos con velas encendidas. Y excepto por un tipo que había al fondo bailando break-dance sin participar, fue una escena solemne, triste y hermosa.

—...y una erupción en el brazo que se parecía de manera alarmante a una fascitis necrotizante, pero que por suerte no lo era —dice el doctor.

La cúpula de su cabeza desnuda brilla y hace que la habitación parezca más espaciosa, como suele suceder con los espejos grandes.

—Pero eso no es todo —añade Axman, que agarra la camisa de Samuel y tira un poco de ella para retener su atención y mostrar su propia agitación—. Colgué el mensaje sobre el homenaje en el foro sólo para elfos, pero resulta que algunos troles también lo vieron.

—¿Troles?

—Sí, orcos.

—Espera, ¿troles u orcos?

—Orcos de los que trolean, ya me entiendes. La cuestión es que algunos jugadores orcos vieron el mensaje y lo colgaron también en el foro sólo para orcos, y claro, yo no lo vi, porque no leo sus foros porque soy así de honrado.

El monitor cardíaco no pita porque en la vida real los monitores cardíacos no pitan, decide Samuel. Debe de ser un truco de Hollywood, una forma de informar al público de lo que pasa dentro del pecho del paciente. El monitor cardíaco al que está conectado Pwnage se limita a imprimir despacio una línea irregular sobre un rollo de papel estrecho que se va desenrollando como los de las cajas registradoras.

—O sea que sin que nosotros lo sepamos —dice Axman—, mientras estamos reunidos en los acantilados del cabo de Mistwater, los orcos están ocultos en una cueva situada al norte. Y justo en medio de la ceremonia, que como ya he dicho, salvo por el tipo que hacía break-dance y que luego se quitó la ropa y se puso a brincar, fue superseria y bonita y tranquila, justo en medio de la ceremonia, cuando estoy pronunciando un discurso sobre lo buen tío que es Pwnage, diciendo que todos esperamos que se recupere pronto, animando a la gente a mandarle postales reales para desearle una pronta mejora y dándoles la dirección del hospital, de repente los orcos salen de la arboleda y empiezan a masacrarnos.

La atractiva estudiante de medicina parece mordisquear el lápiz para reprimir o una sonrisa o directamente una carcajada provocada por la conversación que está escuchando con disimulo. O porque es fumadora y es uno de esos tics inconscientes, pura fijación oral, que suelen tener los fumadores. La cabeza del doctor tiene el lustre de una bola de bolos nueva, envuelta todavía en la funda protectora.

—O sea que todas nuestras alarmas contra orcos se disparan a la vez y nos damos la vuelta para luchar —dice Axman—. Pero no podemos. ¿Y sabes por qué no podemos?

—¿Porque lleváis velas en las manos?

—Porque llevamos velas en las manos.

Samuel tarda unos minutos en identificar que la inquietud que le provoca el médico se debe a que carece de cejas y de pestañas. Hasta ese momento, el tipo le parecía raro, pero no conseguía concretar por qué.

—Total, que un orco empieza a atizarme —dice Axman— y yo le devuelvo el golpe de forma instintiva, le doy y le vuelvo a dar, pero le estoy dando con una vela, claro, o sea que le hago cero daño y sólo consigo que el tío se parta de risa. Entonces abro el panel de control, voy a la pantalla del personaje, selecciono la vela, busco la espada en la ventana del inventario y hago doble clic para cambiar, y el juego me pregunta: «¿Estás seguro de que quieres cambiar de objeto?» Y mientras tanto el orco me está partiendo en dos lentamente con su hacha, me ataca casi con indiferencia, y yo sigo allí plantado como un árbol, incapaz de defenderme, y venga gritarle al juego: «¡Pues claro que quiero cambiar de objeto! ¡Sí, estoy segurísimo, joder!»

Ante la súbita exclamación de Axman, el médico y los estudiantes se vuelven con una expresión de desdén que deja muy claro lo poco que tardarían en echarlo de allí si no hubiera salvado la vida del paciente sobre el que van a escribir un artículo peculiar.

—Total —sigue diciendo Axman, ahora ya en voz más baja—, que al final no tengo tiempo de cambiar de arma porque mucho antes de terminar el proceso ya estoy más que muerto. Y entonces mi espíritu resucita en el cementerio más próximo y lo llevo de vuelta a mi cuerpo y reaparezco, y ¿sabes qué pasa entonces?

—Que los orcos siguen ahí.

—Los orcos siguen ahí, y yo sigo llevando una puñetera vela en la mano.

—...y acidosis láctica —dice el doctor, que ahora habla más alto para hacerse oír por encima de Axman—, hipertiroidismo, retención urinaria, laringitis.

La absoluta falta de pelo del doctor empieza a parecer una manifestación clínica y no estética, como si sufriera un defecto genético del que seguramente los demás niños se burlaron durante toda su infancia, y eso hace que Samuel se sienta culpable por no parar de mirarlo.

—Y eso pasa unas veinte o treinta veces —dice Axman—. Vuelvo a mi cuerpo, reaparezco y me matan en cuestión de segundos. Enjuagar y repetir. Espero a que los orcos se cansen, pero no se cansan nunca. Al final me cabreo tanto que me desconecto y cuelgo un mensaje despotricando en el foro sólo para orcos, donde digo que el comportamiento de los orcos que han asaltado nuestro homenaje es censurable e inmoral. También decía que deberían eliminarles todas las cuentas y que deberían disculparse personalmente con todos los miembros de nuestra hermandad. Se generó un debate considerable.

—¿Y qué opinaba la gente?

—Según los orcos, su maniobra era totalmente propia de orcos. Dijeron que matarnos durante un homenaje encaja a la perfección con la actitud que se supone que deben tener los orcos en el mundo del juego. Yo dije que a veces el mundo del juego y el mundo real se solapan, y que en esos casos el mundo real debería tener prioridad, como durante un homenaje tranquilo en el que unos amigos lloran por su líder de incursiones, que está gravemente enfermo en la vida real. Ellos dijeron que sus avatares orcos no saben qué es ese «mundo real» del que estoy hablando y que para ellos el mundo de *Elfscape* es el único que existe. Yo dije que, si eso fuera verdad, ni siquiera se habrían enterado del homenaje, porque sus avatares no disponen de ordenadores orcos con los que acceder a foros sólo para elfos, y que aunque los tuvieran no entenderían los mensajes porque los orcos no saben inglés.

—Qué complicado.

—Se ha planteado el considerable dilema metafísico de determinar hasta qué punto sigues participando del mundo real mientras juegas a *Elfscape*. La mayoría de los miembros de nuestra hermandad se han tomado la semana libre para reflexionar sobre ello.

—¿Y tú? ¿Has vuelto a conectarte?

—Todavía no. Mi elfo sigue en ese acantilado. Descuartizado.

—Juro por Dios —está diciendo ahora el doctor— que es la primera vez que veo que una embolia pulmonar es la dolencia menos grave que presenta un paciente. En comparación con todo lo demás, el anticoagulante que le administramos para tratar la embolia fue una solución fácil.

Samuel nota en el bolsillo la discreta vibración del móvil que le indica que ha recibido un correo electrónico nuevo. Ve que es de su madre. A pesar de lo acordado, le ha escrito. Se disculpa y sale al pasillo para leerlo.

Samuel:

Ya sé que dijimos que no debería escribirte, pero he cambiado de opinión. Si la policía te pregunta, cuéntales la verdad. No me he quedado en Londres. Tampoco me he ido a Yakarta. Estoy en Hammerfest. Está en Noruega, es la ciudad más septentrional del mundo. Es un lugar terriblemente remoto donde vive muy poca gente. Cualquiera pensaría que es ideal para mí. Te cuento todo esto porque he decidido no quedarme. He conocido a algunas personas que me han convencido de que vuelva a casa. Te lo contaré más adelante.

En realidad, acabo de descubrir que Hammerfest ya no es la ciudad más septentrional del mundo. Al parecer es la segunda más septentrional. Hay un lugar llamado Honningsvaag, que también está en Noruega, algo más al norte, y que se constituyó como ciudad hace unos años. Aunque con una población de unas tres mil personas, apenas puede considerarse una «ciudad». O sea que el debate sigue abierto. La mayoría de los habitantes de Hammerfest son muy amables con todo el mundo, excepto con los de Honningsvaag, a quienes consideran unos usurpadores y unos cabrones.

Qué cosas descubre una, ¿no?

En cualquier caso, Hammerfest es un lugar distante y aislado. Tardaré unos días en volver a casa.

Mientras tanto, quiero que vayas a ver a tu amigo Periwinkle. Dile que te cuente la verdad. Te mereces algunas respuestas. Dile que te he dicho que te lo cuente todo. Tienes que saber que mi relación con él viene de muy atrás. Nos conocimos en la universidad. Hace tiempo estuve enamorada de él. Si quieres una prueba, vuelve a mi apartamento. En la librería hay un tomo de poesía muy grueso, las obras completas de Ginsberg. Quiero que mires dentro de ese libro. Encontrarás una fotografía. La escondí hace años. Por favor, no te enfades conmigo cuando la veas. Pronto tendrás todas las respuestas que deseas, y cuando eso suceda, recuerda que sólo pretendía ayudar. Lo hice fatal, pero lo hice por ti.

Te quiero,

Faye

Samuel le da las gracias a Axman y le pide que se ponga en contacto con él en cuanto Pwnage despierte. Se marcha del hospital, monta en el coche y se dirige rápidamente a Chicago. Entra en el apartamento de su madre, donde la puerta sigue destrozada. Encuentra el libro y empieza a pasar páginas, lo sujeta boca abajo, lo sacude. Tiene el típico olor a libro viejo, seco y mohoso. Las páginas están amarillentas y tienen un tacto quebradizo. Una fotografía sale volando y aterriza en el suelo boca abajo. En la parte trasera pone: «Para Faye, en tu luna de miel. Con cariño, Al.»

Samuel la recoge. Es la misma fotografía que ha aparecido en las noticias, la que se tomó durante la protesta de 1968. Ahí está su madre, con sus grandes gafas redondas. Ahí está Alice, sentada detrás de ella, muy seria. Pero esta fotografía es más grande que la que ha aparecido en las noticias, abarca un campo de visión más amplio. Samuel se da cuenta de que la fotografía que creía conocer tan bien no era más que un fragmento de ésta, recortada para ocultar al hombre en el que se apoya su madre. Pero ahora Samuel lo ve, ve a ese hombre, con su mata de pelo negro, esa manera de mirar a la cámara de reojo y con astucia, con expresión traviesa. Es muy joven y tiene la mitad de la cara en sombras, pero el parecido es obvio. Samuel ha visto esa cara antes. Es la viva imagen de Guy Periwinkle.

3

El despacho de Guy Periwinkle en la parte baja de Manhattan está situado en la planta veinte y en la esquina sureste, con vistas al distrito financiero. Hay dos paredes de cristal de suelo a techo. Las otras dos están pintadas de un gris pizarra neutro. Un pequeño escritorio en el centro de la sala, una única silla giratoria. No hay obras de arte en las paredes, ni fotos de familia, ni esculturas, ni plantas, nada encima del escritorio excepto una sola hoja de papel. La estética del lugar va más allá del minimalismo, es más bien de una austeridad monacal. El único elemento decorativo de todo el vasto espacio es un anuncio enmarcado de un nuevo producto estilo patatas chips. En lugar de tener la forma triangular o circular más tradicional, las nuevas chips parecen torpedos. En el anuncio destaca la fotografía de un hombre y una mujer con los ojos abiertos como platos por la excitación que les produce probar las chips, que sólo puede describirse como maníaca. Encima de ellos, un mensaje escrito en negrita con letras que parecen tridimensionales dice: «¿QUIERES DARLE VIDA A LA RUTINA DE TU APERITIVO?» El anuncio tiene el tamaño aproximado del cartel de una película. Con su lujoso marco dorado, parece estar fuera de lugar.

Samuel lleva veinte minutos esperando, caminando de aquí para allá por la sala como un guisante dentro de su vaina, de la ventana al anuncio y vuelta atrás, estudiando ambas cosas durante tanto tiempo como puede, hasta que los nervios lo vencen y siente la necesidad de echar a andar de nuevo. Ha salido hacia Nueva York directamente desde el apartamento de su madre. Es la segunda vez en su vida que conduce de Chicago a Nueva York, y la sensación de *déjà vu* es tan potente que experimenta un temor latente de fondo: la última vez, la cosa no terminó nada bien. Y es imposible no acordarse ahora, porque desde el ventanal del despacho de Periwinkle, unas cuantas manzanas hacia el este, ve el viejo y conocido edificio, uno blanco y estrecho con gárgolas en la parte superior: el edificio del número 55 de Liberty Street. El edificio de Bethany.

Se lo queda mirando y se pregunta si ella estará allí ahora mismo, tal vez mirando hacia él, hacia Samuel y el alboroto de la calle. Porque entre el edificio de Bethany y el de Periwinkle, al nivel del suelo está el parque Zuccotti, aunque la palabra «parque» parece excesivamente generosa para referirse a ese rectángulo de hormigón que no supera el tamaño de unas cuantas pistas de tenis, donde los manifestantes llevan semanas reunidos. Samuel ha tenido que abrirse paso entre la multitud para llegar al edificio. «SOMOS EL 99 POR CIENTO», dicen sus pancartas. «ESPACIO OCUPADO.» Desde arriba divisa la gran masa de gente, las burbujas de nailon azul fosforescente de sus tiendas de campaña y el corro de percusionistas que las rodea, el único sonido de la protesta que se oye desde la planta veinte: el fragor interminable, imparable, de los tambores.

Vuelve junto al anuncio. Las nuevas patatas chips con forma de torpedo se presentan, por lo visto, en un envase de plástico con una tapa que se abre como las de los yogures. El deseo de comerse las patatas está tan presente en los ojos de la pareja que sus miradas casi parecen de terror.

Se abre la puerta y por fin aparece Periwinkle. Lleva su habitual traje gris ajustado con corbata de color: hoy es turquesa. Se ha vuelto a teñir el pelo, que parece lacado en negro. Ve que Samuel estaba observando el póster de las chips y dice:

—Ese anuncio te dice todo lo que necesitas saber sobre los Estados Unidos del siglo XXI. —A continuación se sienta en la silla del escritorio y la gira hasta quedar mirando a Samuel—. Todo lo que necesito saber para hacer mi trabajo está ahí —añade, señalando la imagen—. Si captas la perspicacia de este anuncio, eres capaz de conquistar el mundo.

—Es una triste patata chip —dice Samuel.

—Pues claro que es una triste patata chip. Es el eslogan lo que me gusta: «La rutina de tu aperitivo.»

Fuera, el sonido de los tambores sube de volumen y después se detiene obedeciendo a algún tipo de lógica musical improvisada.

—Supongo que no lo pillo —dice Samuel—. No entiendo qué te parece tan genial.

—Piénsalo. ¿Por qué nos tomamos un aperitivo? ¿Cuál es la razón de ser de un aperitivo? La respuesta, y hemos hecho un millón de estudios sobre esto, es que nuestras vidas están llenas de tedio, de empleos soporíferos e interminables, y necesitamos un paréntesis breve de placer que disipe la oscuridad creciente. Por eso nos damos un capricho.

»Pero lo que pasa —sigue Periwinkle, con los ojos brillantes— es que incluso las cosas que hacemos para romper con la rutina se convierten en rutina. Incluso las cosas que hacemos para huir de la tristeza de nuestra vida se han vuelto tristes. Este anuncio reconoce que has estado comiendo un montón de aperitivos y aun así no eres feliz, que has estado viendo un montón de series y aun así te sientes solo, que has estado viendo un montón de programas de noticias y aun así no le encuentras sentido al mundo, que has estado jugando a un montón de juegos y aun así la melancolía te cala cada vez más hondo. ¿Cómo escapar?

—Comprando otro tipo de chips.

—¡Comprando patatas con forma de misil! Ésa es la respuesta. Lo que hace este anuncio es admitir algo que tú ya sospechas a un nivel profundo y temes a un nivel existencial: que el consumismo es un fracaso y que, por mucho dinero que gastes, nunca te revelará el sentido de la vida. O sea que el gran reto para la gente como yo consiste en convencer a la gente como tú de que el problema no es sistémico. No es que los aperitivos te dejen vacío, es que todavía no has encontrado el aperitivo apropiado. No es que la tele sea un sustitutivo insuficiente de la conexión humana, es que todavía no has encontrado la serie apropiada. No es que la política sea una ruina sin remedio, es que todavía no has encontrado al político apropiado. Y este anuncio va y lo dice. Juro por Dios que es como jugar a póker contra alguien que enseña las cartas, pero que aun así no puede evitar tirarse un farol porque su personalidad se lo exige.

—No he venido a hablar exactamente de eso.

—Es un trabajo heroico, si lo piensas bien. El mío, digo. Es lo único que a Estados Unidos se le sigue dando bien. Ya no hacemos los aperitivos. Nuestra especialidad es encontrar nuevas formas de pensar en los aperitivos.

—O sea que es un trabajo patriótico. Eres un patriota.

—¿Has oído hablar alguna vez acerca de las pinturas rupestres de Chauvet?

—No.

—Están en el sur de Francia. Las pinturas más antiguas halladas en la zona. Son de hace alrededor de treinta mil años. Escenas típicas del Paleolítico: caballos, ganado, mamuts y esas cosas. No hay imágenes de humanos, pero sí una representación de una vagina, por si te interesa. Pero lo realmente interesante es lo que pasó cuando lo analizaron todo con carbono 14. Descubrieron que en la misma sala había pinturas hechas con seis mil años de diferencia. Y eran idénticas.

—Ajá. ¿Y?

—Piénsalo. Durante seis mil años no hubo progreso ni pruebas de que existiera el impulso de cambiar algo. La gente era feliz con las cosas tal como eran. En otras palabras, esa gente no experimentaba la desolación espiritual. Tú y yo necesitamos diversiones nuevas a diario. Esta gente pasó seis milenios sin cambiar nada. No parece que estuvieran cansados de la rutina de sus aperitivos.

Los tambores del exterior suben de volumen un momento y luego se diluyen hasta convertirse en una especie de tañido ominoso.

—La melancolía —dice Periwinkle— tuvo que inventarse. La civilización tuvo ese efecto secundario no deseado, la melancolía. El tedio. La rutina. La pesadumbre. Y con el nacimiento de esas cosas, nació también la gente como yo, que nos ocupamos de ellas. O sea que no, no es patriotismo. Es evolución.

—Guy Periwinkle, la cumbre de la evolución.

—Entiendo que pretendes ser sarcástico, pero el concepto «cumbre» no tiene ningún sentido en el contexto evolutivo. Recuerda que la evolución no tiene nada que ver con los valores. No se trata de qué es lo mejor, sino sólo de qué sobrevive. Pero imagino que habrás venido a hablar de tu madre, ¿no?

—Sí.

—¿Y por dónde anda ahora?

—Noruega.

Periwinkle se lo queda mirando un momento, digiriendo la información.

—Uau —dice al final.

—El norte de Noruega —añade Samuel—, la parte de arriba del todo.

—Me he quedado sin palabras, diría que por primera vez en mi vida.

—Quiere que me cuentes la verdad.

—¿Sobre qué?

—Sobre todo.

—Lo dudo mucho.

—Sobre ella y tú.

—Hay cosas que los hijos tienen derecho a no saber sobre sus madres, por así decirlo.

—Os conocisteis en la universidad.

—Lo que quiero decir es que dudo mucho que ella quiera que lo sepas todo.

—Pues eso me ha dicho: todo. Es la palabra que ha usado.

—De acuerdo, pero ¿hablaba literalmente? Porque hay ciertas cosas que...

—Os conocisteis en la universidad. Fuisteis amantes.

—¡A eso me refiero! Hay ciertos detalles, algunos elementos sexuales, de naturaleza sexual, que...

—Dime la verdad, por favor.

—Varios detalles picantes, digamos, un bochorno que tanto tú como yo estaríamos de acuerdo en ahorrarnos, no sé si entiendes por dónde voy.

—¿Conociste a mi madre en la universidad, en Chicago? ¿Sí o no?

—Sí.

—¿Cómo la conociste?

—Bíblicamente.

—Me refiero a en qué circunstancias.

—Ella era una alumna novata. Yo era un héroe de la contracultura. Por entonces yo usaba un nombre distinto. Sebastian. Sexy, ¿no? Y mucho mejor que Guy. No puedes ser un héroe de la contracultura y llamarte Guy. Es un nombre demasiado mediocre. Pero bueno, tu madre se coló por mí. Eso fue lo que pasó. Y sí, yo también me colé por ella. Era una chica guay. Cariñosa, lista, bondadosa y nada interesada en conseguir que los demás le prestaran atención, algo raro en mi círculo social de la época, cuando hasta la elección de ropa de mis amigos tenía un subtexto que decía: «¡Mírame!» Faye nunca mordió ese anzuelo, y eso era toda una novedad. Sea como sea, yo publicaba un periódico, el *Chicago Free Voice*. Era lo que leían todos los jóvenes modernos. La versión de un meme de internet a finales de los sesenta, para que me entiendas.

—No me parece algo que pudiera atraer la atención de mi madre.

—Fue un periódico muy influyente. En serio. Puedes leer todos los números en el Museo de Historia de Chicago. Tienes que ponerte unos guantes blancos para tocarlos. O puedes consultarlo en microfichas. Están todos archivados y también en formato microficha.

—Mi madre no es una persona muy sociable que digamos. ¿Por qué se metió en un movimiento de protesta?

—No lo hizo a propósito. Se encontró en medio, por así decirlo. ¿Tú sabes lo que es una microficha? ¿O eres demasiado joven? Son unas bobinas en blanco y negro que tienes que meter en una máquina que suelta aire caliente y hace ¡cachung! cada vez que pasas de página. Todo muy analógico.

—¿Se encontró en medio del movimiento por ti?

—Por mí, por Alice y por un poli que se vio implicado, un tío con graves problemas de gestión de los celos.

—El juez Brown.

—Sí. Fue una sorpresa volver a toparse con él. En el sesenta y ocho era poli, y yo creo que lo que quería era cargarse a tu madre.

—Porque creía que tenía una aventura con Alice, de la que estaba enamorado.

—¡Exacto! Es correcto incluso en el matiz del verbo «creer». Felicidades. Sigue, cuéntame todo lo que sabes. Háblame de 1988. Han pasado veinte años y tu madre por fin deja a tu padre, te deja a ti. ¿Adónde va? Dímelo.

—No tengo ni idea. ¿Se va a vivir a Chicago? ¿A su apartamento enano?

—Piensa un poco más —dice Periwinkle, y se inclina hacia delante en su silla, junta las manos y las apoya en el escritorio—. Tu madre está en la universidad, en el corazón palpitante del movimiento de protesta contra la guerra, y al cabo de nada está casada con tu padre, el representante de comida congelada, llevando una tranquila vida suburbial. Imagina cómo debió de sentirse después de las emociones, las drogas y el sexo, algo de lo que no voy a darte ningún detalle. ¿Cuánto tiempo podía aguantar siendo la mujercita de Henry antes de que la decisión que no había tomado, la vida que habría podido tener, empezara a quemarla por dentro?

—¿Se fue contigo?

—Se fue conmigo, Guy Periwinkle, héroe de la contracultura —dice, y abre los brazos como si quisiera un abrazo.

—¿Dejó a mi padre por ti?

—Tu madre es el tipo de persona que nunca se siente cómoda, esté donde esté. No dejó a tu padre por mí en el sentido estricto. Dejó a tu padre porque eso es lo que sabe hacer: dejar a la gente.

—O sea que también te dejó a ti.

—De forma menos dramática, pero sí. Hubo unos cuantos gritos, algún rechazo por su parte. Me acusaba de estar abandonando mis principios. Eran los ochenta. Me estaba haciendo rico. Todo el mundo se estaba haciendo rico. Ella quería una vida de libros y poesía, pero ésa no era mi, digamos, trayectoria profesional. Ella quería otra oportunidad de vivir como una radical, porque la primera vez había dado al traste con ella. Yo le dije que madurara un poco. Supongo que cuando te dijo que te lo contara todo se refería a esto, ¿no?

—Creo que tengo que sentarme.

—Toma —dice Periwinkle, y se levanta de su silla.

Se acerca a la ventana y contempla la vista. Samuel toma asiento y se frota las sienes. De repente se siente como si tuviera migraña, resaca o una conmoción.

—La percusión de ahí abajo parece improvisada y caótica —dice Periwinkle—, pero en realidad es un bucle. Sólo hay que esperar el tiempo suficiente para oír las repeticiones.

De momento, la reacción de Samuel a toda esta información nueva es de estupor. Sospecha que sentirá algo muy potente, muy pronto, pero ahora mismo lo único que puede hacer es imaginar a su madre reuniendo el valor necesario para marcharse a Nueva York, y la desilusión absoluta que debió de llevarse al llegar allí. La imagina haciendo todo eso y se siente triste por ella. Son exactamente iguales.

—Y supongo que mi gran contrato editorial no fue una coincidencia increíble.

—Tu madre te buscó en internet y descubrió que eras escritor —dice Periwinkle—. O que querías serlo. Me llamó y me pidió un favor. Me pareció que se lo debía.

—Por Dios.

—Qué chasco, ¿no?

—Y yo que creía que me había hecho famoso por méritos propios.

—Los únicos que se hacen famosos por méritos propios son los asesinos en serie. Todos los demás necesitan a alguien como yo.

—El gobernador Packer, por ejemplo. Él necesita a alguien como tú.

—Y eso nos devuelve al presente.

—Te vi defendiéndolo en televisión.

—Participo en su campaña. Como asesor.

—¿Y eso no te provoca un conflicto de intereses? ¿Lo de trabajar para su campaña y, al mismo tiempo, publicar un libro sobre él?

—Creo que estás confundiendo tu papel con el de una especie de periodista. Lo que tú llamas «conflicto de intereses», yo lo llamo «sinergia».

—O sea que el día que mi madre atacó al gobernador, tú también estabas en Chicago, ¿no? Con él. En su acto para recaudar fondos, en su comilona.

—Es una forma encantadoramente rústica de llamarlo, sí.

—Y aprovechando que estabas allí, me citaste para una reunión —dice Samuel—. En el aeropuerto. Para decirme que ibais a demandarme.

—Por haber sido incapaz de escribir un libro. Por haberla cagado por completo con el gigantesco contrato que te ofrecimos. Un contrato que ni siquiera te merecías, debo añadir, ya que estamos poniendo todas las cartas encima de la mesa.

—Y se lo contaste a mi madre. Le contaste que ibas a reunirte conmigo, lo de la demanda.

—Como podrás imaginar, se disgustó bastante al descubrir que te había jodido la vida por segunda vez. Me dijo que quería hablar conmigo antes de que nos viéramos tú y yo. Supongo que quería convencerme de que no lo hiciera. Le dije que sí, que podíamos quedar en el parque. Me citó en el mismo lugar donde la policía nos atacó con gas lacrimógeno hace años. A veces tu madre es una boba nostálgica.

—Y te presentaste con el gobernador Packer.

—Correcto.

—Debió de despreciarte de verdad al ver que trabajabas para alguien como el gobernador Packer.

—A ver: ella echó por la borda su matrimonio para perseguir no sé qué vago idealismo progre y *antiestablishment*. Y Packer es el candidato más *proestablishment* y autoritario de la historia. O sea que decir que no quedó precisamente encantada es bastante razonable. Tuvo la misma reacción de odio reflejo que la mayoría de los progres de la línea más dura, los que lo comparan con Hitler, lo llaman «fascista» y demás. Tu madre no entiende algo que yo sí entiendo.

—Ilústrame.

—Que, por dentro, Packer es idéntico a cualquier otra persona que se presente a la presidencia. Sean de izquierdas o de derechas, todos están hechos de la misma pasta. Lo que pasa es que él tiene forma de misil y no de patata chip.

Fuera, los tambores aflojan el ritmo durante un momento y el sonido se disuelve. Hay unos segundos de silencio y entonces vuelven a empezar con el ya familiar *tumba-tumba-tumba-tumba* torrencial. Periwinkle alza un dedo.

—Ahí está la repetición —dice.

—Tú querías que pasara todo esto —dice Samuel—. Querías que mi madre reaccionara como lo hizo.

—Hay quien lo consideraría un crimen pasional, pero yo digo que le brindé una oportunidad a tu madre.

—Le tendiste una trampa.

—En un solo instante, se le presentó la posibilidad de ofrecerte una historia que te permitiría cumplir con tu contrato, de salir del apuro de haberte destrozado la vida una vez más y, al mismo tiempo, de darle a mi candidato un empujón de visibilidad, que buena falta le hacía. Todos salíamos ganando. Sólo te enfadarás conmigo si no eres capaz de verlo con perspectiva.

—No me lo puedo creer.

—Además, recuerda que yo sólo lo planeé. Quien cogió las piedras y las tiró fue tu madre.

—Pero no se las quería tirar al gobernador Packer. Te las quería tirar a ti.

—Me encontraba entre su séquito, sí.

—¿Y la fotografía que apareció en los medios? Ésa del sesenta y ocho, en la que aparece apoyada en ti, en la protesta. Tengo una copia.

—Un bonito regalo de un gran poeta.

—Recortaste la imagen para que no se te viera y se la mandaste a la prensa. Filtraste la foto y el expediente policial de mi madre, del que también estabas al corriente.

—No hice más que caldear un poco el ambiente. Es lo que he hecho siempre, lo que mejor se me ha dado. Debo decir que el gesto de tu madre lanzándome piedras fue algo totalmente sincero por su parte. Me odia de verdad. O eso creo, vamos. Pero después los dos decidimos que, para sacarle el máximo partido a la situación, ella tendría que dejarte en la inopia. No contarte absolutamente nada. Así no te quedaría más opción que creer mi versión de los hechos. Y ya que hablamos del tema...

Periwinkle cogió un libro de la estantería que había detrás de su escritorio y se lo pasó a Samuel. Era blanco, con el título en negro en la cubierta: *Packer Attacker*.

—Son pruebas de imprenta encuadernadas, para la prensa —dice Periwinkle—. Les pedí a los negros que improvisaran para acelerarlo. Voy a tener que poner tu nombre en la cubierta. O eso, o seguimos adelante con la demanda, por desgracia para ti. Hay una hoja encima de mi escritorio que lo explica todo con un lenguaje legal enrevesadísimo. Fírmala, por favor.

—Imagino que el libro no la deja muy bien.

—La destroza íntimamente, en público. Creo que así fue como me lo vendiste tú. *Packer Attacker*, por cierto. Buen título. Es pegadizo sin ser petulante. Pero lo que más me gusta es el subtítulo.

—¿Cuál es?

—*La historia oculta de la radical de izquierdas más famosa de Estados Unidos, contada por el hijo al que abandonó.*

—Creo que no puedo firmar eso.

—Las ventas de la mayoría de los libros de no ficción dependen de lo potente que sea el subtítulo. Es posible que no lo supieras.

—No puedo, no está bien. Si firmara ese libro, no me quedaría con la conciencia tranquila.

—¿Y qué piensas hacer? ¿Echar a perder la reputación que he inventado para ti?

—¿En serio es la radical de izquierdas más famosa de Estados Unidos?

—Lo vamos a vender como unas memorias. El género admite cierto margen de maniobra.

—Pero es que ahora ese libro me parece..., en fin, falso.

—La decisión final es tuya, naturalmente. Pero si no firmas este libro, seguimos adelante con la demanda contra ti, y tu madre continúa siendo una fugitiva. Que conste que no te digo qué debes hacer, tan sólo estoy iluminando dos caminos con la esperanza de que, si no estás totalmente zumbado, veas cuál es la opción obvia.

—Pero el libro no es cierto.

—¿Y eso por qué debería importarnos, exactamente?

—Tengo la sensación de que no podría dormir por la noche. Siento que deberíamos resistirnos a publicar falsedades.

—¿Qué es cierto? ¿Qué es falso? Por si no te has dado cuenta, podría decirse que el mundo ha renunciado a la antigua idea de la Ilustración de llegar a la verdad a partir de los datos observables. La realidad es demasiado compleja y da demasiado miedo. Es mucho más fácil prescindir de todos los datos que no encajan con tus ideas preconcebidas y creerte los que sí lo hacen. Yo creo en lo que creo, tú crees en lo que crees, y los dos aceptamos nuestras diferencias. Es la combinación de la tolerancia progresista y el negacionismo oscurantista. Ahora mismo, eso es lo más.

—Suena fatal.

—Nuestro fanatismo político, fervor religioso y rigidez de pensamiento son mayores que nunca, jamás habíamos sido tan poco capaces de sentir empatía. Tenemos una visión del mundo absoluta e inquebrantable. Evitamos por completo los problemas que plantean la diversidad y la comunicación mundial. Por lo tanto, a nadie le preocupan ya las ideas anticuadas sobre lo que es verdadero y lo que es falso.

—Necesito tiempo para pensármelo.

—A lo mejor lo último que te conviene ahora mismo es pensar, literalmente.

—Ya te diré algo —añade Samuel, y se pone de pie.

—Lo peor que puedes hacer en este momento es analizar la situación y tratar de decidir qué es lo correcto.

—Te llamaré.

—Escucha, Samuel, ¿quieres un consejo de la voz de la experiencia? Ser idealista es una carga terrible. Sólo te servirá para que todo lo que hagas después carezca de color. Te perseguirá eternamente, constantemente, mientras vas convirtiéndote en el cínico que el mundo exige que seas. Renuncia ahora mismo, pasa del idealismo y de hacer lo que es debido. Así no tendrás de qué arrepentirte más tarde.

—Gracias, estaremos en contacto.

4

Fuera del edificio de Periwinkle, las aceras rugen. La nueva preocupación para todos los que ahora mismo ocupan el parque Zuccotti es que la policía amenaza con hacer cumplir las ordenanzas municipales que prohíben ocupar los parques. La policía rodea el perímetro del parque y observa cómo los manifestantes se reúnen en una asamblea general y discuten abiertamente los pros y los contras de obedecer. O sea que es un día tenso. Y luego está el tema de la percusión: la gente se queja de los tambores que suenan sin parar hasta altas horas de la noche, sobre todo los vecinos, familias que viven en la zona y tienen niños que deben acostarse pronto, y los propietarios de negocios pequeños que hasta hoy se han enrollado y han dejado usar sus baños a los manifestantes, pero que a partir de ahora, como no callen de una vez los tambores, serán mucho menos enrollados. En un extremo del parque está el círculo de percusionistas, en el otro la carpa multimedia, la plataforma de oradores, la biblioteca y la asamblea general, en lo que parece ser el superego propio de los percusionistas. Ahora mismo hay alguien hablando sobre el tema de la percusión, un joven con un blazer de aspecto *vintage* que dice unas cuantas palabras y después guarda silencio mientras las personas que tiene a su alrededor gritan esas mismas palabras, que a su vez son repetidas a gritos por la gente de la siguiente zona, etcétera, en una gran ola, un sonido que empieza siendo discreto pero que va amplificándose una y otra vez, como un eco que viajara hacia atrás en el tiempo. Se trata de algo necesario porque los manifestantes no tienen micrófonos. El ayuntamiento ha prohibido todos los aparatos de amplificación de sonido invocando las leyes municipales contra la alteración del orden público. La pregunta, entonces, es por qué todavía no han arrestado a los percusionistas.

El orador está diciendo que apoya a los percusionistas sin fisuras, que la protesta debe tener una actitud inclusiva y tolerante, de puertas abiertas, y que él entiende que la gente se expresa políticamente de formas diferentes y que no todo el mundo se siente cómodo tomando la palabra y hablando de manera racional y democrática a través del «micrófono popular» y que algunos prefieren que su mensaje adopte una forma digamos más «abstracta» que las propuestas políticas y los argumentos y los manifiestos pormenorizados que este grupo ha redactado con heroicidad mediante un proceso de consenso lento y laborioso y bajo la increíble coerción que supone la vigilancia policial constante y el escrutinio por parte de los medios, amén de hacerse oír por encima del ruido de la percusión, añadiría también, pero no pasa nada, y todos deberían aceptar la diversidad en todas sus formas y dar las gracias por que tantos tipos diferentes de personas se hayan unido a la protesta, pero que quiere presentar una propuesta para que todo el colectivo de ocupación consulte a los percusionistas si sería posible parar a las nueve o así, todas las noches, por favor, porque la gente tiene que dormir y todo el mundo tiene los nervios a flor de piel y que bastante duro es ya dormir en tiendas sobre el cemento para encima tener que oír los malditos tambores toda la maldita noche. Y ésta es la propuesta que presenta para que la vote la asamblea general. Muchas manos alzadas, revoloteo de dedos. A falta de oposición frontal, parece que se va a aprobar la moción, hasta que alguien plantea que aún no han escuchado la opinión de los percusionistas y que tenemos que escuchar la opinión de los percusionistas porque aunque no estemos de acuerdo con ellos es importante conocer la perspectiva de todo el mundo y disponer de todos los puntos de vista y no ser unos fascistas y «obligarlos a tragar», o algo por el estilo. Quejas desde varios sectores. Aun así, mandan un emisario al corro de percusionistas en busca de un representante.

Samuel lo observa todo sumido en una especie de torpor apático. Se siente muy distanciado de lo que está pasando, muy solo y desesperanzado. Esta gente parece tener un objetivo vital, algo que él ha perdido del todo. ¿Qué haces cuando descubres que tu vida adulta es una farsa? Todo lo que creía haber logrado (la publicación, el contrato editorial, su trabajo como profesor) sucedió sólo porque alguien le debía un favor a su madre. No ha logrado por sí mismo nada de todo eso. Es un fraude. Y cuando uno es un fraude se siente así: vacío. Se siente hueco, como si lo hubieran destripado. ¿Por qué ninguna de esas personas lo ve? Se muere de ganas de que alguien de la multitud se percate de la expresión de angustia que a buen seguro refleja su rostro en este momento, se le acerque y le diga: «Pareces estar experimentando un dolor abrumador, ¿cómo puedo ayudarte?» Quiere que lo vean, que alguien reconozca su dolor. Pero entonces se da cuenta de que se trata de un deseo pueril, el equivalente a enseñarle a tu madre un arañazo para que le dé un besito. Madura un poco, se dice.

—En cuanto a la policía... —dice el orador, que cambia de tema mientras esperan a que un percusionista deje de tocar el tambor y vaya a hablar con ellos.

—En cuanto a la policía... —repite la multitud.

Samuel se aleja despacio, sube por Liberty Street y recorre las dos manzanas que lo separan del viejo edificio de apartamentos de Bethany. Se detiene y lo observa. No sabe qué está buscando. El edificio no ha cambiado nada a lo largo de los siete años que han pasado desde la última vez que estuvo allí. Le parece fatal que los lugares donde han transcurrido los momentos más importantes de una vida sigan teniendo el mismo aspecto, ajenos a todo, que no registren la impronta de las historias que ocurren a su alrededor. La última vez que estuvo allí, Bethany lo esperaba en su dormitorio, esperaba a que él impidiera su matrimonio.

Ni siquiera ahora puede rememorar ese momento sin experimentar la consabida oleada de amargura, arrepentimiento y rabia. Rabia contra sí mismo por haber hecho lo que quería Bishop y rabia contra Bishop por haberle pedido que lo hiciera. Samuel ha evocado ese momento muchísimas veces, ha fantaseado con él a menudo: terminó de leer la carta de Bishop y la dejó con brusquedad en la encimera de la cocina. Abrió la puerta del dormitorio y se encontró a Bethany sentada en la cama, esperándolo; sobre el rostro de la joven bailaban las sombras que proyectaban las tres velas de la mesita de noche, cuyo débil resplandor ambarino era la única luz de la amplia habitación. En sus sueños, se acerca a ella y la abraza y al fin están juntos, y ella deja al horrible Peter Atchison y se enamora de Samuel, y para Samuel todo lo que ha pasado en los últimos siete años cambia. Como en una de esas películas sobre viajes en el tiempo en las que el héroe regresa al presente y es testigo del final feliz que nunca fue posible en su vida anterior.

Cuando Samuel era niño y leía novelas de la colección «Elige tu propia aventura», dejaba un marcapáginas allá donde había tomado una decisión muy difícil, de modo que si la historia se torcía, podía volver atrás e intentarlo de nuevo.

Nada le gustaría tanto como que la vida funcionara así.

Ésta es la página del libro que marcaría, el momento en el que encontró a Bethany, bellísima e iluminada por la luz de las velas. Tomaría una decisión distinta. No haría lo que hizo en realidad, que fue decir «Lo siento, no puedo», pues sentía que tenía el deber de honrar a Bishop, que estaba muerto y por lo tanto necesitaba que lo honraran. Samuel tardó mucho tiempo en comprender que aquel día no honró a Bishop, sino al defecto que más había deformado a Bishop. Lo que había pasado entre Bishop y el director, lo que había atormentado a Bishop de niño, lo persiguió hasta la otra punta del mundo y hasta la guerra, y eso fue lo que lo empujó a escribir aquella carta. No el deber, sino el odio puro y duro, el odio contra sí mismo, el terror. Y al honrarlo, Samuel había fallado a Bishop una vez más.

Samuel había tardado mucho en darse cuenta, pero ya en su momento lo había intuido, había tenido la sensación de estar tomando la decisión equivocada. Incluso mientras bajaba en el ascensor, mientras se alejaba del 55 de Liberty Street, se repetía sin parar: «Da media vuelta, da media vuelta.» Incluso mientras se metía en el coche, abandonaba la ciudad y pasaba la noche atravesando la oscuridad del Medio Oeste, se lo repetía sin parar: «Da media vuelta, da media vuelta.»

La noticia había aparecido en el *Times* un mes más tarde, en la página de matrimonios, la boda de Peter Atchison y Bethany Fall. Un gurú de las finanzas y una violinista. La unión del arte y el dinero. El *Times* se lo tragó todo. Se habían conocido en Manhattan, donde el novio trabajaba para el padre de la novia. Iban a casarse en Long Island, en la residencia privada de un amigo de la familia de la novia. El novio estaba especializado en gestión de riesgos y en mercados de metales preciosos. La luna de miel planeada incluía un viaje en velero entre varias islas. La novia pensaba conservar su apellido.

Sí, le gustaría volver a aquella noche y tomar una decisión distinta. Le gustaría borrar los últimos años, unos años que, vistos con perspectiva, le parecen interminables, indistinguibles, marcados por la monotonía y la rabia. O a lo mejor se iría todavía más atrás, tan atrás como para ver otra vez a Bishop y ayudarlo. O para convencer a su madre de que no se marchara. Pero ni siquiera así retrocedería lo bastante para recuperar lo que ha perdido, lo que sacrificó a la influencia brutal de su madre, esa parte auténtica de sí mismo que quedó enterrada cuando empezó a intentar complacerla. ¿En qué tipo de persona se habría convertido si sus instintos no hubieran estado siempre diciéndole a gritos que su madre estaba a punto de marcharse? ¿Había estado alguna vez libre de aquel peso? ¿Había sido alguna vez él mismo de verdad?

Ésas son las preguntas que te haces cuando todo se resquebraja. Cuando de pronto te das cuenta de que no sólo llevas una vida que nunca quisiste llevar, sino que encima te parece que esa vida te ataca y te castiga. Te pones a buscar en qué bifurcaciones te equivocaste al principio del camino. ¿En qué momento te metiste en el laberinto? Empiezas a pensar que la entrada del laberinto también podría ser la salida, y que si logras identificar el momento en el que la fastidiaste, podrás cambiar de rumbo a lo grande y salvarte. Por eso Samuel piensa que si puede ver a Bethany de nuevo y resucitar alguna relación con ella, aunque sea una amistad platónica, tal vez logre recuperar algo importante, volver a la senda correcta. Se encuentra en tal estado que esta lógica le parece razonable y llega a creer que ahora mismo la única solución pasa por retroceder en el tiempo y, en resumidas cuentas, darle al botón de «Reiniciar» de su vida: una maniobra de tierra quemada cuya urgencia empieza a entender cuando, de pie delante del edificio de Bethany, le vibra el teléfono y le llega otro correo electrónico de su jefa que lo hunde todavía más en el desaliento a medida que lee («quería informarte de que se ha confiscado el ordenador de tu despacho, ya que se presentará como prueba en el juicio de la Oficina del Claustro contra ti»), y oye la voz de Bishop el día en que su madre se marchó, cuando le dijo que aquello era una oportunidad para convertirse en una persona nueva, mejor, algo que Samuel desea, en este preciso instante lo desea con gran intensidad. Mejor. Entra en el 55 de Liberty Street. Le dice al portero del vestíbulo que, por favor, le entregue un mensaje a Bethany Fall. Deja su nombre y su número. Le dice que está en la ciudad y le pregunta si le apetecería quedar. Y unos veinte minutos más tarde, mientras camina sin rumbo fijo hacia el norte por Broadway, por delante de las tiendas de moda del SoHo que vierten su música dance y su aire acondicionado en las aceras, recibe un mensaje de Bethany: «¡Estás en la ciudad! ¡Vaya sorpresa!»

Resulta que ella está en un ensayo del que saldrá pronto. ¿Le apetecería quedar para comer? Bethany sugiere la Morgan Library. Está cerca de donde se encuentra ella, en el Midtown. Dentro hay un restaurante. Y hay algo que quiere enseñarle.

Así es como Samuel termina en Madison Avenue, delante de una grandiosa mansión de piedra, la antigua residencia de J.P. Morgan, el magnate estadounidense de la banca y la industria. Dentro, el espacio parece diseñado a propósito para que los visitantes sientan su pequeñez: de estatura, de intelecto y de cartera. Habitaciones con techos de diez metros cubiertos de elaborados murales con imágenes inspiradas en las de Rafael en el Vaticano, con los santos reemplazados por héroes más seculares: Galileo, por ejemplo, o Cristóbal Colón. Todas las superficies son de mármol o de oro. Tres pisos de estanterías para los muchos miles de libros antiguos (primeras ediciones de Dickens, Austen, Blake, Whitman) visibles detrás de la celosía de cobre que impide que los visitantes los toquen. Una primera edición *folio* de Shakespeare. Una biblia de Gutenberg. Los diarios de Thoreau. La sinfonía *Haffner*, de puño y letra de Mozart. El único manuscrito que se conserva de *El paraíso perdido*. Cartas escritas por Einstein, Keats, Napoleón, Newton. Una chimenea del tamaño de la mayoría de las cocinas neoyorquinas, sobre la que cuelga un tapiz que lleva el apropiado título de *El triunfo de la avaricia*.

El espacio parece diseñado para intimidar y empequeñecer. Samuel piensa que la multitud que protesta contra los superricos en el parque Zuccotti lleva unos cien años de retraso.

Está contemplando una reproducción en yeso a tamaño natural de la efigie de George Washington cuando Bethany lo encuentra.

—¿Samuel? —dice, y él se da la vuelta.

¿Cuánto cambia una persona en unos pocos años? La primera impresión de Samuel (y no se le ocurriría mejor forma de explicarlo) es que Bethany parece más real. Ya no resplandece con el brillo de sus fantasías sobre ella. Se parece a sí misma; en otras palabras, parece una persona normal. Aunque a lo mejor lo que ha cambiado no es ella, sino el contexto. Tiene los mismos ojos verdes y la misma piel pálida de siempre, la misma postura perfectamente erguida que siempre ha hecho que Samuel se sienta un poco encorvado. Pero hay algo distinto en ella, las arrugas que se le han formado en el contorno de los ojos y de la boca, que no sugieren tanto el paso del tiempo ni su edad como emociones, experiencias, penas y sabiduría. Es una de esas cosas que identifica a primera vista, pero que no sabría describir de forma precisa.

—Bethany —dice él, y se abrazan con cierta rigidez, casi con ceremonia, como se abraza a un antiguo compañero de trabajo.

—Me alegro de verte —dice ella.

—Yo también.

Y como seguramente no sabe cómo seguir, Bethany contempla la sala y dice:

—Menudo edificio, ¿no?

—Sí, menudo edificio. Y menuda colección.

—Es muy bonito.

—Precioso.

Pasan un momento inútil admirando la sala, fijándose en todo menos el uno en el otro. A Samuel le entra el pánico: ¿se han quedado ya sin cosas que decirse? Pero entonces Bethany rompe el silencio:

—Siempre me he preguntado cuánta felicidad le proporcionó en realidad todo esto.

—¿Qué quieres decir?

—Tiene los grandes nombres: Mozart, Milton, Keats. Pero no hay ni un solo signo de pasión. Siempre me ha parecido la colección de un inversor. Se dedicó a elaborar un portafolio diversificado. No transmite amor.

—A lo mejor amó algunas piezas y las ocultó a la mirada de los demás. Piezas que eran sólo suyas.

—Es posible. Aunque quizá eso sería más triste todavía, que no fuera capaz de compartirlas.

—¿Qué querías enseñarme?

—Sígueme.

Lo guía hasta una esquina donde, expuestas tras una vitrina, hay varias partituras escritas a mano. Bethany señala una: el *Concierto para violín n.º 1* de Max Bruch, compuesto en 1866.

—Es la pieza que interpreté en el primer concierto en que me oíste tocar —dice Bethany—. ¿Te acuerdas?

—Pues claro.

A Samuel, las páginas amarillentas del manuscrito le parecen caóticas, y no porque no sepa solfeo. Hay palabras escritas con garabatos por encima, notas borradas o tachadas, parece haber una primera capa de lápiz debajo de la tinta y manchas de café, o tal vez de pintura, en las páginas. El compositor escribió «allegro molto» en la parte superior, pero después tachó el «molto» y lo reemplazó por «moderato». El título del primer movimiento, «Vorspiel», va seguido de un largo subtítulo que ocupa más de la mitad de la página y está completamente cubierto de garabatos, rayas y borrones.

—Ésa es mi parte —dice Bethany, señalando un grupo de notas apenas contenidas dentro de las cinco líneas del pentagrama.

Que ese embrollo pudiera convertirse en la música que Samuel oyó aquella noche parece un milagro.

—¿Sabías que nunca se lo pagaron? —pregunta Samuel—. Vendió la partitura a un par de americanos, pero nunca le pagaron. Murió pobre, creo.

—¿Y tú cómo lo sabes?

—Me lo contó mi madre. En tu concierto, de hecho.

—¿Y todavía te acuerdas?

—Perfectamente.

Bethany asiente. No hurga más.

—Bueno —dice—, ¿qué es de tu vida?

—Están a punto de despedirme —dice Samuel—. ¿Y tú, qué tal?

—Divorciada —responde ella, y los dos sonríen.

Y la sonrisa se convierte en una carcajada. Y la carcajada parece fundir algo que se interponía entre ambos, una formalidad, una cautela. Ahí están, juntos con sus respectivos desastres, y mientras comen en el restaurante del museo, ella le habla de sus cuatro años de matrimonio con Peter Atchison, de que a partir del segundo ella había empezado a decir que sí a todos los bolos internacionales que le ofrecían para no tener que estar en el mismo país que Peter y por tanto no verse obligada a admitir lo que había tenido claro desde el principio: que le caía muy bien, pero no lo quería, o que si lo quería, no era con un amor capaz de resistir el paso de los años. Estaban bien juntos, pero nunca hubo pasión entre ellos. Durante el último año de matrimonio, Bethany estaba a punto de terminar una gira de un mes por China y le entró miedo de volver a casa.

—Fue cuando tuve que decir basta —explica—. Debería haberlo hecho mucho antes. —Lo señala con el tenedor—. Ojalá no te hubieras marchado aquella noche.

—Lo siento —dice Samuel—. Debería haberme quedado.

—No, hiciste bien en marcharte. Esa noche yo buscaba una salida fácil. Pero al final la salida difícil ha sido mejor para mí, creo.

Él le cuenta sus líos recientes, empezando por la extraña reaparición de su madre («¿La Packer Attacker es tu madre?», pregunta Bethany, lo cual atrae miradas de otras mesas), lo del policía y el juez, y terminando por la reunión de esa misma mañana con Periwinkle y el actual dilema de Samuel sobre el libro escrito por negros.

—Oye —dice—, creo que quiero volver a empezar.

—¿El qué?

—Mi vida. Y mi carrera. Creo que quiero arrasarlo todo. Darle a «Reiniciar». La simple idea de volver a Chicago se me hace insoportable. Estos últimos años han sido un rollo interminable del que necesito salir.

—Bien —dice Bethany—. Creo que eso es bueno.

—Y ya sé que es descarado y presuntuoso por mi parte, además de bastante inesperado y tal, pero esperaba que pudieras ayudarme. Quiero pedirte un favor.

—Sí, claro que sí. ¿Qué necesitas?

—Un lugar donde quedarme.

Ella sonríe.

—Sólo durante un tiempo —añade él—. Hasta que tenga más claro qué quiero hacer.

—Qué casualidad —dice ella—, mi apartamento tiene ocho habitaciones.

—Seré discreto. Ni siquiera te darás cuenta de que estoy ahí. Te lo prometo.

—Peter y yo vivíamos juntos y no coincidíamos nunca, o sea que es perfectamente factible.

—¿Estás segura?

—Quédate todo el tiempo que necesites.

—Gracias.

Terminan de comer y Bethany tiene que marcharse al segundo ensayo del día. Vuelven a abrazarse, en esta ocasión con más fuerza, como íntimos, como amigos. Samuel se entretiene un rato más ante el manuscrito de Bruch, estudiando sus páginas embrolladas. Se alegra de ver que incluso los maestros tienen salidas en falso, que a veces incluso los genios deben volver sobre sus pasos. Imagina al compositor después de enviar el manuscrito al extranjero, imagina qué debió de sentir cuando ya no tenía la música, sino tan sólo su recuerdo. El recuerdo de haberla compuesto y de cómo sonaría cuando se interpretara. Se le estaría terminando el dinero, y ya estallaba la guerra y al final lo único que le quedaba era su imaginación y tal vez la fantasía de cómo habría sido su vida si las cosas hubieran ido de otra manera, de cómo su música habría podido llenar catedrales en días más luminosos.

5

El titular aparece una mañana, procedente de la Oficina de Estadísticas de Empleo: «SIN CAMBIOS EN LA TASA DE DESEMPLEO.»

Los canales de televisión se hacen eco de la noticia de inmediato e interrumpen la programación para difundir el alarmante dato: durante el último mes, la economía no ha generado nuevos puestos de trabajo.

Es la noticia más destacada del día. Se trata de un dato empírico en el que parece cristalizar la sensación ambigua e incómoda que la gente tiene en el otoño de 2011: que el mundo entero se dirige a la ruina a pasos agigantados. Países enteros se declaran en bancarrota. La Unión Europea es básicamente insolvente. Varios bancos importantes han quebrado de la noche a la mañana. El mercado bursátil se ha desplomado este verano, y la mayoría de los expertos dicen que seguirá a la baja hasta bien entrado el invierno. En la calle se habla de «desapalancamiento»: todo el mundo tiene demasiadas deudas. Resulta que en el mundo hay muchas más cosas que dinero para pagarlas. La austeridad se pone muy de moda. El oro también. El dinero inunda los mercados del oro porque las cosas se han puesto tan feas que la gente se cuestiona incluso la legitimidad filosófica del papel moneda. La sospecha de que el papel moneda es un timo urdido a partir de una fantasía colectiva desborda los sectores de opinión marginales y gana terreno en las conversaciones corrientes. La economía se ha vuelto medieval y ahora los únicos tesoros son los tesoros de verdad: el oro, la plata, el cobre y el bronce.

Se trata de una contracción global y masiva sin precedentes, pero es casi demasiado vasta para entenderla, demasiado complicada para desentrañarla. Es difícil tomar la perspectiva necesaria para verla en su conjunto, por eso los medios la abordan en sus múltiples manifestaciones (datos sobre empleo, tendencias de mercado, balances anuales), episodios menores de una historia de más calado, lugares donde el fenómeno asoma y puede medirse.

Por eso la noticia sobre el desempleo recibe tanta atención. Un dato sólido como éste posee una integridad de la que carece una idea abstracta como el «desapalancamiento».

Así pues, crean un logo: «¡CERO ABSOLUTO!» Elaboran complejos gráficos y tablas de colores que ilustran las horribles tendencias recientes del empleo. Los presentadores formulan preguntas penetrantes a expertos, contertulios y políticos, que se gritan unos a otros desde sus respectivos televisores. Las cadenas reúnen a «ciudadanos de a pie» y los invitan a participar en «mesas redondas» sobre la crisis laboral del país. La cobertura mediática es una auténtica avalancha.

Sentado delante del televisor, Samuel zapea entre los diferentes canales de noticias. Tiene curiosidad por saber de qué hablan hoy y le alivia comprobar que se trata de esto. Porque cuanto más se obsesionen las noticias con los datos de desempleo, menos tiempo tendrán para abordar la otra gran noticia del día, la publicación de un nuevo libro: *La Packer Attacker*, una escandalosa biografía de Faye Andresen-Anderson, escrita por su propio hijo.

Samuel se pasó anoche por la fiesta de lanzamiento. Formaba parte del trato pactado con Periwinkle.

—No te sientas mal por todo esto —le dijo Periwinkle, después de que les sacaran las fotografías de rigor—. Es la decisión más inteligente que has tomado en tu vida.

—Confío en que con esto quede zanjado el asunto del juez.

—Ya me he encargado de ello.

Resulta que el mismo día en que el juez Brown descubrió que Faye Andresen-Anderson se había fugado a Noruega (lo cual quería decir que se enfrentaba a un proceso de extradición que podía durar años) recibió una llamada telefónica de los responsables de la campaña presidencial de Packer con una oferta laboral: convertirse en el nuevo zar del crimen. La única condición era que enterrara aquel caso. Y como no tenía ninguna esperanza de poder cerrar el caso contra Faye en un futuro inmediato, y como convertirse en el zar del crimen de un candidato presidencial que llevaba siempre una pistola encima parecía una propuesta irrechazable, el juez aceptó las condiciones. Con discreción, dejó que el caso cayera en un agujero negro legal, burocrático y jurisdiccional, y se retiró de manera oficial de la carrera jurídica. La primera propuesta política que presentó en su nuevo cargo fue limitar de manera significativa los derechos que la Primera Enmienda concedía a los manifestantes de izquierdas, una propuesta que recibió el respaldo entusiasta del gobernador Packer, que esperaba apuntarse varios tantos fáciles entre los conservadores que detestaban lo que estaba pasando con todo ese rollo del Ocupemos Wall Street.

Samuel oye a los manifestantes de Wall Street todos los días. Se despierta, se toma su café y escribe hasta bien entrada la tarde en una gran butaca de piel situada junto a un ventanal con vistas a Zuccotti Park, donde los manifestantes parecen haberse hecho fuertes. Dormirán allí hasta que llegue el invierno, es obvio. Bethany le dejó elegir habitación, y él se decantó por ésta, orientada hacia el oeste, con vistas a las protestas y, por la tarde, a la puesta del sol sobre el país. Ha terminado tomándoles gusto a los tambores, sobre todo ahora que los percusionistas han accedido a tocar sólo durante el día y a horas razonables. Le gustan sus ritmos, su ímpetu incesante, y también que sean capaces de pasar horas tocando sin concederse ni un solo descanso. Intenta igualar su disciplina, ya que tiene un proyecto nuevo, un libro nuevo. Se lo contó a Periwinkle una vez liberado de sus obligaciones contractuales.

—Estoy escribiendo la historia de mi madre —dijo Samuel—. Pero estoy escribiendo la historia auténtica. Los hechos reales.

—¿Qué hechos, concretamente? —preguntó Periwinkle—. Me pica la curiosidad.

—Todos. Lo cubrirá todo, su historia entera. Desde su infancia hasta el presente.

—O sea que va a tener unas seiscientas páginas y la leerán diez personas, ¿no? Felicidades.

—No la escribo para eso.

—Ah, no, claro: la escribes por amor al arte. Ahora eres uno de ésos.

—Sí, algo así.

—Tendrás que cambiar los nombres, ¿lo sabías? Y modificar los hechos esenciales que sean reconocibles. No quisiera tener que demandarte otra vez.

—¿Por qué sería? ¿Por calumnias o por difamación? Nunca logro recordar la diferencia.

—Por calumnias y también por difamación, además de por libelo, invasión de la intimidad, injurias, menoscabo de la reputación y del lucro, por provocar ansiedad personal y vulnerar la cláusula de no recurrencia del contrato que firmaste con nosotros. Más tasas legales, más daños y perjuicios.

—Diré que es ficción —dijo Samuel—. Cambiaré los nombres. Y me aseguraré de ponerte uno bien ridículo.

—¿Cómo está tu madre? —preguntó Periwinkle.

—Ni idea. Fría, imagino.

—¿Sigue en Noruega?

—Sí.

—¿Entre los renos y la aurora boreal?

—Sí.

—Una vez vi la aurora boreal. En el norte de Alberta. ¡Contraté una excursión con una empresa llamada Vea la Aurora Boreal! Quería que la aurora boreal me dejara asombrado. Y así fue. Fue una gran decepción, porque cumplió exactamente con mis expectativas. Tuvo ni más ni menos que el efecto por el que había pagado. Que te sirva de lección.

—¿De lección sobre qué?

—Sobre lo de escribir un libro épico y lo que esperas que éste suponga para ti. Que la aurora boreal te sirva de lección. Es una metáfora, claro.

Samuel no está seguro de qué intenta conseguir. Primero creía que, si reunía la información suficiente, con el tiempo podría aislar el motivo por el que su madre abandonó a su familia. Pero ¿cómo iba a poder identificarlo con precisión? Cualquier explicación parecía demasiado fácil, demasiado trivial. O sea que, en lugar de buscar respuestas, empezó simplemente a escribir la historia de Faye, pensando que si podía ver el mundo tal como lo veía ella a lo mejor obtenía algo más que meras respuestas: a lo mejor lograba alcanzar la comprensión, la empatía y el perdón. Así pues, escribió sobre la infancia de su madre, sobre lo que había significado crecer en Iowa e ir a la universidad en Chicago, sobre las protestas de 1968 y sobre el último mes que pasó con la familia antes de desaparecer, y cuanto más escribía, más iba creciendo la historia. Samuel escribió sobre su madre, su padre y su abuelo, escribió sobre Bishop, Bethany y el director, escribió sobre Alice y el juez y Pwnage: trataba de entenderlos a todos, de ver las cosas que se le habían pasado por alto la primera vez porque estaba demasiado ensimismado. Samuel escribió incluso sobre Laura Pottsdam, la despiadada Laura Pottsdam, y trató de sentir algo de simpatía por ella.

Laura Pottsdam, que en este preciso instante está encantada de la vida porque han despedido al imbécil de su profesor de Literatura y lo han sustituido por un pobre estudiante de posgrado y porque su trabajo copiado sobre *Hamlet* ha desaparecido entre una neblina académica, de modo que todo va superbién y todo este episodio no hace más que confirmar lo que su madre viene diciéndole desde que era niña: que es una mujer muy fuerte que va a conseguir todo lo que se proponga y que si quiere algo SE LANCE A POR ELLO. Y lo que quiere ahora mismo son unos chupitos de Jägermeister para celebrar que se ha hecho justicia: que el profesor ha desaparecido del mapa y ella ha conseguido salvar su carrera. Y en todo esto ve un atisbo de su futuro, el futuro inevitablemente exitoso que se extiende ante ella como la pista de aterrizaje de un F-16, un futuro en el que hará trizas a cualquiera que intente interponerse en su camino. Este asunto con el profesor ha sido su primer examen importante y lo ha aprobado. Con nota. Eso resulta especialmente verdadero en la medida en que la iniciativa S.A.F.E., impulsada por Laura, está alcanzando una popularidad notable y le ha brindado varias apariciones estelares en las noticias de la noche y en las reuniones de la Junta Directiva, tanto que sus amigos empiezan a decirle que debería presentarse a la asamblea estudiantil el semestre próximo, a lo que ella les contesta «Estáis flipando», hasta que la campaña presidencial de Packer pasa por el campus y el gobernador Packer en persona quiere sacarse una foto con Laura porque está superimpresionado por su tarea a favor de los esforzados contribuyentes de Illinois, y declara: «Hay que hacer algo para proteger a nuestros estudiantes y nuestras carteras de estos profesores progres improductivos que trabajan en campos académicos desfasados.» Y durante la rueda de prensa un periodista le pregunta al gobernador Packer qué piensa sobre las agallas y la iniciativa de Laura, a lo que el famosísimo candidato presidencial responde: «Creo que un día debería presentarse a presidenta.»

De modo que Laura cambia de especialidad. Deja la comunicación y el marketing empresariales y se inscribe enseguida en las dos especialidades que cree que le resultarán más útiles para su posible futuro asalto a la presidencia: las ciencias políticas y el arte dramático.

Samuel no echa de menos dar clase a alumnos como Laura Pottsdam, pero sí se arrepiente de cómo les enseñaba. Se estremece al pensar en cómo los menospreciaba. En que al final ya sólo veía sus defectos, debilidades y carencias, todo aquello en lo que no estaban a la altura de sus exigencias. Unas exigencias que iban cambiando precisamente para que los alumnos nunca pudieran satisfacerlas, porque Samuel vivía muy cómodo en la indignación. La indignación era una emoción muy fácil de sentir, el refugio perfecto para alguien que no quería trabajar demasiado. Porque su vida en el verano de 2011 no lo llenaba y no iba a ninguna parte y todo eso lo indignaba muchísimo. Estaba indignado con su madre por haberse marchado, indignado con Bethany por no quererlo e indignado con sus alumnos por ser ignorantes incorregibles. Había optado por la indignación porque era mucho más fácil que el trabajo necesario para evitarla. Culpar a Bethany por no quererlo era mucho más fácil que practicar la introspección necesaria para comprender qué cosas lo convertían en alguien indigno de ser amado. Culpar a sus alumnos por su falta de inspiración era mucho más fácil que asumir el trabajo necesario para inspirarlos. Y un día tras otro, era mucho más fácil apalancarse delante del ordenador que enfrentarse a su existencia estancada, enfrentarse de verdad al agujero que su madre había dejado en su interior al abandonarlo. Y si optas por la solución fácil todos los días, al final se convierte en un patrón de comportamiento, y los patrones se convierten en tu vida. Se había hundido en *Elfscape* como se hunden en el agua los restos de un naufragio.

Y así pueden pasar años, como le había sucedido a Pwnage, que justo en este momento, por fin, acaba de abrir los ojos.

Ha pasado un mes durmiendo (la «cabezada» continua más larga jamás registrada en el hospital del condado) y ahora abre los ojos. Tiene el cuerpo bien alimentado, la mente descansada y los sistemas circulatorio, digestivo y linfático más o menos limpios y funcionando normalmente; no siente ni el dolor de cabeza insoportable, ni el hambre atroz, ni el dolor lacerante en las articulaciones, ni el temblor muscular que solía sentir. De hecho, no siente ni un atisbo del dolor de fondo que lo ha acompañado a todas horas durante tanto tiempo, y eso le parece un milagro. En comparación con cómo suele sentirse, decide que debe de estar o muerto o drogado. Porque es imposible que se sienta tan bien si no está drogado hasta las orejas o en el cielo.

Echa un vistazo a la habitación del hospital y ve a Lisa sentada en el sofá. Lisa, su hermosa ex mujer, que le sonríe y lo abraza y que lleva bajo el brazo la libreta de piel negra ajada en la que él ha escrito las primeras páginas de su novela de detectives. Y Lisa le dice que una gran editorial de Nueva York le ha mandado varios paquetes con documentos para que los firme, y cuando Pwnage le pregunta de qué documentos se trata ella sonríe de oreja a oreja y dice «¡Del contrato de tu libro!».

Porque ésta fue otra de las condiciones que Samuel le puso a Periwinkle: tenía que publicar la novela de su amigo.

—¿Y de qué va esa novela? —preguntó Periwinkle.

—Pues... ¿de un detective con poderes paranormales que persigue a un asesino en serie? —respondió Samuel—. Creo que al final resulta que el asesino es el novio de la ex mujer del detective, o su yerno, o algo así.

—Pues la verdad es que suena genial —dijo Periwinkle.

Una vez, Pwnage le dijo a Samuel que las personas con las que te topas en la vida son enemigos, obstáculos, rompecabezas o trampas. Tanto para Samuel como para Faye, alrededor del verano de 2011, los demás eran sin duda enemigos. Lo que ambos querían de la vida era básicamente que los dejaran tranquilos. Pero es imposible soportar este mundo a solas, y cuanto más avanza Samuel con su libro, más cuenta se da de lo equivocado que estaba. Porque si ves a los demás como enemigos, obstáculos o trampas, vivirás en una guerra constante con ellos y contigo mismo. En cambio, si decides verlos como rompecabezas, y si te ves a ti como un rompecabezas, te llevarás una sorpresa agradable tras otra, porque si hurgas lo suficiente, si miras con suficiente atención debajo de la capota de la vida de los demás, tarde o temprano siempre terminas encontrando algo familiar.

Eso da más trabajo, desde luego, que pensar que son enemigos. Comprender es siempre más difícil que odiar sin más. Pero hace que tu vida sea más rica. Que te sientas menos solo.

Así que lo intenta, Samuel intenta ser diligente en esta vida nueva y extraña junto a Bethany. No son amantes. Puede que un día lo sean, pero de momento no lo son. La actitud de Samuel en ese sentido es «que pase lo que tenga que pasar». Sabe que no puede dar marcha atrás y volver a vivir su vida, no puede cambiar los errores del pasado. Su relación con Bethany no es un libro de la colección «Elige tu propia aventura». Por eso, lo que va a hacer será aportarle mayor claridad, iluminarla y tratar de entenderla mejor. Puede impedir que su pasado engulla su presente. Así que está intentando vivir el momento, no dejar que el momento pierda su brillo por culpa de las fantasías sobre lo que debería ser. Está intentando ver a Bethany tal como es en realidad. ¿No es lo que quieren todos? Que los demás los vean de verdad, ¿no? Samuel siempre había estado obsesionado con algunos rasgos de Bethany: sus ojos, por ejemplo, y su postura. Pero un día ella le dijo que el rasgo que más compartía con Bishop eran los ojos, y que siempre que se mira los ojos en un espejo se entristece un poco. En otra ocasión le contó que su postura era una imposición directa de las interminables clases de técnica Alexander que tuvo que aguantar durante años mientras los demás chicos de su edad jugaban en los columpios y corrían entre aspersores. Después de oír esas historias, Samuel no pudo seguir pensando de la misma forma en sus ojos ni en su postura. Ambos rasgos quedaron menguados, pero Samuel descubrió que el conjunto salía muy reforzado.

De modo que está empezando a ver a Bethany tal como es, acaso por primera vez.

Y a su madre también. Intenta entenderla, verla con claridad y no a través de la distorsión de su propio enfado. La única mentira que Samuel le contó a Periwinkle era que Faye se había quedado en Noruega. Le pareció una buena mentira: si todo el mundo creía que estaba en el Ártico, nadie la molestaría. Porque la verdad es que volvió a casa, a Iowa y a su pueblecito junto al río, para cuidar de su padre.

Para entonces la demencia de Frank Andresen estaba ya bastante avanzada. Cuando Faye fue a verlo por primera vez y la enfermera dijo: «Ha venido su hija a verlo», Frank miró a Faye con gesto de asombro y sorpresa. Estaba delgadísimo, esquelético. Tenía la frente cubierta de manchas rojas con la piel en carne viva de tanto tocárselas y rascárselas. La miró como si fuera un fantasma.

—¿Mi hija? —preguntó—. ¿Qué hija?

Una reacción que Faye habría achacado a su estado mental si no hubiera sabido nada más, si no hubiera sido consciente de que aquella pregunta tal vez obedecía a algo más que la simple confusión.

—Soy yo, papá —dijo, y decidió arriesgarse—: Soy yo, Freya.

Y su padre reconoció aquel nombre en algún rincón profundo de su ser, puesto que se le desencajó el rostro y la miró con una mezcla de angustia y desesperación. Entonces Faye se le acercó y le estrechó el cuerpo, tan frágil, entre sus brazos.

—No pasa nada —dijo—. No estés triste.

—Lo siento —dijo él, mirándola con una intensidad inusitada para un hombre que había pasado toda su vida evitando las miradas de los demás—. Lo siento mucho.

—Todo ha salido bien. Todas te queremos.

—¿De verdad?

—Todo el mundo te quiere mucho.

Él la miró con mucha atención y pasó un buen rato estudiando su cara.

Quince minutos más tarde, todo aquel episodio se había perdido. Frank dejó una de sus historias a medias, le dirigió una mirada cordial y le dijo: «¿Y tú quién eres, bonita?»

Pero aquel momento pareció liberar algo en su interior, como si hubiera destapado algo importante, porque entre los recuerdos de los que hablaba ahora había historias de la joven Marthe, paseos bajo un cielo tenuemente iluminado, historias que Faye nunca había oído y que sonrojaban a las enfermeras, porque todos aquellos paseos eran evidentemente poscoitales. Era como si de pronto Frank se hubiera quitado un peso de encima, lo decían incluso las enfermeras.

Así que Faye ha alquilado un pequeño apartamento cerca de la residencia y todas las mañanas va hasta allí y pasa el día entero con su padre. A veces él la reconoce, pero la mayor parte de los días no. Frank cuenta viejas historias de espíritus, o sobre la planta de ChemStar, o sobre la pesca en el mar de Noruega. Y de vez en cuando la mira y en la expresión de su rostro Faye se da cuenta de que en realidad está viendo a Freya. Cuando eso sucede, ella lo calma, lo abraza y le dice que al final todo ha ido bien y le describe la granja si se lo pide, y al hacerlo la engrandece: delante de la casa no sólo hay cebada, sino también campos de trigo y girasoles. Él sonríe. La imagina. Lo hace feliz oír todo eso. Lo hace feliz que ella le diga:

—Te perdono. Todas te perdonamos.

—Pero ¿por qué?

—Porque eres un buen hombre. Lo has hecho lo mejor que has podido.

Y es la verdad. Ha sido un buen hombre. Tan buen padre como podía serlo. Sólo que Faye nunca se había dado cuenta. A veces estamos tan sumergidos en nuestra propia historia que no nos damos cuenta de que sólo somos actores secundarios en la historia de otra persona.

Y esto es lo que puede hacer por él ahora, consolarlo, hacerle compañía y perdonarlo, perdonarlo y perdonarlo. No puede salvar su cuerpo ni su mente, pero puede aliviar el peso de su alma.

Después de un rato hablando, él necesita echarse una siesta, y a veces se queda dormido a media frase. Faye lee mientras él duerme, repasa una vez más la poesía completa de Allen Ginsberg. Y a veces Samuel la llama, y cuando lo hace ella deja el libro y responde a sus preguntas, esas preguntas importantes, aterradoras: ¿Por qué se marchó de Iowa? ¿Por qué dejó la universidad? ¿Y a su marido? ¿Y a su hijo? Intenta ofrecerle respuestas sinceras y concienzudas, aunque le da miedo. Por primera vez en su vida, no está ocultando una parte importante de sí misma, y se siente tan desprotegida que casi le entra el pánico. Nunca se ha entregado a nadie de forma completa, siempre se había parcelado en fragmentos pequeños: un trozo para Samuel, un pedacito para su padre, casi nada para Henry. Nunca había reunido todo su ser en un único sitio, le parecía demasiado arriesgado. Porque durante todos estos años había vivido con el temor constante de que alguien llegara a saberlo todo sobre ella (de que alguien conociera su yo real, a la Faye verdadera y esencial) y no encontrara razones suficientes para amarla. Que su alma no fuera lo bastante grande para alimentar a otra persona.

Pero ahora se lo está confiando todo a Samuel. Responde a sus preguntas sin ocultarle nada. Incluso cuando sus respuestas disparan sus niveles de pánico (por si Samuel piensa que es una persona horrible, por si deja de llamarla), Faye le cuenta la verdad. Y justo cuando cree que su interés por ella debe de estar a punto de agotarse, justo cuando sus respuestas demuestran que es una persona indigna de su amor, lo que sucede en verdad es precisamente lo contrario: Samuel parece más interesado y la llama más a menudo. Y a veces la llama sólo para hablar, no de las cosas feas de su pasado, sino de cómo le ha ido el día, o del tiempo, o de las noticias. Y eso le da esperanzas a Faye de que algún día no muy lejano llegarán a ser dos personas que se tratan de forma sincera, sin el efecto desfigurador de su historia, sin los errores inmutables de Faye.

Tendrá paciencia. Sabe que una cosa así no se puede forzar. Esperará, se ocupará de su padre y responderá a las numerosas preguntas de su hijo. Cuando Samuel quiera conocer sus secretos, se los contará. Cuando quiera hablar del tiempo, hablarán del tiempo. Y cuando quiera hablar de las noticias, hablarán de las noticias. Pone la tele para ver qué está pasando en el mundo. Hoy sólo hablan del desempleo, del desapalancamiento global, de la recesión. La gente está muy asustada. La incertidumbre alcanza cotas históricas. Se avecina una crisis.

Pero la opinión de Faye es que a veces una crisis en realidad no es una crisis, sino sólo un nuevo comienzo. Porque una de las cosas que ha aprendido de todo esto es que cuando un nuevo comienzo es verdaderamente nuevo, parece una crisis. De entrada, cualquier cambio real debería darte miedo.

Si no tienes miedo, es que no es un cambio real.

O sea que bancos y gobiernos están saneando sus cuentas después de años de abusos. La opinión general es que todo el mundo tiene demasiadas deudas y que nos esperan años dolorosos, pero Faye piensa: Vale. Es probable que tenga que ser así. Es el cauce natural de las cosas. Así es como recuperaremos la senda. Eso es lo que le dirá a su hijo, si le pregunta. Al final, todas las deudas deben pagarse.

Agradecimientos

Los hechos de 1968 descritos en esta novela proceden de una mezcla de datos históricos, entrevistas con testigos presenciales y la imaginación, la ignorancia y la fantasía del autor. Por ejemplo, Allen Ginsberg tomó parte en las protestas de Chicago, pero no era profesor visitante en el Circle. Y en 1968 el Circle no tenía residencias de estudiantes. Y el edificio de Ciencias de la Conducta no se inauguró hasta 1969. Además, mi descripción de la protesta de Grant Park no sigue el orden cronológico exacto de los hechos. Etcétera. Si alguien desea leer descripciones de las protestas de 1968 más fieles desde el punto de vista histórico, le recomendaría los siguientes títulos, que me resultaron de ayuda inestimable mientras escribía esta novela: *Chicago '68*, de David Farber; *The Whole World Is Watching*, de Todd Gitlin; *Battleground Chicago*, de Frank Kusch; *Miami and the Siege of Chicago*, de Norman Mailer; *Chicago 10*, dirigida por Brett Morgen; *Telling It Like It Was. The Chicago Riots*, editado por Walter Schneir; y *No One Was Killed*, de John Schultz.

Además, estoy en deuda con los siguientes libros, que me han ayudado a representar el período histórico de forma (espero) convincente: *Make Love, Not War*, de David Allyn; *Young, White, and Miserable*, de Wini Breines; *Culture Against Man*, de Jules Henry; *1968*, de Mark Kurlansky; *Dream Time*, de Geoffrey O'Brien; y *Shards of God*, de Ed Sanders.

Algunas de las palabras que pongo en boca de Allen Ginsberg en este libro están extraídas de sus ensayos y sus cartas, recopilados en *Deliberate Prose. Selected Essays 1952-1995*, editado por

Bill Morgan, y en *Journals. Early Fifties Early Sixties*, editado por Gordon Ball. Las grandes historias de espíritus noruegos proceden de *Folktales of Norway*, editado por Reidar Christiansen. *Nix* es el nombre germánico de un espíritu al cual en Noruega en realidad llaman *nøkk*. Mi información sobre los ataques de pánico proviene de *Dying of Embarrassment*, de Barbara G. Markway *et al.*, y de *Fearing Others*, de Ariel Stravynksi. En cuanto a las ideas sobre el deseo y la frustración, estoy en deuda con *Missing Out. In Praise of the Unlived Life*, de Adam Phillips.

Quiero agradecer a Nick Yee y a su Daedalus Project las investigaciones sobre la psicología y el comportamiento de los jugadores de MMORPG («videojuegos de rol multijugador masivos en línea», por sus siglas en inglés). La idea sobre los cuatro tipos de desafíos en los videojuegos se apoya en *Level Design for Games*, de Phil Co. Las diversas afecciones cerebrales de Pwnage están extraídas del blog *Rough Type*, de Nicholas Carr, y del artículo «Microstructure Abnormalities in Adolescents with Internet Addiction Disorder» [Anomalías microestructurales en adolescentes con un trastorno de adicción a internet], de Kai Yuan *et al.*, publicado en PLOS ONE en junio del año 2011.

Los anuncios de higiene femenina del aula de economía doméstica de Faye proceden de la página web *Found in Mom's Basement* (pzrservices.typepad.com/vintageadvertising). Extraje algunos detalles sobre Laura Pottsdam de un par de llamadas increíbles al podcast *Savage Lovecast* de Dan Savage. Mi descripción del vídeo musical de Molly Miller bebe de *Visual Digital Culture*, de Andrew Darley. Algunos de los datos sobre la arquitectura brutalista del Circle proceden de la tesis «The Unloved Campus: Evolution of Perceptions at the Univesity of Illinois at Chicago», que Andrew Bean llevó a cabo en la Wesleyan University. La conversación sobre un boicot reproductivo está tomada de un artículo de *Ain't I a Woman*, 3, núm. 1 (1972). La carta al editor que Faye lee en el *Chicago Free Voice* está extraída de una carta inédita que se envió al *Chicago Seed*, donada al Museo de Historia de Chicago. La información que Sebastian da sobre el *maarr* está sacada del artículo «The Meaning of the Steps Is in Between: Dancing and the Curse of Compliments», publicado por Franca Tamisari en *The Australian Journal of Anthropology* en agosto de 2000.

La historia «Eat Mangoes!», de Allen Ginsberg, se publicó en *Teachings of Sri Ramakrishna*.

Gracias al personal del Museo de Historia de Chicago por su ayuda. Muchas gracias al Consejo del Minnesota State Arts y a la Universidad de St. Thomas por financiar las revisiones de esta novela.

Gracias a mi editor, Tim O'Connell, por su excepcional labor de guía a la hora de darle forma a la historia, y eso por no mencionar su entusiasmo y fervor de tintes periwinklescos. Gracias a la fantástica gente de Knopf: Tom Pold, Andrew Ridker, Paul Bogaards, Robin Desser, Gabrielle Brooks, Jennifer Kurdyla, LuAnn Walther, Oliver Munday, Kathy Hourigan, Ellen Feldman, Cameron Ackroyd, Karla Eoff y Sonny Mehta.

Gracias a mi agente, Emily Forland, por su sabiduría, paciencia y entusiasmo. Gracias a Marianne Merola y a todos sus maravillosos colegas de Brandt & Hochman.

Gracias a mi familia, amigos y profesores por todo vuestro amor, bondad, generosidad y apoyo. Gracias a Molly Dorozenski por sus consejos después de leer los larguísimos primeros borradores.

Y por último, gracias a Jenni Groyon, mi primera lectora, por ayudarme a encontrar el camino durante diez años de escritura.

Índice